COLLECTION FOLIO

Marguerite Yourcenar
de l'Académie française

Lettres à ses amis et quelques autres

*Édition établie,
présentée et annotée par
Michèle Sarde et Joseph Brami
avec la collaboration
d'Elyane Dezon-Jones*

Gallimard

© *Éditions Gallimard, 1995.*

Née en 1903 à Bruxelles d'un père français et d'une mère d'origine belge, Marguerite Yourcenar grandit en France, mais c'est surtout à l'étranger qu'elle résidera par la suite : Italie, Suisse, Grèce, puis Amérique où elle a vécu dans l'île de Mount Desert, sur la côte nord-est des États-Unis, jusqu'à sa mort en 1987.

Marguerite Yourcenar a été élue à l'Académie française le 6 mars 1980.

Son œuvre comprend des romans : *Alexis ou Le traité du vain combat* (1929), *Le coup de grâce* (1939), *Denier du rêve*, version définitive (1959) ; des poèmes en prose : *Feux* (1936) ; en vers réguliers : *Les charités d'Alcippe* (1956) ; des nouvelles : *Nouvelles orientales* (1963) ; des essais : *Sous bénéfice d'inventaire* (1962), *Le Temps, ce grand sculpteur* (1983), *En pèlerin et en étranger* (1989), des pièces de théâtre et des traductions.

Mémoires d'Hadrien (1951), roman historique d'une vérité étonnante, lui valut une réputation mondiale. *L'Œuvre au Noir* a obtenu à l'unanimité le prix Femina 1968. *Souvenirs pieux* (1974), *Archives du Nord* (1977) et *Quoi ? L'Éternité* (1988) forment le triptyque, où elle évoque les souvenirs de sa famille et de son enfance.

*Nous dédions
notre travail
à la mémoire de Grace Frick
qui fut la première archiviste
de Marguerite Yourcenar*

Michèle Sarde
et Joseph Brami

AVERTISSEMENT

Le texte de base des lettres de Marguerite Yourcenar que nous présentons dans ce volume est constitué par les copies au carbone des originaux dactylographiés, copies conservées à la Bibliothèque Houghton de l'université de Harvard et désignées ici comme « Fonds Yourcenar à Harvard ». Nous avons signalé celles qui sont des copies d'autographes. Un certain nombre de lettres proviennent de collections particulières ou d'autres sources. On trouvera toutes ces informations dans la première note de chaque lettre ainsi que les cotes des documents déposés à la Bibliothèque Houghton. La mention MS Storage 265 désigne les documents en cours de classement.

Nous avons respecté la ponctuation et la présentation mais rectifié les quelques négligences orthographiques du texte, sauf dans la première lettre enfantine. Cependant, nous avons maintenu l'emploi du futur que Yourcenar a tendance à préférer au conditionnel présent. Nous faisons suivre de la mention « [sic] » les impropriétés et les anglicismes les plus fréquents dans la correspondance. Les termes soulignés par Yourcenar apparaissent en italique. Il arrive que l'écrivain orthographie Grâce le prénom de Grace Frick. Nous avons respecté ce choix.

Toutes les notations marginales ou additions manuscrites de Yourcenar ont été retranscrites et identifiées en note. Celles de Grace Frick, lorsqu'elles présentent un intérêt pour le texte, ont été retranscrites (traduites si l'original est en anglais). Toutefois, les résumés de cette dernière qui accompagnent jusqu'à une certaine période chacune des lettres n'ont pas été retranscrits.

Toutes les interventions de notre fait ou du fait d'un correspondant, dates, omissions, coupures sont placées entre crochets. Figurent également entre crochets les mots dont le décryptage est plausible sans être certain.

La signature autographe n'est indiquée par un astérisque que lorsque la copie est dactylographiée.

Tous les passages ou citations en langue étrangère, qui ne sont pas identifiés en note, ont été traduits par nous.

Il va de soi que nous avons donné en note les références des ouvrages mentionnés dans les lettres. De plus, à chaque occurrence de nom d'auteur, nous avons cité en note, sous la référence « (Bibl. PP) » ceux de ses ouvrages (identifiés dans le catalogue établi par Yvon Bernier) que Yourcenar possédait dans sa bibliothèque de Petite Plaisance.

Les citations en note renvoient à une table des œuvres de Marguerite Yourcenar et des références bibliographiques, p. 899-904.

PRÉFACE

À quoi pensait Marguerite Yourcenar entre 1980 et 1987, année de sa mort, tandis qu'elle triait et sélectionnait en les jetant au feu dans la cheminée de Petite Plaisance les copies de ses lettres destinées à être laissées derrière elle ? À quoi pensait Grace Frick, sa traductrice et compagne de vie américaine, pendant les quarante années où elle recopia, résuma, commenta, et assura les missives de l'écrivain, estampillant ainsi chaque document de son visa de passage ?

Certes, nous ne connaissons pas dans le détail leurs états d'âme et leurs critères de sélection mais nous pouvons les reconstituer à partir de leurs démarches respectives qui, opposées finirent par s'annuler. L'une, Yourcenar a cherché plutôt à éliminer tandis que l'autre, Grace, a le réflexe de la conservation : le résultat est une œuvre commune où les deux femmes ont voulu à l'évidence réduire autant qu'elles le pouvaient la part du hasard.

Sur ce terrain déjà miné par les sélections antérieures des deux intéressées, nous avons dû opérer de nouveaux choix. Car cette première édition en volume de la correspondance de Yourcenar est, comme elle l'avait désiré elle-même, partielle. Sur une riche matière épistolaire, nous avons dû à notre tour opter, n'ignorant pas que tout choix implique une héca-

tombe de possibilités. Nous nous sommes néanmoins donné pour règle de ne pratiquer aucune coupure.

Conscients de l'arbitraire de toute sélection, nous avons recherché pour cette première édition un équilibre entre les différentes parties de la vie de Marguerite Yourcenar et les différentes facettes de sa personnalité. Nous avons voulu qu'apparaisse l'écrivain à côté de la femme, sans que celle-ci soit sacrifiée à celui-là, un écrivain soucieux jusqu'au scrupule d'accompagner et d'éclairer son œuvre, un écrivain que nous surprenons à l'œuvre dans son activité d'épistolière.

Ce premier volume ne représente donc que quelque trois cents lettres parmi les deux mille environ que nous avons examinées et toutes celles que Marguerite Yourcenar écrivit au cours de sa vie, envoya à de multiples destinataires, et conserva soigneusement ou jeta au panier, « par irritation ou par dégoût » de « ce qu'on a écrit quelques années plus tôt[1] ». Il est constitué essentiellement des doubles que Marguerite Yourcenar et sa compagne ont triés sur le volet et archivés avant que l'écrivain ne les expédie à la Bibliothèque Houghton de Harvard[2].

La plupart des lettres de « la période Grace », de 1939 à 1979, ne sont pas manuscrites mais dactylographiées ; elles se présentent sous forme de copies carbone sur papier pelure bleu. Rien ne prouve qu'elles furent envoyées si ce n'est qu'on en retrouve bon nombre dans les collections particulières de leurs des-

---

1. À Henri Balmelle, 2 avril 1959.
2. Une grande partie des lettres de Yourcenar ont été léguées à la Bibliothèque Houghton de Harvard University du vivant de l'écrivain (août 1982, mai et septembre 1984, mai et juin 1985, mai et août 1986, mars 1987). Ces envois ont été répertoriés et classés par Edith et Frederic Farrell (de Morris University) dans un catalogue de 106 pages intitulé « Marguerite Yourcenar's Papers ». À la mort de Yourcenar d'autres envois d'archives sont parvenus à ce que nous appelons dans ce volume le « Fonds Yourcenar à Harvard ». Un certain nombre de lettres sont vouées par une clause testamentaire à rester sous scellés pendant cinquante ans.

tinataires. Presque chacune de ces lettres est accompagnée d'un résumé en anglais ou en français de Grace Frick, occasionnellement de Yourcenar, indiquant la référence s'il s'agit d'une réponse, et les principaux sujets abordés. Même les cartes postales manuscrites de Marguerite ont été, à une époque sans photocopieuses, soigneusement recopiées de la main de Grace, avec des barres pour transcrire la disposition des lignes[1].

Devant le dévouement méthodique de l'une, encouragé par la coopération et le travail d'élimination et d'autocensure de l'autre, on mesure la précision avec laquelle se répète cette mise en scène bureaucratique d'une existence pour la postérité.

Le projet même de publication d'une anthologie de lettres posthumes avait été clairement formulé par Yourcenar à ses proches et prophétisé à plusieurs reprises dans la correspondance elle-même : « Dans un recueil posthume, les divers points de vue exprimés par l'écrivain se complètent et s'expliquent les uns par les autres, et personne ne se scandalise que chaque sujet en particulier soit traité de façon plus ou moins hâtive, plus ou moins partielle, et plus ou moins amicalement biaisée par les intérêts et la personnalité de la personne à qui l'on écrivait[2]*. »*

Ainsi Yourcenar qui nous avertit de tout, nous fait-elle savoir par différents moyens que le chemin qui mène à elle, à son œuvre, à sa vie, n'est pavé que des pierres qu'elle a eu la bonne intention de poser pour nous, qu'elle nous a, à sa guise, préparé la voie.

Quels qu'en soient les détours, censures ménagées par la pudeur du cœur ou par la rigueur de l'esprit, cette correspondance d'auteur n'en remplit pas moins ses trois fonctions essentielles : accompagner la femme hors de l'œuvre, accompagner l'auteur dans son œuvre, faire œuvre.

1. Voir fac-similés pp. 35-36.
2. À Jean Mouton, 14 mars 1970.

C'est d'abord une Yourcenar au jour le jour que nous avons voulu retenir dans ce maillage. Telle qu'en elle-même, depuis la première lettre enfantine jusqu'au mois qui précède l'accident cérébral et l'agonie, mais aussi telle qu'elle s'est vue et a voulu que la voient ses correspondants, sans perdre de vue ce graphique d'une vie humaine, composé de trois lignes qu'elle voyait à la fois se rapprocher et diverger vers l'infini : ce qu'un être humain a cru être, ce qu'il a voulu être, et ce qu'il fut. Venues après les œuvres, puis les entretiens, les lettres contribuent à départager ces lignes, à transformer le graphique en destin.

Sans avoir la présomption de reconstituer une vie à partir de quelques lettres, nous pouvons nous demander avec Josyane Savigneau, sa biographe, « si toute la correspondance, si soigneusement archivée, de Marguerite Yourcenar, n'a pas valeur, lue dans sa continuité, de journal. Puisqu'elle gardait tous les doubles de ses lettres, la trace laissée après la mort en est identique et le rapport à la postérité semblable[1] ». Et certes, l'on peut voir dans cette correspondance incomplète une sorte de journal intermittent. L'écrivain n'affirme-t-il pas que lorsqu'« un homme note au jour le jour ses idées et ses impressions [et] ne se fait pas faute de se redire, de se dédire, de se contredire », il s'en dégage une idée d'ensemble, comme une photographie « tremblée », qui naît peu à peu « de la confusion et du flottement du détail, du changement et de l'erreur[2] ». À Yourcenar elle-même, on pourrait appliquer cette observation que Jorge Luis Borges lui fit un jour : « Un écrivain croit parler de beaucoup de choses, mais ce qu'il laisse, s'il a de la chance, c'est une image de lui. »

---

1. Josyane Savigneau, *Marguerite Yourcenar. L'invention d'une vie*, Paris, Gallimard, 1990, p. 360.
2. À Henri Balmelle, 2 avril 1959.

Le respect de la chronologie aide, nous semble-t-il, à dégager cette impression d'ensemble ou cette image. Les lettres d'avant « le naufrage de 39-45 » sont plus rares. C'était l'époque où la jeune Marguerite ne se souciait guère d'archiver pour la postérité son courrier, l'époque où elle essaimait ses affaires personnelles, dans des malles qu'elle oubliait ou était contrainte de laisser à l'hôtel pêle-mêle avec les brouillons de Mémoires d'Hadrien *et l'argenterie de famille. Probablement aussi en a-t-elle beaucoup passé par les flammes sans compter celles — à Grace Frick, à Jeanne Carayon et à d'autres — qui attendent sous scellés les cinquante ans réglementaires.*

De l'époque de Feux *et des fracas de cœur, nous proposons surtout deux missives à André Fraigneau ainsi qu'un brouillon de lettre sans doute adressé à lui, échappé par hasard, découvert par hasard, peut-être jamais posté, où il est question d'un autre André qui compta dans sa jeunesse, le poète grec Andreas Embirikos. En 1940, un brouillon de carte à une autre aimée, Lucy Kyriakos, ne fut jamais envoyé ; un commentaire de la main de Yourcenar précise que sa destinataire disparut dans un bombardement.*

Lorsque l'ombre de sa compagne Grace ne plane pas sur une correspondance privée vouée depuis le tout premier jet à l'exposition publique, on devine l'écrivain, passé maître dans le jeu de cache-cache et le brouillage des pistes, se jouant de la curiosité du public en jonglant avec les omissions, et les oublis involontaires ou prémédités.

L'expatriation en Amérique au début des années 40, le succès à partir de 1951, les nombreux voyages et la présence à ses côtés d'une archiviste impatiente de construire la statue favorisent l'activité épistolaire de Marguerite Yourcenar sous le contrôle d'une censure active qui en retenant une lettre fixe un événement. La maladie de Grace Frick qui dans les années 70 cloue l'écrivain dans sa maison de Mount Desert Island au nord de l'Amérique, sans autre possibilité de communiquer avec le monde extérieur, détermine alors une ardeur épistolaire qui déséquilibre l'évolution chronologique. Nous en avons néanmoins respecté le rythme, pouls d'une existence qui s'accélère dans une résistance désespérée à la solitude et à l'exil qui rongent.

À partir du 18 novembre 1979, date de la mort de Grace Frick, tout bascule à nouveau. L'archiviste a quitté ce monde. Yourcenar cesse de garder des copies de ses lettres. Sans doute aussi écrit-elle un peu moins, absorbée qu'elle est par ses voyages frénétiques avec Jerry Wilson. La machine à écrire est peu à peu abandonnée. Les lettres redeviennent manuscrites comme dans les années 30. Le bonheur dans les expéditions du bout du monde aux côtés du jeune homme aimé la rendent quasi muette entre 1980 et 1983, sauf à écrire ce bonheur aux amis dans de hâtives cartes postales.

Mais l'émergence du sida, le retour de la maladie et de la mort arment à nouveau sa plume : « Il est dur de perdre un compagnon de 36 ans. » Les dernières lettres, les plus poignantes malgré la retenue, appartiennent à des collections privées. Seuls les vrais amis ont su recueillir les ultimes confidences qui n'ont pas été expédiées au Fonds Harvard. Dans la détresse, le passage intempestif au tutoiement adressé à son neveu Georges qu'elle a toujours vouvoyé, qu'elle vouvoiera de nouveau, une fois passée la première vague du chagrin, renseigne mieux qu'une lamentation sur le désarroi de la vieille femme renvoyée une nouvelle fois à sa solitude face à la mort qui monte aux premières lignes.

À une époque où la littérature de l'aveu a façonné les habitudes de lecture, ce premier volume de correspondance est sans doute attendu avec impatience par un public que Yourcenar intrigue par sa répulsion à *parler d'elle-même, allant jusqu'à écrire deux livres de « Mémoires » où elle ne dépasse pas l'âge du sevrage. Il ne désarmera peut-être pas ceux qui lui reprochent certaine sécheresse, ou sa manie de relativiser les désastres collectifs ou personnels les plus insoutenables. Car malgré les éclairs de confidences sur son désir — éphémère — d'adopter un enfant, sur les passions qui n'ont pas d'âge, sur les soucis d'argent ou de santé, malgré les révélations sur sa curiosité pour l'astrologie, la correspondance de Marguerite Yourcenar manifeste toujours la même pudeur, le même refus de repliement sur soi. Quand, après la guerre, elle renoue avec les proches qui lui demandent des nouvelles, elle reste vague, résume une décennie en deux phrases : « une douzaine d'années fort remplies, souvent difficiles », une vie personnelle « fort heureuse sur certains points (ce qui est déjà beaucoup), mais souvent difficile sur d'autres ».*

Et pourtant elle ne cesse de répéter dans ses lettres que la connaissance de soi est le résultat de toute activité littéraire. Dans sa correspondance, nous sommes conviés à ce séculaire exercice du « Connais-toi toi-même » par un écrivain, plutôt hostile aux théories de Freud et de ses épigones, qui se laisse aller à écrire en femme et en être humain, et qui, si elle n'entretient pas de narcissique complaisance et fait peu de confidences, demeure attentive à elle-même.

De cette attention au moi doublée de sa mise à distance, se dégage un autoportrait, associé à une théorie de la connaissance, c'est-à-dire « de la manière dont un homme échappe peu à peu aux idées de son temps qu'il repousse, et à celles qu'il a cru faire siennes, forme et reforme en soi une certaine vue du monde qui finalement lui échappe dans la mort[1] ». Mais l'effervescence intellectuelle et spirituelle n'en est pas moins traversée

---

1. À Alain Bosquet, 1ᵉʳ janvier 1964.

de confessions presque naïves, qui lui rendent sa dimension modestement humaine : « *Vous avez bien raison de penser que je ne suis pas "calme", au sens où paraît l'entendre un critique parisien. Mais je suis, ou tâche d'être, extérieurement calme, par discipline. (Il en va de cela comme de mon sourire qui fait croire à de la "joie de vivre", alors qu'il est seulement signe de bienveillance, ou du moins de courtoisie*[1]*.)* »

Et malgré la retenue, le contrôle des émotions et des passions, la douleur de l'arrachement aux êtres et aux lieux, si intense dans l'évocation de la mort d'Antinoüs, trouve aussi ses échos dans la Correspondance : « *J'ai été très touchée qu'à votre retour de Grèce vous avez pensé à m'apprendre la mort d'André Embiricos. Il emporte avec lui une bonne partie de notre vie passée dont il était inséparable [...]. Je vous avoue que je ne désire pas beaucoup revoir Athènes. Dans tous ces endroits qu'on a aimés, on a un peu l'impression quand on revient, d'aller rendre une visite à un ami frappé d'une maladie incurable*[2]*.* »

Les lettres renforcent le portrait spirituel que Yourcenar avait déjà projeté dans Les Yeux ouverts *et d'autres entretiens, une Yourcenar chez qui la strate catholique a été recouverte et comme imprégnée par d'autres religions. La pensée orientale avec les écritures bouddhiques qui ont été, révèle-t-elle,* « *l'un des aliments de sa vie* », *n'a cessé de l'accompagner. Elle a déchiffré la constatation du passage et l'émiettement de toute personnalité extérieure jusque dans l'œuvre de Proust, elle l'a assumée dans sa propre existence comme dans celle de ses personnages, même si elle a conscience de la difficulté à transmettre ces intuitions au lecteur occidental.*

À cet égard, le sens du sacré dépourvu d'angoisse comme de culpabilité, la nécessité de « *resacraliser la*

---

1. À Anat Barzilaï, 20 septembre 1977.
2. À Nicolas Calas, 26 septembre 1975.

vie sous toutes ses formes » *fondent pour elle l'établissement d'une morale humaine qu'éclairent les figures syncrétiques de la compassion, de Marie à Minerve, de la Kuanon chinoise à la Schehina juive. De nombreuses lettres, adressées notamment à Gabriel Germain et au Père de Gibbon permettent de compléter les essais et les entretiens en précisant les positions de la femme et de l'écrivain à l'égard de la mystique et du religieux.*

Cette même approche qui reste discrète en apparence mais qui ose affirmer sa dimension humaniste, lorsque ce n'était plus ou pas encore la mode, soustend le désespoir croissant de Yourcenar dès après les années de Mémoires d'Hadrien *au spectacle de « l'état du monde ». De l'inquiétude en 1937 devant les périls qui menacent la pensée désintéressée, à la prise de conscience à travers l'horreur nazie, la crise de Suez, l'avancée des tanks russes dans Prague, ou la guerre du Viêt-nam, de l'universalité du mal, et de l'« atrocité foncière de l'aventure humaine », on suit l'oscillation de l'écrivain entre l'incapacité à accepter le monde tel qu'il est avec ses strates archaïques d'indifférence, de souffrance et d'injustice, avec ses violences dont on ne voit pas la fin, et la certitude que l'idolâtrie du passé ne constitue pas une meilleure réponse que les illusions sur l'avenir.*

À l'écart du parisianisme pour lequel elle a des mots sévères, l'auteur de Mémoires d'Hadrien *se révèle dans sa correspondance moins solitaire et moins en marge de l'actualité de son époque que ses écrits le laissaient supposer. En témoigne son approbation presque enthousiaste de Mai 68, dont l'émergence aurait bien pu faire ombrage au succès de* L'Œuvre au Noir, *paru en même temps. Même son immobilisation légendaire à Petite Plaisance n'est une réalité que pendant les quelques années qui précèdent la mort de Grace. Beaucoup de lettres sont des lettres de voya-*

geuse et ce mode d'existence qu'elle privilégie lui inspire un regard aigu, un regard de pèlerin, sans exotisme et sans complaisance : à Isabel García Lorca, elle décrit sobrement la recherche du lieu où est tombé son frère. Au soir de sa visite au crématoire d'Auschwitz, elle répond à un correspondant qui lui soumettait un manuscrit. À Lidia Storlani Mazzooni, elle envoie en 1962 une évocation pénétrante de Leningrad, assortie d'une réflexion sur le modèle occidental, qu'elle refusera toujours de publier de son vivant.

L'humaniste, qui ose renouer avec la tradition moraliste et préserve sa langue contre les marées d'anglicismes et les vents de la modernité, pouvait à bon droit passer pour rétrograde dans les années 70. Sans doute a-t-elle bien fait de laisser reposer sa correspondance avant de la livrer au public ; la recherche du drapé s'y manifeste jusque dans le négligé de l'écriture au quotidien. Elle aurait pu faire sienne l'antipathie de Baudelaire pour l'avant-garde et se reconnaître dans son « horreur des métaphores militaires ». Pour elle comme pour lui, la littérature s'est révélée médium d'un réel observé et médité. Loin d'avoir mené, comme on aurait pu naguère le lui reprocher, des combats dépassés, cette classique est une grande brasseuse du réel de son temps.

Ses lettres permettent de mesurer la force de son engagement au monde malgré le choix de l'isolement, malgré la résistance aux modes, malgré l'effort pour maintenir la sérénité de la distance. Elles permettent de répondre aux questions qu'on pouvait se poser à la lecture de ses entretiens, ou de ses écrits personnels sur les ambiguïtés et les contradictions de certaines de ses prises de position. Sur la droite et la gauche, sur le christianisme et les religions du livre, sur les femmes, sur l'homosexualité, sur l'Amérique et la France, sur les Juifs, sur les Soviétiques, les lettres de Marguerite morte répondent plus exactement que Marguerite vivante parce qu'elles disent par petites touches ce qui n'aurait pas pu être dit dans la fièvre de l'actualité, ce qui aurait blessé tour à tour un camp puis l'autre.

Hors correspondance, Yourcenar n'aurait pas, elle qui fit plus discrètement que d'autres le voyage au « bouleversant Auschwitz », publié son inquiétante irritation que l'holocauste ait sacralisé le drame juif au point de le rendre tabou. Elle aurait hésité, elle qui avait vécu avec difficulté les années du maccarthysme dans sa patrie d'adoption mais ne nourrissait aucune illusion sur l'Union soviétique, à renvoyer clairement les deux blocs dos à dos, dans sa culture d'origine où le mot « intellectuel » rimait alors avec la gauche.

Malgré l'admiration qu'elle dit professer pour « l'effort d'une poignée de femmes, et de quelques hommes, pour relever la situation de la femme, situation archaïque partout, et particulièrement en France, et décidément indéfendable[1]* », elle laisse s'exhaler dans un moment de colère sa « foncière misogynie*[2]* ».*

Pas plus que dans le féminisme militant, elle ne se laisse enfermer dans l'homophilie dogmatique : « J'admets que l'homosexuel intelligent échappe à certaines routines, au risque, il est vrai, de s'en créer d'autres. La seule liberté sexuelle totale, si liberté il y a, serait celle du bisexuel, ou, à un niveau tout autre, la renonciation presque complète du Zénon de la fin [...]. L'homosexuel qui s'enthousiasme pour un beau garçon qui passe me semble ni plus ni moins sensible à la beauté que le monsieur qui s'extasie sur le galbe des jambes de jolies filles[3]*. » Quant à la lettre fleuve à Brigitte Bardot sur les bébés phoques, elle fera rêver ceux qui n'auraient pas imaginé une telle alliance.*

En un temps où l'idéologie n'est plus de mise, ses critiques d'hier fléchiront peut-être devant l'obstina-

---

1. À Françoise Parturier, 26 octobre 1973.
2. À Helen Howe Allen, février 1968.
3. À Simon Sautier, 8 octobre 1970.

*tion de l'auteur d'*Alexis *à renvoyer tous les dogmatismes dos à dos et verront dans le refus de tous les « ismes » une clairvoyance, naguère suspecte, aujourd'hui pionnière, comme si la marche du siècle l'avait insensiblement fait passer de l'arrière-garde aux premières lignes.*

Il reste que le refus de s'engager dans des luttes où tels de ses contemporains perdirent leur âme ou l'intuition précoce de l'importance du combat écologique ne suffiront pas toujours à effacer certaines ambiguïtés, voire certains indestructibles préjugés de caste. Née avec ce siècle, Yourcenar y appartient par nombre de ses intuitions ou de ses visions; par ses archaïsmes, elle est une femme du XIXe.

Quant à l'Amérique, dont elle est devenue en 1947 la citoyenne avant de réintégrer, Académie oblige, sa nationalité française, elle s'était peu exprimée sur son compte dans son œuvre publiée. La correspondance, en grande partie écrite de l'État du Maine, rend compte de son ambivalence à l'égard d'un pays qui l'a accueillie et gardée mais où elle se sentira toujours peu ou prou une étrangère. Si Yourcenar n'a pas beaucoup signé de manifeste politique en Europe, sa correspondance garde la trace de son engagement dans la vie civique américaine. Et elle a aimé l'Amérique de Mount Desert Island pour ses grands espaces, que la main de l'homme n'a pas encore gâchés, mais où elle ne peut pas parler sa langue.

Les lettres ne décevront pas les lecteurs de l'auteur de Mémoires d'Hadrien *ou de* L'Œuvre au Noir, *ceux qui s'intéressent à ses livres plus qu'à sa biographie, à la femme de plume plutôt qu'à la femme de chair. Yourcenar, qui partageait cette préférence, leur a fait la part belle. Inlassablement, ses lettres retracent la genèse des œuvres et la commentent. Inséparable du texte, ce paratexte accompagne, éclaire, et fournit l'envers du décor. Contrairement à la correspondance d'une Colette qui ne se soucie que de la vie qu'elle retient dans le filet épistolaire et lâche au destinataire comme un papillon, les lettres de Yourcenar, « rouage indispensable, pièce motrice de la machine littéraire*[1] *», sont hantées par la préoccupation déjà si prégnante dans les préfaces, postfaces et carnets de notes de se substituer au critique, et de le « doubler » pour le circonvenir.*

La préoccupation de l'œuvre apparaît à tout moment, quel que soit le destinataire de la lettre ou son contenu, mélangée aux sujets les plus triviaux voire les plus intimes. De même que Yourcenar ne fait pas la différence entre les êtres de chair qui l'entourent et les êtres de fiction qu'elle a engendrés, mêlant dans ses journaux intimes les données biographiques de son père Michel et celles de Zénon, protagoniste de L'Œuvre au Noir, *de même elle passe du commentaire sur ce dernier volume à des considérations sur les plantes de son jardin ou les boutiques d'alimentation.*

Complément et auxiliaire de l'œuvre, l'échange amical de la lettre permet à l'écrivain d'en « dresser le bilan », d'en préciser l'éclairage, d'en faire la constante exégèse. Pour qui en douterait, pour qui n'a pas consulté à Harvard les impressionnantes énumérations des sources, le poids du travail dans l'élaboration de chaque livre s'impose comme une évidence à la fois écrasante et simple. L'écrivain n'avoue-t-il pas que les recherches préparatoires à ses textes romanesques ont occupé une grande partie de sa vie, au prix d'autres expériences ou d'autres plaisirs ?

Au service de la vérité à laquelle leur auteur préfère le nom plus humble d'exactitude, et pour laquelle il prétend nourrir une « passion sèche[2] *», la lettre révèle*

---

1. Gilles Deleuze, Félix Guattari, *Kafka. Pour une littérature mineure*, Paris, Minuit, 1975, p. 52.
2. À Constantin Dimaras, 8 juillet 1951.

le soin avec lequel Yourcenar s'enquérait du moindre détail, inventé ou reconstruit par la fiction, qu'il s'agisse de l'induration au sein de Lina dans Denier du rêve, *ou d'une précision généalogique concernant* Le Labyrinthe du Monde. *Elle éclaire aussi, dans ces chroniques familiales que leur auteur se refusait à nommer autobiographiques, les déformations de cette même vérité, les détours de l'inconscient, les silences plus ou moins volontaires. À cet égard, la lettre rend plus facile à instruire dans les « Mémoires » le flagrant délit de travestissement ou de mensonge par omission mais le procureur le plus exigeant ne pourra nier, après examen des pièces à conviction, l'authenticité du souci de recherche, la jubilation de la chasse à l'information, l'honnêteté presque naïve des intentions et des principes.*

Plus que dans les entretiens avec les journalistes dont elle se méfiait, la romancière reconnaît devant son correspondant privilégié, la part personnelle qu'elle a investie dans ses écrits : « Oui, j'ai mis beaucoup de moi dans Feux *», mais pour aussitôt nuancer : « quoique pas plus que dans mes autres œuvres*[1] *». Au jour le jour, elle lui fait partager les efforts de l'écriture ou « l'exaltation sans seconde de se sentir portée par la fin d'une œuvre, qui coule comme un fleuve vers la mer*[2]*... », et surtout la passion d'écrire : « On n'en a jamais fini avec un livre*[3]*. »*

*Apparaît en même temps un souci de ménager la sensibilité et les réactions de ses interlocuteurs qu'elle n'a pas ou peu manifesté ailleurs, accompagné d'une volonté apologétique : « Je ne sais si le livre vous plaira ou vous déplaira profondément, écrit-elle à son neveu Georges à propos d'*Archives du Nord. *Je me*

---

1. À Wilhelm Gans, 9 décembre 1976.
2. À Lidia Storoni Mazzolani, fin 1965.
3. À François Augiéras, 2 septembre 1953.

suis en quelque sorte développée avec lui, voyant les problèmes chaque fois sous un autre angle, tâchant de mieux comprendre les individus ainsi présentés, ou parfois d'avouer humblement que je ne comprenais pas[1]. » Et l'épistolière ne manque pas de rappeler à l'écrivain son devoir d'humilité, elle qui dans d'autres pages inédites se fixait pour objectif *« de relire ses lettres manuscrites, de retoucher pour les clarifier les mots peu lisibles. Politesse. N'oublier jamais qu'on écrit pour communiquer*[2] ».

Comme dans beaucoup de grandes correspondances d'auteur, ces lettres couvrent « la zone énigmatique conduisant de ce qu'il est à ce qu'il écrit, où la vie passe parfois dans une œuvre et inversement[3] ». *Courroie de transmission de l'une à l'autre, elles permettent de réconcilier la femme avec l'artiste, en prenant en compte, comme elle-même le recommandait à propos de Bosch à la fois « son tempérament, son génie, et les circonstances de sa vie dont nous savons si peu, et les mille rapports d'un homme avec son milieu et son siècle*[4] ».

Mais les révélations apportées par ces lettres à la connaissance de la femme qu'était Marguerite Yourcenar aussi bien qu'à son œuvre ne sauraient masquer leur propre intérêt littéraire et humain. Ne connaît-on pas Madame de Sévigné par ses seuls exercices épistolaires ? Cette correspondance réveillera chez le lecteur de Yourcenar d'anciens plaisirs de lecture, renouvelés par un genre littéraire où ils ne la connaissaient pas encore mais où ils la reconnaîtront. Ces joies nouvelles lui auront été d'ailleurs ménagées par l'épistolière qui entendait les reporter après sa mort : « De

---

1. À Georges de Crayencour, 17 décembre 1976.
2. Fonds Yourcenar à Harvard, « Sources II », MS Storage 265.
3. Vincent Kaufmann, *L'Équivoque épistolaire*, Paris, Minuit, 1990, p. 8.
4. À Nicolas Calas, 18 février 1962.

toute façon, il me semble que tout fragment de correspondance n'a sa place que dans une édition posthume, ou tout au plus dans une anthologie de correspondance faite et publiée si tard dans la vie d'un écrivain qu'elle est quasi posthume[1]. »

Témoignage sur l'écriture, la lettre est elle-même écriture et, à ce titre, rencontre d'un désir d'écrire et d'un travail consenti. À plusieurs reprises, l'épistolière revient sur l'effort de réflexion et parfois même de recherche, et le temps passé à ce don gratuit, qu'elle évalue pour un de ses correspondants à celui d'une journée de travail — il est vrai que la lettre était longue —, et s'en plaint âprement comme d'un prix à payer au succès : « Le travail de correspondance et tout ce qui s'ensuit a été et est encore accablant[2]. »

L'identité de ses destinataires explique que cette anthologie soit intitulée « Lettres à ses amis... et quelques autres » et non « Lettres à ses contemporains », titre auquel elle avait pensé. Car, si elle a échangé parfois de brèves missives avec des écrivains de premier plan, des hommes politiques célèbres, voire des hommes d'État, c'est aux proches plus obscurs qu'elle réserve le meilleur de son intimité avec elle-même et avec son œuvre. Les noms de Thomas Mann, Jules Romains, Henry de Montherlant ou Georges Pompidou passent comme des météores dans ce défilé de correspondances, où les lettres les plus denses et les plus originales sont souvent adressées à de quasi inconnus ou aux amis du « premier cercle » à qui elle fait confiance.

L'indifférence à la notoriété comme à l'actualité s'applique à sa gloire littéraire. Et l'entrée à l'Académie française ne sera qu'une tentation de la raison, qui pose ses conditions : « Je ne crois pas que je serai élue

---

1. À Lidia Storoni Mazzolani, fin 1965.
2. À Jeanne Carayon, 12 novembre 1977.

à l'un des quarante fauteuils, parce que j'ai déjà indiqué à ceux de ces messieurs qui m'ont posé la question, d'abord, que je ne ferai pas acte de candidature, n'aimant pas beaucoup être "candidate" à quoi que ce soit[1]... »

Cet esprit quasi encyclopédique, un des plus érudits du siècle, qui ne cesse de nourrir ses livres de ses lectures, qui a intégré aussi bien les classiques grecs et latins que les cultures orientales, et qui passe des Noirs américains à Mishima ou à Selma Lagerlöf, se réfère peu en dehors de Proust, de Montherlant ou de Gide, à ses confrères, les écrivains de son temps. Sartre absent, Breton, « magicien pris au piège », Bataille qu'elle déconseille à un éditeur américain de traduire, Leiris qu'elle avoue ne pas connaître.

Dans cette œuvre épistolaire, d'abord inspirée par l'amitié, de toutes les mystiques celle à laquelle leur auteur adhère le plus complètement, se manifeste son écoute de l'autre et sa capacité à s'adapter à son correspondant. Trois lettres sur son voyage en Alaska permettent de mesurer cette sensibilité au destinataire, qui n'est jamais, comme dans d'autres correspondances, oblitéré, réduit à une fonction d'écoute ou simple prétexte d'exercice littéraire. Mais l'ouverture n'exclut pas la franchise, qui peut être brutale : « Croyez à mes sentiments changés », et qui est souvent sincère : « Pourquoi n'avons-nous jamais rien à nous dire quand nous nous téléphonons ? »

Dans les lettres de conseils aux jeunes auteurs, ce franc-parler tourne au ton sermonneur et on ne s'étonne pas qu'elle n'ait jamais réussi à rester en bons termes avec un jeune écrivain après avoir fait « des réserves, même les plus amicales » sur des œuvres qu'on a pourtant soumises à son jugement. Des fragments de journaux inédits permettraient de replacer

---

1. À Louise de Borchgrave, 1ᵉʳ mars 1978.

dans leur contexte d'ascèse orientale des recommandations d'hygiène de vie ou d'écriture qui peuvent paraître simplistes mais que Yourcenar s'imposait tout aussi sévèrement à elle-même.

Reconnaissons toutefois que Yourcenar, pas plus que le commun des mortels, n'est à l'abri de jugements à l'emporte-pièce à l'égard des personnes et de leur travail, surtout lorsqu'il touche au sien. Les uns ou les autres regretteront certaines de ses formulations qu'il ne faut pas séparer d'un contexte épistolaire fait de spontanéité où les mots sont jetés comme des balles dont on oublie qu'elles risquent de rebondir un jour. Malgré le souci par ailleurs affiché de filtrer la correspondance pour la postérité, l'écrivain, qui n'en est pas — et qui pourrait le lui reprocher ? — à une contradiction près, n'écrit-il pas à Lidia Storoni Mazzolani qu'une lettre lui « paraît avant tout une lettre, je veux dire une confidence faite à une personne seulement sans arrière-pensée de publication[1] *».*

Le destinataire conditionne le ton aussi bien que le contenu de la lettre et Yourcenar n'écrit pas à Loulou de Borchgrave qui la connut enfant ou à Camille Letot, son ancienne bonne, comme elle écrit à Jean d'Ormesson ou à Montherlant. Mais cette solitaire ne manifeste que rarement le désir de présence de l'interlocuteur absent. Clairement, la lettre lui suffit à combler les manques et l'épanchement par l'écriture supplée à l'éloignement volontaire. On peut certainement compter sur les doigts d'une main le nombre de rencontres directes qu'elle eut et souhaita avoir dans la réalité avec sa correspondante la plus intime.

La lettre yourcenarienne n'échappe pas au code épistolaire qui cherche à fixer la quotidienneté, l'instant éphémère, l'activité ludique ou festive. Les détails foisonnent sur les plantes du jardin de Petite Plai-

---

1. 3 février 1965.

sance, les faits et gestes des chiennes Valentine ou Zoé, les activités de Halloween *ou de* Thanksgiving. *Et comme dans d'autres correspondances, qu'elles soient ou non d'écrivains, l'angoisse de la maladie, de la vieillesse et de la mort se manifeste dans le rappel répétitif des petites misères et calamités physiques, réduites à leur expression la plus triviale de symptômes passagers ou de brefs faire-part de décès.*

Le moindre événement, fût-il minuscule, incident, émotion fugace, est couché sur le papier en français, à l'adresse d'interlocuteurs de langue française. Et l'on peut se demander si l'activité épistolaire de Yourcenar aurait été la même si elle n'avait pas vécu près de quatre décennies parmi des anglophones, dans le dépaysement linguistique et culturel de l'île des Monts-Déserts.

Cette correspondance qui nous la restitue dans son quotidien de « bonne dame de Petite Plaisance », en lui traçant des limites, lui rend son pesant d'humanité, et permet à l'altière Marguerite de Crayencour de revendiquer son droit à l'erreur, à l'équivoque, voire à la banalité. Elle lui permet, malgré la méfiance par ailleurs affichée à l'égard de son propre sexe, de se revendiquer comme femme dans le sens le plus traditionnel et le plus restrictif. Une femme qui fait la cuisine, le pain de temps en temps, sarcle les mauvaises herbes, ratisse le jardin, raccommode sa lingerie, cause avec la blanchisseuse, le jardinier ou la femme de journée et voit dans ces servitudes féminines une « école de réalité immédiate », une sorte de « Tao quotidien ».

À cet espace de confidentialité qu'est la lettre, lieu de partage et d'intimité, où les incidents les plus infimes ont le même statut que les analyses littéraires ou philosophiques les plus sophistiquées, équivalent d'une conversation où, au dire de ses amis, elle excellait, la Yourcenar de L'Œuvre au Noir *ou même des* Essais et mémoires *ne nous avait pas habitués. On ne lui est que plus reconnaissant, en attendant la publication de correspondances entrecroisées, de nous avoir ménagé cette surprise posthume.*

REMERCIEMENTS

Nous remercions très vivement Yannick Guillou pour son actif et efficace soutien. Cet ouvrage lui doit le jour.

Nous sommes reconnaissants à Hugo Moreno de nous avoir accordé tout au long de ce travail son concours efficace et sa présence chaleureuse.

Nous sommes redevables au Centre International de Documentation Marguerite Yourcenar (CIDMY) et à la Société Internationale d'Études Yourcenariennes (SIEY) pour leur indispensable apport de documentation.

Nous tenons à remercier toutes celles et tous ceux qui par leur apport de lettres ou d'informations ont contribué à la conception et à la réalisation de cette édition : Donatella Andréani, Jacqueline Baissette, Jean-Claude Barat, André Bellamich, Yvon Bernier, Pierre de Boisdeffre, Françoise Bonali-Fiquet, Jane Bond, Alain Bosquet, Wim Bots, André Brincourt, Huguette de Broqueville, Marc Brossollet, Jean Chalon, François Chapon, Lauretta Clough, Jean-Pierre Corteggiani, Marie-Françoise de Courtivron, Bernard Crampé, Michiko Crampé, Georges de Crayencour, Jean-Pierre Dauphin, Deirdre Dawson, André Delvaux, André Desjardins, Vassiliki Dikopoulou, Marcel Duval, Madame Eichelberger, Madame Embiricos, Etiemble, Giuseppe Falvo, Edith Farrell, Frederic Farrell, William Fenton, Fance Franck, Gisèle Freund, Geneviève Galey, Louis Galey, Antoine Gallimard, Wilhelm Gans, Colette Gaudin, Annie Guéhenno, Michèle Goslar, Franck Guillou, Dominique Hoffet, Gabriel Jardin, Marc Jouhandeau, Lise Jules-Romains, Walter Kaiser, Anya Kayaloff, Kathleen Kilday, Jacques Lacarrière, Jean Lambert, Patrick Laude, Catherine Lépront, Jean Lunt, Françoise Mallet-Joris, Alain Mangin, Pierre Moustiers, Maurice Nadeau, François Nourissier, Jean d'Ormesson, Françoise Parturier, Liliane

Phan, Jacqueline Piatier, Rémy Poignault, Bertrand Poirot-Delpech, Loredana Primozitch, Suzanne Rossignol, Jean Roudaut, René Roussel, Fabrice Rozié, Camilla Russel, Charles Russel, Volker Schlöndorff, Patrick Schlumberger, Lucienne Serrano, André Stil, Lidia Storoni Mazzolani, Dominique Villemot, Isis Zaki.

Cet ouvrage est publié avec l'autorisation de la Bibliothèque Houghton, Harvard University. Nous remercions tout particulièrement Elizabeth Falsey, Susan Halpert et Leslie Morris pour leur courtoisie et leur efficacité. Nous remercions également les membres du « Trust » (fondation) Yourcenar pour leur soutien.

Evolène – Valais –
21 août 1951

Mon cher Didy,

Merci pour votre longue lettre de ce mois, et d'abord pour la fort juste critique de détail qu'elle m'apporte sur le début des *Mémoires* d'Hadrien. Le mot esthétique, au sens moderne, est en effet un reste d'un texte plus ancien, où l'exactitude de Tou[t] n'avait pas été si soigneusement observée ; il doit disparaître. Et je vous sais le plus grand gré de me l'avoir signalé. [...]

[...] à placer en première page [...]

Il me semble, au contraire, que la lettre d'Hadrien se développe, changeant d'intention en cours de route, devenant peu à peu d'un testament politique et d'un mémoire d'un empereur malade se trouve ainsi, imperceptiblement, engagé dans une [...]

Copie de lettre manuscrite à Constantin Dimaras.

Copie de lettre à Montherlant, recopiée par Grace Frick.

Correspondance

1909-1910

À JEANNE DE CARTIER DE MARCHIENNE[1]

                Château du mont-noir[2]
                par Bailleul
                8 Juillet [vers 1909-1910][3]

Chêre[4] tante Jeanne.

J'attend avec inpatience qu'il fasse beau pour venir à coq-sur-mer ici nous avons la pluie tous les jours. J'ai eu pendant 10 jours Guy de Borchgrave[5] et je me suis bien ammusée avec lui. Tante Jeanne mon

---

1. Fonds Yourcenar à Harvard, MS Storage 265.
Jeanne de Cartier de Marchienne, sœur infirme de Fernande-Louise-Marie-Ghislaine de Cartier de Marchienne (1872-1903), mère de Yourcenar.
2. Construit en 1815, le château du Mont-Noir, dans la Flandre française où Marguerite de Crayencour passa son enfance, appartenait à la famille Cleenewerck de Crayencour. Michel de Crayencour, père de l'écrivain, vendit la propriété à l'automne 1912. Le château fut détruit par un obus durant la Grande Guerre.
3. Ajout en marge : « Copie lettre Yourcenar écrite en 1909 ou en 1910, du Mont-Noir à Jeanne de Cartier de Marchienne. »
4. L'orthographe enfantine n'a pas été modifiée sur la dactylographie ; elle a été conservée dans la présente édition. Yourcenar a six ou sept ans quand elle écrit cette lettre.
5. Fils de Louise de Borchgrave, dite « Loulou », mort plus tard dans un accident d'avion. Voir lettre à Louise de Borchgrave du 10 mars 1956.

pauvre trier[1] est très malade il ne sait plus marcher il est tout a fait paralysé je suis bien triste. Au revoir tante Jeanne j'espère vous voir bientôt Je vous enbrasse ainsi que tante Georgine — cousine Suzanne Fraülein[2] et cousin Jean

Votre petite

Marguerite

---

1. Chien de Fernande. Yourcenar le garda pendant des années. Dans le troisième volume de *Le Labyrinthe du Monde*, elle cite une phrase d'une autre lettre à sa tante : « Ma chère tante, j'écris pour dire que je suis bien triste, parce que mon pauvre Trier est mort », et ajoute, « Ainsi commence le seul message à ma tante infirme que le hasard m'ait rendu. C'est en somme ma première composition littéraire ». *Quoi ? L'Éternité* in *Essais et mémoires*, Paris, Gallimard, Bibliothèque de la Pléiade, 1991, p. 1345. Cette « première composition » ne se trouve pas au Fonds Yourcenar à Harvard.
2. Gouvernante allemande de Fernande de Cartier de Marchienne et de ses sœurs.

1920-1925

À CAMILLE LETOT[1]

>Hôtel Métropole. Rome
>[1924]

Chère Camille,
   Je t'envoie mes meilleurs souvenirs de Rome et un bon baiser au petit Albert qui doit déjà être grand[2].

>Marguerite

Je t'envoie la photo du Colisée. Je me souviens que tu aimais beaucoup les camées et je t'en ai acheté un tout petit au Colisée. Je te l'enverrai à mon retour parce que ici la poste est [ennuyeuse].

---

   1. Archives Gallimard. Copie de carte postale autographe.
   Camille Debocq Letot (1892-1970). Après être entrée au service de Jeanne de Cartier de Marchienne en août 1911, comme femme de chambre, cette jeune Belge commença à s'occuper de Marguerite, vers 1912. Elle resta auprès d'elle et de Michel de Crayencour jusqu'à son mariage en 1917 avec Henri Letot. Yourcenar la perd de vue à partir des années 30. À la suite d'un article sur l'écrivain paru dans *Femmes d'aujourd'hui*, Camille Letot renoua avec elle par une lettre du 24 mars 1961.
   2. Albert Letot (né en 1923), fils de Camille, et filleul de Yourcenar.

À CAMILLE LETOT[1]

[2]8 décembre[2]

Ma chère Camille,
 Je t'envoie mes meilleurs souhaits d'heureux Noël pour toi et pour les tiens sur cette carte qui vient de Rome et représente le pape dans les jardins du Vatican. J'ai pensé que tu [le] trouverais plus curieux qu'une carte de Noël ordinaire. Je joins à celle-ci un petit cadeau de Noël et Nouvel An pour mon cher petit filleul. Achète-lui avec cela quelque petite chose de ma part. J'embrasse le petit Albert et vous envoie à toi et à ton mari nos meilleurs souvenirs à tous.

[Marguerite]

À CAMILLE LETOT[1]

[Sans date]

Chère Camille,
 Je t'envoie mes meilleurs pensées et souhaits pour Pâques ainsi que le petit billet qui te servira à acheter à mon filleul un jouet à la place de sa marraine. J'espère que tu vas bien ainsi que les tiens et te fais toutes mes amitiés. Je ne t'envoie pas une photographie de M[onte]-Carlo parce que tu les as presque toutes, je suppose, mais une photographie de Venise, qui est bien plus jolie.

Marguerite

1. Archives Gallimard. Copie de carte postale autographe.
2. Ajout en marge : « À Camille Letot. Écrit probablement en 1923, 24 ou 25. »
3. Archives Gallimard. Copie de carte postale autographe représentant la place Saint-Marc à Venise. A dû être écrite dans les années 20.

À CAMILLE LETOT[1]

[Sans date]

Chère Camille,
   Nous sommes depuis quelques jours à Rome où nous avons très beau temps. Il y a beaucoup de monde parce que c'est l'année Sainte des Pèlerinages qui n'arrive que tous les 25 ans. Je t'en envoie une carte postale. Je viens d'aller [reprendre] au Vatican la bénédiction que j'ai demandée pour toi avec indulgence plénière. Je te l'enverrai demain. Nos meilleurs souvenirs à tous. J'embrasse Albert.

                                            Marguerite

---

1. Archives Gallimard. Copie de carte postale autographe représentant un cortège de pénitents en route pour Saint-Pierre. A dû être écrite en 1925.

1927

À CAMILLE LETOT[1]

19 juin 1927

Ma chère Camille,

Je te remercie bien de ta jolie carte pour mon anniversaire. Me voici maintenant fixée pour l'été à « Hôtel Bellevue et Belvédère — Glion-sur-Montreux, Suisse », c'est-à-dire sur cette montagne verte qui domine le lac Léman. As-tu reçu les cartes postales que je t'ai envoyées d'Allemagne ? Il fait presque froid, cela nous change de Monte-Carlo où nous avions trop chaud tout l'été. J'ai apporté avec moi ma machine à écrire et je « tape » mes articles[2] toute la journée lorsque je ne suis pas en promenade. J'espère que vous allez tous bien. Nous vous envoyons à tous nos meilleurs souvenirs. J'embrasse Albert. Amitiés de Marguerite.

1. Archives Gallimard. Copie de carte postale autographe représentant le château de Glion-sur-Montreux et les Dents du Midi.
2. Trois textes ont été publiés l'année suivante sous le pseudonyme de Marg Yourcenar : « Kâli décapitée » in *La Revue européenne*, n° 4, avril, pp. 392-396 ; « L'Île des Morts : Boecklin » in *La Revue mondiale*, 15 avril, pp. 394-399 ; « Pierrot pendu » in *Revue Point et Virgule*, n° 7, mai, p. 20.

1928

À CAMILLE LETOT[1]

25 août 1928

Ma chère Camille,

J'espère que vous allez tous bien. Je t'envoie avec mon bon souvenir un petit mouchoir brodé représentant un chalet Suisse ; c'est une spécialité d'ici. Je n'envoie rien de plus encombrant pour le moment parce que la poste est si incommode. Mon père[2] va beaucoup mieux ; nous sommes à Glion depuis deux mois et nous y resterons jusqu'en fin septembre. Je passe un été très gai ; j'ai beaucoup d'amis en Suisse et je fais beaucoup de petits voyages. Mon petit

---

1. Archives Gallimard. Copie de carte postale autographe représentant comme la précédente le château de Glion-sur-Montreux.
2. Michel Charles René Joseph Cleenewerck de Crayencour, né à Lille le 10 août 1853, mort à Lausanne le 12 janvier 1929. Il fit publier à compte d'auteur le premier ouvrage de sa fille, *Le Jardin des Chimères*, Paris, Librairie académique Perrin, 1921.

Yourcenar fera de son père le personnage principal de *Le Labyrinthe du Monde*, chroniques familiales en trois volumes, Paris, Gallimard, 1974, 1977 et 1988.

Elle possédait dans sa bibliothèque de Petite Plaisance l'adaptation qu'il avait faite de la version anglaise de Coménius, *Le Labyrinthe du monde et le Paradis du cœur*, Lille, Imprimerie L. Danel, 1906.

chien mange beaucoup, et il devient beaucoup trop gros. Il fait très chaud, même ici. Michel[1] et Solange[2] sont venus nous voir il y a une 15/ de jours[3]. Ils ne sont restés que peu de temps ; cela s'est bien passé. Voilà toutes les nouvelles. Je t'embrasse ainsi qu'Albert. Mes compliments à ton mari.

Marguerite

---

1. Michel Fernand Marie Joseph de Crayencour (1885-1966). Fils du précédent et de Berthe de La Grange. Demi-frère aîné de Yourcenar qu'elle appelle Michel-Joseph dans *Le Labyrinthe du Monde*.
2. Solange de Borchgrave, (1872-1969), épouse du précédent.
3. Yourcenar affirme dans *Le Labyrinthe du Monde* et dans sa lettre à Camille Letot du 7 juillet 1966 que son demi-frère n'avait pas revu leur père entre leur séjour en Angleterre en 1914 et la mort de Michel de Crayencour en 1929. Cette carte prouve le contraire.

1930

À CAMILLE LETOT[1]

12 juin 1930

Chère Camille,
Mille mercis pour ton aimable carte et celle du petit Albert. J'espère que tu te plairas dans ta nouvelle installation et t'y souhaite beaucoup de chance. Je suis rentrée d'Autriche il y a une dizaine de jours après un très agréable voyage.
Madame[2] et moi vous envoyons à tous nos meilleurs souvenirs. Mille baisers à mon filleul Albert.

Marguerite

1. Archives Gallimard. Copie de carte postale autographe représentant le château d'Innsbruck.
2. Christine Brown-Hovelt (1873-1950), troisième épouse, anglaise, de Michel de Crayencour, qu'il connut en Angleterre en 1914 et épousa à Monaco en 1926.

1933

[À ANDRÉ FRAIGNEAU[1]]

[1933]

Bien cher ami,
Je quitte Athènes chargée de souvenirs, de [regrets] du ferme [projet] d'y retourner l'an prochain et d'une collection de [disques] grecs qu'André Embiricos[2] m'a

1. Fonds Yourcenar à Harvard, MS Storage 265. Brouillon autographe retrouvé dans un dossier libellé « Letters from unindentified correspondents » (Lettres de correspondants non identifiés). Il porte la mention « écrit vers 1933 » de la main de Yourcenar.
André Fraigneau (1905-1991) est l'auteur de nombreux ouvrages (dont certains ont été réédités) notamment *Val de Grâce*, Paris, Éditions du Carrefour, 1930 (Bibl. PP); *Les Voyageurs transfigurés*, avec un portrait de l'auteur par Salvat, gravé sur bois par G. Aubert, Paris, Éditions de la Nouvelle Revue française, 1933 (Bibl. PP); *L'Irrésistible*, Paris, Gallimard, 1935 (Bibl. PP); *La Fleur de l'âge*, Paris, Gallimard, 1942 (Bibl. PP).
André Fraigneau a été aimé de Yourcenar (Josyane Savigneau, *Marguerite Yourcenar. L'invention d'une vie*, Paris, Gallimard 1990).
2. Yourcenar francise ici, comme elle le fera toujours, le nom d'Andreas Embirikos (1902-1975), écrivain et psychanalyste grec qu'elle a fréquenté entre 1933 et 1937. À ses côtés, en 1935, elle a commencé *Feux* à Istanbul, au cours d'un voyage en mer Noire; et elle lui dédiera les *Nouvelles orientales*.
Feux paraîtra d'abord chez Grasset en 1936. Il sera ensuite réédité chez Plon en 1957, puis chez Gallimard, coll. Blanche, 1974 et dans les *Œuvres romanesques*, Bibliothèque de la Pléiade, 1982. *Nouvelles orientales* paraîtra chez Gallimard, coll. Renaissance de la Nouvelle, 1938, puis sera repris dans les *Œuvres romanesques*.

donnée. Il est [mot illisible], votre ami, il est même davantage, il est humain. Merci de m'avoir fait faire sa connaissance. Tout ce que vous *fait[es] est toujours bien fait*. La veille de mon départ d'Athènes, nous sommes allés à la terrasse d'un des petits cafés d'Athènes qui contemple au coucher du soleil l'Acropole.

André Embiricos s'est efforcé de me résumer les impressions d'une soirée semblable qu'il avait passée avec vous. Il m'a priée de vous dire qu'il s'en [mot illisible] heureux. Donnez-moi des nouvelles de mon livre[1].

Les critiques vous satisfont-elles ? Une espèce de sentiment de devoir m'oblige à [mot illisible] de tout ça.

Je serai le 12 juin à Lausanne. Puisque vous retournez en Grèce, je vous souhaite un voyage aussi beau que le mien l'a été jusqu'ici.

Je vous envie d'y aller comme si je n'étais pas en train d'y [interruption du brouillon]

[Marguerite Yourcenar]

À ANDRÉ FRAIGNEAU[2]

6a Avenue de Florimont
Lausanne
27 janvier 1933

Cher Fraigneau,

Je suis heureuse que vous approuviez ma résolution. Oui, il m'en a un peu coûté, mais j'ai déjà reporté tout mon espoir — et toute mon inquiétude

---

1. *Pindare*, soutenu chez Grasset par André Fraigneau, premier ouvrage signé Marguerite Yourcenar, fut publié en 1932. Il sera repris dans la section « Textes oubliés » de *Essais et mémoires*.
2. Collection particulière.

— sur *Denier du rêve*[1]. J'achève en ce moment la partie centrale du livre, et j'espère qu'ensuite tout ira à peu près sans accroc.

Je voulais depuis longtemps vous demander si Baissette[2] a réussi à nous trouver un éditeur[3], ou si pour le moment il renonce à chercher. Dans ce cas (et seulement dans ce cas) me permettriez-vous d'essayer de publier provisoirement *Ariane* dans une revue ? Je m'en veux de vous poser cette question, et si vous trouvez le moindre inconvénient à cette publication à part, dites *non* sans hésiter. Vous pensez bien que je ne meurs pas de voir paraître cette chose, je ne fais qu'obéir à des raisons toutes pratiques, assez plates, et qui ne méritent que de céder à la moindre de vos objections.

Croyez-moi, je vous prie, tout amicalement vôtre,

Marguerite Yourcenar*

---

1. *Denier du rêve* sera publié pour la première fois chez Bernard Grasset en 1934. Une nouvelle version, profondément remaniée, verra le jour chez Plon, en 1959. Elle sera reprise ensuite chez Gallimard : coll. Blanche, 1971 ; coll. L'Imaginaire, 1982 ; *Œuvres romanesques*.
2. Gaston Baissette, (1901-1977). Romancier et essayiste. Ami de Fraigneau et de Yourcenar dans les années 30. Collaborateur des *Cahiers du Sud*. Docteur en médecine, il publia sa thèse sur *Hippocrate*, Paris, Grasset, 1931 (Bibl. PP).
3. En 1932, André Fraigneau, Gaston Baissette et Marguerite Yourcenar avaient entrepris un jeu littéraire qui consistait à écrire chacun de son côté un sketch représentant le point de vue du Minotaure, de Thésée et d'Ariane. « Le Point de vue du Minotaure » d'André Fraigneau, et « Ariane et l'Aventurier » de Yourcenar allaient figurer, avec le « Thésée » de Gaston Baissette dans le « Triptyque » publié par Ballard, dans les *Cahiers du Sud*, t. XIX, n° 219, août-septembre, pp. 80-106. *Qui n'a pas son Minotaure ?* publié en 1971 dans *Théâtre I*, Gallimard, coll. Blanche, est une reprise très remaniée de ce point de vue d'Ariane. Yourcenar s'est toujours opposée à la réédition de « Ariane et l'Aventurier ».

À ANDRÉ FRAIGNEAU[1]

3 mai [1933]

Quel dommage que ce ne soit pas le fils d'Octavie[2] ! On pourrait le prendre comme emblème des espérances interrompues.

M. Yourcenar

---

1. Collection particulière. Copie de carte postale autographe, reproduisant un *Buste d'enfant dit de Marcellus,* du Musée lapidaire d'Arles.
2. Marcellus, fils d'Octavie. Auguste le destinait à l'Empire et lui fit épouser sa fille Julie.

1937

À EMMANUEL BOUDOT-LAMOTTE[1]

> Hôtel Wagram[2]
> 208 rue de Rivoli
> Jardin des Tuileries-Paris
> 25 janvier 1937

Cher Ami,

J'ai appris avec le plus grand regret votre accident de [mot illisible]. J'espère que nous vous reverrons bientôt debout et guéri.

J'ai reçu le contrat signé par Gallimard[3], mais j'attends pour le lui renvoyer d'en avoir d'abord causé avec vous. Faites-moi signe un de ces matins quand vous serez ressuscité.

Bien sympathiquement

                    Marguerite Yourcenar

---

1. Archives Gallimard. Copie de lettre autographe.
Emmanuel Boudot-Lamotte (1908-1981). Écrivain, directeur de collection chez Gallimard. *Athènes et l'Attique* (dédié à A. Fraigneau), Paris, Éditions Tel, 1941 (Bibl. PP), livre de photographies pour lequel il rédigea une préface, et *Italie méridionale et Sicile*, Paris, Paul Hartman éditeur, 1955 (Bibl. PP).
2. Sur papier à en-tête.
3. Pour les *Nouvelles orientales*, paru en 1938.

À EMMANUEL BOUDOT-LAMOTTE[1]

>Hôtel Wagram
>208 rue de Rivoli
>Jardin des Tuileries. Paris[2]
>13 février 1937

Cher Ami,

J'ai essayé de vous atteindre lundi au téléphone ; mais je vous demande toujours au moment où vous êtes en conférence ou absent. Je pars vendredi pour passer quelques jours à Londres[3] et j'aurais voulu vous faire tenir le manuscrit de « Kâli[4]... » et vous retourner les exemplaires du contrat avant mon départ. Pouvez-vous être assez aimable pour me téléphoner l'un de ces matins vers 11 heures, ou au début de l'après-midi ? Je vous en remercie d'avance.

Croyez à mes sentiments bien sympathiques

Marguerite Yourcenar

---

1. Archives Gallimard. Copie de lettre autographe sur papier à en-tête de l'hôtel Wagram.
2. Sur papier à en-tête.
3. Pour rencontrer Virginia Woolf (1882-1941) dont Yourcenar traduisit *Les Vagues (The Waves)*, paru en 1937 chez Stock. Virginia Woolf mentionne cette visite dans son *Journal. The Diary of Virginia Woolf*, édité par Anne Olivier Bell et Andrew Mc Neillie, vol. V, 1936-1941, Londres, Harcourt Brace Jovanovitch, 1984, p. 60.
4. « Kâli décapitée » fait partie de *Nouvelles orientales*.

À EMMANUEL BOUDOT-LAMOTTE[1]

> Hôtel Meurice
> Lausanne. Ouchy
> 24 août 1937

Cher Ami,

Que devenez-vous, et que deviennent les *Nouvelles Orientales* ? Paraissent-elles toujours en novembre, comme convenu ? Si le volume vous paraît trop court, je puis vous envoyer un conte du même goût, pour le corser.

Je suis depuis longtemps sans nouvelles d'André, et mon état de santé ne m'a pas permis cette année de séjourner longtemps à Athènes.

Vous aurez vu que « Le Prince Genghi[2] » a paru dans la *Revue de Paris* de ce mois.

Croyez, je vous prie, à tous mes souhaits de bonnes vacances et à mon tout sympathique souvenir.

Marguerite Yourcenar

---

1. Archives Gallimard. Copie de lettre autographe.
2. « Le Prince Genghi » a paru dans la *Revue de France*, tome IV, 15 août, pp. 845-854, et non comme l'indique Yourcenar dans la *Revue de Paris*. Ce texte sera inclus dans les *Nouvelles orientales*, sous le titre « Le dernier amour du Prince Genghi ».

À EMMANUEL BOUDOT-LAMOTTE[1]

>516 Orange Street
>New Haven[2]
>18 sept 1937[3]

Cher Ami,

J'ai pu mettre la main sur le brouillon du « Chef Rouge[4] » et recopier pour vous ce manuscrit barbouillé avant l'arrivée à Southampton. Le voici donc, ce qui vous permettra de donner le livre à l'imprimeur dans les délais prévus.

Merci de vous occuper de lui de façon si personnelle. J'ai été ravie de vous atteindre un instant pendant ce court passage à Paris, et le sort de mon livre me préoccupe moins, depuis que vous l'avez si fraternellement adopté.

Croyez, je vous prie, à mes pensées bien vivement et bien sincèrement sympathiques.

>Marguerite Yourcenar

---

1. Archives Gallimard. Copie de lettre autographe.
2. Sur papier à en-tête de C.T. French Line. S.S. Paris.
3. Ce premier séjour de Yourcenar en Amérique, à l'invitation de Grace Frick, durera de septembre 1937 à avril 1938.
4. Conte des *Nouvelles orientales*, intitulé « La Veuve Aphrodissia » dans la version définitive.

À EMMANUEL BOUDOT-LAMOTTE[1]

> 516 Orange Street
> New Haven, Connecticut[2]
> 16 novembre 37

Cher Ami,

Mille mercis pour votre lettre, et pour la page spécimen des NOUVELLES ORIENTALES. La mise en page me plaît beaucoup. Je vous renverrai les épreuves par le premier paquebot, après une révision rapide, et pourtant aussi sérieuse que possible.

La nouvelle LE CHEF ROUGE est tout à fait inédite. À l'époque où nous en avons parlé à Paris, ce n'était guère qu'un brouillon informe. Je l'ai mise au net et copiée dans le roulis des premières heures de ma traversée atlantique, et je suis heureuse que le résultat ne vous paraisse pas complètement déplorable. Bien entendu, ces quelques pages sont à la disposition de Marcel Thiébault[3], si vous le jugez bon, et s'il peut les faire passer avant la publication en volume.

Ceci n'est qu'une lettre d'affaires, et je ne veux pas lui faire manquer le paquebot *Queen Mary*, qui part demain de New York. J'aurais aimé vous parler de l'Amérique, ce sera pour une autre fois, ou pour Paris à mon retour. Il faut pourtant vous dire que *l'été indien* est admirable, et que le paysage, en automne, arbore la livrée du Peau-Rouge, l'épiderme cuivré d'Atala. Et c'est aussi la saison du football, qui tient ici du carnaval, du cirque et du 14 juillet. Mais l'Europe est mille fois plus loin d'ici que la Perse, à laquelle je pense encore.

---

1. Archives Gallimard. Copie de lettre dactylographiée.
2. Sur papier à lettre à en-tête.
3. Marcel Thiébault, mort en 1961. Écrivain. Dirigea la *Revue de Paris*.

Dites à André[1] que je pense à lui, et croyez, cher Ami, à mes sentiments très sympathiques et tout reconnaissants.

Marguerite Yourcenar*

À EMMANUEL BOUDOT-LAMOTTE[2]

516 Orange Street
New Haven Connecticut[3]
20 novembre 1937

Cher Ami,

Je vous retourne par ce même courrier le manuscrit des NOUVELLES ORIENTALES. Comme vous vous en rendrez compte par vous-même, j'ai fait peu de corrections d'auteur : tout au plus quelques lignes du placard 53 ont-elles été sérieusement remaniées. Mais je voudrais appeler votre attention sur un autre changement, qui me semble indispensable : tout naturellement, quand je vous ai envoyé *Le Chef Rouge*, vous l'avez ajouté à la suite des autres contes, c'est-à-dire à la fin du volume. Or, je tiendrais beaucoup à laisser aux *Tulipes de Cornelius Berg*[4] la place d'épilogue que je leur avais faite : puis-je donc insister pour que *Le Chef Rouge* qui figure en ce moment à la fin du recueil (placard 56) soit intercalé entre *Les Emmurés du Kremlin*[5] et *Les Tulipes de Cornelius* (placard 54).

1. André Fraigneau, ami d'Emmanuel Boudot-Lamotte.
2. Archives Gallimard.
3. Papier à en-tête.
4. *La Tristesse de Cornelius Berg* dans la version définitive.
5. Yourcenar justifie ainsi la suppression de ce conte dans la version définitive : « Un autre conte, *Les Emmurés du Kremlin*, tentative très ancienne de réinterpréter à la moderne, une vieille légende slave, a été supprimé comme décidément trop mal venu pour mériter des retouches », « Post-scriptum » de 1978 à *Nouvelles orientales*, in *Œuvres romanesques*, p. 1247.

C'est tout. J'espère n'avoir pas laissé échapper trop d'erreurs, et je joins aux épreuves liste et dédicace.

Merci, cher Ami, et croyez à mes sentiments tout sympathiques. Votre sollicitude pour mon livre me fait croire que je ne suis pas tout à fait absente de Paris.

Marguerite Yourcenar*

À CHARLES DU BOS[1]

Mme Yourcenar
516 Orange Street
New Haven, Connect.
Novembre 1937

Monsieur,

De passage pour un jour à New York, j'apprends votre arrivée par les journaux — je suis pour quelques mois à New Haven, où je travaille péniblement à un livre — je doute s'il me sera possible de revenir à New York pour assister à vos conférences,

---

1. Fonds Yourcenar à Harvard, bMS Fr 372 (893). Copie de lettre autographe, sur papier à en-tête de l'hôtel Windsor à New York barré par Yourcenar.
Charles Du Bos (1882-1939). Écrivain et critique. Auteur de *Byron et le besoin de la fatalité*, Paris, Sans Pareil, 1929 (Bibl. PP); *Le Dialogue avec André Gide*, Paris, Au Sans Pareil, 1929 (Bibl. PP); *Approximations*, Paris, Éditions Corrêa (2e, 4e et 5e séries, 1932, 1930 et 1932 à la Bibl. PP); *Journal*, Paris, Éditions Corrêa, 1949 (T. III à la Bibl. PP), *Commentaires*, Paris, Desclée De Brouwer, sans date (Bibl. PP).
Michèle Leleu (1920-1975), universitaire, auteur de *Charles Du Bos — Approximation et certitude*, Desclée De Brouwer, 1976 (Bibl. PP), transmit cette lettre et les suivantes à Yourcenar, en 1964 (voir lettre à Michèle Leleu, 10 octobre 1964). Elle les avait découvertes à l'occasion de ses propres études sur Du Bos et en publiera une dans les *Cahiers Charles Du Bos*, numéro spécial, novembre 1964, pp. 53-54 (Bibl. PP).

et à plus forte raison me sera-t-il sans doute impossible de vous rencontrer personnellement, chance que j'ai si souvent manquée à Paris.

Mais je tenais à vous adresser moi aussi cette espèce de maladroite bienvenue, et à dire une fois de plus mon admiration (et ma gratitude) à un écrivain dont les vues me rassurent sur la pente d'ailleurs bien lente, et selon vous sans doute bien écartée encore, que prennent insensiblement les miennes.

Croyez, je vous prie, à mes sentiments tout sympathiques et tout attentifs.

Marguerite Yourcenar

À CHARLES DU BOS[1]

516 Orange Street
New Haven, Connecticut
21-23 décembre 1937

Monsieur,

Excusez-moi d'avoir tant tardé à vous remercier de la lettre, si belle, que j'ai reçue de vous[2]. Mais justement, une telle lettre méritait d'être relue et méditée, et je n'y pouvais répondre à la hâte. Le livre que vous m'avez envoyé vient s'ajouter à une série d'une richesse inépuisable. La lettre m'apporte un exemple émouvant de l'attention infiniment généreuse que vous accordez à tout être humain, et peut-être est-ce cette vertu surtout, ce don de donner audience, qui m'est chère dans votre œuvre. Et quand je pense aux circonstances de maladie et de dépaysement dont

1. Fonds Yourcenar à Harvard, bMS Fr 372 (893). Copie dactylographiée de la lettre originale, faite par Michèle Leleu.
2. Grace Frick précise en marge que cette lettre répond à celle de Du Bos datée du 16 novembre 1937.

vous veniez à peine de sortir (ou peut-être n'en étiez-vous même pas sorti) lorsque vous l'avez écrite, je n'en sens que mieux tout le prix.

Je suis très touchée par ce que vous me dites de votre désir de me rencontrer en Suisse[1]. Vous ne m'y aviez pas trouvée l'an dernier, car mon séjour à Lausanne n'a été que temporaire, et depuis plusieurs années ma vie se partage entre Paris et le Proche-Orient. À Paris, j'ai certes souvent désiré vous voir, mais les mêmes considérations de respect pour votre travail et le même goût de renoncer à toutes relations, même les plus précieuses, dont la nécessité ne s'impose absolument pas, ont agi sur moi à votre égard. Il a fallu notre double arrivée aux États-Unis pour amener entre nous cet échange de lettres qui restera sans doute pour moi l'un des plus précieux acquis de mon séjour ici. Quand les journaux d'abord, votre lettre ensuite, m'ont appris vos projets, je n'ai pu me défendre d'un sentiment d'amertume, que rien de plus proche ne se fût offert à vous. Si je pense à tout l'ordre de choses dont l'île St-Louis semblait le cœur, ordre de choses auquel votre pensée se rattache par mille liens infiniment variés, je ne puis que m'affliger du dépaysement absolu que représente votre installation à South Bend[2]. Mais s'il est quelque chose dont nous sommes persuadés, c'est qu'il n'y a pas d'événements inutiles, et la « bonne volonté » de vos auditeurs de Notre-Dame méritait la chance précieuse qui leur est dévolue. À une époque où la pensée désintéressée est plus que

1. Dans sa lettre du mardi 16 novembre 1937, Du Bos indique à Yourcenar que dès 1932, il avait souhaité la rencontrer à Lausanne et ajoute : « Mais je crus comprendre qu'à cette époque du moins vous préfériez ne pas recevoir de visites et c'est par pure discrétion que je m'abstins. » Fonds Yourcenar à Harvard, bMS Fr 372 (234).
2. Dans une lettre du 16 novembre, Du Bos annonçait qu'il avait accepté un poste de professeur à l'université de Notre-Dame, à South Bend, dans l'État de l'Indiana.

jamais en péril, nul rôle ne me semble plus important que celui qui vous est dévolu ici, et il était sans doute nécessaire que vous fussiez appelé à le remplir.

Pour moi, la bienveillance d'amis américains m'a permis de venir ici passer quelques mois à un moment où un renouvellement et un repos au sein même du travail semblaient s'imposer. Croyez bien que je ne renoncerai pas volontiers au privilège de vous rencontrer à Chicago ou à South Bend, si toutefois je pousse une pointe vers l'Ouest, ce qui est encore incertain. Je compte ensuite passer tout l'été chez moi, à la Casarella, Capri[1], et c'est une adresse que je vous demande de ne pas oublier, pas plus que je n'oublierai la vôtre, si je traverse Paris pendant les vacances.

J'en viens à ce qui est le centre de votre lettre, ou pour mieux dire, son cœur. Je me rends compte qu'à l'indulgent intérêt que vous avez toujours eu la générosité de me témoigner, s'ajoute désormais, pour le multiplier à l'infini, l'émouvante sollicitude d'un catholique pour toute âme humaine, et j'hésite ici de peur de ne répondre à ce pressant, à cet amical appel qu'avec les réserves que vous ne pouvez plus admettre, et qu'il vous sera peut-être difficile d'apprécier. Bien plus, je crains qu'un désir profond d'accorder complètement pour un instant ma pensée à la vôtre ne fausse tant soit peu l'exposé de mon état d'esprit, et que la simple sympathie, la bien naturelle politesse n'inclinent dans votre sens ce qui ensuite serait brusquement forcé de se redresser. Peut-être a-t-il fallu la lecture de votre dernier livre pour me faire reconnaître que si proche que je me

---

1. Yourcenar y avait loué une maison où elle écrira *Le Coup de grâce*, Paris, Gallimard, 1939. Ce livre sera repris par la suite dans Le Livre de poche, n° 2011 ; coll. Blanche, 1971 ; coll. Folio, n° 1041 ; *Œuvres romanesques*.

sente de votre pensée, je ne suis pourtant pas située sur le même plan, et que cette différence, sans doute encore bien plus essentielle à vos yeux qu'aux miens, tient tout entière dans ce seul mot : la foi. Au sens strict du mot, le problème de l'angoisse religieuse n'existe pas pour moi[1]. Le pathétique et l'inquiétude (dont nul de nous n'est heureusement ou malheureusement exclu) se situent ailleurs dans ma vie. Mais avec l'hellénisme dont il figure dans ma pensée tout à la fois le complément et le correctif, le catholicisme représente à mes yeux une des rares valeurs que notre temps n'ait pas complètement réussi à ébranler. De plus en plus, dans le désordre actuel (et perpétuel) du monde, j'en arrive à voir dans la tradition catholique une des parts les plus précieuses de notre complexe héritage, infiniment plus étendue même que le domaine strict de la croyance, et la disparition ou l'émiettement de ces traditions au profit d'un grossier idéalisme de force, de race, ou de foule, me paraît un des pires dangers de l'avenir. Si le christianisme ne me semble pas divin (ou divin seulement au sens où cet adjectif s'applique au Parthénon, ou à la mer par beau jour d'été) j'y vois du moins, avec un respect sans cesse croissant, l'admirable somme d'une expérience de vingt siècles, et l'un des plus beaux songes humains. Et parler de songes, c'est aussi pour moi parler de la réalité, car quelle réalité a jamais assumé plus de poids qu'un tel songe ? Il se peut que j'en revienne un jour à une interprétation plus rigoureuse du dogme, ou plutôt que j'y arrive pour la première fois (car le catholicisme de mes années d'enfance n'a jamais dépassé la phase de l'indolente acceptation enfantine). Il se

---

1. Yourcenar dit dans sa lettre à Michèle Leleu du 10 octobre 1964 qu'elle n'avait jamais été aussi éloignée de la « pensée chrétienne, et de la préoccupation religieuse en général » qu'à cette époque.

peut, mais cette évolution me semble à la date où je vous écris bien improbable, et sans doute suis-je trop éloignée du dogme pour attacher beaucoup d'importance aux changements éventuels de ma pensée sur ce point. Il faut déjà croire en la valeur vitale de la foi pour souhaiter d'avoir la foi. Mais, dans les troubles de notre temps, s'il s'agissait pour moi de prendre parti, ce que j'ai évité jusqu'ici, et que j'espère continuer à éviter, (car prendre parti oblige malheureusement presque toujours à adhérer à un parti) la grande tradition catholique figure à mes yeux une partie de l'arche qu'il s'agit avant tout de sauver.

Si pourtant vous préférez à ces vues un peu générales des aveux plus étroitement personnels, j'ajouterais que les réalités, non pas religieuses peut-être, mais mystiques, me sont toujours apparues comme le seul axe de notre vie, avec tout ce que ce choix, dans les circonstances souvent les plus inattendues, comporte de rigueur, et aussi de secrète sérénité. Mais si j'avais jamais l'imprudence de m'appliquer à moi-même, non pas l'*Anima naturaliter christiana*, mais l'*Anima naturaliter mystica*[1], ce qui sans doute dépasserait presque également ma pensée, la race de mystiques avec laquelle je pourrais me sentir une parenté éloignée et incertaine, est jusqu'ici celle de Platon ou de Spinoza plutôt que l'admirable St. Jean de la Croix ou que St. Augustin, qui fut pourtant pendant des années l'un de mes livres de chevet. Encore une fois, persuadez-vous bien qu'ici je délimite : je n'exclus pas.

Je vois que je vais avoir à m'excuser deux fois : pour avoir si longtemps tardé à vous répondre, et

1. « Âme naturellement chrétienne », « Âme naturellement mystique ». La première expression (dans l'original : « Testimonium animae naturaliter christianae ») est de Tertullien (160-225), *Apologeticum*, 17.

pour l'avoir fait si longuement. Laissez-moi vous répéter combien m'a été précieuse l'attention que vous m'avez accordée, et combien il m'importe de la conserver. Je termine cette lettre l'avant-veille de Noël. N'est-ce pas le moment le plus favorable pour glisser ici des souhaits de santé et de travail, et pour vous dire encore une fois toute la gratitude — et l'admiration — que m'inspire votre infinie bonne volonté.

Marguerite Yourcenar

Après quelques hésitations, je me décide à vous communiquer une lettre reçue il y a peu de jours. L'ami dont il s'agit est un écrivain grec du talent le plus fier, et l'un des esprits les plus cultivés de son pays[1]. Il s'est spécialisé surtout dans l'étude de la littérature et de la pensée byzantines. Ses préoccupations théologiques l'ont conduit au catholicisme, et il s'est converti il y a quatre ou cinq ans, à Athènes, dans l'église qui porte le beau nom de St. Denys-l'Aréopagite. Je crains que cette décision, qui lui a donné la paix intérieure, n'ait augmenté d'autre part le sentiment d'isolement moral dont il souffre. Je ferai tous mes efforts pour lui obtenir un poste en Amérique, si toutefois ce projet est réalisable, dans les circonstances qu'il indique (ce dont je doute) et si j'arrive à me persuader que ce changement de vie ne risque pas de remplacer un mal par un plus grand mal. Sur ce dernier point, lui seul est juge, mais je crains que les conditions de la vie en Amérique ne

---

1. Constantin Dimaras (1904-1992) que Yourcenar appelle aussi familièrement Didi et avec qui elle traduisit Constantin Cavafy. Constantin Dimaras est l'auteur de *Notes sur le tombeau de Gémiste* (Athènes, « Castalie », 1938) (Bibl. PP) ; « D. Carargi "philosophe" grec », in *Studies on Voltaire and the Eighteen Century*, n° XXIV-XXVII, Genève, Institut et Musée Voltaire, 1963 (Bibl. PP) ; *La Grèce au temps des Lumières*, Paris, Droz, 1969 (Bibl. PP).

paraissent bien rudes à un homme habitué à la douceur que dispense malgré tout à Athènes cet admirable mélange de passé et de ciel, et j'ai presque envie de lui déconseiller le départ. Il m'a semblé que je ne pouvais pas me tromper en consultant pour lui votre expérience toute récente, et j'espère que la ressemblance extérieure de situation, l'identité absolue de pensée avec la personne dont il s'agit me servira d'excuse pour solliciter votre avis à son sujet[1].

À CHARLES DU BOS[2]

> 516 Orange Street
> New Haven, Connecticut
> 26 décembre 1937

Monsieur,

Je me hâte de vous remercier de votre lettre du 21 décembre, et de m'excuser une fois de plus pour mon long silence. Soyez assez bon pour l'imputer surtout à la crainte, peut-être absurde, de blesser en vous sans le vouloir des susceptibilités presque sacrées, et pardonnez-moi de n'avoir pas senti qu'une réponse tardive risquait de vous apporter presque autant de peine qu'une réponse précipitée. Vous avez un jour fait l'éloge de cette vertu oubliée : la prudence. Excusez-moi donc d'avoir tant hésité plutôt que d'apporter une affirmation ou une dénégation téméraire dans un sujet qui surtout n'en comporte pas. Je crains que ma lettre d'avant-hier ne vous semble pourtant pécher dans le sens de l'arro-

---

1. Dans une lettre du 12 avril 1938, Du Bos se déclarera prêt à aider Dimaras. Fonds Yourcenar à Harvard, bMS Fr 372 (234).
2. Fonds Yourcenar à Harvard, bMS Fr 372 (893). Copie dactylographiée de lettre originale, faite par Michèle Leleu.

gance, mais je me rassure en pensant qu'elle vous prouvera du moins toute l'émotion que m'a causée votre appel, qui en tout cas ne pouvait en rien m'offenser, et auquel il ne dépendait pas de moi de répondre autrement que je ne l'ai fait. Et d'ailleurs, cet appel, ne l'avais-je pas en quelque sorte moi-même sollicité ?

Vous le voyez : j'attache moi aussi le plus grand prix à ce début d'amitié, amitié un peu dissonante peut-être, mais nullement désaccordée. Bien plus, j'ose presque croire, par-delà toutes les divergences, à une espèce d'entente profonde dans nos pensées sur les sujets qui importent le plus, et si je ne suis pas parvenue à rendre sensible ce secret accord, n'en accusez que l'éternelle gaucherie des mots.

Croyez, je vous prie, à ma toute sincère sympathie.

Marguerite Yourcenar

P.-S. Je profite de cette occasion pour vous envoyer la lettre de l'ami pour lequel je sollicitais votre avis, et que j'avais oublié de joindre à mon précédent message.

1938

À CHARLES DU BOS[1]

>Hôtel Clarendon
>Québec, Canada
>27 avril 1938

Cher Ami,

Votre longue lettre est venue me rassurer, car je m'inquiétais un peu, tantôt à votre sujet (maladie, fatigue), tantôt à celui de notre échange de pensées, si souvent compromis par tant de naturels scrupules. De toutes les mystiques celle à laquelle j'adhère le plus complètement est encore celle de l'amitié, et comment définir autrement des rapports, même éloignés, où il entre tant de bonne volonté réciproque, et de sympathie pour les mêmes choses ?

Je vous écris de Québec, à la veille de mon départ des États-Unis, ce qui malheureusement réduit à rien ma chance de vous rencontrer à New York au début de mai. Je serai à Paris, probablement du 15 juin au 15 juillet, et je ferai de mon mieux pour vous attendre à St-Cloud.

---

1. Fonds Yourcenar à Harvard, bMS Fr 372 (893). Copie dactylographiée de lettre originale, faite par Michèle Leleu.

Merci du bien que vous me dites de mon livre[1] (et, à ce propos, je tâcherai de lire l'ouvrage de Rose Celli[2]). Je crains que ces nouvelles ne donnent en France l'impression du délibéré, notion sur laquelle on ne retombe que trop souvent chez nous. Dans des sujets *donnés*, comme ceux-ci, la volonté consistait seulement à assimiler l'élément étranger, et à en extraire le plus possible d'humain.

Mille remerciements pour l'offre du journal. Mais j'ai ce livre depuis plus d'un an, et comme toujours, je tiens à cet exemplaire qui est pour moi l'exemplaire unique.

Je vous envoie une petite image de Notre-Dame des Victoires, pas celle de Paris, celle de Québec (les victoires dont il s'agit ayant été remportées dans les guerres coloniales du XIIe siècle[3]) m'imaginant que vous aimez comme moi ce genre de souvenirs. Certains aspects religieux du Canada vous plairaient sans doute ; ils éveillent en moi bien des réserves personnelles. Me pardonnerez-vous de vous avouer que je crois voir trop souvent se profiler derrière le couvent français la silhouette redoutable de Port-Royal ?

Je transmets à mon ami[4] la partie de votre lettre qui le concerne, ainsi que votre adresse. J'espère de plus en plus que cet ami parviendra à trouver un poste dans ce pays. Comme vous, j'apprécie chaque jour davantage la sérénité de la retraite américaine. Il est curieux, et bien contraire à la légende des États-Unis, que ce soient précisément ces occasions de recueillement, de détachement, et de paix, que nous ayons cherchées, et trouvées ici.

---

1. *Nouvelles orientales*.
2. Rose Celli (1895-1982). Le livre dont il s'agit ici peut être *Isola*, Paris, Gallimard, 1932.
3. Ajout en marge : « C'est XVIIIe qu'il faut lire. »
4. Constantin Dimaras.

Croyez, je vous prie, cher Ami, à ma reconnaissante admiration.

Marguerite Yourcenar

À CHARLES DU BOS[1]

> Hôtel Wagram
> 208 Rue de Rivoli
> Jardin des Tuileries-Paris
> 14 juillet 1938

Cher Ami,

Merci d'avoir parlé à Maurois[2]. Je vais lui écrire aujourd'hui. D'autre part, on me dit qu'un mot de vous pour le Directeur de la Fédération de l'Alliance Française, à New York (Pierre Bédard, 23 East 60th Street), serait d'un grand poids. Si c'est bien à cette porte qu'il convient aussi de frapper, vous serait-il possible de m'envoyer ces quelques lignes à Capri, où je vais ?

J'ai lu, ou plutôt relu les *Approximations*, car je me suis aperçue que je les connaissais déjà, comme toute votre œuvre. J'ai retrouvé la sensation que m'a donnée chaque lecture, celle d'un prodigieux coup de filet qui ramène tout à la surface, et l'ondulation de la mer encore dans les mailles.

Mon séjour à Paris a été riche cette fois en hasards favorables, et je mets notre rencontre au premier rang de ceux-ci. J'espère la voir se renouveler bientôt, sur un bord ou sur l'autre de l'Atlantique.

À mon tour de vous souhaiter le meilleur été. Ce que vous me dites de la Beauce sans cathédrale

---

1. Fonds Yourcenar à Harvard, bMS Fr 372 (893). Copie dactylographiée de lettre originale, faite par Michèle Leleu.
2. André Maurois (1885-1967).

m'attriste quand je pense à votre retour là-bas. Mais qui pourrait mieux que vous suppléer aux cathédrales absentes ?

Bien à vous, et merci encore de tout cœur.

Marguerite Yourcenar

À CHARLES DU BOS[1]

La Casarella
Via Matermania, Capri
6 août 1938

Cher ami,

Mille mercis, et pour la lettre d'introduction à l'Alliance Française[2], et pour le message qui l'accompagne[3], et qui m'attendait ici. Oui, il m'a fallu des années en effet pour cesser d'être aveugle aux vertus de l'espérance, que je confondais avec les illusions les plus basses, et je crois bien que votre commentaire des cinq poèmes orphiques de Goethe est l'une des choses qui ont contribué le plus à me faire ouvrir les yeux[4]. Et il y a peut-être d'ailleurs une

---

1. Fonds Yourcenar à Harvard, bMS Fr 372 (893). Copie dactylographiée de lettre originale, faite par Michèle Leleu.
2. Pour Constantin Dimaras.
3. Ajout autographe en anglais de Grace Frick en marge : « De toute évidence, il manque un mot ou un message de Ch. Du Bos à M.Y. de fin juillet, début août (voir ligne 2) : dernière lettre [existante] de cet échange entre eux, mais M.Y. doit lui avoir écrit au moins quelques cartes de vœux de Suisse, de Paris, d'Autriche, de Grèce les hivers 38-39. 1939 : il est mort à la mi-août, au moment même où elle revenait de Grèce à Paris. »
4. Ce commentaire fait partie des « Aperçus sur Goethe », *Approximations*, 5ᵉ série, Paris, Éditions Corrêa, 1932. Il en constitue la deuxième partie, intitulée « La chambre la plus secrète : la poésie orphique ». Il a ensuite été recueilli dans *Goethe*, Paris, Éditions Corrêa, 1949.

seconde espérance, infiniment moins fragile et plus tardive que la première, et qui naît sur ses ruines, le jour où nous nous apercevons enfin que les événements, doués de tout le pouvoir possible pour faire souffrir n'ont pourtant pas autant que nous le croyons celui de nous briser. Quant à « l'épouvante », sa liquidation me paraît encore aujourd'hui le plus nécessaire des triomphes. Mais je reconnais qu'une certaine absence désespérée de toute peur est un des pires pièges tendus de nos jours à l'esprit, et précisément le contraire du courage.

Les inquiétudes internationales ont vidé Capri de la plupart de ses résidents étrangers. C'est de nouveau un petit village italien, où l'on se sent loin de tout, et qui rentre chaque soir dans sa tranquillité un peu molle, après le départ des bateaux d'excursionnistes. L'isolement et le petit bruit de scie des grillons sont favorables à la fois au repos et au travail.

Tout à vous, et merci encore pour une *compréhension* où il entre tant d'active bonté.

Marguerite Yourcenar

1939

À EMMANUEL BOUDOT-LAMOTTE[1]

> c/o Baronin Gutsmansthal
> Haus St-Christophle
> Kitzbuhel – Tirol – Ostmark
> 6 janvier 1939[2]

Cher Ami,

Au cas où les épreuves du « Coup de grâce » seraient prêtes avant le 1 février, seriez-vous assez bon pour me les faire envoyer à l'adresse ci-dessus ? (Ou plutôt à Kitzbuhel jusqu'au 18 janvier, à Vienne, Pension Alt Wien, Spiegelgasse, 6, jusqu'au 30 janvier.) Il se peut que je fasse vers la fin du mois un court séjour en Pologne, et j'aurais aimé revoir ce livre à peu près sur place.

Il fait un froid admirable. Ma fenêtre est fermée au-dehors par le rideau de glaçons des contes de fées.

Je vous ai parlé d'un court roman américain qui me paraît intéressant à traduire à cause de ses vertus d'actualité : ANTHEM de Ayn Rand (Cassel and

---

1. Archives Gallimard.
2. La date de 1937 indiquée sur la lettre est erronée puisque *Le Coup de grâce*, écrit en 1938, paraît en 1939. Yourcenar n'a pu corriger les épreuves qu'au début 1939.

Co. 1938)[1]. Voudriez-vous le faire lire ? Et qu'y a-t-il de nouveau au sujet des ASIATIQUES ?

J'espère que vous avez passé de bonnes fêtes. La radio nous a apporté ici à quelques secondes de distances le tonnerre des cloches et des canons de Munich et le grand bruit clair de Notre-Dame. Selon la coutume allemande, nous attendions le coup de minuit, debout sur des bancs, toutes lumières éteintes, prêts à sauter à pieds joints dans la nouvelle année comme au fond d'un précipice.

Mille amitiés à partager avec André, et veuillez, je vous prie, transmettre à votre mère mon tout meilleur souvenir,

Marguerite Yourcenar*

À JEAN BALLARD[2]

Hôtel Wagram
208, rue de Rivoli
Jardin des Tuileries-Paris
18 juin 1939

Cher Ami,

Je rentre d'un petit voyage en Belgique, et trouve ici votre charmante lettre. Je ne puis que remercier

1. Ayn Rand (1905-1982). Romancière et philosophe, née à Saint-Pétersbourg.
Anthem est l'histoire d'un homme appelé Égalité 7-2551, qui vit dans un État totalitaire et risque sa vie en tenant un journal intime. Publiée à Londres en 1938, cette utopie n'avait pas trouvé d'éditeur aux États-Unis.

2. Fonds Yourcenar à Harvard, bMS Fr 372 (1305).
Jean Ballard (1893-1973). Dirigea les *Cahiers du Sud* (1925-1966). Publia « Ariane et l'Aventurier ».
Auteur de « *Mémoires d'Hadrien*, par Marguerite Yourcenar », *Cahiers du Sud*, n° 310, 2ᵉ semestre 1951, pp. 493-497. Par ailleurs, quelques extraits de sa correspondance avec Yourcenar ont été publiés par Marc Faigre dans « Un long combat : Marguerite Yourcenar et les *Cahiers du Sud* », in *Marseille*, nᵒˢ 141-143, avril 1976.

l'ami[1] qui vous fit lecture d'*Ariane*[2] d'avoir su vous en donner une si heureuse impression — et votre jugement vient m'enlever mes derniers scrupules. J'espère qu'André Fraigneau s'est mis d'accord avec vous au sujet de son *Minotaure*. Je compte le voir ces jours-ci, et, si besoin en était, j'userai de mon éloquence pour le persuader. Mais, sachant son affection pour les *Cahiers du Sud*, je l'imagine d'avance gagné à ce projet.

Je serai ravie de revoir Mme Ballard[3] à Paris. Veuillez, en attendant, lui transmettre mon meilleur souvenir, et croire pour tous deux à l'expression de ma très entière sympathie.

Marguerite Yourcenar

À EMMANUEL BOUDOT-LAMOTTE[4]

Mme Yourcenar
Hôtel Meurice
Ouchy – Lausanne
19 juillet 1939

Cher Ami,

C'est encore moi qui viens vous tourmenter. Voici : Je n'ai fait qu'un bond ce matin jusqu'au consulat des États-Unis à Genève (qui m'avait délivré mon précédent visa temporaire pour l'Amérique) et j'apprends que cette fois, ne possédant plus de domicile fixe, j'aurai besoin d'une ou de plusieurs attesta-

---

1. Probablement Gaston Baissette, ami de Jean Ballard.
2. Voir lettre à André Fraigneau du 27 janvier 1933.
3. Eva-Marcelle Ballard (1908-1985). Collabora étroitement avec son mari à la direction des *Cahiers du Sud*.
4. Archives Gallimard. Papier à en-tête de l'Hôtel d'Angleterre à Genève, barré par Yourcenar.

tions comme quoi Paris est bien l'une de mes résidences principales, et celle où, à cause de mes travaux littéraires, je serai forcée de revenir[1]. Enfin, ce langage affreux signifie que les États-Unis désirent être sûrs de pouvoir se débarrasser de moi au bout d'un an, et qu'ils réclament de mon éditeur une petite attestation comme quoi Mme Yourcenar s'occupe pour la Maison Gallimard de traductions d'auteurs américains, et sera obligée de rentrer à Paris en 1940 pour leur publication.

Cher Nel, pourriez-vous me faire délivrer sans trop de retard cette pièce, plus importante tout de même pour moi que celle qui concernait les belles statues du Josephinum[2]. Merci d'avance, et excusez-moi de vous traiter sans cesse en ami.

Vous avez peut-être raison de ne pas vous déranger pour l'exposition espagnole de Genève. Les Vélasquez du Prado m'ont déçue (j'ai tort, je suppose) mais de très beaux Greco, surtout peut-être celui de l'église d'Illescas, des Goyas nouveaux pour moi, et le délicieux maître de Flémalle[3].

J'espère que ces quelques lignes vous atteindront avant votre départ pour des vacances que j'espère les plus belles possibles. Faites, je vous en prie, mes amitiés au Péloponèse.

Bien à vous,

Marguerite*

---

1. Yourcenar s'embarque pour l'Amérique en octobre 1939. Elle ne reviendra en France qu'en mai 1951.
2. Josephinum. Bâtiment de l'Académie militaire de Vienne que l'empereur Joseph II fit construire en 1783-1785 (fin de l'époque baroque), sur le modèle de l'Hôtel-Dieu de Paris. École de médecine, le Josephinum possède une collection de figures de cire destinées à l'étude de l'anatomie.
3. Certains historiens considèrent qu'il s'agit de Robert Campin (1378-1444), d'autres, de son élève Roger Van der Weyden (1399-1464).

1940

À LUCY KYRIAKOS[1]

> Charleston,
> Caroline du Sud
> Pâques 1940

Très chère Lucy. Vous souvenez-vous de Saint Georges ? (mes amitiés à tous) il y a seulement un an. Je suis pour quelques jours dans cette jolie petite

---

1. Fonds Yourcenar à Harvard, MS Storage 265. Copie de carte postale autographe représentant le Marshall Gate, Church Street, à Charleston, capitale de la Caroline du Sud. La carte est rédigée en anglais, mais Yourcenar a ajouté en français : « À Lucy (jamais envoyé. Elle mourut pendant le bombardement de Janina durant la semaine de Pâques 1941). »

Lucy Kyriakos. Jeune femme de l'entourage d'Andreas Embirikos, mariée à un cousin de Constantin Dimaras et mère d'un petit garçon. D'après Josyane Savigneau, Yourcenar eut avec elle « une assez longue liaison amoureuse jusqu'à son départ pour New York en 1939 » ; *op. cit.* p. 120.

Dans « Sources II », texte encore inédit, parmi les dates de naissance et de mort de proches et d'amis, Yourcenar indique « Jour des Rameaux, mort de Lucy ». Fonds Yourcenar à Harvard, MS Storage 265.

Toujours dans « Sources II » : « En août 39 à Athènes. Je vais avec L. dans "la zone", espèce de bidonville où habitent d'anciens réfugiés smyrniotes. Une cabane et deux grosses femmes dont l'une lit dans le marc de café (de café grec). À L., elle dit "je ne vois rien". (L. devait mourir 18 mois plus tard.) À moi, "vous traverserez des douzaines de fois l'océan". C'est tout. »

ville, au milieu des jardins de magnolias. J'ai reçu votre lettre et répondrai, mais j'ai beaucoup travaillé et n'ai pas encore eu le temps. Quand nous reverrons-nous ? Les [temps] sont [tristes] mais la vie a quand même ses bons moments.

   Tendresses de

                                      Marguerite

1941

À JACQUES KAYALOFF[1]

> 549 Prospect Avenue
> West Hartford
> Connecticut
> 2 avril 1941

Cher ami,

Je n'ai pas eu le temps, entre deux trains, de vous téléphoner à New York, et je ne viens que de rentrer [d'] un voyage à Chicago et dans le Wisconsin. Avez-vous reçu des nouvelles de votre ami et croyez-vous possible d'envoyer cette somme en France ? Si oui, veuillez me le faire savoir, et je vous ferai tout de suite parvenir un chèque.

Je désespère de vous revoir tous avant le mois de mai, car je ne crois pas pouvoir venir en avril à New York. Mes meilleurs souhaits de Pâques à vous, à

---

1. Collection particulière.
Jacques Kayaloff (1898-1984). Homme d'affaires new-yorkais. Ami de Yourcenar depuis ses premières années aux États-Unis.
Auteur de *The Battle of Sardarabad*, Mouton, 1973 (Bibl. PP) ; *The Fall of Baku — Material on the Events of September 15, 1918*, Bergenfield, N. J., Michel Barour Publications, 1976 (Bibl. PP), *Afro's World*, Plainfield, N. J., 1972 (Bibl. PP).

votre mère[1] et à Inna[2]. Christ est ressuscité comme disent les Grecs (et je crois les Russes).

Amicalement à vous,
M. Yourcenar*

À JACQUES KAYALOFF[3]

549 Prospect Avenue
West Hartford
Connecticut
27 mai [19]41

Cher Ami,

J'ai reçu votre télégramme, dont je vous remercie, et j'ai vainement essayé de vous atteindre au téléphone à l'appartement, hier soir. Je serai à New York, pour un jour, samedi. Pourrions-nous peut-être nous voir un moment à une heure au coin de la 55 ??? rue et de Madison, dans le bar de cet hôtel dont j'oublie le nom ? Si non, soyez assez bon pour me téléphoner ici le soir de vendredi. Les 50 dollars sont toujours prêts à être envoyés, et j'ai grande hâte de les voir partir car la situation de ma parente[4] en France semble désespérée.

J'espère que tout le monde va bien. Inna est-elle occupée à peindre les moulins de Nantucket ? Je l'espère pour elle. Mille remerciements et mille amitiés,

M. Yourcenar*

---

1. Madame Kayaloff mère est morte en 1959.
2. Sœur de Jacques. Peintre, Inna Kayaloff Garsoian a fait le portrait de Yourcenar. Morte en 1984.
3. Collection particulière.
4. Christine de Crayencour.

À JACQUES KAYALOFF[1]

> [Madame M. Yourcenar]
> 549 Prospect Avenue
> West Hartford — Connecticut
> 8 août 1941

Cher Ami,

Excusez-moi de ne pas vous avoir remercié plus tôt de votre lettre et du télégramme. J'ai attendu jour après jour un câble de France qui me confirmerait l'arrivée de l'argent, mais je n'ai encore rien reçu ; ces choses-là traînent toujours en longueur beaucoup plus qu'on ne pense. Merci encore une fois de l'aide que vous m'avez apportée.

Je ne pense pas venir à New York avant le mois de septembre. J'achève en ce moment un livre — un essai dont pas mal de fragments avaient déjà paru en France. Cela s'appelle « Le Musée de l'Homme » et je m'efforce d'y présenter une classification des caractères humains à travers l'histoire. Il y a, semble-t-il, une possibilité pour que la maison d'éditions du Rockefeller Center le fasse paraître, si toutefois cette maison d'édition française tient le coup en Amérique pendant quelques mois encore.

Je n'ai guère que deux états d'esprit de rechange : je suis tantôt découragée et tantôt sereine, c'est-à-dire découragée avec calme. Nous en sommes tous là, je suppose.

Mille amitiés à votre mère et à Inna à qui j'espère que les moulins de Nantucket auront inspiré une fois encore de beaux tableaux pleins d'horizons marins.

> Amicalement à vous,
> M. Yourcenar

1. Collection particulière. Copie de lettre autographe.

À JACQUES KAYALOFF[1]

> 549 Prospect Avenue
> West Hartford
> Connecticut
> 27 août 1941

Cher ami,

Un mot encore au sujet de la somme que votre ami a bien voulu faire transférer pour moi à ma parente en France. Une lettre d'elle, datée du 10 juillet, m'apprend qu'elle n'a encore rien reçu. Croyez-vous que ces délais soient encore normaux, ou faudrait-il peut-être prévenir votre ami afin qu'il s'informe ? Je suis inquiète, me trouvant tout à fait « dans le noir » quant au temps maintenant nécessaire pour un tel envoi, et je crains que je ne sais quel règlement nouveau ait peut-être empêché ce transfert, ce qui serait terrible, car dans son état de complet dénuement actuel, ma pauvre amie a bien besoin de son argent.

Excusez-moi, une fois encore, de vous importuner ainsi à ce sujet. J'espère venir moi-même à New York le 15 septembre pour présenter mon livre aux éditions françaises du Rockefeller Center. Je me force à travailler, mais mon découragement est bien grand.

> Amicalement à vous,
> M. Yourcenar*

---

1. Collection particulière.

À JACQUES KAYALOFF[1]

>549 Prospect Avenue
>West Hartford
>Connecticut
>Dimanche 7 décembre [1941[2]]

Cher Ami,

Mille remerciements pour votre bonne lettre qui me donne quelque espoir que l'argent envoyé est enfin arrivé à son adresse. Je n'en ai pas encore reçu confirmation par ma parente, qui m'avait promis de m'écrire par *Clipper* aussitôt que le reçu de la somme lui permettrait d'acheter un timbre, mais j'espère que cela ne tardera pas, et qu'aucun accroc (toujours possible, à pareille époque) ne se sera produit à Pau. Craignant que la pauvre femme ne meure littéralement de faim (elle est anglaise et ne connaît pas une âme à Pau ni aux environs) je lui avais envoyé en septembre 35 dollars par câble de l'American Express, mais le change officiel est misérable. Dès que j'aurai un mot d'elle, je commencerai à payer votre ami ; je vais tâcher de m'arranger pour lui faire chaque mois un versement de 10 ou 15 dollars, et vous remercie de me donner du temps, car enfin, de mon côté aussi, les affaires vont mal, et même fort mal ; les leçons particulières de français et d'histoire de l'art n'ayant jamais que fort peu enrichi les écrivains français réfugiés à l'étranger. C'est là aussi la seule, mais suffisante raison, de mon absence prolongée de New York. Quoi qu'il en soit, un de mes voisins, chapelier de profession, va de temps en temps à New York acheter du feutre, et

---

1. Collection particulière.
2. Sans indication d'année. Un ajout autographe de Jacques Kayaloff suggère 1941.

j'espère qu'un de ces jours vous me verrez arriver dans son camion.

Je ne suis pas surprise par la lettre de Colette de Jouvenel[1] ; il est difficile d'établir un programme de musique de chambre au milieu d'un cyclone. Cette absence, bien normale, de public et d'éditeur, me décourage d'écrire presque autant que la fatigue physique. Pourtant, si j'avais ne fût-ce qu'une heure à moi tous les soirs, je sais que je me précipiterais dans un nouveau roman, pour tâcher de fixer le plus tôt possible les souvenirs d'une époque si voisine, et déjà si irréparablement loin de nous.

Une question, qui s'adresse à l'homme d'affaires : j'ai avec moi ici des 3/100 War Loan dont je n'ai pas depuis un an essayé de toucher les dividendes. Je n'ai pas de compte en banque à Hartford, ni nulle part ailleurs en Amérique, et les banques auxquelles je me suis adressée ici refusent de s'occuper de titres étrangers. Si j'étais moi-même à New York, je trouverais peut-être un moyen de toucher ces coupons, mais je ne sais ni où m'adresser ni comment m'y prendre. Je vous les envoie, pour le cas où ce qui me paraît une difficulté insurmontable serait pour vous ou pour quelque banquier de votre entourage une routine toute simple. Si au contraire, pour une raison quelconque, ces coupons sont vraiment « gelés » soyez assez bon pour me les renvoyer sans vous donner plus de peine. Je ne voudrais surtout pas, si ces coupons ne sont plus immédiatement convertissables en dollars, que vous-même ou un de vos amis me les preniez dans un élan de bonne volonté, car j'aurais vraiment horreur d'encombrer quelqu'un de bouts de papier inutiles. Mais peut-être par exemple, connaîtriez-vous quelqu'un repartant pour l'Angle-

---

1. Colette de Jouvenel (1913-1981). Fille de Henri de Jouvenel et de Colette.

terre qui pourrait les toucher à Londres. Je m'arrête, craignant que mes suggestions naïves n'amènent sur vos lèvres un sourire, car enfin, je ne suis pas du tout « femme d'affaires ».

J'ai beaucoup pensé à vous, ces jours-ci, en lisant si souvent dans les journaux le nom de Rostov. Les nouvelles qui suintent d'Europe sont si mauvaises (destruction, misère, amis morts) que j'ose à peine lire les lettres qui m'arrivent, et même les innocentes enveloppes venues de New York restent quelquefois plusieurs jours non ouvertes sur ma table. Mais je ferai toujours une exception pour les vôtres.

Mille bons souvenirs et mille souhaits de Nouvel An à Inna et à votre mère.

Bien amicalement à vous,
Marguerite Yourcenar*

1942

À JACQUES KAYALOFF[1]

> 549 Prospect Avenue
> West Hartford
> Connecticut
> 20 janvier 1942

Cher ami,

Mille remerciements pour l'envoi d'ONDINE — arrivée heureusement assez tard pour que je me sois vue obligée d'écrire moi-même un petit dialogue dramatique, me donnant ainsi, après des mois d'interruption, le délice de me remettre au travail. Votre ONDINE est en ce moment entre les mains d'Austin[2], et je vous la renverrai — ou vous la rapporterai moi-même — dès qu'il l'aura lue.

J'achève en ce moment la copie d'un recueil de quatre petites pièces de ce genre — dont deux déjà

---

1. Collection particulière.
2. A. Everett Austin Jr. (1901-1957). Directeur du Wadsworth Atheneum, puis du Ringling Museum, Sarasota, Floride. Collectionneur, peintre, metteur en scène, il avait été acteur au théâtre de Hartford pour lequel Yourcenar écrivit *La Petite Sirène*.
Sarsota John and Maple Rigling Museum of Art/Hartford, *A Everett Austin, Jr. — A Director's taste and achievement*, Wadsworth Atheneum, 1958 (Bibl. PP).

avaient paru en France dans des revues — et dont le dialogue dont je vous parlais plus haut constitue le dernier fragment[1]. J'espère — mais c'est une espérance somme toute assez vague — qu'il y aurait quelque chance de le publier (titre : L'ALLÉGORIE MYSTÉRIEUSE[2]) à New York, aux éditions françaises de Rockefeller Plaza, mais j'imagine qu'ils s'intéressent surtout aux ouvrages d'actualité, et le mien n'en est certainement pas. Quoi qu'il en soit, j'irai les voir bientôt, dès le dernier point mis à la dernière page — et ce sera une occasion pour vous voir tous.

Vous avez complètement raison au sujet des WAR LOAN. Voilà une seconde raison toute trouvée pour venir à New York. À ma prochaine visite, je vous demanderai de m'indiquer les formalités nécessaires. Merci de vous en être occupé pour moi.

La vie continue assez abrutissante. Je n'ai aucune nouvelle de France, aucune nouvelle de Grèce, et mon découragement atteint à la largeur et à la profondeur de l'Océan Atlantique.

Amicalement à vous,
M. Yourcenar*

J'ai[3] enfin reçu de ma correspondante de France la nouvelle qu'elle avait reçu l'argent envoyé. Juste à temps, car elle se mourait à peu près de faim. Merci d'avoir arrangé cela et veuillez assurer votre ami que je m'[empresserai] de régler aussitôt que possible cela. Je vous suis à tous deux bien reconnaissante.

---

1. Il peut s'agir de « Le dialogue du marécage », *Revue de France*, n° 4,15 février 1972, pp. 637-665, d'« Ariane et l'Aventurier », *Cahiers du Sud*, t. XIX, n° 219, août-septembre 1989, pp. 80-106 ; de *Le Mystère d'Alceste* qu'elle écrit en 1942. Le « petit dialogue dramatique » est peut-être la future *Petite sirène*.
2. Ce titre éventuel ne sera pas repris.
3. Ce post-scriptum est autographe.

1946

À JEAN BALLARD[1]

> 549 Prospect Avenue
> West Hartford, 5
> Connecticut, U.S.A.
> 4 septembre 1946

Cher Monsieur,

Vos deux lettres, celle qu'Emmanuel Boudot-Lamotte m'a communiquée, et celle qui m'arrive directement aujourd'hui m'ont fait un très grand plaisir. Durant ces six années, j'ai bien souvent pensé à vous et aux *Cahiers du Sud*, et plus particulièrement chaque fois que les journaux nous annonçaient un bombardement de Marseille, l'état de siège à Marseille... Je pense avec regret à l'appartement, d'où l'on avait une si belle vue sur la vieille ville... Mais la continuation des *Cahiers* est une preuve que certaines valeurs essentielles continuent à tenir au milieu de tant d'écroulements. Durant ces années passées à distance, dans cette espèce d'Arche que furent les États-Unis, le plus affreux était ce sentiment de flotter au milieu d'un monde disparu, sub-

---

1. Fonds Yourcenar à Harvard, bMS Fr 372 (1305).

mergé, désormais sans terre ferme. Ce sentiment nous trompait : chaque lettre comme la vôtre reçue durant ces derniers mois de France, de Grèce, d'Italie, reste pour moi un véritable miracle, le message d'un monde au moins momentanément sauvé des eaux.

J'ai été ravie d'avoir par votre lettre des nouvelles de Johannidès[1]. Le trouve-t-on toujours à Paris, à son ancienne adresse de la rue de l'Échelle ? Encore un ami de retrouvé.

J'ai reçu dernièrement des nouvelles de Constantin Dimaras, qui, en 1939, traduisit avec moi les poèmes de Constantin Kavafis publiés en 1940 et en 1944 dans *Commerce* et dans *Fontaine*[2]. Il a continué durant la guerre ses travaux au sujet de la littérature néogrecque, plus spécialement celle de la période des guerres de l'Indépendance et du romantisme. Sa situation d'écrivain libéral est en ce moment difficile en Grèce ; il va sans doute devoir abandonner sa chaire au Conservatoire d'Athènes (Théâtre National d'art dramatique). Vous lui rendriez un grand service d'ordre moral en lui demandant un article pour les *Cahiers*, tout en contribuant ainsi, comme vous l'avez déjà fait, au resserrement des liens, si pré-

---

1. H. Joannidès dirigeait une compagnie maritime qui organisait des voyages et des croisières en Grèce. Dans la préface au « Triptyque » de 1939, Fraigneau écrit : « Il convient de saluer la compagnie grecque de navigation Neptos et son jeune directeur Joannidès qui se trouve à l'origine de tout le mouvement méditerranéen actuel après et avec ces *Cahiers du Sud* », *Cahiers du Sud*, août 1939, p. 61.

H. Joannidès était l'éditeur du *Voyage en Grèce*, cahiers périodiques dont Yourcenar avait à Petite Plaisance les n°˚ 6, printemps 1937, et 11, été 1939.

2. Yourcenar a publié « Essai sur Kavafis », *Mesures*, t. VI, n° 1, janvier 1940, pp. 13-30 ; et « Essai sur Kavafis », *Fontaine*, mai 1944, pp. 38-40. *Présentation critique de Constantin Cavafy, 1863-1933* sera publié par Gallimard en 1958, coll. Blanche, puis repris dans *Sous bénéfice d'inventaire* in *Essais et mémoires*.

cieux, entre la France et l'Athènes d'aujourd'hui. Son adresse (pour le cas où ma suggestion ne vous déplairait pas) : M. Constantin Dimaras, 10, rue Mourouzi, Athènes.

J'en viens à *Alceste*[1]. J'aurais préféré la publier en entier, parce que l'espèce de ballet des *Fâcheux* du début, le défilé grotesque des importuns et des égoïstes me semble nécessaire pour amener dans son vrai jour l'arrivée d'Hercule, importun lui aussi, mais dont l'écorce grossière cache un héros, et presque un saint. Toutefois, je crois me souvenir que les *Cahiers* sont trimestriels, et une publication en deux parties aurait, je le crains, presque le même effet de morcellement que la publication d'un fragment. Je me résous donc à accepter cette dernière solution, en vous demandant, en échange, de ne pas me faire trop attendre cette publication, car je vais tâcher de faire paraître le volume tout entier vers la fin de l'an prochain. Ce volume, *Dramatis Personae*, se compose d'un long essai sur la tradition grecque au théâtre, et de trois pièces, dont *Alceste* est la seconde[2]. La première, *Électre ou la Chute des Masques*, va paraître cet hiver dans la revue du *Milieu du Siècle* que dirigent Roger Lannes et Emmanuel Boudot-Lamotte[3]. La troisième, *Ariane ou Qui n'a pas son Minotaure ?*, n'est autre qu'une version refondue, considérablement augmentée, de

---

1. « Le Mystère d'Alceste », fragment, *Cahiers du Sud*, n° 284, 1947, 2ᵉ semestre, pp. 576-601. *Alceste* sera publié dans *Théâtre II*, Paris, Gallimard, coll. Blanche, 1971, avec *Électre ou la chute des masques*, et *Qui n'a pas son Minotaure ?*
2. En 1946, Yourcenar envoie « Dramatis Personnae » à Albert Camus pour Gallimard. Le refus de la maison déterminera Yourcenar, en 1951, à publier *Mémoires d'Hadrien* chez Plon.
3. *Milieu du siècle*, Paris, Éditions J.-B. Janin, 1947, collection dirigée par Roger Lannes. Seul le numéro 1 a paru. Il comptait au sommaire Jouve, Cocteau, Yourcenar (pour *Électre ou la chute des masques*, pp. 21-26), Hugnet, Gueguen, Cassou, Bousquet, Borde, Follain, Audiberti, Tardieu, Richaud, Jacob et Jarry (Bibl. PP).

cette *Ariane* que vous vous souvenez peut-être d'avoir publiée aux temps très lointains d'entre-deux-guerres.

Il va sans dire que s'il existait un moyen quelconque, par exemple en imprimant le texte en petits caractères, de publier *Alceste* sans coupures, je préférerai de beaucoup cette solution, et pour Euripide, et pour moi. Mais si, d'*Alceste*, vous ne publiez que le long fragment qui commence à l'arrivée d'Hercule, je vous prierai de me laisser le soin de composer moi-même le résumé de quelques lignes nécessaires pour rappeler au lecteur le sujet du vieux drame.

J'allais terminer cette lettre, lorsque je m'aperçois que la vôtre contient une question, au sujet de l'esprit méditerranéen, qui fournirait à elle seule la matière d'un long essai. Que vous dirais-je ?... Je vous écris ceci de l'île de Mount Desert, au Nord-Est des États-Unis, où je passe depuis six ans une grande partie de l'année[1]. C'est une espèce de Corse ou de Dalmatie située sous un climat déjà presque polaire : c'était pour les Grecs le pays hyperboréen, pour les hommes du Moyen Age, les régions de brouillards et de banquises explorées par la Navigation de St-Brandan[2]. Eh bien, je ne vois ici aucune

---

1. Dans sa *Chronologie* in *Œuvres romanesques*, p. XXII, Yourcenar date de 1942 son premier séjour estival, avec Grace Frick, dans l'île de Mount Desert dans l'État du Maine. Le premier été se passa à Seal Harbor, puis à Somesville, dans une petite maison de bois, près du cimetière. Grace Frick et Yourcenar commencent dès l'été 1948 à chercher une maison qu'elles achètent le 29 septembre 1950 et nomment Petite Plaisance. Voyages en Amérique du Nord et séjours à l'étranger mis à part, elles y passeront le reste de leur vie.

2. Saint Brandan (484-577). Moine irlandais. Devenu le héros d'une légende selon laquelle il aurait navigué jusqu'à l'île de Promission (autre nom du Paradis). Cette légende est à l'origine de nombreux textes médiévaux, notamment un poème anglo-normand anonyme du Xe siècle, *Navigatio sancti Brendani*.

Le Merveilleux voyage de saint Brandan à la recherche du Paradis, légende latine du IXe siècle renouvelée par Paul Tuffrau, Paris, L'Artisan du livre, 1925 (Bibl. PP).

solution de continuité, aucune différence *essentielle* avec ce que j'ai le mieux aimé en Grèce ou ailleurs. Les forêts, qui furent pleines pour les Indiens d'un mystère et d'une terreur sacrés pas si différents de ceux de Dodone ou de l'Épire; le dur travail du marin sur « la mer stérile », les vieilles gens, assis sur le pas des portes, parlant longuement du passé; les petits temples protestants, dans les villages construits de bois, comme le furent d'ailleurs les plus vieux temples grecs, mais ornés d'un pur fronton dorique, fruit de traditions architecturales léguées par l'Angleterre du XVIIIe siècle aux colonies d'autrefois; tout, même cette bibliothèque, cette école de village, ce mot démocratie sur une muraille, choses banales, qui appartiennent à tout le monde, mais qui nous prouve que tout l'indispensable a été transmis. Si l'humanité est destinée à survivre, la civilisation de demain, comme le fut celle d'hier, sera évidemment construite sur les lignes des grandes traditions humanistes et classiques, lignes dont la Grèce a tracé la plus grande part. Mais précisément, cette tradition si variée, si peu exclusive, appartient désormais à tous: Shakespeare et Tolstoï m'en semblent faire maintenant partie autant que Sophocle; Einstein au même titre qu'Euclide. Vous l'avouerais-je? Je crains même que ce mot méditerranéen, mot un peu étroitement géographique, n'enlève à cette conception son principal mérite, qui est celui de l'universalité. Ce que vous me demandez, en somme, c'est si l'esprit humain a encore un grand avenir. Et à cette question, que pouvons-nous répondre, sinon: peut-être...

Veuillez, je vous prie, cher Monsieur, croire pour Mme Ballard et pour vous-même, à l'expression de mes sentiments les meilleurs,

Marguerite Yourcenar

Je m'aperçois aussi que je n'ai pas répondu aux quelques questions sur moi-même, que vous voulez bien si amicalement me poser. J'espère revoir bientôt l'Europe, mais pour mille raisons, raisons financières (je vis ici depuis quatre ans grâce à des appointements de professeur dans un collège aux environs de New York[1]), raisons d'amitié et de santé aussi, je doute que ce voyage et ces rencontres amicales que je souhaite puissent avoir lieu avant deux ou trois ans[2]. Nous nous écrirons de temps à autre, voilà tout. Et merci d'avance pour ce service des *Cahiers* auquel vous vouliez bien faire allusion dans votre lettre à Emmanuel Boudot-Lamotte.

À JACQUES KAYALOFF[3]

Sarah Lawrence College
Bronxville 8, New York
10 décembre 1946

Mon cher Jacques,

Mille remerciements pour m'avoir envoyé la facture demandée. Je ne comprends pas plus que vous comment ils sont arrivés à ce total, ni pourquoi une caisse de livres s'est métamorphosée pour eux en caisse d'argenterie[4], mais je suis heureuse de pouvoir vous rem-

1. Yourcenar enseigna de la rentrée 1942 à juin 1950 au Sarah Lawrence College. Après une période d'interruption, à la suite du succès de *Mémoires d'Hadrien*, elle y retourna pendant l'année universitaire 1952-1953, pour honorer son contrat.
2. Le 18 mai 1951, Yourcenar embarquera sur le *Mauritania*, à destination de la France, après douze ans d'absence.
3. Collection particulière. Copie de lettre autographe.
4. Dans une lettre à Yourcenar du 17 décembre 1946, Jacques Kayaloff précise que « par suite de renseignements erronés donnés par un employé à Marseille, le commandant du navire a déclaré que la caisse contenait de l'argenterie, ce qui a énormément compliqué les choses ».

bourser (au moins en partie) de la part financière de cette dette amicale, la seule qui puisse se chiffrer. Le reste demeure naturellement *impayable*.

J'ai vendu à la bibliothèque de Sarah Lawrence (pour parer aux frais) une petite anthologie de la littérature péruvienne d'époque précolombienne, ouvrage admirable, paraît-il, mais sans grand intérêt pour moi, puisque je ne comprends pas la langue inca de l'original, ni l'espagnol de la traduction. Vous trouverez ci-joint un chèque de dix-huit dollars qui représente le résultat de cette transaction, plus un chèque de sept dollars 25/100 pour le solde. Je crois me rappeler que la facture, que je n'ai pas avec moi à Bronxville, est exactement de 25 dollars 25/100.

Merci encore. Faites-moi savoir s'il se découvrait par hasard de nouveaux frais, ou de nouveaux objets, par exemple, si les photographies manquantes, et que vous vous souvenez avoir vues, reparaissaient par bonheur dans quelque colis qui vous serait envoyé de France. J'espère que Nina[1] et Inna sont toutes deux rentrées au bercail, renouvelant cet air de Paris qu'on respire sans cesse chez vous.

Affectueusement,
Marguerite

---

1. Nina Garsoian, fille d'Inna. Auteur de *The Paulician Heresy*, The Hague - Paris, Mouton, 1967. (Bibl. PP).

1947

À JEAN BALLARD[1]

>549 Prospect Avenue
>West Hartford 5,
>Connecticut
>14 février 1947

Cher Monsieur,

Mille remerciements pour votre lettre du 18 janvier, qui m'apporte des nouvelles des *Cahiers du Sud* et de nos communs amis.

Je comprends fort bien les raisons qui vous ont fait décider finalement en faveur d'une publication fragmentaire d'*Alceste*[2]. J'aurais une seule suggestion à faire à ce sujet. Pour simplifier l'exposition contenue dans le chapeau, et permettre au lecteur d'entrer d'emblée dans le drame, je me demande s'il ne serait pas plus effectif [sic] de publier :

1. le monologue d'Apollon, au début d'*Alceste* ;
2. un résumé en petits caractères des scènes suivantes ;

---

1. Fonds Yourcenar à Harvard, bMS Fr 372 (1305).
2. *Le Mystère d'Alceste*, fragment. Voir lettre à Jean Ballard du 4 septembre 1946.

3. la partie finale, que vous avez déjà choisie de faire paraître, à partir de l'arrivée d'Hercule.

Cela n'allongerait votre texte que d'une page, et nous placerait immédiatement au centre du problème d'*Alceste*. Quant aux quelques lignes en petits caractères, je les vois à peu près comme il suit :

Apollon supplie en vain la Mort d'épargner Alceste ; les dieux ne peuvent rien contre l'ordre universel. Seul, un héros, s'il s'en présentait, « un simple au grand cœur », pourrait tenter de sauver Alceste en risquant à son tour sa vie.

Alceste fait son entrée, accompagnée d'Admète et de la vieille servante Georgine. La jeune femme agonise, déchirée entre son amour pour Admète, et la révolte contre cet amour, qui lui coûte la vie.

Sitôt après sa mort, l'intervention égoïste et inopportune des vieux parents, du maire, de l'entrepreneur des pompes funèbres, vient interrompre et déranger la veille funèbre. Enfin, un visiteur se présente, plus fâcheux encore que les autres, un vagabond qui insiste brutalement pour recevoir l'hospitalité.

Si vous décidez de ne pas publier en tête le monologue d'Apollon, il suffirait d'ajouter simplement deux ou trois lignes au commencement de ce résumé pour obtenir le chapeau voulu :

Alceste s'est offerte à la Mort à la place de son mari Admète. Apollon, protecteur de leur famille, supplie, etc.

Votre description du Marseille d'aujourd'hui m'intéresse et me touche. Quant à ce que vous me dites des États-Unis transformés par l'imagination française en Eldorado, en Île des Bienheureux, je n'en suis pas surprise, les revues et les journaux reçus de France montrent tous cette même tendance. Que répondre ? « C'est partout que les pierres sont dures », et, comme me le disait une petite fille américaine à laquelle je citais ce proverbe, c'est partout que le sable est tiède et doux au bord de la mer, et l'air du matin délicieux. Durant la dernière catastrophe, ce pays a joui de certaines immunités ; nous n'avons eu ni froid ni faim ; ce sont là de grands bienfaits. D'autre part, certaines facilités de la vie méditerranéenne, si familières que nous les remarquions à peine, le loisir, la flânerie, la conversation amicale, n'existent pas, ou, si on parvient à les obtenir (et j'y parviens), c'est en se plaçant à contre-courant de la vie américaine proprement dite. Et cependant, j'ai fini par aimer beaucoup ce pays, ou du moins certains endroits et certains êtres,

                        Amicalement à vous,
                        M. Yourcenar

1951

À JOSEPH BREITBACH[1]

>Northeast Harbor
>Maine, U.S.A.
>7 avril 1951

Mon cher Ami,

Votre longue et bonne lettre m'est arrivée hier, et a beaucoup fait pour me sortir de la fatigue qui suit une attaque de grippe. Ce que vous me dites de l'état de vos yeux me rend plus précieuses encore ces pages sur lesquelles vous avez peiné pour moi, mais, je vous en prie, surmontez vos répugnances et dictez la plupart de vos lettres. Je sais que, heureusement, la cataracte est un mal opérable, et que les résultats de l'opération sont généralement satisfaisants quand toutes les conditions de repos, d'immobilité absolue pendant quelques jours, etc., ont été observées. Je n'en partage pas moins vos frayeurs, et vous supplie

---

1. Fonds Yourcenar à Harvard, bMS Fr 372 (860).
Joseph Breitbach (1903-1980). Écrivain allemand, proche de Gide et de Schlumberger.
Le Liftier amoureux, Paris, Gallimard, 1948 (Bibl. PP) ; *Clément*, Paris, Éditions Pierre Seghers, 1958 (Bibl. PP) ; *Rapport sur Bruno*, Paris, Gallimard, 1964 (Bibl. PP).

de ne pas vous abandonner, en ce qui concerne vos yeux, à une politique de désespoir. Je sais combien il est gênant de dicter une lettre amicale, même au meilleur des secrétaires ; c'est une technique à apprendre ; et vos amis préféreront certainement une lettre dictée que pas de lettre du tout, ou qu'un message qui épuise vos yeux.

J'ai été infiniment heureuse d'apprendre par vous que la décision finale de Plon était enfin prise[1] : je n'ai pas encore reçu leur confirmation, qui viendra je l'espère sans tarder[2]. Voici près d'un an que je leur ai envoyé la première partie de ce livre, et près de trois mois qu'ils ont le manuscrit au complet. Je ne me sentais pas (entre nous soit dit) l'énergie nécessaire pour porter ce livre d'un éditeur à l'autre, et j'avais hâte d'être fixée : j'ai trouvé l'attente fort longue. Non que je leur reproche, d'ailleurs, d'avoir voulu lire le livre tout entier avant de s'engager, étant donné les énormes difficultés que comportait un tel sujet. Quant à Gallimard, il a jusqu'ici fait si peu pour mes livres que je ne le crois pas capable de soutenir celui-ci, qui m'importe beaucoup plus que les autres.

Oui, j'accepte avec reconnaissance l'aide amicale que vous me proposez quand il s'agira de faire lire par la critique et par le public ces *Mémoires d'Hadrien* ou de les faire traduire. De tous mes ouvrages, il n'en est aucun où, en un sens, j'ai mis plus de moi-même, plus de travail, plus d'effort d'absolue sincérité ; il n'en est pas non plus d'où je me sois plus volontairement effacée en présence d'un sujet qui me dépassait. Comme vous, si j'en juge par votre

---

1. Concernant la publication des *Mémoires d'Hadrien*. Les rapports de lecture du 28 novembre 1950 sont d'André Fraigneau et Georges Poupet. Le rapport de Poupet est entièrement favorable. Celui de Fraigneau l'est moins.
2. Le contrat avec Plon a été signé le 7 juin 1951.

lettre, je souffre du désordre, de la confusion, du manque de rigueur intellectuelle qui nous entoure, et où tout, si l'on n'y prend garde, finira par s'abîmer. Il m'intéressait, par contraste, de montrer dans Hadrien un grand pacificateur qui jamais ne se paya de mots, un lettré, héritier de plusieurs cultures, qui fut aussi le plus énergique des hommes d'État, un grand individualiste qui, pour cette raison même, fut un grand légiste et un grand réformateur, un voluptueux, et aussi (je ne dis pas mais aussi) un citoyen, un amant obsédé par ses souvenirs, diversement engagé envers plusieurs êtres, mais en même temps, et jusqu'au bout, l'un des esprits les plus contrôlés qui furent. Et comme, de même que vous avec Gide, il importait de ne pas tomber dans l'hagiographie, je tenais à montrer aussi les limites, toujours fort étroites, dans lesquelles se restreint nécessairement l'individualité même la plus riche, les subtiles fautes de calcul, les imperceptibles erreurs (quelle âme est sans défaut[1]) et l'agonie finale dont on ne sait pas si elle est la ruine pure et simple, l'inévitable résultat de l'usure, ou un nouveau et plus étrange développement qui brise l'ancien cadre.

Ce livre lui-même a une longue histoire : je l'ai commencé il y a plus de vingt ans, à l'époque de la vie où l'on a de ces imprudences, et de ces suffisances[2]. J'ai pourtant eu la sagesse de brûler les deux premières versions, qui demeuraient toutes extérieures. Mais j'ai continué d'y penser. En 1936, j'ai recommencé à l'écrire, sous la forme qu'il garde

1. « Quelle âme est sans défauts » : Deuxième vers de « Ô saisons, ô châteaux », poème de Rimbaud, *Une saison en enfer*, 1873, « Délires, II ».
2. Yourcenar a commencé à travailler à « Hadrien » dès 1924, date de son premier séjour à Rome, où elle avait découvert la Villa Adriana. Dans une lettre du 28 juin 1926, elle avait proposé aux Éditions Fasquelle un « Antinoos » qui fut refusé. Jusqu'en 1929, elle rédigea plusieurs versions d'« Hadrien », dont une dialoguée.

encore aujourd'hui : celle de mémoires, ou de testament, d'un homme réexaminant sa vie dans les perspectives de la mort toute proche. Mais je ne suis pas allée plus loin que les quinze premières pages, et je m'en réjouis aujourd'hui : je n'étais pas assez mûre, à l'époque, pour ce projet trop vaste[1]. Il y a eu entretemps, pour moi, une douzaine d'années fort remplies, souvent difficiles, durant lesquelles j'avais renoncé à ce projet, et croyais même l'avoir oublié. En 1949, le manuscrit de 1936, que je croyais perdu, m'est arrivé d'Europe au fond d'une malle[2]. J'ai compris que rien ne m'importait plus que de le continuer, et je n'ai rien fait d'autre depuis près de deux ans et demi. Bien entendu, au cours de ce nouveau travail, les quinze pages d'autrefois, le noyau ancien, ont elles-mêmes été dissoutes. Très vite, j'ai compris qu'on ne prend pas un des très grands hommes de l'histoire pour en faire un clou auquel attacher ses tableaux ; plus j'avançais, plus j'ai été saisie d'un immense respect pour les faits, et pour l'individualité unique du personnage dont j'essayais de m'approcher, et j'ai tâché de mettre de côté tout système d'interprétation, tout parti pris de style, et presque toute préférence personnelle, en faveur de l'exact et du nu. Si j'explique ceci, c'est que vous me dites, trop modestement, ne rien connaître à l'histoire. Mais qu'avez-vous fait, dans votre roman sur le Coblenz des années qui suivirent la guerre de 1914, sinon de l'histoire[3] ? Sans savoir la méthode que vous avez choisie, j'imagine qu'elle ne différait guère

1. En 1937, Yourcenar fit des recherches sur Hadrien à Yale University et écrivit le passage sur le renoncement aux exercices du corps.
2. Voir lettre à Georges de Crayencour du 21 juillet 1973.
3. *Die Wandlund der Susanne Dasseldorf* (1932), traduit en français sous le titre *Rival et Rivale*, Paris, Gallimard, 1945, développe un thème « yourcenarien » avant la lettre : Suzanne est rejetée par l'homme à qui elle s'offre, parce qu'il est homosexuel.

de la mienne : tâcher de tout dire, et se refuser à rien fausser. L'histoire n'est que la mémoire humaine. Le nombre d'années, ou de centaines d'années, qui nous sépare d'un sujet, est important, certes, mais moins qu'on ne pourrait le croire. À cause de certains rapports de sensibilité, de culture, et même de circonstances, il m'a semblé parfois moins difficile de faire revivre, sans trop d'inexactitudes, cet homme du IIe siècle, que d'évoquer, par exemple, un homme d'il y a cinquante ou soixante ans dont les expériences, les émotions, ou les idées, différeraient par trop des nôtres. Un de mes soucis a même été de ne pas souligner trop grossièrement ces similitudes avec notre temps ; elles ne sont frappantes qu'à condition de rester à peine indiquées.

J'ai pris passage sur le *Mauritania* du 18 mai, qui sera au Havre le 26. Je ne sais pas encore à quel hôtel je descendrai à Paris. Moi aussi, j'espère ne pas vous manquer. Mes plans pour l'été ne sont pas faits, mais je pense rester quelque part à la campagne, en France (où il serait charmant de vous rencontrer) et aller ensuite pour l'hiver en Italie, à moins (clause affreuse, et que nous avons dû faire toute notre vie) que le monde ne s'écroule par trop complètement sur nous d'ici là.

Vous avez eu l'extrême gentillesse de vous inquiéter de ma vie personnelle : dans l'ensemble, elle a été fort heureuse sur certains points (ce qui est déjà beaucoup) mais souvent difficile sur d'autres, aveu banal, et qui ne vous surprendra pas. Vous comprenez bien que ce n'est pas sans regrets que je suis restée si longtemps éloignée de l'Europe, mais mes arrangements personnels, et financiers, ne me permettaient pas autre chose ; j'ai souvent souffert ici d'une grande solitude intellectuelle ; excusez ce terme, toujours un peu pompeux, et laissez-moi dire tout de suite que cet isolement dont je me plains a souvent été dû aux conditions même de mon travail, et à une santé fragile qui supporte mal la vie agitée de New York, elle-même assez décevante et assez creuse. Je ne suis pas sûre, d'ailleurs, que le même isolement, en partie du moins, n'aurait pas été mon lot en Europe ; il est partout difficile, à notre époque confuse et dissociée, d'établir des contacts valables, et durables, avec des esprits à peu près pareils au sien. Depuis un an, l'infinie sollicitude de l'amie avec laquelle je vis, et qui, j'espère, viendra avec moi en Europe, m'a permis de renoncer temporairement à mon travail de professeur, travail point complètement dépourvu d'intérêt intellectuel ou humain, mais qui s'accorde, du moins pour moi, assez mal avec le métier d'écrivain, et qui me fatiguait beaucoup. Je ne suis pas fière de tous ces aveux de faiblesse.

Le jour où les journaux américains ont annoncé la mort de Gide[1], j'étais à Bangor, assez grande ville de province située à une centaine de kilomètres d'ici, sur la terre ferme, qui possède un séminaire protestant riche d'une belle bibliothèque un peu surannée, où des éditions Aldines et des Henri Estienne[2], sans doute achetés en Europe par des bibliophiles américains du XIXe siècle, dorment dans la poussière et le total oubli. J'y étais allée relire une fois de plus certains textes des Pères de l'Église, qui se sont un peu occupés de la politique religieuse d'Hadrien, et beaucoup de ses amours. C'était un soir de pluie et

---

1. Le 19 février 1951.
Yourcenar s'est exprimée à diverses reprises sur Gide, notamment à l'occasion d'une conférence donnée au Smith College, en novembre 1969, et qui sera publiée sous le titre « André Gide revisited », *Cahiers André Gide*, n° 3 : « Le Centenaire », Paris, Gallimard, 1972, pp. 21-44.
2. Aldines : le nom vient de Aldo Manuzio, premier d'une dynastie d'éditeurs vénitiens (XVe-XVIe siècle). Henri Estienne (1531-1598) : humaniste, imprimeur et éditeur français,

de neige fondue. À l'heure où la bibliothèque ferme, je suis rentrée dans ma chambre louée chez l'habitant, selon l'usage américain, qui n'est pas sans charme ; quelqu'un m'a montré dans le *New York Times* un article, pour une fois assez bien fait, qui annonçait la mort de Gide et résumait son œuvre. J'ai pensé à celle-ci une grande partie de la nuit, espèce de service funèbre. Plus j'y réfléchissais, plus cette œuvre et cette vie m'apparaissaient comme une immense réussite, et, dans l'ordre de l'ajustement, de l'équilibre, de l'utilisation de toutes les facultés, une réussite *exemplaire*. Si, comme vous, je connaissais par le menu le détail biographique, j'aurais sans doute à modifier ces vues sur plus d'un point ; il me semble qu'elles restent vraies dans l'ensemble.

J'espère que vous vous serez fait lire cette lettre si longue par un secrétaire, épargnant ainsi vos yeux.

Amicalement à vous,
Marguerite Yourcenar

Mille amitiés à Poupet, et à Jean Schlumberger[1], que j'admire beaucoup, mon très déférent souvenir.

---

1. Jean Schlumberger (1887-1968). Auteur de *Dialogues avec le corps endormi*, Paris, Éditions de la Nouvelle Revue française, 1927 (Bibl. PP). Ami des Gide. Yourcenar lui a consacré un hommage : « Ébauche d'un Jean Schlumberger » in *La Nouvelle Revue française*, mars 1969, pp. 321-326 ; repris dans *Le Temps, ce grand sculpteur*, in *Essais et mémoires*.

À JACQUES KAYALOFF[1]

> Hôtel de Crillon
> Place de la Concorde[2]
> 1ᵉʳ juillet [1951]
> 10 heures 1/2 du soir

Cher Jacques,

Je m'arrête en passant pour vous laisser un message — puisque vous n'êtes pas chez vous, comme je m'y attendais — et pour remplacer ainsi la lettre perdue, dans laquelle vous me demandiez de vous donner mes premières impressions de Paris après dix ans d'absence. Eh bien, Paris est toujours fort beau — plus même que je ne m'en souvenais — Quant aux gens, ils n'ont pas changé, ni en bien ni en mal.

J'espère que vous vous reposez, et que le poids des temples asiatiques et des foules ne vous accable plus.

Amicalement,

Marguerite

À CONSTANTIN DIMARAS[3]

> le 8 juillet 1951

Mon cher Didy,

J'ai été ravie d'apprendre la bonne nouvelle que m'apporte votre lettre du 7 juin; votre nouveau poste est aussi intéressant qu'utile, et je me réjouis avec vous qu'il vous procure cette solide aide financière dont nous avons tous besoin en ce moment.

---

1. Collection particulière. Copie de lettre autographe.
2. En-tête de la lettre.
3. Fonds Yourcenar à Harvard, bMS 372 (888). L'adresse de l'expéditrice n'y figure pas.

Vous êtes gentil de vous féliciter de me voir me rapprocher de vous sur la carte, mais vos réflexions au sujet de mes adresses américaines sont, permettez-moi le mot, saugrenues ; ces adresses étaient parfaitement claires, et l'adresse permanente, celle des mois d'hiver, est restée la même pendant dix ans. Mon écriture à coup sûr est parfois peu lisible, mais la plupart de mes communications ont été tapées à la machine et auraient dû être parfaitement déchiffrables.

Didy, il se peut, comme vous me le disiez dans votre précédente lettre, que je sois restée trop longtemps de l'autre côté de l'océan, mais je suis quelque peu choquée de voir que ni vous ni personne ne vous intéressez vraiment aux conditions de vie des gens (et des écrivains) que vous aimez. En ce qui vous concerne, votre nouveau poste de directeur des bourses et des avances universitaires devrait vous obliger à [réformer] cela. J'étais extrêmement à court d'argent durant mon dernier séjour en Grèce et ne savais comment faire face à l'avenir. Mon poste de professeur aux États-Unis et l'amitié de Grâce m'ont permis de vivre et de continuer à poursuivre les recherches qui ont abouti à ce livre[1]. Rentrer à Paris n'était utile qu'après avoir terminé ce long travail. J'avoue que la politique et la diplomatie littéraires, le souci de se montrer et de mettre en évidence ce qu'on vient de produire, comptent pour quelque chose, mais je suis de toute façon malhabile à ces sortes d'entreprises, et l'essentiel reste avant tout ce que le hasard veut que les États-Unis m'aient donné, la sécurité et la paix nécessaires pour écrire. L'ajustement aux conditions de travail aux États-Unis n'a pas, comme vous le pensez bien, toujours été facile, mais je suis assez fière de l'avoir fait, et

---

1. *Mémoires d'Hadrien*.

d'avoir cependant continué mon travail personnel[1]. Excusez cette parenthèse qui me paraît importante, non pas seulement pour moi, mais pour tant d'autres écrivains ou artistes qui en ont été, en sont, ou en seront réduits là.

Je vous envoie le 1er fragment des *Mémoires d'Hadrien*, paru dans *La Table Ronde* du 1er juillet ; deux autres fragments paraîtront en août et septembre[2] ; laissez-moi savoir si vous pouvez vous procurer ces numéros à Athènes ; sinon, je vous les enverrai aussi. Le livre lui-même paraîtra en librairie en octobre. Votre jugement m'importe, et il serait intéressant pour moi d'avoir dès à présent vos réflexions ou vos critiques, si vous trouvez le temps de les faire. Les jugements portés après la publication en volume arrivent en un sens trop tard.

Jean et Catherine Lambert, beau-fils et fille d'André Gide[3], se proposent de participer à la croisière universitaire qui aura lieu cet été et qui se consa-

---

1. Yourcenar avait commencé par écrire « d'écrivain », puis a ajouté en surcharge et en marge « personnel ».
2. « Mémoires d'Hadrien (première partie) : Animula vagula blandula », in *La Table ronde*, n° 43, juillet 1951, pp. 71-84. « Mémoires d'Hadrien (suite) : Varius multiplex multiformis », in *La Table ronde*, n° 44, août 1951, pp. 94-118. « Mémoires d'Hadrien (fin) : Tellus stabilita », in *La Table ronde*, n° 45, septembre 1951, pp. 36-59.
Mémoires d'Hadrien, Paris, Plon, 1951 ; Paris, Gallimard, coll. Blanche, 1974 ; coll. Folio, n° 921 ; repris dans *Œuvres romanesques*.
3. Catherine (née en 1923), fille de Gide et d'Élisabeth Van Rysselberghe (1890-1980), avait épousé en 1946 Jean Lambert (né en 1914).
Coexécuteur littéraire de Gide, Jean Lambert devint par la suite professeur de littérature française aux États-Unis, au Smith College, jusqu'en 1978. Essayiste et traducteur, auteur de *Traité du beau rôle*, Paris, Gallimard, 1942 (Bibl. PP) ; *Avril ou l'enfant sage*, Genève, 1950 (Bibl. PP) ; *Les Vacances du cœur*, Paris, Gallimard, 1951 (Bibl. PP) ; *Gide familier*, Paris, Julliard, 1958 (Bibl. PP) ; *Essai d'identification d'un peintre et d'un tableau*, Rosemary Press, 1968 (Bibl. PP) ; *Le Plaisir de voir*, Paris, Gallimard, 1969 (Bibl. PP).

crera surtout à la Grèce Byzantine : Palerme, Mistra, Athènes-Daphni, Salonique, Mont Athos, etc. Ils seront donc à Athènes en août, et n'auront guère qu'une après-midi et une soirée libre. Je leur ai donné votre nom, et ils [désirent] beaucoup vous voir. Vous saurez certainement les dates exactes de l'escale à Athènes ; vous pourriez peut-être leur mettre un mot au courrier du bateau pour être sûr de ne pas les manquer. Ils sont tous deux fort agréables et Catherine est charmante. Jean Lambert a lu nos traductions de Kavafis et s'y intéresse beaucoup.

Paris est beau comme toujours. Grâce et moi partons le 17 de ce mois pour un séjour chez des amis en Suisse[1], mais nous serons de nouveau à cette même adresse à partir de la fin septembre. Pour l'été l'adresse permanente reste Morgan Bank, 14 Place Vendôme, Paris, I. Bien affectueusement à vous ; meilleures amitiés à Hélène et à Alexis.

Marguerite Yourcenar

P.-S. Merci pour ces indications au sujet d'Hermès et de la *Revue d'Athènes* : je les chercherai à la Bibliothèque Nationale, pour laquelle j'ai malheureusement eu assez peu de temps jusqu'ici ; Grâce me seconde dans les dernières vérifications à faire pour la bibliographie d'*Hadrien,* tâche jusqu'au bout ardue, lorsqu'on tient chaque fois à remonter au texte original et aux sources. La maison Plon n'a accepté de faire suivre mon livre que d'une notice bibliographique de 5 à 6 pages, que le matériel à discuter déborde de toutes parts, mais je publierai

---

1. Au château de Wufflens-sur-Morges dans le pays de Vaud chez Jacques de Saussure.

peut-être ailleurs, un jour, ces annexes de mon livre[1]. À force de lire, même chez les historiens les plus qualifiés, des hypothèses insolemment présentées comme des faits, ou des interprétations vagues et forcées du moindre texte, auquel on fait tout dire, j'ai fini par éprouver pour l'exactitude une espèce de passion sèche.

À JEAN BALLARD[2]

                Château de Wufflens-sur-Morges
                5 août 1951

Cher Monsieur,

Pardonnez-moi de ne pas vous avoir remercié immédiatement, comme je l'aurais dû, pour le prompt retour des deux manuscrits[3] et la longue lettre qui accompagnait ceux-ci. Laissez-moi à mon tour essayer, en guise de réponse, de préciser amicalement mes positions.

Il est très vrai qu'à Paris j'avais admis, à l'époque où vous envisagiez la publication des « Poèmes

---

1. Ce seront les *Carnets de notes de « Mémoires d'Hadrien »*. Sont conservées, encore inédites au Fonds Yourcenar à Harvard, des « Notes sur " Mémoires d'Hadrien " » dont les rubriques sont intitulées : « Mentions de noms historiques, Divinités, Cultes, Personnages mythologiques, Dieux, Héros, Faits définitivement omis, Faits historiques modifiés ou faits imaginés, Composition générale, Caractérisation des personnages, (avec éléments érotiques, homosexuels) » et un « Journal de " Mémoires d'Hadrien " » première version de ces *Carnets de notes*. MS Storage 265.

2. Fonds Yourcenar à Harvard, bMS Fr 372 (1305).

3. Il s'agit de la traduction des poèmes qui seront publiés respectivement sous le titre *Fleuve profond, sombre rivière*. « *Negro Spirituals* », *commentaires et traductions*, Paris, Gallimard, coll. Blanche, 1964 ; coll. Poésie/Gallimard n° 99, et *La Couronne et la Lyre, présentation critique et traduction d'un choix de poèmes grecs*, Paris, Gallimard, coll. Blanche, 1979 ; coll. Poésie/Gallimard n° 189.

Grecs », mais ne paraissiez pas vous intéresser aux « Chants Noirs », que ces deux groupes de traductions fussent publiées séparément, et rien n'oblige en effet de les rendre solidaires, d'autant plus que la collection complète de ces mêmes « Chants Noirs », plus qu'aux trois quarts terminés, ainsi que mon anthologie projetée de « Poèmes Grecs », paraîtront évidemment (s'ils paraissent jamais) en deux volumes bien distincts. Là n'est donc pas la difficulté.

Mais vous avouerais-je que ce qu'il faut bien que j'appelle vos atermoiements m'ont fait réfléchir. Votre lettre écrite de Marseille renversait la situation en acceptant définitivement les « Chants Noirs » et en remettant les « Poèmes Grecs », sinon aux calendes de leur pays, du moins à une réunion en novembre qui prenait un peu, à distance, l'aspect d'une séance de tribunal. Je reviendrai dans un instant sur cette question des « Poèmes Grecs ». En ce qui concerne les « Chants Noirs », vous dirais-je que, si flattée que je pusse l'être par les compliments donnés à la traduction, j'ai trouvé peu pertinentes vos réflexions sur le côté trop connu de ces petits poèmes. J'ai, il est vrai, placé en tête du choix que je vous avais envoyé deux ou trois poèmes fort célèbres, mais la plus grande partie de ce même choix, comme aussi du volume tout entier dont je l'ai tiré, se compose de textes fort peu connus, pris à des recueils régionaux (chansons des îles de la Georgie, cantiques des nègres catholiques de la Louisiane, etc.) ou à certains ouvrages anciens assez oubliés. L'étonnant fragment que j'ai intitulé « Funérailles », par exemple, sort des mémoires du Colonel Hutchinson sur la guerre de Sécession, et ne figure pas dans les anthologies populaires, d'autant plus que l'officier nordiste qui l'a jadis recueilli n'en a pas donné la notation musicale. Il m'a donc paru que notre conversation sur ce point était mal engagée, et que vous acceptiez, un peu par égard pour moi et pour ne pas tout refuser ou tout remettre à plus tard à la fois, des textes qu'il vous était malaisé de situer et de juger avec exactitude. La décision de retrait vient de là.

J'en reviens aux « Poèmes Grecs ». Sommes-nous assez amis pour que je puisse vous reprocher là aussi d'avoir quelque peu manqué de netteté, pour ne pas dire de brutale franchise ? Permettez-moi du moins de vous dire que les objections que me faisait votre lettre, *telles que vous les y formuliez*, m'ont paru ne pas tenir debout. Déjà, j'avais peu goûté, à Paris, l'accusation d'avoir fragmenté ces poèmes, alors qu'il s'agit au contraire, soit d'œuvres fort brèves mais intégralement traduites (mises à part, bien entendu, les quelques abréviations ou paraphrases auxquelles oblige toute traduction en vers), soit de fragments, comme ceux d'Anacréon, parvenus à nous sous cette même forme incomplète, qui d'ailleurs n'altère en rien leur beauté. Mais ce fut bien pis quand je trouvai dans votre lettre la phrase suivante : « ... (on ne s'explique) pas l'intention et les raisons de votre choix dans un corpus aussi grand que celui de la poésie grecque. »

Comme sur ces 43 poèmes[1], on en trouve exactement 2 de Simonide, 7 de Théognis, 6 d'Anacréon, 2 d'Ibycos, 6 de Platon et 5 de Callimaque[2], c'est-à-dire une trentaine des pièces les plus glorieuses et les plus incontestées de la lyrique grecque, j'avoue que votre objection m'a stupéfaite, comme elle m'eût stupéfaite si vous m'aviez demandé pourquoi je m'étais mise en tête, offrant au public un choix de poèmes lyriques anglais, de présenter quelques son-

---

1. Dans cette même lettre, le nombre variera deux fois (42 puis 44).
2. Tous ces auteurs figureront dans *La Couronne et la Lyre*.

nets de Shakespeare, deux ou trois pièces de Dryden, autant de Keats et de Tennyson, et un ou deux morceaux de T. S. Eliot. Parmi les treize poèmes qui restaient à « expliquer », les épigrammes de Denys le Sophiste, de Bianor, et d'Antipater de Sidon[1] comptent aussi parmi les plus connues de l'*Anthologie* ; les deux chansons populaires (dont l'une fut déjà traduite par André Chénier) avaient été incluses, comme je vous l'avais déjà dit à Paris, afin de placer à côté des chefs-d'œuvre deux exemples de poésie populaire traitant des mêmes thèmes ; enfin, si les poèmes de Straton[2] placés fort haut dans leur genre par de bons juges (Croiset[3], Edmunds, Symonds[4]) sont peu connus en France du grand public, il n'en est pas de même en Angleterre, où la traduction du « Vendeur de Couronnes », par Symonds, bien qu'un peu trop paraphrasée à mon gré, représente néanmoins une des réussites des traducteurs du XIXe siècle. En réfléchissant à ce que vous appelez les « intentions » de mon choix, il me paraît donc fort évident que j'ai préféré traduire des pièces, plus ou moins connues du public, mais toutes fort connues des

---

1. Figurera dans *La Couronne et la Lyre*.
2. Figurera dans *La Couronne et la Lyre, op. cit.*, pp. 383-387.
3. Alfred et Maurice Croiset, *Histoire de la littérature grecque*, t. I, Paris, Alfred Fontemoing éditeur, 1896 et t. II-V, Paris, Ernest Thorin éditeur, 1890-1899 (Bibl. PP). Alfred Croiset, *Les Démocraties antiques*, Paris, Flammarion, 1911 (Bibl. PP). Maurice Croiset, *La Civilisation hellénique*, t. I et II, Paris, Payot, 1922 (Bibl. PP).
4. John Addington Symonds (1840-1893), poète anglais. *Sketches and Studies in Italy and Greece*, London, Smith, Elder & Co, vol. 1, 1898 ; vol. 2, 1907 ; vol. 3, 1910 (Bibl. PP) ; *Renaissance in Italy*, London, Smith, Elder & Co, vol. 1, 1907 ; vol. 2, 1900 ; vol. 3, 4, 5, 6, 7, 1906 (Bibl. PP) ; *Studies of the Greek Poets*, New York, Harper & Brothers Publishers, vol. 1 et 2, 1880 (Bibl. PP).
Ses essais sur Antinoüs dans *Sketches and Studies in Italy and Greece* et sur l'inversion antique dans *A problem in Greek Ethics*, London, The Aeropagitiga Society, 1908 (Bibl. PP), figurent dans les sources bibliographiques précisées dans les « Notes », inédites, sur *Mémoires d'Hadrien, op. cit.*, MS Storage 265.

connaisseurs, traitant des émotions individuelles des poètes (amour, mort, rêveries métaphysiques), et allant de l'austérité au cynisme et de la passion à l'ironie. Je continue à m'étonner qu'on s'étonne.

Je crois d'ailleurs avoir fini par comprendre que ce que vous reprochiez à ces quarante-deux pièces, c'était le pourcentage d'éléments érotiques, et particulièrement d'éléments érotiques grecs, qui y figure. (Exactement dans ma traduction 12 sur 44 ; le chiffre serait plus élevé d'ailleurs si j'avais toujours traduit mot à mot tous les textes.) De ce pourcentage, aucun helléniste de bonne foi ne se scandaliserait ; je vous renvoie là-dessus aux réflexions fort sages de W. H. Auden dans la préface de sa récente et fort remarquable collection des Chefs-d'Œuvre de la Littérature Grecque[1]. Il est inutile de se dissimuler que dans la poésie lyrique grecque, admirablement et étroitement concentrée sur le problème humain, l'érotique joue un grand rôle, et que cette érotique, surtout dans ce qu'elle a de plus sérieux et de plus intense, est le plus souvent à base homosexuelle. (Je ne vois guère, pour le moment, en fait d'exceptions, que l'admirable série des poèmes de Méléagre à Héliodora[2], et un certain nombre de grands poèmes de fidélité conjugale, ce qui d'ailleurs est une autre histoire.) La plupart des traducteurs français de l'*Anthologie* ou des Lyriques Grecs, en se bornant à retraduire éternellement quelques pièces faciles et de tout repos (épigrammes aux courtisanes) ont contribué à cette réputation d'enrubannement et de mièvrerie Louis XVI qui fait dans l'ensemble grand tort à la littérature grecque ; de ces minces pièces,

---

1. Wystan Hugh Auden (1907-1973), poète, dramaturge et essayiste américain. Yourcenar se réfère ici à *The Portable Greek Reader*, édité et présenté par W. H. Auden, New York, Viking Press, 1948.
2. Figurera dans *La Couronne et la Lyre*, *op. cit.*, pp. 357-358.

souvent exquises elles aussi, mais qui représentent l'esprit grec dans ce qu'il a de plus léger, j'ai d'ailleurs aussi inclus des exemples.

Ceci dit, il va de soi que je comprends toutes les hésitations et toutes les prudences de la part d'une revue, et ne peux, en ce qui vous concerne, que les approuver. Si l'objection que je crois sentir entre vos lignes avait été dès l'abord nettement formulée, il est probable que j'eusse accepté, pour l'usage de la revue, certaines omissions. Mais il m'a paru que de part et d'autre nous battions un peu la campagne...

Excusez cette lettre si longue, mais j'aimerais mieux avoir le plaisir de vous parler d'autre chose quand je vous verrai à Marseille. Je serai heureuse de faire la connaissance de « mes chauds défenseurs » comme vous voulez bien les appeler, et aussi de la partie adverse. Veuillez me rappeler au bon souvenir de Mme Ballard, et croire, pour les *Cahiers du Sud* et pour vous-même, à l'expression de ma très constante sympathie.

Marguerite Yourcenar

À CONSTANTIN DIMARAS[1]

> Hôtel Rive-Reine
> La Tour de Peilz
> Vaud – Suisse – jusqu'au 17 septembre
> 29 août 1951

Mon cher Didy,

Je viens de recevoir votre lettre envoyée à la Banque Morgan, Paris, qui a dû croiser celle que je

---

1. Fonds Yourcenar à Harvard, bMS Fr 372 (888).

vous envoyais d'Evolène : merci de continuer votre analyse critique et de m'en envoyer si promptement le résultat[1].

Il me paraît que vous avez relevé deux taches assez considérables : *l'équilibre des piles luisantes*, il serait plus juste en effet de parler de quelque chose comme *l'entassement des piles luisantes* ; et le *mélodrame* qui, pour les mêmes raisons que *l'esthétique* se doit de disparaître par respect pour l'exactitude. Ces deux détails m'avaient frappée à une relecture, mais je les avais heureusement remis à plus tard, et je n'aurais pas eu sans vous l'énergie d'y revenir. Très grand merci.

Par contre, la correction « moins ou plus » que vous proposez est impossible en français ; il serait de mauvais goût d'essayer de modifier ces expressions adverbiales toutes simples, et on agacerait le lecteur, sans d'ailleurs aucune excuse pour le faire. *Boucles de fumée* n'a dans ma pensée rien à voir avec le tabac ; j'ai pensé aux brûle-parfums, et à la fumée quotidienne des sacrifices. *Eux-mêmes*, dans le cas où vous le proposez, ne serait pas français. *Soldat-Empereur, Empereur-Soldat* : l'apposition et le contraste sont d'une banalité de style historique français depuis le XVIIIe siècle au moins (je pense aussi à d'autres appositions-contrastes, plus tardives, mais fort courantes, roi-citoyen, citoyen-roi, et même socialistes-ministres et ministres-socialistes) ; la formule ne prétend donc à aucune vertu lapidaire, mais elle est claire et commode parce que usuelle, donc défendable. Quant aux autres « élégances » de style, que vous approuvez, *l'ordre aux frontières* n'en est pas une ; formule utile et courante, à quelque époque que ce soit, pourvu qu'on y ait eu des frontières *(limes)* ; la *question d'Orient* m'inquiète un peu

1. Sur *Mémoires d'Hadrien*.

plus que vous ; j'ai suivi ici Grousset[1], qui l'emploie souvent dans son analyse de la politique orientale d'Hadrien (*Histoire de l'Asie*, premier vol.), mais qui n'a pas les mêmes raisons que moi pour s'abstenir de termes trop modernes. Néanmoins, comme le mot question et le mot Orient sont de tous les temps, et qu'il y a là absolue analogie de faits, je crois bien que je maintiendrai la formule. Enfin, merci d'avoir apprécié le jeu des temps de verbes p. 108. Peu de lecteurs s'apercevront de ces petites touches ; je pense d'ailleurs, comme vous, que ce livre aura d'ailleurs probablement peu de lecteurs, en tout cas de bons lecteurs.

Il va sans dire que j'attends encore de votre amitié le même genre de remarques sur le fragment III, si vous voulez bien prendre la peine de les faire, et si vous n'êtes pas trop fatigué par votre travail. Je suis ravie que la visite des Lambert ait été une réussite : la description que vous m'en faites m'a donné plus que jamais la nostalgie d'Athènes. Mais pourquoi avoir résisté à la visite traditionnelle de l'Acropole au clair de lune[2] ? C'est pour voir l'Acropole au clair de lune qu'on vient, en grande partie, voir Athènes, et l'on a raison. Je regrette qu'Alexis n'ait pas prolongé assez son séjour en Angleterre pour que j'aie la chance de faire sa connaissance à Paris ; faites-lui toutes mes amitiés, ainsi qu'à Hélène.

Affectueusement à vous,
Marguerite Yourcenar

---

1. René Grousset (1885-1952), *Histoire de l'Asie*, Paris, G. Grès & Cie, 1921-1922 ; Paris, PUF, 1942.
2. Ajout en marge à gauche : « J'insiste : n'y a-t-il pas là quelque pose ou quelque fierté inversée ? Je l'ai souvent pensé à Athènes. Ainsi de ces descendants d'un grand homme pleins à la fois de respect et d'irritation à l'égard du trop fameux ancêtre, prêts à sourire de l'enthousiasme des étrangers, et qui pourtant s'indigneraient à bon droit si l'on n'[mot illisible] pas. »

À RENÉ HILSUM[1]

Hôtel Saint James et d'Albany
7 décembre 1951

Cher Ami,

Depuis mon retour à Paris, après une absence de onze ans, j'ai vainement cherché votre adresse, et je finis par essayer de ce moyen un peu incertain de vous retrouver[2].

Dans ces dernières années, Charlotte Pomerantz m'a souvent parlé de vous avec une amicale admiration, qui a augmenté encore mon désir de vous revoir après ces années difficiles. D'autres préoccupations vous ont peut-être entraîné loin de la littérature, mais je pense bien souvent, avec une extrême

---

1. Fonds Yourcenar à Harvard, bMS Fr 372 (933). D'après un ajout en marge, en haut, de Grace Frick, cette lettre à René Hilsum ainsi que celle du 5 janvier suivant, toutes deux autographes, sur papier à en-tête de l'hôtel Saint James et d'Albany à Paris, ont été recopiées à la machine sur la même page par elle et vérifiées par Yourcenar qui y a apposé ses initiales, avant d'être postées ensemble.

René Hilsum (1895-1990). Fondateur d'une petite maison d'édition, aujourd'hui disparue, Au Sans Pareil, spécialisée dans la poésie surréaliste. En 1929, il publia *Alexis ou le traité du vain combat*, signé Marg Yourcenar.

Alexis sera publié ensuite par Plon, 1952. Puis par Gallimard, coll. Blanche, 1971 ; coll. Folio, n° 1041 ; *Œuvres romanesques*.

2. L'ajout dactylographié, en anglais, de Grace Frick en haut de la copie des lettres précise : « Copie exacte de cette première lettre à René Hilsum, éditeur d'Alexis, dont l'adresse n'a pu être retrouvée ni par Plon, ni par Lucien Maury ni par Nel [Emmanuel Boudot-Lamotte], ni par aucun de ceux auxquels nous nous sommes adressées. » Voir lettre du 5 janvier 1952 au même.

Une note tapuscrite en anglais de Grace Frick conservée au Fonds Yourcenar à Harvard précise l'histoire de ces retrouvailles. Yourcenar eut l'idée d'adresser cette lettre à René Hilsum par l'intermédiaire de *L'Humanité*. Selon Grace Frick, Charlotte Pomeranz (ancienne étudiante de Yourcenar au Sarah Lawrence College, auteur de *The Princess and the Admiral*, Reading, Addison-Wesley, 1974, Bibl. PP) lui avait rapporté que Mme René Hilsum travaillait à l'époque pour ce quotidien.

reconnaissance, à l'éditeur d'*Alexis*. Faites-moi signe si vous le pouvez (je ne suis pas à Paris pour très longtemps) et croyez, je vous prie, à mon amical souvenir.

Marguerite Yourcenar

À JULES ROMAINS[1]

28 décembre 1951

Monsieur,

Je ne saurais vous exprimer ma gratitude pour votre appréciation de *Mémoires d'Hadrien*. Vous pensez bien qu'en écrivant ce livre je ne m'attendais pas à ce qu'il eût beaucoup de lecteurs ; je savais surtout que les lecteurs bien informés seraient rares. Votre lettre m'apporte ce que je souhaitais le plus : l'avis d'un homme qui connaît à la fois (chose rare) tous les secrets du métier de la création littéraire et tous ceux des démarches et des recherches qui précèdent ce travail de création. Que vous ayez « tout lu, jusqu'à la bibliographie », en me rendant l'immense service d'être le lecteur exigeant, méfiant même, qui contrôle les sources et ne se satisfait pas d'à-peu-près, me rend votre jugement plus précieux qu'on ne pourrait le dire.

---

1. Fonds Yourcenar à Harvard, bMS Fr 372 (1030).

Jules Romains (1885-1972). *Marc Aurèle ou l'Empereur de bonne volonté*, Paris, Flammarion, 1968 (Bibl. PP).

Deux lettres de Jules Romains ont été conservées au Fonds Harvard. Dans la première, datée du 25 décembre 1951, il qualifie d'« admirable » *Mémoires d'Hadrien*. « J'y trouve les qualités les plus diverses : une pensée d'une vigueur et d'une hauteur étonnantes ; un sens psychologique des plus aigus ; un style dont la perfection et le bonheur sont presque constants. Je ne parle même pas de la sûreté d'information, qui dépasse de loin celle de maints spécialistes ». Fonds Yourcenar à Harvard, bMS Fr 372 (650).

Pour moi, qui connais bien votre œuvre, qui l'ai souvent enseignée (car j'ai été pendant plusieurs années professeur aux États-Unis) et qui me suis souvent plongée dans cette foule d'êtres humains qu'elle contient, ce m'est aussi un singu[lier] [mot omis dans l'original] que d'apprendre par vous sur quelles solides fondations antiques repose l'une des œuvres les plus modernes qui soient. Vous m'avez là généreusement donné un aperçu de votre méthode.

Veuillez agréer, Monsieur, avec mes remerciements renouvelés, l'expression de mes sentiments de sympathie et d'admiration,

Marguerite Yourcenar

1952

À RENÉ HILSUM[1]

>Hôtel Saint James et d'Albany
>5 janvier 1952[2]

Mon cher Ami,

Ayant eu la joie de vous retrouver, je vous envoie quand même cette lettre qui reposait sur ma table, dans l'attente d'une adresse plus sûre.

Plon me fait faire mardi prochain (le 8) une séance de signature à la librairie Palmes, place St. Sulpice, ce qui n'est pas loin de chez vous. Les listes faites par Plon contiennent surtout des gens sans intérêt (les noms habituels); j'y fais en ce moment ajouter quelques amis. Si vous avez envie d'examiner quelques-uns des documents dont je me suis servie pour mon dernier livre, passez donc chez Palmes mardi entre 5 et 7 : ce sera un moyen de vous voir

---

1. Fonds Yourcenar à Harvard, bMS Fr 372 (933). Copie par Grace Frick d'une lettre autographe sur papier à en-tête de l'hôtel Saint James et d'Albany, envoyée en même temps que celle du 7 décembre 1951.
2. La copie de Grace Frick indique la date du 5 janvier 1951, ce qui dans l'ordre de succession des deux lettres à René Hilsum, ne peut qu'être une erreur.

pour causer; vous n'apercevrez tout au plus que mon amie américaine, qui s'est dévouée dans ces dernières années à m'aider dans mon travail et qui sera heureuse de vous voir, même un moment.

Amicalement à vous,
Marguerite Yourcenar

À JEAN LAMBERT[1]

La Mi-Voie
Lévis St-Nom
Seine-et-Oise
6 janvier 1952

Mon cher Jean,

Votre lettre du 4 janvier m'a fait grand plaisir; elle m'a aussi un peu exaspérée. N'attachez pas tant d'importance à la provenance de l'exemplaire que vous lisez. Je vous ai donné Hadrien, en l'écrivant, comme à tous ceux qui sont destinés à aimer ce livre. Quant à l'envoi physique d'un volume, je vous ai dit que le S[ervice de] P[resse] de Plon n'étant pas suffisant, surtout pour l'étranger, et pour un livre pour lequel on ne peut négliger les hommages aux spécialistes de l'histoire et de l'érudition, j'ai dû jeter dans le creuset mes propres exemplaires, et que j'en suis démunie. N'ayant qu'un seul volume à offrir à ce que j'appelle tendrement et respectueusement « la famille Gide », la déférence la plus élémentaire le réservait à Madame van Rysselberghe, bien faite d'ailleurs pour juger des confidences d'un grand

---

1. Fonds Yourcenar à Harvard, bMS Fr 372 (951).

homme[1]. Apportez-moi un exemplaire quelconque à signer : ce sera une occasion de vous voir. J'ai été fort grippée, et notre départ s'en voit retardé d'une semaine. Laissez-moi maintenant attaquer à mon tour : où étiez-vous ce jour de l'Orangerie, où je vous ai patiemment attendu, comme d'ailleurs l'été dernier à Versailles ? Pourquoi n'avoir pas téléphoné ensuite, et pourquoi diable quand nous nous téléphonons n'avons-nous jamais rien à nous dire ? Mais je m'arrête, car cette lettre de reproches finirait par ressembler à une lettre d'amour. Et j'ai en effet une grande tendresse pour l'auteur des *Amours de Jupiter* et d'*Artémis*, pour le beau sourire de Catherine, et pour les enfants pour lesquels j'ai les sentiments d'un royaliste pour les princes du sang. Mais je vous trouve, vous, d'un abord difficile.

                    Amicalement à vous,
                    [Marguerite Yourcenar]

P.-S. Je suis indignée par l'attitude d'une partie de la critique au sujet des inédits de Gide, chiens qui se roulent sur une tombe.

À JULES ROMAINS[2]

                                    23 mai 1952

Je parcours une interview que me consacrent les *Nouvelles Littéraires* du 22 mai, et j'y trouve la

---

1. Maria Van Rysselberghe (1866-1959). Amie de Gide, elle tint un journal inspiré par l'écrivain, publié sous le titre *Les Cahiers de la Petite Dame* in *Cahiers André Gide*, vol. 4, 1973. Mère d'Élisabeth Van Rysselberghe ; voir lettre à Constantin Dimaras du 8 juillet 1951.
2. Fonds Yourcenar à Harvard, bMS Fr 372 (1030).

phrase suivante, qui, si vous y avez par hasard jeté les yeux, vous aura étonné comme moi : « En 1939, j'ai dû abandonner le résultat de dix ans de travail... Et puis, par miracle, j'ai reçu [aux États-Unis] une malle restée en Suisse et qui renfermait assez de notes *pour que Jules Romains m'encourage à reprendre mon travail.* »

J'en suis à me demander où l'auteur de cet article[1], bienveillant, mais hâtif, et qui contient bien d'autres erreurs, a pu prendre une précision de ce genre. J'ai dû dire que, parmi les jugements portés sur les *Mémoires d'Hadrien*, le vôtre avait été pour moi l'un des plus précieux, comme émanant, non seulement d'un grand romancier, mais d'un lettré au courant des textes dont je m'étais servi et capable d'en critiquer l'emploi. Les à-peu-près du journalisme ont transformé cette simple phrase en un détail biographique inventé de toutes pièces, d'autant plus que je n'ai pas eu le plaisir de vous rencontrer aux États-Unis et à cette époque[2]. Vous êtes trop célèbre pour ne pas avoir de longue date l'habitude de ce genre d'erreurs, qui me choquent encore ; si je vous écris à ce sujet, c'est pour vous assurer que cette invention ne vient pas de moi, et que je n'ai pas mis légèrement en avant le nom d'un des écrivains de notre temps que je respecte le plus.

Veuillez agréer, Monsieur, l'expression de mes sentiments les plus distingués.

Marguerite Yourcenar

---

1. Jeanine Delpech, « Instantané Marguerite Yourcenar », *Nouvelles littéraires*.
2. Dans *Les Yeux ouverts*, entretiens radiophoniques de Marguerite Yourcenar avec Matthieu Galey, Paris, Le Centurion, 1980, p. 123, Yourcenar dit avoir vu « une ou deux fois » Jules Romains, à New York, pendant la guerre.

1953

À FRANÇOIS AUGIÉRAS[1]

> Northeast Harbor
> Maine
> États-Unis
> 16 mai 1953

Monsieur,

J'ai lu avec grand intérêt la seconde version du troisième fragment du *Vieillard et l'Enfant*, que vous m'avez envoyé. Certaines des pages nouvelles sont parmi vos meilleures : entre autres ce chapitre *Aux Bains de Mer*, qui forme une espèce de Nocturne océanique contrasté avec la misère, l'insécurité, et aussi la tragique puissance du désir humain. Ces pages, qui choqueront évidemment de nombreux lecteurs (et non sans raison) me paraissent propres,

---

1. Fonds Yourcenar à Harvard, bMS Fr 372 (844).
François Augiéras (1926-1971). Écrivain. Dans des « Notes de lecture hiver 1952 », Fonds Yourcenar à Harvard, MS Storage 265, Yourcenar indique avoir lu *Le Vieillard et l'enfant* qu'il publia sous le pseudonyme d'Abdallah Chaamba.
Zizara, Structure, 1958 (Bibl. PP) ; diverses versions du *Vieillard et l'enfant*, sans lieu d'édition ni nom d'éditeur, 1951, février 1953 et 1958 ; Paris, Éditions de Minuit, 1963 ; deux autres sans lieu, nom, ni date d'édition (Bibl. PP).

et en un sens, pour employer un mot qui n'est malheureusement plus de notre époque, nobles, parce que graves, comparées à la superficialité ou à la bassesse dont on nous abreuve. Vous voyez que je ne vous marchande pas les éloges. Je me trouverai bien avare de refuser à un inconnu cette attention (et ce respect) que nous accordons si facilement à un écrivain déjà accepté.

Mais je reste très sensible aux défauts que je vous ai déjà reprochés : obscurité, décousu d'un récit dans lequel le lecteur n'entre pas complètement, et qui n'est pourtant pas, comme seul peut l'être un poème, volontairement et hermétiquement clos de toutes parts. Par ex[emple] la scène des bains de mer se rattache mal au récit de l'existence « au cœur du Sahara » ; Abdallah continue par moments à n'être qu'un prête-nom. Plus gênants encore me semblent les moments où vous versez, consciemment ou non, dans « la littérature » ; ainsi, la page 49 n'est guère qu'un succédané de Rimbaud. Vous valez mieux là où vous êtes authentique.

Ce qui m'inquiète davantage (encore que certains passages m'en aient beaucoup touchée), c'est le ton d'excitation et d'orgueil maladif qui règne dans votre lettre. Que vous compensiez ainsi pas mal d'humiliation, je veux bien le croire. Mais, quelle que soit votre vie présente (tout métier en un sens est une prostitution[1], vente et achat ; tout métier a ses compromis, ses bassesses ; tout métier aussi a sa sagesse, sa morale peut-être, en tout cas son point d'honneur), vous ne lui appartenez plus entièrement ; vous pratiquez maintenant le métier d'écrivain ; que vous le vouliez ou non, vous devez faire face à ses exigences ; et cet orgueil un peu enfantin, cette excitation qui risque de paraître artificiellement entrete-

---

1. Ajout en marge à gauche : « Objection Grace Frick. »

nue, ne peuvent *à la longue* que nuire à votre œuvre. (Il reste d'ailleurs des coins inexpliqués : le français de votre livre est parfait, ou peu s'en faut ; celui de votre lettre d'une incorrection extrême ; corrige-t-on vos *Cahiers* ou ne faites-vous un effort que pour eux ?) Avoir découvert, dans un lit ou ailleurs, un rythme du monde, est déjà un très rare *bonheur*, mais qui ne sert à rien si vous n'êtes pas capable de retrouver ce même rythme, chaque jour, et dans tout, et de mettre à cette recherche toute l'humilité et le courage dont vous disposez. Certains passages de votre livre (entre autres les dernières lignes de la page 13, nouvelle version, qui sont émouvantes) me font croire que vous en êtes capable. Quant à l'ignorance et à la grossièreté dont vous vous plaignez, ce n'est qu'une question de degrés ; nous en sommes tous là, chacun à sa manière, et ne pouvons y remédier qu'au jour le jour, avec le maximum de bonne volonté.

Bien cordialement,
Marguerite Yourcenar

À FRANÇOIS AUGIÉRAS[1]

2 septembre 1953

Cher Monsieur,

J'ai reçu aujourd'hui le fragment d'une nouvelle version du *Théâtre des Esprits*, que vous m'annonciez. J'y retrouve votre extraordinaire don d'exprimer une réalité directe, animalement vivante, et en même temps mystérieusement traversée, orientée. J'écris au courant de la plume (de la machine plutôt)

1. Fonds Yourcenar à Harvard, bMS Fr 372 (844).

et dans un effort de définir ce que j'aime dans votre œuvre. MAIS je ne trouve pas que les pages que vous m'envoyez ajoutent beaucoup à celle-ci. Je respecte votre désir de creuser un sujet qui est le vôtre, de le décortiquer, d'en extraire tout le suc. (Le nom même de l'hôtel d'où je vous écris prouve que je partage cette tendance[1]; je m'attarde ici pour étudier « la frontière » d'Hadrien; on n'en a jamais fini avec un livre.) La plupart des écrivains ne font que prospecter superficiellement leur sujet : j'apprécie chez vous la volonté contraire. Néanmoins, je crains qu'à force de contempler fixement les mêmes faits vous ne finissiez par susciter autour d'eux un brouillard, par remplacer sans trop vous en apercevoir la vision directe par une ratiocination intellectuelle ou par un développement littéraire. Le danger de passer le point est énorme. Un animal peut crier sans cesse le même cri (je pense aux courlis des landes du Northumberland, criant sous le vent sauvage); un homme ne le peut sans que ce cri ne cesse d'en être un, devienne une redite ou une amplification. Cela est vrai au moins de l'expression littéraire, qui est la nôtre.

Il y a pire : je veux parler de ce que le lecteur moins bienveillant que moi appellera votre narcissisme. Je vois bien que vous avez besoin de la présence corporelle d'Abdallah, et que ces sensations ne se conçoivent pas sans son aspect et sa forme. (À propos, merci pour la photographie qui est belle, mais qui complique le problème, n'étant nullement du même style que vos ouvrages.) Il n'en est pas moins vrai que vous interposez sans cesse entre vous et vous une image, et que cette image est en partie littéraire. Je sais que tout effort pour arriver à une connaissance plus approfondie *(et magique)* du

---

1. Yourcenar et Grace Frick séjournent alors en Angleterre.

monde oblige (du moins à un certain stage [sic]) à une constante attention à l'appareil récepteur, qui est *Soi* ; je sais aussi que l'intérêt et l'avidité pour le *Soi* (en tant que corps, sensations, chaleur, pas en tant que *personne)* est presque inséparable d'un sens très poussé de l'univers ; mais nous entrons là dans un monde de faits presque inexprimables : chaque fois (presque chaque fois) qu'Abdallah nous parle de ses jambes, de ses cuisses, de ses yeux bleus, il risque de nous paraître naïvement vain ; il perd cette merveilleuse aisance animale avec laquelle vous le faites parfois se mouvoir dans sa vie.

Bien amicalement à vous,

[Marguerite Yourcenar]

1954

À VICTORIA OCAMPO[1]

Paris, le 1ᵉʳ février 1954

Ma chère Amie,
Il ne s'est pas passé de jour cet été et cet automne où je ne me sois inquiétée de vous ; la vue de votre nom dans mon livre d'adresses me faisait littéralement mal chaque fois que je tournais ce feuillet[2]. En

---

1. Fonds Yourcenar à Harvard, bMS Fr 372 (1000).
Victoria Ocampo (1891-1979). Femme de lettres argentine, mécène et intellectuelle engagée. Cofondatrice d'Action argentine, organisation de lutte contre l'infiltration du fascisme dans son pays. Elle créa et dirigea *Sur*, revue comparable, dans les lettres d'Amérique latine, à *La Nouvelle Revue française*. Francophile et cosmopolite, elle fut l'amie de Stravinski, Borges, Caillois, Malraux, José Ortega y Gasset, et Rabindranath Tagore. Animatrice avec Roger Caillois de la revue *Les Lettres françaises*, publiée à Buenos Aires pendant la guerre et dans laquelle s'exprimèrent de nombreux écrivains en exil.
Yourcenar l'avait rencontrée en 1951 à un dîner parisien. Elle possédait un *Testimonios sobre Victoria Ocampo*, Buenos Aires, 1962 (Bibl. PP).
2. Néanmoins, Yourcenar refusera de collaborer à l'hommage à Victoria Ocampo sollicité par Renée Cura à qui elle répondra dans une lettre du 7 août 1962 : « J'ai rencontré deux ou trois fois à Paris Madame Ocampo, et gardé d'elle un très sympathique souvenir ; mais nos contacts qui datent de 1951, ont été trop brefs, et sont aujourd'hui trop lointains pour me fournir la matière d'un essai, si

arrivant à Paris, où je ne me trouve que depuis un mois ayant voyagé depuis juillet dernier en Angleterre d'abord, ensuite dans les Pays Scandinaves, où j'ai fait des conférences, je me suis informée de vous. J'ai eu aussitôt de vos nouvelles par Christian Murciaux[1], Costa du Rels[2], et Roger Caillois[3]. Dans l'en-

---

court soit-il. Je sais et j'admire tout ce que Madame Ocampo a réussi à faire en Argentine et plus généralement dans les pays de langue espagnole pour la littérature française... je tiens à exprimer ici encore une fois le grand plaisir que j'ai eu à voir paraître dans *SUR* [...] la traduction d'un de mes essais [...] Il en va de même de l'odieuse persécution dont Madame Ocampo a été l'objet sous le régime péroniste et j'ai eu l'occasion à l'époque, de lui écrire plus d'une fois pour lui exprimer ma sympathie, mais je ne connais en somme les faits que [...] de loin, et ne puis guère offrir aucun commentaire. » Fonds Yourcenar à Harvard. MS Storage 265.

1. Christian Murciaux (1915-1972). Romancier et essayiste. *La Pêche aux sirènes*, Paris, La Presse à bras, 1952 (Bibl. PP). A écrit « D'Alexis à Hadrien », *La Table ronde*, n° 56, août 1952, p. 146; « Portrait d'un écrivain », in « Marguerite Yourcenar, prix Combat 1963 », *Combat*, 21 février 1963.

2. Costa du Rels (1887-1980). Écrivain et diplomate bolivien. Fut ambassadeur en Argentine et en France.

3. Roger Caillois (1913-1979), membre de l'Académie française, où Yourcenar lui succéda. Cette dernière évoque son prédécesseur dans son discours de réception, dont le texte a été repris dans *En pèlerin et en étranger*, sous le titre « L'homme qui aimait les pierres », Paris, Gallimard, collection Blanche, 1989.

Fondateur du Collège de Sociologie, avec Georges Bataille et Michel Leiris. Directeur des revues *Confluences* et *Les Lettres françaises* pendant la guerre, et *Diogène*, revue trilingue de philosophie et de sciences humaines, publiée sous l'égide de l'UNESCO. Directeur de la collection La Croix du Sud chez Gallimard.

Description du marxisme, Paris, Gallimard, 1950 (Bibl. PP); *L'Incertitude qui vient des rêves*, Paris, Gallimard, 1956 (Bibl. PP); *Les Jeux et les hommes*, Paris, Gallimard, 1958 (Bibl. PP); *Méduse et Cie*, Paris, Gallimard, 1960 (Bibl. PP); *Ponce Pilate*, Paris, Gallimard, 1961 (Bibl. PP); *Esthétique généralisée*, Paris, Gallimard, 1962 (Bibl. PP); *Anthologie du Fantastique*, Paris, Gallimard, 1966 (Bibl. PP); « Récit du délogé » in *Commerce*, janvier 1970 (Bibl. PP); *Le Mythe et l'homme*, Paris, Gallimard/Idées, 1972 (Bibl. PP); *Approches de l'imaginaire*, Paris, Gallimard, 1974 (Bibl. PP); *Pierres réfléchies*, Paris, Gallimard, 1975 (Bibl. PP); *L'Homme et le sacré*, Paris, Gallimard/Idées, 1976 (Bibl. PP); *Cohérences aventureuses*, Paris, Gallimard/Idées, 1976 (Bibl. PP); *Récurrences dérobées*,

semble elles étaient assez bonnes puisqu'elles m'apprennent que vous êtes chez vous, bien qu'immobilisée pour le moment. Elles étaient aussi et surtout belles, puisqu'on m'assure que vous avez réussi à faire du bien autour de vous, et à vous faire aimer, ce dont je ne doute pas, dans ces circonstances si difficiles[1].

Tous mes vœux affectueux, chère Amie, et surtout celui de vous revoir heureusement bientôt. Je vous embrasse,

Marguerite Yourcenar

À MARCEL JOUHANDEAU[2]

Paris, le 22 février 1954

Cher Ami,
Je viens de terminer la lecture du *Mémorial* que j'ai lu avec un extrême plaisir. J'entends toujours

---

Hermann, 1978 (Bibl. PP) ; *Approches de la poésie*, Paris, Gallimard, 1978 (Bibl. PP) ; *Le Fleuve Alphée*, Paris, Gallimard, 1979 (Bibl. PP) ; *Cases d'un échiquier*, Paris, Gallimard, 1979 (Bibl. PP) ; *La Nécessité d'esprit*, Paris, Gallimard, 1981 (Bibl. PP) ; et en traduction, *The Writing of the Stones*, University Press of Virginia, 1985, avec une introduction de Marguerite Yourcenar (Bibl. PP).

1. Victoria Ocampo était considérée comme *persona non grata* sous le régime de Perón. À l'occasion d'un attentat à la bombe contre le dictateur argentin, elle avait été arrêtée le 15 avril 1953, avec d'autres intellectuels et passa vingt-six jours en prison, du 8 mai au 2 juin 1953. Elle fut libérée à la suite d'un appel lancé par divers intellectuels, dont Gabriela Mistral, Ernest Hemingway et Roger Caillois.
2. Fonds Yourcenar à Harvard, bMS Fr 372 (939).

Marcel Jouhandeau (1888-1979). *Essai sur moi-même*, Lausanne, Marguerat, 1946 (Bibl. PP) ; *Le Livre de mon père et de ma mère*, Paris, Gallimard, 1948 (Bibl. PP) ; *Ma classe de sixième*, Paris, Éditions de Flore, 1949 (Bibl. PP) ; *Le Fils du boucher*, Paris, Gallimard, 1951 (Bibl. PP) ; *La Paroisse du temps jadis*, Paris, Gallimard, 1952 (Bibl. PP) ; *Apprentis et garçons*, Paris, Gallimard, 1958 (Bibl. PP).

dire que Marcel Jouhandeau est un grand styliste mais ce qui me frappe chez vous, c'est à quel point la forme est solidaire du fond, et de quel terrain solide sortent tout naturellement ces phrases si parfaites. Vos images de vos parents et des gens de Chaminadour sont si justes qu'on les sait d'instinct ressemblantes, comme certains portraits de la Renaissance et cette image d'un monde qui s'est si vite défait sous nos yeux est d'une vérité éternelle. Mais, de nouveau, ce que j'admire dans cette série de livres, ce n'est pas seulement la présence exquise des *formes* du passé, mais une certaine qualité d'esprit (ou peut-être plutôt d'âme) qui n'est plus tout à fait de notre temps. Je veux parler surtout de ce respect que vous avez pour tout être et qui vous oblige à donner une image fidèle de chacun, quel qu'il soit. « Une âme capable de respecter une autre âme est déjà de ce fait très haute, et sauvée. » C'est ainsi que la scène où votre père entre pour la première fois dans la maison où il est destiné à mourir est d'une majesté de Chronique du Moyen Age : en vérité, ce boucher est roi, comme un prince de Shakespeare.

Amicalement à vous,

[Marguerite Yourcenar]

À MATSIE HADJILAZAROS[1]

Bad Hamburg,
28 juin 1954

Ma chère Matsie,

La Frange des Mots est arrivé ce matin au moment où je cherchais une carte postale digne de vous être

1. Fonds Yourcenar à Harvard, MS Storage 265.
Il s'agit de Matsie Hadjilazaros. Écrivain grec. Première épouse de Andreas Embirikos.
Chants populaires grecs, Paris, GLM, 1951 (Bibl. PP).

envoyée. Sans succès, car les beaux objets qu'on rencontre dans les musées ou ailleurs figurent rarement sur les cartes postales, mais je préfère après tout écrire une lettre.

Je me suis plongée dans le petit livre à couverture bleue, et je dis bien plongée, car ce que j'y trouve ou crois y trouver sont des bruissements, des plis, des lueurs, une danse non pas de mots ni même d'images mais de couleurs, de reflets, et de choses... Je dis « crois comprendre » car je ne suis pas sûre de le faire. Vous parlez un lang[age] littéraire différent du mien, qui reste fidèle au *discours*. Mais la preuve que je vous fais crédit et crois à la réalité de votre vision, est que pas un instant, comme il arrive si souvent quand nous lisons les livres d'écrivains que nous connaissons *comme personnes*, je n'ai essayé de me raccrocher à l'anecdotique, à la possibilité d'une allusion ou d'une image concernant la Matsie que je connais. Je sens trop que j'ai ici affaire à une Matsie poète, occupée seulement à ce qui est pour elle l'essentiel. Cet automne, à Paris, j'espère que nous trouverons une soirée chez Georges ou ailleurs, et que vous consentirez (chose toujours difficile pour un poète) à me parler de ce livre pour me permettre d'y mieux entrer. Car déjà, je fais appel en le lisant à une image que vous m'avez fournie au cours d'une conversation, celle du scaphandrier. Tiens, me suis-je dit, voici Matsie marchant, ou plutôt se déplaçant avec des mouvements de nageuse, au fond des choses.

Ce voyage en Allemagne est fatigant, mais instructif, et pour moi utile. Je parle le 7 à Munich, ensuite, j'espère aller me reposer et travailler sérieusement quelque part en Suisse, jusqu'en septembre.

Grâce vous salue.

        Amicalement à vous,
        [Marguerite Yourcenar]

AU DOCTEUR ROMAN KYCZUN[1]

> Bad Hambourg,
> en route vers Munich
> 29 juin 1954

Monsieur,

Votre lettre m'arrive au cours d'une tournée de conférences en Allemagne, dans un petit hôtel de Bad Hambourg où je me suis arrêtée quelques jours pour me reposer et pour travailler. N'ayant pas sous la main de papier à lettres, je retrouve dans ma valise cette feuille provenant de Finlande, où j'étais en novembre dernier. Mais l'adresse fixe reste toujours celle de Paris, où je rentre en septembre.

Quant aux États-Unis, je n'y suis plus professeur depuis plus d'un an déjà, mais j'y ai gardé une petite maison que je partage avec une amie, dans une île de la côte est de l'Atlantique. C'est un endroit un peu éloigné de tout, auquel je pense, non comme à l'Amérique, mais comme à la « campagne », une de ces campagnes où l'on se trouve par hasard posséder une maisonnette, et où je compte retourner de temps en temps pour travailler, si cela m'est possible, mais pas avant un an en tout cas. Tout ceci pour fixer les idées quant aux résidences et aux adresses.

Merci d'être allé pour moi chez Grasset et de m'avoir envoyé le catalogue, que j'ai vu chez les libraires, mais que je ne possède pas. Grasset est gravement fautif, 1°, parce que cette publicité rétro-

1. Fonds Yourcenar à Harvard, bMS Fr 372 (946).
Dans une lettre du 14 mai 1954, Roman Kyczun informait Yourcenar qu'il avait traduit *Feux* en ukrainien mais que le manuscrit avait disparu pendant la guerre. Yourcenar, ajoutait il, était connue (dans un cercle limité) en Ukraine occidentale, région polonaise avant la Deuxième Guerre mondiale. Fonds Yourcenar à Harvard, bMS Fr 372 (407).

active, c'est à lui de la faire, par rappel dans les bulletins de libraire, 2°, parce que sa comptabilité est dans un état déplorable et qu'il ne paie pas ses auteurs, sauf peut-être deux ou trois auteurs (et actionnaires) privilégiés. On ne dira jamais trop ces choses-là si on veut assainir la situation littéraire.

Je ne voudrais pas que vous puissiez croire que ma sympathie ou mon intérêt peuvent tenir à un projet d'article accompli ou non accompli concernant mon œuvre. Que vous réalisiez ou non vos projets à ce sujet, je vous suis reconnaissante d'aimer mes livres et de si bien les comprendre. Merci encore.

Merci également de m'avoir expliqué si clairement et si dignement votre situation[1]. Elle m'intéresse et m'émeut d'autant plus que ces difficultés, qui sont les vôtres, sont, ont été, ou peuvent devenir encore celles de beaucoup d'entre nous. Je ne suis pas réfugiée des pays baltiques (*Le Coup de Grâce* est tout simplement un récit authentique qui m'a été fait, et que j'ai développé dans le détail sans rien y changer dans l'ensemble), et je n'étais pas non plus une réfugiée française aux États-Unis, au sens propre du terme, car j'y suis allée de mon plein gré, pendant la guerre, pour des raisons d'amitié et de projets littéraires (conférences, voyages), et si les événements politiques, la santé, et d'autres raisons personnelles encore m'y ont retenue plus longtemps que je n'avais pensé, je n'ai en aucun cas été *forcée* d'y rester parce que mon pays s'était pour moi fermé. J'indique tout cela pour montrer que nos situations ne sont pas parallèles. Néanmoins, je sais ce que c'est que de se

---

1. Roman Kyczun a fait une partie de ses études à Louvain de 1932 à 1936, puis s'est installé en France en 1945. Vers 1950, il part pour Madagascar, où il participe à la lutte contre la peste. Il restera quelques années en contact épistolaire avec Yourcenar. Sa dernière lettre est datée du 24 septembre 1956. Fonds Yourcenar à Harvard, bMS Fr 372 (407).

trouver en pays étranger, où un élément de méfiance ou d'incertitude subsiste toujours à notre propos, quoi qu'on fasse, et de s'y trouver parfois démuni de moyens. Votre drame est trop une partie du drame universel de notre temps pour ne pas me toucher profondément.

Je me suis demandée immédiatement s'il était possible de vous aider en quoi que ce soit dans cette situation difficile. Je suppose que vous êtes en contact avec toutes les organisations de réfugiés, et êtes mieux que moi à même de les juger. Connaissez-vous Mme Tania Tolstoï (la petite-fille de l'écrivain) qui habite Paris, 5 rue Cognacq-Jay, Paris, VII, qui dirige, si je comprends bien, une de ces organisations ? Je la connais un peu, et vous autorise bien volontiers à aller la voir de ma part, si vous croyez que cela peut aider en quelque chose. (Je lui écrirai de mon côté.) Je me suis demandée aussi si un médecin bien connu à Paris ne pourrait vous servir en disant un mot pour vous dans cette question de poste ; je n'ai de relations un peu personnelles qu'avec un seul médecin ayant à Paris une situation assez considérable ; j'écrirai, en termes généraux, pour m'informer. Mais ne comptons pas trop sur un résultat : presque tout ce qu'on essaie de faire par personne interposée avance peu les choses.

Je serai de retour à Paris en septembre, et j'espère vous voir, si vous n'êtes pas reparti pour Madagascar. Je ne vous dis pas d'ici là « bon courage », car je sais que vous en avez, mais vous prie de croire à ma très cordiale sympathie,

Marguerite Yourcenar*

À M. K. DE RADNOTFAY[1]

Munich,
Hôtel Continental[2]
14 août 1954

Monsieur,

J'ai été infiniment touchée de votre lettre du 20 juillet qui me rejoint à Munich, et, vous faisant confiance sans vous connaître, je vais tâcher de répondre tout simplement à vos questions en me servant de votre formulaire :

1. Êtes-vous française ? D'origine française ? Votre père était... ? Votre mère était[3]... ?

Je réponds à ces trois questions en une fois. Je suis française de naissance, bien que née par hasard à l'étranger (en Belgique, que j'ai quittée huit jours après ma naissance). J'ai acquis en 1947 la nationalité américaine, mais suis restée totalement française d'habitudes et de culture, bien que j'aie vécu dans tant de pays que j'ai peine à me croire, par moments, une nationalité quelconque. Mon père appartenait à la petite noblesse française (j'entends par là la noblesse non titrée). Il était originaire du Nord de la France, près de Lille ; j'ai moi-même vécu dans ce pays ma petite enfance, dans une propriété à la campagne. Ma mère (dont je n'ai aucun souvenir, l'ayant perdue dès ma naissance) était d'une famille

---

1. Fonds Yourcenar à Harvard, MS Storage 265.
Yourcenar répond ici à une lettre en anglais de M. K. de Radnotfay, lecteur enthousiaste de *Mémoires d'Hadrien*, qu'un ami lui avait envoyé. Fonds Yourcenar à Harvard, bMS Fr 372 (621).
Un ajout en marge de Grace Frick en anglais indique que quelques années plus tard, M. K. de Radnotfay a adressé à Yourcenar un compte rendu d'*Électre* en allemand, signé Gerda Zeltner.
2. Yourcenar indique également son adresse permanente à son correspondant : « a/s Banque Morgan 14 place Vendôme, Paris I, France. »
3. Cette question et les suivantes sont en anglais dans le texte.

bien connue de la noblesse belge, originaire de la vallée de la Meuse. Mes ascendances sont donc entièrement de la Flandre française, ou wallonnes.

2. À quelle classe sociale appartenez-vous ?

La réponse ci-dessus devrait répondre aussi à cette question. Mais il n'en est rien, parce que notre époque a connu des conditions de vie si changeantes que nous passons tous, continuellement, de milieu en milieu. Je n'appartiens pas à la vieille aristocratie, avec laquelle je n'ai pas, ou je n'ai plus, d'attaches, mais dont j'ai gardé certaines habitudes de vivre, sinon de penser ; je n'appartiens pas à la haute bourgeoisie, ce qui demande toujours, il me semble, une stabilité, des biens-fonds, une surface que je n'ai pas, et n'ai pas cherché à avoir. À la petite bourgeoisie ou à la classe ouvrière, moins encore, bien qu'il me soit arrivé de vivre dans des conditions de travail physique et de simplicité qui me rapprochaient de cette dernière. Le terme anglais « professional class » pourrait convenir davantage, mais que veut-il dire, au fond ? Une profession n'est pas une classe sociale, et, d'ailleurs, quoique j'écrive et publie depuis près de vingt-cinq ans, cette profession n'a pas été pour moi, jusqu'à ces dernières années, une manière de gagner ma vie. Elle ne l'est pas encore maintenant. J'ai été professeur pendant près de dix ans aux États-Unis, mais par la suite d'un hasard de guerre, et de toute façon je ne donnais à cette profession qu'une partie de mon temps. Mes amis, ou les gens que je connais ou fréquente, appartiennent à peu près à toutes les classes (comme à tous les pays). Peut-être l'écrivain est-il quelqu'un qui a pour privilège d'échapper à la servitude du milieu social.

3. Avez-vous eu une vie facile (matériellement) ?

Seulement plus ou moins, et jamais de façon durable. Mon enfance a été luxueuse ; mon adolescence appauvrie. Ensuite, j'ai eu (mais sans jamais aucune sécurité véritable) de quoi voyager, m'informer, m'instruire, et même vivre avec un certain luxe jusqu'en 1939. Passé cette date, et me trouvant pour des raisons personnelles (non politiques ou raciales) aux États-Unis, j'ai été obligée de travailler pour vivre : divers travaux, dont le poste de professeur mentionné plus haut a été le plus durable ; il y en a eu d'assez pénibles, ou si inutiles qu'ils me paraissent aujourd'hui, à tort ou à raison, presque indignes. Mais j'ai toujours réussi à garder au moins une partie de mon temps pour mon travail personnel d'écrivain. Aujourd'hui, en dépit de l'appoint financier apporté par la réussite inattendue de certains de mes livres, l'avenir reste incertain, mais, grâce aux quelques réserves que je possède, je me crois assurée (autant qu'on peut l'être) d'un minimum de subsistance et de liberté.

4. Quel âge aviez-vous quand vous avez écrit *Mémoires d'Hadrien* ?

J'ai pensé à ce livre fort jeune ; j'y travaillais déjà à vingt ans. Puis, j'ai détruit cette première version, et l'ouvrage tel que vous le connaissez a été écrit entre 1947 et 1951. En janvier 1951, au moment où j'écrivais la dernière page de l'ouvrage, j'avais quarante-huit ans[1].

5. Pourriez-vous citer les deux livres de vous que vous estimez être les meilleurs ?

Je suis plus ou moins forcée d'en nommer deux, parce qu'ils sont restés également près de moi : 1) *Alexis ou le Traité du Vain Combat*, écrit à vingt-quatre ans, mais reparu chez Plon en 1952 ; 2) *Feux*, une série de poèmes en prose, paru en 1936 chez Grasset, où l'on peut encore l'obtenir.

6. Et un autre (livre) préféré du public ?

Alexis a un grand nombre d'amis parmi ses lecteurs. Je pourrais citer aussi un autre livre, *Le Coup*

---

1. En réalité, elle ne les aura qu'en juin.

de Grâce, paru en 1939, reparu en 1953 (Gallimard), mais il m'est au fond plus extérieur que ceux que j'ai nommés ci-dessus.

Je regrette d'avoir dû répondre un peu longuement à vos questions, mais les réponses brèves sont rarement tout à fait claires ou tout à fait exactes.

Je vous remercie très sincèrement pour l'intérêt que vous voulez bien montrer pour mon œuvre, et pour la peine que vous avez prise de rechercher derrière l'œuvre, certains détails concernant la personne. Je veux voir là, non de la curiosité, mais un effort de compréhension qui me touche beaucoup.

Veuillez agréer, Monsieur, l'expression de mes sentiments très sympathiques.

Marguerite Yourcenar

Il existe une édition d'*Hadrien*, celle du Club du Meilleur Livre, 3, rue de Grenelle, Paris (non en vente dans les librairies) qui contient quelques pages d'un essai autobiographique sur la composition d'*Hadrien*[1]. Si je vous l'indique, c'est qu'il répond à certaines de vos questions mieux que je ne puis le faire ici.

À ETHEL THORNBURY[2]

9 décembre 1954

Chère Ethel Thornbury,
Merci pour vos deux lettres, celle du 15 et celle du 23 novembre, qui prend si chaleureusement part à la

---

1. Il s'agit des *Carnets de notes de « Mémoires d'Hadrien »* qui n'avaient pas été publiés dans l'édition originale de 1951.
2. Fonds Yourcenar à Harvard, bMS Fr 372 (1056). Cette correspondante n'a pu être identifiée.

réception d'*Hadrien* aux États-Unis. Votre 1ᵛᵉ lettre m'a suivie au cours d'une tournée de conférences en Belgique, et j'y ai souvent réfléchi, bien que le temps me manquât pour y répondre tout de suite.

Il m'est malheureusement impossible, dans l'état présent de votre projet, de l'appuyer auprès de la Fondation Bollingen[1] (je ne suis pas sûre du reste que mon appui servirait à quelque chose, cette même Fondation m'ayant refusé en 1949 tout support pour ce même *Hadrien).* Mais laissez-moi m'expliquer plus longuement : Vous êtes allée en Grèce, et vous avez là découvert, comme beaucoup d'entre nous, ces quatre vérités essentielles : que la Grèce a été le grand événement (peut-être le *seul* grand événement) de l'histoire de l'humanité ; que ce miracle est le produit d'une certaine terre et d'un certain ciel ; que la passion, l'ardeur sensuelle, la plus chaude vitalité sous toutes ses formes expliquent et nourrissent ce miracle, et que l'équilibre et la sagesse grecque dont on nous parle tant ne sont ni le maigre équilibre ni la pauvre sagesse des professeurs ; enfin, ce qui résulte du précédent, au moins en partie, que l'art, l'histoire, et la littérature grecs sont souvent mal enseignés.

Mais n'y a-t-il pas là matière à trois, sinon quatre livres plutôt qu'à un ? Votre résumé est extraordinairement enchevêtré. Sur certains points, il est aussi quelque peu confus. Vous dites par exemple à plusieurs reprises que les Grecs modernes sont sur bien des points identiques aux Grecs anciens *et* aux Byzantins. Cela est sûrement en partie vrai. N'em-

---

1. La fondation Bollingen a été créée par Paul Mellon, mécène américain, et sa première femme Mary Conover Mellon. Établie d'abord en vue d'étendre l'audience anglophone du psychanalyste Carl Jung, la fondation Mellon élargit ensuite son champ d'intervention philanthropique en parrainant des subventions et des bourses de recherche scientifiques, littéraires et artistiques.

pêche que sur bien des points Byzantins et Grecs antiques sont aux antipodes du comportement (coefficient beaucoup plus élevé d'orientalisme, chez les Byzantins; religion ascétique; éthique sexuelle rigoureuse, au lieu de la liberté beaucoup plus complète du monde classique, et produisant les mêmes effets que dans les milieux puritains modernes, c'est-à-dire la sévérité et l'intolérance en surface, et la débauche en profondeur; obscurantisme (Léon l'Isaurien[1] brûle une bibliothèque avec ses trente professeurs de belles-lettres); cruauté atroce comparé au pourcentage assez faible de cruauté chez les Grecs antiques (voir les méthodes d'exécutions capitales aux deux époques); enfin, monarchie absolue et divine opposée à la démocratie d'autrefois). Il y a néanmoins, comme vous le dites, de grandes survivances, mais on peut pourtant discuter à l'infini si un empereur de la Dynastie de Macédoine, un Ange ou un Comnène[2] n'est pas plus près d'un prince mongol ou d'un roi du moyen âge occidental que de Périclès. En tout cas, c'est un cinquième sujet de livre.

Sixième sujet de livre : les guerres d'indépendance, les rapports entre l'Europe et la jeune Grèce de ces années-là : domaine très particulier, qui me semble demander une spécialisation plus grande encore que le reste.

Enfin, je n'aime pas beaucoup vous voir mettre sur le même plan (mais je sais bien que le résumé a été hâtivement écrit) des personnages purement légendaires, comme Agamemnon, sur qui aucun *document* n'existe, et Sappho, dont nous avons les œuvres, au moins en partie, et que nous connaissons presque aussi bien que Mrs. Browning.

---

1. Léon III l'Isaurien (v. 675-741). Empereur byzantin. Il inaugura la crise iconoclaste (querelle des Images) qui bouleversa la culture byzantine.
2. Noms de dynasties byzantines des XIe et XIIe siècles.

Grace vous remercie des éloges faits à la traduction, mais est naturellement fort inquiète, du fait que nous avons eu et corrigé les 1res épreuves, mais pas les secondes. Je mentionne toutes ces choses pour indiquer qu'il y a, je crois, des mois et peut-être des années de préparation avant d'en arriver à un *plan*, et que le vôtre me paraîtrait avoir plus de chances s'il était plus longuement mûri. Je sais bien que les questions financières sont inexorables. Néanmoins, ne pouvez-vous pas retourner en Grèce, ou en tout cas travailler à ce projet grec quelque temps sans vous obliger à tracer ce plan ? Excusez-moi de donner des conseils plutôt que mon appui (d'ailleurs incertain) et croyez-moi bien sympathiquement vôtre.

[Marguerite Yourcenar]

1955

À THOMAS MANN[1]

> Park Avenue Hotel
> Göteborg
> 7 mai 1955

Très cher Maître,

Excusez-moi d'avoir tardé à répondre à votre lettre qui m'a causé et me cause encore une grande joie. Je l'ai emportée en Suède (où je séjourne en ce moment) et c'est du train, entre Lübeck et la mer, dans ce pays où l'on ne peut pas ne pas songer aux *Buddenbrook*, que j'ai commencé d'y répondre. Mais que répondre, sinon que votre compréhension compense, et au-delà, les malentendus causés dans un certain public parisien par une mauvaise interpréta-

---

1. Fonds Yourcenar à Harvard, bMS Fr 372 (974). Copie de brouillon d'autographe.
Thomas Mann (1875-1955). Il avait écrit à Yourcenar une lettre élogieuse en allemand sur *Mémoires d'Hadrien* et *Électre ou la chute des masques*, datée du 15 février 1955. Elle l'avait fait traduire en anglais par le Dr. Romuald B. Levinson de l'université du Maine, après en avoir tiré des « photostat » négatifs. Fonds Yourcenar à Harvard, bMS Fr 372 (486).
Les principaux livres de Thomas Mann, en français et en anglais, notamment *La Montagne magique*, *Doctor Faustus*, *La Mort à Venise*, *Le Mirage* se trouvent dans la bibliothèque de Petite Plaisance.

tion d'*Électre*[1] au théâtre. Et surtout, j'ai été émue de voir ces qualités de subtilité, de profondeur, cette espèce de générosité pour définir et dénombrer dans un être ou dans une chose ses richesses et ses complexités cachées, tous les pouvoirs de réflexion que je suis habituée à trouver dans vos livres, s'appliquer cette fois à un ouvrage sorti de mes mains.

Par une heureuse coïncidence, votre lettre m'est arrivée au moment où je venais d'envoyer à l'éditeur une étude[2] sur votre œuvre[3] ; j'y travaillais depuis plusieurs semaines, dans un petit village de Provence[4], et sans avoir là en ma possession aucun de vos livres, mais je les ai si souvent lus et relus que certains sont[5] devenus une part de moi-même, et que je pouvais oser me passer ainsi de leur présence. Votre lettre donnait subitement une sorte de réalité à un dialogue entre nous auquel j'avais consacré une partie de l'hiver. Mais laissez-moi aussi vous dire, pour être exact, que vous me faites trop grand crédit et que je ne fais qu'entrevoir l'allemand. C'est donc aux traducteurs que je dois surtout ma familiarité avec votre œuvre. Merci encore et croyez, cher[6]

---

1. Yourcenar est engagée dans une procédure judiciaire contre Jean Marchat qui a monté *Électre* avec une distribution qu'elle récuse. En mars 1956, elle gagnera son procès et recevra 500 000 francs de dommages et intérêts.
2. Un ajout dactylographié en marge confirme la lecture du passage autographe : « où je venais d'envoyer à l'éditeur une étude ».
3. Étude qui sera publiée en français dans l'*Hommage de la France à Thomas Mann*, 1955, puis en anglais, sous le titre « Humanism in Thomas Mann (traduit par Grace Frick et l'auteur), in *Partisan Review*, vol. 3, n° 2, 1956, p. 153 (Bibl. PP) ; et in *The Partisan Review Anthology*, 1962 (Bibl. PP) ; et recueillie finalement dans *Sous bénéfice d'inventaire*, Paris, Gallimard, coll. Blanche, 1978 ; repris in *Essais et mémoires*.
4. Fayence.
5. Un ajout dactylographié en marge confirme la lecture du passage autographe qui suit jusqu'à la fin de la lettre.
6. Grace Frick précise en marge que cette lettre autographe est un brouillon, interrompu avant la formule de politesse.

1956

À FLORENCE CODMAN[1]

16 février 1956

Chère Florence,

Merci pour le Gigi-Chéri que nous avons longuement écouté ce matin[2]. Le document historique est extraordinaire : cette voix de vieille femme morte qui fut tellement de son temps et de son, ou plutôt de ses terroirs. Comme dans *Pygmalion*[3], on peut suivre toute la vie au tracé de la voix : la riche et grasse Bourgogne, le côté canaille de Willy, le côté littéraire, le côté, aussi, si j'ose dire, concierge-et-tireuse-de-

1. Fonds Yourcenar à Harvard, bMS Fr 372 (879).
Ajout en marge, en haut de la lettre : « Copie [dactylographiée] lettre manuscrite à Florence Codman en remerciement envoi d'un disque Colette. »
Florence Codman. Éditrice américaine. Amie de collège de Grace Frick.
Auteur de *Fitful Rebel* : *Sophie de Marbois, duchesse de Plaisance*, Arts et Métiers graphiques, 1965 (Bibl PP).
2. « Elles ont été obligées d'aller l'écouter à la bibliothèque du village : elles ne possédaient même pas ce qu'on appelait, à l'époque, un tourne-disque... Marguerite alla écouter le disque, en dépit du froid de cet hiver-là et de sa répugnance à l'affronter... » Josyane Savigneau, *Marguerite Yourcenar..*, op. cit., p. 253.
3. *Pygmalion* (1912) de Bernard Shaw (1856-1950), prix Nobel de Littérature en 1925.

cartes-adorée-des-petites-dames-du-quartier. Car elle a été tout cela. Elle a été incroyablement représentative d'une certaine France d'entre 1900 et 1946, avec sa saveur populaire emporte-gueule, ses maniérismes (car il y en a), sa douceur de vivre à elle, et tout son code du convenu et de l'inconvenant aussi compliqué qu'une vieille Chine. Une France qu'au fond je ne suis pas très sûre d'aimer. J'ai bien réfléchi à tout cela, grâce à vous, en entendant tourner le disque dans la petite librairie de village. Merci de tout cœur. J'ai eu un gentil message de Jacqueline. En reprenant la route, nous vous préviendrons ; faites de même, je vous prie, et tenez-nous au courant des développements [sic] appartement New York. Mille amitiés.

[Marguerite Yourcenar]

À LOUISE DE BORCHGRAVE[1]

> Petite Plaisance
> Northeast Harbor
> Maine USA
> 10 mars 1956

Chère Loulou,
Merci pour ta charmante lettre et merci également à Denise Chaudoir[2] de se souvenir si gentiment de

---

1. Fonds Yourcenar à Harvard, bMS Fr 372 (855).
Louise de Borchgrave dite Loulou (1886-1986). Née Sloct van Oldruitenborgh, femme de Robert de Borchgrave, belle-sœur de Solange de Crayencour. Yourcenar la revoit pour la première fois au cours d'un voyage en Belgique en 1954.
Dans une lettre de Louise de Borchgrave à Yourcenar du 11 mai 1979, un ajout en marge entre la date et la suscription indique : « Amie — et amante ? — de Michel — en 1979 déjà nonagénaire. » Fonds Yourcenar à Harvard, bMS Fr 372 (79).
2. Denise Chaudoir, cousine de Louise de Borchgrave.

mon amour pour le pavillon de St-Segond et de mon désir d'y séjourner un jour. Mais je me hâte d'ajouter que ce beau rêve ne se réalisera pas cet été ; nous sommes retenues ici plus longtemps que je n'avais cru par mon désir d'achever, ou du moins de pousser beaucoup plus avant, un roman de dimensions considérables auquel je travaille depuis l'an dernier[1], et quand nous nous remettrons en route cet été, nous irons sans doute d'abord en Angleterre et en Hollande, que j'ai besoin de revoir pour ce livre.

Si l'occasion se présente d'habiter le délicieux St-Segond ce ne serait sûrement pas avant la fin de l'automne prochain, pour quelques semaines entre un séjour à Paris et un voyage en Méditerranée Orientale, ou encore pourrions-nous même penser à l'employer pendant l'hiver comme « base », à peu près comme l'était l'an dernier Fayence[2], mais bien entendu un arrangement sérieux de locataire à propriétaire aurait alors à intervenir entre Mme Chaudoir et nous, et je lui écrirai en temps voulu dès que les projets et les dates seront un peu plus définis. D'ailleurs, cela reste forcément encore incertain, et il se peut aussi que nous nous décidions à aller directement de Paris en Proche-Orient l'automne prochain[3]. Je tiens donc à insister sur le fait que je ne veux en rien lier les mains à ton amie, et tiens absolument à passer après toute autre personne désireuse de séjourner dans sa charmante maison.

---

1. *L'Œuvre au Noir*, qu'elle terminera et publiera douze ans plus tard, chez Gallimard en 1968. Le roman sera recueilli dans les *Œuvres romanesques*.
2. Dans le Var. Grace Frick et Yourcenar y occupèrent la maison d'Everett Austin. Voir lettre à Jacques Kayaloff du 20 janvier 1942, note 2.
3. Grace et Marguerite passèrent en fait l'automne en Hollande et en Belgique. Marguerite se rendit dans le cimetière de Suarlée, où reposent sa mère Fernande, sa tante Jeanne et ses oncles Cartier de Marchienne.

Que ce soit (comme je l'espère) à St-Segond, ou à Bruxelles, ou ailleurs, je souhaite et compte bien vous revoir toutes deux durant ce prochain séjour en Europe, et je te tiendrai au courant de notre itinéraire dès qu'il sera fixé. Pour le moment, je ne suis pas tout à fait comme tu pourrais le croire dans l'Île des Monts-Déserts, aux États-Unis, mais quelque part entre Innsbruck et Ratisbonne vers 1551[1].

Nous espérons que votre séjour à Ischia a été agréable et tiède en dépit des froids polaires. Ici, nous sommes dans la neige depuis avant Noël, comme on s'y attend dans cette partie du monde, mais le paysage blanc et le soleil souvent étincelant font penser à ceux d'une station suisse, avec le charme du voisinage de l'Océan (aujourd'hui fort démonté en plus).

Je t'envoie à part quelques photographies pour te donner une idée de ce genre de maison et de paysage, qui ressemblent si peu à l'idée qu'on se fait des États-Unis des grandes villes. Qui sait si un jour Denise Chaudoir et toi ne penserez pas à ajouter Mount-Desert à votre collection d'îles ?

Mille amicales pensées de Grâce et de moi-même à Denise Chaudoir, à qui je m'excuse de ne pas écrire directement, pensant que tu voudras bien peut-être lui communiquer cette lettre, et pour toi-même le sympathique souvenir de Grâce et mes affectueux baisers.

[Marguerite Yourcenar]

---

1. Références à *L'Œuvre au Noir*.

À JEAN LAMBERT[1]

Petite Plaisance
Northeast Harbor
Maine USA
14 mai 1956

Cher Ami,

Votre lettre du 26 mars m'est arrivée bien tardivement, et je ne sais trop si je pourrai y répondre de façon utile. Je compte partir pour l'Europe cet été, mais me rendre d'abord en Angleterre, puis en Belgique et Hollande pour des conférences, et ne toucher Paris qu'en octobre ou novembre, et pour un temps assez court, car Grâce et moi espérons ensuite nous rendre dans des climats plus ensoleillés. Je regrette beaucoup d'apprendre que nous sommes ainsi destinés à nous manquer, puisque vous serez sans doute en ce moment aux États-Unis.

Au fond, je me demande si vous êtes bien sage de songer à vous établir ici et à donner des cours, ce qui représente au minimum un séjour de six mois, ou plus probablement d'un an, dans une ville universitaire. L'expérience sera assurément très enrichissante, mais aussi, croyez-moi, dure et fatigante, pour quelqu'un qui n'a pas l'habitude de ce pays, ni de son rythme de vie et de travail, et je crois que vous avez raison de dire que vous aurez la nostalgie de l'Italie et aussi, je suppose, de l'Angleterre, que vous connaissez bien et où vous avez des amis.

Votre lettre reste assez vague, et ne me permet pas de comprendre pourquoi il est si impérieux pour vous de vous « déseuropéaniser ».

En ce qui me concerne, j'ai occupé ce qu'on appelle ici un « part-time » (c'est-à-dire un poste qui ne vous

---

1. Fonds Yourcenar à Harvard, bMS Fr 372 (951).

occupe qu'un, deux, ou trois jours au plus par semaine) dans un collège américain entre 1942 et 1951, et j'y suis retournée pour la saison universitaire 1952-1953. C'était pour moi une expérience volontairement limitée, toute mon ambition se bornant à gagner ma vie en temps difficile, tout en gardant le maximum de temps libre pour continuer à écrire, et je ne me suis jamais à aucun degré enracinée dans ce milieu universitaire américain, les quelques rares amis que j'y possède m'étant venus soit par Grâce, soit par *Hadrien*, et pas du tout par l'effet de ma « carrière » universitaire. L'expérience a d'ailleurs été intéressante, mais, même sous cette forme si restreinte, très du[re]. Je suis reconnaissante à Sarah Lawrence de m'avoir fourni les moyens de rester aux États-Unis à une époque où je n'aurais pu de toute façon rentrer en Europe, et ensuite, de poursuivre en paix trois ou quatre jours par semaine mes recherches pour l'achèvement d'*Hadrien*, mais je ne recommanderai à personne ce genre de vie, à moins d'un goût bien déterminé pour l'enseignement et d'une extrême curiosité pour la vie américaine, et le dépaysement particulier qu'elle implique.

Naturellement, n'ayant jamais enseigné en Europ[e] (où je ne possède d'ailleurs aucun diplôme qui me permettrait de le faire[1]), je ne puis mesurer si le métier de professeur exercé à Oxford, Upsal, ou Stamboul, comporte moins de *fatigue*. Mais le dépaysement est à coup sûr moindre, ou en tout cas d'un autre ordre.

Tout ceci vous expliquera pourquoi je ne puis rien pour vous aider à trouver ou à choisir un poste, et

---

1. Yourcenar n'a jamais eu de scolarité traditionnelle. Formée par des professeurs particuliers, sous la direction de son père, elle obtint à Nice en 1919 avec Mention passable la première partie de son baccalauréat (latin grec).

aussi pourquoi votre projet m'inspire pour vous peu d'enthousiasme. Mais je me trompe peut-être, et vous souhaite en tout cas bonne chance. Si nous nous rencontrons, soit aux États-Unis, soit en Europe, j'espère que nous pourrons tout à l'aise discuter de tout cela.

Oui, Symonds[1] a gardé du charme, malgré son style fané, et son érudition est très sûre. Son essai *Antinoüs* représente le maximum de ce qui pouvait intelligemment se dire et s'écrire sur le sujet à l'époque ; certains documents essentiels pour fixer certains faits ou certaines dates (par exemple, le poème des *Chasses d'Hadrien*, trouvé plus tard) lui manquaient, mais ses implications sont presque toujours justes. Ce n'est que superficiellement que la bonne critique vieillit.

J'attends avec grand intérêt *Tobie et l'Ange*.

Amicalement à vous,
[Marguerite Yourcenar]

À JEAN SCHLUMBERGER[2]

Petite Plaisance
Northeast Harbor
Maine USA
15 août 1956

Cher Monsieur et Ami,

C'est de tout cœur que je vous remercie de m'avoir envoyé *Passion* que je me propose de lire en route vers l'Europe et *Madeleine et André Gide* que je viens

---

1. Voir lettre à Jean Ballard du 5 août 1951.
2. Fonds Yourcenar à Harvard, MS Storage 265. Copie de lettre autographe.

de finir et que j'ai tenu à lire avec *Et nunc manet in te*[1] ouvert sur la table. (Je suis d'ailleurs de ces lecteurs, fort condamnés par vous, qui apprécient ce dernier livre ; j'y vois pour ma part une sorte d'émouvant et implacable Holbein.) Votre ouvrage nous apporte tout un arrière-plan de faits et d'émotions que Gide n'indique pas, ou n'indique qu'en passant ; je pense surtout à l'étonnante histoire des longues fiançailles. Je ne suis pas sûre que ce qui ne ressort pas le plus de votre longue et déférente présentation de Madeleine Gide ne soit pas surtout *l'étrangeté* du personnage, ce je ne sais quoi d'inquiet et de contraint, de tendre et de volontaire qu'on sent déjà dans ses notes d'adolescente. Un ouvrage comme le vôtre est infiniment précieux en ce qu'il nous aide à fixer ce passé après tout si proche, et déjà si extraordinairement éloigné de ce qui se sent et s'exprime aujourd'hui. Vous avez versé là une pièce essentielle au dossier d'un procès qui ne sera peut-être jamais définitivement jugé.

J'espère avoir le plaisir de vous revoir à Paris en novembre. Veuillez me rappeler au bon souvenir de votre entourage (je pense particulièrement à Madame Conrad Schlumberger, à qui Grâce Frick aussi adresse ses amicales pensées, et aussi à Joseph Breitbach).

[Marguerite Yourcenar]

---

[1]. Ouvrage de Gide, publié en 1938, après la mort de sa femme, Madeleine.

À JEAN LAMBERT[1]

23 septembre 1956

Cher Jean,

Merci des deux lettres, et de l'envoi du *Figaro Littéraire* où j'ai retrouvé imprimés vos récits de vive voix, un peu moins sombres peut-être, du fait sans doute que l'article a été écrit immédiatement après l'arrivée à New York, et à un moment où l'on ne se rendait pas compte encore de toute l'étendue des pertes.

Je crois vous voir, assis sur une caisse dans un immeuble moderne de Fredericksburg. Je vous plains, car rien n'est moins drôle que ces expériences du véritable dépaysement américain. Jusqu'à ce qu'on ait réussi à se faire dans ce continent, comme Grâce et moi l'avons fait, un domaine, si petit qu'il soit, réglé par la fantaisie ou la volonté personnelle, ce que l'Européen[2] déplanté trouve ici, contrairement à tout ce qu'il croyait, c'est tout simplement une Europe plus pauvre et plus dure, privée de toutes les grâces qui pour nous constituaient l'Europe (en quoi nous nous trompons, qu'elle est petite, cette Europe des grâces, et qu'elle ressemble plus à l'Amérique qu'on ne le dit : je ne vois pas beaucoup de différence entre le Boulevard de Sébastopol et la Huitième Avenue). Qu'il y ait autre chose, c'est certain : des îlots de civisme, qui chez nous sont submergés ; une volonté de progrès qui est grotesque quand elle s'exprime en termes de publicité mais qui est restée sincère et efficace chez certains êtres ; en dépit du scandaleux gâchage des ressources, une

---

1. Fonds Yourcenar à Harvard, bMS Fr 372 (951).
2. En haut de la page, Yourcenar a ajouté : « Je parle bien entendu de l'Européen qui a connu la vie facile ; l'autre évidemment... »

nature extraordinairement belle, quand on réussit à découvrir ses secrets, qui ne sont pas les nôtres; et infiniment plus de passé qu'on ne le dit : les grands réservoirs de passé que sont les musées et les bibliothèques; les maisons anciennes de la Nouvelle-Angleterre et les domaines du Sud (qui je le veux bien appartiennent à un monde disparu, mais n'est-ce pas vrai aussi de Versailles ?), et enfin l'admirable pays indien...

Ce que je me laisse aller à dire là a pour but à la fois de compatir à votre cafard et de le guérir, en vous montrant qu'il reste beaucoup à voir et à goûter ici. Êtes-vous sûr d'avoir raison de rentrer si vite à New York ? New York, porte de l'Europe, oui, comme Marseille est porte de l'Orient (c'est-à-dire que l'Europe de New York, l'Orient de Marseille...). Je ne dis pas que l'expérience de New York, pour quelques semaines ou même quelques mois, ne mérite pas d'être faite, mais si j'étais vous, je commencerais par faire de l'auto-stop jusqu'à San-Antonio ou jusqu'à San-Francisco...

Il faut du temps pour apprendre à connaître ce grand pays à la fois si étalé et si secret...

Je compte ne rester que quelques semaines à Paris, étant brouillée avec toutes les grandes villes. Mais je tâcherai de voir Catherine et les enfants.

Merci de ce que vous me dites d'*Alexis*. Je continue, c'est vrai, à avoir de l'affection pour ce petit livre. Sous son apparence de timidité et de discrétion, j'ai parfois le sentiment d'avoir fait là une œuvre infiniment plus audacieuse qu'on ne l'a vu : *presque* sans compromis avec aucun préjugé. À la dernière lecture, l'excès des *Mon amie* ne m'avait pas frappée (c'est l'élément *cantabile* du livre); mais je verrai.

Nous partons mardi par le *Nieuw Amsterdam* : trois semaines en Hollande, autant en Belgique, un bref Paris, puis Villefranche et le retour, avec peut-être une escale en Espagne. Le tout dépendra des conditions, de la fatigue, et du travail à faire. J'espère être de retour à Petite Plaisance d'assez bonne heure au printemps. Tenez-moi au courant de vos expériences et de vos projets.

Amicalement,
[Marguerite Yourcenar]

1957

À MARC DANIEL[1]

> Petite Plaisance
> Northeast Harbor
> Maine USA
> 1 février 1957

Monsieur,

Je reçois aujourd'hui même votre lettre et le numéro 31-32 d'*Arcadie*[2], et m'en veux de ne pas

---

1. Fonds Yourcenar à Harvard, MS Storage 265.
Marc Daniel. A publié plusieurs comptes rendus sur Yourcenar : « À propos des *Mémoires d'Hadrien* de Marguerite Yourcenar », *Arcadie*, juillet-août 1956, n° 31-32, pp. 58-62 ; « *Alexis ou Le traité du vain combat* de Marguerite Yourcenar », *Arcadie*, n° 40, pp. 58-59 ; « *Feux* de Marguerite Yourcenar », *Arcadie*, n° 43-44, juillet-août 1957 ; « *Présentation critique de Constantin Cavafy* de Marguerite Yourcenar », *Arcadie*, n° 59, novembre 1958, pp. 43-45.

Il est également l'auteur de *Hommes du grand siècle*, Paris, Arcadie 1957 (Bibl. PP) et de *Des Dieux et des garçons*, Paris, Arcadie, 1968 (Bibl. PP).

2. *Arcadie, revue littéraire et scientifique*, s'était consacrée à l'étude de l'homosexualité dans les œuvres littéraires, à travers les siècles.

Outre Marc Daniel, d'autres collaborateurs d'*Arcadie* ont rendu compte de livres de Yourcenar : Jacques Remo, « En lisant *Mémoires d'Hadrien* », *Arcadie*, n° 12, décembre 1954, pp. 46-47 ; Jean Ledoyen, « *Le Coup de grâce* », Arcadie, n° 28, avril 1956, pp. 63-64 ; Christian Gury, « Marguerite Yourcenar ou éloge de la discrétion », *Arcadie*, février 1980.

vous avoir remercié plus promptement de votre article sur *Mémoires d'Hadrien* que j'avais lu dès l'automne dernier. Mais je m'apprêtais à partir pour l'Europe, et j'espérais avoir le plaisir de vous rencontrer à Paris. Finalement, je n'ai passé en France qu'une huitaine de jours, et le temps m'a manqué pour prendre contact, mais votre nom figure encore sur mon carnet parmi les « personnes à rencontrer » à mon prochain séjour. Laissez-moi vous dire sans plus tarder combien j'ai apprécié les pages que vous avez consacrées à mon livre.

Bien avant votre article sur *Mémoires d'Hadrien*, je vous connaissais d'ailleurs par les articles historiques que vous publiez dans *Arcadie* : et j'en avais beaucoup goûté la justesse de ton et l'exactitude. Et cela d'autant plus que l'histoire intime du passé reste à faire ; comme vous l'écriviez dernièrement vous-même, les historiens « sérieux » ont gardé la consigne du silence, ou « flétri » en termes vagues des passions et des habitudes qu'ils ne comprenaient pas (ou au contraire comprenaient trop bien). Et les écrivains peu sérieux, d'autre part, ont fabriqué avec l'Histoire de l'érotisme à bon marché... Je ne ferai à vos études historiques telles que les publie *Arcadie* que le reproche d'être trop brèves (Frédéric II méritait quelques pages de plus) et aussi de ne pas indiquer au lecteur le minimum de sources lui permettant d'authentifier au besoin par lui-même les faits qu'on lui présente. Je sais que ce n'est guère l'usage chez nous, où l'on craint exagérément le reproche de pédantisme. (J'ai moi-même hésité et mon éditeur plus que moi, à faire suivre *Hadrien* d'une bibliographie très brève et somme toute insuffisante.) Mais il me semble que nous ne pouvons prendre trop de précautions pour essayer d'obtenir créance, et cela est plus vrai qu'ailleurs dans ce domaine si mal connu et si controversé de l'histoire secrète[1].

M. Baudry[2] se souvient peut-être que je lui avais exprimé certaines objections quant aux méthodes, sinon aux buts, de sa revue[3]. J'ai plaisir à noter aujourd'hui que ces objections sont aujourd'hui moins fortes. Pour prendre, par exemple, le dernier numéro d'*Arcadie*, l'étude de S. Talbot sur Schopenhauer et celle de J.L. Verger sur Mircea Eliade sont certainement intéressantes, et pertinentes et utiles les réflexions sur l'affaire Chéron. Utiles aussi les informations sur la réforme légale projetée en Angleterre (pour ma part, je souhaiterais que les deux rapports, s'ils ont été rendus publics, soient publiés *in-extenso*). C'est du point de vue littéraire surtout que la revue reste faible. Cela n'est pas toujours vrai : quelques récits au moins présentent des qualités littéraires et surtout une valeur documentaire qui n'est pas négligeable (je songe surtout à l'extrême simplicité de ton de l'« *Histoire de Marcel* »). D'autres au contraire m'ont paru décidément inférieurs, ou même fâcheux. Je vois bien qu'il faut tenir compte de difficultés particulières, dues au genre même de la revue, mais précisément, le but qu'*Arcadie* s'efforce de poursuivre est trop sérieux pour que ne s'impose pas un tri sévère.

Je crois que dans l'ensemble nous sommes tous d'accord : il s'agit de libéraliser la morale sexuelle sur bien des points, peut-être aussi de la raffermir sur d'autres, de se débarrasser de tout jargon de

1. Ajout en marge : « Et je crois qu'une grande part de l'intérêt qui a été accordé à ce livre est dû à cet effort d'authenticité. »
2. André Baudry (né en 1923). Directeur de la revue *Arcadie* et du mouvement du même nom, de 1954 à 1982.
3. Dans une lettre à Jouhandeau du 6 mai 1954, Yourcenar estime excessive la sévérité de ce dernier à l'égard d'*Arcadie*. Elle juge néanmoins la revue « mal rédigée ». Fonds Yourcenar à Harvard, bMS Fr 372 (939).

superstition, de cynisme ou d'hypocrisie — sans oublier certain jargon de vulgarisation scientifique qui risque de devenir à notre époque la forme la plus insidieuse du préjugé et de l'hypocrisie[1]. Ceux qui croient pareille tentative superflue se trompent fort, et confondent une certaine tolérance amusée d'une part, le désarroi ou le laisser-aller de l'autre, avec la liberté, qui est autre chose.

Veuillez agréer, Monsieur, l'expression de mes sympathiques sentiments,

Marguerite Yourcenar

À JULIA TISSAMENO[2]

4 février 1957

Chère Amie,

Votre lettre m'a emplie d'un profond regret : je ne vous savais pas à Vevey, m'imaginant que vous étiez rentrée en Grèce depuis notre échange de lettres de l'an dernier.

Même si je vous avais sue encore établie en Suisse, j'aurais dû renoncer à la joie de vous voir au cours de mon bref voyage de cet automne. Pour des raisons financières, et en partie fiscales, chaque séjour en Europe depuis six ans s'est doublé pour moi chaque fois d'une tournée de conférences qui me permet, il est vrai, de prendre contact avec des milieux nouveaux et de voir ou de revoir des pays que j'aime, mais qui me laisse bien peu de liberté

---

1. Voir aussi *Le Tour de la prison* in *Essais et mémoires, op. cit.* pp. 620-621, et la « Préface » d'*Alexis*, in *Œuvres romanesques, op. cit.* pp. 4-5.
2. Fonds Yourcenar à Harvard, bMS Fr 372 (1059).

quant à mon itinéraire. Cette fois-ci, après deux mois d'assez épuisantes randonnées en Hollande et en Belgique, avec tout au plus une journée en Allemagne où j'avais à revoir certains sites pour mon prochain livre[1], j'ai dû regagner Paris, où je n'ai d'ailleurs passé en tout que six jours.

J'avais d'abord projeté d'aller me reposer pour quelques jours dans le Midi de la France, et de prendre la petite maison qu'une amie veut bien m'y louer pour point de départ de voyage en Grèce et dans le Proche-Orient. Mais l'atmosphère en novembre paraissait bien peu favorable à des projets qui comprenaient Damas, Alep, Alexandrie, et peut-être Israël, et s'il ne s'agissait que de repos et de travail en face d'une machine à écrire, la petite maison sous la neige d'où je vous envoie ces lignes semblait plus indiquée.

Je vous avoue aussi que l'état du monde m'a jetée dans une crise de désespoir dont je ne suis pas encore sortie et qui est en [somme] insensée, car nous attendions-nous à mieux ? De ce chagrin on n'est à coup sûr pas indemne dans l'Île des Monts-Déserts plus qu'ailleurs, mais au moins j'y trouve une occasion de retraite dans le travail, dont je me sentais pour le moment incapable en France.

Les projets de séjour dans le Midi, et j'espère au Proche-Orient, peut-être en Grèce, ont été remis à l'an prochain. Je fais aussi d'autres rêves de dépaysement plus total, le Japon, l'Amérique du Sud. Tout cela se réalisera peut-être un jour... En tout cas, j'espère l'an prochain arriver en Europe avec un programme moins chargé, et avoir l'occasion de passer de nouveau quelques jours à Morges chez mon très cher ami Jacques de Saussure que je n'ai pas revu depuis trois mois (à Paris). Si vous êtes encore à

---

1. *L'Œuvre au Noir.*

Vevey, ce sera une raison de plus de se tourner vers la Suisse.

Il est vrai que je publie un livre ce mois-ci, mais ce n'est qu'une réédition naturellement revue et corrigée, d'un volume que vous connaissez déjà *Feux*[1]. Je n'y ai rien changé d'essentiel car il me semble très fidèle aux émotions et aux impressions que j'avais à exprimer en ce temps-là. Quant à l'ouvrage que j'écris en ce moment, et qui absorbe toute l'énergie que je possède, il devient une sorte de tâche que j'ai à finir, mais dont pour le moment je ne vois pas encore la fin.

Vous ne me dites rien de votre santé. J'espère que le séjour à Vevey n'est pas dû à des raisons thérapeutiques, mais seulement au grand charme de la ville et de son paysage. Que j'aimerais m'asseoir à vos côtés sur un des bancs du quai, face aux bateaux blancs !

Bien amicalement,

[Marguerite Yourcenar]

---

1. Chez Plon, 1957.

À JEAN MOUTON[1]

23 avril 1957

p. 2 (verso de la p. 1)[2]

J'ai lu à mon retour à Northeast Harbor le *Proust*, et moi, qui, comme vous, déplore que les critiques se préoccupent si peu d'analyser les techniques de l'écrivain qu'ils louent ou attaquent (sans doute parce que beaucoup d'entre eux seraient aussi incapables de le faire que tant de soi-disant mélomanes de préciser la part du premier violon dans un concerto) je vous sais un gré infini d'avoir ainsi tourné votre attention vers les vrais « secrets » de Proust. Si j'avais une objection à faire, ce serait peut-être que vous ayez tiré la plupart de vos exemples (mais pas tous, loin de là) des deux volumes du *Côté de chez Swann* de préférence aux autres. Vous dirai-je que je suis de ces amateurs qui, reprenant Proust presque chaque année, rouvrent volontiers l'ouvrage au début du *Côté de Guermantes* pour lire ensuite d'un trait jusqu'au bout ? À coup sûr, *Swann* est bien beau, mais d'une beauté

---

1. Fonds Yourcenar à Harvard, MS Storage 265.
Copie autographe de Grace Frick qui a respecté et marqué la disposition paginale de la lettre autographe originale. Ainsi par exemple : « J'ai lu à mon retour/ à Northeast Harbor le *Proust*/ et moi, qui, comme vous, déplore/... »
Jean Mouton. (1899-1995) Critique d'inspiration catholique.
Le Style de Marcel Proust, Mouton, 1948 (Bibl. PP); *Suite à la peinture*, Paris, Falaize 1952 (Bibl. PP); *Charles Du Bos — Sa relation avec la vie et avec la mort*, suivi d'un écrit de Charles Du Bos « Sur le bonheur », Desclée de Brouwer, 1954 (Bibl. PP); *Proust*, Paris, Desclée de Brouwer, 1958, *Du silence au mutisme dans la peinture*, Desclée de Brouwer, 1959 (Bibl. PP); *Les Intermittences du regard chez l'écrivain*, Desclée de Brouwer, 1973 (Bibl. PP).
Yourcenar et Grace Frick l'avaient connu lorsqu'il était conseiller culturel à Ottawa. Par la suite, il occupera un poste de professeur de littérature française à l'Institut français de Londres.
2. Indication donnée par Grace Frick en anglais, en haut de la page. Seule cette page 2 a été retrouvée au Fonds Harvard.

encore pénétrée de la langueur d'une époque heureuse, et plus j'avance dans l'œuvre, plus j'ai l'impression de me rapprocher du plus profond Proust, jusqu'à ce que j'arrive enfin dans les dernières pages du *Temps Retrouvé* à l'éternelle poésie de l'extraordinaire *Danse des Morts*[1]. Il me semble que la fatigue, la maladie, la hâte d'en finir donnent alors au style de Proust la beauté des derniers dessins d'un Goya ou d'un Rembrandt, et j'aimerais vous voir consacrer un jour un second volume à ce dernier Proust et nous faire découvrir ses suprêmes secrets.

[Marguerite Yourcenar]

À MARC DANIEL[2]

>Petite Plaisance
>Northeast Harbor
>Maine USA
>10 juillet 1957

Cher Monsieur,

Je tiens à vous remercier tout particulièrement, et de votre lettre du 28 avril, et de votre sympathique analyse d'*Alexis*. Je continue à lire avec le plus grand intérêt vos études sur les mœurs du XVIIe siècle, et il me semble que l'indication des sources a l'immense avantage d'authentifier complètement des informations qui peuvent paraître surprenantes à ceux qui ne connaissent l'histoire qu'à travers des vulgarisations romanesques ou des textes scolaires.

---

1. Référence au dernier épisode d'*À la recherche du temps perdu*, intitulé « Le bal des têtes » où le narrateur revoit les personnages de sa jeunesse métamorphosés par le temps.
2. Fonds Yourcenar à Harvard, MS Storage 265.

J'ai beaucoup apprécié aussi votre prudent refus de « solliciter les faits » par exemple, au sujet de Molière, prouvant ainsi que vous faites de l'histoire, et non pas, si l'on ose dire, une espèce d'hagiographie à rebours. Dans le cas de Molière, j'avoue que le ton de *Mélicerte*, qui a pour sujet les ravages produits par la beauté du jeune Myrtil, traînant après lui les cœurs des bergères, sans compter, sans doute, celui d'un philosophe athénien, qui « le trouvant joli », s'était chargé de l'instruire, fait rêver quand on sait que le rôle avait été fabriqué pour Baron[1] (1666). Et on comprendrait bien qu'un homme excédé de liaisons féminines douteuses et malheureuses... Mais, comme vous le dites, tout cela reste du domaine de l'interprétation ou de l'hypothèse.

Je vous sais d'autant plus gré de parler comme vous l'avez fait d'*Alexis* que ce langage voilé, précautionneux presque à l'excès, cette voix volontairement tremblée, sont aussi loin que possible de ce qui s'écrit aujourd'hui. (Je dis de ce qui s'écrit, car, dans la vie, il m'arrive encore de rencontrer *Alexis*.) Mais je suis restée attachée à ce livre, parce qu'en dépit de réticences qui ne sont que stylistiques, aucune concession n'est faite à une sorte de préjugé. Sauf peut-être dans le passage où Alexis explique ses penchants par l'atmosphère particulière qui a entouré son enfance : « j'ai été élevé par des femmes... » Plus j'y pense, plus nos goûts sensuels me semblent quelque chose d'infiniment plus profond que ces complexes auxquels les réduisent les disciples de Freud. Il y a là un élément d'explication de soi par la théorie courante que je trouve aujourd'hui insuffisant, mais qui en somme eût été naturel à Alexis. Je me suis souvent proposé, et me propose encore,

1. Michel Baron avait alors treize ans. D'après les historiens, Molière lui portait une grande affection.

d'écrire un jour une *Réponse de Monique* où les mêmes thèmes seraient repris avec plus de précision, et en faisant le point de ce qui au cours d'un quart de siècle a été gagné, et parfois perdu. Mais le temps manque pour tout[1]...

Veuillez agréer, cher Monsieur, l'expression de mes sentiments les meilleurs,

Marguerite Yourcenar

À LISE DEHARME[2]

7 août 1957

Chère Madame,

J'ai demandé à mon libraire de m'envoyer... *Et la bête*[3] que m'indique une critique du *Monde*. Avant même de l'avoir lu, je vous félicite d'avoir eu le courage de traiter ce sujet (il en est peu de plus graves) et de dédaigner d'avance le reproche de sentimentalité que les sots ne manqueront pas de vous adresser. Je vous connaissais surtout jusqu'ici par vos récits à la fois fantastiques et charmants, et vous admire d'autant plus d'avoir pris sur vous d'aborder ce problème si lugubrement banal.

On ne dira jamais assez que l'exploitation illimitée de l'animal par l'homme, le libre exercice de sa brutalité, de son sadisme, ou (ce qui est peut-être pis encore) de son épaisse indifférence à l'égard de ces êtres engagés comme lui dans l'aventure d'exister est

---

1. Cette *Réponse de Monique* n'a jamais été écrite. La figure de Jeanne dans *Quoi ? L'Éternité* est peut-être le portrait de cette voix.
2. Fonds Yourcenar à Harvard, bMS Fr 372 (886).
Lise Deharme (1898-1980). Poète et romancière.
3. Il s'agit de *Libelle... et la bête*, pamphlet, Paris, Fasquelle, 1957.

une des formes du mal ; et c'est une forme qu'aucune religion, aucune morale (du moins dans notre Occident) n'a eu le courage de dénoncer ni même de regarder en face. Et il semble bien que l'immense développement actuel des moyens techniques, loin de diminuer quelque peu, comme on l'aurait cru la souffrance inutile, serve souvent à l'augmenter, et tende à oblitérer encore davantage la compréhension et la sympathie de l'homme envers ce qui est vivant.

Même ici, dans cette île américaine de Mont-Désert, qui est en partie un parc national et une réserve de vie sauvage, bon nombre des habitants (qui n'ont pas l'excuse de la misère) braconnent à l'aide du procédé très simple qui consiste à se poster en automobile à l'orée des bois ; tous phares allumés, et à massacrer bien à l'aise les cerfs attirés par les lumières. Deux jeunes garçons qui sont parmi les mieux élevés et les plus sympathiques du village, bons fils, bons ouvriers, et maintenant conscrits modèles dans l'armée américaine, me disaient il y a quelques mois avoir poursuivi en automobile un cerf blessé pour essayer de l'écraser. Leur excuse (ce n'était pas même une excuse, mais une affirmation, était que « Dieu a donné aux hommes le droit de faire [mot illisible] eux-mêmes à souffrir et à mourir puissent être ainsi obtusement indifférents à l'épouvante, à la douleur, à l'humble désespoir de créatures traquées et suppliciées comme eux-mêmes le seront peut-être un jour[1]. L'homme a peu de chances de cesser d'être un tortionnaire pour l'homme, tant qu'il continuera à apprendre sur la bête son métier de bourreau.

Je garde un bien agréable souvenir de nos deux rencontres (la dernière fut l'un des meilleurs moments

---

1. L'état de la copie ne permet ni de rectifier la rupture syntaxique de cette phrase, ni de compléter les guillemets.

de la plus inutile et de la plus bruyante des séances de photographie) et vous prie, chère Madame, de croire à l'expression de mes sentiments tout sympathiques,

Marguerite Yourcenar

À CLAUDE GALLIMARD[1]

> Petite Plaisance
> Northeast Harbor
> Maine USA
> 31 décembre 1957

Cher Monsieur,

Tous mes remerciements pour vos bons vœux et pour la noble boîte de chocolats aux armes de la N.R.F., si inattendue et littéralement tombée du ciel. Elle m'apporte cette saveur particulière qui est celle de Paris. Un de mes plus vieux souvenirs d'enfant est cette espèce de solennité qui consistait à aller choisir avec mon père chez Boissier les cadeaux de Nouvel An ; l'étiquette de cette boîte m'a fait l'effet d'une « petite madeleine ».

Croyez, je vous prie, à mes meilleurs vœux pour 1958 ainsi qu'à l'expression de mes très sympathiques souvenirs,

Marguerite Yourcenar

---

1. Archives Gallimard. Copie de lettre autographe.

1959

À HENRI BALMELLE[1]

                        Petite Plaisance
                        Northeast Harbor
                        Maine USA
                        2 avril 1959

Cher Monsieur,

Je suis bien en retard pour vous remercier de l'envoi de votre livre, ou plutôt des deux exemplaires de votre livre, l'un destiné à Grace Frick et l'autre à moi. Nous les avons trouvés ici l'an dernier à notre retour d'Italie, et c'est à la fin de l'été dernier que j'ai lu le *Dr. Picquart*. Depuis lors, il est resté sur mon bureau, dans l'attente d'un moment où je serais enfin assez libre de mon temps pour vous écrire. Mais l'existence durant ces huit ou neuf derniers mois n'a guère été qu'une série de crises. Presque immédiatement après le retour d'Italie, Grace Frick a dû subir une opération grave (ablation d'un sein) ; et ensuite toute une série de petits voyages « à la

---

1. Fonds Yourcenar à Harvard, bMS Fr 372 (847).
Henri Balmelle (1905-1970), médecin. Auteur d'un *Journal du Dr. Picquart*, publié à compte d'auteur.

ville » (sur le continent, à 100 kil[omètres] d'ici) ont été nécessaires pour le traitement radiologique ; elle va bien maintenant, et il semble qu'opération et traitement ont été complètement réussis, mais il reste cet arrière-plan d'inquiétude que rien tout à fait n'élimine, et que je n'ai pas besoin de vous décrire.

Ensuite, et durant tout l'hiver, je me suis attelée à une refonte d'un de mes livres anciens, *Denier du Rêve*, refonte qui avait commencé par de simples retouches faites çà et là à ce roman destiné à reparaître cette année, mais qui est devenue peu à peu pour moi une extraordinaire aventure de l'imagination. J'en suis sortie assez épuisée, et cette lettre si tardive est l'une des premières que j'écris.

J'ai lu avec grand intérêt le Dr. Picquart ; j'en ai goûté la solide sagesse, un extrême raffinement de sensibilité qu'il faut chercher sous des dehors qui paraissent de prime abord presque trop simples, cette exacte et désabusée peinture de la vie et des hommes comme ils sont, qui n'exclut pas pourtant un certain goût pour l'une et une certaine sympathie pour les autres. Il y a beaucoup de Montaigne dans le Dr. Picquart, et lire ce journal m'a fait penser à cette très vieille sagesse française qui aujourd'hui se terre (car où la trouver, chez les gens dont le nom se trouve dans les journaux ?) mais qui sans doute existe toujours. Il y a là tout un héritage de pensées et de comportements mi-humanistes, mi-chrétiens, soutenus et renforcés aussi par la longue expérience de la race, qui est, on peut cette fois légitimement le dire « bien français », car on ne le trouve sous cette forme nulle part ailleurs, mais que notre génération a jeté au vent. Et de temps à autre, dans les descriptions des parties de pêche par exemple, des coins de campagne française éternelle, à la Jean Fouquet[1].

---

1. Jean Fouquet (1420- v.1480). Peintre et miniaturiste.

Une remarque de détail concernant la partie proprement médicale du livre : la fréquence presque excessive des descriptions de hernies. Le mal tient dans le *Journal du Dr. Picquart* la place que les ulcères à l'estomac tiennent ici dans les propos du docteur.

En ce qui me regarde personnellement, l'impression que je retire du livre est d'abord l'impression d'un portrait ressemblant, et réconfortant par là même : il est bon de penser que ce personnage au fond nullement idéalisé n'est pas unique, et qu'on rencontre çà et là l'équivalent d'un Dr. Picquart dans des petites villes de France. D'autre part, l'image de l'humanité provinciale qui remplit ce livre (et je la reconnais : c'est bien celle qui peuplait aussi le village du Nord où j'ai grandi, et que j'ai retrouvée plus tard dans le Midi et de nouveau à Fayence, l'hiver où nous nous sommes rencontrés) diminue ma nostalgie, cette nostalgie qui me prend souvent même en dépit des événements et du temps qui court, et me prouve que les gens de St. Loup ne sont ni meilleurs ni pires que ceux qui peuplent les villages de l'île des Monts-Déserts où je me trouve. La même pauvre, parfois touchante, et toujours décourageante humanité...

Je serais curieuse de savoir si votre livre a trouvé des échos chez ceux qui l'ont lu. Comme il ne porte la marque d'aucune mode littéraire ou psychologique du temps, je doute qu'il ait été beaucoup apprécié. De plus, il faut du temps pour s'apercevoir des qualités de style de l'ouvrage, qui paraît d'abord négligé.

Laissez-moi, si ma lenteur à vous écrire ne vous a pas à jamais découragé de me répondre, vous poser à fins littéraires une question professionnelle, que je n'arrive pas à clarifier avec le docte[ur] d'ici, à cause de la différence de langage. Une ou plutôt deux questions. Voici :

Dans le second chapitre de l'ancien *Denier du Rêve*, l'un de ceux que j'ai le moins transformé, une femme, humble et assez sympathique prostituée romaine, s'en va consulter un médecin pour une induration au sein qui l'inquiète depuis quelques mois sans qu'elle ait eu le courage de rendre visite à un docteur. Le médecin diagnostique un cancer. En 1934, à l'époque où j'écrivais cette histoire, j'étais moins renseignée que je ne le suis devenue depuis, malheureusement, sur ce genre de maladie : néanmoins, il ne semble pas que j'aie commis de sérieux impairs. La seconde version évite encore plus soigneusement que la première le mot souffrance ou douleur, puisqu'on m'assure que dans aucun cas il n'y a souffrance avant les stages [sic] finals de la maladie, et que c'est précisément là son danger. Néanmoins, Grace Frick me fait remarquer que la raison qui lui fit consulter un médecin, au moins autant que la présence d'une petite tumeur au sein si indéfinie qu'il était presque impossible de décider si elle existait ou non, a été dans son cas un sentiment de gêne dans la circulation du bras gauche, bien que le médecin et le chirurgien semblent avoir attaché fort peu d'importance à ce symptôme. Elle se demande comme moi si ce dernier symptôme est communément décrit par les malades, et si d'autres médecins, imbus peut-être d'autres théories médicales, y attacheraient plus d'importance. Littérairement parlant, en réécrivant ce chapitre, je me suis rendue compte à quel point il est difficile de montrer une femme très simple, sans aucune connaissance médicale, et presque superstitieusement effrayée par l'idée d'un médecin, se décidant à consulter quand elle ne souffre pas encore d'une douleur définie et que son mal n'est extérieurement qu'à peine visible.

Autre et dernière question de pur vocabulaire ; ce mal, à ce stage [sic], peut-il correctement se décrire comme une lésion, ou le mot lésion tend-il à indiquer une plaie ouverte ? Aucun de mes nombreux dictionnaires ne me renseigne sur ce que serait l'usage médical exact.

Croyez, cher Monsieur, à mes bien sympathiques pensées et souvenirs,

Marguerite Yourcenar

P.-S. Grace Frick, à qui je lis cette lettre au coin du feu, me fait remarquer que je n'adresse à votre livre aucune critique, bien qu'il y ait toujours des critiques à faire (elle en sait quelque chose, s'étant amicalement instituée l'avocat du diable des miens). Mais c'est que, sur le plan où vous vous mettez, il est presque impossible de faire des réserves. L'ouvrage est peu littéraire, et ne prétend pas être un roman : toutes les critiques de style et de composition qu'on eût peut-être pu faire tombent donc d'elles-mêmes. On peut se demander si vous n'auriez pas gagné à vous passer d'un Dr. Picquart et à parler en votre propre nom, mais je vois bien qu'alors certains aveux personnels de découragement ou de scepticisme eussent été difficiles à faire, et, d'autre part, je n'ignore pas combien il est plus facile de faire exprimer à un autre ce qu'on pense et ce qu'on ressent que de l'exprimer en son nom propre. On peut se demander aussi, au cas où vous auriez voulu produire, non, comme vous l'avez fait, un simple résumé de votre expérience sous forme légèrement romanesque, mais véritablement cette espèce de contrefaçon du réel qu'est au fond un roman, si la forme du *Journal* ne vous a pas induit en erreur comme elle a induit en erreur le Gide de *La Symphonie Pastorale*. Mais chez vous la pétition de principe est plus visible parce que le journal s'étend sur une durée plus longue. Un homme qui note au jour le jour ses idées et ses impressions (surtout si c'est sur une période de 35 années) ne se fait pas faute de se redire, de se dédire, de se contredire, et une image d'ensemble ne fait que se dégager peu à peu de la confusion et du flottement du détail, du changement et de l'erreur. (La preuve en est que, comme on l'a souvent dit, la difficulté n'est pas d'écrire un journal, mais de ne pas jeter au panier, par irritation ou dégoût, ce qu'on a écrit quelques années plus tôt.) Ce qu'au fond vous nous donnez du bon docteur est peut-être plutôt des Mémoires, où le ton est déjà tout trouvé, plutôt qu'un *Journal* où le ton sans cesse se cherche et se trouve. Enfin (et ceci n'est ni une critique, ni une objection, mais un sujet pour moi de réflexions constantes), comment se fait-il que notre sagesse française, même là où elle est la plus authentique, ait si souvent quelque chose d'un peu court, osons même dire d'un peu terne, ou plutôt de trop confortablement installé en soi. Vous, qui connaissez si bien les *Pensées* vous comprendrez tout de suite ce que je veux dire, si vous comparez un instant le Dr. Picquart, ou même Montaigne, à Marc-Aurèle[1]. Il semble que chez nous le cran d'arrêt soit toujours mis presque trop vite. Je le répète : ceci n'est pas un reproche : il faut qu'il y ait des Marc-Aurèle, et il faut qu'il y ait des Montaigne.

---

1. Marc Aurèle (121-180). Empereur romain dont les *Pensées* illustrent le stoïcisme romain.

À LIDIA STORONI MAZZOLANI[1]

Petite-Plaisance
Northeast Harbor
sans date – [1959 ?][2]

Chère Amie,

Je ne veux pas tarder plus longtemps à vous remercier de votre lettre qui m'a infiniment touchée. Et touchée d'autant plus qu'en ce moment en France il semble que presque chacun s'accorde pour passer sous silence le côté « politique » du livre[3]. Non que ce roman tente le moins du monde de présenter dans son ensemble le drame politique italien à l'époque du fascisme ; c'était là un sujet immense, et qui m'eût dépassée ; mais ce que j'ai essayé de montrer (et vous l'avez bien compris) c'est ce mélange de petits intérêts, de petites peurs, de petits compromis, et aussi de grands élans et de grandes et vaines révoltes, qui forment l'arrière-plan des années sans espérance. Votre amical jugement justifie le temps et l'effort mis à écrire, puis à réécrire ce livre.

Au fond, j'ai eu l'immense chance de séjourner souvent en Italie, durant ces années-là[4], non dans le milieu mondain, ou dans le milieu littéraire, ou dans

---

1. Collection particulière.
Lidia Storoni Mazzolani. Essayiste, historienne.
A traduit *Mémoires d'Hadrien* : *Le memorie de Adriano imperatore*, Naples, Richter, 1953 (Bibl. PP). La traduction courante depuis 1960 est celle publiée chez Einaudi. Voir lettre à Lidia Storoni Mazzolani du 25 avril 1960.
Auteur de *L'Idea di città nel mondo romano*, Milano, Riccardo Ricciardi, 1967 (Bibl. PP) ; *Sul mare della vita*, Milano, Rizzoli, 1969 (Bibl. PP) ; *Impero sensa fine*, Milano, Rizzoli, 1972 ; *Iscrizioni funerarie, sortilegi e pronostici di Roma antica*, Torino, Einaudi, 1973 (Bibl. PP) ; *Una moglie*, Palermo, Sellerio, 1982 (Bibl. PP).
2. La référence à *Denier du rêve* permet de dater approximativement cette lettre.
3. *Denier du rêve*, version remaniée, Plon, 1959.
4. Années 20.

celui des étrangers pour qui l'Italie est un luxe, mais au contraire en contact avec de petites gens assez semblables à ceux de mon livre, et je crois que c'est ce qui m'a fait comprendre et aimer votre pays — et haïr le régime.

J'espère que le voyage en Grèce et en Yougoslavie aura été agréable et beau.

Amicales pensées, auxquelles Grace Frick joint son meilleur souvenir,

Marguerite Yourcenar*[1]

---

1. La signature est suivie d'un post-scriptum illisible.

1960

À LIDIA STORONI MAZZOLANI[1]

> Hôtel Miramar
> Malaga
> Espagne
> 25 avril 1960

Chère Amie,

Je viens me rappeler à vous au sujet de l'affaire toujours insatisfaisante de la traduction italienne de *Mémoires d'Hadrien,* qui nous a causé à toutes deux, et à vous surtout, de si amers désappointements. La situation est maintenant changée du fait que la Maison Plon a signé un contrat avec Einaudi pour la reprise de *Mémoires* en Italie. Einaudi publiera aussi, et je crois, *d'abord,* le *Denier du Rêve,* au sujet duquel vous m'avez écrit une lettre inoubliable. Bien entendu, et seulement égoïstement et en ce qui me concerne, j'aimerais vous voir chargée de la traduction du *Denier* et vous voir reprendre celle d'*Hadrien* et la refaire vôtre. Mais je me rends compte que durant ces dernières années vos intérêts et vos occupations ont naturellement changé, et que rien n'est

1. Collection particulière.

peut-être plus éloigné de vous que l'idée de vous remettre à traduire.

Je vous écris pourtant, parce que j'ai, comme il se devait, insisté pour qu'Einaudi s'adresse d'abord à vous au sujet de la traduction d'*Hadrien,* qui est à refaire, puisque nous n'en possédons plus que le texte abîmé qu'a publié Richter. Malheureusement, en dépit des indications très précises que j'avais vingt fois données, la maison Plon dans cette affaire a de nouveau manqué de netteté ; on m'écrit qu'on va *insister* auprès de M. Einaudi pour que la traduction, *s'il la juge insuffisante,* soit refaite par vos soins. Là n'est pas la question. La traduction *est* insuffisante, et vous ne permettez pas (ni moi non plus) qu'elle soit publiée telle quelle, même si vous renoncez vous-même à la refaire. J'écris immédiatement à Plon pour lui répéter ce qui précède, mais je crois qu'il serait bon que vous vous mettiez en contact avec M. Einaudi (qui, il me semble, est un de vos amis) pour que votre position soit clairement réaffirmée.

Nous ne viendrons pas à Rome cette année : l'hiver, depuis la mi-décembre s'est passé en Portugal, et le printemps en Espagne. C'est la première fois que j'ai vu à Séville les cérémonies de la Semaine Sainte : y avez-vous assisté ? C'est un extraordinaire morceau de passé circulant dans les Sierpes tortueuses si j'ose dire comme une bouchée trop grosse étouffant et contractant la gorge ; espèce d'étrange surimpression de la Soledad ou du Christ du Dernier Soupir sur les réverbères et les affiches lumineuses du siècle. Je me suis dit que pour une fois on voyait extériorisée et exaltée en pleine rue cette réalité tragique que tout de nos jours s'arrange pour nous cacher : la douleur, la solitude, la mort, le sacrifice, le Juste condamné.

Je me suis dit aussi que pour une fois les corps constitués (durant la procession du Saint Enterrement au soir du Samedi Saint) suivaient le convoi d'un supplicié en reconnaissant avoir commis une erreur, il est vrai il y a deux mille ans. Mais ils ne semblaient pas s'en douter. L'armée surtout retenait l'attention : on voyait défiler au pas de lourds personnages en uniforme qui avaient sûrement au cours de leur carrière vu et commandé d'autres exécutions que celle du Golgotha. À Malaga, il paraît que l'élément politique de la cérémonie se marque davantage : une Vierge porte un manteau bordé des noms de combattants morts à Stalingrad au service d'Hitler, un Christ mutilé par les Républicains passe escorté par les vétérans de Franco. Nous vivons dans un bien insatisfaisant univers...

Nous avons passé quelques jours seulement à Tolède, et quelques heures à peine à Compostelle et à Ségovie, mais tous trois m'ont laissé une impression admirable.

Nous repartons dans deux ou trois jours pour Séville, puis pour Grenade, et enfin pour Algésiras, d'où nous nous embarquerons à Gibraltar pour rentrer à Northeast Harbor vers le 21 mai. Mon adresse jusqu'au 11 mai sera l'American Express à Algésiras, puis l'adresse habituelle dans le Maine.

Croyez, je vous prie, chère Amie, à mes sentiments affectueux, auxquels Grace Frick joint ses meilleures pensées.

Marguerite Yourcenar*

À ISABEL GARCÍA LORCA[1]

10 mai 1960

Chère Amie,

Je ne veux pas quitter l'Espagne sans vous dire que la semaine dernière, sur les deux jours que nous avons pu cette fois mettre à part pour Grenade, nous avons décidé de donner quelques moments à Viznar. Un employé d'agence de voyages à qui j'ai demandé comment me rendre dans ce village un peu perdu a immédiatement compris quelle intention m'y conduisait, et j'ai senti qu'aussitôt on cessait à ses yeux d'être des touristes pour devenir des amis. « It is not a very good memory for us[2] », m'a-t-il dit laconiquement. Le chauffeur de taxi que nous avons ensuite engagé a immédiatement prononcé le nom de votre frère (un autre, avec qui nous avions débattu d'abord le prix du trajet, avait fait de même), mais n'avait pas d'informations à offrir sur l'endroit exact que nous cherchions. Plus tard, il nous a dit que c'était la première fois qu'il conduisait à Viznar des étrangers.

Je suppose que vous ne connaissez que trop cette région, mais cette visite m'a trop émue pour que je ne sente pas le besoin de vous la raconter en détail. Et puis, il y a toujours la possibilité que, pour une raison quelconque, vous ne soyez pas allée vous-même à Viznar, ou que vous n'ayez pas pu pousser vos recherches même aussi loin (ce qui est pourtant bien peu de chose) que nous ne l'avons fait.

---

1. Fonds Yourcenar à Harvard, bMS Fr 372 (918).
Isabel García Lorca (née en 1910), sœur du poète espagnol Federico García Lorca (1898-1936), fusillé par la milice franquiste, au début de la guerre civile espagnole.
2. « Pour nous, ce n'est pas un très bon souvenir. »

Une fois arrivées, après avoir, un peu par contenance, visité tout d'abord l'église du lieu (mais, à tort ou à raison, nous avons hésité à interroger le jeune curé), errant au hasard dans les rues, nous nous sommes approchées d'un groupe de femmes âgées assises sur une sorte d'esplanade, et nous avons demandé à celle qui semblait la plus importante où se trouvait la sépulture de votre frère. Son visage s'est fermé, et elle nous a aussitôt répondu « qu'elle ne connaissait pas le nom de ce Monsieur, et que personne n'était mort à Viznar ». Mais les autres femmes, derrière elle, indiquaient de la main le chemin de la montagne.

Revenues sur la place de l'église, nous nous sommes cette fois adressées à deux garçons du village, Pedro et Antonio, qui peuvent avoir vingt ans. Tous deux nous ont dit que votre frère était enterré sur ce chemin de la montagne que les femmes nous avaient déjà indiqué par signe. Finalement, nous les avons fait monter avec nous dans la voiture pour servir de guides au chauffeur. La route était si mauvaise au sortir du village qu'il a fallu pousser le taxi sur la montée. Très vite, le chemin quitte la région des oliviers pour s'enfoncer dans la grande solitude, entre la montagne grise et nue qu'il contourne à gauche, et le précipice dont le séparent à droite des pentes couvertes d'herbe rare et de maigres broussailles. À trois kilomètres environ du village, directement en dessous de la plus haute crête de la montagne (« la Cruz de Viznar »), ils ont fait arrêter la voiture, et nous sommes tous les cinq descendus en contrebas de la route sur une distance d'un peu moins de cent mètres, jusqu'à un endroit où dans ce désert sans arbres poussent vigoureusement quatre ou cinq jeunes pins. « C'est là », dirent les deux garçons, et, pour se faire mieux comprendre, ils firent, d'ailleurs sans aucune exagération dramatique, le geste de tirer sur une gâchette. À les en croire, votre frère est enterré sous ces pins avec cinq autres hommes tombés au même endroit, mais je n'ai pas compris si c'était en même temps, ou quelques jours plus tôt ou plus tard. À les en croire encore, on a tassé la terre et on a transplanté là quelques arbrisseaux (pour oblitérer le lieu, ou au contraire pour le marquer, ou tout simplement pour empêcher le sol de s'ébouler dans le ravin tout proche?). « Les arbres poussent vite dans les cimetières », a dit l'un de nos guides. Pendant que Grâce continuait à s'entretenir avec eux, je me suis penchée un instant sous les branches emmêlées et basses ; en effet, la terre là a certainement été nivelée sur un assez long espace, et j'ai cru distinguer deux sortes de sillons qui pourraient à la rigueur correspondre à ce qui fut jadis les rebords d'une fosse. Mais peut-être mon imagination interprète à l'excès ces faibles indices.

Nous sommes remontés sur la route, et nos jeunes guides nous ont quittées pour rentrer à pied au village. Bien qu'ils aient été contents d'être payés pour leur peine, à aucun moment, ils n'ont essayé d'en appeler à notre curiosité ou à notre émotion pour commercialiser ce souvenir. Comme il arrive si souvent en Espagne, on se sentait entre égaux.

Comme les garçons nous avaient dit de le faire, nous avons continué le chemin de montagne jusqu'au moment où il rejoint la route de Murcie, à quinze cents mètres environ de l'endroit que j'ai essayé de décrire. Pendant tout le trajet, nous n'avons rencontré ni une voiture, ni un homme isolé à pied ou à dos de mule, ni même un animal attaché et paissant. Si l'endroit qu'on nous a montré est authentique, il est clair que les tueurs ont fait un circuit, accompli leur besogne et en ont effacé les traces à l'endroit le plus désert avant de rentrer en ville par une autre route plus fréquentée. Mais pourquoi cette espèce de secret à une époque où la violence s'étalait partout au grand jour? (Il n'est peut-être pourtant pas impossible de trouver une réponse à cette question.) Nous eussions voulu demander aussi à nos guides de qui ils tenaient leurs informations si précises, puisque à l'époque où l'événement s'est passé, ils étaient encore enfants[1]. Mais notre espagnol plus que rudimentaire a beau suffire à presque tout avec un interlocuteur de bonne volonté, il a des limites, et la conversation n'est pas allée plus loin.

Rentrée à Grenade, je suis retournée à l'agence de voyages ; elle était cette fois bondée de touristes, et je me suis contentée de dire à l'employé que j'avais accompli l'excursion dont nous lui avions parlé. Il m'a saluée en ami.

Je crains que je risque ou de vous attrister, ou de vous importuner, en vous écrivant tout ceci. Il est probable que vous avez vu toutes ces choses, et que ces précisions vont vous sembler inutiles, irritantes peut-être, parce que vous avez vous-même des informations plus sûres (ou encore la certitude qu'on ne peut rien savoir). Mais j'ai tenu à consigner ce qui précède pour vous montrer que le souvenir du poète reste là-bas intensément vivant, et aussi pour vous dire que sans le savoir vous nous avez en quelque sorte accompagnées en pensée cette après-midi-là.

Ce que je voudrais surtout vous écrire, c'est qu'en quittant le lieu qui nous a été ainsi désigné (et ces réflexions valent même s'il n'est qu'approximativement exact), je me suis retournée pour regarder cette montagne nue, ce sol aride, ces quelques jeunes pins poussant avec vigueur dans la solitude, ces grands plissements perpendiculaires du ravin par lesquels ont dû s'écouler autrefois les torrents de la préhistoire, la Sierra Nevada déployée à l'horizon dans toute sa majesté, et je me suis dit qu'un tel endroit fait honte à

---

[1]. Selon l'âge indiqué au début de la lettre, les deux guides ne pouvaient être nés lors de l'assassinat (1936).

la camelote de marbre et de granit de nos cimetières, et qu'on envie votre frère d'avoir commencé sa mort dans ce paysage d'éternité. Croyez bien qu'en notant ceci, je ne m'efforce pas d'amoindrir l'horreur de cette fin prématurée, ni l'angoisse particulière qui consiste (ou qui du moins consisterait pour moi) à tâcher de reconstituer cette scène qui s'est passée ici à un instant du temps, et dont nous ne connaîtrons jamais tous les détails. Mais il est certain qu'on ne pourrait imaginer pour un poète un plus beau tombeau.

Nous n'oublions ni les agréables moments passés chez vous avec votre sœur et vos nièces, et la soirée de flamenco à laquelle vous avez bien voulu nous servir d'introductrices, ni surtout la réception si merveilleusement improvisée par vous, et qui a été, du point de vue des contacts humains, le meilleur moment de mon séjour à Madrid. Nous repartons demain pour « Petite Plaisance, Northeast Harbor, Maine », où nous resterons sans doute de longs mois, et où nous serons heureuses de vous recevoir si vous ou l'un des vôtres venez aux États-Unis.

Bien amicalement à vous,
[Marguerite Yourcenar]

À LIDIA STORONI MAZZOLANI[1]

Petite Plaisance
Northeast Harbor, Maine
28 juin 1960

Chère Amie,

Votre lettre m'a fait grand plaisir, et c'est avec un sentiment de profond réassurement [*sic*] que j'ap-

1. Collection particulière.

prends qu'*Hadrien* est une fois de plus entre vos mains. En ce qui concerne les corrections, le plus simple est de se baser en tout sur l'édition illustrée Plon 1958 (revêtue d'un assez laid cartonnage vert) que je ne suis pas sûre de vous avoir donnée à l'époque, ce qui fait que je vous en ai expédié aujourd'hui un exemplaire.

Aucun changement, pour autant que je m'en souvienne, (du moins aucun changement d'importance) n'a été apporté au premier chapitre : ANIMULA. Les chapitres qui suivent contiennent, eux des révisions légères, mais assez nombreuses, fautes d'impression dans les noms propres ou ailleurs enfin corrigées, phrases ajoutées çà et là pour clarifier un point ou pour répondre aux objections d'un archéologue (le seul exemple de ce dernier cas qui me revienne à l'esprit est, dans la description du séjour d'Hadrien à Alexandrie avant la mort d'Antinoüs, quelques lignes consacrées à un achat de statues pour Italica, sa ville natale. On m'avait reproché de n'avoir pas mentionné l'existence des statues d'Italica, les plus belles et même les seules belles statues hellénistiques qui aient jamais jusqu'ici été trouvées en Espagne, dans la description dédaigneuse faite par l'Empereur du lieu de sa naissance, et j'ai essayé de donner ce qui est mon hypothèse, c'est que ces deux ou trois œuvres furent un don d'Hadrien lui-même à son pays natal. Mais en général, j'ai essayé de ne pas me laisser tenter par ces petites clarifications qui ont trop souvent l'air d'un avis au lecteur).

Les seules additions vraiment importantes sont celles qui ont été faites à la bibliographie, que j'ai tâché de développer plus que ne me l'avait permis d'abord l'hostilité plus ou moins déclarée de tout éditeur français pour tout travail de ce genre mis à la suite d'un livre qui n'est pas d'érudition pure et simple, et au fond la mienne, car en principe j'aurais mieux aimé que ce livre ne s'encombrât d'aucun commentaire. Mais devant l'ignorance toujours grandissante du public en ce qui concerne les sujets classiques, il devient (malheureusement) important d'expliquer clairement comment l'ouvrage s'est fait. Il me semble très nécessaire que la bibliographie soit retraduite sur le texte plus complet et soigneusement révisé de 1958.

Vous noterez que l'édition de 1958 contient en fin de volume les *Carnets de Notes de Mémoires d'Hadrien*, qui n'ont jusqu'ici paru dans aucune édition courante, mais ont été inclus dans plusieurs éditions de Clubs[1]. Il me paraît désirable, si vous acceptez de les traduire, qu'Einaudi les comprenne dans son édition, parce que ces *Carnets* éclairent certainement le point de vue qui a présidé à ce livre un peu hors série, puisqu'il n'est tout à fait ni une étude historique, ni un poème, encore moins un roman, bien que par commodité nous l'appelons ainsi. Mais je vous laisse juge de cette décision, et, si vous êtes d'accord avec moi, compte sur vous pour approcher Einaudi à ce sujet.

Si Einaudi approuve l'inclusion des *Carnets*, il y aura un « forfait », d'ailleurs modeste, qui serait à me payer directement, puisque ce texte m'appartient encore. Mais il est trop tôt pour y penser, puisque je ne fais pour le moment que vous proposer d'inclure ce texte.

Si vous traduisez jamais les *Carnets*, vous remarquerez les passages en italique, ajoutés pour une raison ou une autre en 1958. Deux d'entre eux me semblent demander réflexion avant d'être inclus dans une édition italienne : l'attaque contre les restaura-

---

1. Précédés de : « Comment j'ai écrit *Mémoires d'Hadrien* », in *Combat*, 7 mars 1952 et publiés pour la première fois en 1953 dans l'Édition du « Club du meilleur livre », ils ont été repris chez Gallimard, coll. Blanche, 1974, et dans *Œuvres romanesques*.

teurs de la Villa (je n'ai pas changé d'avis à ce sujet, au contraire, mais l'expérience nous prouve qu'un écrivain étranger n'est pas toujours le plus qualifié pour ce genre de protestation, et risque d'irriter au lieu d'être utile); les détails plus ou moins pittoresques concernant Osio, l'actuel propriétaire de l'Antinoüs Fundi Rustici. En dépit de son douteux passé politique, j'ai du goût pour certains aspects de la personnalité d'Osio, et j'ai dit pourquoi dans ce passage. Mais je comprends qu'il peut y avoir en lui des côtés que je ne connais pas qui pourraient rendre son inclusion dans une note très peu indiquée dans l'édition italienne du livre, et là aussi vous auriez à juger.

Je vous quitte pour retourner à un essai sur Piranèse[1] que m'a demandé un éditeur français, ce qui cet été de nouveau me fait vivre en pensée à Rome. J'espère ensuite me mettre à un roman où je reprendrai, à dix ans de distance, certains personnages de *Denier du Rêve* (et aussi peut-être d'autres romans de moi[2]), qu'il s'agirait cette fois de voir vivre ou mourir entre 1945 et nos jours. Ce projet me ramènera probablement en Italie dans un avenir pas trop éloigné (mais pas cette année) quoique le centre du livre sera plutôt cette fois à Paris et en Allemagne.

Je comprends vos sentiments d'horreur d'appartenir à la race humaine, tels que vous me les exprimiez à

---

1. « Les Prisons imaginaires de Piranèse », publié dans la *Nouvelle Revue française* de janvier 1961. Repris dans *Sous bénéfice d'inventaire*, sous le titre « Le Cerveau noir de Piranèse ».
2. À cet effet peut-être, Yourcenar avait dressé une liste de l'« état civil » de ses personnages, c'est-à-dire des lieux et dates de leur naissance et mort dans un épilogue qui fut publié à la suite de *Rendre à César*, pièce de théâtre tirée de *Denier du rêve* et publiée chez Gallimard en 1971 in *Théâtre I*. Mais l'écrivain abandonna le projet de roman ultérieur.

propos de Chessman[1]. À la vérité, je les éprouve bien souvent, et je me dis que les hommes et les femmes de notre génération sont peut-être les premiers à les ressentir ainsi, c'est-à-dire avec une sensation d'affreuse plénitude, et sans que le dégoût et le découragement soient limités, comme ils auraient pu l'être autrefois, au point où l'on se trouve de la surface du globe, ou à un incident auquel on serait particulièrement mêlé. Tout nous avertit aujourd'hui de l'universalité du mal, et on finit par penser qu'en dépit de tant de saints, de génies, de héros, et tout simplement d'honnêtes gens (mais souvent si mal guidés), rien ne peut justifier complètement l'atrocité foncière de l'aventure humaine. On en arrive à se dire qu'une erreur initiale, irréparable, a été commise quelque part, c'est-à-dire que la notion du péché originel tend à s'imposer quoi qu'on fasse, ne fût-ce qu'à titre de symbole. Il y a beaucoup à dire en faveur de la théologie...

Amicalement à vous,

Marguerite Yourcenar*

À LIDIA STORONI MAZZOLANI[2]

Petite Plaisance
Northeast Harbor, Maine
4 novembre 1960

Chère Amie,

Excusez-moi de nouveau d'être si lente à répondre, puisque votre dernière lettre m'est arrivée il y a déjà un mois.

1. Caryl Whittier Chessman (1921-1960). Condamné à mort de droit commun. Son exécution donna lieu à de très vives protestations d'intellectuels aux États-Unis et en Europe occidentale.
2. Fonds Yourcenar à Harvard, MS Storage 265.

Rien ne m'intéresse plus que vos remarques de détail au sujet de la traduction (remarques qui sont en elles-mêmes une preuve du mérite de la traductrice). Pour « espèces trébuchantes », je ne vois en effet rien en italien (bien entendu, sans quoi vous l'eussiez trouvé bien avant moi). Je ne sais pas si *monete di Zecca* ou *monete nuove di Zecca* aurait en italien ce sens populaire et presque brutal d'argent comptant, de *bon* argent (« Il a offert de me payer en espèces trébuchantes ») et en même temps cette agréable patine de *vieux*.

« Gras ou débile » ; vous avez raison, il n'y a pas au sens strict du mot opposition entre ces deux termes, et j'aurais mieux fait de dire *malingre*, ce que je ferai dès que l'éditeur me donnera l'occasion de faire des retouches dans une nouvelle édition.

Carnets de notes : il y a en effet peu de revues qui publient des textes littéraires longs, et ceux-ci d'autre part font toujours mauvais effet sectionnés dans les colonnes d'un journal, même « littéraire ». Le problème est le même en France. Mes connaissances des revues italiennes sont bien faibles, puisque je ne les ai plus lues depuis 1958 ; à cette époque, *Ulisse* et *Tempo Presente*[1] me semblaient tous deux avoir leur mérite.

Aujourd'hui premier jour de froid et véritable automne. Nous sommes à deux pas des élections présidentielles américaines, qui ne semblent pas exciter beaucoup ce village. Je crois bien que Grace Frick et moi-même voterons pour Kennedy, par hostilité à Nixon, et par dégoût de la basse propagande

---

1. *Ulisse*, revue culturelle fondée en 1947.
Ulisse, XI, Vol. V, XXVII, automne-hiver 1957, pp. 1331-1536 (Bibl. PP).
Tempo presente, revue fondée en 1956 par Nicola Chiaromonte (1905-1972) et Ignazio Silone (1900-1978) ; elle cessa de paraître en 1968.

anticatholique (dont d'ailleurs je ne crois pas que Nixon soit personnellement responsable, mais on a réussi à remuer certains bas-fonds d'intolérance, toujours présents ici comme partout). Mais, au fond, les programmes des deux candidats se ressemblent plus qu'on ne penserait, et tous deux reflètent un état d'esprit et un ordre de choses qui ne peuvent à la longue nous apporter à tous que des catastrophes. On mettrait un bulletin blanc, si, en ne nommant pas le candidat le moins inacceptable des deux, on ne craignait pas de faire le jeu du pire.

Nous avons ces jours-ci arrondi notre jardin d'environ un demi-acre. C'est une preuve de bonne volonté (sinon de confiance) envers l'avenir que de planter des arbres...

Affectueusement à vous,

Marguerite Yourcenar

À JACQUES KAYALOFF[1]

6 décembre 1960

Mon cher Jacques,

Mille mercis pour vos deux lettres qui me donnent une idée de votre existence en perpétuel mouvement. Merci aussi d'avoir songé à la traduction anglaise du titre de *Denier du Rêve*, mais celui-ci est intraduisible ; il faudra trouver une autre formule qui dise la même chose autrement[2].

Merci également pour le retour de la photographie datant de ma petite enfance. Je vous avoue que j'ai

---

1. Fonds Yourcenar à Harvard, bMS Fr 372 (941).
2. *Denier du rêve* sera traduit en anglais par Dori Katz, sous le titre *A Coin in nine hands*, New York, Farrar, Straus & Giroux, 1982.

dû avoir un moment de totale absence, si, comme j'imagine, vous m'avez demandé de la prendre pour la faire reproduire, et si j'ai dit oui. En effet, elle me paraît d'un ordre trop intime pour figurer ailleurs que dans un vieil album de famille, et je vous demande en grâce de ne pas la faire circuler. Je sens que je prendrais froid.

L'album de Piranèse paraît au début de 1961, et, d'abord, partiellement, dans la *NRF*[1], et je puis m'atteler à d'autres travaux. Le temps est très doux, et souvent presque aussi éclatant que quand vous étiez là, et cela nous permet de passer une partie de la journée à nettoyer et à replanter le petit bois au bout du jardin, dévasté par les précédents propriétaires. Quand vous reviendrez, vous trouverez des sentiers fleuris.

Je m'excuse d'avoir paru renvoyer le Vailland[2] sans un mot ; j'avais, comme vous pensez bien, eu l'intention d'écrire par le même courrier. J'ai lu le roman à peu près tout entier, mais ne l'ai pas aimé. Le style et la technique sont compétents, sans plus. En fait d'Italie, il a bien vu la sécheresse italienne et l'épaisseur italienne, qui en effet n'existent que trop, mais très mal il me semble la chaleur, la vivacité au moins de surface, la grande et presque enfantine simplicité mêlée à des « sophistications » plus ou moins inconscientes qui sont d'une vieille race. J'ai parfois plutôt l'impression dans son livre d'être à Saint-Raphaël ou à Sanary-sur-Mer que sur les bords du golfe de Salerne. Mais la couleur locale est une qualité difficile, et en somme secondaire. Ce qui me frappe surtout, c'est je ne sais quoi de pauvre, de mesquin, et de borné, mais surtout d'étrangement *carié* qu'on

1. Voir lettre à Lidia Storoni Mazzolani du 28 juin 1960.
2. Roger Vailland (1907-1965), *La Loi*, Paris, Gallimard, 1957, roman que Yourcenar commente ici.
Le Regard froid, Paris, Grasset, 1963 (Bibl. PP).

trouve aussi, malheureusement, dans beaucoup d'autres livres qui nous viennent en ce moment de France. Même les implications du titre ont je ne sais quoi d'un peu écœurant... Je ne dirais pas que cela sent la mort, ce qui serait noble, ni les excréments, ce qui ferait penser agréablement à de l'engrais, ni la moisissure, qui après tout contient d'innombrables ferments. Non, plutôt seulement une odeur de mauvaise haleine...

Je me rends compte que j'ai l'air de prêcher ou de faire un réquisitoire, mais il me semble que quand on se voit si rarement et si peu, les chances de parler des sujets qui nous touchent deviennent si minimes qu'on risque de ne plus savoir très bien réciproquement ce que l'on pense et ce que l'on ressent. Ainsi, je n'ai guère eu le temps de vous parler de votre mère, à laquelle Grâce et moi pensons pourtant souvent, et avec une affection bien grande, et j'aurais aussi voulu vous entendre parler beaucoup plus longuement d'Isabelle. Ce sera pour une autre fois.

Affectueusement à tous trois, et déjà nos meilleurs vœux de fin d'année,

[Marguerite Yourcenar]

1961

À CAMILLE LETOT[1]

                      Petite Plaisance
                      Northeast Harbor
                      1er mai 1961

Chère Camille,

J'ai été très touchée par ton excellente lettre, qui m'est parvenue un peu par miracle : la poste ici ne connaît pas mon nom de Crayencour (Yourcenar est devenu mon nom officiel depuis des années[2]) ; je crois que c'est le prénom de Marguerite qui l'a fait arriver jusqu'à moi, car personne d'autre ne le porte dans ce petit village de Northeast Harbor où j'habite, et de plus on aura pensé qu'une lettre venant de l'étranger était probablement pour moi. Mieux vaut m'écrire une autre fois sous le nom de M. Yourcenar.

J'ai été d'autant plus heureuse d'avoir de tes nouvelles que je t'avais cherchée sans succès en 1956, quand j'avais traversé Charleroi. Je n'avais plus ton adresse — qui d'ailleurs était probablement périmée

---

1. Fonds Yourcenar à Harvard, bMS Fr 372 (965).
2. Depuis 1947, date à laquelle l'écrivain a pris la nationalité américaine.

à cette date, et comme je ne me rappelais même pas le nom de la localité où tu habitais, la Mairie de Charleroi, à laquelle je me suis adressée, n'a pas pu me renseigner. Si je repasse par la Belgique, ce qui est possible, car je voyage toujours beaucoup, je tâcherai de te revoir et de faire la connaissance de ton fils, de ta belle-fille et de leurs enfants[1].

Je me souviens très bien de ton mari, et le revois toujours tel qu'il était alors, un grand et beau soldat belge de 1916. Je me souviens aussi très bien de votre mariage à Paris en 1917, je crois, dans l'appartement de l'Avenue d'Antin[2]. J'ai même encore une photographie de ton mari, et aussi plusieurs photographies de toi prises durant les premières années du séjour dans le Midi, pendant nos premières excursions dans les Alpes Maritimes. C'est avec bien du regret que j'ai appris la mort de ton Henri, mais je réfléchis que du moins tu as eu le bonheur de l'avoir près de toi pendant presque quarante ans. Je suppose pourtant que les années de guerre ont été bien difficiles pour vous tous en Belgique et que vous avez dû passer par de bien mauvais moments.

Depuis 1951, j'ai, avec une amie américaine, Grâce Frick, une petite maison dans une île du Maine, qui est une province à l'est des États-Unis, près du Canada, et qui ressemble un peu, je crois, aux Ardennes, si seulement les Ardennes et leurs forêts étaient au bord de la mer ! Le paysage est très beau ; la maison est située près d'un village et à quelques pas de la mer ; il y a un hectare de jardin, presque entièrement en bois et en prairie ; nous

---

1. Yourcenar et Grace Frick rendront visite aux Letot à Gosselies en 1968.
2. Où Yourcenar habita avec son père après le séjour en Angleterre.

avons une grande quantité d'oiseaux sauvages qui font leurs nids dans nos arbres et chantent du matin au soir ; nous avons aussi un très joli chien épagneul tout noir que j'aime beaucoup, mais je n'ai pas oublié le pauvre Stoppy. Je t'envoie à part quelques photographies, qui j'espère te donneront une idée de l'endroit où nous habitons.

Je n'ai jamais revu ma belle-mère Christine[1], qui est morte à Pau, après la guerre, un an avant mon premier retour en France que j'avais quittée à la fin de 1939. Elle est enterrée près de mon père au cimetière de Laeken, car tu te souviens qu'elle avait voulu que mon père soit enterré en Belgique, où elle comptait elle-même s'installer[2]. Si tu vas jamais à Bruxelles, et que tu as l'occasion de passer par Laeken, va de ma part donner un coup d'œil à leur tombe (le concierge t'indiquera l'endroit, qui est assez près de la grille d'entrée[3]) ; j'y suis allée moi-même pour la dernière fois en 1956.

Si tu te trouvais ici, dans la petite maison d'où je t'écris, tu y reconnaîtrais bien des objets que tu as connus dans l'appartement de Paris, de l'argenterie, une vieille pendule, des livres. Comme tu peux te l'imaginer, je pense souvent à mon père, et son souvenir m'a bien des fois soutenue dans mon travail. Quant à mon frère et à sa famille, je suis sans rap-

---

1. Christine Brown-Hovelt.
2. Après un séjour de dix-huit mois en Belgique, Christine de Crayencour décida de retourner vivre en Suisse.
3. Dans une lettre du 14 mai 1954 à M. Salu, Yourcenar demande à ce que soit ajoutée l'inscription de sa belle-mère, morte en 1950, et regravée, l'inscription de Michel, sur le modèle : MICHEL DE CRAYENCOUR Lille 1854 — Lausanne 1929 HOMO SUM ET HUMANI NIHIL A ME ALIENUM PUTO. CHRISTINE DE CRAYENCOUR née HOVELT Londres 1873 — Pau 1950. (La citation reprend le vers 77 de l'*Heautontimoroumenos* de Térence.)

Son neveu Georges de Crayencour indique qu'elle avait remplacé la croix de pierre « par un monument païen ». Associé à cette rénovation, il fit un dessin d'armoiries et surveilla les travaux.

ports avec eux depuis des années, n'ayant jamais pardonné à Michel sa mauvaise conduite envers son père et envers moi[1]. Tu le connais : ainsi cela ne t'étonnera pas, mais ce que tu ne sais peut-être pas, c'est qu'il m'a laissé supporter seule avec Christine toutes les responsabilités et tous les frais de la longue maladie de mon père, et qu'il a perdu sans un mot d'excuse, dans des spéculations à lui, la plus grande partie de ma fortune, que sur le conseil de ma belle-mère, je lui avais confiée (ce qui était d'ailleurs de ma part bien stupide), et que j'ai dû ensuite me débrouiller dans la vie sans y être préparée et dans les conditions les plus difficiles. Je n'ai pas parlé de tout cela à l'époque, parce que Christine tenait à garder l'apparence de l'entente en famille, mais dès que son opinion n'a plus été à considérer, j'ai complètement cessé de fréquenter Michel et les siens. Je t'écris tout cela, non pas pour réveiller ces vieilles histoires qui n'intéressent plus personne, mais parce que tu vis dans le même pays qu'eux, et pourrais peut-être les rencontrer un jour.

Durant ma visite en Belgique en 1956, pour une tournée de conférences, et durant deux autres courtes visites que j'y ai faites en 1954, aussi à cause de conférences à donner, j'ai eu l'occasion de revoir quelques personnes que tu connaissais : la Baronne Louise de Cartier d'Yves[2], qui était alors très malade, et qui est morte au Calvaire de Bruxelles, dont elle était l'une des directrices ; Louise de Borchgrave, que tu as souvent vue à Paris, où tu te souviens peut-

---

1. En ce qui concerne les griefs de Yourcenar à l'égard de son demi-frère, voir *Archives du Nord* in *Essais et mémoires*, pp. 1130-1139.
2. Fille d'une sœur aînée de Fernande, Isabelle, qui avait épousé son cousin, le baron de Cartier d'Yves. Infirmière pendant la Première Guerre mondiale, elle dirigea un service de radiographie dans une institution catholique pour cancéreux.

être qu'elle a eu beaucoup d'aventures très romanesque ; elle est veuve, et son fils Guy, qui était alors un petit garçon de dix ans, a été tué plus tard dans un accident d'aviation, mais elle a gardé son énergie, son goût des voyages, et son élégance. J'ai aussi revu une de mes cousines que tu connaissais peut-être, la Baronne Pirmez[1], dont le mari et le fils aîné ont été tués par les Allemands en 1944. Elle habite avec ses autres enfants pas très loin de Gosselies, au château d'Acoz[2].

Paul de Pas[3] est mort vers 1945, je crois ; je ne fréquente pas ses enfants, qui sont tous mariés, sauf sa fille Cécile qui il y a quelques années était religieuse dans un couvent de Rome[4]. Le Chanoine Carli est mort avant 1940 ; c'était un bien brave homme dont tu te souviens peut-être ; tu as dû le connaître dans le Midi.

J'aimerais avoir une photographie de toi et des tiens. Je me demande si ma Camille d'autrefois a encore malgré tout sa gaieté, son amour des chansons, et son caractère « de soupe au lait ». Crois, je t'en prie, à tous mes sentiments affectueux et fidèles pour toi et les tiens.

Marguerite Yourcenar[*5]

---

1. Petite-nièce du poète belge Octave Pirmez, cousin éloigné de Yourcenar par sa mère Irénée Drion, arrière-grande-tante maternelle de l'écrivain.
2. Yourcenar évoque cette demeure dans le deuxième chapitre de *Souvenirs pieux* in *Essais et mémoires*, intitulé « La tournée des Châteaux », pp. 749-809.
3. Époux de Marie, sœur de Michel de Crayencour. Née en 1868, morte accidentellement en janvier 1902. Ce drame familial est évoqué dans *Quoi ? L'Éternité*, pp. 1219-1224.
4. Sœur Cécile de Pas (née en 1898). Fille de Paul et de Marie de Pas. Entrée en religion chez les oblates du Sacré-Cœur.
5. La dernière phrase, depuis : « prie, à tous mes... » est autographe.

Quand tu m'écriras encore fais-moi savoir si ta santé est bonne, si tu travailles encore, et quelle est la profession de ton fils[1].

À NATALIE BARNEY[2]

28 août 1961

Chère Amie,

Pleine de honte d'avoir laissé passer un mois sans vous répondre, je vous renvoie enfin vos épreuves, que j'ai ainsi impardonnablement gardées. Cela tient certes à ce que cet été s'est enfui dans une sorte de tumulte d'occupations de toute sorte, mais aussi à ce que la question que vous me posez est difficile. Très chère Amie, vous n'avez pas besoin de mon *imprimatur*...

Me plaçant à votre point de vue, il me semble que vous feriez mieux de publier cet essai, d'abord parce que évidemment vous souhaitez qu'il paraisse,

---

1. Tous ces détails seront utiles à Yourcenar quand elle écrira *Le Labyrinthe du Monde*.
2. Collection particulière.
Natalie Clifford Barney (1876-1972). Poète, romancière et essayiste, surnommée l'« Amazone » par le poète Remy de Gourmont.
Auteur de *Nouvelles pensées de l'Amazone*, Paris, Mercure de France, 1939 (Bibl. PP); *Souvenirs indiscrets*, Paris, Flammarion, 1960 (Bibl. PP); *Traits et portraits* suivi de *L'Amour défendu*, Paris, Mercure de France, 1963 (Bibl. PP); *Aventures de l'Esprit*, Paris, Éditions Persona, 1982 (Bibl. PP).
Amie de Yourcenar à partir des années 1950.
Quatre lettres de Yourcenar à Natalie Barney (intégrales ou en extraits) ont été publiées dans *Autour de Natalie Clifford-Barney*, recueil établi sous la direction de Georges Blin, Paris, Bibliothèque Jacques Doucet, 1976 (Bibl. PP).
La Bibliothèque Jacques Doucet possède 49 lettres autographes ou dactylographiées de Yourcenar à Natalie Barney (5 juillet 1951-11 décembre 1969).

ensuite et surtout parce que son contenu est si essentiellement vôtre. À mon point de vue à moi, que vous me demandez, mais qui dans ce cas importe sûrement beaucoup moins, j'hésiterais au contraire... Non pas à cause des idées ou des opinions que cet essai contient, sur lesquelles dans l'ensemble je suis d'accord avec vous (bien qu'il me semble que je vois les mêmes faits un peu autrement et sous un autre jour), mais parce que le ton n'est pas celui que j'aurais préféré vous voir choisir.

Ce ton aphoristique, à affirmations tranchées, qui est en somme celui d'une conversation « animée » dans un salon parisien, me semble beaucoup moins indiqué entre les feuilles d'un livre, trop léger peut-être pour un sujet en somme si grave, il me paraît plus fait pour amuser ou pour choquer (mais choque-t-on encore ?) que pour convaincre, ce qui est pourtant ce que vous voulez faire. Oserais-je dire toute ma pensée ? Il me semble que cette Natalie Barney à qui nous devons de certains êtres ou de certains milieux des descriptions (écrites ou parlées) si exactes et si incisives, se réfugie parfois (serait-ce par pudeur ?), quand il s'agit de ce qui est pour elle l'essentiel, dans le badinage ou dans le paradoxe, au lieu de nous livrer ce qui nous importerait davantage, une expérience, une émotion personnelle, unique, et qui celle-là serait tout à fait convaincante... C'est cela surtout, vous le savez, que je désirerais vous voir écrire.

J'espère que le séjour en Suisse aura été agréable, et m'imagine que vous êtes déjà de retour rue Jacob[1], où je vous envoie ceci. J'ai de nombreux projets de voyage, mais ne compte pas les mettre à exécution avant d'avoir avancé un peu plus le travail du moment, et surtout ne sais pas encore si notre route

---

1. Natalie Barney habitait au 20.

passera par Paris l'an prochain. Si elle le fait, vous nous verrez sûrement ; d'ici là, je vous envoie notre amical salut de « votre » île[1].

Affectueusement à vous,
[Marguerite Yourcenar]

---

1. Pendant sa jeunesse, Natalie Clifford Barney fit de nombreux séjours, avec sa compagne Eva Palmer, dans la propriété de ses parents à Mount Desert Island. Sur Eva Palmer, voir lettre à Jean Chalon du 9 avril 1976.

1962

À NICOLAS CALAS[1]

> Petite Plaisance
> Northeast Harbor
> Maine
> 18 février 1962

Mon cher Niko,

J'ai été très heureuse de recevoir de vos nouvelles, encore que, à ce que je comprends, du point de vue des complications familiales et financières, elles ne soient pas toujours bonnes. Mais vous survivez à tout cela, et je suppose que du point de vue financier au moins un arrangement est en vue. Je vous le souhaite de tout cœur : il est odieux (et malheureusement commun) d'être ainsi prisonnier de tout un ensemble de choses sur lequel il est presque impossible d'agir.

J'en viens tout de suite à votre question au sujet du manuscrit de votre étude sur Bosch[2]. Comme vous le deviniez un peu, je préfère ne pas prendre la respon-

---

1. Fonds Yourcenar à Harvard, MS Storage 265.
Nicolas Calas, écrivain, critique d'art, mort à New York en 1989. Ami d'Andreas Embirikos.
2. Nicolas Calas publiera une étude intitulée « Hieronymus Bosch and the Prodigal Son », *The Harvard Art Review*, II, I, 1967, pp. 15-20.

sabilité de le lire et de le critiquer, et cela pour beaucoup de raisons. D'abord, comme vous le soupçonnez, par manque de temps, parce que je suis en ce moment comme enlisée sous un tas de travail dont il faut absolument que je vienne à bout avant de recouvrir ma liberté de reprendre la route et de faire autre chose, mais pas seulement pour cela. Vous savez comme je prends au sérieux ce genre de promesse : je ne pourrais pas vous lire, utilement, sans relire aussi certaines de vos sources, sans me remettre dans ce problème de Bosch, dont je ne suis pas le moins du monde spécialiste, mais qui bien entendu s'est présenté à moi chaque fois que j'ai contemplé une de ses toiles[1]. Comprenez bien que j'admire votre persistance, et que j'irai jusqu'à dire que c'est probablement seulement grâce à de lentes approches comme les vôtres qu'on arrive à la connaissance complète d'un artiste, bien qu'il y ait aussi le danger, en s'immobilisant sur un sujet, d'être en quelque sorte hypnotisé par lui, et de ne plus bien le voir dans ses rapports avec tout le reste (l'éternel danger du *Chef-d'œuvre Inconnu* de Balzac). Tout de même, faudrait-il vous dire que je continue à me défier un peu de cette tentative de traiter une œuvre (même celle de Bosch, qui s'y prête, c'est vrai, tout particulièrement) comme une sorte « d'énigme et de cryptogramme[2] ». Si subtiles et si partiellement motivées que puissent être des interprétations de ce genre, il en est toujours un peu d'elles comme des « clefs des songes » ; le mystère se reforme derrière l'explication et demeure intact. Je veux dire que même si vous possédez une bonne clef théologique ou occulte de l'œuvre de Bosch, il res-

---

1. Yourcenar parle de toiles par inadvertance puisque Bosch a peint son œuvre sur bois.
2. Nicolas Calas interprète *Le Jardin des délices* en s'appuyant sur les écrits de saint Augustin et de saint Grégoire.

tera toujours encore autre chose, qui est l'homme lui-même, son tempérament, son génie, les circonstances de sa vie, dont nous savons si peu, et les mille rapports d'un homme avec son milieu et son siècle, et qu'il me semble que toute systématisation là-dedans risque d'être arbitraire. Je me trompe peut-être, et je ne dis pas qu'à force de réflexions et de recherches vous ne puissiez pas soulever cette énorme masse, mais alors, et d'autant plus pour moi, il y aurait de l'outrecuidance à essayer de vous juger. Il y a aussi ce fait que nos routes spirituelles sont sur bien des points divergentes : vous partez évidemment du surréalisme pour juger celui que vous appelez le Joyce de la peinture (et il y a énormément de vrai, il me semble, dans cette comparaison), mais pour moi, qui n'ai jamais été entraînée dans l'orbite du surréalisme[1], et qui tends à le considérer comme un mouvement étrangement faussé dès son origine, j'aurais besoin, sans cesse, en vous lisant, de tenir compte de cet écart de pensée entre nos deux points de départ. Puisqu'il s'agit d'un projet écrit en anglais, et pour l'Amérique, il me semble que nombre d'écrivains américains, plus près de votre point de vue et plus au courant des demandes de votre public et de vos juges (comme par exemple ceux du jury Bollingen[2]) pourront vous aider plus utilement que je ne pourrais le faire, moi qui suis tellement et volontairement éloignée de tout cela.

Ceci ne veut pas dire que votre sujet ne m'intéresse pas. Durant mes derniers séjours en Europe, et par-

1. Malgré l'attachement à Andreas Embirikos qui avait participé aux réunions du groupe surréaliste en 1929 et fréquentait Breton, Tanguy, Péret et Eluard.
2. Nicolas Calas avait obtenu une bourse Bollingen en 1949 pour une étude du triptyque *Le Jardin des délices* de Hieronymus Bosch. Un article, intitulé « Hieronymus Bosch's *Garden of Delights*. Scholar offers a solution to painting which has baffled world since 1500 », fut publié par *Life*, 19 décembre 1949, pp. 29-36.

ticulièrement il y a deux ans au Prado, j'ai regardé Bosch avec d'autant plus d'attention que je savais que vous vous en occupiez toujours. J'ai quelque peu l'impression d'être reliée à lui, et surtout peut-être à Breughel, par mes attaches flamandes, par une certaine sensibilité particulière qui n'a tout à fait pris sa forme qu'entre la mer du Nord et la Meuse au cours du XVIe siècle, et dont il reste encore aujourd'hui des traces (je pense par exemple au côté *Tentation de Saint Antoine* de l'œuvre de Rimbaud). Et surtout, de plus en plus, je trouve chez ces deux peintres (sans vouloir les accoler l'un à l'autre plus qu'il ne convient) une sorte d'inquiétante préfiguration du monde qui nous entoure, une radioscopie du monde humain tel que nous ne pouvons plus ne pas le voir et ne pas en souffrir. Vous voyez que je ne m'étonne pas de trouver chez vous ce goût que vous partagez avec Philippe II !

J'ajoute que ma propre expérience avec Thomas Mann, sur lequel j'ai fait et refait l'étude d'abord parue dans l'*Hommage de la France à Thomas Mann*, en 1954, et qui doit de nouveau reparaître prochainement en France et aussi dans le volume anthologique du *Partisan Review*[1], sous une forme que j'espère enfin à peu près définitive[2], m'a appris à la fois la fascination et le danger de ces sujets critiques dans lesquels on perd continuellement pied. Quand il s'agit de création pure, on est libre, mais c'est au contraire une tâche souvent presque désespérante de devoir mettre ainsi à la fois toute son imagination

---

1. *Partisan Review*, revue américaine intellectuelle et libérale.
La *Partisan Review* avait déjà donné des comptes rendus de livres de Yourcenar : « *Hadrian's Memoirs* », d'Alfred Kazin, vol 22, n° 1, 1955, p. 128 ; et « *Coup de grâce* », de Howard Nemerov, vol. 24, n° 4, 1957, p. 597.
2. La version définitive de cette étude sera finalement recueillie avec d'autres essais critiques dans *Sous bénéfice d'inventaire*.

et aussi tout son jugement critique au service d'un autre, et la peur de se tromper du tout au tout en est centuplée à chaque ligne.

Mes projets d'ordre matériel sont pour le moment malheureusement vagues encore; si je passe par New York, je ne manquerai pas de faire signe, mais tout cela est encore bien incertain. En attendant, toute l'expression de ma fidèle amitié, et toutes mes meilleures pensées à Lolya[1],

[Marguerite Yourcenar]

À JEAN SCHLUMBERGER[2]

20 février 1962

Cher Ami,

J'ai bien reçu votre amical message au sujet de ce qu'on pourrait appeler *Louise et Henry,* et peu après m'est parvenu le grand volume, grand par le contenu autant que par le format. Ce n'est pas sans un peu de mélancolie que j'ai coupé les feuilles de ce livre dont vous dites qu'il sera le dernier de la série, mais on espère qu'il sera suivi par bien des pages où continueront à s'exprimer une pensée et une expérience de plus en plus précieuses.

Tout était nouveau pour moi dans les essais qui remplissent la première partie du volume, et je les ai lus avec une admiration qui trouve rarement de nos jours son emploi : combien cette faculté de juger, de

---

1. Lolya, femme de Nicolas Calas.
Auteur, sous le nom de Kyra Karadja, de *Kyra's Story — Reminiscences of a girlhood in Revolutionary Russia,* New York, William Morrow and Co, 1975 (Bibl. PP).
2. Fonds Yourcenar à Harvard, MS Storage 265.

jauger, cette parfaite lucidité qui pourtant n'entame en rien la fermeté du jugement, jamais communes à aucune époque, sont devenues exceptionnelles dans la nôtre : vous avez bien tort de vous refuser la qualité d'historien ; elle éclate au contraire dans le moindre de ces articles où la réalité contemporaine est à la fois serrée de très près et remise à sa place dans les perspectives de l'histoire. Sans cesse les faits vous ont confirmé, tristement et cruellement parfois, dans ce que vous avez su dire, avec une dureté née de l'amour, au sujet de nos erreurs politiques et de nos défaillances civiques. On vous admire d'avoir gardé, en dépit de cette impitoyable netteté du regard, une sorte d'optimisme stoïque qui est bien dans la tradition humaniste, à laquelle appartient toute votre œuvre. Et d'ailleurs cette lucidité, cet équilibre eux-mêmes redonnent confiance, créent le sentiment que rien n'est tout à fait perdu quand même les plus mauvais moments de l'histoire ont de tels témoins.

Le 1ᵉʳ janvier dernier, en ce jour où l'on aime écrire à ceux de nos amis pour lesquels ne suffiraient pas de simples vœux, j'avais projeté de vous dire dans une longue lettre mon goût pour *Plaisir à Corneille*, relu tout entier pour la troisième fois. En effet, les deux mois précédents s'étaient passés pour moi à adapter pour la scène un de mes livres[1] ; et cette tâche, qui m'a passionnée, ayant ramené mon attention sur les problèmes du théâtre, j'étais une fois de plus allée chercher vos réflexions sur l'un des plus grands, des plus audacieux, et au fond des plus inconnus, dramaturges de notre langue, et je voulais vous remercier de nouveau pour ce beau livre. (Une seule lacune, il me semble : peut-être n'avez-vous pas fait la place

---

1. *Rendre à César.*

assez grande au débat sur l'utilisation par le poète de l'événement historique : que reste-t-il de la spécificité unique d'un personnage quand le dramaturge a élevé celui-ci au rang d'exemple ou de symbole ? Presque rien qu'un beau nom. Je pense entre autres à Sertorius...) J'aurais aussi voulu vous parler de celles de vos œuvres qui me sont particulièrement chères : *In Memoriam* (où il y aurait tant à dire sur la manière dont chaque incident, chaque moment de la douleur est décanté tout en restant presque inexplicablement réel et concret : toute émotion mise à part, c'est aussi du très grand art), *Le Dialogue avec le corps endormi*, et certaines de ces notes (par exemple, les *Exercices d'exploration*) où circule, comme d'ailleurs dans ces deux autres ouvrages, à travers le beau corps solide de l'humanisme de tradition classique, on ne sait quoi de plus subtil, si rarement compris et assimilé chez nous, qui est à proprement parler de l'ordre de la mystique orientale dans ses expérimentations les plus hardies et où l'intelligence, sans abdiquer sur aucun point, au contraire, semble se dépasser, ou plutôt se surpasser elle-même. Mais mes notes de lecture du 1er janvier auront été la première des bonnes résolutions qui paveront mon année, et aujourd'hui, c'est bien entendu surtout votre volume VII qui me requiert.

Je viens de relire *Madeleine et André Gide*. Je ne sais plus ce que j'ai pensé, et ce que je vous ai dit ou écrit, quand j'ai lu ce livre pour la première fois. Je vous en ai probablement un peu voulu (jugeant du dehors, et comme quelqu'un qui n'a pas connu les intéressés) d'avoir peut-être un peu trop accablé *Et nunc manet in te*, ce texte si insidieux et si déplaisant parfois, mais dans lequel je ne puis encore m'empêcher de voir l'équivalent d'un sec et parfait portrait d'Holbein (« La femme du peintre »). Entre-temps, j'ai parcouru l'ouvrage de Jean Delay[1], et j'ai été choquée de voir que les faits et gestes d'un homme et d'une femme qui sont déjà d'autrefois y étaient sans cesse commentés en fonction des opinions et des dogmes psychologiques de notre temps, en particulier de celui de la primauté du sensuel, que Gide lui-même a contribué à établir. En réalité, et quoi que nous en pensions, notre psychologie n'est pas complètement rétroactive. On vous sait un gré infini d'avoir placé la vie de Madeleine et d'André Gide dans l'éclairage qui est le leur, et de nous avoir laissé une image exactement nuancée de ce conflit qui est de tous les temps, mais ne se reproduira sans doute jamais plus tout à fait sous cette forme.

Vos notes m'ont ainsi amenée, un peu malgré moi, à tenter de réévaluer ce qu'a représenté pour nous André Gide. Je crois qu'il a d'abord, peut-être surtout (ce que je pense l'eût déconcerté) été pour nous un très précieux chaînon entre le chaos littéraire de notre temps et la tradition classique telle que nous la trouvions dans les grands ouvrages du passé. Dans le désordre des années 20, qui a été pour les hommes et les femmes de ma génération celui de la jeunesse, nous découvrions avec joie un écrivain abordant les problèmes qui nous occupaient tous dans une langue aussi pure et aussi précise que celle de Racine[2]. Ensuite, à l'époque où nous atteignaient les

---

1. *La Jeunesse d'André Gide* (Paris, Gallimard, 1956).
Jean Delay (1907-1987), de l'Académie française. Psychiatre et écrivain. Est également l'auteur de *Avant Mémoire*, vol. 1-4, Paris, Gallimard, 1979-1986 (Bibl. PP).

2. Les critiques ont souvent rapproché *Alexis* (1929) des récits gidiens. À ce sujet, Yourcenar répondait à Matthieu Galey : « Ce qui [le] rapprochait de Gide, c'est qu'il s'agissait d'un récit "à la française", et que ce genre de récit, pour nous, à cette époque, c'était Gide [...] Je crois que la grande contribution de Gide a été de montrer aux jeunes écrivains d'alors qu'on pouvait employer cette forme qui paraissait démodée, contemporaine d'*Adolphe* ou même de *La Princesse de Clèves*, et que cela donnait encore quelque chose. » *Les Yeux ouverts, op. cit.*, p. 67.

Nourritures Terrestres et *l'Immoraliste,* il aura été le plus bel exemple d'une sorte de ferveur mystique à l'égard des êtres, des sensations et des choses, le premier et déjà vertigineux palier d'une série de marches qui peuvent du reste mener dans des directions que Gide lui-même n'a pas prises. Enfin, et là le don est déjà plus contestable, le Gide des *Caves* et de *Paludes* (c'est par là qu'à vingt-deux ans je l'ai abordé pour la première fois) nous a montré que l'édifice que nous imaginions si solide, parfois si accablant, pouvait s'effondrer (ou paraître le faire) sous une impertinente chiquenaude. Ce qui, je crois, d'abord, a détaché partiellement de lui certains lecteurs, c'est de s'apercevoir combien il était resté presque étroitement homme de lettres. Rien ne peut faire que l'épisode de la correspondance brûlée[1] ne soit pas, pour moi, scandaleux, scandaleux de par la douleur disproportionnée de Gide, qui rappelle, en plus absurde encore, celle du Lövborg d'Ibsen[2] pleurant « son enfant ». (Et scandaleux aussi, mais c'est une autre histoire, du fait de la dureté de Madeleine, [mot illisible] qui ressemble beaucoup à de la dissimulation.) Pour la première fois, en vous relisant, je me suis rendue compte de l'année durant laquelle eut lieu ce singulier incident : 1918. « Les événements qui sur le front nous avaient coupé la respiration pendant les derniers mois... tout cela me préparait mal à m'attendrir sur des lettres brûlées. » J'apprécie chez vous cette litote de l'ironie.

En dépit des assertions si constantes de Gide, et que d'ailleurs vous ne contestez pas, j'ai peine à

1. Par Madeleine Gide. Dans son *Madeleine et André Gide*, Jean Schlumberger rapporte que Gide pleura pendant une semaine la destruction par sa femme des lettres qu'il lui avait adressées.
2. Lövborg. Personnage de *Hedda Gabler* (1890) de Henrik Ibsen (1828-1906).
Hedda Gabler, Paris, Perrin et Cie, libraires-éditeurs, 1916 (Bibl. PP).

croire qu'il ait écrit en fonction de sa femme la majeure partie de son œuvre (Pourquoi, du reste ? Et quel mérite y aurait-il eu ?). Bien plus, je soupçonne je ne sais quoi d'un peu fabriqué dans ce grand amour. Et pourtant, il est curieux en effet qu'au moment où s'ouvre entre eux cette fissure *avouée*, quelque chose de toute évidence disparaît de son œuvre. Je veux bien que *Corydon* et *Les Faux-Monnayeurs*, écrits en dehors d'elle et contre elle, soient comme vous dites plus francs du collier (mais le sont-ils vraiment ?). N'empêche, il semble qu'une sorte de flux ou de chaleur soit désormais absent, et que de plus en plus l'artiste, et l'homme, solutionne ses problèmes en escamotant certaines de leurs données. On ne voudrait pas, et pour beaucoup de raisons, que ces deux volumes n'aient pas été écrits, et ils dessinent certes la figure que Gide a voulu laisser de soi. Mais déjà le dessèchement commence... Et ceci même rouvre le débat : y a-t-il eu appauvrissement du jour où décidément Gide en esprit s'est séparé de Madeleine, ou au contraire l'appauvrissement que je crois discerner ne vient-il pas de ce qu'il ne s'est résolu que si tard à reprendre toute liberté d'expression à l'égard d'elle ?

Ceci n'est pas une dissertation ; je voulais seulement vous montrer combien attentivement je vous ai lu. Ajouterais-je qu'à mesure que diminue, non certes la gloire si méritée de Gide, mais le bruit public fait autour de son œuvre, on entend mieux, me semble-t-il, la voix de certains écrivains de sa génération (je pense spécifiquement à vous) qui se sont presque, dirait-on, volontairement effacés. Je ne risque qu'avec hésitation cette remarque trop personnelle.

J'ai de longs et nombreux projets de voyage, mais un certain nombre de travaux à finir coûte que coûte me retiennent momentanément ici. Si, comme je l'espère, je viens en France cette année, je compte bien avoir le grand plaisir de vous revoir. D'ici là, croyez je vous prie, cher Ami, à l'expression de mes bien sympathiques sentiments,

[Marguerite Yourcenar]

À MARC BROSSOLLET[1]

Petite Plaisance
Northeast Harbor
Maine-USA
25 août 1962

Cher Maître,

Je ne veux pas laisser partir cette lettre d'affaires sans vous remercier à part pour l'envoi du volume *En Mémoire de Jean Mirat*[2], que je lis avec un bien grand intérêt et non sans mélancolie. Les deux plaidoyers insérés dans le recueil donnent bien à quelqu'un qui de loin et du dehors s'intéresse à l'art et à la science du droit une idée de ce que sont ces œuvres littéraires d'un caractère si spécial, les grandes plaidoiries, œuvres à but si fermement utilitaire, mais touchant pourtant à tous les problèmes abstraits, et destinées par leur nature même à n'être appréciées que par un petit nombre de connaisseurs.

---

1. Collection Marc Brossollet.
Marc Brossollet (né en 1927), avocat à la Cour de Paris. Coexécuteur littéraire de Marguerite Yourcenar avec Claude Gallimard et Yannick Guillou. Membre du Trust Yourcenar. Voir note 1 p. 826.
2. *En mémoire de Jean Mirat* (Bibl. PP) a été publié par « Les Amis de Jean Mirat ».
Jean Mirat (1899-1959) avait été l'avocat de Yourcenar avant que son gendre Marc Brossollet ne prenne la relève.

Dans un domaine qui se rapproche davantage du mien, je viens d'achever l'essai sur *Don Quichotte, justicier*[1]. Ces quelques pages dépassent de beaucoup le cadre toujours un peu étroit de la conférence dans laquelle Jean Mirat avait dû enfermer son sujet. Il est émouvant et beau de voir un grand avocat entrer si profondément dans la pensée de ce grand romancier (ou plutôt de ce grand poète) affamé de justice que fut Cervantes. On voit d'ailleurs comment la sagesse souriante et humaine de Cervantes devait plaire tout particulièrement à cet esprit si fin et si sage.

Veuillez agréer, cher Maître, avec mes remerciements renouvelés pour l'envoi de ce petit volume, l'expression de mes sympathiques sentiments,

Marguerite Yourcenar[2]

À LIDIA STORONI MAZZOLANI[3]

Noël 1962

Chère Amie[4],

J'aurais dû vous remercier plus tôt de vos précieux renseignements sur la traduction italienne du *Coup de Grâce* et d'*Alexis*. J'ai été très soulagée par la bonne impression que cette traduction vous a faite. J'ai reçu depuis le volume par l'entremise de mes éditeurs français, et, pour autant que mon jugement

---

1. Conférence recueillie dans *En mémoire de Jean Mirat, op. cit.* pp. 58-76.
2. La signature est suivie du nom dactylographié.
3. Collection particulière. Copie autographe du début jusqu'à « Je note le fait que Feltrinelli », puis dactylographiée jusqu'à la fin.
4. Yourcenar répondra négativement à la proposition de publication de cette lettre. Voir lettre à Lidia Storoni du 3 février 1965.

vaut quelque chose, suis entièrement de votre opinion. Mme Spaziani[1] est une traductrice très douée (c'est aussi, dit-on, une intéressante poétesse), mais les rapports avec elle sont difficiles. Lettres, envois de documents et de livres demandés par elle laissés sans réponse, puis, je crois, grand mécontentement de sa part parce que j'élevais des objections au projet d'une préface écrite par elle et se surajoutant aux miennes. Il se trouve heureusement que la préface est un très convenable morceau de critique, mais j'avais lieu de tout craindre, *Alexis* ayant été, entre autres, republié en France par un Club en édition limitée, avec des informations biographiques si inexactes que j'ai dû (trop tard et vainement) protester contre elles. De plus, j'ai eu aussi des ennuis sérieux avec une traduction allemande d'*Alexis*. L'excuse de Maria-Luisa Spaziani (qui, comme vous le devinez, est piémontaise) est qu'elle a eu, à ce qu'il semble, dans ces dernières années une vie privée des plus difficiles et sa santé est mauvaise, mais il est inquiétant d'être ainsi sans contact avec sa traductrice et de sentir pour ainsi dire l'ouvrage vous échapper des mains. Je note avec intérêt les « francicismes ». Pour *Bravura* vous êtes trop indulgente : c'est une simple erreur. Personnellement, je suis tout à fait d'accord avec vous, et Grâce Frick en tant que traductrice confirme ce point de vue : l'idéal du traducteur est de donner, comme vous l'avez voulu faire, l'impression que l'ouvrage a été composé dans la langue dans laquelle on le traduit. Je note le fait que Feltrinelli n'a rien fait pour pousser ce livre auprès des libraires, et je le lui ferai remarquer si j'ai l'occasion de lui écrire, mais c'est de plus en plus

---

1. Maria-Luisa Spaziani, poète et éditrice. A traduit plusieurs livres de Yourcenar en italien : *Il colpo di grazia* suivi d'*Alexis o il trattato della lotta vana*, Milano, Feltrinelli, 1962 ; *Novelle orientali*, Milano, Rizzoli, 1983 ; *Fuochi*, Milano, Bompiani, 1984.

l'attitude (pour moi incompréhensible) de tous les éditeurs ; ils ne font rien ni pour soutenir un ouvrage, ni même pour en faire connaître l'existence, comptant sans doute qu'il se « débrouillera » de lui-même, et réservant tout au plus leurs efforts et leur publicité pour les livres populaires et « à prix ». Sitôt reçue votre lettre, j'ai écrit à Plon pour lui demander si l'on avait des nouvelles d'Einaudi, et on m'a répondu en me disant qu'on venait d'apprendre de lui qu'*Hadrien* allait sortir sous peu. Je vous donne la nouvelle pour ce qu'elle vaut. Quant à négocier pour reprendre le livre à Einaudi et le donner à Feltrinelli, cela me paraît extrêmement compliqué, et nous ne sommes pas sûrs après tout que Feltrinelli soit un éditeur sur lequel on puisse toujours compter. Je crois que j'aimerais mieux, en ce qui me concerne, attendre et voir venir pendant quelques mois encore.

Je ne connais Terni que pour l'avoir par deux fois rapidement traversée en automobile, mais je m'imagine ce qu'a dû être ce mois d'été auprès de votre fille malade. Je suis heureuse qu'enfin tout aille bien, mais vous plains pour vos inquiétudes et vos fatigues. Je vous envie le voyage en Grèce par voie de mer ; jadis, cette route qui passe par Corfou, Leucade, et Ithaque m'était très familière[1], et je suis partagée entre l'envie de revoir longuement ce pays que j'ai tant aimé, et celle, de plus en plus obsédante, de me diriger sur des routes toutes nouvelles (Extrême-Orient par exemple). Cette année, nous nous sommes contentées de faire une croisière en Scandinavie, et c'était la première fois que nous nous risquions à emprunter ce moyen de transport qui n'est

---

1. Jeune femme, Yourcenar avait longuement vagabondé autour de ces îles, dans des navigations au long cours avec Andreas Embirikos.

guère fait pour les voyageurs sérieux. Je crois bien que cette expérience restera unique, mais elle nous a donné néanmoins quelques admirables journées le long des côtes de la Norvège et de l'Islande, et le plaisir de passer de nouveau quelques jours dans deux villes qui nous sont très chères, Copenhague et Stockholm, cette dernière surtout.

Mais ce qui nous avait tenté était la possibilité, grâce à cette croisière, de passer trois jours à Leningrad, et de prendre pour ainsi dire l'air de la Russie, avant de se décider à y faire un plus long et plus complet voyage. Cette expérience si brève a eu sur moi (et aussi sur Grâce) un effet auquel je ne m'étais pas attendu, qui est en somme, en ce qui me concerne, celui d'un infini découragement. Qu'avais-je espéré ? Je n'avais certes pas compté entrevoir un Eldorado, mais réagissant sans doute contre la sotte propagande anticommuniste de l'Amérique, avec ses clichés enfantins, j'avais cru sans doute rencontrer au moins un monde plus neuf, plus « vital » peut-être, même si ce monde nous était hostile ou étranger. Ce que j'ai trouvé, dès l'aube du premier jour où nous avons aperçu les officiels russes abordant le bateau dans le brouillard, et jusqu'à la nuit blanche du troisième jour où nous avons longuement et de très près côtoyé la forteresse de Kronstadt s'élevant de la mer avec sa coupole d'église désaffectée et les unités de la flotte autour d'elle, c'est tout simplement la Russie de Custine[1], l'éternel mélange de routine bureaucratique, de suspicion de l'étranger, de laisser-aller déjà oriental et de prudente méfiance, et cette tristesse inerte et presque suffoquante qui est si souvent celle du roman russe, et que je ne m'atten-

---

1. Astolphe, marquis de Custine (1790-1857). Auteur de *La Russie en 1839* (publié en 1843). Ses *Lettres inédites au Marquis de la Grange* ont été publiées par le comte de Luppé, Paris, Les Presses françaises, 1925 (Bibl. PP).

dais pas à retrouver. L'intérieur de la Forteresse St-Pierre-et-Paul avec les tombeaux des tsars récurés de frais, tous pareils sous leur uniforme de marbre blanc à lettres d'or, le naïf et grossier musée de l'Athéisme « de l'Académie des Sciences de Leningrad », les splendeurs 1910, fanées, usées jusqu'à la corde, de l'Hôtel Astoria, ce havre pour étrangers ; les foules venues des provinces, défilant en groupes organisés dans l'immense Ermitage, regardant vaguement ces œuvres d'art de siècles et de pays situés si loin d'elles, et ce paysan qui debout devant un Christ de Rembrandt avait l'air de prier, et ces gens fatigués, affalés un peu partout sur les fauteuils et les canapés dorés, fort fatigués eux aussi, restes du mobilier de l'ancienne résidence impériale ; et dans la salle du trône, sur l'estrade, cette énorme carte géographique de l'URSS en pierres semi-précieuses, avec ses villes de rubis et ses mers de turquoises, espèce d'icône moderne aussi rutilante que celles d'Ivan, mais mécaniquement découpée comme une sorte de puzzle gigantesque et scolaire ; — et, sur l'escalier d'honneur, d'un monumental baroque italien, mais de la mauvaise époque, c'est-à-dire datant d'Alexandre Ier plutôt que de Catherine, sous les pieds des foules qui montent et descendent ces marches de marbre (excusez l'horreur mesquine de ce détail qui ne prouve ni ne signifie rien, mais devient pour moi et en dépit de moi-même une sorte de symbole) un fragment humble et scandaleux d'accessoire féminin ayant appartenu à quelque voyageuse trop fatiguée pour s'apercevoir de sa perte, un lambeau de linge sanglant que personne ne prenait la peine de repousser du bout de son soulier vers quelque encoignure plus sombre, encore bien moins de se baisser pour le jeter au rebut. Et, dans les petites salles du trésor, où l'on n'est reçu que par très petits groupes sous l'œil soupçonneux des gardes et à condition de s'être inscrit d'avance, l'or taurique, l'or des tumuli et des sacrifices scythes qui nous semblait autrefois fabuleux à travers Hérodote, tout proche des théières et des nécessaires de toilette en or des impératrices du XVIIIe siècle ; et, sur le seuil, préposée aux sacs à main qu'on est obligé de déposer à l'entrée, une employée d'un certain âge, dame au français exquis, affairée et apparemment ajustée à ce milieu auquel elle appartient visiblement presque aussi peu que ces objets qui sont comme elle les débris d'un autre monde.

Et partout, insidieux et massifs, le silence ou la propagande, c'est-à-dire le mensonge, avec ses lieux communs éternellement détestables, à l'Ouest comme à l'Est, mais ici semble-t-il encore plus indiscutés qu'ailleurs. Staline officiellement rayé des mémoires, Lénine innombrable comme jadis les Pantocrators[1], tout le passé d'avant octobre 1917 ignoré ou utilisé de façon à servir tantôt d'étai et tantôt de repoussoir au régime[2]. Les omissions flagrantes et les mensonges imprimés des prospectus et des guides, les silences et les mensonges oraux (pris d'ailleurs par eux-mêmes pour des vérités ou des dogmes), des interprètes qui du reste savent peu l'histoire et s'étonnent qu'on la sache. Les services circonspects et coûteux de l'Intourist et sa vague atmosphère de brimades qui sans doute ne sont nullement telles pour des gens habitués à l'arbitraire bureaucratique et à l'éternel temps perdu. Les rues trop vastes et trop vides et qui ont dû toujours l'être, faites pour faire défiler de front les régiments de Pierre ; les escouades de femmes en bottes, un mouchoir noué sous le menton, qui semblent sorties d'illustrations

1. Le Christ Pantocrator (littéralement : qui a tous les pouvoirs) est une figure emblématique de la religion orthodoxe.
2. Yourcenar avait traité un thème semblable dans « Les Emmurés du Kremlin », in *Nouvelles orientales*, Paris, Gallimard, 1938.

de Dostoïevsky, et qui incessamment raclent de leurs balais de bouleau le trottoir des rues, les pavements des monuments publics et les tapis élimés de l'hôtel, et les débardeuses en salopettes plâtrées de boue sur les quais du port ; pas ou presque pas de magasins, et seulement les quelques grandes coopératives-bazars de l'état, mais par centaines les boutiques de barbiers aux fenêtres desquelles des hommes désœuvrés regardent ; pas de chiens (car on ne leur permet, nous dit notre interprète, de sortir qu'à la nuit) mais les omniprésents pigeons qui font de la place St-Isaac une sorte de Venise subpolaire ; et les clubs de la culture par douzaines, presque par centaines, installés dans les palais-casernes, et sur lesquels je ne puis porter de jugement, mais où je soupçonne aussi l'incurie et la rhétorique administrative ; et les palais rococos eux-mêmes, d'une matière à la fois fragile et bouffie, perpétuellement à réparer comme ils l'étaient déjà, à en croire Custine, le lendemain de leur inauguration ; et les cathédrales du style Panthéon-de-Soufflot ou St-Sulpice accommodé à la mode orthodoxe, avec leurs lourdes fresques académiques où la foi s'était si visiblement figée en religion d'État, et qui excusent d'avance les excès athéistes de l'avenir (Kazan, St-Isaac, Alexandre Nevsky, Église du Sang) ; et les quelques misérables objets d'Uniprix offerts faute de mieux à la sotte avidité des touristes, et le sentiment accablant d'une interminable ville façade, soutenue par les ossements des serfs employés par Pierre et qui moururent par milliers dans ces marécages, surimposant à la grise plaine ingrienne et aux immémoriales eaux grises son décor européen et rococo, avec la pointe d'or de l'Amirauté luisant dans la brume comme le mât d'une tente tartare.

Vous pensez bien que je ne vous sers pas une tirade anticommuniste : il y a longtemps que je pense que tous les systèmes politiques seraient acceptables s'ils étaient mis en œuvre par des hommes à l'esprit net et au cœur pur[1]. Ce qui me stupéfiait était au contraire de me sentir si près de la Russie des Tsars — si près du St-Pétersbourg de Gogol et d'*Eugène Onéguine* malgré les formes de la vie en apparence totalement changée. L'occidentalisation barbare de Pierre le Grand me rappelait les progrès technocratiques à tout prix d'aujourd'hui, et cette rage d'émuler [sic] dans l'ordre du pouvoir technique une Amérique de plus en plus elle aussi tournée vers l'inhumain. Depuis notre retour, Grâce et moi, nous nous interrogeons : ces Russes, nos compagnons de voyage les accusaient de ne jamais sourire, mais les gens rencontrés dans le métro de New York ou de Paris sourient-ils ? La directrice de notre section de l'Intourist était d'une méchanceté fielleuse, mais la demoiselle du téléphone ou l'employée des postes parisienne n'est pas toujours agréable non plus. En quoi ces squares où de bonnes gens flânaient sur des bancs différaient-ils du Luxembourg ou des Tuileries ? Des jardins un peu moins bien tenus, mais les jardins des grandes villes à notre époque risquent de devenir partout une aménité du passé... Ces foules grises au pied des énormes statues dorées du parc de Pétrodvoretz étaient-elles beaucoup plus ternes ou beaucoup plus pauvres que celles qui le dimanche envahissent Versailles, et, dans les deux cas, les beaux lieux où elles se promènent ne sont-ils pas le legs d'un autre monde ? Ces mensonges insidieusement abêtissants sont-ils tellement pires que ce qu'on entend à la

---

1. Voir *Les Yeux ouverts* : « Au fond, je suis convaincue qu'il n'y a pas de régime qui ne puisse être parfait si l'homme qui l'applique est parfait, et parfaits les hommes qui l'acceptent. Un communiste idéal serait divin. Un monarque éclairé comme le souhaite Voltaire serait également divin », p. 121.

radio américaine ou que ce qu'on lit dans *France-Soir* ? Ces Juifs qu'un de nos compagnons était allé visiter dans leur synagogue, et qui avaient eu peur, d'abord, de causer avec un étranger, n'étaient peut-être pas plus contraints que des noirs dans une petite ville des États du Sud hostile à l'intégration ; ces quais éclaboussés d'énormes flaques où s'alignaient sous l'œil de sentinelles les camions et les tracteurs partant pour Cuba étaient-ils plus désolés que ce qu'on voit à Hoboken[1] ou à Cherbourg ? Ces centaines de milliers d'êtres humains supprimés *de notre temps*, à jamais disparus dans l'air impalpable, n'assombrissent pas davantage le ciel de Leningrad que celui de Munich ou de Hambourg, de Madrid ou de Badajoz, et bien d'autres encore... Ces pauvres objets manufacturés étaient laids, mais la camelote des grands magasins et des prix uniques américains devient aussi chaque année plus laide et plus pauvre. Ces paysans décrits par le photographe de notre groupe, qui les avait vus le long de la route de Leningrad à Novgorod, où il avait, non sans efforts, réussi à se rendre, mènent certes une vie rudimentaire et dure, mais en dépit des machines à laver et des automobiles, la vie des gens du village de Northeast Harbor est rude et rudimentaire aussi. Nonobstant le petit incident banal mentionné plus haut, les rues de Leningrad sont propres, grâce aux balais de bouleau des *babas* : plus propres peut-être que celles de New York ou de Paris. Et cependant, malgré tous les efforts de compréhension ou de sympathie, quelque chose d'inacceptable demeure sournoisement épars : je ne sais quoi de plus indifférent ou de plus accablé qu'ailleurs, qui n'est peut-être ni l'effet du communisme, ni le fait de la Russie, mais de la conjonction des deux, au point qu'ensuite la vie abondante et un

---

1. Ville portuaire du New Jersey, près de New York.

peu épaisse de l'Allemagne du Nord et de la Hollande, ou même de New York, qui est pourtant une ville où je ne pourrais vivre, me sont apparues comme autant de miracles... Je pensais malgré moi à l'Allemagne hitlérienne des années 1938 où tout était également organisé, raclé, propre et pauvre, sauf les fabuleuses entreprises à but de pouvoir ou de prestige, avec quelque chose de morne et de sourdement angoissé au fond. Je ne me flatte naturellement pas en trois jours d'avoir vu la Russie, ni même Leningrad, et moins encore de pouvoir les juger, mais je suis rentrée persuadée qu'en ces matières tout est faux, l'éloge comme le blâme, et qu'on se trouve, comme toujours, devant une réalité beaucoup plus *particulière*, beaucoup plus harassante et plus complexe qu'à droite ou à gauche nous ne voulons le voir.

Mais le grand souvenir, celui qui subsistera quand s'effaceront les autres (que je m'efforce de fixer pour la première fois ici), ce n'est pas celui des grandes toiles de l'Ermitage (les plus aimées, les Rembrandt, j'en avais déjà vu au moins une partie au cours d'une exposition à Rotterdam en 1956), c'est le service du dimanche à la cathédrale de St-Nicolas, la principale des quatorze églises orthodoxes qui fonctionnent cette année à Leningrad. Il est vrai, j'ai toujours passionnément aimé la liturgie orthodoxe, et celle des églises russes encore plus que celle des églises grecques, et ce goût pour moi remonte à l'enfance, puisque mon père se rendait de préférence chaque semaine au service de la rue Daru, mais l'expérience de St-Nicolaï reste unique. De 10 heures à 1 heure, nous avons participé au long et merveilleux service, d'abord dans l'église supérieure, très haut dans la tribune du chœur, tandis que notre guide s'isolait de son mieux de ce milieu antipathique pour elle, tout en gardant l'œil sur nous. L'église était comble, et pas seulement, comme on le dit, de gens âgés ; des adultes de tout âge, et beaucoup de petits enfants, mais nous n'avons pas vu d'adolescents à l'âge de l'école. Les choristes, plus de cinquante, s'échelonnaient entre vingt et soixante ans ; ils lisaient leur musique compliquée dans de pauvres cahiers d'école élimés, un pour plusieurs chantres, mais la liturgie elle-même a conservé (ou retrouvé, depuis que la situation de l'église orthodoxe est devenue pour le moment au moins moins précaire) son antique magnificence, cette splendeur plus archaïque que la nôtre, puisque nos cérémonies et nos rites ont toujours l'air d'avoir été retouchés à l'époque du concile de Trente. Il était beau de dominer de haut l'iconostase dont la porte s'ouvre et se referme comme sous la poussée de la prière, mais ce qui dominait tout, c'était la gloire du chant. Chose qui arrive si rarement chez nous, ce chant semblait traduire exactement les émotions de la foule tassée en bas, cette foule aux mille visages si caractérisés, marqués, usés surtout, ces gens pour qui la fidélité avait représenté et au fond représente encore un choix difficile. Notre interprète allait me dire plus tard que la plupart de ces gens-là étaient des hypocrites qui faisaient semblant de croire, mais nulle part je n'ai vu la foi se manifester avec tant d'évidence. (C'est aussi ce qu'a senti un de nos amis, théologien protestant, qui l'an dernier assistait au même service à Moscou.) Le maître de chapelle parlait français, et se penchait de temps en temps pour m'expliquer quelque chose : « Ici, nous prions pour la paix... Ici, pour que *les décrets* contre nous soient abolis », et cette formule inusitée, due peut-être à l'incertitude de son vocabulaire, me ramenait de façon bouleversante aux origines de l'Église. Pendant quelques heures, j'ai ainsi vécu passionnément à l'intérieur du monde chrétien, faisant miennes les directives les plus extrêmes de la pensée chrétienne, ce qui est rare chez moi, pour qui l'émotion religieuse prend généralement d'autres formes. Et en même temps (car tout est vrai à la fois) je comprenais plus que jamais les violentes mises en garde de Tolstoï contre « l'ivrognerie » de la prière, et même la réaction de haine des révolutionnaires en présence de ces grands philtres si puissants.

Puis, notre guide a demandé la permission d'aller nous attendre dans la voiture, et nous avons longuement erré dans la foule de l'église inférieure. (Car St-Nicolaï a deux églises superposées, comme Assise.) Dans un coin, sur une sorte de long évier destiné sans doute à cet usage, des femmes changeaient et remmaillotaient dans leurs langes rouges des enfants qui venaient de recevoir en haut la bénédiction du prêtre ; un peu plus loin, des morts attendaient l'absoute dans leurs cercueils ouverts. Les absoutes, me dit-on, se donnent après la liturgie commune, parce que les messes particulières pour les défunts sont maintenant interdites, mais je ne sais ce que vaut cette explication. Après la prière du prêtre, un membre de la famille enfonçait le premier clou du cercueil, et une femme d'une cinquantaine d'années, et deux très vieilles dames qui avaient été des jeunes mariées vers 1910 et dans un monde différent de celui qu'elles quittaient s'en allaient oublier nos vicissitudes ; les vagissements d'enfants persistaient à travers les litanies funèbres. J'ai assisté à des baptêmes à St-Pierre, et j'ai senti la beauté des sacrements reçus de génération en génération, la grandeur spécifique de l'Église, mais ici on se sentait davantage encore à ras de source ; on croyait entendre tourner les grandes roues de la vie et de la mort comme on en a dû peut-être avoir l'impression dans les mystères antiques, dans tous les lieux où l'homme s'est tenu près des grandes vérités simples...

J'arrête par fatigue cette lettre interminable, et songe avec remords à la fatigue encore plus grande que vous éprouverez à la lire. Pourquoi vous ai-je raconté tout cela ? Peut-être parce que je connais très peu de gens qui pourraient écouter jusqu'au bout un tel récit, et que j'ai pourtant cédé à l'envie de jeter sur le papier ces souvenirs trop personnels, trop primesautiers à ce qu'il me semble pour être publiés. Il fait très froid (–18 centigrades) et très beau. Avant de mettre à la poste ces pages trop nombreuses, laissez-moi y enfermer amicalement tous nos souhaits pour une Nouvelle Année aussi heureuse et aussi paisible que possible, et toute l'expression de mes affectueuses pensées,

[Marguerite Yourcenar]

1963

À JEAN-LOUIS CÔTÉ ET ANDRÉ DESJARDINS[1]

Petite Plaisance
Northeast Harbor
6 janvier 1963

Messieurs,

Depuis plus de six mois que j'ai reçu votre lettre, je n'ai pas cessé d'y penser, sans pourtant trouver le temps d'y répondre. Est-il trop tard pour le faire ? Je ne vais pas, pour commencer, m'excuser de ce long délai, parce que ce délai même est caractéristique d'une vie de plus[2] encombrée de travail, qui est à coup sûr la vie que vous allez vivre, si vous restez fidèles à vos résolutions et à vos projets. Je tiens seulement, d'abord, à vous remercier, parce que, si, d'une part, l'un de mes livres *(Mémoires d'Hadrien)* semble vous avoir apporté un encouragement, une lettre comme la vôtre, d'autre part, représente pour l'écrivain un véritable repayement, un réconfort

---

1. Fonds Yourcenar à Harvard, MS Storage 265.
Lecteurs canadiens de Yourcenar. André Desjardins, futur abbé, avec lequel Yourcenar entretiendra une importante correspondance dans les années 60 à 80.
2. « De plus » est dans le texte.

dans les moments où, aux prises avec un travail difficile, il lui arrive de se demander s'il atteint réellement ses lecteurs et s'il peut d'une manière ou de l'autre leur être utile.

Vous m'indiquez, en quelques lignes votre désir de « faire retrouver aux hommes le goût de la grandeur ». Grand projet, mais il est beau d'avoir de grands projets à vingt ans, et je dis ceci sans sourire, car, loin de croire que vous aurez à en rabattre, je vous conseille de garder de telles ambitions toute la vie. Mais voyons où vous en êtes pour le moment : vous m'apprenez que vous achevez de perdre le meilleur temps « de votre vie à faire ce qu'on appelle le cours classique, où le grec, le latin, l'histoire, les lettres françaises » vous sont « enseignés par des personnes qui n'en savent pas le premier mot et qui en vantent l'inutilité ». (Laissez-moi tout de suite faire le pédant et glisser deux petites corrections — car il n'y a pas de petites corrections : il aurait fallu dire « qui n'en savent pas le premier mot et qui en proclament l'inutilité ».) Je comprends combien cela est pénible, et peut pousser à la révolte, au cynisme, au découragement. Mais rien n'est plus commun que d'aborder les grands livres et les grandes choses par l'intermédiaire de maîtres médiocres : l'enseignement de nos jours, et peut-être de tous temps, semble ou a semblé à beaucoup de natures faibles ou timides offrir un choix de positions sûres ; ces gens se trompent, car la véritable vocation d'instructeur est une vocation héroïque, mais c'est ce qui explique qu'il y ait dans le monde de l'enseignement tant de médiocres. Mais il y a peu d'êtres dont on ne puisse apprendre quelque chose ; à tout mettre au pis, vous pouvez apprendre d'eux à ne pas leur ressembler.

Ce que vous pouvez faire aussi — et trop d'étudiants ne s'en doutent pas —, c'est d'apprendre beaucoup plus que vos maîtres ne vous enseignent : il dépend de vous de beaucoup lire, de bien lire, de beaucoup travailler, de bien travailler. Si vous faites de la sorte, vous n'aurez pas le sentiment « d'achever de perdre le meilleur temps » de votre vie, à supposer que la vingtième année soit pour chacun de nous le meilleur temps de la vie. L'est-elle ? La doctrine catholique place l'âge le plus parfait pour l'être humain vers la trentième année, et il y a beaucoup à dire pour (et aussi contre) cette vue. J'ai cinquante-neuf ans. En ce qui me concerne, le meilleur temps de la vie sera peut-être les prochaines vingt années (si j'ai à les vivre[1]), je veux dire l'époque où délestée de beaucoup de choses, ayant appris à en connaître un certain nombre, je pourrai commencer à utiliser l'expérience passée, et peut-être dans certains domaines à aller plus loin ou plus profondément qu'autrefois. De toute façon, pour en revenir à vous, vos années d'études vous ont déjà beaucoup appris, puisqu'elles vous ont permis de mesurer la médiocrité ou la bassesse de certains aspects du monde qui nous entoure, et que la plupart de nos contemporains acceptent sans y réfléchir. Votre lettre est en elle-même une preuve de la valeur de l'éducation « classique » du moment que la lecture de la littérature et de l'histoire vous fournisse en termes de comportement humain, une chance de comparaison et de jugement.

« Comment faire retrouver le goût » des grandes choses et des actions admirables, me demandez-vous. C'est là aussi ce que se demandent tous les éducateurs, les prédicateurs, et les écrivains qui méritent ce nom. Mais il faut d'abord s'entendre. Qu'est-ce qu'une grande chose et qu'une action admirable, et est-il sûr que nos contemporains en aient perdu le goût ? L'amateur de football qui

1. Yourcenar mourra à l'âge de 84 ans.

acclame son héros est sensible à une sorte de grandeur rudimentaire, la seule qu'il connaisse ; Hitler, Mussolini, Staline, ont cru faire de grandes choses, et dans un sens détestable du mot, ils ont eu raison ; l'Américain des États du Sud qui empêche par la force un enfant noir d'entrer à l'école croit accomplir une action admirable et défendre l'intégrité de la race blanche. L'astronaute dans sa capsule de métal est considéré comme un héros, et l'est en effet, même si cet enthousiasme « scientifique » cache dans l'immense majorité des cas la vieille agressivité et la vieille avidité humaine transportées seulement par-delà les limites de la terre. Je pourrais multiplier les exemples ; ce serait inutile. La fausse grandeur cache la vraie. Les grandes choses et les actions admirables sont faites des qualités et des vertus les plus simples, mais poussées aussi loin que la faiblesse humaine peut les pousser. C'est donc l'équité, l'intégrité, la modestie, la bonté, en matière morale, l'exactitude, la justesse, la sincérité en matière intellectuelle, que nous devons essayer d'inculquer aux autres, et surtout d'apprendre à reconnaître et à pratiquer nous-mêmes. C'est par ce que vous êtes que vous agirez sur autrui, et le plus important est donc de continuer à vous développer vous-mêmes.

Je ne veux pas que cette lettre tourne au sermon, et ne ferai qu'une dernière remarque : vous avez bien raison de vous retourner vers les grands hommes du passé qui sont nos exemples et nos guides, mais il ne faudrait pas que notre juste découragement à l'égard de tant d'aspects du monde moderne fasse de nous des idolâtres du passé. Le mal comme le bien d'aujourd'hui a ses racines dans hier. Des grands hommes que vous citez, la plupart ont eu leurs tares, et tous ont assisté à des spectacles presque aussi désespérants que ceux que nous avons souvent sous les yeux. Cicéron a été parfois un politicien retors, et il a vécu dans les années les plus brillantes, mais aussi les plus politiquement corrompues et les plus brutales de la fin de la République, avant de mourir victime de l'épouvantable proscription d'Octave ; Marc Aurèle est l'une des âmes les plus nobles qui aient passé sur la terre, mais son sage et profond désabusement tourne souvent à une sorte de morne atonie ; son acceptation religieuse de l'ordre des choses lui a parfois fait accepter comme inévitables ou nécessaires les errements de son temps (comme nous le faisons de ceux du nôtre) ; sa faiblesse à l'égard des affections naturelles (sa femme, son fils, son frère adoptif) l'ont compromis dans l'erreur et l'abus dont il essayait si admirablement de se dégager ; il est responsable des pires persécutions des minorités chrétiennes, il a initié moins de réformes utiles que des empereurs moins sages, et le monde relativement calme où il a vécu était immédiatement promis à un sombre avenir. Bossuet est l'une des plus puissantes et des plus massives personnalités religieuses que la France ait produites dans l'ordre religieux, mais je ne vous apprends pas qu'il a eu ses compromissions à l'égard du pouvoir royal, ses duretés inexcusables envers les dissidents et les hérétiques, et que son littéralisme religieux a dû sembler retardataire à nombre de ses grands contemporains eux-mêmes ; enfin, s'il a assisté à des « actions admirables », il en a aussi vu perpétrer d'odieuses. Il en va de même de la littérature proprement dite ; les grands ouvrages du passé sont certes très supérieurs aux pauvres productions d'aujourd'hui, mais cela tient en partie à ce que nous n'apercevons du passé que les sommets, et que les œuvres médiocres sont tombées dans l'oubli. Certes, nous ne pouvons recueillir trop soigneusement toutes les grandes pensées et les grands exemples d'autrefois pour nous instruire et nous encourager, pour nous mettre en garde contre les préjugés de notre propre temps et contre nous-mêmes, mais ne comptons nulle part sur des modèles définitifs et des guides sûrs. C'est à nous chaque fois d'essayer de faire à notre manière aussi bien ou un peu mieux.

Je finis en vous signalant vos propres privilèges : vous recevez une éducation libérale (ou du moins les rudiments de celle-ci) à une époque où tant de gens sont trop ignorants pour s'apercevoir de ce qui intellectuellement leur manque ; vous êtes deux amis capables me dites-vous de partager des mêmes idées, de vous soutenir (et dites-vous, de vous critiquer) l'un l'autre. La longueur même de ma lettre (qui représente de ma part le don d'une journée de travail) est la preuve de l'intérêt que je vous porte, ou plutôt, par-delà vous, que je porte à la jeunesse d'aujourd'hui, en proie à des difficultés que je ne minimise pas. Vos intentions me touchent parce qu'elles sont essentiellement nobles. Si, plus tard, mettons dans un an, ou dans deux, vous souhaitez, pour « faire le point » communiquer à un auditeur désintéressé vos progrès ou vos problèmes, c'est avec un sincère intérêt que je recevrai de vos nouvelles. Laissez-moi dès maintenant vous assurer de tous mes vœux pour votre avenir, et de tous mes meilleurs sentiments,

Marguerite Yourcenar

P.-S. Je n'ignore pas que ce que vous souhaitiez de moi, c'était le récit de ma vie. Mais pas plus que n'importe qui, je ne suis à donner en exemple, et, même si je l'étais, je ne pourrais pas être mon propre Plutarque, ou encore résumer pour vous en quelques lignes mes « mémoires » ou mes « confessions ». Tout ce que je puis dire (et vous vous en doutez déjà) c'est qu'une existence consacrée en effet en grande partie à essayer de réaliser des ambitions littéraires (et, plus secrètement, spirituelles) a souvent de mauvais et bien souvent de très difficiles moments, et que tout parfois semble se liguer contre nos progrès, aussi bien en nous qu'autour de nous, mais qu'elle a aussi ses infinies compensations et ses solides joies. Pour vous citer deux poètes modernes, je répéterai avec Aragon (qui lui, parlait d'autre chose, et du courage politique) : « ... Et si c'était à refaire, / Je referai ce chemin... » Et avec Rainer-Maria Rilke, qui écrivit ce poème en français sur la fin de sa vie : « ... On se décide pour la médaille / Ou pour les roses... »

Vous m'excuserez si la suscription de cette lettre laisse en blanc un nom et peut-être en orthographie inexactement un autre. Mais vos écritures m'ont laissée quelque peu dans l'incertitude. Voici un des premiers efforts que je vous conseille de faire : tâchez toujours, en écrivant, d'éviter à votre correspondant une difficulté ou une hésitation[1].

À SUZANNE LILAR[2]

19 mai 1963

Chère Madame,

Je vous remercie de l'envoi du *Couple* et vous admire d'avoir tenté ce grand projet qu'est une ana-

1. Les deux noms des signataires de la lettre à laquelle Yourcenar répond ayant été mal écrits, elle a hésité entre Cité et Côté et Fesjardins ou Desjardins, ce qui explique cette critique.
2. Fonds Yourcenar à Harvard, MS Storage 265.
Suzanne Lilar (1901-1992). Écrivain et avocate belge. *Soixante ans de théâtre belge*, Bruxelles, La Renaissance du livre, 1952 (Bibl. PP) ; *Journal de l'analogiste*, Paris, Julliard, 1954 et Paris, Grasset, 1979 (Bibl. PP) ; *Le Couple*, Paris, Grasset, 1963 (Bibl. PP) ; *Une Enfance gantoise*, Paris, Grasset, 1976 (Bibl. PP) ; *À la recherche d'une enfance*, Bruxelles, Éditions Jacques Antoine, 1979 (Bibl. PP).
Sur sa polémique avec Simone de Beauvoir, voir lettre du 16 mars 1971 à Suzanne Lilar.

lyse d'ensemble de l'amour. Je crois que nous sommes tous d'accord avec vous pour penser qu'il faut resacraliser celui-ci, mais tant de choses de nos jours sont à resacraliser, la vie sous toutes ses formes, les aliments, les plus humbles objets, le travail de l'esprit, peut-être Dieu lui-même. En ce qui concerne l'amour, je ne suis pas sûre que la glorification du « couple » en tant que tel soit la meilleure manière de nous débarrasser de nos erreurs et de nos fautes ; tant d'agressivité, tant d'égoïsme à deux, tant d'exclusion du reste du monde, tant d'insistance sur le droit de propriété exclusif d'un autre être sont entrés dans cette notion : peut-être avons-nous à la purifier avant de la resacraliser... C'est toute la chair, d'ailleurs, que nous devrions tenir pour sacrée, ne serait-ce que pour la rapprocher davantage de l'esprit dont elle est sœur, et une telle attitude finirait peut-être par diminuer le mauvais usage et l'abus. Il y a des moments où, sociologiquement parlant, et sans paradoxe, je trouve regrettable que la prostitution ait cessé d'être sacrée depuis plus de deux mille ans. La servante des temples avait ses privilèges et ses vertus, que nous avons enlevés à la fille en carte.

Votre *note* me concernant m'a laissée dans quelque incertitude ; je ne vous ai sûrement pas parlé, au cours de notre unique rencontre, d'un Don Juan tibétain, parce que, ayant assez fréquenté (en traduction) la littérature du Tibet, je n'y connais aucun séducteur dans la grande manière, et je doute que les pays de polyandrie soient particulièrement indiqués pour en produire[1]. J'ai probablement dû vous parler à propos de votre *Don Juan,* du personnage principal du

---

1. Dans *Le Couple,* Suzanne Lilar indiquait en note : « Marguerite Yourcenar me signale un Don Juan tibétain qui prend toutes les femmes sans distinction, les vieilles, les estropiées, les bancales et les goitreuses, les hideuses, les monstrueuses au même titre que les beautés et les tendrons. Ce qui l'intéresse, ce n'est même plus le

roman japonais, le *Genghi* de Mourasaki Shikibu[1] qui est en effet un de mes livres favoris. Mais ce Don Juan très civilisé, bien qu'il fasse parfois place parmi ses épouses ou ses maîtresses à des femmes assez laides, surannées, ou encore de rang et de charmes relativement médiocres, n'est pas du tout le personnage frénétique dont vous parlez, possédant au hasard n'importe qui. C'est par une sorte de compassion tendre, par un sens très raffiné de l'individualité des êtres, par curiosité aussi, que ce Don Juan s'intéresse à ces moindres créatures. Le personnage m'a toujours intéressée, au point que dans un recueil de nouvelles de moi, qui reparaît ces jours-ci *(Nouvelles orientales)*, j'ai essayé d'évoquer sa fin[2], que la romancière japonaise ne nous donne pas.

Il est impossible que dans un volume aussi touffu que le vôtre ne se glissent pas quelques erreurs ; je crois bien faire en relevant celles-ci, qui se placent sur un terrain que je connais un peu. Anytus et Mélétus en accusant Socrate de « corrompre la jeunesse » ne pensaient pas du tout à ses mœurs[3] ; les

---

nombre (le catalogue), mais le multiforme, c'est-à-dire le divin approché à la manière asiatique, dans la multiplicité. Ici le donjuanisme s'est totalement aligné sur l'ascèse », p. 222.

Suzanne Lilar répondra courtoisement en juin, se déclarant « désolée de vous avoir fait dire une inexactitude » et se proposant de la rectifier dans les éditions ultérieures. Fonds Yourcenar à Harvard, MS Storage 265.

1. Murasaki Shikibu, romancière japonaise (début du XIe siècle). Auteur du *Gengi-Monogatari*, en anglais : *The Tale of Gengi*, Boston and New York, Houghton Mifflin Company, et *The Tale of Gengi*, Tokyo, Charles E. Tuttle Company, 1982 (Bibl. PP).

Dans son étude sur « Selma Lagerlöf, conteuse épique », Yourcenar écrit que Mourasaki Shikibu « est sûrement l'un des plus grands romanciers du monde », *Sous bénéfice d'inventaire, op. cit.*, p. 109.

2. « Le dernier amour du Prince Genghi » in *Nouvelles orientales*.

3. Anytus (ou Anytos) était l'un des chefs du parti populaire à Athènes ; à son instigation le poète Meletus (ou Meletos) porta plainte contre Socrate.

textes sur ce point sont formels, et conseiller aux étudiants d'éviter cette erreur d'interprétation, qui est le résultat de nos mœurs à nous, est un lieu commun des professeurs de philosophie grecque. Ce qu'on lui reprochait était de corrompre les jeunes en les détournant des dieux et des lois de la cité, et c'est pour répondre à cette attaque, et non à d'autres, que Platon a écrit l'*Apologie* [*de Socrate*].

Il me semble que vous faites au contraire la part trop belle à l'estime qui aurait entouré dans l'antiquité l'érotique de Sappho[1]. (On s'étonne toujours, quand on lit *tous* les fragments qui nous restent de cette admirable poétesse, que des commentateurs modernes comme Reinach[2] aient assez hypocritiquement [sic] édulcoré cette figure brûlante.) Mais, chez les auteurs de l'Antiquité, c'est toujours comme poétesse, et jamais comme représentante d'une vue sur l'amour, qu'on la loue ; ces poétesses n'ont pas laissé de tradition comparable à celle de l'érotique masculine — peut-être parce que les éléments héroïques manquaient. Parmi les innombrables sophistes et grammairiens qui mentionnent Sappho, je ne vois que Maxime de Tyr[3], si médiocre d'ailleurs, qui prenne la peine de noter que son idéal de l'amour ressemble à celui de Socrate. Très vite, dans l'imagination populaire et dans celle des poètes, il semble que la Sappho réelle ait été remplacée par la Sappho légendaire se jetant du rocher de

---

1. Sappho (VIIe-VIe s. av. J.-C.). Poétesse lyrique grecque de l'île de Lesbos dont Yourcenar a traduit des fragments dans *La Couronne et la Lyre*, pp. 69-83.
2. Salomon Reinach (1858-1932). Épigraphiste. Spécialiste de l'Antiquité. Auteur d'*Orpheus-Histoire générale des religions*, Paris, Publications Alcide Picard, 1918 (Bibl. PP) ; d'*Apollo*, Paris, Hachette, 1919 (Bibl. PP.) ; d'*Eulalie ou le Grec sans larmes*, Paris, Hachette, 1920 (Bibl. PP).
3. Maxime de Tyr. Rhéteur du IIe siècle. Yourcenar se réfère à son essai *De l'érotique de Socrate* dans *La Couronne et la Lyre*.

Leucade par amour pour le mythique Phaon (aventure qui était celle d'une héroïne d'un de ses poèmes[1]) et c'est cette histoire que célèbre Ovide, et qui, devenue un symbole de mort et d'immortalité, figure au plafond de la « basilique pythagoricienne » de la Porte-Majeure. Je suis loin de dire que des tendances « sapphiques » aient été rares à cette époque ; il me semble seulement qu'elles n'ont jamais accédé après Sappho au monde de l'expression écrite, et sont restées dans cette zone obscure, ou mi-obscure, qui est celle de la femme dans la vie antique. Nulle part je ne trouve dans un auteur ancien l'équivalent des paradoxes de Brantôme en l'honneur de la femme qui se virilise, ou encore cette condescendance voluptueuse et tendre, un peu amusée, qui, de l'*Aloysia Sigaea*[2] à Casanova, est typique du point de vue du galant homme du XVIIe ou du XVIIIe siècle parlant des amours de femmes, et qu'on retrouve, un peu plus poignants, chez Balzac ou chez Ingres. C'est qu'une telle attitude fait partie d'une sorte de culte amoureux de la femme et des fantaisies féminines, dont on ne trouve guère de traces dans l'antiquité.

Je regrette que vous ne vous soyez pas étendue davantage sur le monde romain et sur le moyen âge, qui offrent pourtant de grands exemples de couples conjugaux ; il est vrai que l'amour qui les unissait n'était pas toujours l'amour passion. Vos réflexions

---

1. Yourcenar revient sur cette confusion entre les deux Sappho, dans *La Couronne et la Lyre*.
Yourcenar s'était inspirée de la Sappho légendaire en donnant son nom au personnage principal de *Feux*. Mais Sappho y devenait une acrobate qui manquait son suicide.
2. *Aloisiae Sigeae toletanae Satyra Sotadica - De arcanis Amoris et Veneris* de Nicolao Chorier. Traduction latine de Joannes Meursius, Paris, Isidori Liseux, 1885 (Bibl. PP).
Ouvrage érotique du XVIIe siècle, publié d'abord sous le pseudonyme d'Aloysia Sigea (Louise Sigée).

sur les deux femmes de Rubens m'ont beaucoup intéressée : parmi les liens qui me rattachent à la Belgique se trouve le fait qu'un aïeul du côté paternel avait épousé Claire Fourment, sœur d'Hélène ; j'ai toujours aimé ce mince cheveu blond qui me relie à l'ancien Anvers[1].

Veuillez, chère Madame, croire à toute l'expression de mes sympathiques sentiments,

Marguerite Yourcenar

À NATALIE BARNEY[2]

29 juillet 1963

Chère Amie,

J'ai bien reçu et bien lu l'hommage d'*Adam*[3] à l'Amazone des lettres. L'éditeur m'avait écrit il y a deux ans, ou dix-huit mois peut-être, pour me demander de participer à un recueil qui devait vous être consacré, et j'avais refusé, non pour la raison donnée par Janet Flanner[4], mais comme je le fais toujours, depuis que l'hommage à Mann, qui devait avoir quelques lignes, m'a entraînée tout au long de

---

1. Un ajout autographe en bas de la lettre, indique : « Nièce d'Hélène Fourment, et du reste en même temps d'Isabelle Brandt, la 1ʳᵉ femme de Rubens. »
Hélène Fourment fut la deuxième épouse de Rubens. *Le Couple* commence par une méditation sur les portraits des deux femmes.
2. Collection particulière.
Cette lettre fait partie de celles qui furent publiées en 1976 par la Bibliothèque littéraire Jacques Doucet, dans *Autour de Natalie Barney*.
3. *Adam International Review*, n° 12, intitulé *The Amazon of Letters. A world tribute to Natalie Clifford Barney*.
4. Janet Flanner (1892-1978). Journaliste et romancière américaine. Correspondante du *New Yorker* à Paris, de 1925 à 1975.

quarante-cinq pages imprimées, et à travers des thèmes aussi confus que l'art et la vie, l'érotisme, l'humanisme, l'occultisme... Incapable comme je le suis de l'aperçu court, du souvenir net qui est au contraire votre don, si j'avais accepté la proposition de ce Monsieur, je me serais vite arrêtée court, ou au contraire j'aurais sombré dans des tiroirs pleins de fiches, sous des rames de papier et des torrents d'encre, tout ce qu'il faut enfin pour écrire les « Mémoires de Natalie » ou « Le Cerveau noir de Natalie », ce que je ne suis pourtant pas qualifiée pour faire.

Mais le recueil d'*Adam* me semble assemblé avec goût, et avec discrétion, pour autant qu'on peut traiter avec discrétion d'une vie audacieuse. En dépit de quelques pages creuses, inévitables dans une compilation de ce genre, ce volume fixe utilement quelques faits, quelques aspects de cette existence si réussie qui a été la vôtre. Les traductions de vos pages originellement écrites en français me paraissent presque toutes bonnes, et elles aident à vous situer dans cette époque qui est la vôtre, et qui est au fond le XVIIIe siècle bien plus que la belle époque. Que vous êtes jeune, Natalie, pour une contemporaine de Mme du Deffand et de Rivarol[1]...

J'ai lu avec beaucoup d'intérêt l'article de Jaloux[2], qui insiste sur ce côté XVIIIe siècle, sur le dard

---

1. Dans son livre *Natalie Barney : Portrait d'une séductrice*, Paris, Stock, 1976, Jean Chalon prête cette phrase à Yourcenar dans le contexte d'une réception que Natalie Barney donna chez elle le 17 mai 1968. Yourcenar rectifiera l'erreur dans sa lettre à Jean Chalon du 9 avril 1976.
2. Edmond Jaloux (1878-1949). Critique littéraire. Dans sa chronique des *Nouvelles littéraires*, « L'Esprit des livres », il consacra des comptes rendus favorables aux premiers livres de Yourcenar : *Alexis*, 29 avril 1930 ; *La Nouvelle Eurydice*, 13 février 1932 ; *Denier du rêve*, 17 mars 1934 ; *La Mort conduit l'Attelage*, 9 mars 1935 ; *Feux*, 19 décembre 1936 ; *Le Coup de grâce*, 5 août 1939. Il ne rendit pas compte de *Pindare*.

brillant et acéré de vos propos. Il vous voyait étincelante et dure ; je vous ai vue surtout sereine, et pleine d'une générosité où il entrait de la hauteur et de la bonté. Durant les années 1929-1939, j'avais beaucoup entendu parler de vous par Edmond, et aussi par Jean Royère[1], qui publiait vers ce temps-là certains de mes poèmes[2], qui lui vous voyait de plus loin, avec des simplifications un peu naïves de poète cherchant partout des mythes plutôt que des êtres humains. Vous émerveilliez l'un et vous enchantiez l'autre, et le pavillon de la rue Jacob, qui devait plus tard me devenir amicalement familier, me semblait à travers eux et quelques autres aussi romanesque

---

Yourcenar lui dédia la première édition de *Denier du rêve*, mais la retira dans celle de 1959. Elle précisera pourquoi dans sa lettre à Jean Lambert du 9 mai 1974. Néanmoins elle la rétablira dans les *Œuvres romanesques*.

Edmond Jaloux, *Introduction à l'histoire de la littérature française : Des origines à la fin du Moyen Age* et *Le XVIᵉ siècle*, Genève, Éditions Pierre Cailler, 1946, t. I et II (Bibl. PP) ; *Le Culte secret*, Paris, La Table ronde, 1947 (Bibl. PP) ; *Essences*, Paris, Plon, 1952 (Bibl. PP).

1. Jean Royère (1871-1956). Poète, essayiste et éditeur. Directeur de la collection La Phalange chez Albert Messein, et de la revue *Le Manuscrit autographe*, dans les années 1930. Outre des études sur Mallarmé et Baudelaire, il est l'auteur de *Baudelaire — Mystique de l'Amour*, Paris, Champion, 1927 (Bibl. PP).

À sa mort, Yourcenar enverra des condoléances à sa nièce, Denise Chauchot, et lui rappellera qu'elle l'avait revu à Paris en 1951 et 1952 ou 1953. Fonds Yourcenar à Harvard, bMS Fr 372 (874).

2. Dans *Le Manuscrit autographe*, Yourcenar a publié, « Les Charités d'Alcippe » (n° 24, novembre-décembre, 1929, pp. 112-117) ; « Le Catalogue des idoles » (n° 30, novembre-décembre, 1930, pp. 96-97) ; « Recoins du cœur », poèmes (n° 31 janvier-février, 1931, pp. 103-105) ; « Sept poèmes pour Isolde morte » (n° 33, mai-juin, 1931, pp. 85-88) ; et « Une suite d'estampes pour Kou-Kou-Haï » (n° 36, novembre-décembre 1931, pp. 49-58). Elle y a publié aussi, pour la première fois en 1931, son étude sur Pindare, en quatre parties, sous le titre « Un poète grec, Pindare » dans les nᵒˢ 32 (mars-avril, pp. 81-91), 33 (mai-juin, pp. 88-97), 34 (juillet-août, pp. 92-102), et 36 (novembre-décembre, pp. 95-98).

que celui de *La Fille aux yeux d'or*. Je suis très capable de prévoir votre légende future, ayant d'abord connue de vous celle que vos contemporains vous ont faite.

Mais en dépit des précisions du volume d'« hommages » (les généalogies en particulier sont fascinantes), que de choses restent inexpliquées. Par exemple, la parfaite « naturalisation » de cette étrangère que vous étiez, qui réussit à être chez soi dans Paris sans jamais perdre tout à fait ses privilèges d'extra-territorialité. Ou encore l'admirable absence de stratégie mondaine, à une époque où pourtant la mécanique de l'arrivisme mondain, régissait tout. (Le chapitre sur votre rencontre avec Proust[1] montre bien combien peu vous et lui étiez faits pour vous entendre sur les joies ou les servitudes de l'amour, mais je crois que Proust a dû se sentir également déconcerté en présence d'une femme qui collectionnait les êtres et non pas les duchesses, désirait jouir à sa manière plutôt que réussir à celle des autres. Son univers si prodigieusement riche ne comporte pas la possibilité d'une existence comme la vôtre.) Enfin, on admire surtout, sans bien se l'expliquer, la durée tranquille de ce tour de force qu'est une vie libre.

Je me suis dit que vous aviez eu la chance de vivre à une époque où la notion de plaisir restait civilisatrice (elle ne l'est plus aujourd'hui) ; je vous ai particulièrement su gré d'avoir échappé aux grippes intellectuelles de ce demi-siècle, de n'avoir été ni psychanalysée, ni existentialiste, ni occupée d'accomplir des actes gratuits, mais d'être au contraire restée fidèle à l'évidence de votre esprit, de vos sens, voire de votre bon sens. Je ne puis m'empêcher de

---

1. Il ne s'agit pas d'un « chapitre » mais d'un article de George D. Painter : « How Proust met Miss Barney », pp. 28-30.

comparer votre existence avec la mienne, qui n'aura pas été une œuvre d'art, mais tellement plus soumise aux hasards de l'événement, rapide ou lente, compliquée ou simple, ou du moins simplifiée, changeante et informe... Que les rythmes changent vite, d'une génération à l'autre, et aussi les buts...

Ce que j'écrivais à l'éditeur d'Adam n'est que trop vrai : Mount Desert ne se souvient pas des deux nymphes, Eva[1] et Natalie, qui couraient sur ses plages, et devraient être une partie de sa légende. Mais l'île n'a pas de légende. Je suppose que ce qui vous a surtout retenue rue Jacob, c'est la tradition humaine, cette amicale compagnie d'ombres surimprimées les unes sur les autres : Racine, Adrienne Lecouvreur, Balzac, et hier déjà Remy de Gourmont[2] et vous-même. Ici, l'homme ne laisse pas de trace ; la terre se refuse au souvenir humain[3]. J'ai trouvé dans un vieil album de photographies de Bar Harbor[4] la maison du Capitaine Barney, mais où exactement était-elle ? Personne ne sait plus. L'an dernier, on a démoli l'énorme *Eyrie* de John D. Rockefeller[5] (cette villa qui ressemblait au Caux-Palace), et la colline où elle se dressait est de nouveau presque aussi vierge qu'avant la Standard Oil, et même avant Champlain. On pense à l'Asie, où les maisons princières

---

1. Eva Palmer. Amante de Natalie Barney dans leur jeunesse. Voir lettre à Jean Chalon du 9 avril 1976.
2. Remy de Gourmont (1858-1915) rencontra Natalie Barney au cours de l'été 1910.
3. Voir *En pèlerin et en étranger* : « Dans les forêts américaines où l'on peut marcher des jours durant sans rencontrer âme qui vive, il suffit du sentier tracé par un bûcheron pour nous relier à toute l'histoire », in *Essais et mémoires*, p. 176.
4. Ville de l'île des Monts-Déserts.
5. John D. Rockefeller Jr. possédait des terrains et des maisons à Bar Harbor. Son fils, Nelson Rockefeller (1908-1979), qui fut vice-président des États-Unis de 1974 à 1976 est né à Bar Harbor. Sa fille Mary habitait en face de Petite Plaisance, à North East Harbor.

s'effondrent également si vite dans la jungle et la solitude. John D. Rockefeller (ou plutôt sa femme, qui aimait l'art de l'Orient) avait peut-être obscurément senti cette ressemblance (qui n'est pas la seule) entre deux mondes en apparence si opposés l'un à l'autre, quand il avait placé sur Bar Hill ces grands bouddhas coréens ou japonais qui y sont encore, si à l'aise parmi les pins et les fougères, et qui semblent considérer avec une ironique mansuétude ce décor où tout passe plus vite qu'ailleurs. Si une catastrophe atteint ce pays, il en sera probablement comme après « l'hiver noir » qui vit la destruction des bisons, ou comme après les fameuses années sèches qui détruisirent le monde indien des pueblos : ces grands paysages se reformeront peu à peu, imperturbés, avec seulement au fond de leur indifférence un secret de plus.

Nous voilà bien loin de la rue Jacob et de ce monde de l'histoire littéraire que vous avez fait vôtre. Que de choses j'ignorais, par exemple l'action pacifique en 1914... La photographie de Natalie Barney dans son sous-bois et dans son hamac est un peu « Sarah la Baigneuse » (avec des vêtements) et un peu la dame américaine sous sa véranda.

Je promets de ne plus jamais écrire une si longue lettre, fruit d'une après-midi de pluie et de chaud brouillard, de retour d'un thé chez Mrs. August Belmont[1], qui est l'une des rares personnes en villégiature ici que nous voyons de temps à autre. Mrs. August

---

1. Mrs. August Belmont (1880-1979). Mécène américaine. Actrice de théâtre dans sa jeunesse, sous son nom de jeune fille : Eleanor Robson. Épouse du banquier August Belmont (1853-1924) qui aurait servi de modèle au personnage de l'homme d'affaires Julius Beaufort dans *The Age of Innocence* d'Edith Wharton. Elle est l'auteur de *The Fabric of Memory*, New York, Farrar Strauss and Cudahy, 1957 (Bibl. PP).

Belmont, elle, a des souvenirs, Ellen Terry[1], Bernard Shaw... Mais elle est anglaise...

Bon été, chère Amie, et croyez à mes sentiments affectueux ; Grâce me charge de vous exprimer aussi les siens,

                        [Marguerite Yourcenar]

---

1. Dame Ellen Terry (1847-1928). Célèbre actrice shakespearienne qui publia *History of my Life* (1908) et correspondit de 1892 à 1922 avec le dramaturge Bernard Shaw (1856-1950).

Lors de son deuxième séjour à Londres, Michel de Crayencour, amateur de théâtre « se prend de passion » pour Ellen Terry, *Archives du Nord*, in *Essais et mémoires*, p. 1122.

1964

À ALAIN BOSQUET[1]

> Petite Plaisance
> Northeast Harbor
> Maine
> 1er janvier 1964

Cher Alain Bosquet,

Merci pour votre lettre m'annonçant votre intention de commenter mes livres « refaits[2] », et merci également pour les vœux qui l'accompagnent. Je suis heureuse que vous vouliez bien entreprendre ce travail pour *Les Livres de France*[3]. Pour vous aider dans

---

1. Fonds Yourcenar à Harvard, bMS Fr 372 (856).
Alain Bosquet (né en 1919). Poète, romancier et critique.
2. Dans sa lettre du 22 décembre 1963, Alain Bosquet demande à Yourcenar de lui envoyer ses ouvrages pour préparer un « petit travail » sur elle que Léonce Peillard, directeur de *Livres de France*, lui avait demandé d'entreprendre. Fonds Yourcenar à Harvard, bMS Fr 372 (84).
3. *Livres de France* consacrera son n° 5, de mai 1964, à Yourcenar. L'article d'Alain Bosquet s'intitule « Marguerite Yourcenar et la perfection » (pp. 2-3). Il précède un article de Gabriel Marcel, « Le théâtre de Marguerite Yourcenar » (pp. 4-7) ; un extrait, alors inédit, de *L'Œuvre au Noir* (pp. 8-10) ; une réponse de Yourcenar au questionnaire Marcel Proust (pp. 11-13) ; et un « Essai de bibliographie » (p. 14).

cette tâche, laissez-moi vous donner les indications suivantes.

De mes livres « refaits » de fond en comble, un seul a reparu jusqu'ici : *Denier du Rêve*. Un autre va reparaître dès que je l'aurai terminé (j'en achève en ce moment les quarante ou cinquante dernières pages, ce qui prendra peut-être encore beaucoup de temps !) ; il s'agit de la première partie de *La Mort conduit l'Attelage*[1], première partie qui avait autrefois environ 70 pages dans le texte imprimé de 1934, et s'appelait alors *D'après Dürer*. Elle est maintenant devenue à elle seule un assez long roman (environ 250 pages de manuscrit) et s'appelle, du nom du principal personnage, *Zénon*[2].

J'élimine tous les autres livres reparus jusqu'ici, parce que la révision pour la plupart d'entre eux *(Alexis, Feux, Le Coup de Grâce)* ne dépasse pas ce à quoi [sic] on est en droit d'attendre d'un auteur qui se respecte, et qui fait reparaître un ouvrage au bout de longues années. Les *Nouvelles Orientales* pourraient faire exception ; elles ont subi d'innombrables retouches, mais il s'agit somme toute de retouches purement stylistiques, tendant, d'une part, à simplifier, de l'autre à préciser ou à clarifier certains passages, et non pas d'une « seconde version ». Je propose donc que vous ne les fassiez pas entrer en ligne de compte ou du moins que vous ne leur consacriez que quelques lignes. Toute comparaison poussée entre les deux textes de ce recueil vous obligerait d'ailleurs de rechercher un exemplaire des *Nouvelles* de 1938 dans une bibliothèque, parce que je n'en possède pas moi-même que je puisse vous envoyer.

---

1. Paru chez Grasset en 1934. Nous avons uniformisé la typographie du titre *La Mort conduit l'Attelage*, que Yourcenar écrit, à l'intérieur même de cette lettre, de trois façons différentes.
2. Titre provisoire de ce qui deviendra *L'Œuvre au Noir*.

L'essentiel du travail devrait donc porter, en principe, sur *Denier du Rêve* et sur *D'après Dürer* devenu *Zénon*.

Denier du Rêve : je vous envoie un exemplaire de l'édition de 1934, l'un des seuls qui me restent, puisque j'ai fait mettre cette édition au pilon quand l'ouvrage a reparu en 1959. En dépit du fait que la presse de 1934 avait été pour ce livre abondante, et presque toujours favorable, je ne considérais plus, comme vous le voyez, ce texte d'autrefois que comme une ébauche à retravailler, et la lecture de quelques pages de ce roman de 1934 vous indiquera pourquoi mieux que je ne saurais le faire. La préface du volume de 1959 vous donnera d'ailleurs, sur ce sujet, l'essentiel, pour autant qu'on puisse enfermer l'essentiel dans une préface. Comme il n'existe pas dans *Denier du Rêve* de page qui n'ait pas été chambardée, puis refaite autrement, sur les mêmes thèmes, mais avec nombre de variations supplémentaires, j'ai longtemps hésité avant de choisir les pages à signaler à votre attention. Je conseille pourtant ceci :

1. comparer les pages 1-21 du *Denier du Rêve* 1959 aux pages 11-34 de l'ancien texte

2. comparer la dernière partie du livre dans les deux textes : pp. 164-236 nouveau *Denier*, pp. 183-233 ancien.

La Mort conduit l'Attelage, 1re partie ; c'est-à-dire en termes actuels, *Zénon*. Ici, je ne veux pas vous infliger la lecture d'un énorme manuscrit encore incomplet des dernières pages. Mais je me propose de vous envoyer un exemplaire de l'ancienne *La Mort conduit l'Attelage* en vous demandant de comparer le premier chapitre d'autrefois, pp. 11-17, au premier chapitre de *Zénon* que je vous envoie aujourd'hui (pp. 1-11). De plus, j'ai envoyé à Léonce Peillard, pour « l'inédit » qu'il me demandait, le chapitre IX de

Zénon (*Les derniers voyages*, pp. 1-8) ; ce développement, comme vous pourrez vous en rendre compte, est sorti tout entier d'un paragraphe de l'ancienne 1ʳᵉ partie de *La Mort conduit l'Attelage,* page 70, paragraphe 1.

Comme il est très difficile de voir où l'on va dans un livre dont on ne vous communique que deux fragments, j'ajoute les remarques suivantes. *La Mort conduit l'Attelage* de 1934, et en particulier la première partie, qui nous intéresse ici *(D'après Dürer),* ne représente que le texte, assez peu révisé, d'un roman écrit entre 1922 et 1925 ; *La Mort conduit l'Attelage* est en effet mon 1ᵉʳ roman ; j'avais entre dix-neuf et vingt-deux ans, et c'est ce qui explique les énormes fautes de dessin. Mais le sujet m'a, de façon intermittente, bien entendu, hantée toute ma vie comme l'a fait celui d'*Hadrien*. À partir de 1955, je me suis remise au travail, de façon intermittente aussi, et *Zénon* est peu à peu devenu pour moi une somme comme les *Mémoires d'Hadrien* l'ont été, mais une somme plus abstruse et plus noire. Quant aux thèmes principaux du présent livre, ils sont devenus pour moi aussi compliqués que ces prismes que s'amusaient à construire les géomètres de la Renaissance. Disons pourtant qu'il s'agit peut-être surtout d'une théorie de la connaissance, de la manière dont un homme échappe peu à peu aux idées de son temps qu'il repousse, *et à celles qu'il a cru faire siennes,* forme et reforme en soi une certaine vue du monde qui finalement lui échappe dans la mort. Les deux morceaux que je vous envoie du nouveau livre ont l'avantage d'exemplifier les deux méthodes dont j'ai essayé de me servir, le travail ancien revu et *développé* pour le 1ᵉʳ ; le développement libre à partir d'un point donné pour le second. Il vous donne aussi un échantillon des deux parties du présent livre, très différentes entre elles.

Enfin, pour en revenir à *Denier du Rêve*, et pour compliquer les choses, il existe de ce livre, outre la version romanesque définitive de 1959, une version théâtrale écrite par moi en 1960-61 sur la demande d'un jeune directeur de théâtre (Gasc) qui s'en déclare très satisfait et annonce son intention de la monter, mais quand[1] ? Pour le cas où vous décideriez de laisser de côté le *Zénon* encore inachevé, et de faire porter tout votre effort sur *Denier du Rêve*, je vous envoie de la pièce les parties qui correspondent aux passages des deux romans indiqués plus haut. Sauf Gasc, personne ne connaît encore l'existence de cette pièce, et je ne l'ai pas encore proposée à un éditeur. Il va sans dire que vous ne vous servirez de ce matériel que pour autant qu'il vous plaira.

En résumé, je vous envoie donc par avion : 1) ces trois échantillons manuscrits ; 2) les deux volumes anciens et disparus de la circulation. Tous mes souhaits, à cette date toujours un peu fatidique, pour vos voyages et vos travaux, et bien sympathiquement à vous,

Marguerite Yourcenar

---

1. Dans sa préface à *Rendre à César* in *Théâtre I, op. cit.*, Yourcenar précise : « En 1961, moins de deux ans après la publication, fort discrète, de la version définitive de *Denier du rêve*, un directeur de théâtre me pria de dramatiser un de mes livres. Ce texte encore tout chaud me parut se prêter à cette tentative [...]. Quand j'envoyai la pièce terminée à l'amical directeur, celui-ci, comme il eût peut-être fallu s'y attendre, se trouvait déjà sans compagnie et sans fonds », p. 16.

À CAMILLE LETOT[1]

10 janvier 1964

Chère Camille,

Je viens de recevoir ce matin l'enveloppe pleine de coupures de presse que tu as récoltées pour moi. Quelle belle récolte ! Il y en a quelques-unes que je connaissais déjà, mais je suis toujours contente d'en posséder un nouvel exemplaire, et deux ou trois autres, très intéressantes, que je n'avais jamais vues et que j'ai été très heureuse de lire. Merci de tout cœur ! Elles m'encouragent beaucoup dans mon présent travail.

L'année ici ne s'est pas trop bien terminée. Une maladie de Miss Frick nous a donné du souci, et le traitement nécessaire nous a empêchées de voyager cet hiver comme nous l'espérions. Peut-être pourrons-nous plus tard réaliser nos plans, mais bien entendu nous espérons surtout que le traitement aura un excellent effet. Il fait presque toujours très beau ici, mais très froid ; souvent 15 degrés sous zéro. Le petit chien aime jouer dans la neige[2].

Je travaille toujours beaucoup, ce qui rend difficile pour moi d'écrire souvent des lettres. Je t'envoie avec celle-ci un portrait de moi plus grand que les petits instantanés ; c'est un portrait qu'une artiste américaine, Mrs. Melcher, a fait de moi en 1957-58.

J'espère que vous allez tous bien, et je vous envoie mes plus affectueux souvenirs. Miss Frick se joint à moi,

Marguerite Yourcenar*

1. Fonds Yourcenar à Harvard, bMS Fr 372 (965).
2. Il s'agit de l'épagneul noir « Monsieur », né le 24 juillet 1955 et qui mourra le 6 décembre 1965. Sur sa tombe à Petite Plaisance, les deux femmes ont fait graver ce vers du poète élisabéthain John Marston » « ... And still my spaniel sleeps... »

J'ai mis sur une feuille à part une ou deux questions, en te demandant de me les renvoyer avec les réponses. J'ai « au bout de la langue » ton nom de jeune fille, mais ne peux pas me le rappeler. Je ne suis pas sûre non plus de la date de ton départ du Midi. Enfin, sans t'attrister par ces souvenirs, j'aimerais avoir un peu plus de détails sur la mort de ton mari ; est-elle encore assez récente, et a-t-il travaillé jusqu'au bout dans la verrerie ?

À JEAN GRENIER[1]

7 février 1964

Monsieur,

Je vous remercie de votre aimable lettre du 16 décembre[2]. Je vous envoie ci-joint une page du roman auquel je travaille en ce moment *(L'Œuvre au Noir, La Mort conduit l'Attelage)*. Ce long roman lui-même est en un sens une refonte, le thème principal et l'agencement de certaines scènes étant repris à une nouvelle publiée par moi en 1934 et écrite bien des années plus tôt. Cette page manuscrite représente un premier état du nouveau texte, et comme tous mes manuscrits, elle est à peu près illisible (même pour moi, car je suis obligée de recopier presque immédiatement mes brouillons à la machine, sous peine de

1. Fonds Yourcenar à Harvard, MS Storage 265.
Jean Grenier (1898-1971). Philosophe. Auteur de *Les Îles*, Paris, Gallimard, Les Essais, 1933 (Bibl. PP) ; *L'Esprit du Tao* (Bibl. PP) ; *Inspirations méditerranéennes*, Paris, Gallimard, 1961 (Bibl. PP) ; *Conversations on the Good Uses of Freedom*, Cambridge, A James Robinson Book Identity Press, 1967 (Bibl. PP).
2. Ajout autographe en marge : « Envoi de trois pages manuscrites en réponse à une demande de Jean Grenier pour étude de problèmes d'écriture. »

ne plus pouvoir les déchiffrer au bout de quelques jours). Je crois donc bien faire en y joignant une page dactylographiée par une secrétaire qui représente le « dernier » état du même texte ; c'est-à-dire une quatrième ou cinquième copie, les états précédents étant tapés d'abord à la machine par moi.

Je ne possède plus aucun brouillon intermédiaire de cette même page 41, mais pour vous donner une idée de cette méthode, si méthode il y a, je vous envoie aussi un premier « état » dactylographié d'une page appartenant à une autre partie du roman. Vous voyez que je me hasarde à prendre presque pédantiquement [sic] à la lettre votre requête, m'intéressant moi-même à ces problèmes d'écriture.

Je ne veux pas terminer sans vous dire mon admiration et mon respect pour votre œuvre ; certains de vos essais ont été pour moi l'occasion d'un long et silencieux dialogue avec vous.

Veuillez agréer, Monsieur, toute l'expression de mes sympathiques sentiments,

Marguerite Yourcenar

À PIERRE BRISSON[1]

Petite Plaisance
Northeast Harbor
Maine 04662 USA
2 avril 1964

Cher Monsieur,
Vous serez sans doute surpris de me voir me mêler d'une affaire qui ne me regarde en rien, mais j'avoue

1. Fonds Yourcenar à Harvard, MS Storage 265.
Pierre Brisson (1896-1964). Écrivain. Directeur du *Figaro*.

avoir été choquée de lire dans le *Figaro Littéraire* du 27 février le petit entrefilet insolent (et non signé) au sujet d'une lettre de réclamation, elle-même fort correcte, que M. Claude F.A. Schaeffer, professeur au Collège de France[1], avait adressée au journal.

Je trouve déplorable que le journaliste du *Figaro Littéraire* fasse état[2], pour tourner grossièrement en dérision votre correspondant, d'une phrase dans laquelle M. Schaeffer se serait décerné à lui-même le titre de savant éminent, alors que de toute évidence cette phrase (« un éminent savant qui a révélé au monde une civilisation inconnue ») se rapporte à Sir Arthur Evans[3], que M. Schaeffer s'efforce de défendre contre certaines attaques. Je ne connais pas M. Schaeffer (je confesse même, à ma honte, n'avoir jamais lu ses ouvrages), mais, sur le sens de cette phrase, même le lecteur le plus obtus ne saurait se tromper. Cette erreur involontaire (?) du journaliste me paraît le type de la fabrication [insultante], sans autre but, probablement, dans le cas qui nous occupe, que de bafouer quelqu'un pour amuser la galerie.

Oserais-je dire que dans un journal que j'aime, et que je fais lire à mes amis étrangers comme un exemple de bonne tenue littéraire en même temps que d'intelligent modernisme, il me semble rencon-

---

1. Claude Schaeffer (1898-1982). Occupa au Collège la chaire d'Archéologie de l'Asie occidentale de 1954 à 1969.
2. Dans sa réponse du 13 avril 1964, Pierre Brisson précise qu'il a remis la lettre de Yourcenar à Michel Droit, rédacteur en chef du *Figaro littéraire* (1961-1970), et lui adresse également la note de service que celui-ci lui a transmise sur le sujet. Fonds Yourcenar à Harvard, MS Storage 265.
Michel Droit (né en 1923). Romancier. Chroniqueur du *Figaro* et du *Figaro-Magazine* depuis 1971. Élu à l'Académie française, au fauteuil de Joseph Kessel, le même jour que Yourcenar à celui de Caillois.
3. Sir Arthur Evans (1851-1941). Archéologue anglais. Découvrit le site de Cnossos.

trer un peu trop souvent dans ces derniers temps ce ton grossièrement badin dans des entrefilets « bien parisiens » non signés. (Je pense, par exemple, à quelques camouflets donnés à Jules Romains, qui semble avoir dernièrement remplacé Montherlant dans le rôle de tête de Turc. Encore une fois, je ne connais, ni cet intelligent romancier, ni ce grand écrivain, les ayant en tout rencontrés une fois dans ma vie, et j'ai, comme nous tous, quelques objections en ce qui concerne le dernier des deux. Mais ce n'est pas de cela qu'il s'agit.) Je sais bien que ces plaisanteries sont supposées faire partie du style boulevard, mais on peut se demander si le style boulevard ne fait pas à notre époque un peu « province ». Quoi qu'il en soit, je n'aurais pas songé à vous écrire à ce sujet, si « l'erreur » d'interprétation jointe à l'insolence ne me paraissait, en ce qui concerne ce M. Schaeffer, si peu digne du plus grand hebdomadaire littéraire français.

De minimis non curat[1]... On ne s'attend pas à ce que Pierre Brisson surveille toujours par lui-même les moindres recoins de sa grande maison. Mais je crois sincèrement vous remercier de l'abonnement que vous voulez bien me faire servir, en vous communiquant une impression, dût-elle vous déplaire, que je partage probablement avec plus d'un lecteur. Je tiens du reste à vous dire aussi mon admiration pour tant d'aspects excellents et nouveaux du présent *Figaro Littéraire*. Je pense aux articles qui font si généreusement place à l'actualité politique ou sociale, aux remarquables communications scientifiques, aux éditoriaux si fermes et si humains d'un Martin-Chauffier[2] ou d'un

1. Intégralement, « *de minimis non curat lex* » (la loi ne s'occupe pas des détails).
2. Louis Martin-Chauffier (1894-1980). Romancier. Chroniqueur au *Figaro*. Recommanda *Alexis* au Sans Pareil de René Hilsum.

Pierre Gascar[1], aux comptes rendus des travaux du Concile du Vatican par le Père Daniélou[2], ou encore à la place de plus en plus grande faite dans la critique, à l'histoire et à la philosophie, entre autres aux études consacrées par Kanters[3] à Jaspers ou à Jung. J'imagine à quels efforts et à quels soins une pareille réussite est due...

Excusez cette longue lettre, et croyez, je vous prie, cher Monsieur, à mes sentiments bien sympathiques, et, en ce qui me concerne, toujours reconnaissants,

Marguerite Yourcenar

À LOUISE DE BORCHGRAVE[4]

Hôtel Bristol
Varsovie
22 avril 1964

Chère Loulou,

J'ai bien reçu ta lettre qui m'a suivie ici. Je suis très intéressée et touchée par ce que tu me dis de

---

1. Pierre Gascar (1916-1997). Romancier et essayiste. Il évoque dans *Portraits et souvenirs*, Paris, Gallimard, 1991, un passage d'une carte postale que Yourcenar lui a envoyée du Kenya, pp. 115-117.
2. Cardinal Jean Daniélou (1905-1974). Se prononce dans son œuvre pour le dialogue entre le catholicisme et les autres religions.
3. Robert Kanters (1910-1985). Critique littéraire au *Figaro*. A consacré quelques pages à Yourcenar dans *L'Air des Lettres ou Tableau raisonnable des Lettres françaises d'aujourd'hui*, Paris, Grasset 1973, pp. 173-182.
4. Fonds Yourcenar à Harvard, MS Storage 265. Copie de carte postale autographe de Varsovie, représentant le palais Stoszic, siège de l'Académie polonaise des sciences.

Georges[1] et je lui enverrai certainement ce volume dédicacé quand je serai de retour à NORTHEAST HARBOR en juillet. Nous visitons la Pologne et la Tchécoslovaquie et serons à Vienne vers le 7 mai pour un séjour de plusieurs semaines en Autriche (adresse American Express, Vienne). Je fais ici deux conférences sous les auspices de l'attaché culturel de France. La Pologne est intéressante, mais fatigante. J'apprends avec grand regret la maladie de Solange et sympathise avec le désarroi de Michel. Toutes mes amitiés et celles de Grâce,

Marguerite

---

2. Georges Roger Marie de Crayencour (né en 1920). Fils de Michel de Crayencour, demi-frère de Yourcenar, et de Solange de Borchgrave. Renouera les liens depuis longtemps rompus par Yourcenar avec sa famille. Communiqua à Yourcenar diverses informations utiles sur la généalogie familiale à l'occasion de la rédaction de *Le Labyrinthe du Monde* et entretint avec elle une importante correspondance. Écrivit sur sa jeunesse : « Marguerite Yourcenar de 0 à 25 ans », *Dossiers du CACEF* (Centre d'action culturelle de la communauté d'expression française), n° 82-83, décembre 1980-janvier 1981.

Auteur d'un *Aide-mémoire illustré sur la famille Cleenewerck de Crayencour +/- 1500-1967 et sur quelques notions élémentaires de généalogie héraldique*, Bruxelles, 1965-1967 (Bibl. PP); de *Craincourt*, Bruxelles, 1967 (Bibl. PP); d'un *Dictionnaire héraldique*, Bruxelles, 1974 et 1976, et Paris, Éditions Christian, 1985 (Bibl. PP).

À MICHEL JUNIN[1]

Cracovie,
29 avril 1964

Monsieur,

C'est ce soir, en revenant d'une visite au camp d'Auschwitz, où la chair et l'âme humaine ont passé par tant d'indescriptibles tourments, avant de se réduire en pures cendres, que j'ai par hasard reçu vos poèmes — ou ceux de votre ami — qui m'ont suivie ici. Vous comprenez que je n'étais pas, pour les lire, dans un état d'esprit très favorable. Ils ont littérairement leur mérite, mais se rattachent bien moins à la tradition (s'il en est une) des *Mémoires d'Hadrien*, qu'à celle des [mot illisible] arabes de Gide. Personnellement, je n'ai jamais compris pourquoi tant de lecteurs des *Mémoires* s'intéressent uniquement à l'épisode d'Antinoüs au lieu de voir comme moi dans cette aventure une partie seulement (émouvante, je veux bien) d'une vie d'Empereur qui a su bien faire son métier d'administrateur du monde, et d'homme d'action sur qui le meilleur de la civilisation antique avait laissé sa marque. En séparant ainsi la volupté du reste des émotions et des expériences humaines, on l'artificialise, ce me semble, et on renonce en tout cas à la bouleversante totalité de notre héritage d'êtres humains. Il n'est pas question que j'écrive une préface à ces poèmes

---

1. Fonds Yourcenar à Harvard, MS Storage 265. Copie autographe de carte autographe. Ces lignes ont été recopiées à la main au bas de la dernière page de la lettre adressée à Yourcenar par Michel Junin, sous la signature.
Au-dessus de la date, figure la mention suivante : « répondu au verso d'une carte représentant le *crematorium* d'Auschwitz ».
Michel Junin avait soumis à Yourcenar un manuscrit de poèmes écrits par un ami.

mais je suivrai avec intérêt les développements futurs de votre talent. Bien cordialement,

M.[arguerite] Y.[ourcenar]

À GABRIEL MARCEL[1]

14 mai 1964

Cher Monsieur et Ami,

C'est hier seulement, au retour d'un séjour de près d'un mois en Pologne, que j'ai trouvé à Vienne un exemplaire du numéro de mai des *Livres de France*[2], qui m'a suivie ici. J'avais suggéré à Léonce Peillard votre nom quand il s'était agi d'un article à écrire sur *Le Mystère d'Alceste* et les deux autres pièces, et je me rends compte que c'était là une indiscrétion de ma part — je veux dire une demande indiscrète. Mais la beauté de l'essai que vous avez bien voulu écrire est telle que je ne puis pas me repentir de mon audace. Je suis d'autant plus touchée par ces pages que je sais combien votre vie est occupée, ou, pour mieux dire, *remplie*, et je m'émerveille de la générosité avec laquelle vous avez bien voulu présenter au public mes trois tentatives. Nous sommes tous si habitués de nos jours à la critique qui se perd dans les généralités plus ou moins confuses, et ne prend plus la peine d'aller au fond de l'ouvrage qu'il s'agit d'expliquer ou de juger. Je me rends compte une fois de plus qu'il n'y a de véritable critique que parmi les

---

1. Fonds Yourcenar à Harvard, MS Storage 265.
Gabriel Marcel (1889-1973). Auteur du *Dard*, Paris, Plon, 1936 (Bibl. PP) ; *La Chapelle ardente*, Paris, La Table ronde, 1950 (Bibl. PP).
2. Voir lettre à Alain Bosquet du 1er janvier 1964.

créateurs, et j'aime à retrouver dans ces pages l'infinie bonne volonté du dramaturge, du philosophe, et même du musicien pour ce que j'ai essayé de faire.

Grâce Frick et moi faisons ici pour ainsi dire une cure de musique de Mozart, et nous rendrons du 22 au 29 mai à Salzbourg (Osterreichischer Hof) pour une partie des concerts du mai musical. Vienne est comme toujours pleine d'une douceur de vivre qui n'est pas seulement molle, parce qu'elle est faite en grande partie d'une sorte de cordialité, ou de bonne volonté envers les êtres, en quoi réside peut-être la démocratie véritable. Je rapporte de Pologne quelques grandes images, Cracovie, Malbork (l'ancien Marienburg) qui sont beaux de cette beauté de bastions avancés d'une civilisation, qui est toujours ce qui me touche le plus, l'immense forêt de Bialowieza sur la frontière soviétique (mais si mal vue, aperçue seulement au cours d'une excursion payée littéralement à prix d'or aux bureaux du tourisme d'État), et enfin et peut-être surtout le bouleversant Auschwitz, mais l'insupportable bureaucratisme, la vie difficile, le sacrifice, partout sensible à notre époque, mais peut-être encore plus frappant dans les pays pauvres ou systématiquement appauvris, des valeurs réelles aux valeurs factices et en série, laissent finalement une impression de dépression et de fatigue. Nous avons rencontré quelques êtres exquis — comme la femme-médecin qui a soigné Grâce Frick avec le plus grand dévouement au cours d'une broncho-pneumonie ; ce qui reste d'inoubliable est peut-être surtout les grands attelages de chevaux tirant la charrue, se dessinant sur le ciel, accompagnés du semeur (mais tout cela sera sans doute mécanisé dans dix ans), et la ferveur des foules agenouillées sur les dalles d'église — mais la jeunesse, me dit-on, est indifférente à la foi religieuse comme à tout le reste.

Pour en revenir au théâtre, je constate presque

chaque fois que j'assiste à une représentation de chefs-d'œuvre anciens, un abaissement quasi systématique des thèmes. J'y pensais l'autre jour en voyant au Burgtheater un *Macbeth* dans lequel la scène de somnambulisme devenait une grossière scène de folie clinique, et non plus la mystérieuse remontée du remords (il est vrai dans l'inconscience du sommeil) à la surface d'une âme qui semblait en apparence totalement en deçà des conflits du bien et du mal. Le metteur en scène avait remplacé les trois terribles vieilles femmes de Shakespeare par une jolie sorcière et deux sorciers de music-hall qui envahissaient toutes les scènes, et auxquels, après la mort de Macbeth, le mot de la fin était donné : *Fair is foul and foul is fair,* ce qui eût été impensable pour Shakespeare, qui, comme Sophocle ou Racine, tend à finir ses pièces par l'indication d'un retour à l'ordre. Si les grandes œuvres du passé sont ainsi déformées ou contaminées, que pouvons-nous espérer pour nos tentatives plus fluides et plus fragiles ? Yves Gasc a toujours la dramatisation de *Denier du Rêve*[1] et le Studio des Champs-Élysées *Alceste,* mais j'attends sans impatience. Où trouver l'honnête Hercule ? Comment expliquer à un groupe d'acteurs ce que je n'ai peut-être pas assez clairement souligné dans mon texte, qu'Ariane et Phèdre sont avant tout deux allégories de l'âme et de la chair, et Thésée[2] l'être humain s'abandonnant à ce qu'il y a à la fois de plus banal et de plus grossier en soi ? Je ne vous exprime ces doutes et ces appréhensions, que parce que je pense qu'ils vous ont souvent effleuré, en ce qui concerne l'interprétation de vos propres ouvrages[3].

1. Devenu par la suite *Rendre à César.*
2. Ariane, Phèdre et Thésée sont les personnages de *Qui n'a pas son Minotaure ?*
3. La fin de la phrase depuis « en ce qui concerne » est autographe.

J'espère que vous reviendrez aux États-Unis et que vous pourrez cette fois passer quelques jours de vrai repos à Northeast Harbor, au lieu, comme vous l'avez fait, de vous borner à une brève visite, prise sur un programme déjà rempli à l'excès, vous imposant ainsi par amitié une fatigue de plus[1]. Nous serons de retour à Petite Plaisance vers le 6 juillet et y resterons certainement jusqu'à la Noël. Tenez-moi au courant de vos projets de voyage dans cette partie du monde.

Veuillez agréer, cher Monsieur et Ami, avec toute l'expression renouvelée de ma gratitude, toute celle de mes sentiments les meilleurs,

Marguerite Yourcenar

À ALAIN BOSQUET[2]

8 juillet 1964

Cher Alain Bosquet,

Vous vous scandalisez sans doute que je sois si lente à vous remercier de l'article que vous avez bien voulu écrire à mon sujet dans *Les Livres de France*[3]. Mais le n° d'avril ne m'est arrivé qu'en mai à Vienne, et, durant ces deux derniers mois, mes déplacements ont été si continuels que je n'ai pas trouvé le temps d'écrire la longue lettre de remerciements à laquelle je pensais. Mais, en rentrant ici, je m'aperçois que ma dernière lettre, celle qui vous indiquait dans *Denier du Rêve* certains passages transformés, était

---

1. Gabriel Marcel avait séjourné à Northeast Harbor les vendredi et samedi 17-18 novembre 1961.
2. Fonds Yourcenar à Harvard, bMS Fr 372 (856).
3. Voir lettre à Alain Bosquet du 1ᵉʳ janvier 1964.

déjà trop longue, et je vais cette fois tâcher de me borner.

C'est toujours avec humilité, et presque avec inquiétude, qu'un écrivain voit son nom sur un titre accouplé au mot perfection, même s'il ne s'agit bien entendu que de la quête de celle-ci. En vous lisant, je me demande d'ailleurs si le mot de perfection est de mise, et si ce n'est pas surtout d'un enrichissement de l'expérience qu'il s'agit. Le fait est que j'ai rencontré très jeune la plupart des personnages réels ou imaginaires qui allaient m'occuper toute ma vie : de certains d'entre eux (Alexis, Éric, Sophie), j'ai pu dire immédiatement ce que j'avais à dire, parce que mon âge et mes ressources coïncidaient à peu près avec les leurs ; pour d'autres (Hadrien) j'ai eu la bonne chance d'être obligée d'attendre. Pour d'autres encore (certains personnages de *Denier du Rêve* ou de *La Mort conduit l'Attelage*, je m'y suis prise trop tôt, avant de savoir sur ces gens et sur moi-même ce qu'il aurait fallu savoir. Je n'ignore pas que la plupart des romanciers en pareil cas se tirent d'affaire en inventant un nouveau personnage ; mais, dans mon cas tout au moins, je craindrais de passer (comme dans la vie réelle) par le même stage [sic] initial de superficialité ou de malentendus ; j'aime mieux rester fidèle à des figures romanesques qui ont peu à peu acquis en ce qui me concerne une réalité au cours des jours. C'est au fond pourquoi je tiens à ne pas changer de fantômes.

Pourquoi vous dire ceci ? Peut-être parce que la meilleure manière de remercier me semble toujours être d'aller un peu plus avant dans ces confidences de métier qui nous intéressent tous. Et surtout pour ne pas faire trop consciemment une méthode de ce qui aura été pour moi une nécessité.

J'ai vu par les journaux que le n° des *4 Saisons* contenant les *Negro Spirituals* allait paraître[1]. Je n'en ai pas encore reçu les épreuves, et me demande si elles ne se sont pas égarées quelque part en Tchécoslovaquie ou en Pologne.

Croyez, je vous prie, cher Alain Bosquet, à ma gratitude pour le critique, et à l'expression de ma sympathie pour l'écrivain et le poète que vous êtes,

Marguerite Yourcenar

À N. CHATTERJI[2]

Petite Plaisance
Northeast Harbor
17 juillet 1964

Cher Monsieur,

Je reçois votre lettre qui me pose un certain nombre de questions sur l'influence de Rabindranath Tagore sur moi-même et certains de mes contemporains[3]. Je vais tâcher de répondre du mieux que je puis, bien que le sujet touche à des problèmes trop complexes pour tenir dans les quelques paragraphes qui vont suivre. J'espère au moins que ces trop brèves indications pourront vous être quelque peu utiles.

1. Ajout autographe en marge de Grace Frick : « Erreur. Elle aurait dû dire " le n. de VII ". »
Un « Portrait de Marguerite Yourcenar » dans *Cahiers des Saisons*, n° 38, est paru l'été 1964 (Bibl. PP).
2. Fonds Yourcenar à Harvard, MS Storage 265.
3. Dans cette lettre du 9 juin 1964, N. Chatterji expliquait qu'il préparait un livre sur Tagore et l'Occident. Fonds Yourcenar à Harvard, MS Storage 265.
Rabindranath Tagore (1861-1941). Prix Nobel de Littérature en 1913. *Le Cycle du printemps*, Paris, Stock, 1926 (Bibl. PP).

Pour commencer, il se trouve que (comme un assez grand nombre de jeunes écrivains européens de mon temps, je crois) j'ai été brièvement en contact direct avec Tagore. C'était en 1921 ; j'avais 18 ans ; je venais de publier mon premier poème — une mince plaquette intitulée *Le Jardin des Chimères*[1], et je l'avais envoyée, entre autres personnalités, à Rabindranath Tagore. Les autres personnes, pour autant que je m'en souvienne, ne répondirent pas. Tagore répondit immédiatement en m'invitant pour une saison à Shantinikétan[2]. J'ai su depuis que cette invitation, il l'étendait souvent aux jeunes occidentaux qui s'adressaient à lui. Je fus comme vous le pensez bien terriblement tentée, mais n'avais pas les moyens personnels de faire ce long voyage. Je me demande aujourd'hui à quel point ma vie et ma pensée seraient différentes de ce qu'elles sont si je l'avais fait. J'ai longtemps gardé les deux lettres que Tagore avait eu la bonté de m'adresser ; elles se sont perdues, comme tant d'autres choses, dans le naufrage de 1939-1945.

Si je parle de ces rapports avec Tagore, tout de même peu importants, c'est qu'ils exemplifient une fois de plus combien le poète était accueillant au premier balbutiement de jeunes écrivains, et combien la possibilité d'un contact Europe-Asie était pour lui réelle et vivante. Ils montrent aussi à quel point la gloire de Tagore s'imposait en Europe dans ces années-là. En fait, je crois bien que c'est entre 1920 et 1930 au plus tard que j'ai lu de Tagore tout ce que j'en ai lu : *Le Gitanjali*, d'abord, que garantis-

---

1. *Le Jardin des Chimères.* Voir lettre à Camille Letot du 25 août 1928.
2. Shantinikétan. Université internationale fondée par Tagore près de Calcutta, en 1921, dans le but de promouvoir ses idées philosophiques et spirituelles.

sait pour nous l'enthousiasme de Gide[1], *Amal*, que nous apportait la Compagnie Pitoeff[2], mais aussi d'autres ouvrages. Je me rappelle un roman dont le titre aujourd'hui m'échappe, mais dont certains épisodes me restent très présents à l'esprit (il s'agissait d'un jeune hindou nouvellement marié, de son amour pour sa femme, et de ses rapports hésitants avec une société nationaliste récemment formée). Je me souviens aussi des *Poèmes de Kabir* et de l'autobiographie du poète que j'ai plusieurs fois relus depuis[3]. J'en retiens surtout la description de la grande maison indienne habitée par plusieurs jeunes couples d'une même famille, la passion des frères Tagore pour la littérature — un peu comme dans certaines familles européennes de la génération romantique —, et enfin certains détails sur le père du poète[4] (par exemple l'histoire de la montre confiée à l'enfant). Ces livres, et peut-être aussi quelques autres dont je ne me souviens plus, outre leur [mot barré] littéraire, ont eu l'immense mérite de me rapprocher (moi, et sans doute bien d'autres lecteurs) de l'Inde moderne et vivante, mais, en ce qui me concerne, l'influence spirituelle et poétique de Tagore a été très faible.

---

1. Gide avait traduit *Le Gitanjali* sous le titre *L'Offrande lyrique*.
2. Compagnie de Georges Pitoëff (1886-1939) qui a monté deux pièces de Tagore : *Sacrifice*, créée le 15 octobre 1919 au théâtre Pitoëff à Genève, et *Amal*, le 17 février 1937 au théâtre des Mathurins à Paris.
3. Le titre de cette autobiographie en bengali est *Ji vansmriti* (1912). Traduite en français sous le titre *Souvenirs*, Paris, Gallimard, 1924 (Bibl. PP).
4. Debendranath Tagore (1817-1905) et sa femme Sarada Devi eurent quatorze enfants — Rabindranath était le huitième — qui reçurent tous une éducation multilingue. L'un des fils, Jyotirindranath, adapta *Le Bourgeois gentilhomme* en bengali en 1877. Un second, Dwijendranath, fonda le journal *Bhārati* la même année. Et un troisième, Satyendranath, étudia l'anglais à Anmedabad, puis en Angleterre. L'une des filles, Svarnakumari, créa un enseignement pour les femmes bengalis.

Non que je manquasse à l'époque d'intérêt et de sympathie pour la pensée hindoue, bien au contraire, mais c'est par vos grands classiques religieux que l'influence de l'Inde était déjà arrivée jusqu'à moi. Plus tard, l'influence hindoue qui s'est exercée sur moi avec des effets incalculables, et sur certains points décisifs, a été celle de Gandhi. Si je signale ceci, c'est pour montrer qu'il n'y a jamais eu en moi, à aucun degré, la moindre trace de cette hostilité bigote et biaisée [deux mots barrés] un odieux exemple.

Je crois que le manque d'influence relatif de Tagore sur certains esprits de ma génération, ou le déclin de cette influence, quand elle a eu lieu, tient d'abord au fait que la gloire de Tagore en Europe, vers les années 1920, était pour ainsi dire « mal partie ». Je veux dire qu'elle a pris dès le début un certain aspect de vogue superficielle, qui a fait tort au poète lui-même et à son œuvre. Vous trouverez par exemple, dans un ouvrage de type autobiographique de l'écrivain américain Virgilia Petersen, *A Case of Life and Death*, paru en 1962, une référence décidément hostile à Tagore, qui avait été l'hôte de la mère de Virgilia Petersen à New York[1] ; le passage est du reste moins dirigé contre le poète que contre [deux mots barrés], et ses enthousiasmes de commande. C'est parce que j'ai constaté çà et là des réactions analogues que j'ai montré le héros d'un de mes romans *(Le Coup de Grâce)*, jeune Allemand aigri par les malheurs de la guerre de 1914-1918 et par ses suites désastreuses, se plaindre d'« une mère à demi folle dont la vie se passait à lire les Évangiles bouddhiques et les poèmes de Rabindranath Tagore ». Le passage n'indique de ma part aucune aversion ni

---

1. Le nom de l'auteur et le titre exacts sont : Virgilia Peterson, *A Matter of Life and Death*, Atheneum, New York, 1961 (Bibl. PP).

pour le poète, pour lequel je n'ai que du respect, ni encore moins pour les Écritures bouddhiques qui ont été l'un des aliments de ma vie. Il constate un fait : l'exaspération des esprits un peu sérieux devant l'engouement des gens du monde pour ce qui les dépasse, et en particulier pour certaines doctrines mystiques ou religieuses mal comprises, comme de nos jours le Zen aux États-Unis. Cet élément de *vogue* a été, je crois, très néfaste à Tagore.

Il y a évidemment plus profond : Rabindranath Tagore appartient à ce vaste versant de la pensée et de la poésie hindoue pour lequel l'essentiel est la joie extatique de l'union avec l'univers — et avec ce qui est par-delà l'univers —, le sentiment d'une sorte de torrent de plénitude et de délices traversant l'être. Il s'y mêle un idéalisme transcendant pour lequel la réalité manifestée n'est qu'un reflet, à la fois illusoire et sublime, de la Réalité divine. Cet idéalisme, effectivement *ressenti*, n'est pas étranger à la tradition européenne, mais il y est extrêmement rare. Quand Virgilia Petersen se moque du poète qui assurait à la petite fille qu'elle était alors que les gratte-ciel de New York n'existaient que pour autant qu'elle y prêtait sa pensée, elle montre évidemment peu d'aptitude pour la philosophie. Reste que ce genre de [deux mots barrés] a presque toujours été considéré par l'Européen comme une fuite devant le réel tel que nous avons à le subir ou à le combattre, et là je crois bien que l'Européen n'a pas toujours tort. Cela est vrai surtout pour les esprits de ma génération, placée devant le spectacle d'un monde plus *désespéré* qu'il ne l'a jamais été. Les mêmes réflexions s'appliquent à l'état d'extase que traduit le *Gitanjali*. Je ne songe certes pas à contester à un grand poète ce débordant bonheur qui est en quelque sorte pour lui une grâce d'état, mais je regrette chez Tagore (pour autant que je l'ai lu, car ma connaissance de son œuvre est sûrement bien incomplète) l'absence d'insistance sur l'héroïque travail d'ascèse, sur le perpétuel combat interne et externe qui est indispensable pour que nous méritions la Joie. Peut-être pourrais-je formuler le même sentiment plus brièvement, en disant que l'œuvre de Tagore est antitragique dans un monde livré de plus en plus à la tragédie. C'est l'*apparence* d'optimiste idéalisme et de mysticisme facile qui, je crois, a découragé certains esprits de notre époque, et lui a attiré au contraire, vers les années 1920, trop d'admirateurs à la recherche d'un alibi religieux et poétique.

Je m'excuse, manquant de temps pour réécrire, et peut-être résumer, ce qui précède, de vous envoyer ainsi une série de réflexions longuement et peut-être maladroitement exprimées. Croyez, cher Monsieur, ainsi qu'à tous mes souhaits pour le livre auquel vous travaillez, à toute l'expression de mes meilleurs sentiments.

Marguerite Yourcenar

P.-S. Je m'aperçois que je n'ai parlé plus haut que de l'œuvre *lyrique* de Tagore. S'il s'agit au contraire de certains essais (par exemple *Nationalisme*, où l'écrivain dénonce dès 1917 des maux dont nous avons de plus en plus souffert dans l'intervalle), je ne puis qu'admirer sans restrictions.

À MICHÈLE LELEU[1]

> Petite Plaisance
> Northeast Harbor
> Maine, USA
> 10 octobre 1964

Madame,

Je suis confuse de répondre si tardivement à votre lettre, et me rends compte que cette feuille ne vous parviendra peut-être pas en temps utile. C'est pourtant bien volontiers que je vous accorde la permission de reproduire ce texte de moi, dont vous me communiquez une copie, dans le *Cahier Du Bos* numéro 9, si celui-ci n'a pas paru dans l'intervalle.

C'est avec grand plaisir que je vous rencontrerai à ma prochaine visite en France, mais le fait est que je n'y suis pas revenue depuis l'automne 1956, et mes projets pour l'année qui vient sont très incertains. Peut-être vaut-il mieux donc que je consigne ici, sans plus tarder, les quelques souvenirs que vous me demandez sur Du Bos.

Je l'ai très peu connu. Connu personnellement, car on ne peut guère le lire et le relire, comme je l'ai fait, sans croire avoir de lui une connaissance intime. En fait, nos rencontres, si mes souvenirs sont exacts[2], se

---

1. Fonds Yourcenar à Harvard, bMS Fr 372 (960).
2. Dans une lettre ultérieure du 27 novembre 1964 à Michèle Leleu, Yourcenar rectifiait ainsi : « Ma lettre du 10 octobre, où d'ailleurs je ne vous garantissais pas l'exactitude de ces souvenirs, antidatait ces entrevues et cette correspondance de deux ou trois ans ; il semble aussi que c'est *avant* et non *après* notre rencontre en 1938 que se situe la plus grande partie de ce bref échange. Enfin, mon séjour à Paris en 1938 ayant été fort court, il paraît bien que les trois "ou quatre" entretiens mentionnés par moi doivent se réduire à trois tout au plus. Je me demande même si, en dépit de souvenirs que je crois précis, il n y a pas eu seulement deux rencontres avec Du Bos. » Fonds Yourcenar à Harvard, bMS Fr 372 (960).

sont bornées à trois : deux d'entre elles ont eu lieu, caractéristiquement, dans ce thé anglais en face de St-Julien-le-Pauvre qu'il aimait beaucoup, la dernière (était-ce la dernière) dans son appartement de l'Île St-Louis, où, cette fois, j'ai rencontré aussi « Zézette[1] ». Ceci se passait vers 1935 ou 1936, il me semble[2]. Ensuite, nous avons correspondu, à d'assez rares occasions ; j'ai gardé de lui deux ou trois lettres dont j'ai naguère envoyé une copie à Jean Mouton, qui vous les aura sans doute communiquées. La dernière était de South Bend « la Beauce sans cathédrale »... Puis, la mort est venue pour lui, et l'explosion de la guerre a fait passer presque inaperçue cette mort, pour moi du moins, qui n'appartenais à aucun degré à son cercle intime. Mais ses livres sont là ; à mesure que les années passaient, je m'y suis reportée de plus en plus souvent, et la grandeur, *l'incommensurable* grandeur de Du Bos critique me paraît de plus en plus évidente, à mesure que s'éloignent ou se détériorent au contraire d'autres ouvrages auxquels nous tous, et Du Bos lui-même, avions attaché du prix.

Mais ce sont des souvenirs que vous me demandez, et pas une attestation. Seulement, j'ai peu de souvenirs. Chose assez étrange, il ne me revient à l'esprit pas une bribe de ce qu'ont pu contenir nos trois (ou peut-être quatre[3]) longues conversations. Une seule chose est certaine, il n'a nullement essayé de « me convertir » comme on l'accusait de le faire toujours, et comme il l'aurait pu, car j'étais à cette

---

1. Diminutif donné à Madame Du Bos par ses proches.
2. Ajout autographe en anglais de Grace Frick, indiquant que Yourcenar avait rendez-vous avec Du Bos chez lui, quai de Béthune, le 6 juin 1938, et qu'elle antidate donc leur rencontre de deux ou trois ans.
3. Ajout autographe en anglais de Grace Frick, en marge : « trois seulement et peut-être même deux ».

époque à mon maximum d'éloignement de la pensée chrétienne, et de la préoccupation religieuse en général. Nous avons dû sans doute parler peinture ou littérature. Comme tout homme formé aux usages de la vieille politesse, il inclinait presque exagérément sa pensée dans le sens de celle de son interlocuteur, et c'est peut-être ce qui fait que ces quelques rencontres m'ont si peu aidée à le mieux connaître. J'ai plus d'une fois regretté par la suite de n'avoir pas su aborder avec lui des questions plus essentielles.

L'impression physique que m'a laissée sa présence est au contraire très forte. D'abord, un Français bien né et bien élevé à la mode d'autrefois, homme du monde à un degré où personne ne l'est plus, et où déjà en 1935 ce phénomène était rare. Il y avait là à la fois une grande vertu et une légère faiblesse. Grande vertu (c'est de lui que j'ai appris à tirer tout son suc de cet adage de Joubert qu'il aimait tant à citer : « qui n'est pas assez poli n'est pas assez humain »), mais aussi légère faiblesse parce que ce sens de l'exquis dans les valeurs mondaines l'a mené à surestimer, il me semble, des livres où règnent à l'exclusion des autres certaines qualités de délicatesse et de réserve, comme la *Daphne adeane* de Baring[1] — erreur d'ailleurs pas plus grave que celle qui nous fait tomber momentanément dans le piège de tel livre voyant ou grossier ; il n'y a pas plus de mal à s'exagérer le mérite de Baring que celui de Céline. De toute façon, ce ton et cet aspect d'homme « de bonne compagnie » frappaient avant tout, et ont certainement contribué à le faire passer pour un amateur et un mondain auprès des sots et des bru-

---

1. Maurice Baring (1874-1945). Romancier, poète, diplomate et journaliste anglais d'inspiration catholique. *Daphne Adeane*, London, W. Heinemann, 1926.

taux qui ne comprenaient pas quelle passion pour la vérité et pour la justice entrait dans ses circonlocutions et dans ses scrupules.

Ensuite, je veux dire au second regard, on s'apercevait que ce Français ne ressemblait en rien à l'image du Français type, qu'il avait été formé et nourri par le meilleur de la culture européenne, « bon européen » à l'époque où la formule n'était pas devenue un banal cliché. Là aussi, il me semble qu'il y avait à la fois une immense vertu et une lacune. Littérairement et intellectuellement tout au moins, son Europe était l'Europe romantique et symboliste, avec quelques remontées jusqu'au XVIIIe ou au XVIIe siècle, surtout par l'intermédiaire des écrivains religieux, Fénelon, Lallemant[1], Bossuet, Bérulle ou Pascal. Des richesses de la Renaissance, il me semble qu'il tirait relativement peu parti ; son Angleterre était celle de Keats et celle de George Eliot beaucoup plus que celle de Shakespeare. L'antiquité et l'Orient lui paraissaient clos et avec eux toutes les formes de mystique et de dialectique religieuse non chrétiennes (j'oserai dire que l'énorme importance qu'il attachait au *Marius* de Walter Pater[2] montre à quel point il ignorait l'Antiquité telle quelle, même sous la forme déjà quasi « moderne » du monde romain tardif). (Mais dans le domaine des arts, ses fron-

---

1. Yourcenar peut ici faire allusion à Jérôme Lallemant (1593-1673), auteur d'une *Relation de ce qui s'est passé de plus remarquable des Missions des Pères de la Compagnie de Jésus, en la Nouvelle France, sur le grand fleuve de S. Laurens en l'année 1647*, chez Sébastien Cramoisy et Gabriel Cramoisy, Paris, 1648, ou probablement à Louis Lallemant (1578-1635), auteur de *La Doctrine spirituelle*, Librairie Catholique, De Perisse Frères, 1844.

2. Walter Pater (1839-1894). Critique et essayiste. *Marius the Epicurean*, vol. 1 et 2, London, Macmillan and Co, 1921 (Bibl. PP). De même, *The Renaissance*, New York, Boni and Liveright, 1919 (Bibl. PP) ; *The Renaissance — Studies in Art and Poetry*, London, Macmillan and Co, 1928 (Bibl. PP) ; *Portraits imaginaires*, Paris, Librairie Stock, 1930 (Bibl. PP).

tières dépassaient de beaucoup celles que je trace ici : en fait de Renaissance, personne n'a mieux parlé de Piero della Francesca ou de Giorgione, en fait d'art japonais, combien belle sa page sur une estampe d'Outamaro[1] !) Ces lacunes, je l'avoue, me gênent dans mon dialogue avec lui, mais il y avait quelque chose d'unique et de poignant dans cet homme capable de tirer de ses grands contemporains, ou quasi-contemporains, autant de substance que nous en demandons aux classiques, et de les juger sous les espèces de l'éternité. On n'aurait rien voulu ajouter à cette figure déjà si riche et si noble, pas plus qu'on ne l'aurait voulu branché sur la politique ou les problèmes sociaux — comme il n'eût guère pu éviter de l'être s'il avait vécu après 1939. Et pas plus qu'à ses vues du monde, on ne voudrait rien changer à sa destinée : on l'aime mieux ainsi, un peu en retrait, mais tellement plus attentif et plus pensif que la plupart de ceux qui semblaient au premier rang, visage placé quelque part entre ceux de Philippe de Champagne et ceux de Carrière[2].

Et enfin, il y avait le sentiment d'une entière honnêteté, en dépit de cette bonne grâce et de ces précautions oratoires qui y semblaient contraires. On avait l'impression que cet homme-là n'avait jamais rien écrit pour briller. C'est cette honnêteté qui fait pour moi du *Dialogue à claire-voie* un si beau livre[3]. Il est allé généreusement vers Gide aussi loin qu'il a

---

1. Kitagawa Utamaro ou Outamaro (1753-1806). Peintre et graveur japonais.
2. Philippe de Champagne ou Champaigne (1602-1674) et Eugène Carrière (1849-1906) sont deux peintres français, le premier d'origine flamande.
3. *Dialogue à claire-voie*. Ajout autographe en anglais de Grace Frick en marge indiquant que *Le Labyrinthe à claire-voie* est la quatrième partie du dialogue avec Gide et qu'il se trouve à Petite Plaisance. Paru en 1926, au Sans Pareil de René Hilsum, *Le Dialogue avec André Gide* entraîna une brouille entre Gide et Du Bos.

pu et pas plus loin. Un honnête homme finalement « converti », et passant comme tout naturellement de l'intellectuel au spirituel.

Mais je m'aperçois que je passe sans cesse du « souvenir » sur Charles Du Bos à la réflexion sur lui, ce qui est peut-être inévitable, étant donné la nature du modèle, et étant donné aussi le fait que j'ai pensé à lui beaucoup plus que je ne l'ai fréquenté vivant. Mais il aurait mieux valu que ma lettre fût plus prompte et moins longue...

Excusez-moi encore une fois de mon retard à répondre, et croyez, je vous prie, Madame, à l'expression de mes sentiments les meilleurs,

Marguerite Yourcenar

P.-S. Si vous rencontrez dans vos dossiers d'autres lettres de moi adressées à Charles Du Bos, puis-je vous demander de m'en envoyer, à votre convenance, une copie[1]. Merci d'avance.

À ELMIRE ZOLLA[2]

Petite Plaisance
Northeast Harbor
Maine USA
11 octobre 1964

Cher Monsieur,

Je joue de malheur avec vous, car deux lettres que je vous avais adressées, l'une à *Temps Pré-*

---

1. Voir lettres des années 30 à Charles Du Bos, copiées par Michèle Leleu.
2. Fonds Yourcenar à Harvard, MS Storage 265.
Elmire Zolla (né en 1926). Essayiste italien.
I Mistici, Milano, Garzanti Editore, 1963 (Bibl. PP).

sent[1], l'autre à *Antaios*[2], me sont toutes deux revenues après de longs délais. J'espère que celle-ci, adressée à *Elsinore*, vous parviendra.

Je vous remercie des deux n^os d'*Elsinore*[3], que je suppose envoyés par vous. J'ai lu avec grand intérêt plusieurs articles, et ai passé quelque temps à essayer de *situer* politiquement *Elsinore* (cette incertitude est bon signe), et aussi sur le plan des « groupes » artistiques ou littéraires, tenu compte, bien entendu, des particularités italiennes, souvent très déroutantes pour ceux qui ne suivent pas les mouvements italiens de très près.

J'ai lu avec très grand plaisir votre article sur *Le Tour de Vis* d'Henry James[4]. Il m'a fait relire ce roman qui m'a semblé une fois de plus un chef-d'œuvre et qui m'intéresse d'autant plus qu'ayant autrefois traduit en français *What Maisie Knew* d'Henry James[5], j'ai eu l'occasion de réfléchir sur cette autre histoire de voyeurisme enfantin, où cette fois ce n'est pas avec des spectres, mais avec des adultes vivants et bien vivants que la petite fille lie d'étranges liens de connaissance complice. *The Turn of the Screw* va beaucoup plus loin que ce roman pourtant extraordinaire, parce que ce n'est plus, cette fois, le seul problème de l'innocence et de la

---

1. Yourcenar traduit ici en français le nom de la revue italienne *Tempo presente* (voir lettre à Lidia Storoni Mazzolani, 4 novembre 1960).
2. Revue allemande, éditée à Stuttgart, de 1960 à 1971. Elmire Zolla y avait publié « Bomarzo — Eine neuplatonische Weihestätte », 1963 (Bibl. PP).
3. *Elsinore*, revue mensuelle romaine (Elsinore Éditrice); n° 6, mai-juin 1964 (Bibl. PP) et n° 8-9, septembre-octobre 1964 (Bibl. PP).
4. Titre original : *The Turn of the Screw*. Généralement traduit en français par *Le Tour d'écrou*.
5. Traduit par Yourcenar, *Ce que savait Maisie* a paru en 1947 chez Laffont, avec une préface d'André Maurois (réédition Laffont, 1968).

perversité enfantine qui préoccupe James, mais celui de nos rapports avec le mal. James [mot barré illisible?] logique, consciemment et inconsciemment à la fois, pour entrer dans le théologique et le métaphysique aussi bien que l'occulte. Comme vous avez raison d'éliminer avec dédain l'hypothèse de Wilson[1] qui réduit tout cela à des fantaisies hystériques de la gouvernante. Bel exemple de l'esprit pour certains de nos contemporains. En réalité, l'obsession sexuelle emplit *The Turn of the Screw* du fait même que c'est sous la forme de contact avec les fornicateurs que James (typiquement homme du XIXe siècle) traite ce problème de connivence avec le mal, et le premier chapitre si mondainement désinvolte me semble prouver *a contrario* qu'il savait sur quel terrain à tout point de vue dangereux il s'avançait. Quant à votre hypothèse sur l'identité *réelle* de l'oncle, elle me paraît très vérifiée, du moins dans le domaine du symbolisme inconscient, car je doute fort que l'idée soit consciemment venue à James.

Votre dernière lettre, il y a déjà longtemps, m'apportait de mauvaises nouvelles de votre santé. J'espère que votre vie a repris très complètement son cours normal.

[...]

[Marguerite Yourcenar]

---

1. Harris W. Wilson. Auteur de « What did Maisie know », *College English* XVII, 1956, pp. 279-282.

À MICHÈLE LELEU[1]

>Petite Plaisance
>Northeast Harbor
>Maine USA
>27 novembre
>1964

Chère Madame,

J'ai été très touchée par votre lettre du 11 novembre, et très heureuse de recevoir la copie de mes lettres à Charles Du Bos, qui accompagnaient la vôtre. Je les ai relues avec curiosité et surprise, car j'en avais complètement oublié le contenu, et je m'aperçois une fois de plus combien il y a dans nos vies plus d'unité qu'il ne semble. La personne que j'étais dans ces années d'avant 1939 me paraît désormais bien loin de moi; en réalité, ces lettres pourraient être d'aujourd'hui; je suis surtout frappée de voir que le problème religieux — à en croire une sorte de mise au point qui figure dans l'une de ces lettres — me préoccupait déjà beaucoup plus qu'on ne s'en douterait en lisant mes livres de ces années-là, et plus même que je n'en n'avais moi-même gardé le souvenir (c'est surtout dans ces domaines-là qu'on a la sensation, souvent illusoire, d'une découverte perpétuellement nouvelle). Merci de m'avoir donné ces moyens de vérification.

Merci également de me signaler mes erreurs, et de le faire avec tant de bonne grâce. *Aréorigiste* est un lapsus impardonnable. Une autre coquille assez comique (mais est-elle de moi ou de la personne à qui vous avez bien voulu faire copier ces pages?) est celle de la lettre du 27 avril 1938, paragraphe 5, dans laquelle il est question des guerres coloniales du

---

1. Fonds Yourcenar à Harvard, bMS Fr 372 (960).

XII siècle ; c'est XVIII siècle, bien entendu, qu'il faut lire[1]. Mais je suppose que cette lettre était, comme presque toutes mes communications, tapée à la machine, et mes erreurs de frappe ne se comptent plus. Puis-je vous prier de vouloir bien rectifier pour moi ?

Il va de soi que je vous donne l'autorisation de citer et de commenter ces lettres. Quant à celles que je possède de Charles Du Bos et dont j'ai donné des copies à Jean Mouton, elles sont à votre service[2]. Comme je n'en possède pas pour le moment d'autres copies disponibles, peut-être pourriez-vous demander à Jean Mouton de vous communiquer celles que je lui ai données. Je lui écrirai de mon côté un mot dans le même sens. Si, pour une raison ou une autre, vous ne pouvez vous les procurer par ce moyen, je les ferai copier de nouveau par une dactylographe d'ici qui sait assez le français pour faire des copies dans cette langue.

Je m'intéresse beaucoup à votre thèse sur Charles Du Bos. Le moment est venu, il me semble, de fixer son souvenir en vue de cette gloire sobre et durable qui devra être la sienne, quelque part entre Joubert et Amiel (je le mets personnellement beaucoup au-dessus d'Amiel, mais vous comprenez que je mentionne exprès des écrivains qu'il avait beaucoup pratiqués et qu'il aimait).

Bien cordialement à vous,

Marguerite Yourcenar

1. Voir lettre à Charles Du Bos, du 27 avril 1938.
2. Dans sa lettre ultérieure à Michèle Leleu, du 29 novembre 1964, Yourcenar précise sur ce point : « Les trois seules lettres de Du Bos dont je possède les originaux sont du 16 novembre et du 21 décembre 1937, puis du 12 avril 1938. Ce sont aussi celles que j'avais communiquées à Jean Mouton. Comme vous en avez les doubles, il ne semble pas nécessaire de correspondre sur ce point avec ce dernier. Pour compléter mon lot, je serais heureuse de recevoir la copie des lettres de Du Bos du 9 et du 17 juillet 1938, dont vous possédez des doubles. » Fonds Yourcenar à Harvard, bMS Fr 372 (960).

À JACQUES KAYALOFF[1]

2 décembre 1964

Mon cher Jacques,

Le petit livre de Georges Izard m'a paru excellemment pensé et écrit: enfin un bon livre chez Laffont[2]! (Il est vrai que Plon, non plus, ne nous gâte pas...)

Sérieusement, je crois que ce petit volume restera, comme sont restés certains pamphlets politiques du XVIIIe siècle: il en dit long sur le côté monarchique de l'autorité de de Gaulle, et sur les inconvénients et les risques d'être gouvernés par un militaire chauvin. Tout cela est d'ailleurs d'autant plus triste qu'on ne voit pas quelle sera la solution suivante.

Il neige depuis trois jours, et, sentiments mis à part, je suis heureuse qu'Anya[3] et vous ne soyez pas venus dans le Maine, où le voyage est certainement contre-indiqué en hiver.

Toutes mes bonnes pensées, et tous mes souhaits de relatif repos. Nos amitiés à tous trois[4],

Marguerite Yourcenar

---

1. Collection particulière.
2. *Lettre affligée au général de Gaulle*, Paris, Laffont, 1964 (Bibl. PP), de Georges Izard (1903-1973), de l'Académie française.
3. Anya, épouse de Jacques Kayaloff. Longtemps antiquaire à New York.
4. Il s'agit d'Anya et Jacques Kayaloff, et de leur fille Isabelle.

1965

À JEAN ROSSIGNOL[1]

> Petite Plaisance
> Northeast Harbor
> Maine 04662 USA
> 1ᵉʳ février 1965

Cher Monsieur,

Je vous remercie de votre lettre du 20 janvier au sujet d'une éventuelle production cinématographique de mon roman *Le Coup de Grâce*[2]

J'avais de mon côté appris par mon avocat que Jean Cayrol persistait à donner ce même titre au film sur un sujet tout différent qu'il tourne en ce moment, et que, légalement, il était impossible de l'y faire renoncer, ce que d'ailleurs je n'ignorais pas. Il y a là une certaine carence légale à laquelle nous ne pouvons rien pour le moment, et à laquelle il sera, je crois, difficile de porter remède. Reste qu'il eût été de meilleur goût, de la part de Jean Cayrol, de renoncer à ce titre.

---

1. Fonds Yourcenar à Harvard, MS Storage 265.
2. Premiers contacts à propos de l'adaptation cinématographique de *Le Coup de grâce* qui sera porté à l'écran et mis en scène par Volker Schlöndorff.

J'en viens à l'essentiel de votre lettre : je continue à trouver indispensable le droit de regard de l'auteur sur le scénario. Ne pas l'avoir, c'est risquer de laisser passer sans recours (car la protestation après coup est toujours inutile) à une déformation totale de ce qu'on a voulu ou cru faire. Qui m'assure, par exemple, que les cinéastes ne finiraient pas par donner à mon roman un dénouement heureux opposé à son esprit, ou encore ne transformeraient pas les passages concernant Grigori Loew et sa mère en un pamphlet antisémite ? Si un directeur [sic] aime et respecte l'ouvrage qu'il souhaite interpréter, il n'a rien à craindre du droit de regard de l'auteur, qui ne peut que se réjouir de voir son livre traduit sous une forme nouvelle, visuelle et non plus littéraire, du moment que le contenu reste intact. Le refus de lui donner un droit de regard sur le scénario ne peut au contraire que créer chez l'auteur une raisonnable méfiance.

Vous me dites que les mœurs cinématographiques sont dictées par le fait que le cinéma est prisonnier des sommes énormes qu'il doit investir. L'argument ne me paraît pas valable pour, ou plutôt contre, un droit de regard sur le scénario, précaution qui *précède* la production. Il est très vrai qu'ensuite ce même scénario approuvé par l'auteur pourrait (et parfois devrait) être remanié en cours de route, sur des points de détail plus ou moins infimes et que ces réarrangements présenteraient encore de réels dangers. Toutefois, l'établissement d'un scénario approuvé éviterait les erreurs les plus tangibles, et permettrait à l'auteur de voir dans quel esprit et sur quel ton le directeur [sic] entend interpréter l'ouvrage.

L'argument des grosses sommes investies me laisse d'ailleurs assez sceptique, les pires films de notre temps étant invariablement ceux qui ont coûté le plus. La tyrannie des capitaux, qui s'est toujours exercée jusqu'ici en sens opposé à l'art et à la liberté d'expression, est une des raisons pour lesquelles un écrivain préoccupé d'une certaine intégrité se méfie du film. J'écris d'ailleurs ceci à regret, étant la première à goûter cette chose si rare (et de plus en plus rare il me semble) qu'est un film honnêtement fait.

Même remarque en ce qui concerne les 200 000 exemplaires vendus des *Liaisons Dangereuses*. Car combien de lecteurs racolés par ce film (intéressant, du reste, en dépit des fautes assez grosses[1]) sont-ils allés dans le texte de Laclos plus loin que le premier chapitre...

Mais les considérations qui précèdent demeurent en somme générales, puisque nous en restons au stage [sic] des vagues prospections. Puis-je seulement ajouter que je redoute particulièrement, pour un film comme celui dont il s'agirait, les firmes américaines ? Le livre, fort bien traduit en anglais[2], n'a été que très peu compris aux États-Unis, et seulement par des critiques connaissant l'Europe Orientale et le milieu d'où sortaient ces personnages. Je crains bien qu'avec un producteur américain nous irions de malentendu en malentendu.

Excusez, cher Monsieur, ces réflexions assez décourageantes, et croyez, je vous prie, à l'expression de mes sentiments les meilleurs.

Marguerite Yourcenar

---

1. Yourcenar se réfère ici à l'adaptation cinématographique des *Liaisons dangereuses, 1960*, mise en scène par Roger Vadim.
2. Traduit en anglais par Grace Frick sous le titre *Coup de grâce*, New York, Farrar, Strauss & Cuhady, 1957.

À LIDIA STORONI MAZZOLANI[1]

>   Petite Plaisance
>   Northeast Harbor
>   Maine 04662 USA
>   3 février 1965
>   (jour de St Blaise, saint oublié,
>   qui est l'un de mes saints favoris)

Ma chère Amie,

Si je n'ai pas répondu sur-le-champ à votre demande de traduire pour *Elsinore* ma lettre contenant mes impressions de Leningrad en 1962[2] c'est qu'il s'est créé en moi un cas de conscience. Premièrement, cette lettre me paraît avant tout *une lettre*, je veux dire une confidence faite à une personne seulement, sans arrière-pensée de publication, et je crois fermement que ce genre de texte n'est à sa place que dans une publication posthume. Deuxièmement, dans le cas qui nous occupe, je crains terriblement les malentendus. Je ne voudrais pas faire le jeu d'une propagande anticommuniste utilisant ce texte pour renforcer chez les gens des préjugés qu'ils ont déjà. Une grave chance d'erreur est que je suis, en dépit des *Mémoires d'Hadrien*, lue surtout grâce à vous, relativement peu et mal connue en Italie ; des lecteurs qui ignorent à peu près tout de ma forme particulière de pensée pourraient voir dans cette lettre une peinture du monde soviétique volontairement assombrie par je ne sais quelle hostilité anticommuniste ou antirusse qui pourrait exister en moi. En fait, ce ton se retrouverait, si l'on prenait la peine de l'y chercher, dans d'autres de mes livres parlant d'autres pays et d'autres choses. Vous avez lu *Denier*

---

1. Collection particulière.
2. Voir lettre à Lidia Storoni Mazzolani de Noël 1962.

du Rêve, vous êtes même je crois une des rares personnes de ma connaissance à l'avoir bien lu. Eh bien, n'ai-je pas raison de dire que la description de la nuit sur Rome est écrite dans la même tonalité désolée ? Il y a chez moi une incapacité de plus en plus radicale à accepter le monde tel qu'il est, je veux dire avec ses couches superposées d'indifférence, de souffrance et d'injustice. Je crains beaucoup que le lecteur qui ignore ceci ne fasse de cette lettre, qui est en somme le fragment d'un jugement d'ensemble porté sur le monde, une diatribe politique à des fins particulières...

En définitive, étant donné le nombre de mes principaux ouvrages traitant en somme du même point non traduits en Italie (*Denier du Rêve*, la conclusion de l'essai sur l'*Histoire Auguste* et celle de l'essai sur Chenonceaux, les passages qui analysent la cruauté ou l'inhumanité des constructions mentales de l'homme, dans l'essai sur Piranèse[1], ou encore le tout récent essai sur l'esclavage des noirs dans *Fleuve Profond*), il me semble trop tôt pour imposer au lecteur une image purement impressionniste et personnelle d'un coin du monde, comme celle que lui apporterait ma lettre sur Leningrad. En un sens, pour avoir le droit de parler ainsi tout haut de mon propre temps, je ne me sens pas en Italie assez généralement écoutée.

J'ai été ravie par l'image des enfants-dryades et faunes dans l'immense olivier. Toutes mes affectueuses pensées,

Marguerite Yourcenar*

Vous ai-je envoyé le n° d'une revue *(Les Livres de France)* publiant un ensemble d'articles sur moi, et

---

1. Tous recueillis dans *Sous bénéfice d'inventaire*.

sortie l'an dernier[1] ? Elle contenait aussi un bref fragment de mon prochain livre, et j'y ai remarqué dans une dizaine de lignes en italien trois ou quatre fautes d'impression ou d'inattention. Excusez-les, je ferai de mon mieux pour qu'elles disparaissent quand l'ouvrage sortira en volume.

À JOSEPH BREITBACH[2]

>	Petite Plaisance
> Northeast Harbor
> Maine 04662 USA
> 17 février 1965

Mon cher Joseph,

Merci pour les coupures (*Züricher Zeitung* et Kanters). *Bruno* est arrivé il y a une quinzaine de jours (sous sa forme française[3]) et j'ai attendu pour vous en remercier de l'avoir lu, ce que j'ai fait à peu près d'une traite.

L'ouvrage est extrêmement intéressant, à bien des points de vue, et à sa manière, à ce qu'il me semble, unique. (Mais suis-je là bon juge ? Je lis peu de romans, leur étant allergique, bien que j'en écrive moi-même.) Pour ceux qui, comme moi, savent qu'il s'agit d'un ouvrage allemand réécrit par l'auteur en français, l'intérêt est double ou triple. J'ai immédiatement pris le texte allemand et essayé de m'y aventurer pour comparer. Il me semble que sur certains points au moins le *Bruno* français est plus développé, et au contraire réduit sur d'autres, ce à quoi il

---

1. Voir lettre à Alain Bosquet du 1ᵉʳ janvier 1964.
2. Fonds Yourcenar à Harvard, bMS Fr 372 (860).
3. *Rapport sur Bruno*. Voir lettre à Joseph Breitbach du 7 avril 1951, page 97, note 1.

fallait s'attendre. Ce qu'il y a d'extraordinaire, c'est à quel degré, presque paradoxal, ce *Bruno* français est français. Ligne qui passe par le théâtre et le récit classiques, par St-Simon, par Stendhal, méthode qui consiste à montrer plutôt les relations des personnages entre eux que ces personnages eux-mêmes (plutôt la géométrie et l'algèbre des situations que la chimie des individus) et à donner même du concret une présentation abstraite. (C'est l'exact opposé de ma propre méthode en ce moment, ce qui ne m'empêche pas de l'apprécier beaucoup.) Par moments, comme dans le récit de la querelle des Ducs ou dans celui des astuces politiques du Comte Mosca, la complexité des fils et des données est telle chez vous qu'on s'y perd, et que l'impression qui demeure (et que sûrement l'auteur a voulue) est, en gros, que les intrigues et les complications de la vie dite publique sont bien compliquées. Puis, toujours comme chez Stendhal ou dans la tragédie classique, la catastrophe se produit, et tout s'arrange ou se dérange en termes clairs et non plus chiffrés. Comprenez que ce que j'essaie de définir ainsi me paraît une réussite, et une réussite inattendue venant de l'auteur de *Rival et Rivale*[1] (que j'apprécie aussi beaucoup). C'est un autre monde.

Je trouve aussi très remarquable que vous ayez rendu, au début surtout, Bruno lui-même intéressant sans le rendre sympathique ni non plus trop odieux. Rien qu'un produit de notre temps. Vous avez écrit là un livre contre l'hypocrisie et le mensonge, et c'est aussi un aspect très français de l'ouvrage qu'il y ait à l'intérieur un moraliste caché.

Je suis amusée par le mécontentement de Roditi que vous signalez. La maison Plon compte beaucoup depuis des années sur le livre que j'achève en ce

---

1. *Rival et rivale.* Voir lettre à Joseph Breitbach du 7 avril 1951.

moment[1] (et dont vous avez peut-être aperçu un fragment dans la NRF de septembre dernier; je leur envoie en ce moment un second fragment, *La Mort à Münster*, sujet par définition assez sombre). Ce qu'il y a d'un peu décevant dans tout cela, c'est que, bien que certains thèmes de l'*Œuvre au Noir* recoupent ceux *d'Hadrien*, ce livre souterrain, tourmenté, volontairement dégagé, et dont les audaces seront trouvées probablement plus irritantes qu'exaltantes, ne s'adresse pas du tout au grand public, et trompera probablement les espoirs qu'on met sur lui. Ce grand public, il est déjà extraordinaire qu'*Hadrien* l'ait atteint, et la même heureuse méprise ne se reproduit pas deux fois dans une carrière d'écrivain. Enfin, on verra bien[2].

Je termine par deux questions, auxquelles vous répondrez quand il vous plaira, concernant le monde de l'édition allemande.

Que pensez-vous de Kiepenhauer, Witsch, de Cologne, dont j'apprends par Gallimard qu'il demande une option sur cette même *Œuvre au Noir*[3], qu'il croit par erreur appartenir à la NRF? J'ai un autre ouvrage *(Nouvelles Orientales)* chez Insel, qui va publier aussi une édition de luxe de *Piranèse*. À la vérité, l'Insel me semble un peu arbitraire dans ses choix, mais il me semble toujours mieux, à l'étranger surtout, de consolider chez un même éditeur, si trop d'autres considérations n'entrent pas en jeu. Enfin, la *Deutsche Verlag*, qui avait très bien réussi avec *Hadrien* (en dépit du titre idiot dont elle l'avait

---

1. *L'Œuvre au Noir*, qui, à la suite d'un long litige avec Plon, sera publié chez Gallimard.
2. À la surprise de l'auteur, elle se reproduisit pour *L'Œuvre au Noir*.
3. *Die schwarze Flamme*, traduction de Anneliese Hager, René Cheval et Bettina Witsch; Köln Berlin, Kiepenheuer et Witsch, 1969.

revêtu[1]), me semble pour le moment hors de cause, à moins que le naïf espoir d'un « roman historique » à gros tirage ne les saisisse aussi.

Seconde question, d'un intérêt tout historique. Goverts, qui avait en 1956 publié *Alexis*[2], l'a promptement retiré du commerce comme choquant la moralité allemande. En même temps, il a, bien entendu, renoncé à publier *Le Coup de Grâce,* dont il avait acquis les droits. (Voilà, entre autres choses, qui promet pour l'*Œuvre au Noir* !) Faut-il voir là l'effet d'une frousse toute particulière à Goverts ? Mais avait-il acheté ces livres sans les lire ? Je serais curieuse d'avoir un jour votre opinion sur cette déjà vieille histoire.

Hiver assez rude, fracture de la cheville compliquée de phlébite (je vous écris de mon lit); donc, incertitude quant aux projets de voyage et autres, à laquelle la politique ajoute son odieuse incertitude à elle. Toutes mes affectueuses pensées à partager avec Jean Schlumberger.

[Marguerite Yourcenar]

---

1. *Ich zähmte die Wölfin,* traduction de Fritz Jaffé, Stuttgart, Deutsche Verlags-Anstalt, 1953 (Bibl. PP). Une réédition parut sous le titre *Erinnerungen des Hadrian,* Leipzig, Verlag Philipp Reclam jun., 1985.
2. *Alexis oder der vergebliche Kampf,* traduction de Richard Moering, Stuttgart, Schertz et Goverts Verlag.

À NATALIE BARNEY[1]

> Petite Plaisance
> Northeast Harbor
> Maine 04662 USA
> 17 août 1965

Chère Amie,

Votre lettre et le chèque qui l'accompagne m'ont bouleversée. J'y vois la preuve de cette chose si rare : la véritable amitié capable de s'inquiéter d'un silence et obsédée par le désir d'être utile. Les larmes, littéralement, me montent aux yeux quand je pense que cette manifestation inattendue d'une amitié si fidèle vient de vous, qui avez le droit, et presque le devoir, d'éloigner de votre pensée tous les soucis et de vous reposer pour ménager votre cœur. J'accepte ce don avec gratitude comme j'ai accepté les précédents, non que j'aie en ce moment besoin de secours matériels (je vous jure que je ne suis pas à court d'argent), mais parce que ce chèque est un symbole, équivalent à une pièce d'or inaltérable. Et je n'oublie pas que ces dons faits dans l'éloignement prennent la suite de générosités d'autre espèce, comme votre intervention dans l'affaire du refus par le consulat américain de Paris de viser mon passeport[2], à l'époque où sévissait le Maccarthysme, ou encore votre « enlèvement » de la personne fort fatiguée et fort grippée

---

1. Fonds Yourcenar à Harvard, MS Storage 265. Yourcenar avait déjà accusé réception d'un chèque de 1 000 dollars, autre cadeau de Natalie Barney, dans une lettre du 10 novembre 1962. Fonds Yourcenar à Harvard, MS Storage 265.
2. En mars 1954, Yourcenar, américaine depuis 1947, avait demandé au consulat des États-Unis à Paris une prolongation de son passeport pour deux ans. On le lui avait renvoyé avec un avis d'expiration au 24 mai suivant. L'intervention de Natalie Barney, à qui Grace Frick écrivit ensuite une lettre de remerciements, avait permis de résoudre le problème.

que j'étais, afin de m'assurer un repas et une soirée tranquilles après une conférence fatigante. Votre amitié est naturellement d'une bienfaisance royale.

Que vous ayez plus d'une fois pensé à moi au cours d'une insomnie, durant ces dernières semaines, me touche comme une coïncidence quasi mystérieuse. Non que vous ayez à vous inquiéter pour moi : je suis, il est vrai, épuisée par l'achèvement d'un long ouvrage, un roman *(L'Œuvre au Noir)* pour lequel je me suis adonnée à autant de recherches et de réflexions que pour les *Mémoires d'Hadrien*, ou peut-être encore davantage, et où j'ai mis autant de moi, sinon plus. J'espère que vous l'aimerez : c'est, en deux mots, l'histoire d'un homme intelligent et persécuté ; cela se passe vers 1569 et pourrait s'être passé hier ou se passer demain. À cette fatigue qui n'est que naturelle viennent s'ajouter les soucis très légitimes que cause en ce moment l'état de l'édition française. Je ne sais encore où paraîtra ce livre, ne voulant pas faire certains compromis, et tenant à choisir, si possible, l'éditeur qui défendra le mieux ce livre. La situation n'est pas pour l'instant dramatique, comme elle l'était en 1951, mais elle est épineuse, et je vous en ferai savoir la conclusion dès que je la connaîtrai moi-même.

Quant à ma santé, elle est raisonnablement bonne ; et j'ai triomphé d'un peu de phlébite qui s'était réinstallée cet hiver à la suite d'une grave entorse. Chose plus importante encore, la santé de Grâce, en dépit d'accrocs, comme vous le savez, assez graves, est pour le moment excellente, ce qui est dû en partie à une très bonne chance, en partie aussi à son admirable courage que vous connaissez[1].

---

1. En juin 1958, Grace Frick subit une première opération chirurgicale, puis une autre en 1961. À partir de leur retour d'Europe en 1971, Yourcenar sera retenue à Northeast Harbor par l'état de plus en plus grave de son amie, jusqu'à la mort de cette dernière en 1979.

Mais il y a d'autres raisons que votre amicale inquiétude pour que nos pensées se rejoignent. La veille de l'arrivée de votre lettre, nous parlions de vous, ce qui arrive fréquemment ; il y a une semaine environ, me trouvant (ce qui m'arrive rarement, car j'évite autant que possible de « sortir ») à une séance d'un petit club de poésie que préside Mrs. August Belmont, quand mon tour est venu de réciter quelque chose, j'ai pris ces quatre vers de vous que j'aime comme vous savez : « Seul geste... » que j'ai présentés comme un beau poème, le plus court à ma connaissance de la langue française écrit par une femme qui a passé ici quelques étés de sa jeunesse. Si ces dames avaient été plus préoccupées qu'elles ne le sont de littérature française, je leur aurais dit, d'abord, que ce vers de deux pieds est si rarement employé en français, que je ne connais d'autre exemple qu'une strophe d'Hugo ; si on m'avait interrogée davantage, je crois que j'aurais répondu qu'on pouvait dire de Natalie Barney ce qu'Oscar Wilde a dit de lui-même, c'est-à-dire qu'elle avait mis son génie dans sa vie et son talent dans ses œuvres[1], combinaison peut-être plus rare que la combinaison contraire.

Le poème a plu, comme il plaît toujours, et j'attendais les commentaires avec une infinie attention, curieuse de voir ce qui reste d'une légende comme la vôtre dans ce pays qui aura été l'un de vos décors, mais n'ignorant pas, bien entendu, que les lieux où l'on a vécu sont souvent ceux pour lesquels on est le plus invisible. Et en effet, j'ai recueilli çà et là quelques lueurs : Mrs. Belmont, qui fut jadis l'actrice anglaise Eleanor Robson, amie de Bernard Shaw, se souvenait surtout, non très exactement de vous, mais de votre mère, ce qui d'ailleurs n'est pas

---

1. Voir lettre à Natalie Barney du 29 juillet 1963.

étrange, car je crois avoir compris que votre mère était musicienne et mélomane, et vous savez sans doute que Mrs. Belmont est la grande protectrice de l'Opéra aux États-Unis. Mrs. de Witt Peltz, de Bar Harbor, qui se trouvait là, se rappelait fort bien votre nom, mais ne vous connaissait pas personnellement, je crois, et a noté avec enthousiasme vos vers sur son carnet... Non certes que vous teniez à l'admiration de quelques dames dans cette île que vous avez quittée depuis si longtemps ; c'est moi seulement qui trouve plaisir à vous nommer dans ce paysage auquel vous êtes quand même un peu liée. Pour le reste, chère amie, votre célébrité est française et parisienne, et même un peu de la rue Jacob, comme celle d'Adrienne Lecouvreur.

Je viens de faire une chose qui vous déplaira peut-être : sur ces cinq cents dollars, j'ai prélevé une dîme. Vous savez combien je m'intéresse à la conservation des paysages : chaque année, j'envoie un petit don à la Nature Conservancy Association, qui a acheté, il y a trois ans, une île de 152 acres dans la baie de Bar Harbor, Turtle Island, pour la sauver des lotisseurs et des marchands de bois qui auraient eu vite fait de transformer ces beaux arbres en pâte à papier pour des « comics » et d'ineptes illustrés... (« Arrête, bûcheron[1]... ») Cette année, je viens de leur adresser cinquante dollars pour aider à amortir ce qui, de cet achat, reste encore à payer, en indiquant que cette fois le présent venait de vous ; j'aime à penser que quelques creux de mousse, quelques rochers et quelques nids d'oiseaux de mer vous doivent ainsi leur sécurité. Je vous en remercie pour eux.

Je ne parle à personne, pas même à moi-même, de projets de voyages, ceux-ci dépendant en partie d'un certain nombre de faits, surtout peut-être des déci-

---

1. Début d'un vers de Ronsard.

sions concernant mon prochain livre. Si, comme je l'espère, je me rends en France cet hiver, vous revoir sera une des joies que je me promets[1]...

Dormez sans insomnie, chère Amie, en ce qui me concerne, mais laissez-moi vous redire combien m'émeut cette preuve spontanée d'affection en un monde où il semble souvent que tous les efforts et les élans viennent de soi, et que les autres (pas *tous* les autres, certes, mais la plupart) oublient ou laissent tomber. Grâce qui vous dit également merci vous envoie ses affectueux souvenirs mêlés aux miens,

Marguerite Yourcenar*[2]

P.-S. Votre avant-dernière lettre, écrite en avril, et à laquelle ma seule excuse de n'avoir pas tout de suite répondu est que j'étais littéralement enfermée alors avec le personnage principal de *L'Œuvre au Noir* dans une prison du XVIe siècle, me disait qu'à Fiesole, d'où vous m'écriviez, vous n'aviez pas encore reçu *Fleuve profond, sombre rivière*. Si vous n'avez pas trouvé ce livre chez vous en rentrant à Paris, soyez assez bonne pour me le dire, et je vous enverrai aussitôt mes « pauvres noirs ».

---

1. De fait, l'année 1966, comme la précédente, sera une année « immobile » car Yourcenar souffre d'allergies et de crises de sciatique.
2. La signature est au-dessus du nom dactylographié.

À CAMILLE LETOT[1]

23 sept. 1965

Chère Camille,

C'est avec un bien grand plaisir que j'ai reçu la jolie carte pour la Saint-Michel. Tu es probablement la seule à savoir encore quelle fête ce jour était chez nous. Merci ! J'espère que chez vous tout va bien et vous adresse à tous mes amicales pensées,

Marguerite Yourcenar

À LIDIA STORONI MAZZOLANI[2]

Fin 1965[3]

Chère Amie,

Vous m'en voulez peut-être de n'avoir pas répondu à votre bonne et longue lettre du 3 février dernier. Près d'un an... Mais pour moi, l'année a été agitée et difficile. J'ai achevé en juillet le long ouvrage[4] auquel je travaillais depuis plusieurs années, et connu par conséquent une fois de plus cette exaltation sans seconde de se sentir portée par la fin d'une œuvre, qui coule comme un fleuve vers la mer. Mais dès le début de l'année, de graves ennuis avaient commencé. La situation éditoriale est très mauvaise en France, de bons éditeurs « sérieux » d'autrefois s'étant

---

1. Archives Gallimard. Copie de carte postale autographe représentant un « Poulain Shetland » de Kurt Meyer-Eberhardt, 1895.
2. Collection particulière. Copie autographe d'une carte de vœux terminée sur papier à lettre à en-tête Petite Plaisance Northeast Harbor Maine.
3. La carte n'est pas datée.
4. *L'Œuvre au Noir.*

brutalement « commercialisés » à mesure qu'ils s'organisent en « trusts » monstrueux. Le niveau intellectuel n'est peut-être pas beaucoup plus bas qu'autrefois, il est plus bruyamment et presque plus insolemment commercial qu'autrefois. J'essaie de reprendre l'ouvrage que je viens d'achever à un éditeur[1] avec qui j'avais signé un contrat il y a dix-huit mois sans prévoir ces changements et sans deviner la très grande importance que le livre aurait pour moi, et je suis en conséquence engagée dans un long litige judiciaire. Depuis le mois de juin, Grace Frick et moi avons passé la meilleure partie du temps à constituer des dossiers. Votre expérience avec une contestation concernant les *Mémoires d'Hadrien* vous fera comprendre l'étendue de ces ennuis. Quant à la publication du livre, elle est évidemment retardée jusqu'à nouvel ordre.

J'ai repris à Einaudi le *Denier du Rêve* qu'il avait fait traduire (par qui ? Il ne l'indique pas), et l'ouvrage ira peut-être à un autre des deux éditeurs chez qui j'ai des propositions d'option, Garzanti ou Feltrinelli. Mais le fait que je ne sais rien de la qualité de la traduction me décourage pour le moment de trop insister auprès des éditeurs pour leur faire acheter celle-ci.

Quant aux *Mémoires d'Hadrien,* Giulio Einaudi m'assure qu'il aime beaucoup ce livre et tient à le garder dans son catalogue, ce qui est un compliment pour vous autant que pour moi.

Je me rends compte que je n'ai pas répondu en son temps à votre seconde demande pour la lettre sur Leningrad que vous désirez traduire et insérer dans *Elsinore*. Mais j'étais accablée d'autres soucis. De toute façon, il me semble que tout fragment de correspondance n'a sa place que dans une édition

2. Plon.

posthume, ou tout au plus dans une anthologie de correspondance faite et publiée si tard dans la vie d'un écrivain qu'elle est quasi posthume. Veuillez je vous prie faire valoir ce point de vue auprès de vos amis.

J'espère que votre fille va bien ainsi que tous les vôtres, et que les enfants grandissent joyeusement dans ce monde difficile. Ma lettre ne vous parviendra pas à temps pour Noël, mais qu'elle vous apporte au moins tous nos meilleurs souhaits de Nouvel An. Quant aux affectueuses pensées, exprimées ou non, elles sont constantes, et la saison n'y change rien.

Bien amicalement à vous,

Marguerite Yourcenar

1966

À HÉLÈNE ABRAHAM[1]

> Petite Plaisance
> Northeast Harbor
> Maine 04662 USA
> 5 janvier 1966

Chère Madame,

Le livre de Jenny de Vasson est depuis juin dernier sur ma table; je l'ai lu et *relu* et abondamment annoté[2]. Si je ne vous en ai pas remerciée plus tôt, c'est que je ne me serais pas contentée du bref accusé de réception poli auquel on se limite presque toujours faute de temps — et malheureusement le loisir m'a vraiment manqué jusqu'ici pour une réponse plus longue.

---

1. Fonds Yourcenar à Harvard, MS Storage 265.
Hélène Abraham. Dans *Les Yeux ouverts*, *op. cit.*, p. 28, Yourcenar se réfère à elle comme à la sœur de Jean Richard Bloch. Voir p. 297, note 2.
2. Hélène Abraham, *Une figure de femme, Jenny de Vasson (1872-1920)*, Paris, Au Chariot d'Or, 1965.
Jenny Marie Nannecy Girard de Vasson. A laissé des *Carnets* et une œuvre photographique. Voir Christian Caujolle, Yvon Le Marlec, Gilles Wolkowitsch et Jean-Marc Zaorski: *Jenny de Vasson — Une femme photographe au début du siècle*, Paris, Éditions Herscher, 1982 (Bibl. PP).

Rien de plus enrichissant qu'un tel recueil. Une femme que nous aurions pu connaître durant notre adolescence, que nous avions peut-être coudoyée dans quelque rue de Paris en 1918 ou 1919 mais dont nous ne savions rien, pas même le nom, devient tout à coup une amie et nous prouve une fois de plus combien grandes et variées sont ces richesses secrètes des êtres qui presque jamais n'affleurent à la surface, et que ceux qui les ont entrevues trop souvent oublient. On vous sait gré de ne pas avoir oublié ! Rien n'est plus ferme et plus beau que certains extraits publiés par vous, des *Cahiers* de Jenny de Vasson, celui sur Beethoven, entre autres, p. 198. Que l'existence de cette femme ait été limitée, privée, à ce qu'il me semble, de certaines expériences que nous tenons pour essentielles, que Jenny de Vasson n'ait communiqué qu'avec un petit nombre d'êtres plus ou moins de son choix (je dis plus ou moins parce que la part du hasard dans les rapports humains est toujours si grande) rend plus admirable le spectacle de ce libre esprit se développant dans l'espace et le temps relativement étroits qui lui ont été octroyés.

Elle nous touche là même où ses opinions diffèrent en tout des nôtres. Ses vues sur la femme et sur l'amour nous scandalisent presque parce qu'elles sont à l'opposé de ce que nous tenons désormais pour naturel et raisonnable, mais j'avoue que sa ferme adhésion à ce qui nous semble des préjugés m'a fait réfléchir à nos préjugés tout contraires, et me demander si l'image que nous nous faisons aujourd'hui de la femme n'est pas aussi incomplète (autrement incomplète) que celle que s'en faisait Jenny de Vasson.

Jenny de Vasson me semble un admirable exemple de cette ancienne culture française qui tend à se faire rare. Ses classiques sont avant tout les classiques français, mais approfondis, j'allais dire *ruminés*, jusqu'à ce que la dernière parcelle de connaissance soit absorbée. Ses analyses de l'*Amphitryon* et du *Dom Juan* de Molière m'ont paru d'une pénétration et d'un *bonheur* qui touche au génie. Peu de rapports constants avec les écrivains de l'Antiquité (je veux dire qu'elle ne paraît qu'à un très faible degré humaniste), mais on sent que le contact avec l'*Odyssée* lui a ouvert des mondes, et Marc Aurèle a été un constant compagnon ; peu de rapports avec les grands écrivains étrangers, du moins dans les textes que vous donnez, mais il y a pourtant cette merveilleuse rencontre de la fillette de treize ans avec Dante, et plus tard le contact intelligent avec Goethe. Là même où elle se bute, contre Shakespeare, qu'elle aime peu, contre Pascal et Stendhal qu'elle juge trop sur leurs seuls défauts, ses refus ou ses répugnances restent valables, du point de vue où elle s'est placée. La musique naturellement était son domaine, mais en matière de peinture on s'émerveille que cette femme relativement sédentaire et vivant une grande partie de sa vie loin des grands centres ait su si bien voir tout ce qu'il lui a été donné de voir. En musique aussi, d'ailleurs, sa liberté d'esprit est extraordinaire (p. 190, sur le chant) et c'est là une qualité des plus rares, peut-être surtout chez ceux qui ont fait du chant ou de la musique un métier dont ils ne discutent plus guère que les techniques, et fort peu les principes.

Ce qui me frappe, c'est que cette femme cultivée qui mourut en 1920 ne semble pas, d'après vos extraits, avoir été touchée par ce qui nous paraît à distance la grande littérature du 1er quart du siècle, ni même par les grands ouvrages des années 1880-1900 qui allaient particulièrement influencer notre époque. Ni Rimbaud, ni Ibsen, ni Shaw, ni à ce qu'il me semble Dostoïevsky, et pas encore Gide, Claudel ou Proust. J'ai vérifié cette loi sur moi-même. Née plus de trente ans après Jenny de Vasson, j'ai eu comme elle une adolescence riche de grandes lectures, mais la littérature « de mon temps », celle qui triomphait vers les années 20, ne m'a atteinte qu'à retardement et à l'époque où j'avais déjà d'innombrables points de comparaison pour la juger. Évidemment, quelque chose avait changé, et je lisais vers 1915 Romain Rolland[1] à l'âge où vers 1885 Jenny de Vasson lisait Erckman-Chatrian, mais la méthode était la même, et je crois bien que c'était la bonne. Il me semble que les jeunes esprits d'aujourd'hui pâtissent terriblement d'être jetés d'emblée dans ce que ce même Romain Rolland appelait « la foire sur la place ».

(À propos, je me suis demandé en lisant votre ouvrage si Jenny de Vasson, que Jean-Richard Bloch[2] décrivait si éloquemment à Romain Rolland en 1911[3], n'a pas plus ou moins servi de modèle pour la robuste Sainte Cécile du volume *Les Amies*[4]. Je hasarde l'hypothèse sans pouvoir confronter les

---

1. En particulier *Au-dessus de la mêlée* que son père lui fit lire, vers 1915.
Des extraits de lettres de Yourcenar ont été publiés dans le bulletin 135-138 de l'*Association des amis du fonds Romain Rolland*, Paris, Fonds Romain Rolland, 1981, pp. 14-15.
Vie de Tolstoï, Paris, Librairie Hachette, 1911 (Bibl. PP); *Vie de Michel-Ange*, Paris, Librairie Hachette, 1924 (Bibl. PP); *Vie de Beethoven*, Paris, Librairie Hachette, 1925 (Bibl. PP); *Jean-Christophe*, Paris, Librairie Ollendorff, t. I, 1926, t. II, 1925, t. III et IV, sans date (Bibl. PP); *Empédocle* suivi de *L'Éclair de Spinoza*, Paris, Éditions du Sablier, 1931 (Bibl. PP).
2. Jean-Richard Bloch (1884-1947). Romancier et dramaturge qui fonda avec Romain Rolland la revue *Europe*. Auteur de *La Nuit kurde*, Paris, Gallimard, 1933 (Bibl. PP).
3. Dans une lettre à Romain Rolland, Jean-Richard Bloch évoque l'influence que Jenny de Vasson a exercée sur lui.
4. « Les Amies » constitue la huitième partie de *Jean-Christophe* (publié de 1904 à 1912), de Romain Rolland.

dates, mon édition de Romain Rolland ne m'indiquant pas quand *Les Amies* ont été composées[1].)

Il y a aussi les lacunes, que l'on rencontrerait également chez tant d'honnêtes gens français du même tour d'esprit. Il semble (toujours à vous lire) que les préoccupations civiques et humanitaires soient à peu près absentes de ces *Notes*, et qu'une grande bonté n'entre en jeu (mais surtout sous forme de *compréhension*) que quand il s'agit d'êtres avec lesquels une Jenny de Vasson est étroitement liée. C'est à peu près ce que Proust, avec une extrême subtilité, a dit de sa mère et de sa grand-mère, et l'on voit bien comment les errements politiques de la France depuis plus d'un siècle avaient d'une part découragé ces bons esprits de toute action civique, et comment, de l'autre, la Charité restait pour eux une vertu théologale, unie à la Foi qu'ils n'avaient plus, et laissée en partage aux gens religieux, qui pour la plupart l'exerçaient fort mal. En dépit d'une sensibilité souvent ravissante (p. 63, la remarque sur l'herbe qui pousse), on a, comme le note Jenny elle-même, l'impression d'une culture où le mot écrit prend le pas sur les choses : on voit rarement ou pas du tout les travaux domestiques ou campagnards, les gens, les animaux, les plantes, les saisons, les astres ; tout le contraire d'un Thoreau ou d'une Dorothée Wordsworth[2] chez cette femme qui avait passé à la campagne une grande partie de sa vie ; presque rien non plus d'un Maurice de Guérin, ou d'un Tchékhov. Je sais bien que tout ce qui est perçu n'est pas toujours

---

1. Dans sa réponse du 8 février 1966, Hélène Abraham précise que *Les Amies* a été écrit en 1909 et publié en 1911, avant la lettre de 1911 à Romain Rolland. Jenny de Vasson n'a donc pu inspirer Cécile Philomèle, personnage des Amies. Fonds Yourcenar à Harvard, bMS Fr 372 (1).
2. Dorothée Wordsworth (1771-1855). Poétesse anglaise, sœur du poète William Wordsworth (1770-1850).

consigné, mais j'enregistre avec curiosité cette absence.

D'autres lacunes sont aussi sensibles : la religion, laissée une fois pour toutes aux cléricaux (mais qui dira que la femme qui a si bien parlé de Spinoza n'a pas eu sa mystique ?) ; le souci de perfectionnement moral jamais exprimé, tandis que celui du perfectionnement intellectuel ou artistique (musique, diction) est au premier plan. Enfin, la passion de se définir, de se cerner sans cesse à l'aide du *je* et du *moi* gêne un peu ceux qui ont appris à se méfier de ces pronoms. P. 101, Jenny de Vasson elle-même analyse très finement les bonnes raisons pour parler de soi, tout au moins à soi-même ; néanmoins, on la sent parfois presque trop complaisamment installée à l'intérieur de sa personne comme une maîtresse de maison pourrait l'être à l'intérieur d'un décor d'ailleurs de grand style. Cette assertion du *soi* éclate à deux ou trois reprises presque théâtralement, dans la signature *Bagheera*[1] (qui vous a gênée vous-même) ou encore dans la formule un peu trop insistante : « mes filles » qu'on peut bien accepter après tout de cette abbesse séculière que Jenny de Vasson a été, mais qui semble parfois chez elle un substitut pour d'autres émotions qui ne lui ont pas été données...

Le fait est que même après avoir traversé la guerre de 1914-1918, Jenny de Vasson a continué habiter jusqu'au bout un monde plus stable que le nôtre (ou qui se croyait plus stable) et dans lequel, même pour l'esprit le plus lucide ou le plus sévère, certaines notions n'étaient encore ni ébranlées ni brisées ; je me suis souvent demandé en lisant ces *Carnets* ce que leur auteur serait devenue si au lieu de mourir à quarante-huit ans en 1920 elle était morte à soixante-

---

1. Bagheera, nom de la panthère noire du *Livre de la jungle* (1894) du romancier anglais Rudyard Kipling (1865-1936).

huit ans en 1940, ou à soixante-treize ans en 1945. Mais peut-être a-t-il mieux valu pour elle que tant de dissonances ne soient pas venues briser ce qui semble à distance un accord presque parfait.

Je m'excuse d'avoir écrit si longuement après avoir tant tardé à écrire, mais je tenais à vous donner une idée de ce qu'a été mon dialogue avec ce livre dû à votre amicale fidélité pour une mémoire qui vous est chère, et que vous avez rendue vivante pour nous tous.

Veuillez, chère Madame, agréer l'expression de mes sentiments les meilleurs,

Marguerite Yourcenar

À GABRIEL GERMAIN[1]

> Petite Plaisance
> Northeast Harbor
> Maine 04662 USA
> 6 janvier 1966

Cher Monsieur,

J'ai depuis bien longtemps sur ma table votre vaste *Genèse de l'Odyssée*[2] et je viens de prendre dans

---

1. Fonds Yourcenar à Harvard, MS Storage 265.
Gabriel Germain (1903-1978). Essayiste. *Épictète et la spiritualité stoïcienne*, Paris, Seuil, 1964 (Bibl. PP) ; « Du conte à la tragédie (À propos d'Antigone, 905-912) », *Revue des études grecques*, volume du Centenaire de l'Association (1867-1967), t. LXXX, n°s 379-383, janvier-décembre 1967, Les Belles Lettres (Bibl. PP) ; *Le Regard intérieur*, Paris, Seuil, 1968 (Bibl. PP) ; « Théano : Théoné — Sur un personnage d'Euripide », *Studi classici in onore di Quintino Cataudella*, Università di Catania, Facultà di Lettere e Filosofia, 1972, pp. 259-273 (Bibl. PP) ; *La Poésie corps et âme*, Paris, Seuil, 1973 (Bibl. PP) ; *Chants du souvenir et de l'attente*, Limoges, Rougerie, 1976 (Bibl. PP) ; *Victor Segalen — Le Voyageur des deux routes*, Limoges, Rougerie, 1982 (Bibl. PP).
2. *Genèse de l'Odyssée : le fantastique et le sacré*, Paris, PUF, 1954.

la serviette intitulée « À répondre » vos deux bonnes lettres du 18 novembre 1964 et du 5 avril 1965. Vous devez vous sentir, selon votre tempérament, découragé, ou irrité à mon égard. J'aurais dû, certes, vous écrire au moins pour vous dire qu'Ulysse n'avait pas fait naufrage en traversant l'Atlantique, mais je croyais toujours trouver sous peu le temps d'écrire une longue lettre. Malheureusement, l'année qui vient de s'achever a été pour moi terriblement encombrée et chaotique. Je vous remercie d'autant plus de m'avoir procuré en vous lisant des heures de dépaysement et *distraction* parfaite.

J'ai lu votre grand ouvrage non seulement pour m'instruire (ce qui d'ailleurs m'est arrivé en le lisant) mais pour me perdre à nouveau dans la légende. C'est presque l'inconvénient de ces livres où s'accumulent les richesses du folklore qu'ils laissent continuellement entrouverte la porte de la rêverie, ou encore qu'ils nous réengagent dans une recherche parallèle à celle de l'auteur, ajoutant en marge ici une preuve de plus, là une objection. Mes notes au crayon au bas des pages ont été ma réponse véritable... Ainsi, page 577, à propos de la note sur les charmes propres à arrêter l'hémorragie, j'avais indiqué que ce genre de magie se pratique encore dans les villages du Maine américain, ou s'y pratiquait il y a une dizaine d'années, à en croire le pêcheur, menuisier à ses heures perdues, qui travaille pour nous, et qui me dit avoir été avec succès « charmé » de la sorte.

J'ai beaucoup goûté, en particulier, l'ensemble de chapitres sur le monde de l'imaginaire et le monde géographique qui abondent en remarques nouvelles et utiles. Page 576, il me semble que votre présentation très exacte de l'aspect des pays traversés tel qu'il a pu être dans la mémoire des contemporains d'Homère rejoint admirablement ce qu'a si bien dit Marcel Granet dans *La Pensée chinoise* du sens de la piste[1]. Ce long *ruban* dont vous parlez m'a fait repenser à cette coupe romaine de la collection du Duc de Northumberland au château d'Ainwick, dont le tracé du mur d'Hadrien constitue l'orbe, et qui typifie [sic] pour moi ce genre de pensée où la description géographique ne se sépare pas du *trajet*. À la vérité, quand nous évoquons, non pas géographiquement, mais topographiquement, des lieux dont nous connaissons les moindres contours, n'est-ce pas encore ce mode de penser qui prédomine ? Le jeune Marcel se dirige du côté de Guermantes ou du côté de chez Swann sur l'équivalent de rubans ou de pistes.

Vos réflexions sur le tempérament plus terrien que maritime du Maître de l'*Odyssée* semblent confirmer les vues de mon voisin de campagne l'Amiral Morrison (l'auteur de la biographie de Colomb, *Amiral de la Mer Océane*[2], qui se plaît à grand renfort de citations à assurer que les Grecs n'aimaient pas la mer. Mais ce sens quasi sacré du danger n'est-il pas aussi de l'amour ? En dépit de vos justes statistiques qui nous rappellent que la plus grande partie du poème se passe sur la terre ferme, l'*Odyssée* demeure pour moi, que je le veuille ou non, le poème de l'aventure maritime, avec *Sinbad* et le *Merveilleux Voyage de St Brandan*, et je comprends que Dante ait donné à la vie d'Ulysse la conclusion que vous signalez, et qui

---

1. Marcel Granet (1884-1940), *La Pensée chinoise*, Paris, La Renaissance du Livre, 1934.
2. Samuel Eliot Morison (1887-1976), *Admiral of the Ocean Seas, a Life of Christopher Columbus*, Boston, Little Brown & Co, 1942. Également, *The Pilgrim Fathers — Their Significance in History*, Boston, Colonial Society of Massachusetts, 1951 (Bibl. PP); *The Story of Mount Desert Island*, Boston, Little, Brown & Co, 1962 (Bibl. PP); *Vistas of History*, New York, Alfred Knopf, 1964 (Bibl. PP); *Samuel de Champlain — Father of the New France*, Boston, Little, Brown & Co, 1972 (Bibl. PP); *Vita nuova — A Memoir of Priscilla Barton Morison*, Northeast Harbor, 1975 (Bibl. PP).

est bien dans sa beauté bouleversante la charte même de l'exploration océanique. Même la tempête dans le *Typhoon* de Conrad (d'ailleurs si mythologique elle aussi) me semble encore issue des tempêtes qui assaillent Ulysse.

Votre préface de 1954 exprime une légère timidité à l'idée de mêler la sociologie et l'étude des folklores indigènes à celle d'un chef-d'œuvre somme toute *littéraire*. J'aime à croire que cette timidité, vous ne l'éprouveriez plus aujourd'hui. Un travail comme le vôtre ressemble à celui des archéologues explorant les grottes sous Saint-Pierre ; la basilique demeure intacte, mais d'immenses prolongements deviennent accessibles, qui constituent en quelque sorte le passé antérieur de l'œuvre. Il nous permet aussi de juger avec moins d'ignorance la façon dont Homère a fait consciemment œuvre de poète, a *choisi* dans les matériaux qui s'offraient à lui.

Il me semble que dans la partie concernant le travail de composition du poète, vous réduisez un peu trop le rôle de la composition purement mentale, et, par conséquent, celui de la mémoire. Je n'ai sûrement aucun trait commun avec le Maître de l'*Odyssée*, tel que vous le décrivez (si ce n'est l'amour des chiens), mais, pour autant que mon expérience personnelle vaille quelque chose, je puis vous assurer que de très longues compositions, un roman, une pièce entière, des chapitres entiers de l'*Hadrien* ou de mon présent ouvrage[1] ont été composés mentalement, pensés et repensés dans tous leurs détails à plusieurs reprises, et ces récits avec leurs différentes variantes confiés à la mémoire, qui a convenablement rempli sa tâche. Évidemment, l'écriture ensuite élimine certains détails, en ajoute, et surtout en précise beaucoup d'autres. Mais si ce mode de composition est encore

1. *L'Œuvre au Noir*.

possible à l'époque du stylographe et de la machine à écrire il me semble à plus forte raison avoir dû être courant chez les Anciens. Une composition romanesque est de la même nature que les affabulations du rêve, et dans mon cas au moins la mémoire la retient à peu près comme celle d'un rêveur entraîné retient au moins une très grande partie du songe[1].

J'espère vous avoir remercié en temps voulu de votre généreuse appréciation de *Fleuve profond, sombre rivière*. Là, l'effort principal a moins été de traduire que de choisir entre les diverses variantes d'un même chant, variantes écrites, souvent très nombreuses, variantes orales innombrables.

Épictète charme et édifie toujours ceux à qui je l'offre. Tous mes vœux pour 1966 et mon très sympathique souvenir,

[Marguerite Yourcenar]

À JEAN MOUTON[2]

Petite Plaisance
Northeast Harbor
Maine 04662 USA
7 avril [1966][3]

Cher Ami,

Vous m'excuserez (du moins je l'espère) d'avoir tardé si longtemps à répondre à l'envoi du livre d'Arthur Lourié, *Profanation et Sanctification du*

---

1. Yourcenar a consigné ses rêves d'entre la 28ᵉ et la 33ᵉ année dans *Les Songes et les Sorts,* paru en 1938, chez Grasset. Ce texte, complété par des rêves ultérieurs, a été réédité dans *Essais et mémoires*.
2. Fonds Yourcenar à Harvard, MS Storage 265.
3. La date, avec l'année indiquée entre crochets, est autographe.

Temps[1], et de n'avoir pas paru tenir compte de votre aimable petit mot de rappel au mois de mai dernier. Ce n'était pas certes par désinvolture, ni par manque d'intérêt pour l'ouvrage de Lourié et pour les problèmes auxquels il touche. Mais précisément, ces problèmes sont si complexes et si graves que je ne voulais pas répondre seulement par quelques phrases polies, et que je perdais pied dès que je m'efforçais d'aller un peu plus loin.

Je vais pourtant tâcher de répondre, pour que mon silence ne vous paraisse pas comme peu amical, alors que, précisément, en essayant de clarifier ma réaction au livre que vous m'avez envoyé, il m'est si souvent arrivé de penser à vous, et à notre rencontre déjà lointaine à Montréal.

En principe, je pense comme Lourié que notre musique actuelle (du moins ce que j'en connais, car vivant une partie de ma vie loin des grands centres, et ne me faisant pas un devoir de « suivre » au jour le jour la production contemporaine, je suis loin d'être renseignée sur tout) est presque toujours d'inspiration « démoniaque ». Il faut s'entendre sur ce mot : comme naguère Du Bos, j'attache beaucoup d'importance à la différence entre le mot « démonique » et « démoniaque », différence très difficile à établir en français, d'autant plus que les imprimeurs, croyant à une erreur de frappe, corrigent invariablement le premier par le second. *Démonique* signifierait l'acquiescement ou l'abandon de l'être humain à de puissantes forces élémentaires ou spirituelles indifférenciées mais plus souvent bénéfiques que [mot illisible] qui en tout cas ont l'immense avan-

1. Arthur Lourié (1892-1966), compositeur. *Profanation et sanctification du temps, journal musical, Saint-Pétersbourg, Paris, New York, 1910-1960*, Paris, Desclée de Brouwer, 1966 (Bibl. PP).

Ajout autographe en marge, à gauche : compositeur russe et ami de Jean Mouton.

tage de rompre les routines et de balayer les inerties habituelles. Beethoven, pour ne donner qu'un exemple, et musical (puisque nous sommes sur le terrain de Lourié), me paraît éminemment démonique, sauf dans les derniers quatuors, où il semble avoir franchi et laissé derrière soi ce caractéristique torrent de forces pour arriver à une autre rive. Quant au démoniaque, avec son élément d'activité retournée et nocive, les exemples abondent.

Jusqu'ici, je suis d'accord, il me semble, avec Lourié, mais ensuite, il me semble que son analyse n'est pas poussée assez avant, et qu'il s'arrête, sans plus, à une attitude condamnatoire. Or, c'est ici, précisément, que commence à se poser le problème. Pour des raisons en partie fort claires, et en partie échappant à notre entendement, nous vivons dans une époque où le démoniaque prédomine ou du moins retient toute l'attention. Ceci étant, il est profondément *naturel* que l'artiste, bon ou mauvais, qui a de tout temps eu pour fonction de refléter, et parfois de condenser, la réalité de son siècle, soit envahi par ce diabolisme ambiant. On peut même se demander jusqu'à quel point il n'a pas pour *devoir* de la refléter. Mais c'est à ce moment que nous rencontrons notre première difficulté grave. L'artiste n'est pas forcément un moraliste ; il est souvent d'autant plus grand artiste qu'il est moins moraliste (quoique cet admirable et instable mélange puisse se rencontrer aussi). Bien plus, presque toujours, il est lui-même en proie à des forces plus ou moins pernicieuses, plus ou moins conscientes, qui tendent à lui faire dire oui au mal qu'il se sent *chargé* de décrire, ou à le lui faire prendre pour un bien. Ce qui aurait dû être un processus de libération devient un processus d'enfoncement. Pour prendre un exemple musical (puisque nous ne faisons ici que commenter Lourié), à supposer que l'Adrian Leverkuhn du *Docteur Faust* de

Mann, dont j'ai longuement étudié le cas[1], ait véritablement écrit en 1930 la musique de destruction intitulée *Apocalypsus cum figuris*, il aurait, et de façon éclatante, rempli sa fonction de *vates* en pressentant les catastrophes futures, celles des quelque trente années dont nous sortons, et aussi celles qui nous restent peut-être à vivre. À ce point de vue, sa musique discordante et stridente serait plus que légitime ; elle serait un superbe exemple des facultés d'enregistrer et d'anticiper chez un grand artiste. Mais, en même temps, et du fait même qu'elle existe, cette musique « démoniaque » [ingurgite] et pour ainsi dire légitimise [sic] ces pouvoirs du mal qu'elle avait à décrire, habitue l'auditeur à un état de désordre ou de chaos, et lui enlève ce qu'il lui restait de pouvoirs pour résister à ceux-ci. Lourié n'a pas fait cette analyse, mais il me paraît qu'elle est implicite dans ses vues.

(J'ai pris pour rester sur son terrain un exemple musical, d'ailleurs imaginaire ; j'ai aussi, entre autres, dans l'esprit, deux exemples pris des arts plastiques qui me paraissent irréfutables. L'un est *Guernica* de Picasso, l'autre la statue commémorative du bombardement de Rotterdam par Zadkine[2] : ces deux œuvres sont une protestation contre l'horreur de la guerre, mais le sauvage et grotesque chaos dans l'une, la représentation, dans l'autre, d'un être humain réduit à n'être plus qu'une sorte de pantin difforme et épouvanté, participent dangereusement à l'atrocité qu'ils dénoncent, et habituent l'œil à l'image de la catastrophe sans que se dégage nécessairement ce produit essentiel, la *pitié*. Consciem-

---

1. Dans « Humanisme et hermétisme chez Thomas Mann », *Hommage de la France à Thomas Mann*, 1955. Repris dans *Sous bénéfice d'inventaire*.
2. Ossip Zadkine (1890-1967). Sculpteur français d'origine russe. Yourcenar se réfère ici à son *Monument à la ville détruite de Rotterdam* (1948-1951).

ment ou non, l'artiste a été contaminé par ce qu'il décrit.)

Il résulterait des deux paragraphes ci-dessus que je condamne moi aussi le côté démoniaque de l'art moderne. Et cependant, j'hésite. La démarche de l'artiste allant jusqu'au bout de la décomposition des choses, qu'il s'agisse des techniques, des idées, des sentiments tenus pour valables, ou des formes elles-mêmes, m'est instinctivement pénible, mais je me rends bien compte qu'elle va dans le même sens que certaines recherches de la science pure (elles-mêmes épouvantablement appliquées), en somme d'un certain élan à la fois infiniment dangereux et vraiment prométhéen qu'il est difficile de dénier à l'homme. À supposer qu'il ne représente, comme je suis tentée de le croire, qu'un dernier état de dégradation et non un progrès, il n'en reste peut-être pas moins vrai que cet état de dégradation semble inévitable (qui sait, nécessaire) et qu'il s'agit là d'un processus qui nous dépasse, *même* si nous décidons de lutter contre lui. Car ici se présente un nouvel aspect du problème. L'art ancien, celui de la beauté formelle, était-il lui-même vraiment pur, ne contenait-il pas une hypocrisie et un mensonge aussi graves que la débauche d'aveux et de vanteries démoniaques d'aujourd'hui ? L'art baroque n'a-t-il pas été le complice d'une *enflure* de l'homme, d'une démesure dont le petit bourgeois ou le prolétaire affluent [sic] d'aujourd'hui est le très provisoire héritier, quand il gaspille à tort et à travers la substance du monde ? L'art rococo endormant une société dans son rêve de vie facile n'a-t-il pas été aussi « inhumain » à sa manière ? Ruskin le pensait, mais Ruskin lui-même s'enfermait dans quelques-unes de ses antipathies puritaines contre l'art sensuel ou fastueux, et n'allait pas assez loin : l'art du Moyen Âge, qui lui était si cher, les Paradis d'Angelico et les Anges de Chartres sont eux aussi compromis ; ils tendent leur voile de beauté et de ferveur « innocentes » sur un monde qui a été celui de l'extermination des hérétiques, des ambitions et des convoitises qui remplissent l'histoire des croisades, de plus de mille ans d'un christianisme presque toujours infidèle au Christ.

Même en laissant de côté le rapport de l'art avec l'idéologie de l'époque, il reste que presque toujours l'art du passé nous trompe sur la *substance* même sur laquelle il œuvre ; il nous trompe en n'en montrant qu'une partie, et en dégageant une beauté qui nous cache ses aspects d'horreur. Il y a des jours où je ne puis réentendre certaines fanfares de chasse qui traversent la musique du XVIII siècle, parce qu'elles me semblent dégouttantes du sang des bêtes massacrées, et les allègres et ravissantes musiques militaires de Lully évoquant « la guerre en dentelles » me font penser surtout à la piétaille agonisant sur les champs de bataille après avoir de son mieux pillé, chapardé, violé, et tué l'ennemi.

Je vois bien qu'on arriverait ainsi à nier tout art, et c'est ce qu'il ne serait pas sage de faire. Je voudrais seulement indiquer que si l'art de nos jours fait souvent l'effet d'un abcès béant, c'est que l'infection et le désordre existaient de longue date. Je déplore avec Lourié la mort de la mélodie, mais n'a-t-elle pas été tuée par trop de douceâtres mélodies de salon qui traduisaient une vue menteuse de la sensibilité humaine ? Personne ne regrette plus que moi la disparition presque complète du portrait et du nu, mais ne doit-on pas en accuser au moins en partie la surabondance des portraits sans valeur autre que de pure vanité, et des nus aimablement conventionnels sans rapports réels avec la physiologie humaine ? Même dans les œuvres d'art de ce temps qui personnellement me déplaisent le plus, je vois surtout l'effet malsain d'erreurs passées.

J'avoue que je ne me sens plus du tout d'accord avec Lourié quand il assure que les dessins si inquiétants sortis de la plume des enfants de nos jours (ils ne le sont d'ailleurs pas tous, car beaucoup au contraire sont d'une innocence ravissante) doivent leur existence au fait que ces enfants n'ont pas été baptisés. J'ai le plus grand respect pour les sacrements (ceux de tous les cultes) et suis loin de nier leur efficacité au moins partielle : n'empêche que Sade et Marat (pour prendre deux exemples auxquels font songer une pièce en vogue[1]) ont été baptisés, et que, ce qui est pis encore, les innombrables chrétiens perpétrateurs [sic] de forfaits contre la charité l'ont été aussi.

Tout en sentant comme lui, et comme vous, quant à l'horreur particulière qui se dégage de l'art contemporain, il reste à faire une dernière réflexion, qui, je l'avoue, me rend humble. Comment s'entendre sur ce qui est, en art, le produit du désordre et du « diabolisme » ? Je n'en veux qu'un exemple : j'ai repris dernièrement un de vos ouvrages, appréciant comme je le fais soit vos délicates analyses de certains peintres qui me sont aussi très chers (tels van Eyck[2]) soit votre émouvant portrait de Du Bos agonisant ; dans un de ces textes, je trouve votre dénonciation de *Candide*, et je me souviens que Du Bos aussi (comme d'ailleurs Mauriac) avait *Candide*

---

1. *The Persecusion and Assassination of Jean-Paul Marat as Performed by the Inmates of the Asylum of Charenton under the Direction of the Marquis de Sade* (1966) de Peter Weiss, dramaturge de langue allemande, (1916-1982). Le réalisateur britannique Peter Brook (né en 1925) en a assuré la mise en scène au théâtre et à l'écran sous le titre de *Marat-Sade*.
2. Yourcenar écrit « tels » au pluriel.
Les frères Hubert (?-1426) et Jan (v. 1385/1390-1441) Van Eyck, peintres flamands.

en horreur, ce roman constituant pour vous tous le type même du livre « démoniaque ». Je le considère au contraire comme un des plus salubres et des plus beaux qui aient été écrits. Si des personnes de bonne volonté, ayant à peu près le même type de culture et se rejoignant dans certaines au moins de leurs vues sur la vie spirituelle, sont ainsi incapables de s'accorder sur la valeur d'une œuvre donnée, comment pourrons-nous juger des mérites ou des démérites moraux de quoi que ce soit dans le domaine de la littérature ou des arts ?

Il va sans dire que la plupart des essais de Lourié, celui sur *La Forme Musicale*, entre autres, m'ont grandement intéressée et m'ont beaucoup appris. Les souvenirs musicaux de ce qui était encore St-Pétersbourg m'ont charmée. Très souvent, le profond esprit religieux de l'essayiste donne à ce qu'il écrit un sérieux et une beauté qui m'atteignent pleinement ; si je me fais en partie « l'avocat du diable » c'est que le sujet auquel il touche est si grave qu'il importe d'aligner les arguments en tous les sens avant d'essayer de juger.

De toute façon, ce livre m'a fait désirer connaître la musique de Lourié, que je n'ai jamais eu l'occasion d'entendre.

Excusez cette lettre interminable après ce long silence. J'espère que vous allez tous deux[1] bien et regrette de n'avoir pas eu encore la chance de vous revoir. En ce qui me concerne, un livre auquel je travaillais depuis exactement dix ans[2] se trouve immobilisé à la suite d'un litige avec un éditeur à qui j'ai vainement demandé de résilier à l'amiable un contrat qui ne répond plus aux réalités présentes de sa maison, engloutie dans un trust, et dont les pro-

1. Jean et Madge Mouton.
2. *L'Œuvre au Noir*.

grammes s'éloignent de plus en plus de ce que je puis et veux faire. Je lutte à ma manière contre les démons du commercialisme...

Je vous souhaite à tous deux une bonne et heureuse année (au sens le plus fort de ce lieu commun), et vous prie, cher ami, de croire à mon tout sympathique souvenir,

Marguerite Yourcenar

À LOUISE DE BORCHGRAVE[1]

Petite Plaisance
Northeast Harbor
Maine 04662
9 mai 1966

Ma chère Loulou,

Je viens de recevoir une lettre de Georges de Crayencour qui m'a douloureusement émue en m'annonçant l'incompréhensible tragédie survenue à l'une de tes deux sœurs et à son mari. Georges lui-même était évidemment si bouleversé en m'écrivant qu'il ne m'a pas dit s'il s'agissait de Madeleine ou de Juliette[2], ou peut-être a-t-il négligé de me dire le nom, ne sachant pas que je les avais toutes les deux beaucoup connues dans mon enfance, et ensuite revues grâce à toi à Liège en 1956, il y a près de dix ans déjà.

Ma pensée aussitôt s'est retournée vers toi : je me rends compte combien ce drame affreux a dû et doit encore te bouleverser ; crois à ma très profonde sym-

---

1. Fonds Yourcenar à Harvard, bMS Fr 372 (855).
2. Il s'agissait de Juliette de Langrée. Voir lettre à Camille Letot du 7 juillet 1966.

pathie dans ce grand chagrin, et exprime-la pour moi, quand l'occasion sera favorable, à ta sœur et à ton beau-frère survivants. J'espère que toute la lumière se fera sur ce crime, éliminant à jamais les racontars absurdes et malveillants auxquels la presse, aux dires de Georges, se serait livrée, comme d'ailleurs elle le fait presque toujours en pareil cas, sans autre raison que d'offrir aux lecteurs une pâture grossière de plus. Mais dans quelle époque de violence nous vivons ! Dans ces derniers temps, plusieurs crimes également inexplicables ont été commis dans l'État du Maine d'où je t'écris, dont des personnes de notre connaissance ont été victimes. Il y a quelques mois, un avocat très connu a été tué par un plaideur ayant perdu sa cause. Je me suis demandée s'il ne s'agissait pas d'un cas du même genre, mais plus atroce encore. Mais ne sachant même pas s'il s'agit de Juliette ou de Madeleine, mes conjectures sont naturellement bien vaines, et Georges ne m'a donné aucun détail.

Je garde un excellent souvenir de ce déjeuner à Liège dans la maison de M. et Mme Ophoven[1], auquel M. et Mme de Langrée étaient présents. Grâce et moi ce matin en évoquions tous les détails : la jument Kali (c'était je crois son nom) passant dans le vestibule sa belle tête par une lucarne donnant sur la cour ; les beaux volumes anciens que j'avais feuilletés, entre autres un *Délices du Pays de Liège* dans lequel M. Ophoven avait eu la gentillesse de chercher pour moi les gravures représentant la propriété d'un de mes arrière-grands-pères maternels à Flémalle la Grande, dont Grâce et moi étions allées voir les vestiges la veille. Je remonte beaucoup plus loin, et je revois la grande villa de Middlekerke

---

1. Sur ces noms, voir lettre à Camille Letot, du 10 mai 1966, et à Georges de Crayencour, du 12 mai 1966.

et les deux jeunes sœurs jouant à des jeux ingénieux avec l'enfant que j'étais, ou j'entends Madeleine, qui était alors Madeleine van Aersoen, chanter dans sa maison de Bruxelles les *Serres Chaudes* de Maeterlinck, qui pour moi ont toujours gardé sa voix. Que tous ces souvenirs sont tristes aujourd'hui, quelle que soit celle de tes sœurs qui a été frappée !

Je ne te demande pas de m'écrire avant longtemps, t'imaginant accablée de fatigue aussi bien que de chagrin, et de plus surchargée d'occupations, car Georges m'écrit que tu viens de déménager, et c'est lui qui me donne ta nouvelle adresse.

Je connais trop ta grande force de caractère pour douter de ton courage dans les circonstances, et c'est ce qui me rassure un peu quant aux effets sur toi de toute cette terrible affaire. Je suis sûre que ta présence sera utile et réconfortante pour tous, mais te prie amicalement de prendre soin de toi. Encore une fois, toutes mes affectueuses sympathies, auxquelles Grâce joint les siennes,

J'écris ceci à la machine, ne voulant pas te faire prendre la peine de déchiffrer une longue lettre écrite à la main.

[Marguerite Yourcenar]

Je montre cette lettre à Grâce qui la trouve un peu faible pour exprimer l'émotion que je ressens. Mais je ne veux pas ajouter encore à la tienne en te jetant en quelque sorte l'expression de mon chagrin et de mon indignation pour ceux qui ont commis ce crime si lâche. Je t'embrasse bien tristement, de tout cœur[1].

---

1. Ce dernier paragraphe est un ajout autographe.

À CAMILLE LETOT[1]

>Petite Plaisance
>Northeast Harbor
>Maine 04662, USA
>10 mai 1966

Chère Camille,

Je ne t'ai pas encore remerciée de tes bons vœux de Pâques ; ils m'ont trouvée assez souffrante d'une longue grippe, mais cela va mieux maintenant.

Le printemps cette année a été ici très lent et très froid ; en ce moment, les fleurs de printemps (jonquilles, jacinthes, etc.) se montrent dans le jardin, et les bourgeons des arbres commencent à pousser. J'espère que vous avez en Belgique un beau printemps.

Je me demande si tu as vu dans les journaux le récit d'une affaire très pénible qui vient de se passer à Liège : une dame assassinée et son mari disparu, puis retrouvé dans la Meuse. Si tu as encore dans la maison des journaux ou illustrés parlant de cette affaire, j'aimerais bien les recevoir. Voilà pourquoi : cette dame était la sœur de Loulou de Borchgrave, que tu as connue à Paris en 1915-1916, et je la connaissais moi-même ainsi que son mari. Quelqu'un m'a écrit la nouvelle sans me donner de détails, et j'ai écrit tout de suite à Loulou de Borchgrave, qui vit encore à Bruxelles, mais naturellement je ne peux pas lui demander d'informations sur ce sujet si triste pour elle, et je voudrais pourtant savoir comment la chose s'est passée.

Loulou de Borchgrave avait deux sœurs, Mme Ophoven et Mme de Langrée, et elles habitaient toutes les

---

[1]. Archives Gallimard.

deux Liège. Je ne sais pas laquelle des deux a été tuée ; elles étaient toutes les deux très gentilles[1].

Si tu n'as pas dans la maison de journaux concernant ce malheur, ne prends pas la peine d'en acheter pour moi. Envoie-moi seulement ce que tu as sous la main.

Toutes mes amitiés à toute la famille. Notre gentil petit chien est mort[2] ; nous avons une petite chienne de quatre mois qui s'appelle Valentine[3].

Marguerite Yourcenar*

À GEORGES DE CRAYENCOUR[4]

Petite Plaisance
Northeast Harbor
Maine 04622 USA
12 mai 1966

Mon cher Georges,

Merci pour votre lettre du 3 mai m'apportant la nouvelle du drame atroce survenu à Liège, et qui a pour victime la sœur et le beau-frère de Loulou de Borchgrave. J'ai écrit immédiatement à celle-ci pour

---

1. La lettre suivante précise qu'il s'agit de Mme et M. de Langrée.
2. Il s'agit de l'épagneul « Monsieur ». Voir lettre à Camille Letot du 10 janvier 1964.
3. Née le 25 décembre 1965 ; achetée le 14 février 1966, jour de la Saint-Valentin. Morte écrasée par une voiture le 3 octobre 1971. Enterrée à côté de « Monsieur » dans le jardin de Petite Plaisance, avec cette inscription : « Portant un gentil cœur dedans un petit corps » (Ronsard). Yourcenar a écrit plusieurs textes, la plupart inédits, sur ses chiens, dont un « Tombeau de Valentine », à la suite duquel elle note à la date du 3 octobre 1976 : « Je ne me consolerai jamais de cette petite et immense mort. » « Sources II », Fonds Yourcenar à Harvard, MS Storage 265.
4. Collection particulière.

lui dire toute mon émotion. J'ai connu dans ma petite enfance les deux sœurs de Loulou, Juliette et Madeleine, cette dernière était alors Madame van Aerosen ; je les ai revues toutes les deux pendant un court séjour à Liège en 1956 à l'occasion d'une série de conférences : Juliette était devenue Mme de Langrée et Madeleine Madame Ophoven, et j'ai rencontré aussi leurs maris. Votre lettre ne m'indique pas lequel des deux couples a fini de cette façon si tragique et si imprévue. Je suis profondément choquée de ce que vous me dites des échos absurdes et malveillants de la presse. Malheureusement, les journaux n'ont que trop l'habitude de dramatiser à tort et à travers des faits déjà assez douloureux en eux-mêmes, pour contenter chez leurs lecteurs le goût du sensationnel. Je crois me rappeler que Monsieur de Langrée était ou avait été procureur du roi à Liège, ce qui aurait pu l'exposer à certaines hostilités, mais l'impression que ces quatre personnes m'ont laissée est si sympathique et leur vie semblait si tranquille et si protégée que j'ai peine à m'imaginer pour deux d'entre elles cette fin violente et tout cet horrible bruit public.

Merci également de m'avoir communiqué l'adresse de Loulou de Borchgrave, ce qui m'a permis de lui écrire, comme je vous l'ai dit, sans tarder. Le coup a dû être terrible pour elle : heureusement, je sais qu'elle a beaucoup de courage...

Je suis très heureuse que vous ayez aimé le programme de télévision auquel j'ai contribué : deux opérateurs de la télévision sont arrivés de New York et un de Paris, avec leurs bandes sonores, leurs fils électriques et leurs lampes, le tout pour trois minutes de film ; c'était la semaine de Noël, et ils ont eu grand plaisir à voir les arbres illuminés en plein air, comme c'est la coutume ici, et à entendre les cantiques de Noël chantés par une bande de jeunes gens allant de porte en porte. Dommage qu'on n'ait pu mettre tout cela sur le petit écran, mais cela n'aurait pas cadré avec Hadrien.

Pour les prix, voilà : j'ai eu le *Combat* (ce qui m'a fait grand plaisir, car il a toujours été décerné jusqu'ici à des auteurs d'un vrai mérite) en 1963, et en 1952, le *Fémina-Vacaresco*, qui est la partie du prix Fémina réservé à des ouvrages qui ne sont pas des romans, catégorie dans laquelle, pour l'occasion, le comité a placé *Hadrien* (et c'est en effet une grande question, dont je ne décide pas moi-même, de déterminer si ce livre est un roman ou une biographie écrite à la première personne). Je ne crois pas que le Fémina-Vacaresco soit décerné tous les ans.

Je[1] m'aperçois ne vous avoir pas encore remercié pour le joli dessin, qui, je crois, est de vous, du château de Brugelotte, que j'ai placé dans un album de gravures de la Belgique.

Amicales pensées à vous et à votre entourage,

Marguerite Yourcenar

À CAMILLE LETOT[2]

> Petite Plaisance
> Northeast Harbor
> Maine 04622 USA
> 7 juillet 1966

Ma chère Camille,

Je te remercie bien vivement de l'envoi des coupures de journaux concernant la mort de M. et

---

1. La fin de la lettre est un ajout autographe, en marge, à gauche.
2. Archives Gallimard.

Mme de Langrée ; naturellement, il ne faut pas croire tout ce que disent les journaux, surtout un misérable journal de scandale comme *France Soir*, et je comprends que la famille ait été désolée par tous ces articles. J'ai rencontré M. de Langrée une fois seulement, en 1956 ; il semblait très sympathique, et sa femme était charmante. Je suppose que la longue maladie de sa femme aura fait perdre la tête au pauvre vieux Monsieur ; il aura tué sa femme et se sera tué lui-même pour mettre fin à leurs souffrances. Quant à la peur de manquer d'argent, elle est très fréquente chez les vieilles gens, même riches.

J'ai appris il y a quelques jours la nouvelle de la mort de mon frère Michel[1]. Il est mort le 24 juin à Bruxelles, d'une congestion cérébrale qui l'a emporté en vingt-quatre heures sans reprendre connaissance. Je ne l'avais pas vu et n'avais pas eu de correspondance avec lui depuis plus de trente ans. Deux de ses fils m'ont écrit, et aussi Mme Loulou de Borchgrave, dont tu te souviens sûrement, et qui est restée une amie.

Les cinq fils de Michel sont tous mariés et vivent à Bruxelles dans de bonnes situations[2]. L'un travaille dans une société d'assurances ; un autre, je crois, est avocat. Je n'ai de rapports qu'avec deux d'entre eux, et seulement très rarement.

Ma longue rupture avec mon frère ne t'étonnera pas, toi qui te souviens sûrement de « Monsieur Michel » et de son caractère si violent. Je me rappelle encore avec reconnaissance que tu t'es souvent interposée pour me défendre quand j'étais une petite fille de dix ou onze ans. (Et je me souviens encore avec amusement de l'histoire de l'éponge et des

---

1. Voir lettre à Camille Letot du 25 août 1928.
2. Michel Charles Emmanuel (1911-1976) ; Emmanuel Jules Ghislain (né en 1913) ; Jean-Pierre (1915-1985) ; Antoine Robert Marie Joseph (né en 1919) ; et Georges Roger Marie.

brosses descendues à coup de pied de l'escalier, parce que « Monsieur Michel », en Angleterre, avait accaparé la salle de bains!) Je ne l'ai plus revu depuis notre départ d'Angleterre en 1915, sauf pendant une période 1929-1933, où ma belle-mère Christine s'était installée en Belgique, et cette nouvelle rencontre n'a pas été heureuse, car j'ai laissé « Monsieur Michel » s'occuper des propriétés que j'avais héritées de ma mère dans le Hainaut et près de Namur, et il a rapidement presque tout perdu. Entre 1915 et 1929, il n'a jamais revu son père (mort en Suisse en janvier 1929) et n'a rien fait non plus pour l'aider dans sa dernière maladie[1]. Il paraît qu'il a été très dur envers ses enfants, mais ceux-ci l'ont mieux traité qu'il n'avait traité son père, car il a été bien soigné par eux jusqu'au bout. Quant à Solange, elle est très malade de rhumatismes depuis près de dix ans, d'après ce qu'on m'écrit, et n'a plus toute sa tête, mais souffre beaucoup de cauchemars et de grandes frayeurs. Mais il faut se rappeler qu'elle est très âgée; elle avait quelques années de plus que son mari, et doit avoir maintenant près de quatre-vingt-cinq ans.

Voilà les nouvelles de la « famille ». Je te les devais, à toi qui as été vraiment de la famille pendant quelques années!

Amitiés à tous,

Marguerite Yourcenar*

---

[1]. Voir lettre à Camille Letot du 25 août 1928.

À GEORGES DE CRAYENCOUR[1]

Noël 1966

Mon cher Georges,

Tous mes meilleurs vœux de Noël et de Nouvel An pour vous et pour les vôtres, et tous mes regrets de n'avoir pas remercié plus tôt pour la carte postale de Bailleul. Il y aurait bien des choses à dire sur le Mont-Noir[2] et j'espère les écrire un jour — si je les réserve, c'est que ce serait trop long dans une lettre ! Je suis touchée que la « Gardienne du Monument » se souvienne encore de moi ! Lorsque je suis allée au Mont-Noir il y a quelques années, elle m'a fait part d'une légende à laquelle elle croyait elle-même, bien qu'ayant eu environ 15 ans lors de la destruction du château elle doive bien savoir le contraire : le Mont-Noir aurait eu 100 chambres (comme l'antique Thèbes avait 100 portes !). J'y ai parfois repensé depuis et n'ai jamais pu en retrouver plus d'une trentaine. — En trichant un peu et en ajoutant la petite maison du concierge, qui existe encore, l'écurie, devenue plus tard garage, et la buanderie où je lavais tous les samedis mon gros mouton, on arriverait à une quarantaine de chambres tout au plus. Ainsi grandissent les légendes. Quant au site, il était vraiment très beau à l'époque où le Mont-Noir méritait son nom, étant couvert de sombres sapins. (Les arbres ont repoussé depuis la dévastation de 1914-1918, mais comme toujours en pareil cas, ce sont

---

1. Collection particulière. Copie de carte de vœux d'abord autographe, puis dactylographiée sur papier à en-tête de Petite Plaisance à partir de « grandissent les légendes... »
2. Ce fragment de lettre (« Il y aurait bien des choses à dire jusqu'à » cette vie au Mont-Noir comme partout ailleurs ») fut l'occasion d'une brouille entre Yourcenar et ses demi-neveux de Crayencour, dont Georges est le plus jeune. Voir lettre à Georges de Crayencour, 27 mars 1967.

d'autres essences qui assurent le remplacement.) De plus, il y avait un vieux moulin encore en usage, qui donnait au paysage un charme à la Ruysdaël. C'est dans le « chemin montant » qui menait à ce moulin, m'a-t-on dit, que votre grand-tante Gabrielle âgée de quinze ans fut tuée, il y a tout juste cent ans (1866), un charroi qui descendait à fond de train ayant effrayé les poneys des deux enfants (elle et votre grand-père, qui avait alors treize ans). Gabrielle fut renversée et tuée sur le coup ; Michel (mon père) se cassa la cheville et clopina jusqu'au château annoncer le désastre. Vous connaissez sûrement cette histoire, mais peut-être plus en gros[1].

Quant au château, construit si mes informations sont exactes en 1824 (retour d'émigration) sur l'emplacement d'une vieille ferme ayant longtemps appartenu à la famille, il était d'une architecture Louis XIII très en vogue à l'époque romantique, mais on ne peut pas du point de vue esthétique regretter beaucoup sa perte. Du mobilier, vous avez sans doute une image presque aussi précise que moi, ayant connu de tout temps ces vieux tableaux et ces vieux meubles chez votre père qui les avait presque tous gardés. Il y aurait aussi beaucoup à dire sur les personnes qui ont vécu sous ce toit, depuis votre redoutable arrière-grand-mère « Madame Cleenewerck[2] » comme votre grand-père aimait à l'appeler, jusqu'aux domestiques, le cocher Achille, le jardinier Hector, la cuisinière Julienne, la Grosse Madeleine et la Petite Madeleine, et le maître d'hôtel-valet de chambre Joseph qui buvait les fonds de bouteilles en chantant des chansons alors à la mode,

---

1. Yourcenar a repris cette histoire dans *Archives du Nord*.
2. Noémie Antoinette Adrienne Françoise Dufresne (1828-1909). Grand-mère paternelle de Yourcenar, longuement décrite dans *Le Labyrinthe du Monde* où l'écrivain orthographie son prénom « Noémi ».

ou qui avaient été à la mode dix ans plus tôt (« L'brave général Boulanger »). Tous ces gens-là et quelques autres encore vivaient dans les sous-sols, la grande cuisine toute noire où brillaient des cuivres, la laiterie avec ses pots de grès pleins de beurre salé, et la « salle des gens » avec sa grande table ronde située juste en dessous de la salle à manger des maîtres, et plus gaie que celle-ci.

Voilà pour une partie au moins du décor, que j'ai enregistré avec des yeux de toute petite fille, un peu avant l'époque où votre mère est pour la première fois venue au Mont-Noir. La plupart des gens qui parlent du passé le font soit sur un ton de plaisanterie et de supériorité, comme pour s'excuser d'avoir connu un état de choses si « suranné », soit nostalgiquement et en voyant tout en beau. Les deux attitudes sont erronées : il y avait à prendre et à laisser dans cette vie au Mont-Noir, comme partout ailleurs.

... Le reste est pour le livre que j'écrirai peut-être un jour[1]...

J'espère que l'état de santé de votre mère ne vous cause plus les mêmes inquiétudes graves qu'au printemps, et qu'elle s'est peu à peu résignée à sa situation nouvelle. Tous mes vœux encore pour une bonne année,

Marguerite*

---

1. À lire dans *Archives du Nord* quelque dix ans plus tard.

À LIDIA STORONI MAZZOLANI[1]

[Noël 1966[2]]

Le temps manque, chère Amie, pour une longue lettre, si cette colombe[3] doit vous parvenir à la date fixée, mais je tiens à vous demander de vos nouvelles et à vous dire la douloureuse émotion que nous a causé le désastre survenu à Florence[4]. (Une lettre d'un Américain, qui s'y trouvait, nous en a donné en détail toute l'horreur.) Plus encore que les chefs-d'œuvre endommagés et les manuscrits perdus, me désole l'idée de l'artisanat désorganisé et [les] longs efforts réduits en boue. La perte de telle boutique de tailleur aux étoffes exquisément pliées, de tel atelier de reliure égale ou dépasse en tristesse celle du crucifix d'Orcagna... Florence était encore dans sa plus grande partie une cellule humaine normale dans un monde inhumain. (Oserais-je dire Florence, bien plus que Rome...) Pourquoi faut-il qu'elle ait été frappée ? Bien affectueusement à vous,

Marguerite Yourcenar

Sincere Greetings to you,

Grace Frick[5]

1. Collection particulière. Copie de carte de vœux autographe.
2. Au recto de la carte non datée, Yourcenar a ajouté « avec mes amicales pensées et mes vœux affectueux pour Noël et 1967 ».
3. La carte est une reproduction de *La Colombe du Saint-Esprit*. Détail de *La Trinité* de Agnolo Gaddi. The Metropolitan Museum of Art.
4. Crue de l'Arno de 1966.
5. Ajout autographe au bas de la lettre.

1967

À ROGER LACOMBE[1]

8 février 1967

Cher Ami,

J'ai été heureuse de recevoir de vos nouvelles et des nouvelles de vos travaux. Je vois tout l'intérêt qu'il y a à avoir enfin une bonne édition critique d'un texte de Sade, accompagné d'un essai et d'une notice de votre main. J'espère que vous vous arrangerez avec Pauvert[2] : à propos, avez-vous remarqué que ce même Pauvert vient d'être avalé à peu près tout entier par les Presses de la Cité, ce qui « lui laisse son indépendance » (on dit toujours cela) mais néanmoins influera à n'en pas douter sur ses publications à venir.

Je vous confierai que je n'aime pas Sade à qui j'en veux de son manque de réalisme. Il me paraît l'exemple le plus frappant d'un certain défaut très français, ou du moins qui a affecté une très grande

---

1. Fonds Yourcenar à Harvard, MS Storage 265.
Roger Lacombe. (Le prénom « René » figure par erreur sur la copie.) Dirigea l'Institut français de Stockholm où il avait reçu Yourcenar en 1953. A publié *Sade et ses masques*, Paris, Payot, 1974.
2. Éditions Jean-Jacques Pauvert.

partie de la littérature française depuis le XVIIᵉ siècle, je veux dire l'usage et l'abus de concepts purement intellectuels accompagnés d'une totale incapacité à appréhender les faits. Rien de moins physiologique que cet homme qui se croit préoccupé de sexualité. On ne flaire pas le sang chez cet auteur sanglant, ni aucune autre odeur d'excrétion ou de sécrétion humaine. Sade me paraît dans le domaine du plaisir l'équivalent de ces stratégistes (beaucoup plus sadiques que lui) qui parlent de guerre d'attrition et d'objectifs préalablement repérés quand des milliers d'êtres brûlent vivants. On peut tout dire et même tout faire (Sade semble pourtant avoir plus imaginé que fait) quand on vit dans un laboratoire mental d'où la vie même est exclue.

Je vois bien ce qu'il a de terriblement prophétique, mais le fait même que pullule aujourd'hui une humanité qui lui ressemble me paraît lui enlever beaucoup de la valeur d'excitation qu'il pouvait avoir il y a un siècle. Comparés à la bombe hydrogène, les petits volcans artificiels dans les jardins d'un grand seigneur du XVIIIᵉ sont un divertissement bien modeste.

Et cependant, je comprends que vous vous intéressiez à lui et goûtiez ce qu'il faut bien appeler sa rigueur. Comme Spinoza, sur lequel j'attends vos essais avec plus d'intérêt encore, il est un grand systématisateur. Et puis, n'y a-t-il pas un peu de la curiosité amusée du Monsieur français qui faisait la ronde des libraires du vieux Stockholm : « Habes-ne libros éroticos ? » ? J'aime qu'*Ernestine*[1] vous ramène intellectuellement en Suède, ce pays dont vous pouvez parler mieux que personne.

---

1. « Ernestine, nouvelle suédoise », recueillie dans *Les Crimes de l'amour*.

Moi aussi, j'ai mis quelque chose de la Suède dans certaines parties de mon long roman *L'Œuvre au Noir*, qui est peut-être de tous mes livres celui auquel je tiens le plus, mais qui est pour le moment en litigation [sic], car j'essaie de le reconquérir sur Plon, fort négligent envers moi, et qui de toute façon me paraît de moins en moins fait pour publier ce genre d'ouvrage. L'affaire est entre les mains des avocats depuis quinze mois déjà, et je commence à croire que *L'Œuvre au Noir* ne paraîtra qu'après ma mort[1].

En attendant, je me suis remise au long travail qui consiste à rassembler et à compléter mes traductions de poèmes grecs anciens, et à en composer une sorte de florilège très différent des anthologies habituelles, où je voudrais surtout présenter une sorte d'histoire des idées, des mœurs, et de la sensibilité des Grecs à travers leur poésie[2]. Tâche jusqu'à un certain point mécanique, comparée à ce qu'on appelle « la création littéraire », mais qui demande toute l'attention et la réflexion dont je suis capable.

Je vous envoie ceci à Paris, mais espère que vous continuez à jouir d'un bon climat à Nice. Toutes mes amicales pensées à partager entre vous et Mme Lacombe. Grace Frick vous adresse à tous deux son très sympathique souvenir,

Marguerite Yourcenar

---

1. Il paraîtra en mai 1968, soit plus d'une année après cette lettre.
2. *La Couronne et la Lyre.*

À GEORGES DE CRAYENCOUR[1]

> Petite Plaisance
> Northeast Harbor
> Maine 04662 USA
> Lundi de Pâques, 27 mars 1967

Mon cher Georges,

Je commence par répondre à la demande concernant le *Novy Mir*. Je vais la communiquer à la Widener Library (Harvard University) et si pour une raison ou une autre le numéro désiré ne figure pas dans leurs collections, ou s'ils n'en peuvent fournir une photocopie, je poserai la même question à l'Université de Yale. Mais tout cela demandera peut-être du temps. De plus, ces deux bibliothèques, dont j'obtiens quelquefois des ouvrages qu'il me serait, de par leur rareté, difficile de me procurer autrement, ne sont pas obligées de rendre ce genre de service (tant prêt que photocopie) à d'autres qu'aux étudiants des universités en question et aux professeurs de leurs facultés. Dans le cas qui nous occupe, tout dépendra probablement du degré de bon vouloir du département des Études Slaves, avec lequel jusqu'ici je n'ai pas été en contact. Je vous transmettrai la réponse dès que je l'aurai, et j'espère qu'on pourra satisfaire à votre requête.

Puis-je vous prier, pour simplifier, d'accuser réception pour moi à votre frère Jean de sa lettre et du bulletin familial qu'il m'envoie. J'ai lu ce dernier avec attention : en principe, je ne vois pas pourquoi une famille, si nombreuse aujourd'hui qu'on peut presque la qualifier de clan, ne publierait pas, si elle a les moyens matériels de le faire, et si un de ses membres (ou plusieurs) veut bien s'occuper de la

---

1. Collection particulière.

rédaction, un bulletin concernant les affaires du groupe, ni même pourquoi ce bulletin ne prendrait pas l'aspect d'une sorte de revue à circuit fermé. J'aperçois même les avantages qu'il peut y avoir pour les jeunes membres de la famille à se produire ainsi devant un public limité, et supposé favorablement disposé, et à apprendre à exprimer leurs vues par écrit. D'autre part, je vois aussi à ce projet un nombre assez grand d'inconvénients et de risques sur tous les plans, que je n'énumérerai pas ici, et auxquels vous avez peut-être eu déjà l'occasion de penser.

En ce qui me concerne, et après d'assez longues hésitations (car il est toujours désagréable de dire *non*), je me décide à répondre par la négative à la demande d'insérer dans ce même Bulletin les quelques lignes que je vous avais écrites en décembre dernier sur le Mont-Noir[1], en réponse à des ques-

---

1. Voir lettre à Georges de Crayencour de Noël 1966. Intitulées « Un Inédit de Marguerite Yourcenar », ces quelques lignes sur le Mont-Noir ont été, malgré ce refus de l'écrivain, insérées dans le numéro 2 des *Carnets de route de la famille Cleenewerck de Crayencour*, petit journal de famille où figuraient des passages de l'Autobiographie de Michel IX Cleenewerck de Crayencour, demi-frère de Yourcenar et père de Georges. Cette publication est à l'origine d'une brouille passagère entre Yourcenar et ses demi-neveux.

Une note manuscrite de Yourcenar déposée au Fonds Yourcenar à Harvard, MS Storage 265, dans le dossier intitulé « Crayencour », précise sa version des faits : « Jean de Crayencour écrivit à Yourcenar pour lui demander de reproduire le passage (à une date indéterminée) ; elle le refusa dans une lettre du 27 mars adressée à Georges de Crayencour, autre rédacteur de ces mêmes carnets. Il est à peu près certain qu'on s'était hâté d'imprimer (sans attendre la permission) avant de recevoir la réponse de Marguerite Yourcenar. »

De fait, la demande de Jean-Pierre de Crayencour est datée du 25 février 1967, un mois avant la lettre de refus de sa tante.

La réaction hostile de l'écrivain s'explique par la découverte du récit — publié dans le même numéro — de la première rencontre de son demi-frère, alors adolescent, avec sa future belle-mère, Fernande de Cartier de Marchienne, mère de Yourcenar. L'écrivain, dans la même note, juge le récit « singulièrement malveillant » et y relève des erreurs.

tions que vous me posiez à ce sujet. Ces quelques lignes de souvenirs purement pittoresques sont en elles-mêmes anodines, mais trop incomplètes pour ne pas fausser certaines perspectives ; publiées, même dans une revue « familiale » comme la vôtre, elles risqueraient d'enrichir une sorte de légende du « Mont-Noir » à laquelle je ne veux pas contribuer. À ce propos, votre imagination a attribué à mon projet d'écrire un jour « des souvenirs » des possibilités de réalisation immédiate que ce projet est loin d'avoir, d'autres tâches que je me suis imposées devant passer avant celle-là[1]. Ce qui est plus grave — et qui, franchement, est l'une de mes très fortes raisons pour ne pas participer à votre Bulletin — est que ces Souvenirs, le jour où ils paraîtront, seront presque sûrement de nature à vous déplaire[2], bien que, pour n'affliger ou n'irriter aucune personne encore trop proche de l'époque et du milieu en question, je me résoudrai peut-être à en réserver certains passages, qui ne paraîtront qu'après l'habituelle période de cinquante années après la mort de l'auteur. Il ne s'agira pas, comprenez-moi bien, d'une diatribe contre qui que ce soit, mais vous n'ignorez pas que la vérité a certaines exigences avec lesquelles on a toujours tort de transiger. En ce qui me concerne, je ne verrais aucune raison pour écrire ces souvenirs, s'ils ne devaient pas évoquer avec toute la véracité dont je suis capable une famille, un milieu, des individus du début de ce siècle avec leurs défauts et leurs lacunes aussi bien qu'avec leur intérêt humain.

Même sans insister plus longtemps sur un ouvrage dont seules quelques rares pages (qui ne concernent pas le Mont-Noir) sont écrites, et qui pourra bien ne

1. *Souvenirs pieux* parut en 1974, soit sept ans après cette lettre et *Archives du Nord*, en 1977.
2. Voir lettre du 7 novembre 1977 à Georges de Crayencour.

jamais prendre forme, reste le fait, pas nouveau pour vous, si vous m'avez lue, que les idées et les vues exprimées dans mes livres sont très différentes de celles qu'offre votre Bulletin. Cela a été vrai sur presque tous les points dans le passé et le sera peut-être plus encore dans l'avenir. Je doute, par exemple, que mon prochain roman, destiné, je crois, à paraître cette année[1], soit destiné à vous plaire ; il se peut même qu'il vous choque par certains aspects. Pour ne pas compromettre par un malentendu ma propre liberté, et pour garder à votre Bulletin cette unité de vues à laquelle vous paraissez beaucoup tenir, il me paraît plus sage que je n'y figure pas.

Pour être tout à fait sincère, je dois indiquer aussi une dernière raison, personnelle celle-là. Vous n'ignorez peut-être pas (car je ne l'ai pas caché à Loulou de Borchgrave, quand je l'ai « retrouvée » par hasard en 1954, et j'ai eu l'occasion de le lui rappeler depuis) que j'ai gardé contre votre père des griefs très graves, griefs d'ordre matériel et d'ordre moral (tout se tient) concernant tant ses agissements envers moi que ses agissements envers son propre père, qui expliquent ma volontaire et totale absence de rapports avec lui depuis plus de trente ans. Je n'ai nullement l'intention de vous faire entrer, si peu que ce soit, dans de vieilles histoires qui ne vous concernent pas : je veux seulement signaler le fait que l'insertion de quelques lignes de moi dans ce Bulletin où votre père est mentionné sur un ton d'enthousiasme familial à mon avis excessif, même du point de vue du simple bon goût, est certainement tout à fait contre-indiqué. Je tomberai à mon tour dans le mauvais goût en insistant plus qu'il n'est nécessaire sur les griefs cités plus haut dans une lettre adressée à un fils aussi respectueux et aussi aimant que vous

---

1. *L'Œuvre au Noir* paraîtra l'année suivante.

paraissez l'être. Pour adoucir ce que les lignes ci-dessus ont forcément de dur, j'ajoute que je ne suis pas aveugle aux bons cotés de votre père (qui n'a les siens ?) et que sa jeunesse, évidemment très difficile à certains points de vue, explique en partie, sans les justifier, certaines de ses attitudes. À ce propos, le fragment d'autobiographie que vous incluez dans votre Bulletin m'a beaucoup intéressée : je l'y ai reconnu avec ses qualités et ses défauts, et le récit qu'il y fait de ses premières années me semble entièrement exact dans ce qui est dit et fort habile dans ce qui ne l'est pas.

J'arrête ici cette longue lettre, et vous prie, cher Georges, de croire pour vous-même et les vôtres à toutes mes meilleures pensées.

Marguerite Yourcenar*

À DOMINIQUE DE MÉNIL[1]

Petite Plaisance
Northeast Harbor
Maine 04662 USA
du 6 novembre 1967
au 22 novembre

Madame,
J'ai bien reçu les documents concernant votre projet d'un travail de groupe consacré à l'iconographie

---

1. Fonds Yourcenar à Harvard, MS Storage 265.
La lettre est adressée à « Dominique de Ménil, Director, Art Department, Saint-Thomas University, Houston, Texas ».
Dominique de Ménil (née en 1908). Dirigea le département d'Histoire de l'Art de l'université Saint-Thomas à Houston, Texas. Présidente de la Ménil Foundation.

du noir dans l'art européen, et suis très sensible à votre souhait de me confier la préface du volume[1].

Je suis cependant obligée de répondre négativement. Tout d'abord, et cette raison suffit à elle seule, surchargée comme je le suis de travail en ce moment (je prépare deux livres pour la publication l'an prochain[2]), il m'est impossible d'accepter d'autres tâches. Ensuite, il est contraire à mes méthodes de travail d'accepter de préfacer un livre dont je n'aurais pas moi-même établi et vérifié la documentation. Vous me direz que l'importance de l'ouvrage que vous comptez publier exclut que les recherches soient faites par un seul travailleur ; je vous dirai de mon côté ma très grande méfiance à l'égard des recherches de groupe, au moins dans le domaine des sciences humaines, où chaque fait est à évaluer à part. Les diverses recherches que j'ai faites, sur des sujets très variés, pour certains de mes ouvrages, ont été entièrement faites par moi, et dans le cas de textes romanesques d'une longueur considérable, comme les *Mémoires d'Hadrien* et l'ouvrage que je compte voir paraître en 1968 sur certains aspects du XVIe siècle, ces recherches ont pris une très longue partie de ma vie. Même les travaux préliminaires

---

1. Note manuscrite de Yourcenar, en haut de la lettre : « En réponse à une lettre de Dominique de Ménil qui me demandait de préfacer un des volumes de sa grande collection *The Image of the Black* in 3 v. Morrow ed. »

Il s'agit de *The Image of the Black* in *Western Art*, Publications of Menil Foundation, Inc., distributed by Cambridge, Massachusetts, London, Harvard University Press, 1976.

Ce grand projet, sous la responsabilité de Ladislas Bugner, historien de l'art, prendra plusieurs années. Sa version française sera intitulée *L'Image du Noir dans l'art occidental*, Paris, 1976.

2. Le 10 octobre précédent, un accord avait été signé entre Plon et Gallimard concernant la publication de *L'Œuvre au Noir* qui revint finalement à Gallimard. L'autre livre peut être la *Présentation critique d'Hortense Flexner, suivie d'un choix de poèmes*, qui paraîtra chez Gallimard en 1969 ou *La Couronne et la Lyre*. Voir lettre du 8 février 1967 à Roger Lacombe.

pour mon étude sur les *Negro Spirituals* choisis et traduits par moi ont demandé, avec des intermittences, plusieurs années. Je ne prétends pas que la recherche ainsi conçue évite l'erreur, mais l'obligation de passer et de repasser, même matériellement, sur les mêmes documents, les mêmes textes et les mêmes notes la rend parfois finalement décelable, et réparable, et surtout permet à l'auteur jusqu'au bout cette ré-examination [sic] des faits, cette dialectique des conclusions acceptées, puis rejetées ou acceptées à nouveau, qui me paraît seule salubre. La seule fois où j'ai préfacé un ouvrage qui m'était donné « tout fait », me persuadant à tort qu'une connaissance générale du sujet suffirait, joint à la lecture des textes et des images qu'on me mettait sous les yeux, cette préface s'est trouvée, non seulement entachée d'une ou deux erreurs de détails qu'une étude personnelle plus poussée m'eût peut-être permis d'éviter, mais encore empreinte de ces défauts si courants (hélas, surtout chez nous) et si difficilement évitables dans ce genre de travaux, traitement trop littéraire et souvent superficiel d'un sujet qu'on ne possède soi-même qu'incomplètement, tiraillement entre les vues propres du préfacier et celles qui ont présidé au choix de textes et d'illustrations que celui-ci a accepté de présenter au public. Je n'ai jamais réimprimé cette préface et ne le ferai que si j'ai le temps et l'occasion de réétudier le sujet, mais l'avertissement n'a pas été perdu pour moi.

Pour vous montrer avec quel soin j'ai lu les pages que vous m'avez envoyées, permettez-moi de faire quelques remarques qui vous expliqueront mes « divergences ». Une classification par pays et par école de l'image du noir dans l'art européen est évidemment très utile ; les textes que vous m'adressez m'ont, par exemple, beaucoup appris en ce qui concerne le Saint Maurice noir particulier à l'art allemand. (La *Légende dorée*[1], comme votre collaborateur l'aura sans doute remarqué, fait de ce saint un égyptien, mais non un nègre, et je ne crois pas qu'il existe de traces de sa négritude à Saint-Maurice en Valais, centre de sa légende ; il serait intéressant de donner le texte hagiographique, s'il en est, où l'erreur égyptien = nègre a été à son propos commise pour la première fois, facilitée peut-être par l'étymologie réelle ou supposée de son nom.) Néanmoins, malgré ces précieuses informations de détail, je me sens gênée du fait que nombre de sections, et à plus forte raison certains résumés d'ensemble, donnent l'impression d'incliner fortement dans un sens, de s'insérer à l'intérieur du cadre rigide d'une argumentation, et cela en dépit de très sages mises en garde du texte lui-même (p. 24 du *Compte-rendu des Journées d'études*, par exemple) au sujet du danger de conclusions prématurées. C'est ainsi que la remarque (p. 4, *Moyen Âge jusqu'au XIIIe s.*) sur le fait que la couleur noire est associée par le Moyen Âge au démon, mais que des traits négroïdes sont rarement attribués à celui-ci, n'empêche pas que dans la conclusion du chapitre suivant, p. 18, « la répulsion médiévale pour le noir, couleur de Satan » est donnée comme l'une des raisons de l'hostilité violente contre le nègre qui aurait été « la tendance générale de tout le Moyen Âge », la seconde étant son caractère « d'antieuropéen », expression qui semble dans ce contexte quelque peu antidatée. (Mais rappelons en passant que la symbolique médiévale des couleurs est ambivalente, et que le noir, couleur du mal et du deuil, est aussi celle de l'épreuve [mot illisible]

---

1. *La Légende dorée*, recueil hagiographique médiéval, de Jacques de Voragine (Iacopo da Varazze) (v. 1228-1230–1298), fait partie des livres lus par Yourcenar entre l'âge de six et douze ans.
La Légende dorée, Paris, Librairie académique Perrin, 1917 (Bibl. PP).

et de la pénitence, couleur de l'habit dominicain, « Prince Noir » dans l'Angleterre de la Guerre de Cent Ans, « sable » héraldique, parti des « Noirs » à Florence : ne parler que de répulsion est donc excessif.) Quoi qu'on fasse, la conclusion défavorable s'installe au premier plan pour le lecteur, malgré les exceptions « valorisantes » offertes aussitôt. L'effort de classifier les représentations du noir en favorables ou au contraire en hostiles me paraît risquer de sortir ces documents iconographiques de leur contexte et de celui de leur temps, et de faire perdre de vue au lecteur la condition spécifique de l'artiste et du public médiévaux. Sauf en Espagne, où le noir a été connu de bonne heure comme soldat ou valet de l'adversaire islamique, et, un peu plus tard, dans le cas également limité de la Venise du temps des croisades, on peut se demander combien d'artistes médiévaux ont eu un nègre, et se rappeler que s'ils l'ont fait, c'est comme une curiosité exotique, passionnément digne d'intérêt, à la limite du merveilleux ou du fabuleux. « ... L'Afrique, d'où vient toujours quelque chose d'étrange... » Il me paraît important de redire sans cesse que l'homme du Moyen Âge vit dans un monde extraordinairement spécifique, enclos en un seul temps et un seul lieu, mais vu avec une netteté et une franchise admirable, et que tout ce qui pénètre du dehors à l'intérieur de ce monde fermé, tout en bénéficiant de ce même coup d'œil vif et neuf, continue à appartenir au domaine lointain du conte (du conte plutôt que du mythe) et s'imprègne comme tel d'un merveilleux tour à tour exaltant, comique ou terrible. Le nègre vu ainsi est terrible. Le noir ainsi vu est *réel,* au sens scolastique du terme ; il n'est pas le problème ni le drame qu'il est pour nous, et cela d'autant moins que l'homme du Moyen Âge est presque indemne de préoccupations nationales ou racistes ; l'éternelle opposition qui semble nécessaire à l'homme pour prendre conscience de soi et *se préférer* à autrui, prend chez lui la forme chrétiens/infidèles, et le noir n'est dans ce schéma qu'une forme, à vrai dire particulièrement picturale, du « pauvre païen non baptisé ». On pourrait presque dire que ses traits et sa couleur ont pour le peintre médiéval le même extraordinaire intérêt, et la même totale absence d'importance idéologique, que ces caractéristiques faciales fortement individuelles, ces bizarreries ou ces difformités sur lesquelles il insiste si volontiers chez ses modèles blancs, et qui correspondent à son goût du spécifique et du particulier, mais jamais à une généralisation. Ce que votre texte ne fait pas assez sentir, c'est que précisément l'absence de tous concepts et de toutes préoccupations sociologiques à notre manière donne à l'image du noir dans l'iconographie médiévale une fraîcheur d'approche et une particularité uniques.

L'idée, implicite partout dans l'orientation de vos recherches, et explicite à la page 6 de votre section *maniérisme,* que cet état de choses eût dû changer à l'époque des grandes découvertes, me semble une erreur de perspective, et une erreur de plus en plus fréquente de nos jours où l'importance présente des domaines « coloniaux » d'autrefois, et leur position désormais centrale dans l'histoire présente et future du monde, font surévaluer l'importance psychologique de leur découverte par l'Européen du XVe et du XVIe siècles. Un nombre relativement infime d'individus ont été à l'époque entraînés dans l'aventure d'outre-mer ou en ont même senti le contrecoup, sauf à travers une longue série de faits intermédiaires jugés aussi ou plus importants : on peut s'assurer que l'immense majorité des pèlerins admirant les ors de Sainte-Marie-Majeure pensaient aux richesses du pape plutôt qu'aux mines du Pérou, ou, si leur guide leur en indiquait la provenance, s'émerveillaient des trésors d'une vague Amérique, sans songer le moins du monde aux mineurs indiens, ou, tout au plus, en se contentant de souhaiter que ceux-ci fussent convenablement évangélisés par les pieux missionnaires. Le même raisonnement vaut pour le noir : quels contacts directs ont eu avec des nègres des peintres installés dans leur atelier de Paris ou de Nuremberg ? Le noir reste pour les masses humaines du XVIe et du XVIIe siècle un personnage de conte de Noël, une curiosité d'histoire naturelle ou un exotique domestique aperçu dans la suite d'un grand seigneur, mille fois plus éloigné d'elles qu'à notre époque d'informations et de communications rapides, un Hindou affamé ou un Vietnamien brûlé vif des bonnes gens des États-Unis qui se préparent en ce moment à fêter *Thanksgiving*[1]. L'artiste peint ce qu'il voit : un peintre vénitien peignant un négrillon enregistre l'un des éléments luxueux d'un décor princier ; il ne *peut pas* « poser implicitement le drame du noir » ou dépeindre « son désarroi » à supposer que ceux-ci eussent existé chez ces nègres de cour (mais Zamore et l'arrière-grand-père de Pouchkine regrettaient-ils leurs paillotes ancestrales ?), pas plus que l'amateur contemplant une statuette d'ivoire ne pense au drame de l'éléphant massacré, pas plus, pour donner un exemple qui paraît aberrant et l'est moins qu'il ne semble, que l'acheteur d'une Rolls ne pense aux conditions du travail d'usine ; je veux dire que dans chaque cas le bel objet humain, animal ou inanimé est ce qui s'insère dans la représentation triomphante d'un « modernisme » d'époque, mais non l'arrière-plan

---

1. Fête annuelle d'actions de grâces, aux États-Unis, le dernier jeudi de novembre, pour commémorer la première récolte des immigrants en Nouvelle-Angleterre.

presque toujours tragique, mais étranger aux préoccupations de l'acquéreur, et par lui non perçu. Il est aussi vain de s'étonner que le problème noir ne soit pas posé par ces peintres que d'être surpris que les gueux et les filles de Caravage, dans leur « vérisme » stylisé, ne constituent pas une protestation contre la misère des basses classes. C'est ce coup d'œil a-idéologique et a-didactique qui a permis à un Rubens, dans les cinq têtes de nègres du musée de Bruxelles, à un Vélasquez dans l'admirable *Servante* du musée de Chicago, espèce de Marthe noire, d'accéder avec tant de grandeur au modèle tel quel, et non à un noir cible de notre hostilité ou déversoir de notre pitié. De telles images nettes de tout préjugé favorable ou hostile sont devenues impossibles aujourd'hui, tout comme il serait impossible de réécrire *Othello* sans en faire un mélodrame larmoyant dénonçant (ou au contraire exaltant) les unions mixtes.

Pour revenir un instant au problème des Rois Mages, je crois impossible de juger équitablement de l'importance qu'y prend l'introduction du Roi nègre sans rentrer en imagination au sein de ce monde de conte senti à la fois comme merveilleux et comme réel. N'importe quel enfant né dans un milieu catholique croyant se souvient d'en avoir discerné d'instinct les éléments non sacrés, mais *placés eux-mêmes sur la frange du sacré* : à ce sentiment de l'étrange et du pittoresque, à cette fascination du riche et du rare, l'enfant, comme l'artiste et comme la foule au Moyen Âge, sent confusément que la présence du noir (comme d'ailleurs celle d'un bel animal exotique, girafe ou dromadaire, et ceci dit sans aucune dérision de la part d'un écrivain pour qui l'animal participe comme nous du sacré) ajoute une valeur de plus. Pour des esprits plus lucidement religieux, le cortège des Mages renforce, certes, la croyance en l'universalité de la rédemption, en la bonne nouvelle annoncée aux savants Rois venus de lointains pays aussi bien qu'aux petits et aux pauvres, mais c'est nous seulement, dans le langage qui nous est propre, qui pensons à propos d'un roi noir « valorisé » ou au contraire comique, au problème de l'égalité ou de l'inégalité des races. Quand Hugo van der Goes, Gérard David, ou Stowsz dans son *Retable de Cracovie* nous montrent dans un nègre le comble de la dignité, de la douceur tendre ou de l'élégance chevaleresque, ce sont *ces* qualités auxquelles ils donnent une forme noire, ce n'est pas le nègre qu'ils se proposent de glorifier idéologiquement. L'admirable mage de Bosch au Prado est un saint à peau noire ; ce n'est pas un nègre élevé par exception à la sainteté. La vertu du Moyen Âge, comme d'ailleurs, en d'autres termes, celle de la Renaissance, consiste à ignorer le problème. Je suis complètement d'accord avec votre collaborateur sur l'importance du Jugement Dernier de Notre-Dame où des noirs figurent près des blancs, mais, plutôt qu'une assertion de l'égalité des races dans la rédemption, j'y verrais, comme dans les *Nativités*, celle du salut universel par Jésus-Christ. Le *distinguo* semble d'abord captieux ; je crois pourtant qu'il est essentiel.

Conversement [sic], quand le noir est montré sous des traits grotesques, je doute qu'on puisse toujours postuler l'hostilité ou le mépris envers la race dont il sort. Il nous est « difficile », à nous de plus en plus dominés par des catégories conceptuelles, d'imaginer ce libre ébattement comique presque toujours présent à l'intérieur du merveilleux. Dans *L'Adoration des Mages* du Metropolitan Museum, Bosch, contrairement à ce qu'il fait dans celle du Prado, présente un roi noir grotesque (pourtant point dépourvu de dignité royale), mais, comme dans les *Mystères* du théâtre médiéval, il semble bien qu'il s'agisse surtout de l'indispensable détente comique au sein du sacré, née d'une familiarité amicale avec celui-ci, et nullement d'une volonté de dérision. L'insistance de vos collaborateurs sur les implications hostiles ou méprisantes dans l'image caricaturale du nègre me paraît franchement excessive : rien de plus difficile pour nous que de distinguer dans chaque cas particulier de l'art du passé l'expression dirigée de la répulsion et du dédain de celle du comique à l'état pur : dans de très nombreuses *Nativités*, les bergers, de race fort blanche, sont présentés comme grotesques et quasi subhumains, sans qu'on puisse voir dans ce fait une dénonciation du prolétariat rural : le peintre se livre à la fois à son goût de la spécificité réaliste et au désir quasi inconscient d'opposer dans le Mystère Joyeux ces éléments lourds au ballet éthéré des anges ; Saint Joseph, pour les mêmes raisons, est souvent représenté comme un rustre, sans qu'on puisse pour autant accuser le peintre d'hostilité envers ce saint époux consort. J'en dirais autant, *mutatis mutandis*, des images du bourreau noir, pas assez fréquent, dans les scènes de crucifixion et de martyre, même en Espagne, pour qu'on puisse prouver un poncif anti-nègre, et dont les traits hideux et grotesques ne le sont pas plus que ceux des atroces bourreaux blancs des peintres d'Allemagne, de Flandre et d'Espagne.

Bien que vos collaborateurs mentionnent çà et là des raisons esthétiques pour l'introduction du noir dans un ensemble donné, ainsi pour les pavements de la cathédrale de Sienne où le parti pris héraldique noir-blanc rendait sa présence tout indiquée, l'élément purement visuel dans la représentation du nègre me paraît sous apprécié. Si, comme le dit une phrase célèbre, Wellington à côté de Talleyrand n'est qu'un homme en rouge à côté d'un homme en bleu, à plus forte raison un roi noir à côté d'un roi blanc représente avant tout une aubaine visuelle pour un homme qui pense en couleurs. Dans *Salomon et Bethsabée* de Bosch, la servante noire qui tient le petit chien blanc exemplifie évidemment ce genre de délices des yeux. Le danger est toujours, dans un texte préoccupé par l'attitude *sociologique* du peintre envers son modèle, que la recherche visuelle et formelle tombe dans la catégorie du « seulement esthétique » c'est-à-dire du psychologiquement négligeable.

J'ai lu avec un soin tout particulier les paragraphes concernant Jérôme Bosch, mon propre travail durant ces dernières dix années m'ayant conduite à étudier de près ce peintre[1]. Je note que le texte ne cite sur le *Jardin des Délices* que trois essais tous trois parmi les plus récents, dont deux me sont bien connus, [mais] offrent de Bosch une interprétation extrêmement hypothétique, soutenue par une argumentation dont le moins qu'on puisse dire c'est que la partie historique en est des plus faibles, et qui, même si elle est vraie sur certains points, demeure invérifiable. Votre bibliographie, certes, est forcément résumée, mais il semble regrettable que le très érudit ouvrage de Bax (Amsterdam, 195[6][2]) et celui, un peu plus ancien, de Tolnay[3], n'aient pas été cités en contrepartie, ou tout au moins un bon ouvrage d'ensemble comme celui de Baldass, Vienne, 1960[4], qui résume les différents points de vue. Nous ne sau-

1. Pour *L'Œuvre au Noir*.
2. Bax D., *Beschrijving en pogingtot verkalring van het Tuin des Onkvisheiddrielvik van Jeroen Bosch, gevolgd door Kritiek op Fraenger*, Verhandelingen der Koninklijke Nederlandse Akademie van Wetenschappen, Afdeling Letterkunde, N. R, LXIII, 2, Amsterdam, 1956.
3. Charles de Tolnay (né en 1899), *Catalogue raisonné des peintures de Jérôme Bosch*, Bâle, 1937 ; édition française 1967.
4. Ludwig von Baldass (1887-1963), *Hieronymus Bosch*, Vienne, Anton Schroll & Co, 1943 et 1959 ; puis avec Harry N. Abrams, Inc., New York, 1960 (Bibl. PP).

rons jamais si le *Jardin des Délices* représente sous des aspects insolites diverses formes assez banales du péché, ou s'il glorifie au contraire une humanité délivrée de la faute, mais, semble-t-il, livrée au cauchemar, et la brève description de ce tableau dans le catalogue des peintures appartenant à Philippe II, *Pintura de la variedad del Mundo*, me paraît encore ce qu'on a dit de plus sensé à son sujet. Quoi qu'il en soit, je me demande si les six ou sept nègres et surtout négresses parsemés parmi ces centaines de nudités blanches peuvent être vraiment pris pour le symbole d'une humanité fraternelle et ignorant tout de « la malédiction de Noé » où s'ils ne représentent pas plutôt, outre un contraste fort indiqué dans ce fourmillement de chairs pâles et blondes, un des piments sensuels et exotiques d'une œuvre, où quelles qu'en soient les raisons cachées, c'est assurément l'érotisme et l'étrangeté qui triomphent.

Je pourrais multiplier ces remarques, regretter par exemple que l'image du noir au XVIIe et au XVIIIe siècle, placée sous la rubrique *maniérisme*, tienne si peu de place dans cet exposé (peut-être envisage-t-on des développements, mais l'agencement présent semble les exclure) ; que le Portugal après les conquêtes africaines soit exécuté en quelques mots qui débordent l'iconographie proprement dite, sans mention, par exemple, d'une œuvre comme l'*Adoration des Mages* de l'anonyme du petit musée de Setubal, influencé certes par la Flandre, mais que l'ambiance portugaise n'a pas empêché de peindre un jeune roi noir rêveur et doux, sans rappeler non plus qu'en dépit de cette « totale absence d'intérêt pour le Noir lui-même » la musique des nègres a assurément influencé celle du Brésil portugais et de la Lisbonne du XVIIIe siècle, en particulier des *modinhas*[1] qui

---

1. Romances inspirées des airs d'opéra italiens.

enchantaient Beckford[1], et que le culte de la Vénus noire a été répandu et partagé par Camoens[2] lui-même, ou encore que l'image si vitale du noir par Delacroix et ses émules soit par trop dépréciée. L'étonnement et le regret que l'art du XIXe siècle n'ait pas réussi à « poser le problème noir d'une manière tant soit peu importante » me semble assez vain, si l'on songe que l'Orient islamisé était alors la pointe extrême à laquelle un peintre, fût-il grand voyageur, pouvait parvenir même au sens physique du mot, et que l'époque de l'ouverture véritable de l'Afrique noire, d'une part, et de l'autre celle où le drame du prolétariat noir a éclaté à tous les yeux (hors d'Europe du reste plutôt qu'en Europe) correspond en gros à la période où l'art abandonnait de plus en plus toute littéralité figurative. C'est seulement chez quelques peintres américains comme Winslow Homer ou Thomas Eakins[3], plus longtemps fidèles à l'idéal romantique/réaliste, *plus* près surtout du problème, que l'on trouve, comme il est d'ailleurs naturel, une sourde préoccupation sociologique analogue à la nôtre. Dans l'art contemporain, je ne crois pas que ce soit le nègre qui soit particulièrement « à l'écart » ; en fait, c'est l'homme qui l'est.

Croyez bien que je ne cherche en rien à diminuer l'importance ni l'intérêt de vos recherches ; sur bien des points, je m'aperçois d'ailleurs que je redis en d'autres termes ce qu'a dit M. Ladislas Bugner, mais

---

1. William Beckford (1760-1844). Connu en France pour son *Vatheck*, il est également l'auteur de *The Journal of William Beckford in Portugal and Spain* (1786-1788).

2. Luís de Camoens, 1524 ?-1580. Poète portugais.
The Lusiads, vol. 1 et 2, Londres, Kegan Paul, Trench & Co, 1884 (Bibl. PP) ; *Les Sonnets*, Lisbonne, Livraria Ferreira-Editora, 1913 (Bibl. PP) ; *Obras Escolhidas*, vol. 1, Livraria Sa Da Costa-Editora, 1954 (Bibl. PP) ; *Versos e alguma prosa*, Porto, Editorial Inova Limitada 1972 (Bibl. PP), et Lisbonne, Moraes Editores, 1978 (Bibl. PP).

3. Winslow Homer (1836-1910) et Thomas Eakins (1844-1916).

l'orientation est inversée[1]. Certes, si j'avais accepté d'écrire la préface[2] que vous voulez bien me demander, j'aurais peut-être en cours de route modifié certaines des vues que j'expose ici, mais pas assez sans doute pour que je puisse vous offrir un texte complètement « convergent ». En m'excusant d'avoir consacré tant de pages à dire non, et mis si longtemps à le faire, je vous prie de croire, chère Madame, à l'expression de mes meilleurs sentiments. Je me souviens d'avoir rencontré chez votre charmante mère ou auprès de « l'oncle Jean » « les jeunes Schlumberger », et cette mémoire un peu confuse suffit à nous mettre sur le terrain de l'amitié.

Marguerite Yourcenar

Merci pour les catalogues récemment reçus. Ceux de l'exposition du fer et de la Rome humaniste sont d'admirables documentaires. L'exposition *Unromantic agony* me laisse plus incertaine ; je me demande si une présentation de ce genre ne risque pas d'accoutumer davantage son public à cette violence inhumaine qui croît partout de plus en plus, et contre laquelle nous serons peut-être les derniers à pouvoir lutter.

---

1. Dans ses « Remerciements et perspectives », *L'Image du Noir dans l'art occidental, op. cit.,* Ladislas Bugner rapporte que l'idée du livre naquit en 1960 à la suite du constat que la ségrégation raciale existait toujours même si elle avait été déclarée illégale par la Cour suprême, en 1954.
2. La préface au texte définitif sera écrite par Amadou-Mahtar M'Bow, directeur général de l'Unesco.

À BERNARD OFFNER[1]

12 décembre 1967

Monsieur,

J'ai bien reçu votre lettre du 6 novembre et le questionnaire qui l'accompagnait. Je reconnais l'intérêt très vif qu'a à bien des points de vue (sociologiques, psychologiques...) cette question du pseudonyme, et vous envoie ci-joint ma réponse à vos questions. Je ne m'oppose nullement à ce que cette réponse soit publiée intégralement sous mon nom.

Veuillez agréer, Monsieur, l'expression de mes sentiments les meilleurs,

Marguerite Yourcenar

Réponse au questionnaire concernant le pseudonyme

Question 1

Mon pseudonyme a été choisi vers la dix-septième ou la dix-huitième année, époque de la publication de mes premiers poèmes. La décision était due à une recherche de liberté, de détachement du milieu familial, ou du moins d'une partie de celui-ci, peut-être aussi à l'obscur sentiment qu'un changement de nom est de mise quand on entre en littérature comme lorsqu'on entre en religion.

---

1. Fonds Yourcenar à Harvard, bMS Fr 372 (1001).
Ajout en haut de page : « Centre National de la Recherche Scientifique. Étude sur le pseudonyme. »
Bernard Offner est l'auteur d'une enquête intitulée « Au jardin des pseudonymes » dans *Vie et langages*, Paris, Larousse, parue de février 1957 à mars 1958, puis plus irrégulièrement en 1961, 1962, 1965 et 1966. La conclusion est de janvier 1967, ce qui ferait de la demande du 6 novembre un complément au travail déjà accompli.

Question 1a

Ce pseudonyme a été formé par jeu. L'anagramme de mon nom familial fut fait un beau jour de concert avec mon père qui avait lui aussi le goût des pseudonymes (il utilisa pendant des années son prénom comme nom de famille) ; je crois bien que le choix s'est porté sur cet anagramme plutôt que sur d'autres, également possibles, parce que j'aimais l'initiale Y dont la forme fait songer à un carrefour ou à une branche. « Vous signez comme un arbre » allait me dire un jour l'écrivain Rudolf Kassner[1].

Question 2

J'ai débuté sous ce pseudonyme. Je n'en ai jamais pris ni considéré d'autres.

Question 3

L'adaptation au pseudonyme a été très rapide et il a très vite, à toutes fins utiles, remplacé mon nom légal. Dès 1930 environ, il figurait sur mon passeport français. En 1947, lorsque j'ai acquis la citoyenneté américaine, il est devenu mon seul nom légal. Je me « pense » sous ce nom (pour autant que je pense à moi sous un nom) depuis plus de quarante-cinq ans.

Question 4

J'ignore si ce choix a été heureux ou malheureux. Si c'était à refaire, j'aurais peut-être pris dans les archives familiales un nom d'aïeule d'apparence moins fabriquée que ce pseudonyme un peu synthétique et de consonance plus française : Bernast,

---

1. Rudolf Kassner (1873-1959). Philosophe autrichien. *Éléments de la grandeur humaine*, Paris, Gallimard, 1931 (Bibl. PP). Yourcenar avait tenu à le rencontrer à Sierre, lors de son premier séjour en Europe, en 1951.

Forestel, Neuville, Briarde, Faulconansen, ou encore les noms flamands de Fourment ou d'Adriansen. Ce qui m'a retenue (car j'avais à cette époque pensé à cette solution)[1] est surtout une hésitation à emprunter un nom ayant appartenu à des personnes et des familles dont je ne savais à peu près rien, et qui, de plus, abonde peut-être à l'état civil porté par des inconnus auxquels il aurait paru m'associer. J'ai donc préféré fabriquer un anagramme qui ne fût qu'à moi. Le défaut du pseudonyme choisi est qu'il ne se rattache phonétiquement ou sémantiquement à aucune langue.

Je doute que le choix de ce pseudonyme ait été d'une grande importance quant au déroulement de ma carrière. Il a pu, au début surtout, faire croire à quelques lecteurs qu'il s'agissait d'un écrivain d'origine étrangère, on ne savait trop laquelle[2].

L'avantage du pseudonyme, de nouveau au début surtout d'une carrière d'écrivain, consiste dans la liberté plus grande de celui qui le porte et se sent de ce fait moins conditionné par un milieu et plus à l'abri des susceptibilités de celui-ci, soit qu'il s'agisse de l'expression d'idées ou de sentiments que ce milieu n'approuverait pas, soit que les sujets ou thèmes romanesques traités par l'écrivain touchent de très près aux réalités de ce milieu familial lui-même. Bien entendu, sitôt que le pseu-

---

1. Cette parenthèse est un ajout autographe de Yourcenar, dans la marge.
2. Yourcenar a signé ses premiers livres jusqu'à *Alexis ou le Traité du vain combat*, en 1929, du pseudonyme de Marg Yourcenar. *La Nouvelle Eurydice*, 1931, est signé M. Yourcenar. *Pindare*, 1932, est le premier ouvrage signé du prénom Marguerite, suivi du pseudonyme Yourcenar.

donyme se substitue au nom légal, et est constamment porté pendant de longues années, il acquiert à son tour une sorte de conditionnement.

———

Identité légale : Marguerite de Crayencour (le patronyme complet, peu usité depuis plusieurs générations, était Cleenewerck de Crayencour)

Pseudonyme : Marguerite Yourcenar

Lieu et année de naissance : 8 juin 1903, à Bruxelles, Belgique, de parents français (mais mère d'origine belge) domiciliés à Lille.

1968

À ROGER HAZELTON[1]

25 janvier 1968

Chers amis[2],

Voici longtemps que je voulais remercier Roger de l'envoi de sa conférence sur Pascal. C'est un sujet sur lequel il y a tant de choses à dire que j'ai sans cesse remis ma lettre à plus tard, tâchant de trouver pour écrire un moment tranquille qui ne vient jamais. Mais je ne veux pas tarder plus longtemps.

Il me semble que Pascal, au fond si peu connu en ce pays, vous doit une grande gratitude pour avoir si bien décrit son milieu et certains grands moments de sa vie. Sur le milieu, vous m'avez appris des faits que je ne savais pas ou que j'avais totalement oubliés, particulièrement en ce qui

---

1. Fonds Yourcenar à Harvard, MS Storage 265.
Roger Hazelton. Universitaire. Doyen à Oberlin College (Ohio). Auteur de *Blaise Pascal: The Genius of His Thought*, Philadelphie, Westminster Press, Philadelphia, 1974, et de *Ascending Flame, Descending Dove — An Essay on Creative Transcendence*, Philadelphia, The Westminster Press, 1975 (Bibl. PP).
2. L'autre correspondant n'a pas pu être identifié.

concerne ce magistrat et ce « commis » ayant connu des fortunes diverses que fut son père. Vous montrez très bien ce que fut la grande vie bourgeoise au XVII siècle, avec ses ferments religieux et intellectuels. J'ai apprécié aussi tout ce qui concerne la machine à calculer ; il me semble toujours bon de montrer aux contemporains de la cybernétique l'intérêt à la fois vif et restreint que les hommes de ce temps-là prenaient à ces sortes de recherches, et combien elles étaient inférieures pour eux aux grands problèmes. Peut-être auriez-vous pu insister davantage sur ce point. Je regrette aussi l'absence de mention du *Discours sur les passions de l'amour*. Je sais que certains le veulent apocryphe, mais je suis de ceux qui, avec Mauriac[1], le croient d'une authenticité incontestable.

Je note que vous laissez volontairement de côté beaucoup de ce qui est presque obligatoire dans une étude française sur Pascal : l'accident de voiture, l'abîme, l'angoisse métaphysique précédant et déclenchant comme par réaction la ferveur religieuse à son état le plus violent ; l'insistance des mystiques du temps sur la dévotion à Jésus incarné, qui rend moins singulier, mais non moins beau, l'admirable texte qu'on cite toujours, et enfin l'opposition des deux modes de dévotion et de tempéraments spirituels et religieux de Pascal face à face avec la sagesse moins abrupte des jésuites. Tout cela dépassait peut-être ce que votre auditeur désirait entendre. Mais il me semble que vous tendez à faire de Pascal une personnalité beaucoup plus intégrée que ne la font la plupart des auteurs que j'ai lus, plus que je ne serais tentée de le faire moi-même, si j'avais la compétence qu'il faut pour écrire sur lui. Je

---

1. François Mauriac (1885-1970) a écrit *Blaise Pascal et sa sœur Jacqueline*, Paris, Hachette, 1931.

suis surtout disposée à voir en lui une âme et un tempérament tourmentés, écartelés entre certaines contradictions. Vers la fin de votre essai, je ne vous accompagne plus du tout, parce que je suis de ceux qui ne trouvent pas rassurant (au contraire) que l'homme qui a posé les principes du calcul infinitésimal ou démontré l'existence du vide veuille nous obliger à un pari (pour moi scandaleux, du moins dans les termes où il le fait). Je devais par honnêteté enregistrer cette réaction, mais en parler plus longuement serait fastidieux et vain, parce que je suis sûre que vous l'avez rencontrée chez d'autres et que vous la comprenez.

Comme vous aimez la France ! Cela se sent dans chaque ligne de votre conférence. Et combien on sent que Pascal est pour vous un ami, littéralement présent. C'est là que la théologie et la poésie peuvent aller la main dans la main.

Ici, l'hiver est froid, avec pourtant ce moment de radoucissement qui se produit si souvent en janvier.

Affectueuses pensées à tous deux,

[Marguerite Yourcenar]

À HELEN HOWE ALLEN[1]

[février 1968[2]]

Chère Amie,

Non et non, pas un atome de moi chez cette dame[3] ! Au risque de vous offenser, mais il n'y a pas d'amitié sans ce risque, laissez-moi vous dire qu'elle m'est littéralement intolérable. Son attachement sentimental à des ancêtres dont elle ne sait presque rien, et à une Belgique qu'elle a l'air de confondre avec la Normandie, son absence totale de préoccupations générales, qu'il s'agisse du monde tel qu'il est, hélas, ou du monde des idées que son père[4] avait si admirablement compris, son refus ou plutôt son incapacité de voir les choses et les gens comme ils sont, et sa tendance à les considérer seulement à son point de vue, tels qu'ils entrent dans le cercle de sa toute petite vie, l'entière absence[5] de sens métaphysique ou religieux, et surtout ce *moi, moi, moi* quasi

---

1. Fonds Yourcenar à Harvard, MS Storage 265. Copie faite par Grace Frick et corrigée par Yourcenar, d'une lettre de deux pages à Helen Howe Allen, écrite de Somesville et New York. Un ajout autographe en marge précise que les lettres de Yourcenar et de Grace Frick n'ont pas été envoyées le jour de leur rédaction mais ont été remises à Helen Howe Allen, au cours d'une visite chez elle, à Somesville, le 18 septembre 1968.

Helen Howe Allen (née en 1905). Auteur de *The Fires of Autumn*, New York, Harper & Brothers, 1959 (Bibl. PP), et de *The Gentle Americans 1864-1960 Biography of a Breed*, New York, Harper & Row, 1965 (Bibl. PP).

2. La lettre n'est pas datée mais, d'après une indication autographe de Grace Frick, elle doit être de la semaine du 10 février 1968.

3. May Sarton (1912-1995), près de Gand, Belgique. Élevée aux États-Unis. Poète, romancière, professeur. Auteur de *Plant Dreaming Deep*, New York, W. W. Norton & Co, Inc., 1968, mi-essai, mi-autoportrait que Yourcenar commente ici.

4. George Sarton (1884-1956). Historien des sciences.

5. « ... petite vie, l'entière absence » est une correction autographe, en surcharge, de quelques mots barrés dans la dactylographie.

hystérique[1] ? « ma » maison, « mes » parents, « mes » amis, « mes » voyages en Europe, « mon » patriotisme américain... Et, perpétuellement sous-entendus, « mes » raffinements, les gens bien auxquels « moi » j'appartiens, « nos » bonnes traditions de la Nouvelle-Angleterre, « ma » sympathique et distinguée personnalité. Le propriétaire grec de bordel dans un monologue comique d'Hérondas (IIIe siècle avant J.-C.) que je traduis en ce moment, m'est consolant par comparaison, solidement installé comme il l'est dans ces deux réalités de base que sont l'argent et la chair[2].

À tout vous dire, un livre comme celui de May Sarton me révèle à moi-même ma foncière misogynie, laquelle, bien entendu, ne tient pas contre quelques exceptions aimables ou admirables. Pourquoi les femmes s'enferment-elles si souvent dans leur petit monde étroit, prétentieux, pauvre ? (Je pense à la phrase que je fais employer à Hadrien : « Je retrouvais le cercle étroit des femmes, leur dur sens pratique, et leur ciel gris dès que l'amour n'y joue plus. ») Je ne veux pas dire que l'homme ait toutes les vertus : le monde en ruine où nous vivons prouve le contraire. Mais je pense que c'est en partie au misérable petit égoïsme de la dame très bien qui sent la lavande et s'offre une petite vie « harmonieuse » que nous sommes redevables du fait que le chaos continue et grandit. En ce qui me concerne (et vous pensez bien que ce que je dis dépasse May Sar-

---

1. Le mot « quasi hystérique » est un ajout autographe.

À rapprocher d'un passage de *Souvenirs pieux* où Yourcenar évoque Noémi, sa grand-mère : « Elle avait la passion du pronom possessif : on ne lassait de l'entendre dire : " Ferme la porte de mon salon ; va voir si mon jardinier a ratissé mes allées ; regarde l'heure à ma pendule ". » *op. cit.*, p. 709.

2. Yourcenar a intitulé « Le Tenancier de maison close », la traduction d'un poème d'Hérondas (IIIe siècle av. J.-C.), recueillie dans *La Couronne et la Lyre, op. cit.*, pp. 337-340.

ton), je resterai jusqu'au bout stupéfaite que des créatures qui par leur constitution et leur fonction devraient ressembler à la terre elle-même, qui enfantent dans les déjections et le sang, que la menstruation relie au cycle lunaire et à ce même mystère du flot sanguin, qui portent comme les douces vaches un aliment primordial dans leurs glandes mammaires, qui font la cuisine, c'est-à-dire qui travaillent sur la chair morte et les légumes encore incrustés de terre, qui enfin, dans leur corps, dans leur visage, dans leur lutte désespérée contre l'âge, assistent perpétuellement à la lente destruction et corruption des formes, font face jour après jour à la mort dans les rides qui s'approfondissent ou les cheveux qui grisonnent, puissent être à ce point factices. Factices quand on a affaire à la poupée peinturlurée qui veut séduire par des moyens qui sont ceux de la prostitution, quel que soit d'ailleurs son état social, et peut-être plus factices encore quand il s'agit de la dame bien ? On cherche vainement *la femme*...

Chère amie, ne croyez pas à une explosion d'irritation qui passe son but, mais à un effort très dirigé pour aller par-delà les conversations générales toujours superficielles de trois visites polies chaque année, et leurs courtois malentendus. Je n'aime pas parler de moi, ou plutôt certains principes m'en empêchent. Je ne le fais que dans mes livres, et encore en prenant ces distances que sont les personnages du roman ou le langage impersonnel de l'essai. Faut-il avouer cependant que Northeast Harbor et le Maine ne sont rien pour moi qu'un des hasards de ma vie, que j'y suis comme je serais, dans un village de Dalécarlie ou de Bretagne, ou du Wurtemberg, satisfaite seulement d'être à la campagne, si l'on peut dire que le Mount Desert d'aujourd'hui soit encore la campagne, qu'une maison est pour moi un lieu où prendre un bain chaud et garager [sic] des livres, et que le principal mérite de la petite maison où vous me voyez est d'avoir (mérite certes point unique) un demi-hectare de terrain où poussent des arbres et où l'on peut espérer garder ceux des oiseaux que les insecticides et la pollution de l'air n'ont pas tués ? Il y a bien des moments où cette maison, où mon intention n'était pas de vivre si continuellement, comme depuis quelques années les circonstances m'y forcent, me semble une prison. Mais (comme dit Shakespeare) c'est le monde qui en est une, et à notre époque surtout, on peut à peine se plaindre que les circonstances nous aient parfois poussés où nous n'avions pas compté aller. Du point de vue du travail littéraire, je me dis parfois que la vacuité, l'isolement moral, la dureté d'un paysage si différent de ceux où j'ai autrefois vécus et sa désolation hivernale auront du moins eu cet étrange mérite de rompre certains liens et certaines associations d'idées auxquelles je croyais tenir plus que tout, et de m'obliger à une sorte d'ascèse de l'esprit. Mais nous voilà bien loin de ce que j'aurais dû me borner à écrire, c'est-à-dire des remerciements pour penser à moi et à Grace du sein de votre existence new-yorkaise, et de distraire pour nous envoyer un livre un moment du temps que vous pourriez employer avec Reginald[1], ou à écrire.

Tous mes saluts à l'aimable Victoria au nom de laquelle j'aime à croire que Valentine remue la queue.

Affectueuses pensées de

Marguerite Yourcenar

---

1. Reginald (1905-1988), mari de Helen Howe Allen. Dirigea le Lincoln Center for Performing Arts de New York.

À BRIGITTE BARDOT[1]

>Petite Plaisance
>Northeast Harbor
>Maine 04662 USA
>24 février 1968

Madame,

Admirant comme je le fais l'intérêt que vous avez montré pour tout ce qui concerne la protection des animaux, et les services que vous avez rendus avec tant de grâce à cette cause, j'ai prié la direction de l'Œuvre d'Assistance aux Animaux d'Abattoir de me donner votre adresse, et prends sur moi de vous envoyer toute une documentation sur un état de choses que vous connaissez d'ailleurs peut-être déjà : l'horrible massacre annuel des phoques dans les eaux canadiennes, et surtout la mise à mort atrocement cruelle des jeunes phoques, « les peaux-blanches », âgés de quelques semaines et somnolant sur la banquise jusqu'à ce qu'ils aient atteint le moment où ils pourront plonger et chercher leur propre subsistance, la période d'allaitement ayant pris fin. (Chaque phoque femelle n'a annuellement qu'un seul petit.) Dans ces dernières années, durant une brève période de quelques jours, en mars, qui est celle de la chasse, plus de cinquante mille jeunes phoques ont été annuellement mis à mort, la « méthode » consistant à les assommer à l'aide de matraques, puis à arracher immédiatement leur fourrure, de sorte qu'en dépit des dénégations des personnes et des groupements intéressés, les constats faits sur place par des vétérinaires ont abondamment prouvé que dans bien des cas le

1. Fonds Yourcenar à Harvard, MS Storage 265.
Brigitte Bardot (née en 1934). Actrice française qui s'engagea très tôt pour la défense des animaux.

chasseur ne parvenait pas à assener au jeune animal un coup mortel, et que celui-ci est écorché encore vivant.

De plus, d'innombrables phoques adultes (bien que leur peau soit moins précieuse) sont tués au cours de ces opérations, soit par le passage des vaisseaux qui fendent la banquise, soit avec des crocs, des matraques, ou des coups de fusil lorsqu'ils tentent de défendre leurs jeunes, ou dans d'autres circonstances analogues.

Depuis quelques années, le mouvement d'opinion à ce sujet est tel que les autorités (le ministère canadien des pêcheries), inquiétées par la menace d'un total boycott des fourrures de phoque, et assaillies par les groupements humanitaires tant canadiens qu'internationaux, ont établi certains règlements (par exemple l'interdiction de la chasse nocturne et l'obligation d'avoir à se servir de matraques perfectionnées, plus aptes à porter des coups mortels); elles ont aussi à chaque saison de chasse chargé un certain nombre d'employés du gouvernement de surveiller les opérations; et beaucoup de ceux-ci, aux dires des sociétés humanitaires, ont fait ce qu'ils ont pu, et davantage, pour atténuer la brutalité et la cruauté de ce massacre.

Néanmoins, les conditions mêmes dans lesquelles ces choses se passent (rapidité du « travail », dangers dus à la température, au mauvais temps, à l'état de la banquise, et immensité des territoires à surveiller) rendent ces « améliorations » à peu près inefficaces, et il y a terriblement lieu de craindre que, comme il arrive si souvent, l'opinion publique se rassure à tort, persuadée que « tout est maintenant pour le mieux », tandis qu'au fond tout reste à faire.

Je me hâte d'ajouter, pour bien montrer qu'il ne s'agit pas d'un effort de propagande quelconque dirigé contre le seul gouvernement canadien, que ce pays, bien que retirant des profits considérables de la vente des peaux de phoques, n'est pas le seul à tirer parti de cette indignité, et que le rôle de la Norvège, qui semble-t-il importe la plupart des peaux provenant du Canada pour les préparer industriellement et/ou les transformer en divers objets de luxe ou de demi-luxe (jaquettes de sport, sacs de dames, clips ornés de fourrure de phoque comme on en vend un peu partout aux touristes visitant la Norvège, et enfin peaux qui, grâce à divers procédés de fabrication et différentes teintures, changent d'aspect, et deviennent à volonté telle ou telle autre fourrure plus ou moins précieuse), n'est pas moins néfaste que celui du Canada. Un autre massacre a lieu vers le mois de juin dans les îles Aléoutiennes, dans le Pacifique nord, dans des eaux en grande partie américaines; on est moins renseigné sur ce qui s'y passe, et certains rapports semblent indiquer que les atrocités commises sont un peu moindres, ce qui resterait à prouver. Les peaux provenant de ce district sont d'ailleurs considérées comme moins précieuses que celles provenant du Canada et du Labrador. La tragédie sur laquelle j'attire votre attention est donc internationale.

Bien entendu, ces mêmes personnes ou groupements financièrement intéressés au maintien de la chasse ont tâché par tous les moyens de jeter le discrédit sur le mouvement humanitaire qui s'y oppose, et cela d'autant plus que le gouvernement canadien a reçu, depuis que ces faits ont été connus, des *milliers* de lettres, et que la situation a fait l'objet de nombreux débats du parlement canadien. On a dit que le jeune phoque vit dans une sorte d'engourdissement, que même si les coups de matraque ne l'achèvent pas, il est, de toute façon, assez assommé pour souffrir assez peu de l'écorchement qui suit, et que cet état de torpeur naturel ou de stupeur causé par les coups explique qu'il ne se débatte pas. Mais des vétérinaires compétents qui ont suivi les chasses font remarquer ce que savent d'ailleurs tous ceux qui ont élevé de jeunes animaux : que l'animal épouvanté fait le mort et est littéralement paralysé par la peur.

On a dit aussi que certains films présentés sur ce sujet étaient truqués, tout au moins le premier. Ce premier film avait fait tout simplement l'objet des habituels montages ; d'autres, depuis, ont été pris à plusieurs reprises par les agents des sociétés de protection des animaux et par des vétérinaires, et sont strictement non retouchés : ils sont presque insupportables à voir. La Fédération des Sociétés européennes de protection des animaux en a un, récent, qu'elle fait circuler sur demande, et dont le son est en français.

J'en viens à ma raison de vous écrire tout ceci, et que vous avez sans doute déjà devinée : votre intervention en faveur des bêtes d'abattoir a été si merveilleusement utile que je suis persuadée que vous pouvez plus que quiconque pour persuader le public féminin de boycotter des vêtements ou des accessoires obtenus au prix de tant de douleur et d'agonie de l'animal, et, ce qui est peut-être aussi grave, au prix de tant de brutalité et de sauvage cruauté de la part de l'homme. Je sais bien qu'on nous dira que ces massacres annuels qui risquent d'amener fatalement l'extinction totale de cette race d'animaux, sont peu de chose comparés par exemple aux horreurs du Vietnam. Le raisonnement est faux parce que tout se tient, et que l'homme coupable de férocité, ou, ce qui est peut-être encore pis, de grossière indifférence envers la torture infligée aux bêtes, est aussi plus capable qu'un autre de torturer les hommes. Il s'est pour ainsi dire fait la main.

J'ose donc vous demander un geste, que ce soit simplement une lettre de plus au Premier ministre du Canada, s'ajoutant aux innombrables lettres écrites déjà, soit surtout une protestation à la télévision contre l'emploi de ces tragiques peaux de phoques, si inutiles, même dans l'usage le plus pratique qu'on en peut faire, c'est-à-dire pour les vêtements de sports d'hiver, puisqu'à notre époque la science et l'industrie peuvent inventer beaucoup mieux en matière d'isolants. Je sais qu'une très grande partie de votre temps est prise par votre travail professionnel, que ce n'est pas parce que vous avez déjà fait beaucoup qu'on doit vous demander de faire davantage, et qu'enfin, sans doute, vous cherchez désespérément comme nous tous des moments libres pour vivre votre vie à vous. Mais il me semble que je devais pourtant vous écrire tout ceci, en m'excusant d'avance, si par hasard vous avez déjà fait ce que je vous demande de faire. (Je ne suis la télévision française qu'à travers les très insuffisants commentaires des journaux.) L'appel que je vous fais est particulièrement de saison, puisque la chasse (qui dure de trois à quatre jours, et s'étend du golfe du Saint-Laurent au Labrador) s'ouvre cette année le 18 mars. Cette date est de deux semaines plus tardive que la date habituelle ; on a sans doute essayé d'éviter les terribles conditions atmosphériques de la chasse de l'an dernier, mais les directeurs de sociétés humanitaires craignent qu'elle soit d'autant plus cruelle : en effet, les jeunes phoques seront cette année un peu plus âgés, donc plus robustes, plus chargés de l'épaisse couche de graisse qui recouvre la tête et les épaules durant la période d'allaitement, et par conséquent beaucoup plus difficiles à achever à coups de matraque.

La chasse sera suivie cette année par quelques agents de sociétés de protection des animaux, envoyés en observateurs, et accompagnés de quatre vétérinaires qualifiés venant du Canada, des États-Unis et d'Europe. Cette expédition financée entièrement par des contributions volontaires se fera, comme toujours, dans des conditions très dangereuses, bien que, cette fois, trois hélicoptères bien équipés seront, à ce qu'il semble, mis à leur disposition, grâce surtout à la générosité du directeur du jardin zoologique de Francfort, qui s'est beaucoup occupé de cette cause, comme il s'est aussi beaucoup occupé de la défense du patrimoine animal africain. Tout appel, ou toute protestation, synchronisé de manière à être fait dans le mois qui vient serait donc particulièrement utile.

En ce qui me concerne, j'avoue que ce monde, déjà à tant de points de vue atroce, où nous vivons, me paraît plus atroce encore quand je pense qu'au moment où je vous écris plus de cinquante mille jeunes animaux dispersés sur la banquise sont destinés à n'être d'ici un mois que des carcasses sanglantes, que leurs mères, qui en ce moment nourrissent ces petits, viendront essayer de reconnaître en émettant des espèces de gémissements, après avoir essayé de les défendre quand ils étaient encore couverts de fourrure et vivants. (Les intéressés se sont bien entendu beaucoup moqués de ces détails « sentimentaux », mais les photographies et les témoignages sont irréfutables.)

Je sais bien qu'on nous dira que les pauvres habitants des régions côtières canadiennes ont besoin des quelques centaines de dollars que leur apporte une bonne chasse, au risque d'ailleurs de considérables dangers. En fait, les bénéficiaires de ces « bonnes chasses » sont avant tout les compagnies (surtout norvégiennes) organisées en vue de la chasse aux fourrures, les habituels intermédiaires, et la balance commerciale du gouvernement canadien, et la plus grande partie de la chasse se fait par brise-glace et par hélicoptères appartenant aux susdites compagnies. Quant aux pauvres riverains qui se risquent au péril de leur vie sur la banquise et « tapent dans le tas », il est temps que les autorités s'occupent de leur fournir durant les longs mois d'hiver des emplois stables de type industriel, suppléant aux gains trop aléatoires des pêcheries durant le court été ; et la suppression de ce « supplément » misérable hâtera le moment où on s'occupera vraiment de relever leur niveau de vie. On ne vit pas à la fois dans l'âge de la planification et dans celui de l'homme des cavernes. Même les simples marins canadiens employés sur les bateaux des « compagnies » trouvent souvent leur tâche horrible.

Je vous envoie une série de documents sur ce sujet, tous en anglais, mais si vous ne savez pas cette langue, vous trouverez assurément quelqu'un pour vous les traduire. Vous verrez que même les représentants des sociétés de protection des animaux sont divisés (comme toujours) en deux groupes, les radicaux qui veulent le boycott total de la chasse, et ceux qui cherchent avant tout des améliorations partielles et tiennent à garder un *modus vivendi* avec les autorités et les sociétés industrielles en cause. Même diversité, qui est naturelle, dans les points de vue, les uns préoccupés surtout de sauver l'espèce, les autres sensibles avant tout à la souffrance de l'animal. Même si elles paraissent quelquefois s'opposer l'une à l'autre, il est bon, en somme, que ces deux attitudes existent. J'appartiens au groupe qui croit, comme la Fédération Mondiale pour la protection des animaux, que le résultat désiré ne sera vraiment obtenu que par le boycott de la fourrure de phoque. C'est là que l'opinion des femmes joue un rôle immense.

Je termine en m'excusant de cette longue lettre (mais j'essayais de parer au fait que les documents envoyés sont en anglais), et en vous remerciant encore de ce que vous avez fait pour la cause humanitaire : il est merveilleux que la beauté et la grâce soient en même temps la bonté[1].

Marguerite Yourcenar*

À JEAN MOUTON[2]

Petite Plaisance
7 avril 1968

Cher Ami,
Votre lettre m'a fait grand plaisir, et je suis d'accord avec vous pour trouver les vœux de Pâques aussi beaux et pour nous qui vivons dans ces temps si sombres peut-être plus indiqués encore que ceux de Noël.

Je suis heureuse d'apprendre que vous écrivez un livre sur l'attitude religieuse de Proust, sur laquelle il y a tant à dire. En dépit de cet agnosticisme un peu mou qui est de sa génération, et qui ne laisse de place ni au refus, ni à l'acceptation, Proust me semble bien plus profondément engagé dans la tradition chrétienne-catholique que d'autres écrivains étiquetés comme tels. On se félicite presque qu'aucun théologien ou qu'aucun *guru* ne se soit chargé

---

1. Yourcenar appartenait à de nombreuses associations de défense des animaux ou de la nature. Pour ne citer que les associations françaises, en 1979, Yourcenar était membre de l'Œuvre d'assistance aux bêtes d'abattoir, de la Confédération nationale des sociétés protectrices des animaux de France, de la Ligue contre la vivisection, de l'Association des journalistes et écrivains pour la protection de la nature, de la Ligue française pour la protection de l'oiseau, des Amis de la Terre et de l'A.R.A.P.
2. Fonds Yourcenar à Harvard, MS Storage 265.

de le convertir, et qu'il nous ait laissé sans aucune intention apologétique cette œuvre si bouddhiste par la constatation du passage, par l'émiettement de toute personnalité extérieure, par la notion du néant du désir, et en même temps si chrétienne par le sentiment partout épars d'une sorte de péché originel, par le sens presque inquiétant de l'indignité de la chair, par une contemplation de l'artiste très proche de la *visio intellectualis*, et enfin et surtout par cette charité qu'il exerce sans cesse à l'égard de ses personnages, même dans la satire, et qui l'a sauvé de toute ironie ou persiflage facile.

Je baisse pensivement la tête en relisant ma phrase sur Proust, que vous me citez : ce jugement sommaire me semble encore vrai, très en gros, et cependant biaisé et faussé par tout ce qui n'est pas dit. On peut se demander si cette recherche de l'alibi partout présente chez Proust, et qui continue à me gêner, à me scandaliser même, n'est pas finalement l'équivalent d'une sorte de véracité au second degré, en ce qu'elle traduit exactement l'atmosphère de dissimulation ou de demi-dissimulation dans laquelle il a vécu, pour des raisons complexes et pas nécessairement toujours basses (l'amour de sa mère en est la plus simple). Que ce problème de l'expression de la vérité soit terriblement compliqué, c'est ce que prouve l'aventure de Gide, qui a opté abusivement pour la sincérité, et qui tout compte fait nous instruit moins sur ce sujet et bien d'autres que Proust avec ses faux-fuyants.

Reste néanmoins que toute inclusion consciente du faux dans une œuvre littéraire me semble une pierre d'achoppement dangereuse, en ce qu'elle fait ensuite trébucher les commentateurs et favorise de nouvelles évasions, de nouvelles erreurs. En ce qui me concerne, je m'oblige de plus en plus dans tout sujet que je traite à aller jusqu'au bout de ma pensée, et des faits connus, ne serait-ce que pour éviter le malentendu. Hélas, il se produit quand même...

Mais j'espère que nous pourrons cette fois continuer la conversation de vive voix. Je ne m'arrêterai pas à Londres, ce qui me privera du plaisir de revoir votre femme, mais je serai à Paris à partir du 1er mai, et nous pourrions dîner ensemble le soir du 1er ou du 2 mai si vous voulez bien me réserver une de ces dates, qui sont les premières que je me fixe à Paris. J'ai une petite préférence pour le 2, mais celui des deux jours où vous serez libre me conviendra.

Je serai avec mon amie américaine Grace Frick, que vous connaissez, Hôtel Saint James et d'Albany, 202 rue de Rivoli.

Merci de me proposer de dire dans les *Nouvelles Littéraires* votre jugement sur *L'Œuvre au Noir*. Comme le livre ne sort qu'en mai, et que le Service de Presse, sur lequel vous êtes inscrit, est toujours [lent], j'écris à Gallimard de vous envoyer un exemplaire des secondes épreuves non pour hâter votre article, mais parce que j'aimerais avoir en vous l'un des premiers lecteurs de ce livre dont certains aspects vous déplairont peut-être, mais qui néanmoins témoigne de préoccupations que nous partageons tous deux.

Veuillez croire pour Madame Mouton et pour vous-même à l'expression de mon amical souvenir,

                    Marguerite Yourcenar

Je vous écris dans le sillage de la mort de Martin Luther King. Le meurtre de ce grand pacifique [sic] ajoute un nouveau chaînon à une série de violences dont on ne voit pas la fin.

À LIDIA STORONI MAZZOLANI[1]

                    Cunard RMS Queen
                    Elizabeth[2]
                    21 avril 1968

Chère Amie,

Votre lettre m'a été une grande joie : j'ignorais la publication de votre livre et son succès[3], dont je me réjouis comme s'il était mien. Quel plaisir de voir pour une fois un prix bien donné ! Je me procurerai votre ouvrage auprès de mon libraire florentin auquel je fais mes commandes pour l'Italie, puisqu'une nouvelle édition va sortir.

Mon livre *(L'Œuvre au Noir)* qui m'aura occupée aussi longuement et aussi passionnément que naguère les *Mémoires d'Hadrien* va paraître en mai chez Gallimard[4]. Vous êtes bien bonne de vous y intéresser à l'avance. Je pense déjà à la traduction italienne. (Les droits étrangers sont cette fois entre les mains d'un ami qui me sert dans ce cas d'agent littéraire et me débarrasse des négociations.) Il faudrait trouver quelqu'un qui ait le sens du monde de la Renaissance et surtout du domaine très spécial et quasi médiéval encore de l'alchimie et de celui, à peine mieux connu, de la pensée scolastique. Elmire Zolla connaît peut-être quelqu'un qui puisse être à l'aise dans cette atmosphère. Je penserai à Zolla lui-même (dont j'apprécie beaucoup l'Anthologie *(mistici*[5]*)*, mais, très occupé de ses propres travaux, il a sûrement mieux à faire que de traduire, à supposer même qu'il puisse songer à le faire. Une pareille

---

1. Collection particulière. Copie de lettre autographe.
2. En-tête de la lettre.
3. *L'Idea di città nel mondo romano.*
4. Il sortira le 8 mai 1968.
5. Voir lettre à Elmire Zolla du 11 octobre 1964.

remarque vaut aussi pour vous, chère Amie, qui vous devez désormais à vos propres recherches, quand ce n'est pas tout simplement aux vôtres, et à votre propre vie.

Je dois me trouver à Paris le 1ᵉʳ mai, mais compte rester quelques jours en Bretagne pour reprendre l'air de la province française après une trop longue absence[1]. Ces quelque trois ans durant lesquels nous n'avons guère correspondu (après mon bref passage en Italie au retour de Pologne en 1964) ont été à certains points de vue difficiles : par exemple, une longue litigation [sic] a retardé de près de trois ans ce qui eût dû être la date de publication de *L'Œuvre au Noir*[2]. J'ai mis le temps à profit comme je l'ai pu, mais ces années ont été lourdes. Je ne parle pas du découragement causé par l'état du monde, il est immense, et nous force à la fois, alternativement ou simultanément, dans la voie de l'action politique ou tout au moins des prises de position directes (aux États-Unis, il *faut* être contre la guerre ou pour elle, et vous pensez bien que le choix n'est pas douteux), et pour ce genre d'efforts et de décisions, certains d'entre nous ne sont pas faits ; et dans la voie de la vie tout intérieur, la seule dans laquelle nous soyons encore, sinon libres, du moins à même de choisir nos propres dangers. Excusez cette phrase interminable, mais elle dessine à peu près le problème tel qu'il s'impose à moi et je pense à beaucoup d'entre nous.

---

1. Yourcenar et Grace Frick n'ont pas séjourné en France depuis douze ans et ne sont pas retournées en Europe depuis quatre ans.
2. La publication fut retardée en raison d'un conflit avec les Éditions Plon. Yourcenar, qui nourrissait à leur égard de nombreux griefs, refusa d'y publier *L'Œuvre au Noir*. Le litige, entamé en 1965, devint judiciaire pendant l'été 1966 et sera réglé en juillet 1967. Refusant les propositions respectives de Grasset et du Seuil, Yourcenar choisira Gallimard qui à partir de ce moment publiera tous ses ouvrages et détient aujourd'hui les droits sur l'ensemble de son œuvre.

J'aurais beaucoup aimé vous revoir au cours de ce voyage, et j'avais désiré passer l'été en Autriche et dans la province vénitienne, mais par le contretemps sérieux d'un engagement auquel je n'ai pas pu me refuser aux États-Unis vers la mi-juin, cela ne se fera pas, et le présent voyage sera court. Mais j'espère ensuite me remettre bientôt en route, et cette fois avoir le plaisir de vous revoir.

Grace Frick vous salue amicalement. À vous mon tout sympathique souvenir et mes félicitations renouvelées, non pas pour le prix Viareggio, mais pour avoir fait ce que vous vouliez faire,

Marguerite Yourcenar

21 avril, jour de naissance de Rome, mais les cérémonies fascistes m'avaient autrefois dégoûtée de ce bel anniversaire[1].

---

1. Yourcenar se trouvait en Italie lors de la marche sur Rome en 1922. Les deux versions de *Denier du rêve* se déroulent dans l'ambiance du fascisme italien.

À GASTON ET CLAUDE GALLIMARD[1]

Hôtel Saint James et d'Albany
Paris
3 mai 1968

Chers Gaston et Claude Gallimard,
 Mes rapports avec la maison semblent ponctués de roses. C'est par un buisson de roses roses que Gaston Gallimard m'annonça gracieusement, voici déjà bien longtemps, la fin du différend qui nous avait un moment opposés l'un à l'autre; aujourd'hui, c'est un buisson de roses rouges (l'œuvre au rouge) qui coïncide avec la sortie chez vous de *L'Œuvre au Noir.* Merci!
 J'ai lu avec émerveillement (le mot n'est pas trop fort) le texte de présentation de Dominique Aury que vous m'avez communiqué hier. On n'est pas plus clair, plus direct, plus simple dans l'énoncé de ce qu'il y a à dire sur un livre, de cette grande simplicité qui sait que les choses sont complexes et n'ont pas besoin qu'on les entortille.
 Avec mes très sympathiques pensées

Marguerite Yourcenar

À CAMILLE LETOT[2]

Rotterdam
3 juin 1968

Chère Camille,
 J'ai quitté Paris hier après 6 semaines en France, par une voiture qui a traversé la Belgique pour venir

1. Archives Gallimard. Copie de lettre autographe.
2. Archives Gallimard. Copie de carte postale autographe.

ici, et si j'avais eu un n° de téléphone pour vous à votre nom ou celui de votre fils et fille, j'aurais essayé de téléphoner, soit à Gand soit à Anvers. Nous rentrons maintenant à « Petite Plaisance » pour plusieurs mois. La France était très intéressante ces temps-ci et je crois que dans la plupart des cas, les ouvriers et les étudiants ont raison[1]. Mille amitiés,

M. Yourcenar

À NATALIE BARNEY[2]

2 août 1968

Nous pensons souvent à vous, depuis que nous vous avons quittée dans votre beau jardin, et nous nous demandons si vous êtes toujours sous les ombrages de la rue Jacob, ou dans la gracieuse maison de Granson dont nous avons admiré les photographies. J'espère dans les deux cas que votre amie est près de vous et que vous allez bien et ne vous fatiguez pas trop, avec votre élan habituel. Madame Lahovary[3] m'avait dit lors de notre dernière visite qu'elle me faisait envoyer à Northeast Harbor par son libraire un ou des livres à signer ; je n'ai encore rien reçu, mais je me propose de toute façon de lui signer un exemplaire de la 2ᵉ édition de *L'Œuvre au Noir*, qui est en route vers Northeast ; pour le moment, je suis à court d'exemplaires. J'espère vous

1. Yourcenar a exprimé à plusieurs reprises son adhésion aux thèmes et aux slogans de Mai 68 et a conservé *Les murs ont la parole*, *Sorbonne, Mai 68*, Paris, Éditions Tchou (Bibl. PP).
2. Collection particulière. Copie de lettre autographe.
3. Janine Lahovary (1903-1973). Compagne des années de vieillesse de Natalie Barney. Figure sous le nom fictif de Gisèle dans *Portraits d'une séductrice* de Jean Chalon.

revoir toutes deux en automne et vous souhaite un bel été. Le nôtre a ses beaux jours limpides et ses journées grises. Je vous embrasse affectueusement et salue votre aimable amie.

Marguerite Yourcenar

À LIDIA STORONI MAZZOLANI[1]

Petite Plaisance
Northeast Harbor
Maine 04662 USA
22 août 1968

Chère Amie,

Je joue de malheur avec vos lettres : la première a été immobilisée à Paris parmi les montagnes de courrier non délivré et ne m'est parvenue ici que presque en même temps que la seconde. J'aurais voulu répondre tout de suite à toutes les deux, mais l'accablant travail, comme toujours (et vous savez comme moi les innombrables tâches qui s'accumulent après ce qu'on appelle un succès littéraire), et surtout une santé assez mauvaise due aux résultats d'un inguérissable rhume des foins, devenu annuel, avec ses séquelles de laryngite et ses troubles bronchiaux, m'ont mise en retard jusqu'ici envers vous.

Votre lettre concernant *L'Œuvre au Noir* m'a fait un immense plaisir. Le livre a paru en pleine grève, et son succès qui m'étonne est doublement inattendu, du fait que comptes rendus et envois aux libraires ont été retardés et incertains, et du fait que je n'espérais pas que tant de gens lisent ce livre. Merci de penser à écrire à son sujet, mais ne vous

---

1. Collection particulière.

croyez pas *obligée* de le faire. Je sais combien un projet de ce genre, même limité à quelques pages, peut peser sur nous, sur notre repos, si nous en avons, et sur nos autres et plus essentiels travaux.

Comme je vous sais gré de citer à propos de Zénon l'Ulysse de Dante... Voici plusieurs années que je porte partout avec moi, dans ma valise, entre une lettre de crédit et un passeport, ces grands vers, parmi les plus beaux qui aient jamais été écrits, dactylographiés par moi sur une feuille de papier à lettre[1] ! et qui m'ont toujours fait l'effet d'une sorte de talisman dans la vie et dans la mort. Je me suis souvenue en vous lisant que j'avais décrit Hadrien voyageur, tel qu'imaginé par moi, comme un « Ulysse sans autre Ithaque qu'intérieure ». C'est peut-être encore plus vrai de Zénon, ou peut-être n'y a-t-il même plus pour lui d'Ithaque même interne. Vous avez raison de dire que ces deux personnages, l'empereur reconstruit et le philosophe imaginaire, ont entre eux certains rapports[2]. Ceux de l'intelligence surtout, de la curiosité jamais lasse, et quand il le faut du froid pragmatisme qui leur sont communs, et la même volonté de servir et de remplir son office, l'un d'homme d'état, et l'autre de médecin, sans grandes illusions sur ceux qu'ils servent et sur le final résultat. Tous deux « les yeux ouverts » (Le chapitre que j'appelle aujourd'hui *L'Abîme* a failli s'appeler *L'Œil*). Les différences énormes tiennent d'abord aux tempéraments physiques : Hadrien athlétique, robuste, mais de constitution nerveuse surtendue et fragile (il s'effondre deux fois dans mon

---

1. Les mots, depuis « dactylographiés... » jusqu'à « ... à lettre », sont un ajout autographe, en marge à gauche.
2. Dans les *Carnets de notes de « L'Œuvre au Noir »*, publiés dans la deuxième édition des *Œuvres romanesques*, Yourcenar reprend ces rapports et établit de nombreux parallèles entre les deux personnages d'Hadrien et de Zénon.

récit, durant « les mauvais jours d'Antioche » sous Trajan, et après la mort d'Antinoüs, et pour ce second épisode nous avons la tradition pour nous [mot illisible] de bonne heure de la maladie de cœur qui allait lui donner dans ses dernières années des impatiences et des duretés de valétudinaire[1] (Jean Charbonneaux[2] me faisait remarquer combien de ses bustes sont marqués par cette espèce de bouffissure des traits caractéristique des cardiaques), Zénon dur et sec, presque indestructible, qui aurait sans doute atteint l'extrême vieillesse sans le suicide ou le bûcher. Mais les différences sont surtout dans le conditionnement par l'époque et le milieu : en dépit de ses longues années de demi-sujétion de grand commis au service de son prédécesseur, en dépit des aigres critiques sénatoriales pendant son règne, Hadrien a toute sa vie cette *aisance* qui est celle de l'homme libre et du patricien antique : il n'a jamais imaginé qu'il pût être menacé ou persécuté pour ses façons de penser, de sentir, de vivre. L'accusation de « graeculus » dans son milieu hispano-romain au temps de sa jeunesse ne va pas plus loin que la vague désapprobation ou le demi-sourire. Il a joui de vingt ans de pouvoir presque absolu ; il est porté jusqu'au bout par les disciplines du monde gréco-romain dans lequel ses maîtres l'ont élevé, et qu'il ne sait pas si près de finir. (Dans les *Mémoires d'Hadrien*, ce que j'ai mis de plus hypothétique et de plus audacieux, c'est cette méditation en Palestine dans laquelle l'empereur envisage la fin du monde tel qu'il l'a connu et la défaite de l'effort humain. Rien ne nous *prouve* qu'il ait jamais entretenu de

---

1. Fait courant dans cette correspondance, la parenthèse de fermeture manque. Nous l'avons rétablie chaque fois que possible.
2. Jean Charbonneaux (1895-1969). Auteur de *La Sculpture grecque*, Paris, Ferdinand Hazan, 1950 (Bibl. PP), et de *Aspects de la Grèce*, Paris, Éditions Braun et Cⁱᵉ, 1953 (Bibl. PP).

pareilles pensées, et je n'eusse pas osé les lui prêter si elles n'avaient flotté dans l'esprit de certains philosophes du temps.) Il a rêvé, comme Zénon, devant « d'étranges portes », mais reste jusqu'au bout solidement installé sur cette terre, dans cette chair et dans cette personnalité qui se défont. La vieillesse même le ramène à une sorte de conservatisme et d'assurance impériale ; il n'est jamais plus *romain*, plus respectueux des valeurs et des institutions romaines que dans les mois qui précèdent sa mort. Zénon souterrain, secret, subversif par nécessité et par nature (ce qu'Hadrien n'est pas), a fait d'abord lui aussi ce rêve humaniste d'être de plus en plus une personne, « soi-même », ce *hic Zeno* qu'il voulait devenir à vingt ans comme Hadrien souhaitait d'être de plus en plus Hadrien. Mais chez Zénon ce projet est bien vite outrepassé. Il n'est bientôt plus à aucun degré le soutien d'aucune institution ni l'adhérent d'aucune doctrine ; il cesse même peu à peu d'être lié à ses propres facultés ou à ses proclivités [sic] propres. Ce ne sont pas, d'ailleurs, des *doctrines*, mais cette chose menant plus loin encore, des *méthodes*, que ses maîtres marranes ou musulmans hétérodoxes lui ont inculquées en Espagne et en Orient, et ce sont précisément les mêmes méthodes qu'Hadrien a entrevues et refusées en présence d'Épictète et plus tard du gymnosophiste (seule et inconclusive [sic] rencontre qu'on pouvait lui supposer avec l'Inde), et refusées parce qu'elles l'empêcheraient d'être l'empereur et d'être Hadrien. Zénon au contraire a pour tâche de réaliser « l'œuvre au noir. »

Il y a aussi mon conditionnement à moi. Écrit en dernière version entre 1948 et 1950, le livre sur Hadrien s'accroche à l'image d'un homme de génie qui serait en quelque sorte l'idéal anti-Hitler ou anti-Staline, et présuppose que ce génie humaniste pourrait pour quelque temps, et jusqu'à un certain point recréer autour de lui cette « terre stabilisée » qui est celle des monnaies hadrianiques. D'un point de vue plus personnel, il s'y agit de développement harmonieux d'un être humain soumis seulement à sa propre discipline, et capable de retrouver en soi un humain équilibre même après ses secrets désastres. Zénon, achevé quinze ans plus tard, et quelles années de descente en spirale dans le désillusionnement et l'atroce[1], est en proie comme nous tous à l'horreur spécifique du monde et de la vie tels qu'ils nous entourent, et de l'humain lui-même. Ses motivations, s'il en a, ses solutions sont toutes intérieures, et ses rapports avec autrui sont de plus en plus détachés de toute idée préconçue, même des siennes. L'idéal humaniste est dépassé en faveur d'une sorte de mythe personnel. L'homme qui s'intéressait moins à ses malades qu'au résultat d'une expérience se rend compte assez vite qu'il s'agit de secourir les créatures engagées avec nous dans « cette étrange aventure », puis risquera sa vie pour sauver un rebelle sans même se chercher de raisons, et ne concevra même pas qu'il puisse quitter le chevet du prieur malade pour essayer d'échapper au supplice. L'homme qui calculait ses chances, et se disait qu'un certain voiturier pourrait au besoin le conduire jusqu'à une frontière, part à pied pour ne pas jeter la suspicion sur cette famille. L'homme qui (tel Hadrien) voyait, et jusqu'à un certain point continue à voir dans l'extase sensuelle l'un des sommets de l'expérience humaine, découvre dans la chasteté (assez relative) qui est sienne désormais « un des visages de sa sérénité ». L'homme toujours menacé qui avait accepté le compromis et même à un moment donné fait l'éloge du mensonge meurt

---

1. Le passage « et quelles années... » jusqu'à « et l'atroce » est un ajout autographe en marge à gauche.

pour ne pas transiger, et cela sans même s'apercevoir du changement (du progrès) intérieur. Zénon dans sa soupente de Bruges se disait humblement (et cette humilité était déjà symptomatique) qu'une vie tout entière s'étant passée à accomplir ce rejet de toute illusion qu'est l'*Œuvre au Noir* de la symbolique alchimiste, il ne lui serait pas possible d'aller plus loin. En réalité, la destruction à peu près totale de toute motivation égoïste est déjà l'*Œuvre au Blanc*, et sa mort, sans qu'il s'en rende compte, l'*Œuvre au Rouge*. Hadrien s'intéressait à la mort « parce qu'elle représente un départ », mais la formule restait celle d'un grand intellectuel ; il meurt en réalité avec la noble mélancolie d'un homme de l'antiquité satisfait d'avoir vécu. Avec Zénon, j'ai au contraire essayé de faire entendre « le bruit suraigu des portes qui s'ouvrent ». Non certes qu'il s'agisse de foi ou de conversion, mais d'une autre lueur.

Je n'avais pas pensé à Oppenheimer[1], mais vous avez bien raison de le nommer. Non pas seulement, comme vous le dites si bien, parce qu'il s'agit « d'esprits libres » et d'esprits destinés à être toujours extérieurement vaincus, mais parce que Zénon se situe, comme l'ont fait certains esprits de la Renaissance, à ce point de la perspective où l'on peut commencer à s'apercevoir que tout l'effort des hommes s'est peut-être engagé dans une direction sans issue : « Il nutrimente di loro desideri sara di dar morte e affanne e fatiche e guerre e furie... Nulla cosa resterà sopra la terra, o sotto la terra e l'acqua, che non sia

---

1. Robert Oppenheimer (1904-1967). Savant américain. Physicien de l'atome. Responsable des recherches ayant mené au lancement de la première bombe atomique. Opposé, après Hiroshima et Nagasaki, au développement de la bombe H et de la prolifération nucléaire, il fut victime d'une chasse aux sorcières, sous le maccarthysme.

perseguitata, remossa e guasta[1]... » Ainsi rêve sombrement votre Léonard à l'époque où Zénon n'était qu'un enfant, et plus de quatre siècles avant qu'Oppenheimer n'ait pensé à Shiva[2] le destructeur en regardant le premier champignon des fumées atomiques.

Voici une sombre lettre, écrite au moment où les tanks russes avancent dans Prague[3], chose horrible en elle-même, et qui m'horrifie peut-être surtout parce qu'elle va donner un aliment de plus à la haine ignare des masses américaines contre les Russes, sans qu'elles s'aperçoivent qu'elles sont aussi engagées dans le mal. Je vous souhaite néanmoins de beaux jours encore dans cette saison d'été, au milieu des enfants dont vous m'avez envoyé il y a deux ou trois ans une si belle image dans les branches d'un olivier de Corfou. Mais ils ont sûrement beaucoup grandi depuis.

Merci des indications au sujet des traductrices possibles, et merci également d'avoir parlé aux gens de Rizzoli. Personnellement, je m'intéresse pour Zénon à cette maison ou à Garzanti. Mon agent littéraire pour les droits étrangers de ce livre pense en ce moment à Donati, dont je ne sais rien. Après la terrible erreur commise autrefois en choisissant le médiocre Richter, qui vous a causé de si graves ennuis, j'ai terriblement peur de commettre en Italie de nouvelles bévues.

Bien amicalement à vous,
                              Marguerite Yourcenar*

---

1. Tuer, affamer, épuiser, faire la guerre, pousser à la furie nourrira leurs désirs. Il ne restera rien sur la terre, sous la terre et sous l'eau qui ne soit persécuté, ruiné et pourri.
2. Shiva ou Síva. Forme du divin dans l'hindouisme, incarnant la transformation et la destruction et souvent représenté uni à son pôle féminin, Sakti. Brahma, la création, et Vishnu, la conservation, sont les deux autres formes du divin.
3. L'invasion soviétique date de la veille.

Pardonnez-moi d'avoir parlé si longuement de mon livre. Le romancier entraîné par la logique intérieure de son personnage ne se rend pas compte exactement de ce qu'il fait, et c'est seulement un peu plus tard, et souvent grâce à des conversations amicales comme les nôtres, qu'il dresse le bilan. Tout se passe comme si son personnage l'avait précédé un peu et tenu par la main.

Je tiens à vous dire que j'ai transmis à Charles Orengo[1], directeur des éditions Fayard, et qui agit pour moi amicalement en qualité d'agent littéraire (il fut aux beaux temps directeur chez Plon), votre conversation avec le directeur de Rizzoli et les noms de traducteurs que m'indiquait votre précédente lettre. Merci. Quant au livre promis, je serais heureuse de le recevoir ici, où je suis encore au moins jusqu'à la fin octobre.

À JEAN MOUTON[2]

> Petite Plaisance
> Northeast Harbor
> Maine 04662 USA
> 29 août 1968

Cher Monsieur et Ami,

Je réponds par retour du courrier à votre lettre du 23, pour ne pas vous faire attendre cette approbation que vous voulez bien me demander. Vous l'avez complètement, et je me suis contentée de corriger dans la citation de ma lettre une coquille typographique et un détail de ponctuation.

---

1. Charles Orengo (1913-1974). Directeur chez Plon où Yourcenar l'avait rencontré en 1951, puis chez Fayard. Il s'installa plus tard à Monaco où il avait fondé sa propre maison d'édition.
2. Fonds Yourcenar à Harvard, MS Storage 265.

En lisant avec grand intérêt les textes dont vous entourez ces citations, je me suis demandé si vous ne passiez pas un peu vite de la question de l'alibi honteux à la notion d'humilité chez Proust, puis à celle de la modestie de l'artiste[1]. Une fois cherchées et trouvées toutes les motivations (et par conséquent toutes les excuses) pour la perpétuelle imposture en ce qui concerne les goûts amoureux du narrateur (et ce flottement entre le narrateur et l'auteur est déjà en elle-même une ligne de repli assez artificieuse), il reste que Proust en se présentant sous ces aspects de jouisseur élégant et conformiste, impeccable au moins du point de vue d'une certaine morale facile et mondaine de son temps, s'attribue le beau rôle, et distribue à Charlus et au Saint-Loup des derniers volumes en tant qu'homosexuels, à Bloch en tant que Juif et arriviste, à tous les trois en tant que menteurs, certains aspects odieux ou grotesques de sa personnalité qu'il trouve à n'en pas douter un plaisir de masochiste à tourner ainsi en dérision par personne interposée. D'une telle manœuvre, un homme vraiment humble ou un homme vraiment fier seraient également incapables. Le phénomène est d'autant plus curieux qu'il est en partie gratuit, car la simple prudence n'en demandait pas tant. Bien plus, on a très souvent l'impression qu'en ce qui concerne Marcel l'auteur *exprès* ment trop, et ment mal, comme pour établir une connivence avec le lecteur intelligent ou renseigné qui ne sera pas dupe. En somme, tout se passe comme si Proust, parti d'abord de raisons très simples et dont l'une au moins est émouvante, peur de la déconsidération, respect des convenances mondaines, scrupules envers sa mère, était très vite arrivé à jouer avec un

---

1. Jean Mouton vient de publier *Proust*. Voir lettre du 23 avril 1957.

certain plaisir ce jeu dangereux et un peu hystérique du mensonge dont il décrit si bien le mécanisme chez Charlus. L'œuvre y gagne en subtilité et en complexité presque vertigineuses, mais des parties entières de vérité et de vraisemblance s'effondrent, comme il arriverait à un palais sous lequel on aurait creusé des labyrinthes souterrains par trop compliqués.

J'ose me demander s'il n'y a pas chez un chrétien (surtout peut-être d'observance catholique), d'une part, et un homme bien élevé, de l'autre, une certaine horreur, pour le premier du scandale et de la révolte en général, pour le second de l'assertion bruyante et de l'exhibitionnisme, qui lui font préférer un certain biaisement qu'on peut au besoin considérer comme un hommage aux idées reçues, à une sincérité qui paraît toujours, à tort ou à raison, témoigner d'une complaisance envers soi-même, et qui souvent, plus ou moins inspirée par des raisons toutes subjectives, n'exprime et même ne perçoit qu'une partie des faits. Du point de vue de l'ordre moral habituel, le camouflage de Proust paraît à première vue moins subversif que les aveux de Gide. Ce dont il faudrait aussi tenir compte, en établissant le bilan des deux écrivains, c'est que ce que Gide avait à nous dire (ou du moins ce qu'il a dit) était infiniment moins compromettant. Le récit d'une aventure dans un café maure demandait peut-être, à l'époque, quelque courage, mais il eût fallu de l'héroïsme à Proust pour avouer qu'il était lui-même le principal acteur de la scène où il fait figurer Mademoiselle Vinteuil crachant sur le portrait de son père. De ce courage d'aller « jusqu'à l'horreur », pour employer une formule qui était chère à Charles Du Bos, je ne connais guère qu'un seul exemple, tout à fait probant, et c'est le Jean-Jacques des *Confessions*.

Je me demande aussi si ce n'est pas, chez vous, une préoccupation religieuse, chez moi un souci d'ordre métaphysique, qui nous font longuement méditer sur le problème de l'absence de Dieu chez Proust. Y a-t-il réellement problème ? Des millions d'êtres se passent et se sont passés commodément (même aux époques dites de foi) de toute préoccupation concernant Dieu.

Voici qui me ramène à *L'Œuvre au Noir*. Merci de m'en parler avec tant de compréhension. L'ouvrage demeure si proche de moi que je continue à avoir le sentiment de la présence presque réelle de ses principaux acteurs. Le dialogue entre Zénon et le Prieur ne se terminera en moi (et encore, qui sait) qu'à ma mort, et c'est simultanément plutôt qu'alternativement que je leur donne à tous deux raison[1].

Croyez, je vous prie, à toute l'expression de mes bien fidèles sentiments,

Marguerite Yourcenar

---

1. Yourcenar est revenue à plusieurs reprises sur l'importance du personnage du Prieur des cordeliers dans *L'Œuvre au Noir*. Dans *Les Yeux ouverts*, elle déclare : « Personne ou presque personne n'a bien senti jusqu'ici que ce Prieur des Cordeliers est le " parèdre " de Zénon, son égal ; que le chrétien et le prétendu athée se rencontrent au-delà de toutes les contradictions », *op. cit.*, p. 43.

À ÉTIENNE COCHE DE LA FERTÉ[1]

Petite Plaisance
Northeast Harbor
Maine 04662 USA
9 septembre 1968

Cher Monsieur,

J'ai été bien lente à vous remercier du précieux catalogue de l'exposition *Israël à travers les Âges* qui tout ensemble me console un peu et me fait regretter davantage de n'avoir pas vu celle-ci[2]. La vitrine assemblant de pauvres objets et des restes d'aliments ayant servi aux sectateurs de Bar Cochba m'a fait rêver[3]. À l'époque où j'écrivais dans les *Mémoires d'Hadrien* le récit de la guerre de Palestine, ces trouvailles n'étaient pas encore faites, ou n'étaient pas encore accessibles au public, et j'avais reconstitué de mon mieux l'épisode de Bar Cochba à travers les rares et secs documents écrits. Étrange impression de voir, et presque de toucher, ces objets qui authentifient ce qu'on avait tâché de faire revivre. Réentrée,

---

1. Fonds Yourcenar à Harvard, MS Storage 265.
Étienne Coche de La Ferté (né en 1909). Auteur de *La Sculpture grecque et romaine au Musée du Louvre*, Éditions des Musées nationaux, 1947 (Bibl. PP) ; *Les Portraits romano-égyptiens du Louvre*, Éditions des Musées nationaux, 1952 (Bibl. PP) ; *L'Antiquité chrétienne au Musée du Louvre*, Paris, Éditions de l'Œil, 1958 (Bibl. PP) ; *Penthée et Dionysos*, Genève, Librairie Droz/Paris, Librairie Champion, in *Recherches sur les religions de l'Antiquité classique*, 1980 (Bibl. PP) ; *Hugo von Hofmannsthal*, Paris, Seghers, 1964 (Bibl. PP) ; *Bijoux du Haut Moyen Âge*, Lausanne, Payot, sans date (Bibl. PP).
En 1964, il participera à un « Portrait de Marguerite Yourcenar » in *Cahiers des saisons*, n° 38, été.

2. *Israël à travers les âges*, Petit Palais, mai-septembre 1968, catalogue d'exposition (Bibl. PP).

3. Simon Bar Cochba. Chef d'une des révoltes juives contre l'occupation romaine en Palestine. Il mourut avec ses fidèles au siège de la forteresse de Bétar en 135. Devenu l'un des symboles de la Résistance juive.

pour ainsi dire, dans le monde matériel, de ce qui n'appartenait plus depuis des siècles qu'à la mémoire humaine.

Mais plus encore que ces prêts du musée de Jérusalem, qu'on peut après tout voir rassemblés sur place, je regrette de n'avoir pu contempler dans votre exposition les innombrables objets de toute provenance, appartenant souvent à des collections particulières, les bijoux des Fiancées Juives épars de la Pologne au Maroc, et les lampes qui auraient pu servir à éclairer les méditations secrètes de mon Don Blas de Vela dans l'*Œuvre au Noir*. Étrange monde qui a coexisté si longtemps avec le nôtre, méprisé et presque ignoré, sauf de quelques esprits aventureux, comme Rembrandt lui-même, et que nous aurons vu disparaître en fumée sous nos yeux à Auschwitz.

Je me rends compte combien les événements de mai ont été néfastes à votre entreprise. Ils ne m'ont que très peu gênée, personnellement, en ce qui concernait la publication de mon dernier livre, et j'ai été amplement repayée de ces quelques ennuis par le spectacle extraordinaire de Paris pendant ce mois agité. De toute façon, un livre peut attendre, mais une exposition n'attend pas.

Je crois bien ne vous avoir jamais accusé réception, à l'époque, de l'ouvrage sur Cavafy où figurent vos traductions. C'est d'une part que celles-ci avaient déjà fourni la matière à une longue et amicale correspondance entre nous, et, de l'autre, qu'il m'était difficile de parler avec une totale franchise de l'essai liminaire de Cattaui[1], que je trouvais presque trop fidèle aux données du mien[2], et par trop dépourvu de ces indications d'atmosphère et de milieu, que Cattaui, qui, lui,

---

1. Georges Cattaui. Essayiste et poète. Auteur d'un *Cavafy*, Paris, Seghers, Poètes d'aujourd'hui, 1954.
2. *Présentation critique de Constantin Cavafy*.

a vécu dans l'Alexandrie de Cavafy, aurait seul pu nous donner, de plus, les quelques poèmes traduits par moi figurant dans ce *Choix* me semblaient, par un hasard assez malheureux, être précisément ceux du poète auxquels j'attache le moins de prix... Je ne note tout ceci que pour mémoire, et parce que ce catalogue m'a fait penser que c'est aussi une manière de traduire que de présenter et de mettre en valeur comme vous l'avez fait une civilisation tout entière.

Veuillez agréer, cher Monsieur, toute l'expression de mes sympathiques sentiments,

Marguerite Yourcenar

À JEAN MOUTON[1]

> Petite Plaisance
> Northeast Harbor
> Maine 04662 USA
> 14 octobre 1968

Cher Ami,

Je vous remercie de votre bonne lettre du 12 octobre, à laquelle je tiens à répondre tout de suite.

Pour la publication de la lettre sur Proust dans un hebdomadaire littéraire, toutes réflexions faites, la réponse est non, pas du tout pour la première raison que vous envisagez, puisque je ne demanderai pas mieux au contraire que d'aider à diffuser votre ouvrage, ni pour la seconde, car j'espère bien n'avoir jamais à entreprendre un travail sur Proust, mais parce que le texte même ne paraît pas à point pour une publication « si publique ».

---

1. Fonds Yourcenar à Harvard, MS Storage 265.

Comprenez-moi bien : je pense encore tout ce que je pensais en écrivant cette page, mais, en relisant celle-ci dans le contexte de notre correspondance, il m'a semblé que l'intérêt de ces propos était de s'insérer dans un échange amical, de représenter les différents stages [sic] d'une recherche de Proust faite un peu en commun, avec la liberté qu'on a dans une lettre intime. Séparés de ce qui précède et de ce qui suit, ils prendraient je ne sais quoi de tranchant qui n'est pas dans ma pensée. Cela est d'autant plus vrai qu'il s'agit d'un jugement moral porté sur l'homme lui-même, où l'on risque si souvent de manquer à la charité. Je crois comme vous que tout cela devrait être dit, mais pas qu'un hebdomadaire parisien soit la place pour le dire. Citer longuement ces pages dans un livre, dans un essai, ou encore dans une publication de type spécialisé, comme des *Cahiers*, serait autre chose. Mais je ne voudrais pas donner au public qui lit *Le Figaro Littéraire* ou *Les Nouvelles Littéraires* dans le métro l'impression fausse d'une attaque contre un grand écrivain que j'admire d'autant plus que je le regarde de plus près.

Comme vous, j'ai assez peu de confiance dans les nouveaux réarrangements universitaires[1], si peu que je n'ai pas toujours la patience de lire les interminables colonnes que leur consacre *Le Monde*. Ces programmes vaudront ce que vaudront les gens qui auront à les exécuter. Là où je diffère de vous, c'est peut-être dans un jugement plus sévère porté sur l'ancienne université. Il en va de même en toutes choses : chaque fois que je suis tentée de blâmer l'erreur et la confusion présentes, je me souviens qu'elles ont pris naissance grâce aux fautes et aux carences du passé. Tout est à reprendre, mais de plus loin qu'on ne croit.

---

1. Loi d'orientation. Réforme universitaire menée sous la direction d'Edgar Faure, alors ministre de l'Éducation nationale, à la suite des événements de Mai 1968.

Merci pour l'information concernant un ouvrage (que vous me donnez envie de lire) qui vient d'être publié en Angleterre sous le pseudonyme de « Zénon ». Ce nom donné au personnage principal de mon roman a intrigué certains critiques. En fait, si j'ai pensé à l'homme qui invente l'analyse du mouvement et à celui qui codifie la morale stoïque, c'est surtout incidemment, bien qu'un homme de la Renaissance, comme mon héros, y eût assurément pensé lui-même, et eût aimé cette allusion à l'Antiquité. Mais l'origine du choix est celle-ci : vers la vingtième année, à l'époque où je lisais de vieux papiers de famille pour alimenter, si possible, de détails vrais, une première et informe ébauche de la présente *Œuvre au Noir*[1], j'ai rencontré dans une note manuscrite, parmi de lointains ascendants paternels, celui de Zénon. Je n'ai jamais plus tard retrouvé cette note, ni ce nom dans les quelques travaux généalogiques consacrés à cette vieille famille, d'ailleurs fort obscure, mais je l'ai néanmoins conservé pour mon personnage. On oublie trop qu'il y a eu un Saint Zénon, évêque de Vérone, où il a une admirable église, et très vénéré jadis dans tout l'Italie du Nord. Le nom ne semblait donc pas trop improbable pour un fils d'Italien, et né dans une famille de banquiers flamands sans cesse en rapport avec l'Italie.

J'envoie avec grand plaisir à votre fille Claire le feuillet qu'elle désire.

Croyez, cher Ami, à mon tout sympathique souvenir,

Marguerite Yourcenar[2].

1. Cette ébauche trouvera une première forme dans une des trois nouvelles, intitulée « D'après Dürer », publiées dans *La Mort conduit l'Attelage*, Paris, Grasset, 1934, qui ne fut jamais réédité.

2. Ajout autographe en fin de lettre :

« *dédicace*

« À Claire Mouton, en souvenir d'une rencontre déjà lointaine à Montréal, hommage sympathique (sign).

« *ALS IKH KAM* (cette devise des Van Eyck dont votre père a si bien étudié l'œuvre). »

À CARMEN D'AUBREBY[1]

> Petite Plaisance
> Northeast Harbor
> Maine 04662 USA
> 19 octobre 1968

Chère Mademoiselle,

Je reçois votre lettre du 16 octobre, dans laquelle vous exprimez le regret de n'avoir pas reçu de réponse à vos deux communications de cette année. Je ne me souviens que d'une, une carte de Noël à laquelle, il est vrai, je n'ai pas répondu, non plus qu'à un assez grand nombre de messages du même genre, étant à l'époque plongée dans un travail de correction d'épreuves d'un livre qui m'a coûté des années d'efforts et que j'avais pour la dernière fois l'occasion de mettre au point avant de le publier[2]. Rappellerais-je que tout signe amical fait par un lecteur ou une lectrice est en soi infiniment touchant, mais cesse un peu de l'être dès qu'une réponse est exigée de l'écrivain toujours à court de temps, non seulement pour son travail littéraire, mais encore pour d'autres et très nombreuses occupations de toute sorte ?

Je regrette de ne pouvoir, comme vous le demandez, vous parler de Virginia Woolf. J'ai écrit dans la préface de *Vagues*, parue en 1957[3], quand l'ouvrage est ressorti chez Plon, ce que j'avais à dire et croyais pouvoir dire sur le sujet, en atténuant ou passant

1. Fonds Yourcenar à Harvard, bMS Fr 372 (843).
Carmen d'Aubreby (1904-1976). Auteur belge de *Frère François (terre allemande)*, édité à compte d'auteur, Ixelles, 1946, bref journal de captivité en camp de concentration (Bibl PP), et de *Intermittences*, recueil de poèmes en prose, notations et pensées, Société des écrivains, Bruxelles, 1965 (Bibl. PP).
2. *L'Œuvre au Noir*.
3. Reprise dans *Sous bénéfice d'inventaire*.

sous silence mes objections à une œuvre que j'apprécie et admire, mais dont je sens terriblement certaines limites et certaines lacunes qui sont peut-être moins celles de Virginia Woolf elle-même que du milieu littéraire où elle a vécu. Je ne vois rien à ajouter, sauf dans le cas où j'aurais un jour à reprendre cette préface, et à essayer d'y faire tenir un jugement d'ensemble de toute façon bien difficile à former ?

Vous vous souvenez sans doute que je vous ai écrit il y a fort longtemps déjà pour vous demander si vous voudriez bien, le cas échéant, me communiquer quelques souvenirs complétant le petit ouvrage sur votre expérience des camps de concentration, que vous aviez bien voulu m'adresser, et pouvant m'aider à traiter véridiquement ce même sujet dans un roman auquel je pensais alors. J'ai renoncé à ce travail, craignant de tomber sans le vouloir dans le faux ou l'inexact, mais vous suis encore reconnaissante de m'avoir dit que vous-même et l'un de vos amis pourriez me renseigner au besoin sur quelques points.

Depuis, j'ai eu l'occasion de visiter longuement Auschwitz et Mauthausen, mais continue à ne pas me sentir qualifiée. Mais je suis heureuse de voir que des documents très complets ont été publiés dans ces dernières années sur ce lamentable sujet, et que les historiens qui viendront après nous ne manqueront pas de textes sur lesquels s'appuyer.

J'espère que votre santé est meilleure qu'elle ne l'était autrefois, et vous prie de croire, chère Mademoiselle, à l'expression de mes sentiments sympathiques,

      [Marguerite Yourcenar]

À PHILIPPE HÉRIAT[1]

> Petite Plaisance
> Northeast Harbor
> Maine 04662 USA
> 26 octobre 1968

Cher Monsieur,

J'ai lu *Le Temps d'aimer*[2] d'une seule traite, comme on se doit de lire un roman. Dès le début, le constant souci des paysages et des sites détériorés par la vie et la spéculation moderne m'a mise en totale sympathie, moi qui souffre de cet enlaidissement au point d'hésiter à revoir les lieux que j'aime le mieux, comme la Provence. Puis, j'ai vu avec plaisir que vous faisiez de Paul un défenseur des espèces animales menacées (je crois bien qu'il est le premier personnage de roman français à avoir ce genre de préoccupation qui sont très continuellement miennes). Ainsi mise en amitié, j'ai suivi votre Agnès dans ses efforts pour tirer intelligemment parti de ce que la vie lui avait donné, ou imposé. Roman d'ajustement et de sagesse, il me semble, où d'ailleurs l'élément « suspens » ne manque pas, puisque j'ai fait durant sa première partie toute une série d'hypothèses romanesques ou freudiennes auxquelles j'ai heureusement dû renoncer.

Il me semble que vous avez admirablement réussi, du point de vue formel, à imbriquer deux sujets très différents l'un de l'autre : d'une part, le roman du bonheur de vivre, rationnellement aménagé dans des paysages de soleil et d'eau, des corps nus et détendus sur la plage, des beaux outils modernes (thermos, frigidaires, vespas, canots à moteur) qui

---

1. Fonds Yourcenar à Harvard, MS Storage 265.
Philippe Hériat (1898-1971), de l'Académie Goncourt.
2. *Le Temps d'aimer*, Paris, Gallimard, 1968 (Bibl. PP).

sont à la vie facile d'aujourd'hui ce que l'argenterie, les remises et les attelages étaient à celle d'autrefois : toute une suite d'images nettes et claires qui me font penser, en dépit de la différence des sujets, à un film que vous connaissez peut-être, *Le Couteau dans l'eau* de Polanski, avec ses belles surfaces de chair hâlée, de métal, et de plein air ensoleillé. D'autre part, un sombre drame balzacien, de ceux dont nos familles françaises ne sortent pas, et qui culmine, il me semble, dans la scène très belle de la visite d'Agnès à sa mère.

J'ai aussi quelques hésitations : une femme comme Agnès « sans idées générales », mais toute de réflexes rapides et de déclics immédiats en présence des faits, pourrait-elle organiser en récit ce qu'elle a si naturellement vécu ? Ne devient-elle pas entre vos mains, et du seul fait qu'elle se raconte, une super-Agnès ? Un autre point (ou le même) est votre degré d'accord avec votre héroïne. L'avez-vous çà et là laissée mentir, plus ou moins inconsciemment, comme tout le monde ? Jusqu'à quel point endossez-vous son compromis final : mise au pas, défaite de sa liberté et un peu de son intégrité, ou au contraire triomphe de la sagesse pratique, qui rejoint paradoxalement la notion de pardon et de simple bonté ? N'importe : je m'attends à une querelle le jour où Paul saura que sa femme a prêté les mains aux agissements de sa famille et reconquis à ce prix ce qui lui était dû. Mais j'imagine et j'espère que vous n'abandonnerez pas Agnès à mi-chemin et que nous saurons par vous la suite de sa vie.

Croyez-moi, cher Monsieur, bien sympathiquement vôtre,

[Marguerite Yourcenar]

À CAMILLE LETOT[1]

28 octobre 1968

Ma chère Camille,

Nous sommes bien arrivées à Paris, mais je suis très occupée par le travail de télévision et de radio à la suite du Prix[2] que j'ai reçu et que j'ai fêté d'avance avec vous au cours de ce joli goûter à Gosselies (notre portion de tartes emportée avec nous a été mangée dans le train de Paris, le lendemain, de sorte que je ne suis pas arrivée tout à fait affamée devant cinquante photographes avec des « flashs » !).

Monsieur Minon, de la Radio Belge, me dit que le travail que j'ai fait pour la Radio Belge serait diffusé jeudi 5 décembre à 9 heures du soir. Si tu n'as rien de mieux à faire, cela te fera peut-être plaisir de m'écouter. Je t'envoie mon nouveau livre, et aussi un excellent guide de Belgique, dont j'ai par hasard deux exemplaires : je l'ai spécialement destiné à Denise et à Maurice, pensant que les cartes, etc., pourraient leur servir, non seulement pour les excursions, mais pour le travail de Denise à l'école : il y a tout un chapitre sur Charleroi, et on parle aussi de Gosselies, de Waterloo, et de tout un peu.

Notre chambre à trois à l'Hôtel est très bien décorée : nous avons mis la jolie fille de Charleroi et le beau Gilles[3] sur la cheminée : c'est très gai.

Le livre sur Charleroi est aussi sur la table, mais pas encore lu.

J'ai été bien heureuse de te revoir, chère Camille, et de faire la connaissance de toute la famille et en

---

1. Archives Gallimard. Copie de lettre autographe, sur papier à en-tête de l'Hôtel Saint-James et d'Albany, Paris.
2. Prix Femina, pour *L'Œuvre au Noir*.
3. Sur ces poupées, voir lettre à Albert Letot du 10 décembre 1969.

particulier de mon filleul. Je pense que ton Henri et mon cher Père étaient aussi un peu là.

Je t'embrasse, et vous envoie à tous les compliments de Grace Frick. Valentine remue la queue.

Marguerite Yourcenar

Moi aussi j'étais très contente de vous rencontrer tous, et d'avoir des amis en Belgique. Je vous promets, Madame Camille, que je ferai de mon mieux de bien soigner notre chère Marguerite. Bien amicalement à vous,

Grace Frick

À GERALD KAMBER[1]

30 octobre 1968

Cher Monsieur,

Votre article m'a beaucoup intéressée et divertie. Vous écrivez certainement avec verve ! Malheureusement, je suis si mal informée du nom de la plupart des personnes que vous mentionnez dans le monde de la télévision, du journalisme, ou des succès populaires américains, que votre essai m'offre parfois autant de difficultés qu'une savante étude sur la vie à Babylone du temps d'Hammourabi[2].

---

1. Fonds Yourcenar à Harvard, Ms Storage 265. Ajout autographe en haut de la lettre, à droite : « (Bowdoin College), en retournant un manuscrit d'article. »
Gerald Kamber, « Le Fonti nel *Decameron* di due episodi di *Pinocchio* », Estratto da *Italica XLVI*, 3, 1969, pp. 242-278 (Bibl. PP).
Bowdoin College, à Brunswick, dans le Maine, possède le deuxième fonds Yourcenar aux États-Unis, après celui de la Houghton Library à Harvard.
2. Hammourabi. Fondateur du Ier empire de Babylone vers 1730 av J.-C. Son code de lois eut une influence considérable dans l'Orient ancien.

On se demande à la fin si vous êtes pour ou contre : contre, je crois bien, mais peut-être un peu trop résigné à ce que les choses soient comme elles sont. Je n'oublie jamais l'impression que j'ai eue en visitant à Aigues-Mortes la Tour Constance[1] où furent enfermés des prisonniers protestants au XVIIe ou au XVIIIe siècle. L'un d'eux, une certaine Marie Durand, a pris la peine de graver à la pointe d'une épingle dans le cachot où elle fut enfermée trente-cinq ans le mot : RÉSISTER[2]. Je pense souvent à elle, et lui envoie un petit salut amical où qu'elle soit.

Je regrette d'apprendre que vous souffrez comme moi d'allergies. J'ai cru longtemps que le rhume des foins de Marcel Proust était une maladie littéraire. Je sais maintenant que c'est un mal accablant, et qui décuple les risques d'emphysème et de pneumonie. Ainsi, soignons-nous !

Nous partons d'ici quelques jours pour la France, et de là, j'espère, pour l'Espagne, probablement pour les Baléares, où nous espérons trouver du beau temps et un endroit tranquille pour travailler à la traduction anglaise de *L'Œuvre au Noir*[3]. Lourde tâche.

Bien sympathiquement à vous,

[Marguerite Yourcenar]

---

1. Sa construction fut achevée entre 1239 et 1250, à l'époque de la fondation du port d'Aigues-Mortes par Saint Louis. Elle deviendra prison d'État dès le début du XIVe siècle.
2. Marie Durand fut emprisonnée en 1730, à l'âge de 15 ans. Son père fut condamné aux galères, et son frère pendu. Elle insuffla l'esprit de résistance à ses compagnes de captivité. Touché par sa force morale, le prince de Beauvaux, gouverneur du Bas-Languedoc, la fit libérer, ainsi que les autres prisonnières, le 27 décembre 1768.

Un graffiti, REGISTER = RESISTER, gravé sur la margelle du monte-charge, au centre de la salle haute de la tour, est attribué à Marie Durand.

3. Qui sera traduit sous le titre *The Abyss*, c'est-à-dire *L'Abîme*. Dans l'original, « L'Abîme » est le titre d'un des principaux chapitres du roman.

P.-S. Je vous retourne la copie de l'article, parce que mon expérience est qu'on n'en a jamais assez.

Malheureusement le temps manque cette fois-ci pour un arrêt à Brunswick.

1969

À HENRY DE MONTHERLANT[1]

Aix-en-Provence
6 janvier 1969

Monsieur,
Votre lettre reçue ce matin aura été pour moi la fève du gâteau des rois. Je suis infiniment touchée que vous ayez pris le temps et la peine de m'écrire.

L'une des principales vertus de votre lettre est qu'elle me donne l'occasion de vous exprimer mon admiration mieux que je ne pouvais le faire dans quelques dédi-

---

1. Fonds Yourcenar à Harvard, bMS Fr 372 (992).
Henry Millon de Montherlant (1896-1972).
Carnets XXIX à XXXV, Paris, La Table ronde, 1947 (Bibl. PP); *Les Célibataires*, Paris, Gallimard, 1954 (Bibl. PP); *Le Chaos et la Nuit*, Paris, Gallimard, 1963 (Bibl. PP); *Essais*, Paris, Gallimard, Bibliothèque de la Pléiade, 1963 (Bibl. PP); *Va jouer avec cette poussière — Carnets 1958-1964*, Paris, Gallimard, 1966 (Bibl. PP); *La Rose de sable*, Paris, Gallimard, 1968 (Bibl. PP); *Les Garçons*, Paris, Gallimard, 1969 (Bibl. PP); *Le Treizième César*, Paris, Gallimard, 1970 (Bibl. PP); *Un assassin est mon maître*, Paris, Gallimard, 1971 (Bibl. PP); *La Tragédie sans masque*, Paris, Gallimard, 1972 (Bibl. PP); *La Marée du soir — Carnets 1968-1971*, Paris, Gallimard, 1972 (Bibl. PP); *Théâtre*, Paris, Gallimard, Bibliothèque de la Pléiade, 1972 (Bibl. PP); *Le Fichier parisien*, Paris, Gallimard, 1974 (Bibl. PP); *Mais aimons-nous ceux que nous aimons ?*, Paris, Gallimard, 1975 (Bibl. PP); *Tous feux éteints*, Paris, Gallimard, 1975 (Bibl. PP).

caces. Je vous aurais déjà écrit — peut-être trop longuement — combien certains de vos livres avaient compté pour moi, si je ne vous savais pas de ceux qu'on importune vite. Je me borne à dire que *Le Chaos et la Nuit* me paraît l'un des plus grands livres qu'il m'ait été donné de lire, et que le moment, dans *La Rose de Sable*, où deux hommes voient venir la mort dans une médina est tout simplement inoubliable. La seule pièce que je suis allée voir pendant ce séjour assez vain et assez encombré à Paris est *La Ville dont le Prince est un Enfant*, et j'ai été heureuse de constater que, contrairement à mes craintes, le théâtre ne la desservait pas.

Peut-être votre grandeur consiste-t-elle surtout, pour moi, dans ce salubre mépris pour ce qui est ou vous semble indigne de vous, réflexe que la plupart de nos contemporains n'ont ni ne comprennent plus. Comme pour tout grand écrivain, et à toute époque, là même où l'on voudrait contredire, un accord s'établit, plus profond que la contradiction elle-même.

À mon tour, vos points d'interrogation autour de Zénon m'amusent, et j'y réponds... Bien qu'ils n'appellent pas de réponse. Zénon au départ se veut dieu ; il finit comme un saint lancé sur des pistes non chrétiennes. Ange ou archange ? Pas plus que nous tous, et j'ai essayé de lui laisser jusqu'au bout sa physiologie. Plutôt sentant en lui son Génie (avec majuscule) ou son dieu (sans majuscule). *Sequere deum*, disait dans ce sens Casanova, charlatan certes, mais plus hardi que ne le croient ceux qui pensent que sa seule audace était de relever des jupes.

Agréez, Monsieur, avec mes remerciements (pour votre lettre, pour votre vote[1], et pour votre œuvre), l'expression de mes sentiments les meilleurs.

Marguerite Yourcenar

1. Dans sa lettre, Montherlant lui indiquait qu'il avait voté en sa faveur pour le Grand Prix de l'Académie française. Fonds Yourcenar à Harvard, bMS Fr 372 (532).

À LIDIA STORONI MAZZOLANI[1]

>adresse en Europe :
>c/o Morgan and Co.
>14, Place Vendôme
>Paris I
>21 janv. 1969

Chère Amie,

Voici, malheureusement, quatre mois, que votre excellente lettre voyage avec moi. J'ai reçu votre très beau livre[2], et suis honorée et touchée que vous m'ayez envoyé un exemplaire corrigé de votre main, témoignant aussi de l'infini travail dont ce livre est le fruit. Je n'ai *aucune* critique à formuler. Peut-être en aurais-je, de détail, à une seconde lecture : pour le moment, je m'émerveille que dans un sujet si difficile et si spécialisé vous ayez réussi à être à ce point ferme et limpide, et que vous ne soyez tombée dans le piège d'aucune de ces théories, systèmes ou formules, qui vieillissent mal, et sont déjà périmées au moment où on les emploie. Sur ce point particulier et essentiel, votre livre rend un immense service à ceux qui s'efforcent de situer avec exactitude la pensée et la réalité antiques, et de percevoir par quelle charnière s'emboîte à celle-ci la notion chrétienne de la Cité de Dieu, archétype des « cités » de l'histoire.

Vous ne me dites pas si ce livre a un éditeur en France, et lequel, ni quel sera son traducteur français. J'aimerais le savoir.

Je suis désolée des inquiétudes que vous cause, ou plutôt vous causait en septembre, la troisième grossesse de votre fille cadette. J'espère qu'elles se sont heureusement dissipées entre-temps, et que l'enfant attendu est

---

1. Collection particulière. Copie d'une lettre autographe sur papier à en-tête de l'hôtel Riviera, Le Pigonnet, Aix-en-Provence.
2. *L'Idea di città nel mondo romano.*

venu au monde, ou, s'il est seulement sur le point de le faire, que l'état de votre fille s'est entre-temps amélioré. Laissez-moi aussi savoir cela. Mais n'est-ce pas aussi la jeune femme pour laquelle vous aviez eu tant d'inquiétudes à l'époque de la naissance d'un second enfant ?

Nous sommes, Grace Frick et moi, en Europe depuis la mi-novembre. Un arrêt inattendu en Angleterre nous a permis de voir ou de revoir les cathédrales de Winchester et de Salisbury, et l'admirable Stonehenge, puis, par le Nord de la France et la Belgique, nous nous sommes rendues à Paris où m'attendaient les agitations et les fatigues inséparables des « Prix » et dont vous connaissez l'étendue.

Je suis depuis près d'un mois dans cet hôtel d'Aix qui possède encore un beau jardin paisible au milieu de cette belle ville d'autrefois. Le pas suivant sera, non dans le sens de l'Italie, mais dans celui de l'Espagne, où j'espère trouver dans les Baléares relativement non encombrées en hiver et au début du printemps un endroit tranquille pour travailler.

Oui, le spectacle du monde est à proprement parler désespérant, et je me sens de plus en plus disposée à tout contester, dans un sens qui va plus loin que celui des plus violents « contestationnaires » d'aujourd'hui. Il me semble que nous avons ajouté aux maux éternellement inhérents à la condition humaine une dimension nouvelle, et qui les centuple.

Si vous voyez un jour Elmire Zolla, seriez-vous assez bonne pour lui demander s'il a reçu mon livre (exemplaire envoyé en même temps que le vôtre) ? Les envois faits en mai dernier se sont souvent égarés et je tiens à ce que cet ouvrage qui touche (vers la fin surtout) à certaines de ses préoccupations arrive jusqu'à lui. Merci d'avance.

Croyez, chère amie, à mon fidèle et affectueux souvenir,

Marguerite Yourcenar

À JILLIAN NORMAN[1]

adresse jusqu'en fin avril
c/o Morgan Co.,
14, Place Vendôme
Paris I
23 janvier 1969

Cher Monsieur,

Je ne réponds que bien tardivement à votre lettre du 18 novembre, qui d'ailleurs ne m'a rejointe à Paris qu'après d'assez longs délais. Je suppose que votre décision concernant *Gilles de Rais*, par Georges Bataille[2], est déjà prise, mais je vous écris néanmoins mon opinion, puisque vous avez bien voulu me la demander.

Mon opinion est défavorable à cet ouvrage. La partie procès-verbaux, transcrits du vieux français ou traduits du latin, est, certes, excellente, en ce que les textes sont plus complets et suivent de plus près l'original que ce que j'avais lu jusqu'ici dans des ouvrages consacrés au même sujet. On regrette seulement que l'éditeur ait négligé de donner la localisation exacte de ces pièces, et la référence exacte aux dossiers dont elles sont sorties. Dans une affaire restée si controversée, on ne peut trop identifier les documents dont on se sert. La bibliographie, elle aussi, est d'ailleurs insuffisante, et accueille, comme la préface de Bataille, dont je vais parler plus bas,

---

1. Fonds Yourcenar à Harvard, MS Storage 265.
Jill Norman (née en 1940). Collaboratrice de la maison Penguin Books. C'est par erreur que Yourcenar l'appelle « Monsieur ».
2. Georges Bataille (1897-1962), *Le Procès de Gilles de Rais*, 1959, Paris, Pauvert, 1965 (Bibl. PP); *La Part maudite — Essai d'économie générale*, Paris, Minuit, 1949 (Bibl. PP).
Gilles de Rais (1404-1440). Compagnon de Jeanne d'Arc, il fut condamné pour ses pratiques de magie noire et les sacrifices d'enfants qu'on lui imputait.

des ouvrages « romancés » à côté d'autres, plus ou moins strictement historiques.

Mes objections visent surtout la préface de Bataille, qui occupe 221 pages sur 390, c'est-à-dire plus de la moitié de l'ouvrage. Préface tendancieuse, dogmatiquement lancée sur une ligne matérialisme historique-radicalisme antichrétien qui empêche totalement l'auteur d'étudier de près, et dans sa spécificité, ce cas pathologique tiré des archives du Moyen Âge. La thèse qui « explique » Rais par son conditionnement féodal oblige Bataille à donner de ce même Moyen Âge une présentation plus proche du « roman gothique » que de l'histoire, et, pour pouvoir inculper l'ascendance du maréchal, à mettre sur le même plan ces rapines et ces brutalités courantes chez nombre de grands seigneurs féodaux (mais aussi, hélas, d'hommes de guerre de tous les temps) et le sadisme très particulier et considéré de son vivant comme monstrueux de Gilles lui-même. On peut également trouver entièrement sophistiquée la thèse, qui, à l'explication des crimes de Rais par la féodalité, ajoute une explication par le christianisme (gravitation naturelle du chrétien vers le péché). Ni l'une ni l'autre, du reste, ne rendent compte du fait, prouvé par le procès et par la légende terrifiante qui aussitôt entoure le maréchal, que ces crimes furent jugés monstrueux et *exceptionnels* dès son temps.

On peut aussi considérer comme complètement hors de contexte le rapprochement, à une distance de quatorze siècles et dans un milieu très différent, entre les guerriers *berseck*[1] de l'ancienne [mot illisible] pré-chrétienne et les crimes savamment dissimulés, prudemment accomplis au cours de nombreuses années avec ces soins minutieux qui carac-

1. Héros mythiques des sagas scandinaves.

térisent si souvent les crimes de fous, commis au XVe siècle par le maréchal de Rais. Si Bataille voulait se reporter, pour expliquer Rais, à des données de type quasi anthropologique, il eût été plus naturel de remonter, de façon parfois assez troublante, à certaines coutumes, non pas germaniques, mais celtes, qui pertinentes ou non, à cette distance dans le temps, en ce qui concerne le maréchal, appartiennent du moins au même milieu ethnique. Il est clair que Bataille n'a pas poussé l'investigation si loin et offre à son lecteur le premier rapprochement venu, si peu indiqué qu'il soit.

Le même refus d'entrer dans les données médiévales, prises telles quelles, qui empêche Bataille de nous faire sentir la tension tragique du procès, dans lequel Gilles s'oppose à la morale de son temps, l'empêche d'essayer d'entrer dans le passionnant problème de la repentance de Gilles et de la pitié quasi passionnée qu'il inspira aux spectateurs de son exécution. Aucun effort n'a été fait, d'autre part, pour intégrer ce personnage du XVe siècle dans une série bien connue de meurtriers qui est de tous les temps, en dépit des importantes différences psychologiques ou légales de siècle à siècle (Boucher de Hanovre, assassin des infirmières à Chicago, naguère encore en Angleterre meurtriers de Chester) ; aucun effort non plus pour essayer d'entrer dans le problème de la « repentance finale » en l'assimilant à la tendance instinctive de tout homme à se raccrocher dans le désastre aux croyances fondamentales de son temps, ou même aux opérations de « brain washing » de notre époque. Le même dogmatisme abstrait qui empêche Bataille de *voir* spécifiquement le Moyen Âge l'empêche aussi de chercher ses rapports avec notre temps.

La discussion de l'assimilation de Gilles de Rais à Barbe-Bleue est bâclée, et ne tient pas compte de certains éléments importants du problème. L'argumentation contre Salomon Reinach (qui voyait dans le procès de Rais tout entier une fabrication judiciaire) passe les bornes dans l'attaque personnelle, surtout quand il s'agit, comme c'est le cas, d'un homme mort depuis de nombreuses années, et ne serait probablement pas très intéressante pour le public anglais, moins renseigné que le français sur des erreurs commises par Reinach dans d'autres domaines (assyriologie, préhistoire) qui ont autrefois amusé Paris. Georges Bataille, en fait, a probablement 99 chances sur 100 d'avoir raison quand il croit à la réalité des crimes du maréchal; il n'en reste pas moins vrai que la possibilité d'une fabrication judiciaire n'est jamais complètement éliminable. En réalité, Bataille *veut* croire aux crimes sadiques de Rais, tout comme Reinach n'y voulait pas croire, et ceci, dans les deux cas, tout calcul des probabilités mis à part.

Cette analyse, de la longueur de laquelle je m'excuse, me porterait à conseiller, si la publication d'un livre sur Rais paraissait s'imposer, à traduire en anglais les dossiers du procès eux-mêmes (chose d'ailleurs assez difficile, puisqu'il conviendrait de garder le ton et les formules légales d'époque, sans quoi leur psychologie se trouverait irrémédiablement faussée) et de demander une préface à un érudit anglais capable de présenter plus simplement, et du point de vue du lecteur anglais moyennement informé qui souhaite voir replacer les faits dans ce qu'il sait de l'histoire du XVe siècle, la documentation de cette curieuse et terrible affaire. Mais alors le plus simple serait de se procurer des photocopies de ces dossiers aux archives de Nantes même.

À la distance où nous sommes de votre question initiale, il va sans dire que je n'attends pas de payement pour cette lettre, et d'autant plus qu'écrite en français, elle ne facilitera peut-être pas beaucoup la tâche à votre lecteur. Si toutefois vous tenez à la rétribuer, je vous prierai d'envoyer ce payement de ma part à Miss Eulalie Brown Hovelt[1], c/o Westminster Bank, 154 Harley Street, London, W1, en voulant bien me prévenir de cet envoi.

Veuillez agréer, Monsieur, l'expression de mes sentiments les meilleurs,

Marguerite Yourcenar

À JEAN ONIMUS[2]

Adresse jusqu'au 30 avril
a/s Morgan and Cie
14, Place Vendôme
Paris I
25 janvier 1969

Monsieur,

Je vous remercie très sincèrement de votre remarquable critique de *L'Œuvre au Noir*[3]. J'ai été moi-même tentée par la formule goethienne = roman d'apprentissage, pour la première partie du livre et peut-être pour toute l'aventure de Zénon, puisqu'il apprend jusqu'au dernier souffle. (« Il faut tout apprendre, disait je ne sais quel philosophe du XIXe siècle, depuis parler jusqu'à mourir. ») De même

1. Eulalie Brown-Hovelt (dite Pixie), nièce de Christine Brown-Hovelt. Infirme, elle reçut de Yourcenar une aide financière annuelle de 118.25 $, de 1965 jusqu'à sa mort.
2. Fonds Yourcenar à Harvard, MS Storage 265. Copie de lettre autographe.
Jean Onimus (né en 1909). Essayiste et critique.
3. Jean Onimus a consacré une partie de sa « Chronique des romans », *La Table ronde*, novembre 1968, pp. 222-224, à *L'Œuvre au Noir*.

la comparaison avec Rimbaud me paraît éclairer certains aspects, dirais-je ethniques, du personnage. Rimbaud, qui parle quelque part, à ce qui me semble, de ses aïeux flamands, est certainement un exemple de cette ambition spirituelle, alliée à une sorte d'impétuosité et de violence physiques, qui est caractéristique d'une certaine Flandre.

Ce qui m'inquiète, et motive cette lettre, est votre remarque sur les citations latines fautives. Une erreur, non aperçue de moi et du correcteur d'épreuves, pourtant bon latiniste, s'est en effet glissée dans le fragment de l'*Oratio*, de Pic de La Mirandole ; elle a été corrigée sur la 3ᵉ édition, la première qu'on m'ait laissé le temps de retoucher. Pourriez-vous, en vue d'autres retouches éventuelles, m'indiquer à quelles autres erreurs vous faites allusion ? Certains lapsus sont malheureusement presque inévitables (je ne dis pas presque excusables) dans un livre de cette longueur, et composé, selon le rythme de l'édition moderne, à une cadence trop précipitée pour qu'auteur et correcteur, au cours de hâtives et harassantes relectures, puissent parfois remarquer la plus évidente des coquilles. Je ne sais rien de plus précieux que cette collaboration après coup entre auteur et lecteurs, à plus forte raison critiques, et vous remercie d'avance de toute remarque que vous pourrez me faire à ce sujet.

Veuillez agréer, Monsieur, l'expression de mes sentiments les meilleurs.

Marguerite Yourcenar

À ÉLISABETH BARBIER[1]

> Les Comtes de Toulouse
> Place du Fer à Cheval
> Toulouse
> 18 mars 1969

Chère Amie,

Je suis rentrée ce soir trop tard à l'hôtel pour vous téléphoner, comme j'avais pensé le faire à la veille de notre départ de Toulouse, notre dernier arrêt un peu prolongé en France. (Nous nous embarquons le 21 au Havre pour les États-Unis.) Je ne regrette pas de ne pas être allée en Espagne cette année, comme je me l'étais proposé avant la promulgation de l'état d'exception : j'ai appris à bien connaître ce Sud-Ouest que je connaissais mal. J'emporte de beaux souvenirs : Aigues-Mortes revue, pas encore gâtée par les monstruosités qui champignonnent tout près, St.-Guilhem-du-Désert, Saint-Michel-de-Cuxa surtout, et l'agréable Perpignan qui est déjà un peu d'Espagne. Et la mélancolique Narbonne. Mais le grand moment du voyage a été hier. Montségur ; d'abord au soleil, mais ensuite les nuages ont pris le dessus, sauf à l'horizon et sur les pentes de neige qui continuaient à briller. La grêle tombait dru sur le champ des Crémats ; le petit sentier était glissant. Nous ne sommes pas montées jusqu'au sommet, faute d'énergie physique et à cause du temps très menaçant ; nous avons rencontré un berger encapuchonné avec ses brebis et son chien très doux. Je me disais que nous étions le 17 mars, et qu'il y avait exactement 725 ans, cette même prairie était noircie et couverte de braises encore chaudes. J'ai bien

---

1. Fonds Yourcenar à Harvard, bMS Fr 372 (848). Copie de lettre autographe.
Élisabeth Barbier (née en 1920). Écrivain. Membre du jury Femina.

entendu pensé à Zoé Oldenbourg, à qui nous devons de connaître dans ces détails donnés avec tant de sobriété, cette grande aventure[1]. Dites-lui, je vous prie, que je l'ai vraiment rencontrée pour la première fois ce jour-là.

Je m'inquiète beaucoup de vous, et des angoisses perpétuelles que vous devez continuer à éprouver. Je n'ose vous demander si votre mère va mieux. J'espère au moins qu'elle ne va pas plus mal, et que vous êtes quelque peu reposée de vos pires fatigues. Envoyez-moi un bulletin, je vous en prie.

20 mars 1969

J'achève ceci à Chartres, où nous nous arrêtons une nuit en route vers Le Havre. Mille affectueuses pensées (auxquelles Grâce joint les siennes) avec l'espoir de vous revoir plus longuement dans un avenir pas trop lointain.

Marguerite Yourcenar

Vu et revu Jeanne Galzy[2] à Montpellier, votre collègue (dit-on collègue pour un Jury[3] ?) parpaillote aussi, mais pas méridionale, car elle tient beaucoup à n'être montpelliéraine que d'adoption et auvergnate d'origine. Indestructible comme les granits de son pays.

1. Zoé Oldenbourg (née en 1916), *Le Bûcher de Montségur ; 16 mars 1244*, Paris, Gallimard, 1959 (Bibl. PP).

2. Jeanne Galzy (1883-1977). Romancière et essayiste.
La Surprise de vivre, Paris, Gallimard, 1969 (Bibl. PP).
Dans une lettre à Janine Lahovary du 25 février 1969, Yourcenar rappelle que, sur « le demi-conseil » de Natalie Barney, Grace Frick et elle avaient rendu visite à Jeanne Galzy lors de leur voyage dans le Midi. Fonds Yourcenar à Harvard, bMS Fr 372 (950).

3. Jury Femina, qui l'année précédente avait attribué son prix à *L'Œuvre au Noir*.

À LIDIA STORONI MAZZOLANI[1]

> Petite Plaisance
> Northeast Harbor
> Maine 04662 USA
> 7 mai 1969

Chère Amie,

Je suis bien coupable de n'avoir pas répondu plus tôt à votre émouvante lettre du 27 janvier. C'est qu'elle m'est arrivée à un moment, qui malheureusement s'est beaucoup prolongé, durant lequel je n'étais jamais libre, ou trop fatiguée, quand je l'étais pour entreprendre ma lettre que j'aurais voulu écrire. Ce succès de type « populaire » m'a évidemment été agréable, en ce qu'il a fait pénétrer mon livre dans des milieux qui autrement ne l'auraient jamais lu, et qu'on espère qu'un lecteur sur cent y aura trouvé quelque chose. Mais il y a aussi des côtés bien décevants, et une fois le premier tumulte apaisé, la grande solitude de l'écrivain recommence. Entre-temps, on est débordé par ce flot d'êtres humains qui demandent une lettre, une réponse, une conversation, et auquel il faut bien dire oui, ou du moins ne pas toujours dire non, parce qu'on est frappé en eux par une espèce de misère, une déréliction, un besoin passionné que quelqu'un les comprenne ou au moins les entende, et qui se jettent pour obtenir tout cela sur la première personne dont momentanément on parle. J'ai déjà connu quelque chose de pareil à l'époque des *Mémoires d'Hadrien*, mais le phénomène était plus violent encore cette fois-ci, peut-être parce que tout est plus violent au temps où nous sommes. Heureusement, il y a eu aussi les distractions du voyage. Nous ne sommes

---

1. Collection particulière.

pas allées en Espagne, parce qu'il vaut mieux boycotter les états d'exception (celui-là a été rapporté depuis, tout récemment, pour ne pas décourager, je crois, le tourisme de Pâques), mais cette décision a eu l'avantage de nous faire séjourner plus longuement dans le Sud-Ouest de la France, que je ne connaissais pas. Pays de la Gaule Narbonnaise, où il est impossible pour moi de ne pas penser à Hadrien faisant par terre le trajet vers l'Espagne, mais aussi Montpellier de Zénon, et par-dessus tout peut-être pays des poètes de Langue d'Oc qui ont inspiré Dante, de la révolte cathare, et sur certains points de la résistance huguenote. On a l'impression de vagues successives d'enthousiasme qui se sont formées et brisées (brisées pour rien?) sur cette très vieille terre.

Peut-être avez-vous deviné que je m'attarde à parler de choses et d'autres, évitant d'en venir à la poignante description que vous me faites de vos chagrins de l'automne dernier? Que dire, sinon qu'on espère que votre fille n'aura plus jamais à subir pareille torture. Je me souviens brusquement de la femme de Tolstoï, désespérée (après tant de naissances) par la mort d'un tout petit qu'elle seule regrettait... Oserais-je ajouter qu'en dépit de cette perte si tragiquement ressentie, votre fille reste privilégiée du point de vue maternel, avec deux enfants vivants, et qui n'ont pas faim, et qu'elle a de raisonnables chances de voir grandir aussi protégés qu'on peut l'être à notre époque, ce qui d'ailleurs n'est pas beaucoup dire. Et aussi que naître en 1968 n'est peut-être pas pour une nouvelle créature humaine une chance à regretter... Et pourtant, toute mort d'enfant a quelque chose d'infiniment pathétique. De proches voisins ont perdu l'an dernier un petit garçon de deux ans et demi, noyé dans un des lacs de l'île; c'était un enfant charmant, fils d'un jeune

Chinois exilé et d'une anglo-saxonne. Sa petite tombe est tout près d'ici sous les arbres, avec son nom en caractères latins et mandarins, et des crocus en ce moment sortent de terre tout autour. Je n'y passe jamais sans une pensée pour cette petite vie interrompue, tout en me rendant compte qu'elle eût sans doute été pour lui pleine de problèmes. Swedenborg[1] pensait que les enfants morts continuaient leur éducation chez les anges : notion exquise, et consolante comme tout ce qui suggère que notre monde humain n'est peut-être pas le seul.

Vous me disiez que votre livre n'avait pas encore d'éditeur français. S'il en est toujours ainsi, peut-être pourriez-vous l'envoyer à mon ami Charles Orengo, directeur des Éditions Fayard. (6, rue Casimir-Delavigne, Paris, VI.) Cette maison a publié dans ces dernières années quelques bons ouvrages historiques, comme celui de Garin sur l'éducation dans l'Italie de la Renaissance, ou comme le livre très remarqué de Pierre Goubert, *Louis XIV et vingt millions de Français*, qui offre une peinture très sombre du XVIIe siècle, ou encore comme *L'Europe des princes éclairés* de Léo Gershoy[2]. Rien encore, il est vrai, à ma connaissance, sur le monde antique, et Fayard trouvera peut-être votre livre trop spécialisé. Mais il se peut qu'Orengo dans ce cas sache à qui il faudrait le communiquer. C'est un homme très serviable pour ses amis, mais, à l'instar de la plupart des éditeurs de nos jours, il est très fréquemment en voyage, de sorte qu'on attend souvent très longtemps une réponse.

---

1. Emanuel Swedenborg (1688-1712). Savant et théosophe suédois. Fonda l'Église de la Nouvelle Jérusalem.
2. Eugenio Garin, *L'Éducation de l'homme moderne*, Paris, Fayard, 1968 (Bibl. PP) ; Pierre Goubert, *Louis XIV et vingt millions de français*, Paris, Fayard, 1967 (Bibl. PP) ; Léo Gershoy, *L'Europe des princes éclairés : 1763-1789*, Paris, Fayard, 1966.

J'ai un service à vous demander, et ce ne serait pas un petit service. L'agent et moi avons finalement choisi Feltrinelli pour *L'Œuvre au Noir* (choix difficile à faire, l'édition étant ce qu'elle est en ce moment en Italie comme en France), mais, bien que le contrat ne soit pas encore signé, j'apprends que Feltrinelli a confié la traduction à un Monsieur Marcello Mongardo, et qu'elle est à peu près terminée[1]. Il va falloir fermer les yeux sur cet évident abus, mais j'ai demandé que le texte soit soumis pour une prélecture à un ami italien, et j'ai bien entendu pensé à vous. Si pourtant, ce que je comprendrais très bien, vous ne pouviez faire vous même cette longue lecture, et accepter ce rôle toujours épineux de critique, connaissez-vous quelqu'un qui pourrait le faire, je ne dis pas aussi bien que vous, mais à votre place ? Il faudrait quelqu'un qui ait le sens de la littérature aussi bien que de l'histoire, et qui soit quelque peu renseigné sur le langage de la science et de la théologie au XVIe siècle, ce qui bien sûr limite beaucoup le choix...

Merci de penser à moi dans les rêves. Je n'ai rien entendu de la part de Zolla, mais je suppose qu'enfoncé dans son travail, comme nous tous, il n'a guère le temps de lire ce qui n'est pas strictement l'objet de ses recherches, et pas du tout celui d'écrire des lettres. On me dit qu'il va être traduit en français, et j'en suis heureuse pour lui.

Bien affectueusement à vous,

Marguerite Yourcenar

Vos réflexions sur la *civitas* me reviennent à l'esprit quand je pense aux « agglomérations » modernes qui déshonorent tant de villes du midi français, implan-

---

1. *L'Opera al nero*, traduction de Marcello Mongardo, Milano, Feltrinelli, 1969 (Bibl. PP).

tées qu'elles sont dans la banlieue dont on a coupé les arbres. Ou salissant des plages jusqu'ici propres, comme le Grau-du-Roi. Je vois bien que les pauvres gens qui fuient les grandes villes vers plus d'air et de lumière ont leurs droits, mais l'affreux est qu'on leur redonne ce qu'ils ont essayé de quitter. Ces groupements amorphes ne seront jamais des cités.

J'aurais si volontiers pris contact avec Livia De Stefani, mais la discussion s'éternisait quant au choix entre les éditeurs, et il semblait dans cette incertitude prématuré de penser à la traduction. La nouvelle que celle-ci est faite *avant* que le contrat soit signé est un scandale.

À JACQUES BROSSE[1]

> Petite-Plaisance
> Northeast Harbor
> Maine 04662 USA
> 6 juin 1969

Chers amis,

Je parais avoir tardé bien longtemps à vous remercier de vos livres, mais c'est qu'ils m'attendaient ici en avril, et qu'il a fallu d'abord le temps de se réinstaller, ensuite celui de les lire. Une analyse autre que sommaire de l'impression produite par ces cinq ouvrages (car le *Cléry*[2] annoté et préfacé est aussi un

1. Fonds Yourcenar à Harvard, MS Storage 265.
Jacques Brosse. Essayiste, biographe et directeur de collections. *La Découverte de la Chine*, Paris, Bordas, 1981 (Bibl. PP); *Satori — Dix ans d'expérience avec un maître zen*, Paris, Albin Michel, 1984 (Bibl. PP); *Les Arbres de France — Histoires et légendes*, Paris, Plon, 1987 (Bibl. PP).
2. *Journal de ce qui s'est passé à la Tour du Temple pendant la captivité de Louis XVI, Roi de France*, de Jean-Baptiste Cant Hanet

de vos livres) ferait ressembler cette lettre à un numéro des *Lettres Françaises*. Disons seulement que j'ai mis le volume sur les insectes[1] à côté de *Méduse et Cie* de Caillois[2] et des ouvrages de Fabre[3], toujours vivants dans leur science quasi artisanale d'homme qui n'avait pas nos moyens de recherche, et se contentait de ses yeux nus. Quant aux bêtes *À l'état sauvage*[4], elles m'ont enchantée. Rien n'est plus difficile que d'écrire un récit de ce genre sans tomber dans l'anecdote inutile et plus ou moins retouchée, le mauvais goût dans le sentiment, ou, pis encore, dans l'humour, et tous les clichés auxquels s'attend le lecteur. Simonne Jacquemard a évité tout cela ; on la voit ainsi que ses bêtes, et on leur fait confiance ensemble. J'étais heureuse, en la lisant, de connaître un peu le coin de terre dont elle parle, grâce à la bonne volonté amicale qui vous a fait lever vos propres consignes.

Je suis moins à l'aise pour parler, cher Jacques Brosse, du récit de votre analyse. Mieux vaut me récuser tout de suite, et dire qu'en dépit d'une assez grande familiarité avec la littérature psychanalytique et les psychanalystes (familiarité amicale et non du divan), en dépit de mon admiration pour

---

de Cléry (1759-1809), dernier valet de chambre du roi, suivi de *Dernières heures de Louis XVI*, par l'Abbé Edgeworth de Firmont (1745-1807), dernier confesseur du roi, et d'un *Mémoire* de Marie-Thérèse-Charlotte de France (1778-1851), fille de Louis XVI et de Marie-Antoinette, dite Madame Royale ; édition présentée et annotée par Jacques Brosse, Paris, Mercure de France, 1968 (Bibl. PP).

1. Jacques Brosse, *L'Insecte*, Paris, Robert Delpire, 1968 (Bibl. PP).

2. *Méduse et Cie*, voir la lettre à Victoria Ocampo du 1er février 1954.

3. Jean-Henri Fabre (1823-1915), entomologiste.

4. *À l'état sauvage*, Paris, Laffont, 1967 (Bibl. PP), de Simonne Jacquemard (née en 1924). Épouse de Jacques Brosse. Elle est également l'auteur de *Des renards vivants*, Paris, Laffont, 1969 (Bibl. PP).

l'œuvre de Freud qui fut à un moment au moins enrichissante et libératrice (je suis moins sûre des enrichissements et des libertés que nous apportent ses successeurs), Freud lui-même n'est pour moi ni une « image paternelle » ni un maître incontesté. Votre adhésion aux méthodes et aux doctrines freudiennes étant au contraire totale, le dialogue sur ce point devient difficile.

Difficile aussi, mais pour d'autres raisons, une appréciation du *Krakatoa*[1]. J'ai immédiatement senti (et respecté) ce que ce livre énorme contient d'expériences angoissantes et vécues. D'autre part, les émotions et les obsessions d'un écrivain nous parvenant presque toujours inclinées par l'influence du temps, comme les plantes sous-marines par un courant qui fait ondoyer leurs masses, je me suis demandé si j'étais tout à fait capable de distinguer dans ce livre entre ce qui est [mot illisible] au sens le plus entier du mot, et ce qui provient d'un esprit ouvert aux recherches des surréalistes, de Michaux, et d'autres que j'ai peu lus (Daumal[2] étant le seul que j'ai étudié d'un peu près). J'ai été sensible dans ce livre tout donné à l'inconscient à l'art très savant qui préside à une certaine mise en page : les notes, par exemple, accrochées chaque fois, comme tout naturellement, à des sujets qui ne les concernent pas, représentent bien, je le vois, une certaine décision de l'auteur, désir d'affirmer l'importance de relations cachées dont elles seraient, en leur apparente solution de continuité, le symbole, mais aussi une tr[illisible] à prendre qui ?[3] J'ai parfois craint que l'auteur lui-même ne s'y laissât tomber.

---

1. Simonne Jacquemard, *L'Éruption du Krakatoa ou des chambres inconnues dans la maison*, Paris, Seuil, 1969.
2. René Daumal (1908-1944). Écrivain français. Animateur de la revue *Le Grand Jeu* (1928-1929).
3. Le point d'interrogation est dans le texte.

L'élément nécromantique aussi m'a fait rêver. Je vois très bien ce qu'une confrontation avec ce que j'appellerais les déchets de la métamorphose (l'insistance sur ceux-ci me gênait déjà, je dois le dire, dans *Exhumations*[1]) peut avoir d'utile. Comme dans le *chöd*[2] tibétain, c'est une manière de faire face, sinon à des vérités, du moins à des réalités : mieux vaut croire aux fantômes, ou du moins ne pas nier leur possibilité, que d'être le M. Homais du « plan intermédiaire ». Néanmoins, n'avons-nous pas dépassé ce stage [sic] où le lugubre est comme c'est parfois le cas, il me semble, pour l'auteur du *Krakatoa*, ce phénomène excitant qu'il dut être aussi pour les auteurs du roman gothique ? En vous lisant, j'ai parfois pensé à la phrase de Ramakrishna[3] à un de ses disciples qui s'occupait de spiritisme : « Quand on évoque les fantômes, on devient fantôme ; quand on évoque Dieu, on devient Dieu. » Je m'inquiéterais pour vous, je l'admets, d'une si sombre pente et de tant d'interférences redoutables, si je ne savais que l'amie des bêtes est probablement protégée par ces forces naturelles qu'elle comprend si bien.

Reste *Cléry*, dont je possède une autre édition, mais vos notes, et le récit de l'abbé Edgeworth, nouveau pour moi, m'ont beaucoup appris. Nous ne sortons pas avec ce volume du sujet de la métamor-

---

1. Jacques Brosse, *Exhumations*, Paris, Plon, 1962.
2. Rituel de la mystique tibétaine que Yourcenar décrit ainsi : « Le disciple fait à l'intention de tous les êtres vivants le sacrifice de ses sentiments, de ses ambitions, de sa personne elle-même, et ça s'appelle le chöd rouge, accompli au cours d'une cérémonie solennelle dans la solitude et la nuit ; et ensuite, un peu plus tard, s'il s'élève d'un degré dans la connaissance, il corrige cet acte d'oblation en faisant ce qu'on appelle le chöd noir, c'est-à-dire qu'il reconnaît humblement que tel qu'il est, simple atome dans l'univers, il n'a rien qui vaille la peine d'être sacrifié. Et, cette fois, il sacrifie son sacrifice » ; Patrick de Rosbo, *Entretiens radiophoniques avec Marguerite Yourcenar*, Paris, Mercure de France, 1972.
3. Ramakrishna (1834-1886), mystique indien.

phose. C'en est bien une que ce passage de deux personnalités médiocres (bien que peu suspecte de royalisme, je vous trouve pourtant exagérément dur pour le Louis XVI et la Marie-Antoinette d'avant 1792) à l'état très dignement rempli de victimes et de martyrs. Les réflexions qu'on peut faire vont loin, comme dans tous les cas où l'on sent la présence et l'action des pouvoirs du bien et du mal. Même si l'hagiographie s'est glissée dans les récits des témoins, on demeure confondu par cette dimension nouvelle.

Le Maine en est à son plus beau moment d'herbe, de mousse, de fleurs sauvages et d'oiseaux. La Sarthe aussi doit avoir pris ses couleurs de printemps, et déjà presque d'été.

Croyez, je vous prie, tous deux[1], à mon amical souvenir. Grace Frick y joint ses meilleures pensées,

À HENRY DE MONTHERLANT[2]

> Petite Plaisance
> Northeast Harbor
> Maine 04662
> USA
> 6 juin 1969

Monsieur,

Je vous remercie de l'envoi des *Garçons*[3]. J'ai lu le livre deux fois déjà, et le garde encore à portée de ma main pour en refeuilleter certaines pages — ce

---

1. Jacques Brosse et Simonne Jacquemard.
2. Fonds Yourcenar à Harvard, bMS Fr 372 (992). Copie de lettre autographe.
3. Montherlant, *Les Garçons*. Voir lettre à Montherlant du 6 janvier 1969.

que je fais toujours pour tout livre qui m'importe, mais que je n'ai pas souvent l'occasion de faire pour un roman par le temps qui court.

Je ne sais que louer le plus, ou de certaines peintures de l'enfance (Souplier est d'une vérité parfaite) ou de l'amère et allègre satire du « monde » de 1913, fort exacte, si j'en crois mes lointains, mais vifs, souvenirs de la dixième année, ou surtout peut-être de la description du délicat passage de l'adolescence à la jeunesse proprement dite : toute cette partie, si mêlée de mort et de vie, avec la fin de Madame de Bricoule, les « filles de la nuit », et le dialogue de Paul et d'Alain sous les murs du collège (jeunes princes exilés de leurs domaines), me semble une réussite dont l'équivalent n'a jamais été tenté. J'ai aussi des objections, certes, mais trouverais présomptueux de les exprimer.

Voici donc les garçons de N.D. du Parc sûrs de durer aussi longtemps que la langue française ce qui n'est peut-être pas beaucoup dire. Comme je le faisais remarquer par Hadrien, soucieux lui aussi de fixer une jeune figure disparue, « On ne fait guère mieux en matière d'immortalité ».

Croyez, Monsieur, à mes sentiments sympathiques et admiratifs,

Marguerite Yourcenar

À JEAN MOUTON[1]

Petite Plaisance
Northeast Harbor
Maine 04662 USA
10 juin 1969

Cher Monsieur et Ami,

J'ai bien tardé à vous remercier de votre *Proust* qui a attendu ici mon retour. À la vérité, nous avions si souvent échangé des idées sur ce sujet, que j'en avais avant de le lire un pressentiment amical.

Il me semble toutefois que, tout en analysant Proust avec un soin et un scrupule qui rappellent vos analyses de certains grands peintres, vous ne tirez pas parti de tous vos avantages en ce qui concerne le sentiment religieux chez Proust, passant rapidement comme vous le faites sur les grands passages qui traitent de la contemplation artistique, de l'intimation de l'immanent et de l'éternel (comme dans l'épisode des trois arbres, les admirables descriptions de la sonate et du septuor de Vinteuil, ou encore dans *Le Temps retrouvé).* Ce sont là pourtant dans l'œuvre de Proust les passages les plus chargés d'éléments mystiques.

Il me paraît, et cela m'est surtout sensible dans le choix de textes, que vous tendez quelque peu à vous limiter aux pages de Proust évoquant ses rapports avec le catholicisme, ou plutôt avec *l'ambiance* catholique de la France de son temps. Ces pages teintées soit d'une sorte d'attendrissement esthétique, soit d'une familiarité gentiment moqueuse rappellent des passages analogues chez France, là où France ne fait pas preuve d'actif anticléricalisme ou d'un voltairianisme dont l'absence chez Proust

1. Fonds Yourcenar à Harvard, MS Storage 265.

semble plutôt matière de bon goût que de foi ou de respect véritable : c'est en homme de bonne compagnie qu'il laisse le combisme à Mme Verdurin. Même le plaidoyer en faveur des églises assassinées ou pour la présence de M. le curé aux distributions de prix trahissent la même sympathie à base de puritanisme et d'attachement au passé et la même condescendance un peu fade. Un tel état d'esprit est d'ailleurs si typique du Français sceptique, mais lettré des années 1900 qu'on vous sait gré d'avoir reproduit ces textes, mais la préoccupation religieuse ou mystique m'en semble totalement absente.

Plus je vais, plus il me semble que les deux seules constantes chrétiennes chez Proust sont le sentiment de la *vanitas vanitatum* et la notion du péché charnel. Pour ce dernier, toutefois, il faut se rappeler que Proust, essentiellement conformiste, a accepté la condamnation *sociale* de la licence sexuelle, telle qu'elle était portée, en paroles, par une société qui ne s'en faisait pas faute, il n'y a peut-être rien là de très religieux. Je ne connaissais pas, je l'avoue, le curieux texte des *Plaisirs et des Jours*[1] dont vous citez plusieurs pages : texte un peu mélodramatique, mais qui montre bien à quel point l'horreur de l'acte charnel était liée chez Proust à celle d'avoir à tromper ou à scandaliser sa mère. Il est évident que le rigorisme très particulier d'une femme de la société bourgeoise du XIXe siècle, Juive plus ou moins pratiquante dans le cas de la mère de Proust, a influencé son fils, exactement comme en tant d'autres cas le rigorisme mi-religieux, mi-social de mères catholiques l'a fait.

En somme, la lecture de votre livre, et je l'ai lu avec une attention extrême, semble indiquer que les données religieuses et métaphysiques diffuses chez

1. « La Confession d'une jeune fille ».

Proust proviennent plutôt d'un don ou d'une prédisposition personnelle que d'une culture catholique très superficielle, ou d'une culture juive probablement absente, et que sa mère, peut-être, elle-même n'avait plus. C'est d'ailleurs de la même manière que sa profonde psychologie rejoint celle du bouddhisme, qu'il n'avait assurément jamais étudiée, et que son sens d'une sorte de transcendance esthétique le ramène à Platon, dont il n'avait tout au plus que feuilleté sans doute quelques dialogues. Tout comme sa charité, qui semble née de sa seule connaissance intime des êtres, ces notions sont bien à lui, et étonnent dans cette œuvre consacrée à la peinture d'une société incroyablement matérialiste, dure, et frivole. Elles me semblent d'autant plus remarquables qu'il n'y a pas chez lui trace d'angoisse religieuse à proprement parler. Le monde matériel aurait si bien pu lui suffire.

Je vous envoie ceci à votre adresse en France, vous supposant ayant quitté Londres, et, j'espère, déjà sorti de l'état de fatigue et de confusion qui suit un tel changement. J'imagine que vous devez être heureux d'échapper désormais aux corvées officielles, à tous ces devoirs administratifs et mondains qu'entraînait une charge comme la vôtre, et où tant de bonne volonté se dépense pour des résultats souvent incertains ou difficiles à contrôler. Tous mes meilleurs vœux pour vous et pour Madame Mouton au haut de cette nouvelle page.

Bien amicalement à vous,

[Marguerite Yourcenar]

À GABRIEL GERMAIN[1]

> Petite Plaisance
> Northeast Harbor
> Maine 04662 USA
> 15 juin 1969

Cher Monsieur,

Votre lettre me remplit de confusion, mon silence semblant indiquer que je n'ai pas lu, ou peu apprécié *Le Regard intérieur*[2], qui est pour moi au contraire extrêmement important. Je savais que vous aviez eu l'amicale pensée de me l'envoyer ici, mais ai tenu à le lire en France dès sa sortie. Je l'ai acheté et lu deux fois l'hiver dernier à Aix-en-Provence, puis relu à mon arrivée à Northeast Harbor, où il se trouve encore sur ma table de travail à portée de ma main. Si j'ai tant tardé à répondre, ce n'est pas seulement que mon existence en ce moment est encombrée de [petites?] tâches de toute sorte, mais parce que j'hésitais sur la manière de répondre. Fallait-il vous dire brièvement ce que le livre représentait pour moi, ou écrire en détail, contredisant parfois, vous livrant la démarche de mes différentes lectures? J'hésite encore. Une lectrice inconnue m'a envoyé sur *L'Œuvre au Noir* onze pages de réflexions, intéressantes d'ailleurs. Dois-je vous en infliger l'équivalent? Je commence sans trop savoir jusqu'où je vais aller.

Tout d'abord, je vous dis merci. Qu'un français de notre génération, et par surcroît, un archi-cube, ait osé (car il y faut du courage) rendre ce témoignage de sa vie intérieure est à soi seul un fait qui émeut et rassure. Comme sans doute tant d'entre nous,

---

1. Fonds Yourcenar à Harvard, MS Storage 265.
2. *Le Regard intérieur.* Voir lettre à Gabriel Germain du 6 janvier 1966, note 1, p. 300.

j'éprouve une sorte de perpétuelle suffocation en présence du matérialisme satisfait, du laïcisme sûr de soi, et de l'intellectualisme sec et frivole qui constituent ce que tant de Français prennent pour la tradition française par excellence, avec pour seule échappatoire un catholicisme atteint le plus souvent des mêmes tares. Silhouetté sur un tel arrière-plan, votre livre est d'autant plus important qu'il ne provient pas d'un doux rêveur ou d'un vague halluciné, mais d'un homme armé de rigueur intellectuelle et en pleine possession de la tradition humaniste et classique, c'est-à-dire muni de tous les avantages dont on se sert d'ordinaire pour ne pas aller plus loin. Que vous ayez toute votre vie passé outre, et combiné avec une carrière d'érudit et d'enseignant cette libre activité en matière spirituelle donne à votre témoignage une valeur unique. Comme on est toujours moins seul qu'on ne le craint sur les sentiers peu battus, j'aime à croire qu'il témoigne en même temps pour d'autres (peut-être pour beaucoup d'autres) ayant fait silencieusement des recherches et des expériences analogues. Bien plus, qu'il est en quelque manière un signe des temps.

Je n'ai pas besoin d'indiquer les innombrables pages où s'affirme le plus simplement du monde votre présence spirituelle, par exemple, lorsque vous vous montrez, au début de la guerre, en 1939, continuant vos méditations sur l'universelle bienveillance, et insistez justement sur ce qu'un tel état d'esprit comporte de plus *réel* que ce vain et horrible ouragan que nous avons vu passer (remplacé d'ailleurs par d'autres, qui sévissent toujours). En présence de tant de richesses, ai-je le droit de mentionner ce que je ressens comme une lacune, ou si vous le préférez, comme une série de lacunes, évidemment volontaires ? Votre compte rendu va pour ainsi dire d'étape intellectuelle en étape intellectuelle (c'est en partie faux, mais cela paraît être ainsi), de méthode en méthode, et de grand texte écrit en grand texte écrit, procédé d'ailleurs presque inévitable à notre époque où nos maîtres spirituels sont presque tous sur la page imprimée. Néanmoins, même pour nous, qui dans ce sens particulier appartenons « au peuple du Livre », n'y a-t-il pas toujours d'innombrables rencontres d'êtres humains, souvent très humbles (Platon Karataiev pour Pierre Bezukhov[1]), qui, par une parole, un geste fortuit, un exemple, un secours passager ou durable, ont été pour nous des *gurus* occasionnels, mais authentiques ? Sauf dans une seule occasion, et très sommairement (votre mariage), vous ne nous montrez pas des interférences de la vie spirituelle et de la vie tout court ; il est aussi très peu question d'objets ou de faits, incidents personnels ou événements contemporains, à une époque pourtant où ces derniers ont brûlé et dissous en nous pas mal de choses, ayant joué pour vous ce rôle de *tests* ou de jalons. Enfin, vous nous indiquez à peine, et à mon avis trop discrètement, dans quelle mesure et comment les divers processus de votre vie, l'alimentation, le sommeil, les rythmes et les forces, l'attention ou l'indifférence aux choses extérieures, les rapports avec vos élèves et votre entourage, ont été modifiés, chez vous, par une expérience dont c'est le propre d'aboutir à une lente transformation de tout l'être. Lente ? Peut-être si rapide au contraire qu'elle paraît lente, comme les ailerons du ventilateur en marche paraissent immobiles, mais qui y porte la main a le doigt coupé. Le lecteur non renseigné sur la vie spirituelle ne risque-t-il pas de s'y tromper, et de considérer comme une savante et difficile recherche en vase clos ce qui au contraire n'est rien, s'il n'est

1. Personnages de *Guerre et Paix* de Léon Tolstoï (1869).

tout ? Ce que vous nous dites de votre vie au Maroc est certes très détaillé et d'un intérêt très grand, mais l'expérience reste parallèle à celles de l'esprit plutôt qu'elle ne s'y associe. Il semble presque que tout Français intelligent, réfléchi, et ouvert aux choses de l'Islam (ce qui, je le sais bien, est déjà une exception rare), aurait pu les faire, sans être engagé comme vous dans la grande entreprise. J'ai reconnu au passage les fantômes de Salé, mais n'en sais pas davantage sur eux : rêveries poétiques ou réfractions, reconnues comme telles, d'une autre réalité ? Je sais bien que ce que je semble demander serait le plus intime des journaux intimes, et je comprends que vous n'ayez pas voulu nous le livrer. J'espère pourtant que vous vous déciderez à le faire un jour.

Je passe sur un certain nombre d'objections, dont vous devinerez vous-même plusieurs, parce que je me suis aperçu de longue date que les objections qui naissent au cours d'une lecture se forment en quelque sorte par osmose, et participent des richesses de la pensée à laquelle elles ont pour fonction de s'opposer (elles sont donc d'autant plus nombreuses que le livre nous apporte davantage ; devant un sot ouvrage, il n'y a rien à dire) ; exprimées toutefois, et surtout écrites, elles se lignifient, et finissent par n'être trop souvent qu'une assertion opposée à une assertion, et dans laquelle se glisse l'inévitable agressivité de la personne qui dit *Je*. Il me semble pourtant qu'il vous arrive d'énoncer comme une loi ce qui est, ou l'expression d'un tempérament, ou le résultat d'une grâce très particulière qui vous est faite. Ainsi, ce que vous dites du couple provient évidemment d'une expérience exceptionnellement heureuse : un regard « extérieur », si j'ose dire, jeté autour de nous, suffit à déceler des inconvénients et des dangers que vous passez sous silence, entre autres celui de l'éternel égoïsme à deux. En matière de sensualité, vos réactions ont la violence et la sincérité de tout ce qui est *personnel* : d'autres pourraient les contester au nom de leur expérience à eux. Même si on vous accorde qu'un état de spiritualité très avancée ne comporte *probablement* plus trace d'élément sensuel, il n'est pas sûr que le refus et la renonciation soient la meilleure pratique, même pour ceux qui aspirent à atteindre cet état. Je me suis demandé si non seulement votre recul devant certains exercices tantriques (cela est évident) mais encore la tendance à dédaigner le yoga respiratoire ne tient pas à cette méfiance chez vous pour ce qui vient du corps.

La méthode de la seconde partie me laisse plus hésitante, du fait que les concepts, si bien éliminés du « noble sentier », semblent avoir repris possession du terrain. Bien malgré moi, il m'arrive de trouver que les « coordonnées hindoues » de votre réponse à la question de la divinité du Christ sont quand même un peu normandes, ou plutôt paraîtront telles à vos interlocuteurs chrétiens. C'est que le christianisme, tel qu'il existe, demande de nous l'adhésion totale à une vérité exclusive, située à la fois sur le plan divin et dans l'historicité ; vous parlez vous-même de « religion intransigeante ». Tous les efforts vers l'*aggiornamento* n'ont fait que rendre plus visible ce *hard-core* des grands mythes pétrifiés en dogmes, tandis qu'on met au rebut comme démodés des rites ou des croyances dans lesquels s'exprimait une vérité parfois plus antique que le christianisme lui-même. Toute tentative de conciliation, et, à plus forte raison, tout sincère désir de repenser le christianisme à l'aide d'expériences religieuses faites en dehors de lui, tombe très vite, quoi que nous puissions faire, dans la catégorie du malentendu ou dans celle de la restriction mentale : c'est avec une amère tristesse que j'écris ceci. Je ne crois pas, d'ailleurs, les groupes protestants, pris dans leur ensemble, plus conciliants à ce point de vue que l'institution catholique; ils me semblent parfois l'être moins, dans leur total refus de tout mysticisme qui ne soit pas *christique*. Je comprends et je partage votre désir de ne rien perdre du domaine religieux, tant occidental qu'oriental, que nous autres, vivants du XX˚ siècle, sommes les premiers à avoir pu explorer sur ses deux versants, mais il me semble que ce n'est encore qu'en nous, et presque secrètement, que nous pouvons favoriser le mélange de la charité chrétienne et de la compassion bouddhique, du sentiment stable du divin et du lumineux, tel qu'il s'est exprimé dans le shinto, l'orthodoxie et le catholicisme, avec le génie dynamique de l'Inde, et avec la double notion, si grecque, de la dignité de l'homme et des limites de l'homme. Toute rencontre, et presque toute prise de position publique, me paraît risquer d'ajouter des controverses à tant de controverses, ou, pis encore, de ramener les grandes conceptions religieuses à un commun dénominateur placé trop bas, comme il arrive souvent dans les ouvrages de théologiens bouddhistes ou musulmans se mettant au pas de lecteurs chrétiens ou « modernes ».

Je m'accorde, presque mot pour mot, avec votre « lettre sincère » à François Mauriac, mais là aussi je trouve en marge, tracé au crayon vers la fin, un *non*. Qu'il est donc difficile de s'entendre sur quoi que ce soit ! Le même *non* figure en marge des pages finales de votre livre, et s'inscrit contre la même notion de pure joie contemplative. Vous dites qu'avec notre notion de séparés, qui nous fait hommes, s'abolit toute question sur le mal. C'est peut-être trop dire, et vous n'éliminerez pas la terrible remarque du Grand Inquisiteur de Dostoïevsky rappelant que même aboli le mal *a été*. Il m'arrive de penser que si, en effet, l'expérience de la vie spirituelle nous désensibilise, jusqu'à un certain point, de nos propres maux, elle centuple notre sensibilité au mal universel. Votre très belle page sur le *lali*[1] divin pose d'ailleurs très explicitement, dans un autre contexte, ce problème du mal dont nous ne pouvons pas ne pas être obsédés aujourd'hui. Je suis très loin de nier la valeur de l'extraordinaire joie ou calme, extase, intase, ou *satori*[2] que peut diffuser en nous la pratique de la vie religieuse, au moins pour une seconde éternelle. Elle n'empêche pas que l'énorme océan des maux nous entoure, et que nous y sommes encore, nous les plus libres, aux neuf dixièmes submergés. Oserais-je dire que je trouve à votre dernière page le même défaut qu'à toutes les doctrines religieuses ou philosophiques qui promettent le bonheur et la paix de l'âme, même quand elles tiennent ce qu'elles promettent, parce qu'elles insistent trop sur ce qui n'est qu'un sous-produit. Que nous soyons heureux ou non n'a au fond pas d'importance, et c'est l'immense victoire du bouddhisme que d'avoir senti que la libération elle-même n'en a pas, et que n'en pas avoir est peut-être sa secrète condition pour être. Le seul support effectif qui nous soit donné me semble l'admirable énoncé du dernier des Quatre Vœux : « Si innombrables que soient les êtres souffrant dans l'étendue des Trois Mondes... », qui du reste nous met immédiatement en présence de notre immense faiblesse. Mais c'est encore ce que l'âme humaine a trouvé de mieux.

Le manque de temps et de forces (sans parler de l'abus que je fais des vôtres) m'empêche de mentionner comme je le voudrais certaines pages particulièrement instructives : vos remarques si justes sur le freudisme, sur les grandeurs et les dangers, pour un esprit occidental tout au moins, de la Bhagavad-

1. Yourcenar se réfère peut-être ici à la notion de « lila », qui dans l'hindouisme, est un jeu divin équivalent de maya, voile cosmique, manifestation de l'absolu.
2. Extase, dans le bouddhisme japonais.

Gita[1], ou votre étude sur la nonne Dharmarakhsita[2] (Auprès de cette *aliénation* absolue, combien même celle d'un Rimbaud semble futile !). Tout en partageant vos vues sur l'incommensurable médiocrité spirituelle d'un Valéry ou d'un Gide, je vous trouve dur envers eux : il y a eu un moment où *Eupalinos* et les *Nourritures Terrestres* nous ont apporté quelque chose : vous le prouvez vous-même pour ces dernières en évoquant la causerie du Père Teilhard de Chardin sur Gide. Quant à Romain Rolland, je garde une infinie gratitude à mon père, qui me fit lire à l'âge de treize ans *Au-dessus de la Mêlée*, bouffée d'air pur dans l'atmosphère d'un chauvinisme étouffant de la Grande Guerre, par laquelle il ne s'était pas laissé intoxiquer. Un peu plus tard, certaines de ses *Vies* qui me semblent aujourd'hui excessivement hagiographiques et quelque peu timides, et même certains passages de *Jean-Christophe*, m'ont été des réserves d'énergie et de courage. Cela est à mettre en balance avec une rhétorique de réunions publiques que nous ne supportons plus...

J'ai appris avec regret que votre ancien élève[3], dont j'ai fait la connaissance l'hiver dernier, se trouvait aux prises

---

1. Littéralement le « Chant du Seigneur ». Poème philosophique sanskrit, texte fondamental de la philosophie hindoue.

2. Sramaneri Dharmaraksita. Nonne bouddhiste d'origine catholique. Gabriel Germain lui consacre un des appendices du *Regard intérieur, op. cit.*, pp. 329-332, en s'appuyant sur deux récits qu'elle a donnés de sa conversion dans « Comment je suis devenue bouddhiste », *La pensée bouddhique*, vol. 5, n° 3, juillet, 1954, pp. 15-17 ; et dans « Face aux trois refuges, quelques aspects d'une conversion au bouddhisme », *Présence du bouddhisme, France-Asie*, t. XVI, février-juin 1959, pp. 531-540 (Bibl. PP).

3. André Connes. Sa première lettre à Yourcenar, qui évoque leur rencontre d'Aix en janvier 1969, date du 30 avril 1970. Yourcenar refusera, dans une lettre du 23 novembre 1978 à André Connes, son invitation à participer à un *Hommage à Gabriel Germain*, après la mort de ce dernier. « On ne parvient pas (disons mieux = je ne parviens pas), écrit-elle, à trouver dans ses livres successifs un développement correspondant à ses expériences. Gabriel Germain y reste ce qu'il était dès le début, un esprit curieux et, jusqu'à un certain point, avide de spiritualité plutôt qu'un spirituel proprement dit. » Fonds Yourcenar à Harvard, MS Storage 265.

avec de sérieuses difficultés. Au cours de nos deux ou trois conversations d'Aix, j'avais cru deviner en lui une excessive confiance en la vie, et en soi, qui semblaient promises à des « coups durs ». J'espère que ses problèmes se résoudront ; si vous lui écrivez, veuillez le remercier à nouveau, de ma part, de ses poèmes, au sujet desquels je n'ai pas trouvé jusqu'ici le temps de lui écrire.

Je vous prie d'excuser cette lettre trop longue. J'ai essayé de poursuivre la conversation commencée en décembre dernier dans un glacial salon d'hôtel, où je me suis dit depuis, avec bien du remords, que vous aviez dû prendre froid.

Croyez-moi, cher Monsieur, bien amicalement vôtre,

[Marguerite Yourcenar]

Merci de m'avoir envoyé le *Sophocle*[1] que je n'ai pas encore reçu.

À JULES ROMAINS[2]

                        Petite Plaisance
                        Northeast Harbor
                        Maine 04662 USA
                        3 juillet 1969[3]

Cher Monsieur,

Si je ne vous ai pas remercié plus tôt de l'*Empereur de bonne volonté*[4], ce n'est pas par manque de celle-ci mais

---

1. *Sophocle,* Paris, Seuil, 1969.
2. Fonds Yourcenar à Harvard, MS Storage 265. Copie de lettre autographe. Dans la marge, en haut, à gauche, mention de son envoi à l'Académie française, Palais Mazarin, Quai Conti.
3. La date du 3 juillet a été ajoutée au-dessus d'un « 25 juin » barré.
4. Voir lettre à Jules Romains du 28 décembre 1951. L'ouvrage *Marc Aurèle ou l'Empereur de bonne volonté* avait paru chez Flammarion l'année précédente.

parce que l'*Empereur* m'attendait sur l'autre bord de l'océan, dans un pays inconnu de lui et trop souvent occupé à commettre les mêmes erreurs que l'Empire Romain. J'ai lu avec grand intérêt votre biographie si sagement établie dans la réalité humaine ; vous avez évité le style hagiographique si habituel quand on parle de Marc Aurèle et je constate avec plaisir que vous n'avez ni blanchi ni noirci Faustine. (Les historiens de métier sont toujours[1] plus catégoriques que nous autres romanciers dans ce genre de choses ; le roman enseigne la relativité.) Je vous ai admiré d'avoir présenté l'histoire des martyrs de Lyon sous un[2] jour juste et sans biais d'aucune sorte. « Je n'ai jamais persécuté personne » fait proclamer[3] Voltaire à Marc Aurèle. C'était trop dire, et vous le montrez comme il convient.

Croyez, cher Monsieur, ainsi qu'à mes remerciements, à l'expression de mes sentiments admiratifs.

Marguerite Yourcenar

À JEANNE GALZY[4]

Petite Plaisance
Northeast Harbor
Maine 04662 USA
17 août 1969

Chère Amie,

La Surprise de Vivre a été pour moi un plaisir et une surprise... Vous m'aviez annoncé surtout une

1. Yourcenar avait d'abord écrit « presque toujours », puis a barré « presque ».
2. Yourcenar avait d'abord écrit « sous son jour », puis a barré « son » pour le remplacer par « un ».
3. Yourcenar avait d'abord écrit « fait dire ».
4. Fonds Yourcenar à Harvard, MS Storage 265.
Jeanne Galzy. Écrivain. Membre du jury Femina.

chronique du Montpellier d'autrefois. Comment deviner que le gros manuscrit reposant sur la table de la salle à manger, rue Guillaume-de-Nogaret, par un froid février, contenait tant de journées d'été, de nuits tièdes au bord d'une rivière, de siestes brûlantes et d'ardente jeunesse...

Et certes, votre description de la vie de famille dans « la bonne société protestante » du début du siècle est si véridique qu'on croit y avoir vécu soi-même. J'y retrouve, à peu de chose près, les routines de « la bonne société catholique » du Lille de la même époque, sauf qu'on n'y lisait pas la Bible en commun chaque soir. Mais le goût de la stabilité sociale, de l'argent, qui permet celle-ci, et des mariages avantageux et préarrangés était le même. Mais je ne m'attendais pas, au cœur de cette chronique d'une famille montpelliéroise, à une si fiévreuse idylle... L'amour des deux femmes est décrit sans un mot de trop ni de trop peu, et Jémina, à côté d'elles, demeure touchante dans ses tendresses conjugales et presque sympathique dans son égoïsme maternel, sans que vous ayez paru chercher un trop visible contraste. Mais cette jeune anglo-saxonne au nez délicatement aquilin, aux brillants cheveux blonds, aux audaces compensées par une admirable maîtrise de soi, ne serait-elle pas une Nathalie Barney vers la vingt-cinquième année, sous un déguisement un peu imprévu d'institutrice ? Moi, qui ne l'ai rencontrée que beaucoup plus tard, je crois la reconnaître dans votre nageuse nocturne si à l'aise dans sa complète liberté, et dans ce je-ne-sais-quoi d'impérieux et de tendre dans la façon d'aborder les êtres. Tout y est, même l'attrait des lacs de son pays d'origine, qui pourraient aussi bien être ceux du Maine que ceux de l'Écosse.

Je ne doute pas que votre institutrice ne se fasse renvoyer, Daniel n'allant pas manquer d'insinuer à sa mère qu'elle ne peut continuer à confier ses filles « à ce genre de femme », et j'aime à croire qu'elle deviendra pour quelque temps au moins « dame de compagnie » près d'Arles. Mais que diraient de tout cela vos aïeules de la Tour Constance ?

Merci encore pour ce roman si doué de vie, et croyez, chère Amie, à mon bien sympathique souvenir,

Marguerite Yourcenar

Permettez une seule objection à mon amour de l'exactitude : la belle peinte au XVIIIe siècle entre sa guenon et son esclave favorite n'a guère pu être une princesse sassanide[1] (226-632 ap. J.-C.). Mais le charmant oncle Otto a tous les droits, y compris celui de jouer avec les dynasties.

À ALBERT LETOT[2]

10 décembre 1969

Cher Monsieur Albert (mon filleul),

Je vous envoie ce calendrier avec des photographies du pays où nous habitons, qui pourront vous intéresser ainsi que toute la famille. Cette région s'appelle la Nouvelle-Angleterre, mais ressemble plutôt aux pays scandinaves. Pour le moment, pluie et neige fondue, mais de très jolis oiseaux viennent manger du grain dans les mangeoires sur les appuis de fenêtres, et trois petits écureuils courent en rond

---

1. Les Sassanides : dynastie perse qui régna sur un empire étendu entre le Khurasan et la Mésopotamie, du IIIe au VIIe siècle.
2. Archives Gallimard. Copie de carte de vœux autographe, reproduisant un « Bamboo », stencil japonais (période Tokugama 1615-1867) du Metropolitan Museum of Art.

dans la prairie en essayant de s'attraper mutuellement la queue. (Ceci pour le petit garçon.)

Nous espérons que vous êtes tous en bonne santé, et gardons un bien bon souvenir de notre visite de l'an dernier. Ici, tous les gens raisonnables sont très préoccupés de finir l'horrible guerre du Vietnam, et aussi d'arrêter les énormes dépenses de milliards pour aller dans la lune[1] et pour les avions supersoniques, qui sont très destructifs [sic] ; quand il y aurait tant à faire avec cet argent pour l'éducation des enfants, le reboisement, le contrôle des inondations, et la reconstruction des quartiers pauvres des grandes villes où tant de gens sont malheureux. Le monde est bête !

Nous vous envoyons à tous nos bons vœux et nos sincères amitiés[2],

Marguerite Yourcenar

---

1. Neil Armstrong (né en 1930) a été le premier homme à marcher sur la Lune, le 21 juillet de cette même année.
2. Peu de temps avant cette carte, Grace Frick avait écrit aux Letot une carte de vœux représentant une gravure de Raffaello Schiaminossi : *La Sainte Famille*. Au dos de la carte, Grace avait noté : « Je crois la vieille personne est une Ste. Anne et pas un St. Joseph !! » À l'intérieur de la carte, entourant les Meilleurs Vœux de Noël (« Christmas Greetings »), elle avait écrit dans un français que nous n'avons pas corrigé :

Northeast Harbor
Maine 04662
3 décembre 1969

Chère Amie de Gosselies :
Ni vous, ni nous, ne sommes si âgées (je l'espère, au moins) que cette bienveillante grandmère, mais je trouve la scène si charmante dans son mélange d'austère décor et de vraie tendresse que j'ai dû vous l'envoyer. (Mais voyez que j'ai dû aussi corriger tout le temps mes fautes de français !)
Il y a juste un an, une semaine et trois jours, nous nous trouvions chez vous, assises à votre table ; une tarte au riz, une tarte aux pruneaux, une tarte au sucre, quelque chose d'autre, avec du café, je me rappelle bien, et trois générations à table, tout le monde très gai, et Marguerite si contente de vous retrouver. Quant à moi, j'ai été très heureuse de rencontrer quelqu'un dont elle a parlé si souvent même avant que vous l'ayez retrouvée dans les pages de

À JEAN-MARIE MAYEUR[1]

Petite Plaisance
Northeast Harbor
Maine 04662 USA
27 décembre 1969

Monsieur,

Je viens de lire avec un extrême intérêt votre ouvrage sur : *Un prêtre démocrate, l'abbé Lemire*[2]. Je suis moi-même originaire du Nord, bien que j'aie depuis longtemps quitté cette région, et mon père fut l'un des amis et des admirateurs de l'abbé Lemire[3]. Je dois à votre livre de me faire désormais

---

Femmes d'Aujourd'hui. C'était pour moi un privilège d'être reçue si intimement dans une famille belge.

La petite poupée Wallone habite la chambre d'amis dans notre petite maison ici, mais elle descend souvent pour faire la connaissance des petites filles des voisins. Le Gilles de Binche, fort beau, intéresse moins les garçons du village, parce qu'ils sont peu accoutumés aux fêtes en costume. Le beau livre sur Charleroi est dans la bibliothèque. Vous voyez que vous êtes très présents, vous et les vôtres, ici à Northeast Harbor. Nous rentrons d'une absence d'une semaine (tournée de conférences) et nous plongeons dans le travail qui ne se termine jamais.

Affectueusement à vous tous,

Grace Frick

Archives Gallimard. Copie de carte autographe.
1. Fonds Yourcenar à Harvard, MS Storage 265.
2. Jean-Marie Mayeur, *Un prêtre démocrate : l'abbé Lemire. 1853-1928*, Tournai, Casterman, 1968.
3. Dans *Quoi ? L'Éternité*, Yourcenar évoque une visite à l'abbé Lemire, qui tira autrefois son père d'une mauvaise passe financière. « L'abbé Lemire est né à Vieux-Berquin, flamand d'aspect, français d'expression comme tous les habitants de ce patelin du Nord [...]. Ce révolté inscrit au parti de la gauche radicale a longtemps enseigné paisiblement le latin au séminaire de Cambrai... », *op. cit.*, pp. 1397-1398. Avec Albert Ier, roi des Belges, et l'amiral Richard Byrd, il est l'un des trois hommes rencontrés au cours de sa vie qui ont donné à l'écrivain « l'impression d'une intégrité sans faille », *op. cit.*, p. 1399.

l'idée la plus nette et la plus complète de l'œuvre politique et sociale de Lemire, que je connaissais surtout jusqu'ici par des récits familiaux plus ou moins confus.

C'est d'ailleurs à ce propos que je vous écris, pour vous demander, si ce n'est pas exiger de vous une recherche supplémentaire, de vouloir bien me dire si le nom de mon père (Michel de Crayencour, ou, comme on le disait et l'écrivait davantage dans le Nord, où le patronyme flamand de la famille était encore couramment porté, Michel Cleenewerck de Crayencour) figure dans les archives Lemire. Et dans ce cas, s'agit-il de félicitations ou d'expression de sympathie à l'occasion des succès ou des déconvenues de l'abbé Lemire, de demandes à l'abbé-député (je sais que, dans un cas, mon père, sachant avoir été mal conseillé par des hommes d'affaires peu honorables, auxquels il avait donné une procuration, sollicita et obtint de Lemire le nom d'un avocat énergique et intègre, qui en effet rétablit la situation), ou de tout autre sujet ? Cette correspondance a dû se situer entre les années 1903 et 1912, durant lesquelles mon père, qui fut malheureusement pendant la plus grande partie de sa vie un de ces « absentéistes » contre lesquels s'élevait l'abbé Lemire, résida plus ou moins continuellement à Lille ou dans sa propriété du Mont-Noir, près de Bailleul. Il est d'ailleurs fort possible que Lemire, qui avait une nombreuse correspondance, en ait détruit une partie, et qu'il ne reste plus trace des rapports de mon père avec l'abbé.

Puis-je aussi vous prier de vouloir bien, si vous en trouvez le temps, m'indiquer la date à laquelle eut lieu l'expulsion effective de la communauté du Mont-des-Cats, ou m'indiquer un ouvrage où je pourrai trouver celle-ci. Vous indiquez qu'une expulsion fut prévue pour le début de septembre 1877, mais la date que je recherche est évidemment beaucoup plus tardive. Mon père, très lié avec le supérieur du Mont-des-Cats, m'a plusieurs fois raconté s'être rendu sur place pour protester contre l'expulsion, à laquelle assistait, à l'en croire, le préfet du Nord ; et se rappelait que le supérieur, ancien militaire, portait pour l'occasion sa croix de la Légion d'honneur, ce qui obligea les deux soldats placés à la porte du couvent de présenter les armes. Incident authentique, ou souvenir embelli après coup ? C'est ce que je voudrais pouvoir vérifier.

En tout cas, il ne peut s'agir de Dom Sébastien Wyart, mon père (né en 1853, comme l'abbé Lemire, et absent de France en 1877) ne s'étant lié d'amitié que dans son âge mûr avec le supérieur du couvent du Mont-des-Cats.

En échange des renseignements que je vous demande, je n'ai que bien peu à vous offrir. Michel de Crayencour, bien que cousin du député Plichon, n'avait qu'hostilité pour la droite catholique. Il se souvint toujours avec indignation de la campagne de malveillance contre l'abbé Lemire, tant orale que dans la presse. Il racontait souvent avoir entendu une vieille domestique lui dire avec horreur, mais aussi avec la satisfaction d'être ainsi justifiée dans ses pires soupçons, « Eh bien, Monsieur, vous savez les nouvelles ? L'abbé Lemire vient de se marier ! » Quant à moi, j'ai rencontré plusieurs fois l'abbé dans mon enfance, mais mon seul souvenir très précis est aussi le dernier. En 1915 ou 1916 (j'avais douze ans) j'accompagnai mon père dans une visite rue Lhomond. J'ai gardé en gros une impression de ce pauvre intérieur, mais je revois surtout le moment où Lemire descendit avec nous et nous raccompagna jusqu'au bout de la rue par ce soir d'hiver, ayant lui-même un rendez-vous à tenir. J'ai gardé l'image d'un homme grand, maigre, au visage très pâle, aux cheveux gris-blancs. La démarche était ferme, mais raidie, semble-t-il, par l'arthrite. Une grande spiritualité émanait de ce visage, dont je me suis rendu compte plus tard qu'il aurait pu être celui d'un abbé janséniste du XVIIᵉ siècle.

Je ne veux pas terminer cette lettre sans vous dire tout le bien que je pense de votre ouvrage, qui suit pas à pas votre protagoniste au sein des conflits politiques et religieux de son temps, et nous montre en cet homme isolé le précurseur de mouvements qui de nos jours s'imposent, sinon triomphent, au sein d'un catholicisme renouvelé.

Encore une fois, je vous prie de ne répondre à mes questions que si vous en avez le temps et le pouvez sans peine, et vous exprime, Monsieur, mes très sympathiques sentiments,

Marguerite Yourcenar

1970

À GABRIEL GERMAIN[1]

> Petite Plaisance
> Northeast Harbor
> Maine 04662 USA
> 11 janvier 1970

Cher Monsieur,

Je suis bien en retard pour vous remercier du *Sophocle*, mais il m'a semblé qu'une lettre aussi longue que celle que je vous avais écrite au sujet du *Regard Intérieur* ne devait être suivie d'un nouveau message qu'à un certain intervalle. Cette fois, je m'efforcerai de faire plus court.

Le *Sophocle* est bien tel qu'on l'attendait de vous, savant et lucide, rempli d'informations utiles, et replaçant avec la plus grande netteté le poète dans la pensée et la religion de son temps. Les pages sur Sophocle prêtre d'Esculape nous forcent à pressentir, derrière la Grèce rationaliste et humaniste telle qu'on la concevait encore il y a un siècle, la Grèce plus voisine de l'Inde, au moins par certains aspects de ses cultes, que nous commençons à postuler

---

1. Fonds Yourcenar à Harvard, MS Storage 265.

aujourd'hui. L'ouvrage sera révélateur pour cette innombrable partie du public de bonne volonté qui connaît surtout Sophocle par une représentation d'*Antigone* ou d'*Œdipe Roi* en tuniques de nylon et accompagnée de musique électronique dans un théâtre d'été, ou dans quelque *Living Theater*[1] en costume moderne ou sans costume du tout. Il y a toujours un grand mérite à montrer les choses comme elles furent.

Je vous trouve pourtant un peu dur pour les imitateurs de Sophocle dont vous disposez en une ligne. (Je suis hors de cause, mon *Électre*, pour autant qu'elle est quelque chose, est euripidienne.) J'admire au contraire que Sophocle ait pu offrir à des dramaturges séparés de lui par des siècles cette espèce de chèque en blanc où chacun écrit sa propre somme, et que le crédit du vieux poète couvre toujours. Je vous accorde que l'*Œdipe* de Gide est bien faible (ni plus ni moins que celui de Voltaire), mais *La Machine Infernale* de Cocteau contient quelques scènes mémorables, et l'*Antigone* d'Anouilh — pièce que j'exècre pour des raisons idéologiques — a tout de même une étonnante conversation des gardes.

C'est d'ailleurs sur le terrain d'*Antigone* que je me permets une objection à votre livre. Je vous cite :

« Tant pis pour certains interprètes modernes à qui l'on a accordé trop d'autorité sur la seule foi de leur nom. Mais quoi ? Le conflit de la jeune fille et du roi *n'est aucunement celui de la conscience individuelle contre l'État*, mais celui des Lois et de la Justice divine contre la décision impie et sotte d'un homme seul. Celle qui représente la conscience col-

---

1. Troupe de théâtre américaine de New York, fondée en 1947 par Julian Beck (1925-1985) et Judith Malina (née en 1926). La mise en scène des pièces qu'elle présente est collective et a pour but d'assurer une fonction idéologique de contestation des valeurs occidentales.

lective du monde grec, c'est Antigone : le personnage aberrant, le dissident, c'est Créon. »

Sans doute ! Mais ce que vous négligez, il me semble, de noter, est que dans tout conflit entre la conscience individuelle et l'État, c'est le personnage dit « aberrant » par les autorités constituées qui représente le plus souvent la silencieuse conscience collective, qui ne s'exprime jamais que par l'intermédiaire des quelques rares individus ayant le courage de dire non. C'est dans les camps de concentration, avec les quelques rares Allemands ayant protesté contre Hitler, que se trouvait la conscience collective du pays d'Angélus Silésius, de Goethe et de Schopenhauer, réduite partout ailleurs au silence par la peur ou saoulée par la propagande. C'est chez les jeunes gens et les jeunes filles brûlant les *draft-cards*[1] et protestant contre le napalm que se trouve la conscience collective (et chrétienne) des États-Unis, abrutie ailleurs par la rhétorique gouvernementale, l'auto en abondance, la télévision à jet continu et l'argent facile. Las Casas[2] représentait la conscience collective de la chrétienté contre les crimes de l'Espagne, du Portugal, et de quelques autres contre les indigènes du Nouveau-Monde : il était tout seul.

Que vous le vouliez ou non, votre phrase paraît séparer l'une de l'autre la lutte de la conscience individuelle contre l'État et la lutte de la conscience collective (à supposer qu'il existe pareille chose) contre le Mal et l'Injustice, bien que l'une et l'autre soient presque toujours superposées dans l'histoire ; elle paraît aussi amoindrir Antigone en indiquant que sa position après tout n'avait rien d'unique, la conscience collective étant de son côté (ce qui me

---

1. Littéralement : avis d'incorporation.
2. Bartholomé de Las Casas (1474-1566), *Histoire des Indes* (Bibl. PP).

fait immédiatement penser au comique et généreux Dr Stockmann d'Ibsen, si sûr d'avoir derrière lui « la majorité compacte »). En fait, Antigone avec sa conscience collective est toute seule, et « l'aberrant » Créon a pour lui la solide majorité représentée par les Vieillards qui auraient bien, çà et là, quelques objections à faire, mais qui se gardent d'intervenir.

Je me suis demandé aussi pourquoi vous vous étonnez que la haine soit chez Antigone un complémentaire de l'amour. « L'amour et la haine sont les prérogatives de l'homme vertueux. » (Confucius.) Seul, le pur mystique peut aller plus loin, et encore, le fait-il ? Jésus, qui est l'emblème du divin amour pour nous tous, a beaucoup maudit.

Merci également pour l'essai sur la fameuse phrase qui fait buter tant de commentateurs. Vous versez au débat de riches documents qui prouvent de nouveau qu'il est bon de faire de temps en temps un tour vers l'Inde. À dire vrai, la phrase ne m'a jamais beaucoup choquée, peut-être parce que j'ai entendu trop de fermières flamandes ou de couturières grecques dire mélancoliquement : « Un mari, ça se retrouve, mais un père, ou une mère, ou un frère, ça ne se refait pas ! » ou encore trop de femmes à [la] journée irlandaises déclarer avec leur accent inimitable « Blood is thicker than water ! » ce qui signifie, assez surréalistiquement [sic] il me semble, que la famille compte plus que tout. Je ne m'étonne pas trop qu'Antigone pense comme toutes ces femmes en qui subsistent les traditions de la tribu.

C'est avec grand intérêt que j'ai lu votre lettre répondant à la mienne, mais mieux vaut garder nos différences pour une conversation. Croyez seulement que l'une de mes réactions principales n'était pas une réaction de romancière : je suis de plus en plus persuadée que tout changement d'ordre spirituel, et surtout l'immense changement que représente « la délivrance » se prouve et *s'authentifie* aussitôt par d'innombrables et souvent imperceptibles changements dans tous les comportements et les actes, et il serait passionnant d'avoir sur ce sujet un récit sincère. Quant aux gurus que vous ne rencontrez pas et que je vois un peu partout, je vous cite encore Confucius, puisqu'en ce moment je lis les *Analects*[1] : « Quand je me promène avec deux hommes, l'un des deux est mon instructeur. » Parmi ces multiples instructeurs, je vous compte, et vous salue avec tout l'amical respect qui est de règle.

Marguerite Yourcenar

Vous êtes très bon de vous informer de mes traductions de poètes grecs[2]. Malheureusement, d'autres travaux ont eu priorité sur celui-là, et voici près de deux ans que je n'ai pas rouvert ces cahiers. J'ai cependant réussi à mettre plus ou moins au point un *Empédocle*[3] qui doit paraître très prochainement dans la *Revue Générale* (nouveau projet de Desclée et Brouwer), et que je vous enverrai. Je me suis servie du texte de Diels[4], mais aussi des commentaires et de la traduction très plate, mais très précise en ce qui concerne les termes du vocabulaire scientifique (mécanique, hydraulique) de Kathleen Freeman, *Ancilla to the Presocratic Philosophers*[5]. Il y a aussi un court fragment d'Oppien sur les phoques qui

1. Yourcenar donne ici le titre anglais des entretiens de Confucius recueillis par ses disciples.
2. *La Couronne et la Lyre*.
3. « Empédocle d'Agrigente », in *Revue générale*, 106ᵉ année, n. 1, pp. 31-46. Recueilli dans *La Couronne et la Lyre*.
4. Herman Diels (1848-1922). Helléniste allemand. *Fragmente der Vorsokratiker*, Berlin, Weidmannsche Buchhandlung, 1903.
5. Kathleen Freeman, *Ancilla to the Presocratic Philosophers, a Complete Translation of the Fragments in Diels*, Oxford, Basil Blackwel, 1952 et Harvard University Press, 1957.

paraîtra sans doute bientôt[1], et qui fait partie de ma lutte en faveur de ces animaux, si décimés, comme tous les autres, dans notre monde de fin de monde.

À WILHELM GANS[2]

> Petite Plaisance
> Northeast Harbor
> Maine 04662 USA
> 24 janvier 1970

Cher Monsieur,

Je tiens à vous remercier sans trop tarder de votre très généreuse lettre qui m'a rejointe ici.

Elle va très loin dans la compréhension : il me semble que vous isolez et définissez des éléments de *L'Œuvre au Noir* sur lesquels les critiques professionnels jusqu'ici n'ont pas attiré l'attention. Ainsi, vous décrivez admirablement bien le plan même du livre, « ce survol en rase-mottes » aboutissant enfin à une prise d'altitude grâce à laquelle le monde est vu enfin comme en perspective aérienne. Ou encore que par-delà le très profond désespoir de *L'Œuvre au Noir*, il y a le mince espoir d'atteindre à « une vérité humaine ou surhumaine », du moins pour quelques êtres de courage et de bonne volonté. Enfin, vous

---

1. « Animaux vus par un poète grec », in *Revue de Paris*, février 1970, pp. 7-11.
2. Collection particulière. Copie dactylographiée par Wilhelm Gans.
Wilhelm Gans (né en 1915). *Silence on tue*, Paris, La Pensée universelle, 1981 (Bibl. PP).
Cette lettre répond à la première qu'il adressa à Yourcenar, le 16 octobre 1969, lui disant notamment : « Que surtout votre solitude spirituelle ne vous pèse pas trop ! Comme vous le voyez, de simples inconnus vont à votre rencontre. » Collection particulière.

avez bien senti ce que très peu jusqu'ici ont à peine remarqué, l'importance de l'altruisme, de la solidarité, de l'affection humaine dans ce livre qui est en un sens le livre de l'amitié (amitié réciproque de Zénon et d'Henri-Maximilien, de Zénon et du prieur[1]), le sens grandissant du *service* chez Zénon qui vieillit. Peut-être est-ce pour cette raison en partie que vous me faites l'honneur de me placer dans la lignée goethienne : il y a chez Zénon homme mûr, et de même chez Simon, chez Henri-Maximilien, chez le prieur, un *renonçant* au sens que ce mot prend pour Wilhelm Meister. « Les facultés harnachées en vue de l'accomplissement d'une tâche délibérée et utile. » C'est un concept difficile à faire accepter à l'homme de nos jours qui voit toujours dans cette attitude une forme de résignation ou de sacrifice, alors que le Renonçant véritable est bien au-delà de tout cela.

En trouvant dans votre lettre les quelques vers que j'ai reconnus comme provenant du chant de Lyncée, j'ai été chercher parmi mes livres mon *Second Faust* juxtalinéaire, car mon allemand est trop faible pour que je puisse sans ce soutien lire le poème. Malheureusement pour nous, nous avons dépassé la page du premier chant sur la tour, et sommes au moment où les fumées de l'incendie couvrent l'horizon. Et je ne parle pas seulement de l'incendie des guerres dans lequel nous aurons vécu toute notre vie, mais de ce désordre affreux où l'humanité a fini par placer soi-même et le monde. C'est d'ailleurs, je crois, ce qui m'empêchera toujours de prononcer le mot final de Faust (qui de toute façon lui a été fatal).

---

1. Dans une préface inédite à sa correspondance avec Yourcenar, Wilhelm Gans écrit : « Je me suis toujours étonné qu'à côté de toutes les qualités que l'on a reconnues à ce grand écrivain, personne n'ait relevé un des traits principaux de son caractère, à savoir son immense *bonté*. » Collection particulière.

L'instant fût-il beau pour moi au point de vouloir l'arrêter, je sais trop qu'il resterait affreux pour une immense quantité d'êtres.

Vous m'encouragez quand vous me conseillez de « raconter d'autres histoires » même si « la vraie profondeur... se trouve derrière les miroirs ». Des phrases comme celle-là viennent en aide à l'écrivain qui s'assied devant sa page blanche, se demandant s'il vaut la peine d'ajouter encore des êtres imaginaires à un monde si enfoncé dans l'irréalité. Mais il est évident que le véritable « *Dichtung* » possède en soi une force qui secoue les apparences et facilite au lecteur l'entrée dans un monde plus *authentique* que le sien. J'ai toujours été frappée par le fait que, dans l'hindouisme, Brahma, le démiurge, est aussi le patron particulier des poètes, des conteurs et des dramaturges...

Je suis curieuse de savoir lequel de mes deux livres vous aviez « apprécié sans plus ». Ce que vous avez moins goûté m'aidera à comprendre pourquoi vous avez si bien et si complètement apprécié *l'Œuvre au Noir*.

Vos références à Goethe, et votre nom, que je ne suis pas sûre d'avoir pu clairement déchiffrer, me font croire que vous êtes allemand, et peut-être professeur de littérature allemande[1]. En dépit de mes énormes insuffisances dans cette langue, certains écrivains allemands m'ont beaucoup apporté, plus peut-être que d'autres, de langues européennes que je connais mieux.

Merci encore de ce que m'apporte votre lettre, et croyez, je vous prie, à toute expression de mes sentiments bien sympathiques,

Marguerite Yourcenar

---

1. Né à Vienne, Wilhelm Gans s'était fixé en France après quelques années passées en Belgique. Il était ingénieur HEC et traducteur technique.

À JEAN-PAUL ALLARDIN[1]

> Petite Plaisance
> Northeast Harbor
> Maine 04662 USA
> 5 février 1970

Monsieur,

Les deux questions que pose votre questionnaire sont bien complexes et bien vastes. Je tente d'y répondre le plus brièvement possible :

QUE FAUT-IL DIRE AUX HOMMES ? Avant tout, la vérité sur tous les sujets. L'obligation de dire vrai ou de faire vrai s'étend à tous depuis le journaliste, payé pour transmettre une vérité d'actualité, jusqu'au poète, chargé d'exprimer une vérité éternelle. Elle s'impose également au romancier, outillé pour traduire une vérité humaine, et au philosophe, qui s'efforce de faire passer dans les mots une vérité abstraite. La beauté esthétique, d'une part, et de l'autre les valeurs de sympathie et d'amour sur lesquelles insiste votre questionnaire n'ont de sens qu'à partir de cette obligation de ne jamais mentir, soit par paresse, soit par intérêt, soit par vanité, soit par lâcheté.

COMMENT LEUR PARLER ? Simplement, lucidement, sans lieux communs d'aucune sorte, sans concession à la paresse du lecteur, mais aussi sans obscurité voulue, sans fausse élégance, sans affectation de vulgarité, sans jargon d'école, de chapelle, de groupe ou

---

1. Fonds Yourcenar à Harvard bMS Fr 372 (838).
Jean-Paul Allardin. Étudiant qui menait alors une enquête pour les Éditions La Francité, en posant à une série d'écrivains belges une question de Saint-Exupéry : « Que faut-il dire aux hommes ? Comment leur parler ? » Marcel Lobet (1907-1992), critique littéraire du journal bruxellois *Le Soir*, devait s'occuper de la publication des réponses en volume. Elle n'eut jamais lieu, la maison d'édition ayant fait faillite peu de temps après.

d'administration, sans concession envers la mode d'aujourd'hui qui sera ridicule demain, sans désir de choquer pour le plaisir de choquer, mais sans jamais hésiter à le faire, si on le croit utile, sans rien sacrifier des complexités, des faits ou des pensées, mais en s'efforçant de présenter celles-ci le plus clairement possible. Le mérite d'un écrivain, sa valeur humaine, et, paradoxalement, la beauté de son style, se mesurent en grande partie à sa capacité d'exprimer l'essentiel.

Bien cordialement à vous,

Marguerite Yourcenar

À JEAN MOUTON[1]

> Petite Plaisance
> Northeast Harbor
> Maine 04662 USA
> 14 mars 1970

Cher Monsieur et Ami,

J'ai bien reçu en son temps votre excellente lettre du 28 décembre, et j'espère que celle-ci vous trouvera complètement installé rue des Saints-Pères et ayant autour de vous la présence amicale de vos objets et de vos livres. Je sais ce qu'une pareille interruption coûte de fatigue et de temps perdu pour le travail.

J'ai longuement réfléchi à la possibilité de faire paraître dans la *Revue Générale* des fragments des lettres que je vous ai adressées sur Proust. Toutes réflexions faites, je crois qu'une pareille publication reste prématurée. Dans un recueil posthume, les

---

1. Fonds Yourcenar à Harvard, MS Storage 265.

divers points de vue exprimés par l'écrivain se complètent et s'expliquent les uns par les autres, et personne ne se scandalise que chaque sujet en particulier soit traité de façon plus ou moins hâtive, plus ou moins partielle, et plus ou moins amicalement biaisé par les intérêts et la personnalité de la personne à qui l'on écrivait. Publiés de mon vivant, je craindrais au contraire que ces textes sur Proust ne paraissent par trop unilatéraux et par là même trop sévères, tendant, ce qui n'est certainement pas mon intention, à diminuer ou à contester l'écrivain de génie à qui nous devons tant.

Je ne dis pas que cette décision soit irréversible, mais il me semble aussi sage de laisser venir en ce qui concerne la *Revue Générale*. Le 1er numéro ne m'a pas persuadée que la revue sous son aspect actuel soit faite pour circuler largement en France. Les articles non littéraires sont centrés, comme il est naturel, sur la Belgique, mais alors il faudrait franchement comme titre *Revue Générale Belge*, et la langue, qui est sans reproche dans les articles de type littéraire (Carlo Bronne[1], Georges Sion[2], Michel

---

1. Carlo Bronne (1901-1987). Écrivain. Membre de l'Académie royale de Belgique. Il y fut chargé du Discours de réception de Marguerite Yourcenar. Auteur de *Albert Ier le Roi sans terre*, Paris, Plon, 1965 (Bibl. PP); *Proust et Maeterlinck — Un pastiche inédit*, Bruxelles, Palais des Académies, 1967 (Bibl. PP); *Le Promenoir des amis*, Bruxelles, André de Rache, 1967 (Bibl. PP); *Il était une fois*, Bruxelles, Palais des Académies, 1968 (Bibl. PP); *Bleu d'Ardennes*, Bruxelles, André de Rache, 1969 (Bibl. PP); *Variations pour les deux mains*, Bruxelles, Palais des Académies, 1970 (Bibl. PP.); *Les Roses de cire*, Bruxelles, André de Rache, 1972 (Bibl. PP); *Léopold Ier et son temps*, Bruxelles, A. Goemaere, 1970 (Bibl. PP); *Un Américain en Ardenne*, Bruxelles, André de Rache, 1974 (Bibl. PP); *Compère qu'as-tu vu ? Souvenirs d'hier et de jadis*, Bruxelles, Louis Musin, 1975 (Bibl. PP); *Le Temps des vendanges*, Bruxelles, Louis Musin, 1976 (Bibl. PP).
2. Georges Sion (né en 1913). Auteur dramatique et essayiste belge. Secrétaire perpétuel de l'Académie royale belge de langue et de littérature françaises. Membre belge de l'Académie Goncourt.

Aubrion[1]), est extrêmement gênante dans certains articles à sujets politiques, financiers, etc., et aussi, ce qui paraît peu grave, mais est à surveiller, dans les pages de réclame. Je me proposais d'écrire tout ceci à notre ami Georges Sion, mais le temps jusqu'ici a manqué.

Vous aurez lu l'article de Michel Aubrion sur moi[2] que vous m'annonciez en décembre dernier. Il est, dans l'ensemble, excellent, et je lui suis particulièrement reconnaissante de parler très bien de mon théâtre, souvent peu compris. Je m'avoue gênée, toutefois, par un parti pris de voir dans mon œuvre la glorification d'un « humanisme » au sens moderne et presque agressif du terme, qui l'empêche de voir (bien qu'il ait admirablement situé et décrit le thème central du *Mystère d'Alceste*, crucial à ce point de vue) combien compte dans mes livres ce qui est par-delà l'habituelle notion de l'humain. « J'étais dieu parce que j'étais homme », placé hors de contexte, risque de donner raison au stupide humanisme moderne et technocratique dont nous voyons autour de nous les hideux résultats, fruits d'une sorte de chauvinisme de la condition d'homme.

Le malentendu est fréquent, et probablement inévitable, non parce que je n'ai pas cent fois dit le contraire, mais parce que tout critique, et tout lecteur, pense à l'intérieur de ses catégories propres. Je suis d'autant plus heureuse que le disque qui m'est consacré dans l'Encyclopédie sonore de Hachette, et qui est très bien fait, contienne d'*Hadrien* et de *L'Œuvre au Noir* des textes dont l'orientation me semble indéniable.

Un travail véritablement accablant me retient ici, j'imagine, pour quelque temps encore. J'espère que

---

1. Michel Aubrion (né en 1941).
2. « Marguerite Yourcenar ou la mesure de l'homme », in *Revue générale*, n° 1, janvier 1970.

vous-même et Madame Mouton aurez trouvé à Paris un *modus vivendi* de loisirs et de travaux vivable, après ce qui a dû quand même être laborieux et agité dans vos fonctions à Londres.

Croyez, je vous prie, cher Ami, à mes très sympathiques pensées pour vous et les vôtres,

Marguerite Yourcenar

À PIERRE SCHOENDOERFFER[1]

Petite Plaisance
Northeast Harbor
Maine 04662 USA
14 avril 1970

Cher Monsieur,

Je vous remercie de votre lettre du 23 mars, que précédait un amical message de Jean Chauvel[2] me rappelant que je vous avais rencontré chez lui il y a déjà quelques années. De son côté, Yves Berger[3] m'a

---

1. Fonds Yourcenar à Harvard, MS Storage 265.
Pierre Schoendoerffer (né en 1928). Romancier et cinéaste.
2. Jean Chauvel (1897-1979). Diplomate et essayiste. Ambassadeur de France auprès des Nations unies. Figure parmi les personnes remerciées dans la « Note » que Yourcenar a placée à la fin de *Souvenirs pieux*, in *Essais et mémoires, op. cit.*, p. 947.
D'une eau profonde, Paris, Egloff, L.U.F., 1947 (Bibl. PP); *Infidèle*, Paris, G.L.M., 1952 (Bibl. PP.); *L'Aventure terrestre de Jean Arthur Rimbaud*, Paris, Seghers, 1971 (Bibl. PP); *Commentaire — De Vienne à Alger (1938-1944)*, Paris, Fayard, 1971 (Bibl. PP); *Commentaire — D'Alger à Berne (1944-1952)*, Paris, Fayard, 1972 (Bibl. PP); *Commentaire — De Berne à Paris (1952-1962)*, Paris, Fayard, 1973 (Bibl. PP).
Une note de Grace Frick indique que Pierre Schoendoerffer est le gendre de Jean Chauvel.
3. Yves Berger (né en 1934). Romancier. Directeur littéraire des éditions Grasset.

écrit pour me dire le bien qu'il pense de ce que vous avez réalisé jusqu'ici.

J'ai jusqu'ici dit non aux propositions des agents qui me demandaient *Le Coup de Grâce*. Je tenais en effet, et je tiens encore, à ne confier l'ouvrage qu'à un cinéaste que je saurais personnellement (et j'ose dire intensément) intéressé par ce livre, et non à un réalisateur, même très célèbre, dont le choix dépendrait finalement du producteur et non de moi.

Cette fois, sachant combien vous aimez ce roman, je suis très tentée de dire oui, mais ne pourrai le faire qu'après que vous m'aurez expliqué (et je vous sais capable de le faire *avec des mots,* puisque vous êtes aussi écrivain) comment vous envisagez ce film[1].

Laissez-moi énumérer tout de suite les pièges dans lesquels il ne serait, il me semble, que trop facile de tomber : le film d'amour à arrière-plan héroïque et militaire, avec crépitements de mitrailleuses et bruit de bottes dans des corridors ; le film vaguement prépronazi ou antibolchévique dans lequel ne réussirait pas à s'établir une sorte d'équilibre entre les forces politiques en présence ; le film qui ferait état de certains préjugés normaux chez Éric von Lhomond pour introduire dans l'interprétation un biais antisémite (c'est pourquoi je tiens beaucoup à insister sur la confrontation quasi amicale entre Eric vivant et Grigori Loew mort) ; enfin, le film ajoutant à l'atrocité intrinsèque des faits je ne sais quel élément sinistre d'ordre subjectif ou tout simplement littéraire qui est fréquent dans la production contemporaine et y équivaut à une forme moderne du roman noir. Je souhaiterais voir garder aux personnages, même les moindres, du *Coup de Grâce* une certaine

---

1. *Le Coup de grâce* sera finalement adapté à l'écran par Volker Schlöndorff.

dignité et une certaine pureté d'ordre épique. (Von Wirtz seul est entièrement sacrifié dans le récit au dédain d'Éric, et même pour lui il y aurait danger à tomber dans la caricature ou dans la charge.)

Il y a aussi le risque que comporte toujours dans une pièce ou dans un film la présence d'un élément homosexuel. Je tiendrais également à ne pas choquer (choquer ne sert plus à rien) et à ne pas mentir, c'est-à-dire à indiquer le plus nettement possible les données du problème, rien ne me paraissant plus avilissant que les sous-entendus.

Tous ces risques écartés, il resterait encore la très grosse difficulté due aux faits que tous les personnages de ce roman sont des étrangers. Considérable écueil, car comment ne pas craindre les Sophie ou les Conrad du XVIe arrondissement ou des Batignolles ? La difficulté m'y paraît moins grande pour Éric lui-même, dont le caractère a des composants français. Enfin, le décalage dans le temps me semble aussi redoutable : ces années 1918-1920 sont à la fois si proches et si terriblement distancées, et tant de poncifs à leur sujet se sont entre-temps interposés entre elles et nous.

Je vous ai dit mes appréhensions : pour en triompher, j'aurais besoin de cette espèce d'épure du projet que je suggérais plus haut, et qui m'indiquerait au moins vos points de départ et vos buts. J'attends de vous ces précisions, et vous prie, cher Monsieur, de croire à l'expression de mes sentiments bien sympathiques,

Marguerite Yourcenar

P.-S. Plus j'y pense, et plus il me semble indispensable de recevoir de vous une sorte de scénario me donnant une idée à peu près complète de l'enchaînement des images tel que vous l'envisagez et aussi des interprètes auxquels vous pourriez penser. Je sais que ces projets, comme ceux de l'écrivain établissant le plan d'un chapitre, s'évaporent en partie à pied d'œuvre ; ils renseignent pourtant sur le ton et le style de l'ouvrage imaginé.

À ALBERT LETOT[1]

> (Télégramme)
> 23, rue Fabriques Gosselies
> Hainaut Belgium

Nos affectueuses condoléances pour la mort de votre chère mère. Merci lettre détaillée. Yourcenar. Frick[2].

À ALBERT LETOT[3]

> Petite Plaisance
> Northeast Harbor
> Maine 04662 USA
> 22 avril 1970

Mon cher filleul,

Je vous remercie de votre lettre du 8 mars qui ne m'est parvenue que ces jours-ci. C'est avec une bien grande tristesse que j'ai appris par elle la mort subite

---

1. Fonds Yourcenar à Harvard. Copie dactylographiée d'un télégramme.
Albert Letot avait annoncé la mort de sa mère le 24 février 1970. Mais sa lettre n'avait été reçue que le 18 avril 1970.
2. Indication entre parenthèses sur la copie du télégramme : « Lettre de nuit. Envoyé le soir du 18 avril 1970. »
3. Archives Gallimard.

de votre chère mère. Vous avez raison de dire que sa disparition laisse pour moi un grand vide : j'étais liée à elle par une affection qui remontait à l'enfance, et j'avais eu de nombreuses occasions d'apprécier ses très rares qualités. Avoir eu la chance de rentrer en contact avec elle après des années (elle m'avait écrit, avec un élan de cœur qui était bien caractéristique, ayant par hasard trouvé mon nom dans un journal, comme elle vous l'a sans doute raconté) a été pour moi une véritable joie. J'ai été bien heureuse en 1968 de réaliser mon projet de lui rendre visite et de faire connaissance avec vous tous, lui présentant aussi mon amie américaine Grace Frick à qui j'avais si souvent parlé d'elle. Nous n'oublierons jamais avec quelle affectueuse gentillesse elle (et vous tous) nous avez reçues ce jour-là. Quand je pense qu'en novembre 1968 il ne lui restait plus qu'un peu plus d'un an à vivre, je suis plus reconnaissante que jamais d'avoir pu lui rendre cette visite, car à un autre passage en Belgique il eût été trop tard.

Je me rends compte du grand choc que sa mort si imprévue a dû être pour vous, mais j'aime à penser qu'elle n'a pas trop souffert, en tout cas pas trop longtemps, puisque sa voisine l'avait vue une demi-heure plus tôt, et qu'à ce moment-là votre mère ne croyait pas encore que son état était assez grave pour vous faire appeler. Quand on pense que de nos jours tant de personnes âgées sont confinées dans un hôpital ou dans des maisons de retraite où elles sont souvent très médiocrement soignées, on se réjouit pour elle qu'elle ait pu vivre dans son chez-soi jusqu'au bout et qu'elle ait été entourée par la sollicitude et les bons soins des siens.

Merci de m'avoir retourné la carte postale que je lui avais envoyée à Noël il y a des années (vers 1924 je crois). Quand vous aurez l'occasion de m'écrire de nouveau, j'aimerais que vous me rappeliez son nom de jeune fille, que j'ai oublié, et aussi sa date de naissance, car je parlerai probablement d'elle si j'écris ce livre de souvenirs auquel je pense[1].

Ne vous excusez pas de ne pas m'avoir écrit immédiatement. Je sais qu'on est toujours accablé de choses à faire dans des circonstances si tristes. Certainement, nous ne nous perdrons pas de vue, et j'espère avoir le plaisir de vous revoir lorsque je reviendrai en Belgique et de parler avec vous de votre chère mère.

Croyez, je vous prie, pour vous et tous les vôtres, à l'expression de mes sentiments affectueux auxquels Miss Frick joint les siens,

Marguerite Yourcenar

À ALBERT LETOT

QUESTIONS[2] :
nom de jeune fille de Camille Letot ?
— Camille Debocq
date de départ du Midi de la France ? 1918 je crois, mais je n'en suis pas sûre.
— fin de 1917
date de l'époque où Camille est entrée chez Mlle de Cartier.
Vers 1910, ou plus tôt ?
— en août 1911.

Merci d'avance. (Il se peut que j'écrive un jour mes « souvenirs » et ces quelques réponses me seront alors précieuses.)

1. Yourcenar parlera de Camille Letot dans *Archives du Nord* et dans *Quoi ? L'Éternité*.
2. Les questions sont de Yourcenar. Les réponses (autographes) sont d'Albert Letot. Elle les utilisera dans *Le Labyrinthe du Monde*.

À PIERRE SCHOENDOERFFER[1]

22 avril 1970[2]

Cher Monsieur,

J'avais retenu cette lettre jusqu'à l'arrivée de votre livre, que je viens de recevoir. J'ai lu *L'Adieu au roi*[3] avec grand intérêt, médusée une fois de plus par l'horrible et démentiel visage de la guerre, et aussi par la description d'une nature rivalisant en férocité avec l'homme. Il faut vous louer de la sobriété de votre récit, sobriété que la luxuriance atroce du matériel imposait presque. Supposant comme je le fais que vous avez vécu — ou presque vécu — cette aventure, je me demande si vous n'avez pas eu tort d'interposer entre vos lecteurs et vous cet officier anglais botaniste de profession qui vous sert de narrateur, mais dont la personnalité reste assez vague. C'est, il me semble, Pierre Schoendoerffer qu'on écoute et qu'on entend, et peut-être perdons-nous quelque chose à ce que sa voix passe par le relais de l'Angleterre pour nous être ensuite censée retransmise en français.

En ce qui concerne *Le Coup de Grâce*, votre remarquable récit ne me sert guère à m'orienter. Au contraire, il me donne une excellente idée de ce que vous pouvez faire des romans de Conrad que vous allez, me dit-on, porter à l'écran, et qui se situent dans des décors semblables à celui de votre ouvrage, et contiennent, par la force des choses, certains impératifs psychologiques analogues à ceux de vos personnages. Mais je reste évidemment plus incertaine pour ce milieu humain si différent et ce décor tout autre du *Coup de Grâce*.

1. Fonds Yourcenar à Harvard, MS Storage 265.
2. Sous la date, entre crochets : « jamais répondu. »
3. Pierre Schoendoerffer, *L'Adieu au roi*, Paris, Grasset, 1969.

J'attends avec intérêt votre prochaine lettre, et vous prie, cher Monsieur, de croire à l'expression de mes sentiments bien sympathiques,

Marguerite Yourcenar

À HENRY DE MONTHERLANT[1]

> Petite Plaisance
> Northeast Harbor
> Maine 04662 USA
> 25 juillet 1970

Cher Monsieur,

Je vous remercie de l'envoi du *Treizième César*[2]. Titre admirable, qui montre combien vous êtes renseigné sur notre temps, ces « Temps atroces » que de plus atroces encore vont sans doute suivre, car on ne se défait pas du Treizième César aussi aisément que Chéréas de Caligula. Je pourrais louer et commenter longuement certains passages du livre, par exemple l'essai sur la mort de Caton, qui complète *La Guerre Civile*[3], ou encore les réflexions sur le suicide, mais c'est comme toujours peut-être chez vous, le ton surtout qui me touche, ce ton d'un homme qui n'est pas dupe, non parce que, comme tant de nos contemporains (qui d'ailleurs se trompent), il se croit trop « malin » ou trop cynique pour être dupé, mais parce qu'il a d'emblée pris ses distances.

---

1. Fonds Yourcenar à Harvard, bMS Fr 372 (992). Copie de lettre autographe.
2. *Le Treizième César*, voir lettre à Montherlant du 6 janvier 1969.
3. *La Guerre civile*, Paris, Gallimard, 1965.

En un sens, ce *Treizième César* est un livre de vérité, comme le dit Claude Lorrain de son cahier d'esquisses, je veux dire un agenda, un carnet de notes, ce que nous souhaitons toujours avoir et avons si rarement des grands écrivains du passé. J'aime ces croquis qui donnent l'essentiel et font rêver aux œuvres qui n'auront pas été écrites. On y voit, peut-être davantage que dans l'œuvre achevée, le mouvement de la main.

Je ne vous reproche que le dernier paragraphe de la préface. Seul, certes, et vous savez mieux que personne que c'est là un privilège. Mais est-il vrai que, pour ce que vous avez fait, nul ne viendra après vous[1] ? Nombre de vos pages (même quand nous ne sommes pas « complètement d'accord » et que se crée de ce fait une tension plus forte que l'accord) ont été pour beaucoup d'entre nous l'équivalent de piqûres de courage. Ce qui a été fait, ce qui n'a pas été fait, grâce à ces puissants stimulants ou réconforts, vous n'avez sans doute pas à le connaître, pas même à vous en soucier, mais cela est, et les conséquences sont incalculables.

Oserais-je avouer que je n'ai pas lu *Quo Vadis ?* J'ai ouvert ce livre vers la quatorzième année[2], et j'ai trouvé, comme vous, l'auteur tendancieux en faveur des Chrétiens, ce qui m'a fait refermer le volume. (L'antichristianisme de l'adolescence ne connaît pas de bornes.) Les sept ou huit ans que j'ai de moins

---

1. Le paragraphe se termine ainsi : « Mais ce ne sont eux aussi que des créatures de mes songes. Nul ne m'accompagne pour ce que j'ai été, et pour ce que j'ai fait nul ne viendra après moi », « Préface », *Le Treizième César, op. cit.*
2. Marguerite Yourcenar a laissé dans ses papiers des listes (non exhaustives) de livres lus à différentes époques de son enfance et de son adolescence. Ces deux auteurs figurent dans la liste inédite des « auteurs lus entre la douzième et la quatorzième année », *in* « Notes de lectures et notes de voyages », Fonds Yourcenar à Harvard, MS Storage 265.

que vous ont fait que les livres nourriciers, lus par moi entre dix et quatorze ans, ont été dans le genre historique *La Mort des Dieux* de Merejkowski[1] et *La Gloire de Don Ramus* de Larreta[2]. J'en vois aujourd'hui les lacunes : ces gens avaient trop peu l'expérience des temps atroces. Mais je leur ai gardé de la tendresse. Je suis heureuse que nous ne soyons pas de ceux qui battent leurs nourrices.

Veuillez agréer, cher Monsieur, l'expression de mon admiration et de ma sympathie.

Marguerite Yourcenar

---

1. Dmitri S. Merejkowski (1866-1941), *Le Roman de Julien l'Apostat : la mort des Dieux* (1884). Dans « Sources II », Yourcenar fait figurer cet ouvrage sur deux listes, l'une récapitulant les livres lus avant sa douzième année, l'autre ceux lus entre la douzième et la quinzième année. Fonds Yourcenar à Harvard. MS Storage 265.

De lui également, *Quatorze décembre*, Paris, Éditions Bossard, 1922 (Bibl. PP) ; *Luther*, Paris, Gallimard, 1949 (Bibl. PP) ; *Calvin*, Paris, Gallimard, 1951 (Bibl. PP).

2. Enrique Larreta (1873-1961). Écrivain argentin sur lequel Yourcenar a écrit un « Éloge de Don Ramire » en 1928, publié dans *La Revue argentine*, mars 1935, pp. 26-27, et recueilli dans *En pèlerin et en étranger* in *Essais et mémoires, op. cit.*, pp. 465-467, sous le titre : « À un ami argentin qui me demandait mon opinion sur l'œuvre d'Enrique Larreta. » De Larreta, elle indique n'avoir lu que *La Gloire de Don Ramire*. Plus tard dans « Sources II », elle précisera l'avoir lu entre la douzième et la quinzième année. Fonds Yourcenar à Harvard, MS Storage 265.

La Gloire de Don Ramire, Paris, Mercure de France, 1913 (Bibl. PP).

À LOUISE DE BORCHGRAVE[1]

> Petite Plaisance
> Northeast Harbor
> Maine USA
> sept 1970

Chère Loulou,

Ta charmante lettre m'a naturellement ravie[2]. L'honneur que j'ai reçu m'a naturellement fait grand plaisir, et il est encore augmenté chaque fois que je reçois une lettre amicale comme la tienne. Depuis *L'Œuvre au Noir*, il me semble que je suis « de chez vous » un peu plus qu'autrefois, et j'ai comme le sentiment qu'on vient d'élire à l'Académie de Belgique non pas tellement moi, mais un ami très cher, qui est Zénon.

Combien me touche aussi ta citation d'*Hadrien*. En pensant à toi (cela m'arrive souvent), je me suis dit plus d'une fois que continuer bravement ta vie comme tu l'as fait après la perte d'un ami très cher avait dû être bien dur : je sais donc que tu as longuement fréquenté les « étranges labyrinthes » et je t'admire [d'] y avoir si courageusement marché.

Puis-je te demander, quand tu trouveras un moment pour le faire, de m'envoyer, si tu le veux bien, le nom de certains de tes amis au Maroc. C'est un pays auquel je pense, comme une étape possible sur la route de l'Europe. La date de la « cérémonie » n'a pas encore été fixée, mais ce sera quelque [mot illisible] entre fin novembre et mai. J'espère que nous dînerons de nouveau ensemble sur la Grand

---

1. Fonds Yourcenar à Harvard, bMS Fr 372 (855).
2. « Naturellement ravie » remplace « fait grand plaisir » qui a été barré. Une note autographe en anglais, en haut, à gauche de la lettre, indique que cette correction de la répétition n'a été faite que sur cette copie.

Place. Mille saluts amicaux de Grâce et affectueusement à toi,

Marguerite Yourcenar

À SIMON SAUTIER[1]

> Petite Plaisance
> Northeast Harbor
> Maine 04662 USA
> 8 octobre 1970

Cher Monsieur,

Je vous retourne votre manuscrit chargé de mes notes, après avoir gardé une copie photographique de celui-ci. Vous vous inquiéterez sans doute de l'ampleur qu'ont pris ces notes, c'est-à-dire, dans la plupart des cas, ces objections et ces corrections. Dans ma première lecture de votre travail, j'ai été surtout sensible aux passages qui témoignent de perspicacité et de sensibilité à l'égard de mon œuvre. C'est à la relecture que les objections de principe, les erreurs de détails, et un certain désordre dans le plan de votre essai me sont apparus. J'ai passé huit jours à une étude ligne par ligne de votre travail, ce qui représente, pour quelqu'un d'aussi enfoncé moi-même dans le travail littéraire que je le suis, le maximum de ce que je puis donner. Je vous demande de comprendre que cette attention scrupuleuse est en un sens un éloge ; je ne l'aurais pas eue si votre manuscrit avait été sans intérêt et sans valeur pour

---

1. Fonds Yourcenar à Harvard, MS Storage 265.
Simon Sautier. Étudiant. Un ajout autographe, en haut à gauche de la lettre, indique : « Discussion de son mémoire de licence sur MY ».

moi, et de comprendre aussi que je l'ai traité comme à la relecture je traite les miens, c'est-à-dire impitoyablement.

J'ignore si vous avez ou non déjà présenté votre thèse : si non, mes notes peuvent vous éviter un certain nombre d'erreurs et de lapsus de détail ; si oui, il est fort possible que vous ne songiez déjà plus à ce travail. Mais, que vous écriviez jamais ou non une ligne de plus sur moi, il me semble important que vous preniez un jour sur vous de repenser votre thèse, que ce soit demain ou dans dix ans. Un travail comme celui que vous avez fourni ne reste vivant que s'il n'est qu'une étape, et mène à autre chose (quelquefois, excusez-moi de l'involontaire jeu sur les mots) à son antithèse.

Il est impossible d'entreprendre aux marges d'un manuscrit une sorte de dialogue comme celui-ci sans essayer d'imaginer la manière dont *fonctionne* l'interlocuteur inconnu, et d'où viennent les erreurs constatées. Cette espèce de diagnostic à distance est évidemment de ceux auxquels un médecin ne se risquerait pas. Néanmoins, et en m'excusant d'avance si je me trompe sur la raison de certains biaisements ou de certaines lacunes, je me décide à hypothéquer [sic] les causes suivantes :

1) Vous semblez n'être à aucun degré, de goût et de formation, un historien et un helléniste. En ce qui concerne l'histoire, vous n'établissez nulle part de frontière entre un *essai* historique *(Ah, mon beau château !, Piranèse, Les Visages de l'Histoire dans l'Histoire Auguste*[1]*)* et les œuvres d'imagination créatrice basées sur l'histoire *(Hadrien, L'Œuvre au Noir)*, ou même les ouvrages de pure poésie inspirés de thèmes historiques ou légendaires traités sur le ton du mythe ou de l'allégorie *(Minotaure, Feux)*. La

---

1. Textes recueillis dans *Sous bénéfice d'inventaire*.

mise sur le même plan d'œuvres de genre et d'intention très différentes crée fatalement un porte-à-faux. Vous semblez croire par moments que tel passage des essais historiques ou critiques a été fait pour gratifier les goûts et l'imagination de l'auteur et non pour décrire avec exactitude un complexe humain et porter sur lui un jugement de valeur. Assurément, l'imagination et la sympathie (ou l'antipathie) jouent et doivent jouer partout leurs rôles, mais en matière d'histoire et de critique un rôle *contrôlé*, soumis non seulement à la nécessité de faire vrai, qui s'impose aussi au romancier, mais sous une forme un peu différente, mais[1] de ne rien avancer qui ne soit authentique ou prouvable.

Vos mentions de périodes ou de mouvements historiques sont faites beaucoup trop en gros. Vous parlez à propos des *Mémoires d'Hadrien* et de *Pindare* de la « sculpture grecque », mais six siècles séparent Pindare d'Hadrien, et vous semblez ne pas voir que les profondes différences d'époques ou d'écoles révèlent des tendances et des esthétiques parfois contradictoires. Même remarque pour « la Renaissance ». En ce qui concerne les peintres du début du XVIe au début du XVIIe siècle, vous semblez confondre en un tout les grands représentants de l'art italien des premières années du XVIe siècle (Léonard, Raphaël, Michel-Ange, qui chacun d'ailleurs est totalement différent des deux autres), les maîtres plus tardifs de la splendeur ou de la couleur, comme les Vénitiens, dont l'esthétique est absolument opposée à celles des premiers, les représentants des diverses tendances, très divergentes, du mouvement baroque, et le groupe très particulier des peintres flamands ou germaniques, dont la technique se développe parallèlement à celle des Italiens, ou

---

1. Les trois « mais » sont dans le texte.

même en avance sur eux, mais dont les thèmes restent médiévaux, et dont la sensibilité est, comme on l'eût dit autrefois, « gothique » (Bosch étant d'ailleurs un homme du XVe siècle). Votre effort de me définir par eux aboutit donc souvent au chaos. De plus, vous n'établissez pas de différence entre les simples références à un artiste, données pour caractériser le jugement ou l'absence de jugement artistique d'un personnage qui est son contemporain (ainsi d'Alberico de Numi[1], causant avec Léonard, non de peinture, qui probablement ne l'intéresse pas, mais de machines de guerre et de chevaux, ou le Prieur citant très vaguement le nom d'une peinture religieuse de Sanzio[2] qu'il a vue à Rome, dans un contexte théologique qui seul importe pour lui), et celles qui par leur fréquence, ou par leur ton, indiquent que l'auteur a étudié de très près une œuvre picturale ou s'est servi d'elle.

En ce qui concerne la Grèce, l'importance excessive que vous accordez à ce très médiocre ouvrage de jeunesse qu'est *Pindare* me fait croire que vous n'avez jamais abordé Pindare lui-même dans l'original, ou même dans des ouvrages qualifiés de philologues et d'historiens de la littérature grecque. Mon *Pindare*, écrit à vingt-deux ans, par une étudiante en grec qui ne doutait pas comme il l'eût fallu de ses capacités à aborder un sujet si difficile, et à une époque où florissaient dans l'édition les vies, non pas romancées (je ne suis quand même pas tombée si bas), mais popularisées, n'est pas en somme inexact (sauf pour une ou deux bourdes qui m'ont à jamais rendue indulgente à celles des autres, comme la mention de Cargèse, essai de colonisation grecque au XVIIIe siècle, parmi les colonies grecques du temps

---

1. Alberico de Numi, père de Zénon dans *L'Œuvre au Noir*.
2. Raffaello Sanzio, patronyme de Raphaël.

de Pindare!!). Mais « l'érudition » en est hâtive et pour la plupart du temps de seconde main, et la peinture de la Grèce y reste extérieure et superficielle. C'est pour ces raisons que j'ai interdit que cette œuvre de jeunesse reparaisse durant ma période de propriété littéraire[1]. Dans un ouvrage en préparation d'ordre critique, sur la poésie grecque[2], j'ai fait de mon mieux amende honorable en consacrant à Pindare six ou sept pages qui s'efforcent de donner au moins les principales directives de son œuvre, l'une des plus difficiles à serrer de près parmi celles de son temps. Si inférieur toutefois que soit mon *Pindare*, je ne crois pas qu'il soit responsable pour l'interprétation esthétique et érotique que vous donnez de son œuvre (et pas seulement de cet admirable fragment d'une dizaine de lignes qu'est l'Ode à Théoxène). Mais je ne reviens pas sur ce sujet, que j'ai discuté dans mes notes.

2) Vous êtes évidemment très peu préoccupé de problèmes politiques ou sociaux, et ne les situez pas à leur place dans l'œuvre que vous étudiez. La satire, en particulier, si importante presque à chaque page de certains essais, d'une pièce comme *Qui n'a pas [son Minotaure]* ou et peut-être surtout de *L'Œuvre au Noir* vous échappe complètement, et complètement aussi une sorte d'indignation et d'invective contenues (et pas toujours si contenues...). C'est ainsi que vous n'avez pas vu que toute l'intention du chapitre de *L'Œuvre au Noir*, *Une belle demeure* est satirique, et que, loin d'être décrite pour se livrer à l'enthousiasme esthétique, la splendide demeure de Forestel nous est présentée pour contraster ce luxe quelque peu voyant avec la médiocrité foncière des

---

1. Voir lettre à André Fraigneau de [1933]. Le *Pindare* a été repris *in* « Textes oubliés » dans *Essais et mémoires*.
2. *La Couronne et la Lyre*.

propriétaires, et à souligner leur hypocrisie ou leur bassesse, en partie inséparable de leur existence de faste. Vous ne voyez pas non plus dans *Ah, mon beau château!* (titre pourtant assurément ironique) un autre aspect du même thème, ni la satire, pourtant grinçante, qui s'y exerce : les quelconques et richissimes Bohier, l'avaricieuse Diane de Poitiers, le tragique mais incohérent Henri III, Louise de Lorraine, touchante certes, mais « roulée » par le cauteleux et jovial Henri IV « tout rond en affaires », « le gros Vendôme », les richissimes et quelconques Dupin qui ne nous intéressent qu'à cause du passant Jean-Jacques, et finalement l'ignominieux Wilson et sa sœur Madame Pelouze, évoquant Marie Stuart « à l'heure des cigares ». De même vous échappe la continuelle attaque contre la mégalomanie de l'homme moderne dans *Les Visages de l'Histoire dans l'Histoire Auguste* et *Le Cerveau Noir de Piranèse*. L'obsession de « l'ineptie humaine » est un des thèmes principaux de *L'Œuvre au Noir;* elle n'est pas non plus absente de *Mémoires d'Hadrien*.

3) La part faite à l'érotisme est excessive. Je ne nie certes pas l'importance de celui-ci dans mon œuvre, ni dans la vie, mais, sauf dans *Alexis*, qui montre un jeune homosexuel se débarrassant lentement des préjugés sociaux de la société qui l'entoure sur ce sujet, et *Feux*, où il s'agit de passion plutôt que d'érotisme, et d'une passion [souvent tout] abstraite *(Antigone*, la justice, *Phédon*, la pensée métaphysique, *Marie-Madeleine*, Dieu), la notion, ou le symbolisme, érotique n'est jamais situé au centre. *Hadrien* est l'histoire d'un prince et pas seulement d'un amant ; la sexualité, si présente dans *L'Œuvre au Noir*, est en quelque sorte une « formation secondaire », comme l'indique plusieurs fois Zénon lui-même. Les thèmes de base de *Denier du Rêve*, des *Nouvelles Orientales* et des trois pièces ne sont pas sexuels, et il en va au fond de même pour *Le Coup de*

Grâce. Quand vous dites que mes descriptions de l'horreur s'accompagnent toujours d'une « angoisse sensuelle », ou que la spiritualité chez moi s'exprime à travers « les fards, le travestissement, les perversions », vous donnez de l'ensemble de mon œuvre une image singulièrement inexacte ; une analyse mi-superficielle pourrait tout au plus appliquer cette ligne à *Feux*. De plus, une préoccupation presque excessive du problème homosexuel vous fait laisser de côté, sans même mentionner leur existence, tous les éléments érotiques d'un autre ordre. Cette image romancée de l'homosexualité qui transparaît dans nombre de vos pages me paraît dangereuse, parce qu'en grande partie « littéraire », et çà et là certains termes « perversions » « vicieux » donnent d'autre part, curieusement, l'impression d'un conformisme pas tout à fait conquis.

Vous direz sans doute que tout cela « est affaire d'interprétation ». Vous aurez jusqu'à un certain point raison. Certaines interprétations, très divergentes de celles de l'auteur lui-même, peuvent être extraordinairement utiles, et même *vraies aussi*, étant donné l'ambivalence de presque tous les points de vue. Mais, plus on se risque à une interprétation subjective, plus il importe d'être d'une extrême exactitude quant aux textes sur lesquels on s'appuie, et c'est là que se produisent chez vous des failles. Vous parlez de « splendeur » à propos du « rire d'enfant mal élevé » d'Héliogabale et de Caracalla urinant au bord de la route (*Histoire Auguste*, p. 19), passage où sûrement aucune splendeur n'intervient ; rien dans *L'Œuvre au Noir* ne permet d'indiquer le moindre « amour platonique » entre le léthargique et froid prince Éric et Zénon, sans compter que Zénon n'a rien d'un platoniste [sic] ; vous dites que Zénon en prison « repasse dans son esprit tous les systèmes philosophiques » avant d'aller au banquet, alors qu'il n'a été question que des alternatives *pratiques* de sa fin. Je cite au hasard ces exemples parmi bien d'autres. À ces moments-là, vous faites ce que fait l'auditeur imaginatif d'une symphonie, qui perd de vue les thèmes musicaux et se laisse aller à un rêve éveillé dont la musique n'est plus pour lui que le véhicule : vous voyez dans un texte ce que vous vouliez y voir, et parfois le contraire de ce qui y est. Je crois qu'il y a là une phase par laquelle nous passons presque tous dans l'appréciation de l'œuvre littéraire et de l'œuvre d'art, mais la prise de possession véritable demande l'attention totale.

Je vous signale, comme symptomatique de cet état de choses, le fait que nombre de vos citations restent curieusement à côté du fait que vous vouliez illustrer, bien que le même chapitre, ou parfois la même page, eût pu vous fournir une citation plus probante...

Je pourrais ajouter un certain nombre d'autres remarques qui, croyez-le bien, sont amicales, mais préfère vous dire que malgré des désaccords parfois très vifs j'ai pris plaisir à dialoguer avec vous, et vous souhaite le plus grand succès dans vos travaux à venir. Je m'excuse de l'aspect de palimpseste qu'ont pris mes notes, mais elles vous indiqueront les mouvements de la lecture et de la relecture. J'ai traité à part et dactylographié les notes du chapitre « L'Amour du même », mais le temps m'a manqué pour en faire autant pour les autres chapitres.

Bien sympathiquement à vous,

[Marguerite Yourcenar]

J'espère que le texte que vous m'avez envoyé n'est pas final, ne pouvant croire qu'un groupe de professeurs consciencieux acceptent un mémoire où les inexactitudes et les sautes de logique sont malheureusement en grand nombre. Mais s'ils l'ont fait, vous vous devez à vous-même de faire mieux.

Notes au chapitre « L'Amour du même »

Je ne vois pas de relations avec Pasolini, et récuse Prokosch[1], que je considère littérairement et psychologiquement comme médiocre.

J'admets que l'homosexuel *intelligent* échappe à certaines routines, au risque, il est vrai, de s'en créer d'autres. La seule *liberté* sexuelle totale, si liberté il y a, serait celle du bisexuel, ou, à un niveau tout autre, la renonciation presque complète du Zénon de la fin, renonciation si entière qu'il ne prend pas même la peine de s'en faire une règle, et prend comme elles viennent certaines expériences sensuelles *sans y attacher d'importance*. Mais je ne vois pas en quoi l'homosexuel se distingue par le goût de la beauté (regardez autour de vous) ni, à supposer qu'il le fasse, ce qu'on peut tirer d'une notion aussi variable selon le temps et le lieu que celle de « beauté ». L'homosexuel qui s'enthousiasme pour un beau garçon qui passe me semble ni plus ni moins sensible à la beauté que le monsieur qui s'extasie sur le galbe des jambes de jolies filles.

Vous me paraissez risquer bien des malentendus quand vous dites qu'il a plus qu'un autre le sens de « l'incarnation ». Vous voulez, je suppose, indiquer ainsi qu'il est plus sensible qu'un autre aux prestiges de la chair, aimée indépendamment du sexe, et quelles que soient les interdictions de la morale courante. Mais on pourrait aussi bien dire que l'homosexuel est *moins lié* à la chair que l'homme et la femme qui acceptent tout bonnement les aspects et les conséquences de l'union sexuelle « normale ».

1. Frederic Prokosch (1908-1989), romancier. Yourcenar publia « Les Sept Fugitifs », traduction d'un fragment d'un de ses romans, *Fontaine*, t. IV, 1943, pp. 231-256. Il y eut plus tard une autre traduction de ce roman qui parut sous le titre *Sept fugitifs*, Paris, Gallimard, 1948.

Songeons à ce propos que l'homosexualité a été sentie par beaucoup comme une forme, non de connaissance plus totale de la chair, mais d'*ascétisme*. (Il y a de cela chez Éric von Lhomond.) Qu'est-ce à dire, sinon qu'il en est de ce comportement comme de tous les comportements humains : ses aspects sont trop variés pour qu'on puisse généraliser à son sujet.

Venons au détail : *Alexis* tout entier est certainement un récit homosexuel. Mais d'autres éléments très forts entrent en jeu dans *Le Coup de Grâce*. (Connaissez-vous la préface de ce livre, parue jusqu'ici en France seulement dans l'édition de poche Hachette, mais qui va reparaître dans l'édition courante annoncée par Gallimard pour l'an prochain ?) — Votre allusion à *Denier du Rêve* a cela d'étrange que vous classez dans la série homosexuelle Miss Jones, simple passante dont nous ne savons presque rien (Jusqu'où va son intimité avec son amie Gladys, catholique irlandaise ?), et non Massimo, qui reconnaît que ses rapports avec Carlo Stevo ont été amoureux (« mais cela a si peu compté pour moi... »).

L'erreur la plus sérieuse me paraît concerner Pindare. Rien dans ce qui nous reste dans son œuvre immense, ni dans le jugement que les anciens ont porté sur lui, ne permet de le définir comme le promoteur d'une théorie de l'érotisme. Assurément, l'ode à Théoxène, sa dernière production de vieillard, dont il ne nous reste qu'une dizaine de lignes, est un texte bouleversant, mais ceci ne nous autorise pas plus à faire de Pindare un théoricien de l'homosexualité que l'*Élégie à Marienbad* et les dernières lignes du *Second Faust* ne nous autorisent à faire de Goethe un champion mystique de l'hétérosexualité. Encore la comparaison est-elle défectueuse, parce que nous pouvons suivre à travers toute l'œuvre de Goethe les divers états de sa pensée sur l'amour, tandis qu'à part ce poème nous n'avons de Pindare que deux ou trois allusions assez insignifiantes au sujet. D'une part, la perfection physique n'est presque jamais sentie chez lui comme un élément isolé, envisagé esthétiquement et érotiquement, mais liée toujours à toute une série de vertus civiques et familiales qu'il prête à tort ou à raison aux destinataires de ces odes (qui, rappelons-le-nous, commanditaient celles-ci) ; elle fait partie, sans plus, d'une image déjà conventionnalisée à l'époque du Grec bien né. D'autre part, le fait que la pédérastie était de son temps universellement pratiquée en fait un sentiment courant, et en quelque sorte conventionnalisé lui aussi, à propos duquel il est anachronique de parler de « l'homosexualité » au sens d'aujourd'hui. L'ode magnifique dans laquelle le jeune Pélops implore la protection de Poséidon (qui l'a aimé) pour conquérir une riche fiancée est un chef-d'œuvre, mais la pédérastie n'y figure qu'allusivement, simple rappel d'une coutume trop courante pour qu'on y insiste, et l'ode consacrée à l'amour d'Apollon pour une belle nymphe n'est certainement ni moins importante, ni moins noble. Dire de Pindare « qu'il nous livre l'essence de l'amour pédérastique » ferait à bon droit sursauter un connaisseur en littérature hellénique, à moins que vous n'indiquiez clairement n'avoir en vue que le fragment sur Théoxène. Et encore, songeons que Pindare ne glorifie pas l'amour de Théoxène en l'opposant à l'hétérosexualité en général (un Grec n'eût rien compris à pareille attitude) mais seulement aux relations avec des courtisanes, qui furent pour un homme de son temps doué de « sens moral » la seule autre possibilité érotique en dehors du mariage. Ce fragment, lu dans l'original, est admirable, mais ne lui faisons pas signifier plus qu'il ne dit.

Votre mention des essais de *Sous bénéfice d'Inventaire* tire également trop à soi la couverture. L'allusion à Héliogabale n'a rien à faire, tant s'en faut, avec l'intérêt pour l'homosexualité, et mon texte ne dit rien de Caracalla sous ce rapport (si je ne me trompe, l'histoire non plus). Dans *Le Mystère d'Alceste*, contrairement à ce que vous semblez indiquer, j'ai soigneusement *omis* le côté homosexuel de certaines versions de la légende (Admète éromene d'Apollon), et me suis contentée de faire du prince un pieux adorateur du dieu, et son protégé (« Admète, mon ami »), pour ne pas introduire un élément de plus, et un élément hétérogène, dans cette étude de l'être humain devant la mort.

Ce que vous dites du travesti est digne d'intérêt, mais s'engrène sans transition à un sujet tout autre qui est celui du *labyrinthe* au sens métaphysique, biologique, ou intellectuel (l'esprit se cherchant soi-même à travers les détours de sa condition charnelle), sujet qui n'a rien à voir avec l'érotisme. Vous pourriez tout au plus dire que le travesti, par les jeux de miroir et les cheminements psychologiques compliqués qu'il implique, est un *autre* aspect, très particulier, du « labyrinthe ». Peut-on dire d'ailleurs que le travesti soit nécessairement un phénomène homosexuel ? Les sociologues affirment le contraire, et beaucoup d'homosexuels l'abominent.

De la phrase qui commence par « Le corps de Zénon... » p. 28, jusqu'au bout de la p. 30, vous avez changé de sujet sans vous en apercevoir, et tout ce passage est à placer ailleurs.

p. 31. Franchement, croyez-vous que Zénon « pratique la pédérastie avec son jeune esclave » dans le sens « d'une voie vers l'Amour (la majuscule est de vous) et la vérité » ? Il désire ce garçon et jouit de sa compagnie, diurne et nocturne, dans sa dure et solitaire vie de médecin ambulant, voilà tout.

p. 32. Vous êtes très justifié de citer dans ce passage un fragment des *Mémoires d'Hadrien* concernant l'érotique. Mais ce qui concerne Zénon est ici hors de contexte, rien dans ces réflexions sur le corps humain n'étant voluptueux, au contraire.

p. 32-33. Les sept dern. lignes de la p. 32 et les 2 premiers paragr. de la p. 33 contiennent plusieurs assertions par trop hasardées. Vous faites de Pindare un représentant de la pensée des pré-socratiques, plus ou moins ses contemporains, mais Pindare est un esprit traditionnel, et la philosophie pré-socratique au contraire d'essence révolutionnaire : autant dire que Montherlant est acquis aux théories de Heidegger et enthousiaste de l'existentialisme. La théorie de l'âme que vous prêtez à Pindare est contredite par ce que nous savons de la doctrine des Mystères, à laquelle il adhérait. Enfin, votre description d'Hadrien et de Zénon « en quête de l'âme » s'appuie sur une citation tirée d'un passage de la préface de *Denier du Rêve* sur le *quid divinum* de chaque être, passage qui n'a rien à voir avec l'érotique, notre sujet ici, et postulat qui n'est probablement ni celui du médecin, ni celui de l'empereur. Le mélange s'aggrave de ce que vous citez ensuite, croyant évidemment être toujours dans le même sujet, une remarque de Zénon sur le dégoût et la fatigue de l'homme enfermé à l'intérieur d'un organisme qu'il sait imparfait, remarque qui serait plus à sa place dans le chapitre que vous intitulez : « Incarnation. »

Vous semblez ne pas voir que la connaissance du corps dans la volupté n'est qu'un aspect très particulier, et forcément limité, de cette recherche intellectuelle de la réalité, que le culte de la beauté, en particulier, peut, esthétiquement, mener soit aux « pin-up girls » (ou boys), soit à l'académisme, ce qui s'est d'ailleurs produit pour l'art grec, et que celui de la sensualité peut aboutir (et en pratique aboutit le plus souvent) à transformer l'être aimé en objet que nous cessons de comprendre précisément du fait de la jouissance charnelle (c'est ce qui arrive à Hadrien avec Antinoüs). Dans *Les Dernières Amours du Prince Genghi*[1], le prince devenu aveugle, qui, toute sa vie, s'était efforcé de *connaître* des femmes de son choix, non seulement au sens biblique, mais au sens intellectuel du terme, et d'établir ou de percevoir entre elles d'exquises différences, ne *reconnaît* pas, sous des vêtements d'emprunt et affublée d'un état civil de fantaisie, la femme qui fut sa concubine et l'a soigné dans sa récente maladie : allégorie des malentendus inévitables de l'amour chez un homme qui fait pourtant de l'amour et de la volupté son principal mode de connaissance.

Songez aussi que l'exploration des données du corps, telle que la pratique Zénon, mène inévitablement à constater les limites et les misères du corps aussi bien que ses profonds pouvoirs. Si ce genre de méthode ne détache pas *nécessairement* de la volupté, il tend au moins à limiter l'importance obsessionnelle donnée à celle-ci, et les prestiges *faussement* poétiques, dont nous l'enveloppons. (La poésie véritable subsiste bien entendu, mais c'est là une autre affaire.)

Cet accent mis surtout sur la sexualité tend à diminuer systématiquement la résonance des personnages en question. Hadrien est un homme d'état et un « intellectuel » encore bien plus qu'un amant passionné (qu'il n'est qu'à certaines périodes de sa vie), et notre sympathie pour son deuil d'amant n'est si grande que parce que nous avons appris à respecter et à admirer en lui le prince. (Je vous renvoie à ce propos aux *Carnets de Notes des Mémoires d'Hadrien*, non inclus encore dans l'édition de poche Hachette,

---

[1]. Le titre de cette nouvelle in *Nouvelles orientales* est « Le Dernier Amour du prince Genghi ».

mais qui se trouvent dans l'édition courante Gallimard.) La même remarque est à faire pour Éric, représentant d'une caste vaincue et d'un monde aboli autant qu'« homosexuel ». Même remarque pour le traitement beaucoup plus impersonnel d'Henri III dans *Sous Bénéfice...* : vous insistez sur le côté « hallucinant » de « l'être étrange » du bal travesti à Chenonceaux, mais pas du tout sur le drame politique dans lequel il est impliqué ou sur l'évaluation (p. 89-90) de ses qualités de prince. C'est pourtant parce que ce malheureux Valois en a possédé quelques-unes qu'il est autre chose que l'image d'Épinal d'un « homosexuel » couronné.

Vous avez certes bien le droit d'isoler chez un écrivain un sujet qui vous intéresse, mais alors il est indispensable de laisser savoir au lecteur que vous pratiquez une coupe dans l'étendue de son œuvre. Votre analyse passe complètement sous silence les éléments hétérosexuels des livres en question : 1) l'image du couple (Admète et Alceste, Thésée et Ariane, Alessandro et Marcella, Alessandro et Angiola, pris dans les routines du mariage tel qu'il est et de l'amour tel qu'on le pratique ; Clytemnestre et Égisthe formant ironiquement un couple lucide et pourtant bâti sur de vieux crimes, et même ce couple évidemment affectueux en dépit du désaccord sensuel que constituent Monique et Alexis) ; 2) la psychologie féminine et la femme dans ses rapports avec l'homme ; Hilzonde et les trois hommes qui accompagnent ou traversent sa vie ; Marcella dominée jusqu'au bout par Alessandro et troublée par Massimo, mais plaçant l'essentiel de sa vie dans l'action politique ; Sophie, aussi importante qu'Éric dans *Le Coup de Grâce*.

Vous laissez également de côté les femmes dans la vie d'Hadrien (comme du reste sa liaison avec Aelius Caesar, Antinoüs seul étant perçu par vous) : Sabine, et le mélange d'irritation et de générosité de l'empereur envers elle, ses maîtresses, dont l'une décrite par lui comme délicieuse, Plotine, considérée comme une égale et une amie, et dont je lui fais prononcer le nom à côté de celui d'Antinoüs dans les derniers moments de son existence, lorsqu'il évoque les êtres ayant le plus compté pour lui. Même remarque pour Zénon, dont vous vous contentez de dire qu'il « couche avec la première servante venue », ce qui d'ailleurs n'est pas exact, l'épisode de Catherine étant intentionnellement sinistre et spécial ; mais il est caractéristique de sa façon de s'émouvoir sexuellement qu'Idelette lui rappelle à la fois son amour pour Gerhart et son intrigue lointaine avec Jeannette Fauconnier, ou qu'il mentionne côte à côte Gerhart et Sign Ulfsdatter. Cette Sign considérée comme « un compagnon » est en un sens sa Plotine (mais sans doute plus jeune et moins austère), avec cette différence que Zénon a possédé Sign et se demande avant de mourir s'il en a ou non eu un fils. La méconnaissance de cette sexualité « fluide » et en partie déterminée dans ses choix par les incidents de la vie vous trompe sur la place *exacte* (d'ailleurs très grande, je n'en disconviens pas) occupée par l'homosexualité dans mon œuvre. Méthode, certes, et *technique*, de l'approche charnelle, mais on étonnerait bien Hadrien et Zénon en leur disant qu'ils sont définis par elle.

Le même souci prédominant de l'érotisme et de la *beauté* (celle-ci notion dangereuse contre laquelle ma lettre précédente vous avait mis en garde) tend à vous faire ignorer ou minimiser les éléments de satire politique et sociale, si importants dans *Sous Bénéfice*, dans *Denier*, dans *L'Œuvre au Noir*, ou encore le thème de la vieillesse présenté un peu partout à travers d'innombrables portraits de vieillards. Même remarque pour la place importante faite à la pensée chrétienne : le Prieur, et l'humble et désolé écho que lui fait le père Chica de *Denier du Rêve*, le mysticisme révolutionnaire de Simon, la non-violence de Massimo, chez qui nous assistons en quelque sorte à la naissance d'une foi, ni même la sensibilité évidemment chrétienne d'Alexis.

J'ai une objection contre votre titre *L'Amour du même* qui traduit agréablement ce mot assez malheureux, *homosexuel*, produit du jargon médical de la fin du siècle dernier. Cette préoccupation de *se* retrouver dans l'objet aimé, fort soulignée par Freud, n'existe en fait que chez l'individu à tendance narcissique, type par malheur commun de notre temps. Ce n'est pas *le même*, mais *l'Autre* (« le mystère de l'Autre ») sur quoi Hadrien base son érotique. Assurément, au sens le plus précis du terme, l'homosexualité peut se définir par l'union de deux êtres ayant le même système génito-urinaire, et Zénon, en physiologiste qu'il est, est sensible à cet aspect de la situation : « un corps pareil au mien qui reflète mon délice. » Mais cette raison de « choix », si « choix » il y a, passe pour lui après beaucoup d'autres, en particulier après la révolte contre les clichés sensuels et sentimentaux de son temps. Plus tard, il insistera surtout sur ce côté fluide et fortuit des rapports amoureux, dont j'ai parlé plus haut. « L'amour du même, l'amour de l'autre » me paraît un titre plus heureux parce que contenant en soi toute la dialectique de l'amour.

Je vous demande de ne pas vous offenser de mes remarques et de mes objections, mais le temps est venu de parler de ce sujet, comme de tous les autres, « sans superstitions verbales », comme eût dit Montaigne. Ce chapitre, auquel vous tenez sans doute beaucoup, est le plus faible de votre travail, avec le chapitre sur l'« Incarnation », qui suit, en partie parce que vous confondez souvent les deux sujets.

Ne vous en étonnez pas : il en va presque toujours ainsi quand nous abordons un terrain qui est pour nous d'une grande importance ; notre lucidité risque de nous faire défaut. Que vous écriviez ou non dans l'avenir une ligne sur moi, il est dans votre intérêt d'essayer de repenser ces pages.

À MONSIEUR ET MADAME ALBERT LETOT[1]

22 décembre 1970

Chers Amis,

Nous vous envoyons tous nos vœux pour toute la famille dans cette fin d'année et pour 1971. Je m'attriste de penser que ce sera cette fois un Noël sans lettre ou carte de « Camille » mais elle est toujours présente à ma pensée et sa dernière carte a été mise sur la cheminée parmi celles de cette année. Merci pour votre bonne et longue lettre me donnant des nouvelles de vous et m'indiquant le nom de jeune fille de votre mère, que je vous avais demandé. Je travaille en ce moment à un livre de souvenirs de famille[2], et je viens de découvrir que ma grand-mère et mon arrière-grand-mère maternelles sortaient d'une famille de Gosselies, et que c'est dans l'église de Gosselies qu'elles se sont mariées. Ainsi, vous voyez, je suis un peu du pays ! Je comprends que vous ayez été terriblement occupés ; tous ces arrangements après un décès sont toujours très fatigants et très éprouvants. J'espère que Denise et son mari ont eu un très beau voyage en Espagne. C'est un très

---

1. Archives Gallimard. Copie d'une carte de vœux autographe. Reproduction d'une madone sculptée en terre cuite par Giovanni della Robbia (Florence) (1469-1529), Metropolitan Museum.
2. *Souvenirs pieux*.

beau pays, où j'aime toujours me retrouver quand l'occasion s'en présente.

Je serai en Belgique pour quelques jours en fin mars : je fais le samedi 27 mars mon « discours de réception » au Palais des Académies[1]. Je ne pense pas que j'aurai cette fois le temps de traverser Gosselies, mais qui sait, peut-être l'un de vous sera-t-il à Bruxelles ce jour-là. Je suppose que je serai à l'Hôtel Astoria où je descends d'habitude.

Je vous salue tous bien affectueusement et Miss Frick vous adresse aussi son meilleur souvenir.

Marguerite Yourcenar

---

1. À l'Académie royale de Belgique.

1971

À JEANNE CARAYON[1]

> Petite Plaisance
> Northeast Harbor
> Maine 04662 USA
> 14 janvier 1971

Chère Amie,

Me voilà déjà, et de nouveau, en retard envers vous ! Votre première et charmante carte s'était croisée avec la mienne, et j'avais été heureuse d'avoir des nouvelles de « la chaumière[2] », mais affligée de cette menace de cataracte à l'un de vos yeux. À la vérité, tant de mes amis ont subi avec les meilleurs résultats cette opération qu'elle me paraît moins redoutable qu'autrefois. Je ne connais plus qu'un seul véritable exemple d'insuccès, c'est le cas d'une amie, avocate américaine, dont la santé générale est malheureusement, de toute façon, très mauvaise. Mais

---

1. Fonds Yourcenar à Harvard, MS Storage 265.
Jeanne Carayon (1903-1985). Correctrice d'épreuves chez Gallimard. Amie de Yourcenar. Certaines de ses lettres sont sous scellés pour cinquante ans.
2. Jeanne Carayon habitait à Vérigny par Courville-sur-Eure, près de Chartres.

cette épreuve est encore loin de vous, puisque vous me dites que pour le moment le traitement suffit.

Votre seconde carte m'a plus rassurée encore, puisque vous m'assurez que vous pouvez lire sans danger plusieurs heures par jour. Mais n'y a-t-il pas là un peu d'exagération généreuse, puisqu'il s'agit de m'apprendre que vous pourrez vous charger des corrections d'épreuves de mes rééditions ? Vous sentez combien je m'en réjouis, et je vais écrire à Madame Duconget[1], à qui je dois une lettre ces jours-ci. Merci de me dire que vous aurez grand plaisir à faire ce travail : l'idée que j'en ferai ma part de concert, pour ainsi dire, avec vous, me le rend à moi-même plus humain. Mais je veux surtout que vous ne fatiguiez pas votre vue, et je vous demande de renoncer immédiatement à toute tâche qui pourrait s'avérer trop lourde. Heureusement que, comme vous le dites, les rééditions sont toujours faites sur un rythme moins précipité que les éditions d'ouvrages nouveaux, et que nous ne serons sans doute pas obligées de mettre les bouchées doubles.

J'ai reçu ces jours-ci une lettre bien touchante de Charlotte Truc[2], qui fait allusion en termes un peu énigmatiques au désespoir auquel ce théologien (Gonzague[3]) est en proie, et contre lequel on ne peut

---

1. Chef du service de fabrication chez Gallimard.
2. Charlotte Musson. Auteur d'un portrait de Yourcenar. Épouse de Gonzague Truc.
3. Gonzague Truc (1877-1972). Essayiste qui dans les années 1938-1939 avait donné une conférence sur l'œuvre de Yourcenar, sous les auspices d'une société de conférenciers dirigée par l'académicien belge Gustave Charier. Le texte a été publié dans *Études littéraires* (Canada), vol. 1, av. 1979, pp. 11-27. Numéro spécial sur Yourcenar, sous la direction d'Yvon Bernier.

Auteur de *Le Cas Racine*, Paris, Librairie Garnier Frères, 1921 (Bibl. PP) ; *Montaigne*, Paris, Aux Armes de France, 1945 (Bibl. PP) ; *De J.-P. Sartre à L. Lavelle ou Désagrégation et Réintégration*, Paris, Éditions Tissot, 1940 (Bibl. PP) ; *Saint-Vincent de Paul*, Paris, Éditions des Loisirs, 1947 (Bibl. PP).

pas l'aider. Le désespoir, ou un mélange de 90 % de désespoir et de 10 % d'ardente espérance, est un sentiment si présent chez beaucoup d'entre nous à notre époque, que ma sympathie pour le sien est bien grande, quelle que soit la forme qu'a prise son angoisse.

Je suis heureuse d'apprendre que le « petit troupeau », les oies, le chien, le chat, et même le pauvre et humble visiteur félin qui vient chaque matin, vivent dans l'harmonie et le bonheur. Je sens de plus en plus l'importance qu'il y a à réaliser l'un et l'autre, même dans une toute petite sphère, comme l'est celle de chacun de nous. L'impératif kantien, qui m'a longtemps paru si absurde, prend là sa revanche : si *tout le monde* en faisait autant dans son domaine...

Le rigoureux hiver ici ralentit la vie, sauf en ce qui concerne le travail intellectuel, dans lequel on prend refuge « dans un poêle ». Il fait vraiment froid, –12 centigrades hier et aujourd'hui, –18 la nuit. Valentine elle-même a beau aimer la neige, elle est un peu effrayée par moments ; cette après-midi je me suis décidée à aller faire la sieste ; elle a gravi avec moi, mais au galop, les seize marches de l'escalier très raide, vers ma chambre mansardée que j'aime (la maison, très basse, n'a qu'un étage) avec ses gravures et ses livres. Elle avait l'air de dire « Quelle bonne idée... » et s'est roulée en boule contre mon épaule. Grâce Frick brave les intempéries, mais je ne sors pas par ces températures qui me

---

Yourcenar note dans une brève présentation dactylographiée précédant la copie du texte de la conférence à propos de Gonzague Truc : « Homme de droite de nuance maurrassienne, et catholique de nuance thomiste ; on peut d'autant plus admirer qu'il ait décrit avec pénétration l'œuvre d'un écrivain si peu inféodé aux idées qui étaient les siennes. » Fonds Yourcenar à Harvard, MS Storage 265.

donnent des crises d'asthme, si je m'expose à l'air extérieur. Nos seuls et excellents voisins d'hiver sont un jardinier et sa femme ; l'homme veut bien nous apporter du bureau de poste notre courrier (vous vous rappelez peut-être que les villages aux États-Unis n'ont pas de facteur[1]) et s'arrête un moment pour un « thé » rustique pris dans la cuisine. Valentine a fini par très bien s'entendre avec sa chienne caniche noire. Pour le reste, c'est un silence et un isolement admirables, dans lesquels il devient facile de vivre presque sans arrêt à l'intérieur du livre auquel on travaille.

J'ai lu il y a quelque temps l'ouvrage d'une « nutritionniste » célèbre, Adelle Davies[2], qui insiste beaucoup sur le fait que le choix d'éléments adéquats peut beaucoup pour ralentir les progrès de la cataracte, ou même arrêter définitivement celle-ci. Il résulterait de ses recherches que des doses importantes de vitamine B12, surtout prises sous des formes naturelles, les comprimés pharmaceutiques (qu'elle ne désapprouve pas) ayant une valeur moindre, pourraient avoir ces bons résultats. Même remarque pour les vitamines C et E, absorbées en combinaison avec B12.

Comme chacun de nous oublie à chaque instant où se cachent ces vitamines, j'énumère : B12, la levure de bière ou celle de boulanger, le germe de blé, toutes les farines non raffinées, le lait, les légumes verts ; C, comme chacun sait, surtout les agrumes ; E, jugée aujourd'hui de plus en plus importante, est assez rare dans les aliments : presque uniquement les huiles à base végétale (sur-

---

1. Jeanne Carayon avait vécu un certain temps en Floride.
2. Adelle Davis a écrit divers ouvrages populaires sur l'alimentation et la santé : *Let's Get Well*, New York, The New American Library, 1965 (Bibl. PP) ; *Let's Eat Right to Keep It*, New York, The New American Library, 1970 (Bibl. PP).

tout noix, maïs, arachides, soja), les noix, noisettes et amandes. Il s'agit, si je comprends bien, d'augmenter la circulation capillaire à l'intérieur de l'œil.

La note de Montherlant sur ma remarque à propos de *La Ville* m'amuse et me touche : on sent qu'il aime ses personnages, et les suit avec une sorte d'anxiété dans l'esprit des autres.

Toutes mes amicales pensées, et à votre amie Mademoiselle Le Camus[1] mon meilleur souvenir,

Marguerite Yourcenar

P.-S. Je viens de recevoir une lettre de Claude Gallimard, qui annonce le programme des réimpressions : mai prochain, *Denier du Rêve* et ? *Théâtre I.* Septembre-octobre (en un volume) *Alexis — Le Coup de Grâce*. Novembre-décembre, une éd. illustrée des *Mémoires d'Hadrien*.

À GEORGES POMPIDOU[2]

Petite Plaisance
Northeast Harbor
Maine 04662 USA
25 janvier 1971

Monsieur le Président,

J'ai trouvé dans un journal mention d'une visite que vous fit récemment Simonne Jacquemard[3] au sujet du

---

1. En réalité Mademoiselle Camus, appelée aussi la Marraine. Compagne de Jeanne Carayon à Vérigny et marraine de son fils.
2. Fonds Yourcenar à Harvard, bMS Fr 372 (1370). Copie de lettre autographe.
Georges Pompidou (1911-1974). Président de la République française depuis juin 1969.
3. Simonne Jacquemard. Voir lettre à Jacques Brosse du 6 juin 1969.

Parc de la Vanoise. Sans savoir si ce compte-rendu est exact, je m'associe à cet appel en faveur du Parc menacé, et suis heureuse qu'il ait trouvé en vous un auditeur sympathique et attentif. Je m'associe également, je le sais, au vœu de milliers de Français et de Françaises qui désirent que le Parc de la Vanoise soit préservé dans son intégrité. À notre époque où la moindre réserve d'air pur et de sol laissé intact, la moindre existence animale ou végétale maintenue et protégée sont, ou seront demain, pour nous tous affaire de vie et de mort, où l'idée d'opposer à la conservation du milieu naturel les intérêts de l'homme n'est plus qu'une contre-vérité néfaste qui a fait son temps, le déclassement fût-ce même d'une partie du Parc de la Vanoise serait, en fait et en symbole, une perte énergétique, esthétique et morale. Nous osons tous compter sur vous pour qu'il n'ait pas lieu.

Veuillez agréer, Monsieur le Président, l'expression de ma très profonde considération,

Marguerite Yourcenar

À ANDRÉ BRINCOURT[1]

Petite Plaisance
Northeast Harbor
Maine 04662 USA
27 février 1971

Monsieur le Directeur du *Figaro Littéraire*,

J'ai lu avec indignation à la page 36 du *Figaro Littéraire* du 31 janvier dernier un article de Michèle

1. Fonds Yourcenar à Harvard, MS Storage 265.
André Brincourt (né en 1920). Homme de lettres. Journaliste. Rédacteur en chef du *Figaro littéraire* de 1971 à 1986. Éditorialiste au *Figaro* depuis 1986.

Bret *(Pour vous, Madame)* recommandant aux élégantes l'achat de fourrures, qui, à l'en croire, vont se vendre mieux que jamais et faire désormais partie, non seulement de la toilette des femmes, mais du décor de leur intérieur. L'auteur ne se bornait pas à préconiser l'achat de cuir et de fourrure d'animaux domestiques, ou d'animaux sauvages élevés et parqués par des « producteurs » en vue de la vente de leurs toisons, ce qui serait, *à la rigueur,* supportable, mais mentionnait avec enthousiasme les peaux d'ours, de zèbres et de panthères, ces animaux menacés, déjà aux trois quarts décimés par la sotte brutalité humaine, et que s'efforcent courageusement de défendre le *Fonds Mondial pour la défense des Animaux,* et tant d'autres organisations analogues, à l'étranger, et en France même.

Que dit notre ami Jean Prasteau, si averti de tous les problèmes de conservation du milieu naturel[1], en présence d'un tel article ?

Pour vous, Madame... Femme moi-même, et sympathisant, en principe, avec tous les mouvements progressifs féministes qui tendent à améliorer la condition féminine et à réaffirmer la dignité de la femme, de telles preuves d'inconscience finiront par me faire croire que la femme n'est pas encore et ne sera jamais un être humain conscient de ses responsabilités d'être humain, tant qu'elle promènera sur soi ou clouera sur ses murs un cimetière.

Veuillez agréer, Monsieur le directeur, l'expression de mes sentiments bien distingués.

Marguerite Yourcenar

---

1. Jean Prasteau (né en 1921). *Charentes et merveilles,* Paris, France Empire, 1977 ; *Paris, ses places et ses jardins,* Paris, SIDES/Éditions de la Tourelle, 1985.

À SUZANNE LILAR[1]

Algesiras, Espagne
16 mars 1971

Chère Madame,

Je viens bien tard — et déjà en route pour Bruxelles — répondre à votre très aimable lettre de félicitations, qui m'a fait grand plaisir, et vous remercier du *Malentendu*[2] que j'ai lu avec grand intérêt [il y a] près d'un an. Mais c'est là malheureusement pour moi un écart typique. J'ignorais d'ailleurs complètement que nous ayons rivalisé pour un prix quelconque[3]. Ce sont les éditeurs qui s'occupent de ces choses, et qui généralement s'en occupent assez mal. J'apprends ces jours-ci que ce sera sans doute vous qui présiderez cette imposante séance du 27 prochain que je redoute un peu[4]. Je suis heureuse de cette occasion de vous revoir après la visite rapide que je vous avais faite il y a déjà des années, et, je m'en souviens, dans l'atmosphère un peu fiévreuse de la grippe.

J'aurais dû vous écrire au sujet du *Malentendu* immédiatement après sa lecture, alors que je venais d'enregistrer chaque passe de votre lutte contre Simone de Beauvoir. Il m'a semblé parfois que vous faisiez mouche toutes les deux. En principe, je suis passionnément pour tout ce qui relève la dignité humaine, donc celle de la femme. En pratique, je crois qu'on ne peut trop lutter pour obtenir cette

---

1. Fonds Yourcenar à Harvard, MS Storage 265. Copie de lettre autographe sur papier à en-tête du paquebot italien *Michelangelo*.
2. Suzanne Lilar, *Simone de Beauvoir et le malentendu du Deuxième sexe*, Paris, PUF, 1970.
3. Dans une lettre du 4 mai 1970, Suzanne Lilar avait révélé à Yourcenar qu'elles avaient été concurrentes pour le prix Ève Delacroix en 1963.
4. Séance de réception à l'Académie royale de Belgique.

égalité de fait, qui, comme vous le montrez très bien à propos des salaires, n'est pas encore atteinte. Mais j'avoue que les femmes me découragent par leur perpétuel refus d'être au meilleur sens du mot la femme. Je pense à leur soumission niaise à la mode qui si souvent les enlaidit et les ridiculise, à leur acceptation séculaire des modes cruelles ou extravagemment [sic] luxueuses, à leur respect, non pour la virilité, ce qui serait beau, mais pour les attributs postiches de celle-ci, l'uniforme, le fusil, sans oublier le rassurant portefeuille... Le couple peut être une superbe chose, que ce soit les rois et reines d'Égypte se tenant par la main ou même dans le film américain un peu scandaleux, un peu grotesque, un peu profond, *Bob and Caroll [and Ted and Alice]* les deux couples sortant de l'équivoque chambre d'hôtel les doigts unis et raffermis dans leur identité[1]. Mais ce n'est pas tant le couple, il me semble, qu'il s'agit de réformer que l'être lui-même.

Je vous écris tout ceci en vous remerciant de votre livre qui fait penser, parce que je n'aurai sans doute pas le temps de vous le dire dans le brouhaha de Bruxelles. Croyez, je vous prie, chère Madame, à toute l'expression de mes sentiments sympathiques,

Marguerite Yourcenar

---

1. *Bob and Caroll and Ted and Alice*, 1969, de Paul Mazursky (né en 1930).

À EUGENIO DE ANDRADE[1]

25 avril 1971

Cher Monsieur et Ami,

Je commence par exprimer ma totale contrition pour avoir gardé un mois ces épreuves dont vous aviez peut-être besoin de jour en jour, mais ce mois se réduit en réalité à deux semaines, car le paquet que vous m'avez envoyé de Porto, le 24 mars, m'a suivie de Paris à Bruxelles, puis à Bruges. Heureusement, même si ma lecture venait trop tard pour vous être utile, l'excellence de la traduction est telle (j'en ai rarement lu de meilleure) que je n'ai guère qu'à louer sans faire de suggestions. Seules me gênent un peu, très peu, les deux expressions à l'encontre, pp. 18 et 24, *à l'encontre du matin, à l'encontre de l'été*; ne serait-ce plutôt *à la rencontre* ?, à moins que l'expression portugaise que vous voulez rendre ait une nuance un peu agressive que vous désiriez garder (*marcher contre* quelque chose, comme on dit marcher *contre* le vent); aimant votre langue comme je le fais, mais ne pouvant prétendre la bien connaître, je n'ose en décider.

C'est là tout. Ces poèmes de *Ostinato Rigore*, que j'appréciais déjà dans l'original, la traduction m'en apporte des nuances nouvelles[2], ou plutôt qui

1. Fonds Yourcenar à Harvard, MS Storage 265.
Eugenio de Andrade (né en 1923). Poète portugais que Yourcenar rencontra au Portugal où elle avait passé les fêtes de fin d'année 1959-1960.
As Maos e os frutos, Portugalia Editoria, 1948 (Bibl. PP); *As Palavras interditas*, Lisbonne, Centro Bibliografico, 1951 (Bibl. PP); *Até Amanhã*, Lisbonne, Guimarães Editores, 1956 (Bibl. PP); *Coração do dia*, Iniciativas Editoriais, 1958 (Bibl. PP); *Ostinato rigore*, Porto, Editorial Inova Limitada, 1971 (Bibl. PP); *Antologia breve* suivie de *Da Palavra ao silêncio*, Porto, Editorial Inova Limitada, 1972 (Bibl. PP).
2. D'après une note autographe de Grace Frick, Andrade traduisit lui-même son recueil en français avec deux autres traducteurs.

m'avaient échappé jusque-là, et j'ai goûté plus que jamais cette limpidité et cette délicatesse dans l'ardeur qui vous caractérisent et dont je connais peu d'autres exemples. En ce moment, où je regarde avec ravissement s'ouvrir les bourgeons et se déplier les feuilles dans ce pays septentrional, et la nature revivre en dépit de nos torts monstrueux envers elle, je me dis que j'éprouve un sentiment presque aussi poignant à constater qu'à notre époque si souvent vainement agitée il existe encore des poètes capables d'une certaine qualité de mélodie et de silence, et gardant ce secret qui est analogue à celui des abeilles et des oiseaux, celui du miel des choses, et de la spontanéité du chant.

Avec l'expression du plaisir que j'ai eu à vous relire et de mon regret (ou de mon contentement) de n'avoir pas pu vous aider davantage en ce qui concerne un texte français qui me paraît déjà impeccable, je vous prie, cher Ami, de croire à l'expression de mes sympathiques pensées,

Marguerite Yourcenar

P.-S. Je vous renvoie ci-joint les épreuves de ce beau recueil.

À JACQUES LACARRIÈRE[1]

avril 1971

Cher Monsieur,

Je vous remercie de l'envoi de *La Cendre et les Étoiles*, que j'ai lu avec un intérêt passionné, comme tous ceux de vos livres qui sont venus jusqu'à moi. Vous avez tenté et réussi ce qu'il importe toujours de faire : donner en quelque sorte la table des équivalences de la pensée gnostique et de la nôtre. Aux sombres lueurs de ce que nous savons, et vivons, la pensée gnostique a bien complètement cessé d'être pour nous je ne sais quelle fumeuse impasse, elle redevient un *tao*, une voie.

Ce qui est difficile, c'est précisément de faire ce que vous avez fait, de la désengager du magma mythique et magique spécifiquement alexandrin où elle s'est trouvée, et cela d'autant plus qu'il ne s'agit pas là, il me semble, de mythes ayant acquis sur l'âme humaine une puissante résonance, comme certains mythes grecs, chrétiens ou asiatiques l'ont fait. Vous avez obtenu cette décantation, sans rien nous cacher pourtant de cette profonde eau-mère où a pris forme ce qu'on pourrait appeler la métaphysique gnostique. Ce qui reste, surtout si l'on rattache au Gnosticisme, comme il faut bien le faire, ces mondes restés malgré tout mystérieux que sont ceux

---

1. Fonds Yourcenar à Harvard, MS Storage 265.

Jacques Lacarrière (né en 1925). Essayiste. *La Cendre et les Étoiles*, Paris, Balland, 1970 (Bibl. PP) ; *Les Gnostiques*, Paris, Gallimard/Idées, 1973 (Bibl. PP) ; *L'Été grec — Une Grèce quotidienne de 4 000 ans*, Paris, Plon, 1976 (Bibl. PP) ; *L'Aurige*, Montpellier, Fata Morgana, 1977 (Bibl. PP) ; *Le Pays sous l'écorce*, Paris, Seuil, 1980 (Bibl. PP).

des Bulgaromils[1] et des Cathares, c'est le seul groupe chrétien ayant osé regarder en face le problème du mal. Que la tête en ait tourné à certains d'entre eux, on le comprend. La nôtre tourne aussi.

J'ai particulièrement goûté vos réflexions interrogatives sur l'origine de la Gnose. Je m'étonne toujours en présence des érudits qui en pareil domaine ne voient pas de problème, et expliquent tout, au choix, par des contacts avec la pensée asiatique qu'il est presque nécessaire de postuler, mais dont la preuve nous manque dans presque tous les cas, soit par une sorte de génération spontanée des idées dont je ne nie pas la possibilité, mais dont les implications seraient vertigineuses. Que de points d'interrogation...

Vous pensez bien que j'ai été touchée et heureuse de trouver dans *La Cendre et les Étoiles* deux longs passages des *Mémoires d'Hadrien* et de *L'Œuvre au Noir*. Merci.

J'espère que cette lettre vous parviendra; je n'ai sous la main ni l'adresse d'Arthaud ni celle de l'éditeur de votre nouvel ouvrage. Je prie donc Charles Orengo, directeur de Fayard, qui vous connaît, je crois, de vous la faire parvenir.

Avec ma très entière sympathie,

Marguerite Yourcenar

---

1. Les bogomiles ou bogarmiles ou bongomiles sont des hérétiques du Xe siècle disciples de Basile, qui niaient la transsubstantiation. Nombreux en Bulgarie au Moyen Âge, ils se firent connaître à Constantinople au XIIe siècle sous les Comnène. Leur nom est dérivé de la langue bulgare dans laquelle *bog* signifie dieu et *milvi*, ayez pitié, et désignait ceux qui se confient à la miséricorde divine. Ils pénétrèrent dans le reste de l'Europe, où ils furent appelés Cathares (« Croisade contre les Albigeois » au XIIIe siècle).
Bogomil Sculpture, Essays by Otto Bihalji-Merin and Aloijz Benac. Photographs by Toso Dabac. New York, Helen and Kurt Wolff/Harcourt, Brace & World, Inc., s.d. (Bibl. PP).

À HENRY DE MONTHERLANT[1]

31 mai 1971

Cher Monsieur,

C'est un peu sur le conseil de Gilles Dutreix, qui fait des « entrevues » pour, si je ne me trompe, Radio-Nice, et qui venait, m'a-t-elle dit[2], de vous rencontrer, que je me hasarde à faire ce à quoi j'avais souvent pensé : vous demander la permission de vous saluer pendant mon court passage à Paris où je ne serai plus que[3] pour huit jours. Je respecte trop la solitude de l'écrivain, et j'ai trop horreur de ce gaspillage de temps auquel tout le monde nous oblige pour ne pas comprendre et même approuver — que vous disiez non. Je vous connais trop par vos livres pour avoir besoin de vous connaître. Mais il me serait agréable de pouvoir vous dire une fois de vive voix mon admiration et ma sympathie.

Marguerite Yourcenar

Le projet de parking quai Voltaire dont on m'a entretenue est affreux. Nous vivons dans une perpétuelle catastrophe[4].

---

1. Fonds Yourcenar à Harvard, bMS Fr 372 (992). Copie autographe, faite par Grace Frick, d'une lettre autographe sur papier à en-tête de l'Hôtel Saint-James et d'Albany. Grace Frick a indiqué par des barres les passages à la ligne de l'original, et les passages d'un feuillet à l'autre.
2. Le prénom Gilles est une erreur due soit à Yourcenar qui écrivit la lettre soit à Grace Frick qui la recopia : une note en haut de la page indique qu'il s'agit de *Madame* Dutreix de *Nice Matin*.
3. Indication du passage au deuxième feuillet.
4. Un commentaire de Grace Frick en anglais précise que la lettre de Yourcenar fait suite à un entretien accordé par Montherlant à Mme Dutreix, où il exprimait son découragement à la perspective d'un parking « creusé sous son appartement ».

À JEAN CHALON[1]

>Petite Plaisance
>Northeast Harbor
>Maine 04662 USA
>9 juillet 1971

Cher Ami,

Je commence par vous dire merci pour votre travail sur moi, et par vous redire le plaisir de cette fin d'après-midi passée en votre compagnie dans cette petite cour du Saint-James qui m'est chère. Mais c'est une opinion sur notre entrevue que vous me demandez, et ceci me laisse plus incertaine.

Dans notre conversation, j'ai eu l'impression que vous aviez beaucoup gagné sur le Jean Chalon d'il y a deux ou trois ans : une meilleure connaissance de votre métier, une meilleure connaissance des êtres. Je ne me dédis pas, mais il me semble qu'une fois fini et livré au journal[2], votre travail ne traduit plus toujours ces qualités : par fidélité, je suppose, au genre de la maison (le même dans toutes les entrevues que

---

1. Fonds Yourcenar à Harvard, bMS Fr 372 (872).
Jean Chalon (né en 1935). Écrivain. Critique littéraire au *Figaro*. Auteur d'une biographie de Natalie Barney, *Portrait d'une séductrice*, Paris, Stock, 1976, réimprimée par Flammarion en 1992 sous le titre de *Chère Natalie Barney* avec une lettre-préface de Marguerite Yourcenar. Cette dernière recommanda cet ouvrage aux éditions Alfred Knopf pour une traduction américaine. Yourcenar rencontra Jean Chalon le 3 mai 1968 au moment de la parution de *L'Œuvre au Noir* pour un entretien à paraître dans *Le Figaro littéraire*. C'est une lettre ouverte de Jean Chalon à l'Académie française, parue dans *Le Figaro* du 26 novembre 1977, qui déclencha la campagne pour l'entrée de Yourcenar sous la Coupole. Leur correspondance, malgré une brouille passagère en 1976, ne s'interrompit qu'au début des années 80, après un article de Jean Chalon sur *Anna, soror...* le 11 juin 1982.
2. L'article, paru dans *Le Figaro littéraire* du 10 juin 1971, était intitulé : « Marguerite Yourcenar, de Rome à "Ô Calcutta" en passant par Rudolph Valentino, Beethoven et Marguerite Yourcenar ».

j'ai données au *Figaro,* depuis la première, celle de 1951, annonçant *Hadrien*), qui suppose qu'il faut faire léger ou désinvolte parce que le lecteur s'attend à ce ton-là. Là encore, en soi, rien à dire : qui n'accepterait la ravissante désinvolture de Voltaire ? Mais je me demande à quel moment se produisent ces espèces d'involontaires déviations de ce que la personne interrogée a cru dire ? Ai-je, ce qui est bien possible, parlé trop vite, en omettant les explications nécessaires ? Vous arrive-t-il, comme si souvent à un étudiant qui prend des notes, de ne noter que les points qui vous paraissent les plus saillants, éliminant l'intermédiaire, qui était parfois indispensable ; ou encore s'agit-il tout simplement de ciseaux qui ont coupé à l'aveuglette ? Par exemple, tout ce que vous me faites dire de *l'image* de Bouddha est vrai et fidèle, mais parler ensuite de la sensualité du personnage est un contresens, à moins d'indiquer encore très clairement qu'il s'agit de la plastique elle-même de ces statues d'abord réalisées par des Grecs. Je n'ai sûrement pas pu dire (ou alors le thé du Saint-James m'avait jetée dans une douce ivresse) que mon œuvre ne contient pas d'autres personnages jeunes qu'Antinoüs, quand n'importe quel lecteur pourrait vous en citer une demi-douzaine d'essentiels (Alexis, Sophie, Conrad, Massimo, Aelius César...). Mais surtout, je n'ai sûrement pas dit cette phrase pour moi impensable : « Mon anthologie des poètes grecs dort pour le moment... Qui se soucie encore d'Empédocle à notre époque ? » comme si cette indifférence était ma raison pour ne pas continuer et publier ce livre. Ceci, cher Jean Chalon, contredit toute mon orientation personnelle : quand me suis-je jamais souciée de savoir si les gens se souciaient ou pas ?

Tout ceci, bien entendu, sans la moindre irritation : il est difficile de prendre des paroles au vol. Mais puisqu'il a été gaiement question entre nous d'exercices tantriques (à propos, ce ne sont pas les expériences de Zénon qui sont bouddhiques; ses expériences sont bien entendu à lui; ce sont les thèmes de certaines méditations, qu'il aurait, par une série de personnes interposées, reçues d'Asie : la méditation des os, celle du feu, celle de l'eau, celle de l'image du corps démesurément agrandi ou diminué), j'aimerais, *presque sans sourire*, vous signaler quelques exercices tantriques d'*attention* : 1) faire pour un moment sortir de son champ d'attention tout, sauf un bruit qu'on s'efforcera d'entendre pleinement, par exemple, dans la cour où nous étions, le bruit de la fontaine ; réintroduire les autres bruits qu'on avait éliminés, par exemple les trompes des autos dans la rue, le crissement du gravier sous les pas, en les mesurant et les définissant exactement ; voir la personne qu'on écoute, comme si on la voyait pour la première fois ; l'entendre, en éliminant d'avance les réactions qu'on sait qu'on va avoir ; se mettre à sa place, derrière son front, et tâcher de savoir comme elle le sait, pourquoi elle dit telle ou telle chose. *Et caetera*... Je ne m'imagine pas que Boswell[1] ou Eckermann[2] employaient ces méthodes, mais ils devaient avoir les leurs, pour qu'on entende si bien chez l'un la voix un peu bourrue de Johnson[3], chez l'autre, le ton un peu solennel de Goethe...

---

1. James Boswell (1740-1795). Écrivain écossais. *Life of Samuel Johnson*, publiée en 1791 ; New York, Harpers & Brothers, vol. 1-2, 1860 (Bibl. PP) ; *The Journal of a Tour to the Hebride with Samuel Johnson*, London, Dent & Sons, 1941 (Bibl. PP) ; *London Journal 1762-1763*, London, William Heinemann, 1951 (Bibl. PP).

2. Johann Peter Eckermann (1792-1854). Ses conversations avec Goethe furent publiées en 1836. *Conversations de Goethe avec Eckermann*, Paris, Gallimard, 1949 (Bibl. PP).

3. Samuel Johnson (1709-1784). Poète, dramaturge, essayiste et lexicographe anglais. *The Lives of the Most Eminent English Poets ; with Critical Observations on their Works*, vol. 1-2, Philadelphie, Benjamin Johnson, 1803 (Bibl. PP) ; *The History of Rasselas Prince of Abyssinia*, New York, A. L. Burt Co (Bibl. PP).

Mais assez fait le professeur. Je vous dis encore merci et vous quitte pour aller égrener mon chapelet arabe[1]. Non : ceci n'est qu'une formule de politesse ; je n'ai pas encore eu le temps de me livrer à cet exercice, mais j'espère bien le faire par un beau jour d'été au fond du jardin.

Toutes mes sympathiques pensées,
Marguerite Yourcenar*

À MRS LANGHORNE[2]

Petite Plaisance
Northeast Harbor
Maine 04662 USA
12 août 1971

Chère Madame,

Je vous retourne avec tous mes remerciements le livre de Soljenitsyne que vous avez bien voulu me prêter[3]. J'en ai lu avec le plus grand intérêt le premier chapitre, qui est saisissant, et les derniers chapitres, à partir du chapitre quatre-vingt-deux, c'est-à-dire environ soixante pages, qui sont également des plus remarquables. Je n'ai fait que parcourir les quatre-vingts autres chapitres qui forment le centre du livre. Ils sont pourtant aussi d'un grand intérêt, du point de vue du reportage, mais ont ce défaut si fréquent dans les romans russes, du moins en tra-

---

1. Il s'agit d'un chapelet en ambre que Jean Chalon avait acheté à l'intention de Marguerite Yourcenar, à Alexandrie. Il prétendait, pour amuser Yourcenar, que ce chapelet avait appartenu à Cavafy.
2. Fonds Yourcenar à Harvard, MS Storage 265.
3. Alexandre Issaïevitch Soljenitsyne (né en 1918). Prix Nobel, 1970. *Le Pavillon des cancéreux*, Paris, Julliard, 1974 (Bibl. PP). Le livre dont il s'agit est *Le Premier Cercle*.

duction, de paraître interminables, et comme en grisaille, les personnages très vaguement dessinés se perdant comme des silhouettes dans une foule. L'intérêt du livre me paraît surtout dû à l'horreur, malheureusement banale de notre temps, du sujet lui-même : la vie en prison.

Du point de vue de la littérature à proprement parler, et je veux dire par là de la capacité de faire vivre les personnages et d'exprimer leurs émotions et leurs pensées, l'ouvrage me paraît surfait, sauf en ce qui concerne Volodine[1] lui-même et le départ de la prison. Mais j'ai eu une impression analogue avec le *Docteur Jivago*[2]. Il me semble que l'essentiel dans les deux cas eût pu être dit plus brièvement avec plus de force encore. Curieusement, insidieusement, cette impression finit pour moi par s'étendre rétroactivement à d'autres grands livres de la littérature russe sur lesquels, pour la première fois, je m'interroge. L'humanité russe (et l'humanité en général) est-elle vraiment comme ils la montrent, cette masse à la fois agitée et amorphe, destinée, dirait-on, pour tous les maux ? Si cela est, on comprend un peu mieux l'histoire russe, et peut-être aussi l'histoire universelle... Une certaine platitude ne serait pas alors le fait du traducteur, mais répondrait à un sentiment informulé de la médiocrité humaine. Tolstoï, certes, fait exception, quoique son point de départ soit peut-être le même, mais je ne suis pas sûre que Dostoïevsky le fasse, sauf quand il met en scène de grands chrétiens comme Muichkine ou le père Zosime[3].

---

1. Innokenti Volodine. Héros du *Premier Cercle*.
2. *Le Docteur Jivago*, Paris, Gallimard, 1959, roman de Boris Pasternak (1890-1960).
3. Le starets Zosime est un personnage des *Frères Karamazov* et Muichkine de *L'Idiot*.

Un ami russe de New York me dit qu'un certain professeur de Yale University croit que ces livres de Soljenitsyne ne seraient pas entièrement de lui, mais une œuvre de groupe. Il y a là peut-être, en ce qui le concerne, une explication...

Merci d'être venus avec Ellen Carpenter vous asseoir un moment à l'ombre de nos arbres.

Amicalement à vous, et toutes mes excuses pour m'être ainsi laissé aller à penser tout haut devant vous au sujet de ce long ouvrage,

Marguerite Yourcenar

À PAUL MORAND[1]

décembre 1971

Cher Paul Morand,

Ces trois rois vénitiens[2] vous apportent mes excuses pour n'avoir pas remercié plus tôt pour l'envoi de votre volume sur *Venises,* qui entrelace avec tant de grâce vos souvenirs à l'image changeante d'une ville. Si Venise s'effondre, comme hélas, tant de choses, vous aurez été un des derniers

---

1. Fonds Yourcenar à Harvard, MS Storage 265. Copie dactylographiée par Grace Frick de carte autographe.

Paul Morand (1888-1976), de l'Académie française. Il fut l'un des premiers critiques de Yourcenar avec un compte rendu d'*Alexis* dans le *Courrier littéraire* en 1930. Leur première rencontre date de 1936. En 1938, il accueillit le premier livre de Yourcenar à paraître à la N.R.F., Les *Nouvelles orientales,* publié dans la collection « La Renaissance de la nouvelle » qu'il dirigeait.

La Dame blanche des Habsbourg, Paris, Laffont, 1963 (Bibl. PP); *Nouvelle des yeux,* Paris, Gallimard, 1965 (Bibl. PP); *Ci-gît Sophie Dorothée de Celle,* Paris, Flammarion, 1968 (Bibl PP); *Venises,* Paris, Gallimard, 1971 (Bibl. PP).

2. Illustration de la carte.

à en jouir intelligemment, avant ceux que Maurice Barrès aurait eu raison d'appeler les barbares. J'ai particulièrement goûté votre évocation de votre père et de ce milieu, aujourd'hui disparu, de grands bourgeois français des environs de 1900. Edmond Jaloux, qui en faisait si bien partie, m'a souvent lui aussi évoqué cette Venise, la vôtre, dans laquelle il se promenait avec Régnier. Il y a eu là une sorte d'été de la Saint-Martin de la civilisation européenne que vous faites revivre.

J'apprécie d'autant plus votre art que j'essaie en ce moment d'évoquer cette Europe du dernier quart du XIXe et du premier quart du XXe[1]. Souvenirs indirects et souvenirs d'enfance. Que tout cela est à la fois proche et lointain !

Avec mes sympathiques et admiratives pensées,

Marguerite Yourcenar

---

1. Dans ce qui sera *Souvenirs pieux*.

1972

À JEAN CHALON[1]

7 février 1972

Cher Jean Chalon,

Merci de votre message. C'est avec mélancolie que j'apprends le départ de Natalie Barney[2]. En juin dernier, j'avais déjà eu l'impression d'une ombre légère et charmante qui s'attardait parmi nous. La voilà entrée pour de bon dans son royaume et sa légende déjà commencée.

J'imagine le désarroi de Janine Lahovary qui n'a plus personne à soutenir et à soigner.

Bien sympathiquement à vous,

Marguerite Yourcenar

---

1. Collection particulière. Copie de lettre autographe.
2. Natalie Barney est morte le 2 février 1972.

À ÉLIE WIESEL[1]

20 juillet 1972

Cher Élie Wiesel,

J'ai lu et relu plusieurs fois ce printemps votre *Célébration Hassidique* qui est un admirable livre[2]. J'ose dire qu'il m'a apporté sur le ton, l'élan, la ferveur et le drame humain et divin des maîtres hassidiques infiniment plus que le livre que Martin Buber leur a consacré[3], livre excellent, certes, mais dans lequel les lignes de force du sujet ne se dégageaient pas comme elles le font chez vous. Je connais quelque peu ces paysages de Galicie et de Pologne, y compris, pour l'avoir visité avec horreur et respect, ce lieu encore invisible et qui pourtant existait déjà hors du temps, Oswiecen[4]. Je puis donc m'imaginer un peu le côté extérieur de ces aventures. Quant au côté intérieur, il est à nous tous.

Je n'oublierai jamais que le hasard nous a fait nous rencontrer en 1968 à Paris dans la foire des prix[5]. Votre présence m'a soutenue dans deux ou trois de ces moments qui sont supposés représenter pour un écrivain l'un des sommets du succès, mais où il me semble que nous étouffions tous deux. J'ai

---

1. Fonds Yourcenar à Harvard, MS Storage 265. Copie de lettre autographe.
Élie Wiesel (né en 1928). Prix Nobel de la Paix en 1986. *Le Testament d'un poète juif assassiné*, Paris, Seuil, 1980 (Bibl. PP); *Discours d'Oslo*, Paris, Grasset, 1987 (Bibl. PP).
2. *Célébration hassidique. Portraits et légendes*, Paris, Seuil, 1972. Ce volume sera suivi de: *Contre la mélancolie. Célébration hassidique II*, Paris, Seuil, 1981 (Bibl. PP).
3. Martin Buber (1878-1965), *Les Récits hassidiques*, Paris, Plon, 1963 (Bibl. PP).
4. Nom polonais d'Auschwitz.
5. Élie Wiesel avait reçu le Prix Médicis pour *Le Mendiant de Jérusalem*, en novembre 1968, au moment où Yourcenar recevait le Prix Fémina pour *L'Œuvre au Noir*.

senti tout de suite qu'il y avait pour vous une autre réalité.

Merci d'avoir écrit ce beau livre, et quelques autres. J'ai commandé en anglais *One Generation After*[1]. Avec les sympathiques pensées de

Marguerite Yourcenar

---

1. « One Generation After » constitue un chapitre du recueil de nouvelles *Entre deux soleils*, Paris, Seuil, avril 1970.

1973

À ROGER LACOMBE[1]

> Petite Plaisance
> Northeast Harbor
> Maine 04662 USA
> 5 mars 1973

Cher Ami,

Je m'excuse d'avoir mis quatre mois à répondre à votre lettre, mais elle m'a trouvée alitée, au cours d'une épuisante maladie due aux quatre cinquièmes aux effets secondaires des redoutables médicaments de la pharmacopée américaine. Ceux qu'on m'avait donnés (pour de l'hypertension) produisent sur certains sujets des symptômes semblables à ceux d'une tuberculose avancée. Après trois mois de lit presque continuel et quinze jours d'hôpital, je ne fais que commencer à reprendre des forces, et ne m'intéresse plus désormais qu'aux médicaments de nos grand-mères.

En ce qui concerne votre problème (la publication d'un livre sur Sade[2]), je ne crois pas pouvoir du tout

---

1. Fonds Yourcenar à Harvard, MS Storage 265.
2. Voir lettre à Roger Lacombe du 8 février 1967.

vous être utile, pour la simple raison que je n'entretiens aucuns rapports [sic] avec les milieux littéraires et éditoriaux américains. Même avec mon éditeur à moi, qui a la bonne grâce de me pardonner l'extrême lenteur avec laquelle se font mes traductions, dues à Grâce Frick, et plus ou moins conseillées par moi, mes rapports se bornent à quelques lettres d'affaires, et à quelques coups de téléphone polis de sa part pour demander si le travail avance. Même si mon propre travail ne m'absorbait pas, je me fais, je l'avoue, une idée si peu favorable de la littérature américaine, en particulier, et de la littérature contemporaine en général, dans quelque pays que ce soit, que j'aurais peine à entretenir des rapports plus actifs avec ceux qui la font ou qui la diffusent. Il y a des exceptions, et même de grandes exceptions, je sais, et elles n'en sont que plus belles. Il me semble pourtant que le génie de notre époque n'est pas essentiellement littéraire.

Je crois, sans pouvoir appuyer cette idée par des arguments précis, que votre *Sade* aurait plus de chance de trouver un public en Angleterre qu'aux États-Unis, et plus de chance aussi en Allemagne, encore que j'ai l'impression que le niveau intellectuel de l'Allemagne baisse à une vitesse inquiétante. Les grandes nations technocratiques ne sont pas de grandes nations intellectuelles.

En France, je ne sais pas. Casterman en tout cas me paraît très mal choisi. Gallimard me semble encore de tous les éditeurs le meilleur pour la présentation typographique, l'immense catalogue, et une certaine ouverture d'esprit vers la littérature. Ensuite, je ne vois plus guère que Calmann-Lévy, que je ne juge que de très loin, ne sachant rien de la composition des comités, et Le Seuil, dont l'orientation est (ou était) plus « spirituelle » que « libertine ». Du côté de Gallimard, il semble que je devrais pouvoir vous seconder, étant un auteur de la maison, mais mes rapports avec le groupe restent strictement « d'affaires ». Je n'ai jamais fait partie du milieu NRF et ne m'y adapte pas plus facilement maintenant qu'autrefois.

Il y a encore Fayard, dont le directeur est un de mes amis, Charles Orengo, homme très intelligent et très actif. Mais Fayard, en dépit de différentes collections divergeant parfois vers l'érudition, la psychologie, l'histoire des religions, etc., est avant tout tourné vers l'histoire contemporaine et le document d'actualité. Si vous pensiez à adresser votre manuscrit à cette maison, je dirais un mot pour vous, encore que vous n'ayez pas besoin de cette introduction, mais seulement pour que la réponse ne traîne pas trop, comme c'est malheureusement l'usage. Toutefois, Charles Orengo, depuis l'an dernier, a été sérieusement malade, et, bien qu'il poursuive ses activités d'éditeur avec son énergie habituelle, je ne suis pas sûre qu'il s'occupe personnellement des manuscrits nouveaux.

Et voilà tout ce que je trouve à énumérer... Oserais-je vous avouer après cela que je n'aime guère Sade ? Je sens que j'aurais besoin d'une longue conversation avec vous pour voir plus clairement ses mérites, que je n'aperçois que très confusément. Ce qui m'éloigne de lui est peut-être précisément ce qui vous a séduit dans son œuvre, je veux dire son intellectualisme. (Car je trouve, en dépit des innombrables différences, la même caractéristique chez Spinoza, que je vous en veux un peu d'avoir quitté.) J'ai l'impression que chez cet homme qui a tant parlé de la douleur et de la volupté, la *chair* est absente, et, corollairement, une sorte d'esprit ou d'âme qui n'agit ou n'est perçu qu'à travers la chair.

Je vous scandaliserais sans doute encore plus que je ne le fais si j'avoue que mon homme, au XVIIIe siècle, n'est pas Sade, mais Casanova, dont les idées vont plus loin qu'on ne croit. SEQUERE DEUM.

Vous parlez raisonnablement de votre âge, mais un homme de 81 ans qui découvre avec tant de joie la Grèce est un jeune homme. Je vous admire d'essayer de rester en contact avec votre petite-fille et de l'aider. Oui, les médecins sont de sots psychologues. J'en sais quelque chose.

Avec toute l'expression de ma fidèle amitié,

Marguerite Yourcenar

P.-S. J'ajoute quelques remarques avant de fermer cette lettre. Farrar Straus, mon éditeur, ne fait que « de la littérature » ; ce ne serait jamais la maison souhaitable pour vous. Je suis encore moins renseignée pour l'Angleterre que pour l'Amérique : Weiderfeld, mon éditeur là-bas, ne l'est qu'en titre, puisque je ne lui ai jamais remis la traduction de *L'Œuvre au Noir*, et naturellement n'est pas très content de moi. Je ne connais pas son catalogue, mais j'imagine que là aussi, la « littérature » triomphe sur l'érudition.

De toute façon, je ne crois pas que les éditeurs anglo-saxons soient disposés à faire traduire et à publier un livre qui n'a pas, préalablement, paru dans son pays d'origine.

Vous évoquez les bons souvenirs de Stockholm : ils sont aussi pour moi bien précieux. On a l'impression que le monde autour de nous s'enfonce de plus en plus dans l'intolérable et l'inexorable, et que, comparées aux années 1973, celles autour de 1955 étaient relativement dorées et innocentes. Vision aux trois quarts fausse, bien entendu, bien que ce que les bouddhistes appellent la concaténation des causes et des effets nous étrangle chaque jour un peu plus. Je m'excuse d'être si sombre. Mais la distance est énorme entre le sentiment quasi extatique de l'immensité et de la variété de la vie, l'ivresse d'être, qui domina dans ma jeunesse, et celui de l'universel désarroi auquel je suis peu à peu arrivée. Quoi qu'il en soit, votre appartement à Stockholm, avec ses beaux livres, et votre présence amicale à tous deux, est un très réchauffant souvenir.

À LIDIA STORONI MAZZOLANI[1]

Petite Plaisance
Northeast Harbor
Maine 04662 USA
9 mars 1973

J'ai sous les yeux votre lettre du 10 octobre, et semble bien négligente de n'avoir pas répondu jusqu'ici à l'envoi de votre dernier livre[2]. Il m'est parvenu durant l'automne, mais je suis presque aussitôt tombée malade d'une maladie aux trois quarts provoquée par les puissants et dangereux médicaments de la pharmacopée américaine, souffrant de fièvre, de sueurs profuses, d'épuisement inexplicables, qui m'ont retenue près de trois mois au lit sans compter douze jours d'hôpital. J'ai repris depuis trois semaines environ ma vie habituelle, mais après une telle (et si vaine) épreuve les progrès sont lents, et le temps encore hivernal ne les favorise pas. On attend avec passion le premier perce-neige et le premier rouge-gorge.

J'ai repris votre livre, que j'avais lu et annoté en octobre. Il est d'un grand intérêt et d'une lecture mélancolique. Dès le titre, on sent le contrepoint iro-

---

1. Collection particulière.
2. *Impero senza fine.*

nique, le rappel qu'il y a une *hybris* dans toute volonté de puissance et dans toute mainmise sur l'avenir. Tous les essais contenus dans votre livre ont leur application aujourd'hui. Il est impossible de suivre le développement de cet *imperium sine fine*, qui a ensuite servi de modèle à tous les autres, sans penser à la puissance anglaise, à la puissance américaine, que nous avons vues ou voyons finir sous nos yeux. L'*imperium* romain, dans la variété de ses phases, bien plus grande qu'on ne le croit d'ordinaire, aura du moins duré plus longtemps que ces grandes structures qui sous leur forme la plus présomptueuse ou la plus agressive auront à peine duré plus d'un siècle.

La comparaison entre les empires anglo-saxons et Rome s'impose à moi d'autant plus qu'il y eut, surtout chez certains grands Anglais du XIXe siècle, un sincère idéalisme du pouvoir qui les apparente aux grands panégyristes romains de la mission de Rome ; il est difficile aujourd'hui de leur rendre justice, sensibles comme nous le sommes à ce qui s'y est bientôt introduit d'hypocrisie. Il me semble que, plus lucides et plus courageusement moralistes que les modernes, les Anciens ont vu mieux et plus vite les dangers du pouvoir démesuré ; en tout cas les avertissements et les admonitions ne manquent pas chez les philosophes gréco-romains. Quel que fût l'orgueil romain, il me semble aussi que la notion du « lesser breed[1] » n'existait pas. Il est vrai que le dédain (d'un Trajan, par exemple) envers les Grecs allait dans le même sens.

J'aime beaucoup votre étude sur Tacite. On l'a, à mon avis, beaucoup trop accusé de déclamation et d'exagération. Il y a des époques où l'indignation est la seule attitude possible ; nous savons maintenant cela.

---

1. « Race inférieure ».

Avez-vous lu les derniers livres de Montherlant consacrés à tel moment de l'histoire romaine *(La Guerre Civile)*, ou constitués en grande partie par des commentaires sur celle-ci, et des comparaisons entre les temps romains et les nôtres *(Le Treizième César, La Tragédie sans Masques* dans la partie consacrée à *La Guerre Civile)* ? Nullement historien de métier, grand amateur là comme en tout, Montherlant a beaucoup et passionnément pensé aux leçons et aux exemples de Rome. Et il a fini par contresigner ses écrits d'une mort à la romaine[1], dans sa petite chambre meublée seulement d'une douzaine de statues ou de fragments de statues antiques, de deux fauteuils et d'une table.

Je m'intéresse beaucoup à l'*Anthologie* d'inscriptions. A-t-elle paru[2] ?

Vous ne dites rien de la santé des vôtres ; j'espère que vous êtes en ce moment sans inquiétude et sans souci grave pour aucun d'eux.

Croyez, chère Amie, à toute l'expression de mes sentiments affectueux,

Marguerite Yourcenar

---

1. Henry de Montherlant s'est donné la mort le 21 septembre 1972, à 16 heures, d'un coup de revolver dans la tempe, après avoir avalé du cyanure.
2. *Iscrizioni funerarie, sortilegi e pronostici di Roma antica.* Voir lettre à Lidia Storoni Mazzolani datée « vers 1959 ».

À MARTHE LAMY[1]

                           Petite Plaisance
                           Northeast Harbor
                           Maine 04662 USA
                           30 juin 1973

Chère Amie, chère Lamy,

Que ce nom vous va bien... C'était en effet bien amical à vous, et à Jean Chalon, d'avoir réagi ainsi en présence des élucubrations de Rosbo[2]. Il y a là, c'est vrai, un mélange de bassesse et de folie extraordinaire. (J'ai longtemps cru que les fous étaient des personnages romantiques, mais j'ai changé d'avis.) Savez-vous que, deux ou trois autres amis mis à part, vous êtes les seuls à m'avoir exprimé vos sentiments là-dessus ? Évidemment, d'autre personnes ont, comme d'abord Jean Chalon, hésité à le faire, par délicatesse, et beaucoup d'autres ne lisent pas *Gulliver*.

C'est une assez plate histoire. En 1969, ou bien 68, comme on m'avait dit que ce Rosbo était dans la gêne (ce qui était faux), était malade (ce qui peut-être était vrai), et avait beaucoup de mal à percer dans Paris, j'ai demandé à Gallimard, qui n'avait pas d'autre nom à proposer, de lui laisser faire un travail de moins d'une centaine de pages sur moi dans une collection « d'écrivains contemporains » *(Pour une*

---

1. Collection particulière.
Dr Marthe Lamy (1893-1979). Amie entre autres de Colette, Gide, Valéry, Martin du Gard et Alain. Yourcenar fit sa connaissance par l'intermédiaire de Marie Laurencin.
2. Yourcenar accorda une série d'entretiens à Patrick de Rosbo (voir lettre à Jacques Brosse du 6 juin 1969). Accueilli à Petite Plaisance, Patrick de Rosbo, à son retour à Paris, publia un premier article : « Huit jours de purgatoire avec Marguerite Yourcenar », in *Gulliver*, n° 4, février 1973, pp. 30-35, puis un second, le 25 avril 1974, « Marguerite Yourcenar en liberté surveillée » in *Le Quotidien de Paris*, 25 avril 1974.

Bibliothèque Idéale). Les projets soumis par Rosbo dans l'année qui suivit durent être refusés ; ils étaient aussi fous que sa description de Northeast Harbor mais dans le sens de l'adulation, et j'avais vainement correspondu avec lui pour essayer de clarifier ou de simplifier, en y mettant des gants de velours, car je le sentais déjà moralement malade, et, après tout, c'est moi qui avais imprudemment proposé son nom. Quelques mois avant la mort du projet, il m'annonça sa visite (non sollicitée) à Northeast Harbor pour prendre une série d'entretiens radiophoniques. Ce séjour prévu par lui pour quinze jours, que je réussis avec quelque effort à réduire à huit, tombait très mal pour moi dans une période de travail. Ce n'est pas la faute de Rosbo, si, à la suite de meurtrissures causées par une chute (je parle ici au Dr Lamy), on m'avait fait d'urgence une biopsie des deux seins, et retiré quatre ou cinq petites tumeurs, qui toutes, à l'examen, se révélèrent bénignes ; mais c'est sa faute si, ayant appris à l'arrivée (on n'avait pu l'avertir plus tôt) que je n'étais rentrée de clinique que depuis deux jours, et assez affaiblie par cette opération, il persista pourtant à s'imposer. C'est ce qui explique l'animosité pour Grâce Frick qui s'efforçait de me défendre, sachant que je n'avais pas la force de le faire moi-même, et tentait de réduire un peu ces interminables visites journalières. La pauvre Grâce dont le charmant vieux traducteur hollandais de mes livres disait si bien « qu'il avait cru voir en elle le visage même de la fidélité... ».

Je passe sur les petits resquillages, les petites astuces, les petites bassesses (j'hésite et ne trouve pas d'autres mots) qui ont fait de ce malencontreux séjour une légende, non seulement pour nous mais pour le village, parce qu'on finirait en mentionnant tout cela par tomber au niveau des gens dont on a à se plaindre.

Je trouve que les *Entretiens Radiophoniques* sont tout de même un livre utile pour les gens, s'il en est, qui ont envie de creuser un peu mes ouvrages. J'ai beaucoup remanié, beaucoup ajouté sur épreuves. J'avais tâché de mon mieux de faire changer à l'interlocuteur le libellé de certaines questions, si vagues qu'il était difficile d'y répondre avec un peu de clarté, et beaucoup d'autres me semblaient à peine mériter d'être faites (mais c'est si souvent ainsi) ; tout de même, cela m'a donné l'occasion de dire certaines choses sur mon œuvre que je n'aurais sûrement pas dites autrement.

J'ignorais tout de cette polémique concernant Colette ; je suis tentée de croire que, par certains côtés de son caractère, elle était trop « naturelle », trop près de terre pour la plupart des lecteurs d'aujourd'hui. Pourquoi ne pas tout simplement jouir de son œuvre au lieu de polémiser[1] [sic] ?

Je comprends encore moins comment et pourquoi on se mêle d'attaquer votre très chère Paulette Gauthier-Villars[2], dont l'intelligence et le charme me sont toujours présents. Elle a été de ces femmes qui constituèrent vraiment le Mouvement de Libération féminine, avant que la foule y participe, comme elle le fait aujourd'hui.

---

1. Au sujet de cette polémique, l'amiral Marcel Duval, neveu de Marthe Lamy, propose plusieurs hypothèses : la présence à l'exposition du centenaire de Colette d'un tableau représentant Willy et que Marthe Lamy avait reçu du fils de celui-ci, Jacques Gauthier-Villars, ou la tenue de propos intempestifs sur Colette, par Colette de Jouvenel ou Maurice Goudeket.

Marthe Lamy, amie de Colette, avait cependant continué à défendre Willy dans le différend conjugal qui les opposait.

2. Paulette Gauthier-Villars (1893-1968), amie intime de Marthe Lamy, médecin comme elle et une des premières femmes à être, en 1939, professeur agrégé. Paulette Gauthier-Villars était la nièce de Henri Gauthier-Villars, dit Willy, premier mari de Colette. Elle assura après la mort de son père la présidence de la maison d'édition qui porte son nom.

Je viens d'achever un livre intitulé *Souvenirs Pieux* consacré à ma mère et à sa famille. Il paraîtra cet automne, et d'abord en édition de luxe, agréablement illustré de photographies du XIXᵉ et du début du XXᵉ siècle, mais si cher et si strictement numéroté que je crains bien devoir attendre l'édition courante (qui j'espère ne tardera pas trop) pour l'offrir. J'y ai mis pour épigraphe le koan zen[1] « Quel était votre visage avant que votre père et votre mère se soient rencontrés ? ».

J'ai été très sérieusement malade cet hiver d'une maladie non encore diagnostiquée. Températures très basses (36.1, 36.2) avec légères poussées de fièvre, sueurs profuses jour et nuit, nuit surtout, qui me laissaient trempée et obligée de me sécher à quatre ou cinq reprises les cheveux au séchoir électrique, épuisement si total que je n'imaginais pas en sortir. Après douze jours de *tests* fatigants et vains, on a éliminé la possibilité de tuberculose, de typhoïde, de fièvre ondulante, et découvert peu à peu qu'une très grande partie au moins de cet état semblait provenir d'une intoxication causée par des médicaments trop puissants pour moi qu'on me faisait prendre pour une hypertension fluide (« labile » comme ils disent ici) et une insuffisance cardiaque dont j'ai souffert toute ma vie, mais qui évidemment s'aggrave avec l'âge. Les médicaments retirés un à un, les sueurs et les crises d'épuisements vraiment mortels ont cessé, bien qu'il m'en reste, sous une forme extrêmement atténuée, quelque chose.

Pendant trois mois, j'ai vécu ensuite dans une continuelle « vacance » de toute pharmacie, puis, on est revenu à une médication anti-hypertensive moins violente que les « nouveautés » dont on

---

1. Yourcenar explique ce terme dans la lettre à Jean Guéhenno du 7 mars 1978.

m'avait gorgée. Je revois le médecin le 10 juillet. Tout s'industrialise ici : les médecins surmenés ne se rendent plus à domicile, donnent des rendez-vous tous les deux mois ; en cas d'urgence, on téléphone ; s'il le faut, on se rend chez eux (dans mon cas, 25 kilomètres environ) en automobile, ou, si les choses vont vraiment mal, en ambulance. On est soigné, mais seulement en quelque sorte en surface et pour parer au pire, on n'est plus individuellement soutenu et pris en charge. Je suppose qu'il en est à peu près partout ainsi. Le pis est l'impossibilité presque totale de *causer* avec un médecin ; peut-être n'est-ce qu'une forme de la difficulté de communiquer entre êtres humains qui me paraît de plus en plus grande de nos jours. Le médecin tend à devenir un ordinateur.

Pas d'autres nouvelles qu'un printemps trempé, merveilleusement vert, sous l'averse ou le brouillard perpétuels.

Affectueuses pensées, auxquelles Grâce joint les siennes,

Marguerite Yourcenar*

Dans ce *Gulliver, toutes*[1] les conversations sont inventées de toutes pièces. Il y a là un cas extraordinaire d'imagination délirante.

---

1. C'est Yourcenar qui souligne.

À WILLIAM BAST[1]

> Petite Plaisance
> Northeast Harbor
> Maine 04662 USA
> 7 juillet 1973

Cher Monsieur,

Je vous remercie de votre lettre du 21 juin et de m'autoriser à vous répondre en français.

Évidemment, en termes d'idées et d'opinions, nous ne parlons pas la même langue. Vos arguments en faveur d'une réalisation cinématographique des *Mémoires d'Hadrien* ignorent complètement les raisons que je vous donnais pour n'en rien faire, et ne touchent pas à l'essentiel.

Je ne suis pas non plus d'accord avec vous sur l'excellence des films que vous citez comme « honnêtes, audacieux, imaginatifs et éloquents », et « réalisés avec goût ».

La Mort à Venise et *Le Jardin des Finzi-Contini* ont le même défaut, très grave, d'être étouffés par le décor. Dans le premier, les plantes vertes, le mobilier 1900, les écharpes et les chapeaux de femmes annulent complètement l'effet de l'admirable et sobre récit de Mann. Les deux personnages principaux sont très mal représentés. Cet artiste hirsute et un peu ahuri n'a rien du rigide et aristocratique écrivain dont le drame, précisément, est de voir s'effondrer une à une ses disciplines. Quant au délicat petit garçon, trop joli, il est loin d'être l'adolescent à la fois maladif et sublime, l'Hermès qui entraîne son

---

1. Fonds Yourcenar à Harvard, Ms Storage 265.
Yourcenar avait déjà répondu en anglais à une lettre de William Bast qui lui demandait les droits cinématographiques de *Mémoires d'Hadrien*.

admirateur dans les régions de l'autre monde. Le chef-d'œuvre a été tué entre les mains du réalisateur.

L'atmosphère « lush » et « soft » des *Finzi-Contini* s'explique davantage, puisqu'il s'agit de montrer une aristocratie d'argent tombée en décadence, mais le résultat est d'éliminer toute pitié pour ces mannequins représentés dans cet encombrant décor. L'intrigue amoureuse, entre une fille surchargée de cosmétiques et deux garçons presque identiques dans leur beauté molle, est si artificiellement présentée qu'on s'en désintéresse, et, ce qui est plus grave, on se désintéresse aussi de ce drame juif si superficiellement représenté.

Quant au *Charme discret de la Bourgeoisie,* je n'y vois que la recherche de l'absurde et du factice, agrémentés çà et là d'effets sadiques, ou de séquences « poétiques » devenues déjà conventionnelles. Hadrien, s'il avait par hasard assisté à ce spectacle, serait sorti avant la fin, et, croyez-moi, il aurait bien fait.

Merci encore d'aimer tant mon livre, et recevez, etc.[1]

[Marguerite Yourcenar]

À GEORGES DE CRAYENCOUR[2]

21 juillet 1973

Mon cher Georges,

J'ajoute un mot à ma lettre du 7 juillet et à son annexe du 10, que je n'avais pas eu le temps de terminer jusqu'ici.

Vous avez exprimé très discrètement le désir que la miniature de Christine Hovelt représentant votre

---

1. « recevez, etc. » est autographe.
2. Collection Georges de Crayencour.

grand-père vous appartienne un jour. Je trouve ce souhait très naturel et prends les mesures nécessaires pour que l'objet vous soit éventuellement envoyé.

Je tiens aussi à répondre au sujet du portrait d'ecclésiastique actuellement en ma possession. Je ne pense pas que Christine l'ait emprunté à votre père pour le copier ; elle se spécialisait surtout dans les portraits de jeunes femmes et d'enfants. Il était plutôt destiné, je crois, à orner un mur du grand appartement qu'elle a occupé, pour un temps assez court, avenue Louise à Bruxelles. Il l'a suivie en Suisse quand elle s'est installée à Lausanne, et c'est de là qu'il m'est revenu quand, entre 1947 et 1948, j'ai acquitté les frais de garde-meubles, que Christine installée à Pau depuis 1940 n'était plus en mesure de payer. (Elle mourut comme vous le savez en 1950.) Je fis vendre le mobilier, d'ailleurs quelconque, et les objets moins encombrants me furent envoyés aux USA. C'est ainsi, d'ailleurs, que je retrouvai mes notes et projets des *Mémoires d'Hadrien* entreposés là avant la guerre[1].

Parmi ces objets, se trouvait le portrait traditionnellement identifié comme celui d'un abbé Duhamel, frère, je suppose, d'Anne Duhamel, ou du Hamel, aïeule de Noémi Dufresne. Je décidai de le garder. Je n'étais pas à cette époque, et depuis de longues années, en rapports avec votre père, et mes opinions différaient des siennes quant à la disposition des objets provenant du Mont-Noir. Votre père envisageait les choses, je suppose, du point de vue

---

1. D'après une autre version, le brouillon de *Mémoires d'Hadrien* aurait été retrouvé à l'hôtel Meurice de Lausanne, une des résidences de Yourcenar avant la guerre. Il est possible que Christine de Crayencour ait rassemblé les objets laissés dans cet hôtel par sa belle-fille, et les ait mis au garde-meuble, avant de partir pour Pau en 1940.

de la primogéniture et de la succession de mâle en mâle; mes vues se basaient sur le code Napoléon. Passons... Ce portrait est le seul qui me soit parvenu des tableaux qui garnissaient les murs du Mont-Noir. Il est entendu que je me propose de vous le faire envoyer après mon décès. Je vous en adresse en attendant une photographie.

Comme vous verrez, le tableau est en assez mauvais état : la toile en haut se gondole légèrement, et le vernis a tellement noirci que la photographie en couleurs a seule décelé certains détails intéressants qui ne se voient pas sur l'original, par exemple de gros piliers indiquant que l'abbé s'était fait peindre dans un décor d'église. Mon intention est de faire soigneusement remettre en état cette toile, m'adressant pour cela au restaurateur de l'un des deux bons musées du Maine, qui possèdent des tableaux anciens bien entretenus, Colby College, ou Bowdoin College, Art Gallery. L'une et l'autre de ces institutions ont eu l'amabilité de me décerner un doctorat *honoris causa*, de sorte que j'y ai mes entrées.

Comme l'image de l'abbé, même noircie, m'est agréable en haut de l'escalier assez raide de Petite Plaisance, au-dessus de rayons aussi chargés de livres que la table sur laquelle il s'appuie, je ne ferai probablement faire ce nettoyage que durant une de mes absences.

Il reste un troisième objet qu'il me paraît souhaitable de désigner comme revenant éventuellement à vous ou à votre frère Michel Charles. C'est une cafetière Louis XV en argent, de petites dimensions, gravée aux armoiries de la famille (écartelées), et que mon père, peu avant 1914, avait pris, avec quelques pièces d'argenterie très peu nombreuses appartenant au Mont-Noir, pour s'en servir dans son appartement de Paris, situé à ce qui était alors le 15 Avenue d'Antin (Avenue Franklin-Roosevelt d'aujourd'hui). Cette pièce, la seule armoriée, devait provenir originellement de la succession de Reine Bieswal de Briard[1], car deux autres cafetières, l'une moyenne, l'autre assez grande, identiques à celle-là, et portant les mêmes armoiries, sont allées lors de cette même succession aux Van Eslande. Je les ai vues chez Robert Van Eslande à Nice en 1955, ainsi que plusieurs fort belles faïences de Delft qui avaient, m'a-t-il dit, la même origine.

J'ajoute pourtant que si ma très précieuse amie et collaboratrice Grace Frick, copropriétaire avec moi de la propriété dite Petite Plaisance, me survit, je lui laisse l'entière liberté de conserver en place le portrait de l'abbé Duhamel et la pièce d'argenterie désignée ci-dessus jusqu'à son propre décès, étant bien entendu que ces objets ensuite reviendront à votre frère aîné ou à vous[2]. Dès maintenant, je placerai entre les mains de mon avocat dans la région, Mr. William Fenton[3], Main Street, à Bar Harbor, Maine, une note à cet effet, ceci pour le cas d'un accident, par exemple, ou de toute autre circonstance qui ne laisserait pas à Grace Frick le temps de prendre des dispositions à ce sujet après mon décès. La miniature de votre grand-père vous sera au contraire envoyée, selon mes instructions, sans délais aucuns, autres que ceux exigés par les formalités habituelles.

---

1. Reine Bieswal de Briard (1792-1874). Arrière-grand-mère paternelle de Yourcenar.

Dans une lettre du 1er avril 1973 à Georges de Crayencour, Yourcenar évoque une visite à Nice, mais en 1954, et chez Pierre (et non Robert) Van Eslande « qui possédait dans son appartement niçois certains objets ayant appartenu au Bailleul et au Mont-Noir du XIXᵉ siècle, et portant des armoiries Crayencour » (Collection particulière).

2. Michel Charles de Crayencour, frère aîné de Georges, est mort, trois ans plus tard, le 11 avril 1976.

3. Avocat de Yourcenar pour les États-Unis. Membre du Trust Yourcenar (« Trustee of the Yourcenar Trust of her home property »).

Me voilà arrivée au bout de cette solennelle mise au point. Croyez, mon cher Georges, à toute l'expression de mes sentiments les meilleurs,

Marguerite Yourcenar*

À JEANNE CARAYON[1]

Petite Plaisance
Northeast Harbor
Maine 04662 USA
3 août 1973

Chère amie,

Je prends ce soir cette espèce de vacances qui consiste à vous écrire, remerciant à la fois de bien des messages et du volume de Montherlant que vous avez bien voulu m'envoyer.

Ce que vous me racontez de l'incident qui a pour ainsi dire amorcé la fin de Montherlant me frappe et jusqu'à un certain point m'obsède, mais sans me surprendre. D'abord parce que deux ou trois amis de Montherlant m'avaient raconté des faits du même ordre, avec cette absence d'ambages qu'on n'a peut-être qu'à Paris en discutant, dans l'intimité, des personnes avec lesquelles on est lié. Ensuite parce qu'il était impossible à un lecteur un peu averti de ne pas trouver parfois ce genre d'expériences entre les lignes de son œuvre. On est hanté, certes, par l'image de cet homme âgé bousculant l'heure de sa correspondance, se hâtant vers le démon qu'il a lui-même suscité. Je crois comme vous que cette agression a dû se passer à l'intérieur plutôt que dans la

---

1. Fonds Yourcenar à Harvard, bMS Fr 372 (868).

rue ou dans un vestibule plus ou moins passant.) En somme, c'est la fin (le commencement de la fin) telle qu'on l'imaginerait pour Monsieur de Guiscart[1], le Guiscart réel, plutôt que celui, un peu exténué, du roman, dont les précautions et les craintes cachées sous la désinvolture paraissent un peu excessives, s'il ne s'agit que de quelques bonniches[2] algériennes.

Quant aux trois récits : que dire ? On y retrouve le puissant réalisme à l'emporte-pièce de l'écrivain. Pourquoi a-t-il emprunté à [Claudel][3] ce titre si peu à sa place, car dans aucun cas il ne s'agit d'aimer quelqu'un ? On voit dans les dernières — et à mon avis les meilleures — pages du livre qu'il a fini par se le demander lui-même. Les trois minces liaisons qu'il évoque sont bien insuffisantes à illustrer un tel problème. L'essai rajouté à la fin du livre sur une houleuse séance sportive à laquelle il lui arrive d'assister est un très bel exemple de cet effort d'aller par-delà les conventions polies et les vues toutes faites, dans lequel il est incomparable, et qui m'a fait tant aimer *Les Célibataires* et *Le Chaos et la Nuit*.

Vous parlez des passions qui s'éloignent avec l'âge comme Sophocle ou Montaigne. Et aussi un peu comme Zénon (« La chasteté... lui semblait maintenant un des visages de sa sérénité. Il goûtait cette froide connaissance qu'on a des êtres quand on ne les désire plus »). Je m'excuse de me citer toujours moi-même, mais c'est si commode... Montherlant pensait autrement sur ce sujet[4]. Je vois bien tout ce qu'on peut dire de la puissante vitalité, de l'amour de

---

1. Personnage de *La Rose de sable*, Paris, Gallimard, 1968 (Bibl. PP).
2. Terme que Yourcenar utilise aussi dans *Quoi ? L'Éternité*, pour désigner Camille Letot.
3. Il s'agit peut-être de *La Rose et le Rosaire*, Paris, Egloff, 1946, de Claudel que Yourcenar orthographie « Cladel ».
4. Cette phrase est un ajout autographe.

la vie brûlant jusqu'au bout, chez un Goethe ou un Pindare octogénaires amoureux, ou chez un Hugo se rendant encore à de galants rendez-vous à quatre-vingt-deux ans. Et du côté femmes, il y a l'aimable Ninon... Tout de même, les personnes âgées, ou parfois très âgées, des deux sexes, que j'ai vues s'ingénier à obtenir encore quelque plaisir d'amour, ou en remâcher trop continuellement le souvenir, m'ont toujours paru oublier qu'il y a un temps pour tout[1].

Dès que le manuscrit, ou plutôt le jeu de secondes épreuves corrigées de *Souvenirs Pieux* me sera parvenu de chez l'imprimeur Vibert et aura été remis à Gallimard, je ne manquerai pas de demander qu'on vous confie la correction de l'édition courante. Mais un léger accrochage, comme toujours au sujet des futures éditions de Poche (on n'imagine pas ce que la scission Gallimard-Hachette aura causé de conflits[2]), fait encore traîner la rédaction du contrat. L'ouvrage paraît aux éditions Alphée en septembre, et comme Charles Orengo a stipulé deux mois et demi d'exclusivité, il ne pourra paraître chez Gallimard au plus tôt que vers la fin de l'année. Nous avons donc du temps devant nous. Dans l'intervalle, vous aurez reçu l'exemplaire de l'édition originale que je vous réserve.

Ces éternelles discussions pour défendre, non seulement la bonne gestion de son œuvre, mais aussi

---

1. En 1979, Yourcenar écrivait dans une note de lecture : « On est aussi surpris que Bernard Berenson, avec sa totale compréhension du besoin "mystique" de l'union physique chez des êtres jeunes, refuse toute expérience analogue, à l'âge mûr. Et rien certes n'est plus odieux à mes yeux qu'un vieillard (ou une vieillarde) amoureux ou libidineux, ou même excessivement préoccupé de ces sujets sans désormais passer aux actes. Mais il est clair que la sensualité dure autant que la vie, plus ou moins forte selon les individus et qu'on est sans cesse forcé d'en tenir compte. » « Sources II », Fonds Yourcenar à Harvard, MS Storage 265.
2. Lors de la création par Gallimard de la collection de poche Folio, en 1972.

certains principes, sont pour l'écrivain l'équivalent d'une horrible tâche. La journée ensuite est vidée de toute possibilité d'œuvre personnelle.

Non : je crois bien que l'essai de Gonzague Truc n'a jamais paru[1]. J'en ai envoyé une copie à deux bibliothèques d'universités américaines qui ont une « collection M.Y.[2] », et aussi à la bibliothèque de l'académie de Belgique.

Ici, les belles journées ensoleillées comme celle que je décrivais dans ma précédente lettre se comptent cette année. De mémoire d'homme, on n'a jamais vu ici un été si pluvieux et si riche en brouillard. Le tambour de la pluie sur le toit de la véranda et les écharpes de brumes au haut des montagnes ou autour des îles, jusqu'à ce qu'elles se rejoignent et recouvrent tout, ont du charme, mais cette absence presque continuelle de soleil est physiquement très déprimante, et les allergies dansent leur danse de sorcières. Une bonne partie de mon temps se passe à rassembler les photographies et les documents nécessaires pour *Le Labyrinthe du Monde*, l'histoire de mon père et de ma famille paternelle, qui sera très différente de *Souvenirs Pieux*[3]. Je voudrais éviter ces recherches du dernier moment, qui

---

1. Voir lettre à Jeanne Carayon du 14 janvier 1971. Yourcenar note dans une présentation dactylographiée de cette conférence de Gonzague Truc : « Elle comprend une analyse remarquablement poussée de mon œuvre jusqu'à *Feux* inclusivement. Le fait que *Le Coup de grâce* n'y figure pas semble indiquer que la conférence a été donnée avant mai 39. » Fonds Yourcenar à Harvard, MS Storage 265.

2. La Bibliothèque Houghton de Harvard University (Massachusetts) et la Bibliothèque Hawthorn-Longfellow de Bowdoin College (Maine).

3. *Le Labyrinthe du Monde* deviendra le titre générique de l'ensemble du recueil de mémoires. *Souvenirs pieux* en constitue le tome I, *Archives du Nord*, ici encore sous le titre *Le Labyrinthe du Monde*, le tome II et *Quoi ? L'Éternité*, qui devait s'appeler « Suite et fin », le tome III.

sont harassantes. Et c'est ici que ma lettre tourne à la demande de service : j'entrevois certaines recherches à faire qui ne pourraient être menées à bien qu'en France. Voici de quoi il s'agit :

Pour l'illustration du *Labyrinthe du Monde*, que je rassemble bien que je ne puisse encore savoir s'il aura ou non une édition originale illustrée comme son prédécesseur, il me manque une photographie que j'avais arrachée d'un livre et perdue à Paris entre 1939 et 1945, avec d'autres objets auxquels je tenais particulièrement. (L'immeuble a été occupé par différents groupements militaires, de nationalités différentes, et les voisins aussi ont dû profiter des circonstances.) Le volume, de petit format (50 pages seulement), auquel cette photographie servait de frontispice est, lui, encore entre mes mains. Il a pour titre : Jeanne de Vietinghoff[1], *Sur l'Art de Vivre*, précédé d'une notice biographique par Mme Hélène Naville, Paris, Librairie Fischbacher, 1927. Je ne découvre ni indication de copyright ou de dépôt légal, ni indication de tirage.

Je souhaiterais avoir de nouveau en main un exemplaire de ce petit volume pour faire rephotographier la photographie. (Pas photocopier, ce qui donne un résultat qu'on ne peut reproduire ensuite.) Si l'ouvrage a été déposé à la Bibliothèque Nationale, c'est tout simple, à condition qu'on puisse l'y

---

1. Jeanne de Vietinghoff (1875-1926).
Mi-belge, mi-hollandaise, Jeanne Bricou fut la condisciple de Fernande, mère de Yourcenar, au pensionnat des Dames du Sacré-Cœur à Bruxelles. Après la mort de cette dernière, elle incarna pour la jeune Marguerite un modèle de mère et de femme idéale, inspirant sans doute la Monique d'*Alexis*, et la Thérèse de *La Nouvelle-Eurydice*. À la mort de Jeanne, Yourcenar lui rendit hommage dans « Sept poèmes pour Ysolde morte », paru dans *Charités d'Alcippe*, et dans le « Tombeau de Jeanne de Vietinghoff » dans *Le Temps, ce grand sculpteur*. Sous le nom de Monique d'abord dans *Souvenirs pieux*, puis de Jeanne de Réval dans les volumes ultérieurs, elle est l'un des personnages essentiels du *Labyrinthe du Monde*.

retrouver. Si la Librairie Fischbacher (spécialisée dans les ouvrages d'édification protestante) existe encore, ou a un successeur, ce serait relativement simple aussi : on pourrait demander s'ils ont dans leurs archives un exemplaire de ce petit recueil. (Leur adresse à l'époque était 33, rue de Seine.) Tout cela manquant, il doit peut-être y avoir à Paris une bibliothèque de société d'études protestantes possédant des livres de ce temps-là. Jeanne de Vietinghoff était un auteur assez connu ; avant cette petite publication posthume, elle avait donné un roman, insignifiant, sauf, pour des raisons personnelles, pour moi[1], et quatre volumes d'essais, d'une religiosité très haute marquée d'une pointe de quiétisme, qui avaient été beaucoup lus dans certains milieux.

Cette femme remarquable à plus d'un point de vue est la Monique G. de *Souvenirs Pieux*, compagne de Fernande au Sacré-Cœur, et qui fut plus tard liée à mon père par une amitié passionnée, peut-être même par un grand amour. Adolescente, je voyais en elle un modèle d'intelligence et de bonté féminines, de sorte que son influence a été grande sur moi[2].

Il n'est pas question de vous envoyer courir à la Bibliothèque Nationale, l'un des endroits les plus fatigants que je connaisse, mais peut-être pourriez-vous m'indiquer une personne qui puisse faire pour moi cette recherche, rémunérée, bien entendu. Si ce petit livre ne se retrouve pas à Paris, peut-être pourrais-je le découvrir dans une bibliothèque de la Suisse romande, mais ce sera là une seconde chance

---

1. *L'Autre Devoir, Histoire d'une âme*, Genève, Éditions Forum, 1924. D'après Yourcenar, l'ouvrage avait été inspiré par les relations de son père Michel et de Jeanne.
2. Dans une lettre inédite du 17 avril 1983, à l'abbé André Desjardins, Yourcenar écrira : « Jeanne de Vietinghoff était toute bonté, et j'ai la passion de la bonté. » Collection particulière.

à tenter. Du côté de personnes privées, je ne saurais où m'adresser. Les amis de Jeanne, comme Madame Naville elle-même, ont tous depuis longtemps disparu ; il reste un fils, personnage assez germanique, genre Hermann Hesse, qui habite la Suisse Allemande. Je ne l'ai jamais rencontré à l'âge adulte, et il serait assez surpris, j'imagine, qu'on vienne lui demander de but en blanc le portrait de sa mère[1].

J'ai peut-être un autre problème à poser, concernant la démission ou la destitution de mon grand-père[2], qui fut — je viens de l'apprendre — brièvement préfet du Nord en février 1871, et j'aimerais voir s'il reste à ce sujet une pièce officielle quelconque. Mais je vais d'abord prendre connaissance du volumineux journal, ou carnet de notes, de ce même grand-père, où il se peut que je trouve une indication qui suffira.

J'espère que tout va bien chez vous, et que gens et bêtes ont plutôt joui que souffert de la chaleur de juillet. (Pendant que j'écris ceci, le soleil se remet à briller entre deux nuages ; la végétation, gorgée d'eau, est comme folle ; les vignes vierges ont réellement grandi autour de la maison où on est dans la cuisine, d'ordinaire si ensoleillée, comme dans une grotte verte ; les clématites, si fragiles, ont résisté aux violentes ondées de la nuit dernière, et font toujours sur le seuil l'effet d'une grande fusée mauve.) J'ai été attristée par votre description de l'anéantissement de la maison encore humaine où vous possédiez, à Paris, un pied-à-terre, et à l'idée d'un petit coin d'intimité et de vie paisible remplacé, une fois de plus, par une autoroute. Mais ces horreurs qui sont aussi d'énormes sottises ont

---

1. Egon de Vietinghoff. Yourcenar le reverra en 1983, et une dernière fois en novembre 1986 à Zurich. Josyane Savigneau, *Marguerite Yourcenar, op. cit.*, pp. 436 et 449.
2. Michel Charles de Crayencour, qu'elle évoque longuement dans *Archives du Nord*. Voir lettre à Georges de Crayencour du 28 juin 1977.

lieu partout. L'écrivain Jacques Masui[1], qui a une petite maison à la Conversion, sur Lausanne, m'écrit que tout le paysage est littéralement saccagé par la nouvelle autoroute du Simplon. Tout s'en va.

Merci de m'avoir indiqué que Montherlant a fait ce qui se devait pour votre amie et pas seulement en termes d'une rémunération, même « très large ». Ce petit détail le grandit.

Amicalement à vous,

Marguerite Yourcenar

À JEANNE CARAYON[2]

Petite Plaisance
Northeast Harbor
Maine 04662 USA
13 octobre 1973

Chère Amie,

Vous devez de nouveau me trouver bien ingrate de ne pas vous avoir remerciée tout de suite, comme il

---

1. Jacques Masui. Ami de Yourcenar qui lui avait demandé de faire partie du groupe de ses exécuteurs testamentaires (lettre de Jacques Masui à Yourcenar du 25 septembre 1973, Fonds Yourcenar à Harvard, MS Storage 265). Il lui avait rendu visite à Petite Plaisance en 1972 (lettre de Jacques Masui du 24 août 1974, Fonds Yourcenar à Harvard, MS Storage 265).

Directeur de la collection « Documents spirituels » aux *Cahiers du Sud* (1952-1955), chez Fayard (1970-1976), ainsi que de la revue *Hermès*, recherches sur l'expérience spirituelle (1963-1970). Auteur de *De la vie intérieure*, Paris, Éditions des Cahiers du Sud 1951 (Bibl. PP); *Yoga — Science de l'homme intégral,* Paris, Éditions des Cahiers du Sud, 1953 (Bibl. PP).

Il mourut le 28 novembre 1975. Prévoyant cette fin, sa femme s'était suicidée la veille.

Yourcenar a écrit un « Tombeau de Jacques Masui » recueilli dans *Le Temps, ce grand sculpteur,* in *Essais et mémoires, op. cit.,* pp. 419-423.

2. Fonds Yourcenar à Harvard, bMS Fr 372 (868).

convenait. Mais le temps m'a manqué pour écrire longuement, comme j'aime à le faire.

Les documents que vous avez réussi à obtenir sont pour moi d'une grande importance[1]. Voici éclairé le bref passage de Michel-Charles à la Préfecture. Du moment qu'il y a eu conflit d'attributions, le président du conseil nommant mon grand-père, et le ministre de l'intérieur quelqu'un d'autre, Michel-Charles s'est évidemment désisté en faveur de son concurrent ou a été évincé par lui[2], puisque c'est ce dernier qui a signé toutes les pièces durant ces trois semaines. Peut-être est-il naturel que Michel-Charles ait passé sous silence cette confuse histoire dans les quelque trente pages de souvenirs qu'il a laissés à ses enfants.

Je dis peut-être, car à sa place j'aurais parlé de cette crise. Mais le rapporteur anonyme qui a rédigé les notes confidentielles sur Michel-Charles, que vous avez découvertes, avait raison de supposer qu'incapable de dénaturer la vérité, il ne la disait pas toujours tout entière. Ses brefs *Souvenirs* ne vont pas sans nombreuses[3] litotes.

Voici donc résolu le problème de sa baronnie d'Empire. J'aime autant qu'il n'ait pas reçu cette faveur officielle. Mais, hélas, le rapporteur a raison : « Il tient trop à ce qu'il possède pour ne pas servir loyalement le gouvernement de l'Empereur. » Sauf, du côté maternel, le malheureux Rémo[4], et, du côté paternel, Nicolas de Zannequin, lointain aïeul d'une

1. Ils fourniront la source d'un épisode d'*Archives du Nord*.
2. « ou a été évincé par lui » est un ajout autographe.
3. « nombreuses » est un ajout autographe.
4. Rémo Pirmez. Jeune frère de l'écrivain Octave Pirmez. Cousin éloigné de Yourcenar, qu'elle évoque longuement dans *Souvenirs pieux*. D'après les informations de ce dernier livre, Rémo Pirmez avait été le fondateur de la Ligue de la Paix et d'un hebdomadaire pour défendre la Cause du Peuple et était mort de « mort violente » à l'âge de 28 ans.

lointaine aïeule, chef des communiers flamands qui se fit tailler en pièces à Cassel en 1328 par les troupes de Philippe VI, je ne trouve pas chez ces gens-là de résistants ou de protestataires. Peut-être faut-il compter aussi un frère un peu dingue de mon grand-père, sur lequel le silence s'est fait. Des scissions tragiques se sont, paraît-il, produites dans presque toutes les familles de la région au XVIe siècle, mais je n'en retrouve aucune trace. Mes ascendants semblent avoir confortablement vécu dans l'ordre établi, et pour les mêmes raisons que le rapporteur anonyme prête à Michel-Charles. Ce n'était pas d'ailleurs une petite réussite dans ce pays où l'ordre établi changeait sans cesse.

L'analyse de ces notes confidentielles mènerait loin[1]. Dans l'ensemble, et en gros, le rapporteur voit assez juste. Mais ce fonctionnaire probablement venu de Paris connaissait mal ces familles jalousement fermées du vieux patriciat flamand, accaparant depuis des siècles les emplois municipaux, dont les titres, quand elles en avaient, venaient de la Couronne d'Espagne, et qui allaient volontiers chercher femme de l'autre côté de la frontière.

Pour le rapporteur, Michel-Charles est surtout un homme riche. Il semble avoir cru tout récent le nom à rallonge, qui datait de 1740, et avait dû représenter, je suppose, un effort de francisation plus apparent que réel, le nom de la terre en question ayant été d'abord Krayenburg (le bourg ou le burg aux corneilles). Ce nom fut prudemment laissé tombé au retour d'émigration, puis repris et légalisé, avec la curieuse clause qu'il serait réintroduit dans les actes passés depuis 1793. La culture, comme le dit le rapporteur, était une demi-culture, ou plutôt une culture archaïque : Michel-Charles semble avoir

---

1. « mènerait loin » est une correction autographe.

cessé de lire les poètes de son temps vers 1840. Lacune grave dans un rapport confidentiel sur un fonctionnaire, l'auteur, qui mentionne le beau-père de mon grand-père, un certain président Dufresne, omet de dire que ce magistrat était presque superstitieusement tenu à l'écart des gens de droite (son père, d'humble origine, avait trafiqué dans les biens noirs), et détesté d'autre part des libéraux pour avoir été impitoyable aux insurgés sortis « des caves de Lille ». Enfin, il se laisse prendre aux apparences en qualifiant d'aimable et de modeste la redoutable Noémi.

Si je vous ennuie de tous ces détails, c'est un peu que j'essaie sur vous mon livre futur, et aussi que je m'intéresse toujours à l'énorme différence entre les textes officiels concernant quelqu'un (épitaphe d'Hadrien, acte d'accusation de Zénon, rapports secrets ou au contraire très publiques nécrologies et oraisons funèbres) et la vérité intime. Le romancier seul se débrouille parfois dans le foisonnement de la vie vivante, comme Balzac, qui sans jamais être venu dans la région, a donné d'une famille du genre de celle de mon grand-père une image très juste dans l'ensemble (les Claës de *La Recherche de l'Absolu*), même s'il y a, comme toujours, une pointe d'exagération.

J'ai aussitôt envoyé à mon neveu le colonel[1] une xérocopie des précieux papiers. Une confusion a dû se glisser entre les lignes de ma dernière lettre. Le colonel va très bien : le grand malade est son correspondant lillois, un érudit local, auquel il a eu recours pour diverses recherches, comme celle qui a amorcé la vôtre.

Je vous envoie en un paquet à part recommandé

---

1. Georges de Crayencour.

deux petits livres : le vôtre, celui du Dr Destouches[1], dont la longue absence doit vous inquiéter, et qui consigne en effet une situation bouleversante que la plupart des médecins du XIXe siècle semblent avoir acceptée sans trouble, et *Les Charités d'Alcippe* ; il a fallu quelque temps pour l'aller sortir de son paquet et y ajouter deux poèmes dont je me suis aperçue qu'ils manquaient à un groupe, et une note expliquant tant bien que mal les vicissitudes de cette édition. Mon écriture est malheureusement d'un affreux laisser-aller, parce que j'ai écrit tout cela en position horizontale, étant toujours obligée de m'étendre trois fois par jour pour reposer mes disques dorsaux. Ceux-ci vont d'ailleurs un peu mieux.

J'ai été désolée pour elle et pour vous du nouvel accroc survenu à la Marraine[2]. J'imagine qu'elle a dû beaucoup souffrir et peut-être souffre encore, et que les soins domestiques, les petits travaux, les fatigues, en ont pour vous été augmentés d'autant. Que la vie est dure et impitoyable ! Ici, le travail de traductrice de Grâce Frick et son endurance sont mis à l'épreuve par mes récentes périodes de maladie, et par les tâches indispensables qu'elle doit s'imposer. Nous sommes relativement bien secondées : nous avons depuis quelque temps comme aide domestique une jeune fille sérieuse et bien élevée qui vient d'achever ses années de collège, qui parle très convenablement le français et se connaît un peu en jardinage, ce qui est précieux en ce moment de l'année où l'on plante

---

1. Céline. Le livre évoqué ici est sa thèse de médecine sur *La Vie et l'Œuvre de Philippe Ignace Semmelweis 1818-1865*, Paris, Gallimard, 1952 (Bibl. PP). C'est sous ce nom que l'avait connu Jeanne Carayon, à l'époque où il était son voisin de palier à Clichy et avait soigné son enfant.
2. Marie-Louise Camus. Voir lettre à Jeanne Carayon du 14 janvier 1971.

les oignons des fleurs de printemps. Mais tout est compliqué : la moindre réparation, le moindre travail demandé à l'électricien, au plombier, au maçon, demande des coups de téléphone multipliés, des attentes qui se prolongent des semaines, quelquefois des mois, et (je n'exagère pas dans le cas du maçon) des années. Les communications postales et télégraphiques se détériorent : tout prend plus longtemps qu'il y a deux ou trois ans. L'inflation a révélé ce qui était visible de longue date à toute personne un peu observatrice : l'infériorité et l'adultération de la plupart des aliments, cachées au public sous une prétendue abondance. On a l'impression d'une immense machine beaucoup trop complexe qui tourne de moins en moins rond. La politique est le cloaque que vous savez. L'automne, très doux, rayonne sur tout cela.

Le 21 septembre, j'ai donné une pensée de pitié et de respect à ce qu'ont dû être les derniers moments de Montherlant[1].

[Marguerite Yourcenar]

Avec toutes mes amicales et reconnaissantes pensées,

Je suis comme vous : la chasse m'empoisonne l'automne. Et cependant, à de certains jours, comme aujourd'hui, la splendeur de l'été indien est telle qu'on se laisse porter par ce grand mouvement de l'été vers l'hiver, oubliant presque les déprédations de l'homme.

---

1. Dans une lettre du 11 septembre 1975, Yourcenar écrira à Jeanne Carayon : « Merci pour la note dictée par Montherlant et le récit des fluctuations qui ont précédé sa fin. Je trouve naturel qu'il ait pensé à vivre (peut-être) un hiver de plus. Le suicide est une décision qu'on peut prendre très longtemps à l'avance... » Fonds Yourcenar à Harvard, bMS Fr 372 (868).

À FRANÇOISE PARTURIER[1]

> Petite Plaisance
> Northeast Harbor
> Maine 04662 USA
> 26 octobre 1973

Chère Madame,

Je vous remercie de votre livre sur l'amour des animaux[2], titre qui toutefois, même en y ajoutant « quelques autres idées », ne donne pas, il me semble, une indication de la variété des sujets traités.

Vous savez combien chaleureusement je partage vos opinions en tout ce qui concerne l'horrible maltraitement de l'animal par l'homme, qui déshonore l'homme — et entre parenthèses l'aide à se faire la main pour tyranniser et torturer ses semblables. Il y a là un crime et une fatalité majeure qui pèse sur toute l'histoire humaine, et notre existence ne sera pas tout à fait vaine si nous avons fait quelque chose pour lutter contre eux. La cause des animaux vous doit beaucoup.

J'ai constaté en vous lisant qu'un accord poussé à ce point sur un sujet entraîne toujours d'autres similarités de pensée. Rien, par exemple, ne m'a plus intéressée que vos critiques si justes de deux films *(La Mort à Venise — Le Souffle au cœur)*[3] portés aux nues par des gens qui se croient dans le vent, et où

---

1. Fonds Yourcenar à Harvard, MS Storage 265.
Françoise Parturier (née en 1919). Romancière et essayiste.
Une autre lettre d'elle, datée du 28 mars 1980, exprime son admiration pour Yourcenar. Fonds Yourcenar à Harvard, bMS Fr 372 (586).
2. *L'Amour des animaux et de quelques idées*, Paris, Albin Michel, 1973.
3. Ces allusions ont été faites dans deux chroniques du *Figaro*, intitulées « La Trahison fidèle » — le 18 juin 1971 pour *La Mort à Venise* et le 19 mai 1971 pour *Le Souffle au cœur* —, et reprises dans *L'Amour des animaux et de quelques idées*. Voir également lettre à William Bast du 7 juillet 1973.

règne au contraire le plus sournois conventionnalisme sous les apparences de l'audace. Il est inouï qu'on ait fait dès le début une sorte de fantoche déséquilibré et un peu ignoble de cet Aschenbach de *La Mort à Venise*, si grave, si noble, si raidi dans ses disciplines, et que c'est précisément le thème du roman de voir s'effondrer progressivement sous l'effet d'une passion qui se lève aux approches de la mort. Je crois votre analyse des motifs de cette trahison entièrement juste ; peut-être faut-il aussi ajouter que nos contemporains ne savent plus ce que c'est qu'un homme raidi dans ses disciplines, comme Aschenbach.

En ce qui concerne le mouvement de libération féminine, je me trouve sur un terrain moins stable. Non que je n'admire pas l'effort d'une poignée de femmes, et de quelques hommes, pour relever la situation de la femme, situation archaïque partout, et particulièrement en France, et décidément indéfendable[1]. Mais il me semble parfois que l'essentiel de cet effort devrait porter sur la femme elle-même (l'immense majorité des femmes) et j'allais presque dire contre elles. Tant qu'on ne leur aura pas appris à renoncer à suivre aveuglément la mode, qui n'est plus de notre temps qu'une entreprise commerciale et publicitaire sans rapport avec l'utilité ou même la beauté, tant qu'elles continueront à s'affubler sauvagement de peaux de bêtes sans avoir assez d'imagination pour voir qu'elles dégouttent de sang, tant qu'elles admireront les tueurs, de quelque espèce qu'ils soient, et mettront dans le mariage ou le succès en amour des préoccupations de vanité ou d'argent, la cause des femmes me paraîtra compromise. Vous me direz que cette image de la femme corres-

---

1. Allusion à *Lettre ouverte aux hommes*, que Françoise Parturier avait publié en 1968 chez Albin Michel.

pond à ce que l'homme a choisi de faire d'elle. Sans doute, au moins jusqu'à un certain point, mais il me semble que c'est une image à laquelle trop de femmes semblent continuer à tenir encore plus que les hommes eux-mêmes. Si énormément important que soit le combat sur le terrain légal, juridique, économique, je suis tentée de croire que c'est l'état moral de la femme qui est d'abord ou en même temps à transformer[1].

Je m'excuse de ce que ces réflexions ont de rudimentaire, comme tout ce qu'on dit en un paragraphe. Je n'en apprécie pas moins sur ce point aussi votre énergie et votre courage.

Bien sympathiquement à vous,

[Marguerite Yourcenar]

À JEANNE CARAYON[2]

Petite Plaisance
Northeast Harbor
Maine 04662 USA
29 octobre 1973

Chère Amie,
Je reçois à l'instant votre excellente lettre du 21. Je suis infiniment touchée par ce que vous me dites des *Charités d'Alcippe* : la poésie est toujours plus confidentielle que la prose : j'ai mis là directement un certain nombre d'émotions et de pensées que je n'ai exprimées

---

1. Françoise Parturier précise qu'elle rédigeait déjà à l'époque sa *Lettre ouverte aux femmes,* Paris, Albin Michel, 1974. La lettre de Yourcenar ne pouvait que la confirmer dans ses pensées sur la passivité des femmes.
2. Fonds Yourcenar à Harvard, bMS Fr 372 (868).

ailleurs que sous le couvert de personnages ou quand les événements narrés semblaient les justifier.

J'ai en effet hésité au sujet du petit volume de Céline. J'ai pensé d'abord que vous me l'aviez généreusement donné, puis j'ai songé que ce genre de livre est précisément celui qu'un éditeur ne réimprime pas, et que je vous privais peut-être d'un exemplaire unique, ou, à tout mettre au mieux, d'un double irremplaçable. Mais vos explications me rassurent. Oui, j'aimerais que ce petit livre fît de nouveau la traversée de l'Atlantique, par voie maritime, naturellement, pour ne pas vous ruiner. L'histoire qu'il raconte, si tragique, j'ai eu amplement l'occasion de la vérifier en compulsant les archives de ma famille maternelle : une ou deux jeunes mortes à chaque génération. Du côté paternel on était plus solide ou l'on avait de meilleurs médecins.

J'apprends avec plaisir que cette publication de *Fleuve Profond, Sombre Rivière* dans la collection Poésie va enfin prendre corps. Il en était question depuis le mois de mars ! mais Gallimard tenait à attendre le manuscrit de *Souvenirs Pieux,* qu'il a maintenant en main. Du point de vue du correcteur d'épreuves, ce volume présente des pièges, parce qu'il faut s'assurer que l'imprimeur n'a pas divergé d'une apostrophe du texte original : le rythme dépend presque entièrement des syllabes élidées, comme dans toute poésie populaire. Que je suis heureuse qu'on m'ait accordé ma requête, qui était qu'on vous choisît pour ce travail ! Merci d'accepter.

Votre description de l'exposition Montherlant fait s'écrier : « c'est bien cela ! ». J'excepte, comme vous, Sipriot, qui a bien parlé de Montherlant, et qui était, il me semble, un ami fidèle[1]. Mais le reste : l'orateur

---

1. Pierre Sipriot (né en 1921). Essayiste. Ami de Montherlant, auteur de *Montherlant par lui-même,* Paris, Seuil, 1953 et 1975 (Bibl. PP), et de *Montherlant sans masque,* Paris, Laffont, 1982.

à clichés, l'ecclésiastique enrôlant le défunt dans l'assemblée des fidèles, les toilettes, les gens du monde qui boivent et qui mangent... Je me réjouis que votre amie n'ait pas assisté à tout ce spectacle à la fois si futile et si bas.

Non : les deux volumes qu'on vous a offerts ne valent pas, à mon avis, la lecture. *L'Autre Devoir* est un gros roman qui m'a paru nul, même quand je l'ai lu, âgée de vingt-cinq ans. Le seul détail qui m'y ait frappé, est que Jeanne y décrit sa première rencontre avec un homme qui, de toute évidence, est mon père, parmi les cyprès et les ruines de la Villa Adriana. Or, ils ne se sont jamais même trouvés en Italie ensemble, et la première rencontre eut lieu, comme je l'ai dit, à l'occasion du mariage de ma mère. Mais ce décor imaginaire la rapproche curieusement de ma constellation.

Vers un monde nouveau[1] est un très médiocre volume d'essais, probablement alimentaire. La Révolution russe avait ruiné sa famille, et la pauvre femme s'épuisait à toutes sortes de tâches, conférences, etc. Il était au-dessus de ses forces d'imaginer le monde nouveau (nous y sommes : il n'y a pas de quoi se réjouir) qu'on voyait alors pointer à l'horizon ; et l'espèce d'idéalisme confiant qui est souvent celui des belles âmes (j'écris ce mot sans ironie), mises en face des réalités politiques et sociales, ne lui facilitait certainement pas le travail.

La Liberté Intérieure et *L'Intelligence du Bien*[2], entièrement « intimistes », étaient d'une bien plus grande qualité, et on comprend qu'ils aient eu leur heure de vogue.

---

1. Le titre exact est *Au seuil d'un monde nouveau*, de Jeanne de Vietinghoff, Paris, Fishbacher, 1923.
2. Autres livres de Jeanne de Vietinghoff, parus aussi à Paris, chez Fishbacher.

J'ai trouvé dans *La Recherche de l'Absolu* le terme « la salle des gens », utilisé dans la description pièce par pièce de la maison Claes. Il serait intéressant de savoir si Balzac considérait ce terme comme courant, ou s'il l'employait pour donner l'atmosphère du Nord.

Je reçois avant de clore cette lettre votre carte avec les douces et charmantes marmottes. Je suis contente que tout soit sans problème en ce qui concerne les épreuves.

Amicalement à vous,

Marguerite Yourcenar

Je suis désolée d'apprendre que Charlotte Musson ne va pas bien et heureuse que la Marraine se maintienne et même améliore ses performances de marche.

— Oui, nous sommes d'accord sur l'impression produite par le rapport confidentiel, pourtant assez inoffensif dans ce cas. Une sorte d'angoisse m'est venue à l'idée qu'en ce moment même ce genre d'information où beaucoup de faux se mêle à un peu de vrai s'accumule dans des dossiers à Paris, Washington, Moscou, etc., et que le faux est cru, parce que confidentiel.

À ÉMILIE NOULET[1]

20 novembre 1973

Chère Madame,

Accompagnés de mes meilleurs vœux de fin et de commencement d'année, voici tous mes remercie-

---

1. Fonds Yourcenar à Harvard, MS Storage 265. Copie d'une carte de vœux autographe reproduisant une photographie de Ansel Adams, « Winter, Yosemite Valley », du Museum of Art.
Émilie Noulet (1892-1978). Essayiste et critique belge. Auteur de « Notes, *Feux*, par Marguerite Yourcenar », *La Nouvelle Revue française*, janvier 1937, p. 104-105.

ments pour l'envoi de votre intéressant commentaire sur les *Cahiers* de Valéry, qui aide à se retrouver dans ces méditations en les replaçant au fil des jours.

Je me sens parfois — en dépit de l'admiration due — si éloignée de la position de Valéry philosophe, que je deviens de ces mauvais lecteurs qui emploient l'audience que, dans ses œuvres, un grand écrivain leur accorde, à définir leurs différences au lieu de s'absorber tout entier dans le spectacle unique d'un esprit qui se révèle à eux. Mais, quant à la méthode, je redeviens disciple ; Valéry est le premier peut-être de qui j'ai appris, à l'âge de vingt ans, qu'il existait *une méthode*[1]. Et il aura aussi été le dernier poète à nous faire sentir la beauté presque sacrée de la forme.

Comme j'admire votre amicale fidélité à son égard ! Vous le commentez sans jamais le tirer à vous ; vous replacez ses pensées au moment où elles sont nées ; on parvient presque, grâce à vous, à rejoindre l'homme tout court à travers l'homme qui pense.

Je regrette, chère Madame, d'avoir si peu l'occasion de rencontres où nous pourrions longuement parler de « vos » poètes ; j'espère au cours d'un prochain séjour en Europe avoir cette chance, et vous prie de croire à l'expression renouvelée de ma sympathie et de mes vœux.

Marguerite Yourcenar

---

1. Yourcenar pense probablement ici à l'*Introduction à la méthode de Léonard de Vinci*, de Valéry.

À JACQUES MASUI[1]

Noël 1973

Cher Ami,

C'est moi aujourd'hui qui suis en retard pour vous remercier de votre lettre du mois d'octobre dernier. Merci d'accepter d'être au nombre de mes exécuteurs littéraires[2] : Charles Orengo vous exposera de quelles activités il s'agit, pas considérables en somme, mais l'essentiel est d'avoir dans le goût et la perspicacité des personnes choisies confiance entière, comme moi dans les vôtres.

Nous sommes bien d'accord sur Castaneda[3]. Que de fois, pendant les venteuses journées d'automne, me suis-je répété une phrase de l'un de ses livres : « At night, the wind is pure *power*[4]. » Presque personne à notre époque n'a su montrer à ce point la nature vivante et l'homme à l'intérieur d'elle.

Merci pour votre anthologie de textes sur *La Vie Intérieure*[5], que je ne connaissais pas. Certains textes m'étaient familiers, d'autres nouveaux pour moi, comme le Milosz[6], qui m'a d'autant plus frappée que son atmosphère et sa couleur sont proches de celles

---

1. Fonds Yourcenar à Harvard, MS Storage 265. Copie de lettre autographe.
2. Après la mort prématurée de Jacques Masui et de Charles Orengo, Yourcenar choisira Marc Brossollet, Claude Gallimard et Yannick Guillou comme exécuteurs littéraires.
3. Carlos Castaneda (né en 1931). *A Separate Reality : Further Conversations with Don Juan*, New York, Simon and Schuster, 1971 (Bibl. PP) ; *Journey to Ixtlan : the Lessons of Don Juan*, New York, Simon and Schuster, 1972 (Bibl. PP) ; *The Teachings of Don Juan — A Yaqui Way of Knowledge*, New York, Ballantine Books, 1973 (Bibl. PP) (en français : *Le Voyage à Ixtlan : les leçons de Don Juan*, Paris, Gallimard, 1974).
Voir lettre à Jean Chalon du 29 mars 1974.
4. « La nuit, le vent est pure puissance. »
5. Voir lettre à Jeanne Carayon du 3 août 1973.
6. Oscar Vladislas de Lubicz-Milosz (1877-1939).

de certaines visions oniriques que j'ai moi-même expérimentées[1]. Daumal[2], relu, est comme toujours extraordinaire, et on vous envie d'avoir connu cet homme singulier.

Vous recevrez sous peu [non, en mars, l'édition numérotée, trop coûteuse pour qu'on puisse l'offrir aux amis, a été retardée, et l'édition courante ne paraît donc qu'en mars[3]], un exemplaire de *Souvenirs Pieux*, où vous trouverez évoquée « notre » Avenue Louise. J'ai cessé de l'aimer depuis qu'on l'a dépouillée de ses arbres.

Votre description de Rome est affligeante. Voici peut-être le moment venu où, comme les anciens sages taoïstes, nous cesserons de voyager et serons réduits à tout tirer de notre fond. Mais quels regrets ! Pour moi, je crois qu'un séjour à Paris coïncidera avec la sortie de *Souvenirs Pieux* chez Gallimard, vers le début du printemps. Mais je vous préviendrai.

Tous mes vœux pour vous et les vôtres, accompagnés de mon amical souvenir et de celui de Grace Frick.

Marguerite Yourcenar

---

1. Et décrites dans *Les Songes et les Sorts*.
2. René Daumal. Voir lettre à Jacques Brosse du 6 juin 1969.
3. Ce passage est ajouté au bas de la lettre.

1974

À JEAN CHALON[1]

> Petite Plaisance
> Northeast Harbor
> Maine 04662 USA
> 29 mars 1974

Cher Jean Chalon,

Je réponds tout de suite à votre questionnaire[2], reçu aujourd'hui, et l'envoie comme conseillé à André Brincourt. Bonnes vacances !

QUESTION 1 — Quels sont les contemporains des années 70 que vous avez découverts ? Bien peu. Les années 70 ne sont pas des années de découverte littéraire : l'esprit est ailleurs. En anglais : les livres de Castaneda : *Conversations with Don Juan, A Separate Reality, Journey to Ixlan*[3], qui vont très loin à la fois dans la poésie et dans ce qu'on pourrait appeler une méditation « ontologique » (méditation sur l'être) ; et

---

1. Fonds Yourcenar à Harvard, bMS Fr 372 (872).
2. Paru dans *Le Figaro* du 11 mai 1974.
3. Voir lettre à Jacques Masui de Noël 1973.
Dans une autre lettre à Jacques Masui du 22 mars 1975, Yourcenar reviendra sur ce point de vue favorable, en jugeant trop « médiatique » l'orientation ultérieure de Castaneda. Fonds Yourcenar à Harvard, MS Storage 265.

divers travaux d'écologie et de sociologie dont je ne vous infligerai pas la longue liste.

En France, la *Célébration Hassidique* d'Élie Wiesel, qui contient certaines des plus émouvantes histoires du monde ; *La Poésie, Corps et Âme*, de Gabriel Germain[1] ; quelques très bonnes traductions, Jacob Boehme[2], Milarépa[3], dans les collections Fayard ; le *Diwan* de Gunnar Ekelöf[4] à la N[ouvelle] R[evue] F[rançaise] ; tout récemment le très bon *Photographie et Société* de Gisèle Freund[5] ; les *Éléments d'Écologie appliquée* de François Ramade[6], qui constitue un des livres les plus actuels qui soient. D'autres, en bon nombre... Ne croyez pas que je veuille ignorer les jeunes écrivains à intentions plus exclusivement « littéraires ». J'espère beaucoup d'eux, mais il faut longtemps (j'en sais quelque chose par mon propre exemple) pour que les voix nouvelles s'affirment et donnent tout ce qu'elles peuvent donner.

   1. Seuil, 1973.
   2. Jacob Boehme (1575-1624). Un des « modèles » de Zénon.
   L'Aurore naissante ou la racine de la philosophie, de l'astrologie et de la théologie, Milan, Libreria Lombarda, 1927 (Bibl. PP) ; *Les Épîtres théosophiques*, Monaco, Éditions du Rocher, 1979 (Bibl. PP) ; *Confessions*, Paris, Fayard, 1973 (Bibl. PP).
   3. Milarepa (XIe siècle). Ascète tibétain, dont le mysticisme serait à l'origine du lamaïsme.
   Milarepa — Ses méfaits, ses épreuves, son illumination, Paris, Fayard, 1971 (Bibl. PP) ; *Les Cent Mille Chants*, vol. 1, Paris, Fayard, 1985 (Bibl. PP).
   4. Gunnar Ekelof (1907-1968). Poète suédois. *Divan sur le prince d'Emgion* est la première partie d'un triptyque de poèmes d'amour mystique, dont les deux suivants sont *Guide pour les Enfers* et *La Légende de Fatumeh* (1965-1967).
   5. Gisèle Freund (née en 1908), photographe d'art. A publié *Le Monde et ma caméra*, Paris, Denoël/Gonthier, 1970 (Bibl. PP) ; *Photographie et Société*, Paris, Seuil, 1974 (Bibl. PP). Dans un autre de ses livres, *Mémoires de l'œil*, Paris, Seuil, 1977 (Bibl. PP) figure une photo de Yourcenar, sur fond de rochers, et vue de Mount Desert Island, en noir et blanc, datée de 1971-1974.
   6. François Ramade (né en 1934). Professeur de zoologie et d'écologie. Auteur de *Éléments d'écologie appliquée*, MacGraw Hill, Édiscience, 1974.

QUESTION 2 — Je n'ai pas l'impression d'avoir renoncé à la poésie. D'abord parce que j'en écris encore, très exceptionnellement, il est vrai — et que je suppose qu'un tout petit recueil de ces vers « témoins » paraîtra un jour, et parce que j'ai expérimenté avec [sic] la forme poétique dans plusieurs traductions *(Fleuve Profond, Sombre Rivière,* dans lequel j'ai essayé de traduire les *Negro Spirituals* en termes de poésie populaire ; *La Couronne et la Lyre,* traduction en cours de route de poètes grecs en termes de prosodie classique, ou à peu près telle). Ensuite, et surtout, parce que les mêmes thèmes et les mêmes sujets se retrouvent dans mes vers et dans mes ouvrages en prose.

La méditation d'Hadrien sur la mort, la méditation de Zénon sur « l'Abîme » traitent sous une forme à coup sûr plus ample, et, je crois, plus nourrie, des mêmes thèmes que certains des sonnets « métaphysiques » de ma jeunesse. *Feux* est un poème en prose. Toute réalité décrite en termes non conventionnels est poésie.

QUESTION 3 — Pourquoi mes livres indiquent-ils, de *Mémoires d'Hadrien* à *Souvenirs Pieux,* un accroissement constant de ce que vous appelez mon pessimisme ?

RÉPONSE — Votre POURQUOI me stupéfie.

1re réponse (courte) — Ouvrez les yeux.

2e réponse (longue) — C'est à croire qu'un jeune journaliste d'avenir (de présent aussi) n'a pas le temps de voir sous « les actualités » l'actualité véritable. La pollution de l'air, de la terre et de l'eau ; le prodigieux gaspillage et déjà la raréfaction de cette dernière ; 5 000 tonnes de mercure transférées annuellement des continents dans les océans ; 80 pour cent des lacs aux environs de Stockholm devenus mers mortes ; mer morte la Méditerranée sur une bonne partie de ses côtes ; mers mortes, ou en train de devenir telles, les grands lacs de l'Amérique du Nord ; le Rhin transformé « en plaie purulente » ; les forêts défoliées par la guerre ou saccagées par l'exploitation abusive ; des centaines d'espèces animales ou végétales anéanties ou menacées d'extinction, voilà pour le bilan planétaire.

Pour le bilan humain (si l'homme peut se mettre à part de la planète dont il vit et qu'en ce moment il tue), une surpopulation qui fait du monde une termitière et de l'homme la matière primaire (« expandable ») des guerres de l'avenir ; l'apartheisme [sic], le génocide et les régimes concentrationnaires florissant paisiblement çà et là dans toutes les parties du monde ; des milliards annuellement dépensés à maintenir le hideux équilibre atomique et à stocker en vue de guerres futures des armes chimiques dont une dixième partie suffirait à détruire la race humaine ; les *mass media* parfois au service de la vérité, mais plus souvent à celui du mensonge ; la violence offerte comme un spectacle et érigée en dogme ; l'imposture et la rivalité commerciale, d'une part, et les économies dirigées de l'autre ayant rompu le vieil équilibre proverbial entre l'offre et la demande, et réduisant de plus en plus la part de liberté du consommateur ; la disparition comme concertée des artisanats et des petits commerces libres en faveur de « chaînes » qui sont en vérité des chaînes ; le gâchage érigé en système, l'agressivité à jet continu, le désarroi dans toutes les structures, depuis les religions établies jusqu'aux bureaux de poste. « Vous vous croyez en progrès parce que vous dévorez vos réserves », disait, il y a une quarantaine d'années, un personnage du *Contrepoint*[1] d'Aldous

---

1. Aldous Huxley, *Point Counter Point*, Londres, Grosset, Dunlap, 1928.

Huxley. Moins lucide que ce sage en avance sur son temps, je croyais encore, à l'époque où j'achevais *Mémoires d'Hadrien*, qu'un bon esprit ou un groupe de bons esprits pourraient réorganiser notre chaos. Après vingt-trois ans dont chaque année a représenté une sourde aggravation sur l'année précédente, je ne crois plus qu'à un changement total des esprits et des vues sur la vie. Ce changement s'est fait pour un certain nombre — un petit nombre — d'entre nous, qui savons que l'homme, en aucun temps, ne s'est jamais trouvé devant des options aussi formidables que celles d'aujourd'hui, et qui malheureusement n'ignorons pas non plus que pour certaines de ces options, l'heure du libre choix est déjà passée.

Ce changement des esprits et des points de vue se produira-t-il dans les masses avant qu'elles y soient forcées par de durs réveils ? On voudrait le croire, mais il faudrait, pour y parvenir, une révolution aussi profonde (et plus complète) que celles qui ont été produites par la conversion au christianisme ou au bouddhisme. Nous devons agir comme si nous comptions sur une révolution de ce genre, mais pour y ajouter foi il faudrait, comme se le demande le « Rémo » de *Souvenirs Pieux*, pouvoir supposer l'existence d'une « Fatalité du bien ». Jusqu'ici, la « Fatalité du bien » ne s'est guère manifestée dans les affaires humaines.

QUESTION 4 — Vous me demandez de préciser mes remarques sur ce que je définis, à propos de ce même « Rémo », comme « un défaut de la pensée de gauche : son optimisme ».

Dans la page en question, j'ai déjà très soigneusement précisé. Rémo vers 1868 croit la question noire réglée une fois pour toutes aux États-Unis par Lincoln ; il n'aperçoit pas les dangers de l'industrialisation outrancière, que peu de gens à son époque, il est vrai, entrevoyaient déjà ; il croit, ou plutôt veut croire, que l'école primaire suffira à abolir la tyrannie et la guerre. Ne l'accablons pas : les plus généreux esprits de son temps, ses maîtres, Michelet et Hugo, pensaient comme lui qu'il suffisait d'éliminer certains abus ou de changer certaines institutions, ou même le nom de celles-ci, pour rétablir l'homme dans cet état de bonheur et de bonté qui leur paraissait naturel. Ils ne se demandaient pas si ces mêmes abus, ces mêmes institutions, n'étaient pas, eux aussi, un produit des hommes.

Ça a été un des malheurs de la pensée européenne que la droite et la gauche, chacune de son côté, se soient accrochées avec une sorte d'acharnement à des conceptions quasi théologiques de la nature humaine : l'extrême droite agissant et légiférant comme si l'homme n'était à aucun degré perfectible, et comme si la répression seule pouvait triompher des mauvais instincts de l'homme (et aussi de quelques bons) ; la gauche s'entêtant dans une image idyllique de l'humanité et croyant sans restrictions aucunes aux « lendemains qui chantent ». Rien n'a jamais été gagné, ni à droite, ni à gauche, par le manque de générosité ou par le manque de lucidité.

QUESTION 5 — Cher ami, vous me vieillissez... Je n'ai pas, à la fin de *Souvenirs Pieux,* comme vous le dites, cinq ou six ans. J'ai, si l'on peut s'exprimer ainsi, moins sept mois. Ce livre, dont, ainsi que l'a très bien remarqué Jacqueline Piatier[1], la construction est circulaire, nous ramène dans sa dernière page à son point de départ. Au commencement

---

1. Jacqueline Piatier (née en 1921). Critique littéraire. Directrice du *Courrier littéraire* à partir de 1960, puis du *Monde des Livres* qui le remplaça le 7 février 1967.

comme à la fin, nous sommes en octobre 1902, et ma mère vient de se découvrir enceinte. Au cours de l'ouvrage, il est vrai, j'ai décrit la mort de ma mère et indiqué le retour de mon père en France avec la nouveau-née âgée d'environ six semaines. C'est là l'âge le plus avancé que j'atteigne dans *Souvenirs Pieux*.

L'ouvrage n'est pas une autobiographie, bien que par commodité il sera placé dans cette catégorie. C'est l'histoire de ma mère, de certains de ses ascendants, et, incidemment, de mon père pendant les trois années qu'a duré ce mariage. Dans le volume qui suivra, si je réussis à le mener à bien, il s'agira de la famille de mon père, de la vie assez aventureuse de celui-ci avant son second mariage et, ensuite, après la mort de Fernande, quand je ne suis qu'une très petite fille assistant vaguement à l'existence des adultes. La partie souvenirs d'enfance proprement dits sera très réduite. Le livre s'achève probablement sur le tocsin de 1914, avec çà et là quelques coups d'œil en avant sur la vieillesse et la mort de mon père. Là encore, je n'existerai guère que comme témoin.

Il se peut que j'écrive un jour un volume (un seul) sur ma propre vie, ou plutôt sur les personnes que j'ai connues et les événements auxquels j'ai assisté[1]. Si je le fais *(Deo Volente)*, je sais d'avance que je n'y jouerai qu'un assez petit rôle.

QUESTION 6 — Il me semble que j'y ai répondu dans ma réponse à la question 5.

Voici les réponses demandées, cher Jean Chalon, plus longues que dans la conversation, où l'on s'interrompt, heureusement, toujours. Vous y mettrez

---

1. Ce sera Le *Labyrinthe du Monde III : Quoi ? L'Éternité*, volume posthume, 1988. Entre-temps aura paru le deuxième volume, *Le Labyrinthe du Monde II : Archives du Nord*.

ce que vous jugerez bon de sourires : je compte sur votre tact et votre amitié pour n'en pas mettre où il ne faut pas. Si notre entrevue s'était passée dans la cour du St-James, vous auriez pu y mettre aussi un peu de décor. Je vous donne donc quelques indications sur le mien : la neige nous a quittés, découvrant le bois mort abattu par les tempêtes de l'automne ; les premières jonquilles percent timidement ; un voisin (le charme de la campagne est qu'on y a des voisins) a apporté une branche de saule avec ses chatons laineux. Aujourd'hui, il pleut.

Amicalement à vous,

Marguerite Yourcenar*

P.-S. Les sujets dont vous me faites parler sont si considérables que je tiens essentiellement à ce que « l'entrevue écrite » me soit soumise avant de paraître. J'ai répondu immédiatement pour vous en donner le temps.

À FRÉDÉRIC REY[1]

9 mai 1974

Monsieur,

Je vous remercie de l'envoi de votre roman que j'ai lu avec un très grand intérêt. La description de La Courneuve et du misérable (misérable, mais, hélas, pas même malheureux) milieu familial de Marc est d'une netteté et d'une vigueur sans excès qui

---

1. Fonds Yourcenar à Harvard, MS Storage 265.
Frédéric Rey (1927-1989). D'après une note de Grace Frick, il envoya à Yourcenar son premier roman *L'Énarque et le Voyou*, Paris, Flammarion, 1974. Il lui adressera une carte de visite non datée, la félicitant de son entrée à l'Académie.

convainquent. Votre livre se situe dans la grande lignée des romans d'éducation, et bien que la fin nous laisse intelligemment en suspens, on a l'impression que l'entreprise réussira. Votre Alexandre m'a parfois fait penser au Pygmalion de Shaw, mais à un Pygmalion travaillant sur une matière plus dure et qui ne se contenterait pas de perfectionner sa voix.

Il est intéressant que, sur la fin du livre, le moment où Marc se sent tombé au plus bas, peut-être définitivement perdu, est celui où il vient d'accomplir ses premiers gestes d'homme (défendre le vieux, rompre avec les siens), et de sortir définitivement d'une certaine veulerie de l'adolescence.

Croyez, Monsieur, ainsi qu'à mes remerciements pour votre dédicace, à l'expression de mes sentiments les meilleurs,

Marguerite Yourcenar

À JEAN LAMBERT[1]

Petite Plaisance
Northeast Harbor
Maine 04662 USA
9 mai 1974

Mon cher Jean,

J'hésite à commencer cette lettre qui va être longue. Merci d'abord pour l'amicale pensée qui vous fait me proposer la dédicace d'une de vos nouvelles. Je dédie moi-même très peu, et les quelques noms que j'avais mis en tête de certains de mes premiers livres ont été effacés lors des réimpressions

---

1. Fonds Yourcenar à Harvard, bMS Fr 372 (951).

faites dans l'âge mûr. Les raisons de cette abstention sont complexes, et il serait fastidieux de les énumérer. L'une, très importante, à mes yeux, mérite pourtant d'être mentionnée : c'est le fait qu'il y a rarement accord complet entre la personnalité de celui à qui on dédicace quelque chose et l'œuvre dont on lui fait hommage. Je suis devenue très sensible à ce genre de dissonance.

C'est ainsi que j'avais dédié le canevas informe du *Denier du Rêve* à Jaloux, ami très cher[1]. Même en laissant de côté l'infériorité de ce premier brouillon, il était absurde d'offrir *Denier du Rêve* à un homme se refusant aussi complètement que Jaloux à comprendre et à placer à son rang dans l'ensemble des choses la pensée de gauche.

J'ai lu votre nouvelle, qui ne m'a pas paru l'une de vos meilleures productions. Le récit me laisse avec l'impression de je ne sais quoi de flou qui gêne dès le début. Je ne *vois* pas Jacques. Mais je ne m'attarde pas sur ces questions de composition ou de présentation, sachant bien que finalement un coup de pouce répare souvent tout. Ce qui est plus sérieux, et qui me fait refuser, c'est qu'il y a très peu d'harmoniques qui s'établissent entre ce texte et moi. Donnez-moi plutôt un « rain check[2] » pour un futur récit de voyages.

Il m'est très difficile de dire ce qui me rend indifférente à l'aventure (si le mot n'est pas trop fort) telle que vous la pr[ésentez]. Je vois, en y repensant, que je suis allergique à tout récit d'un érotisme sentimental ou sensuel, ou les deux, qui n'inclut pas aussi autre chose, et, s'il se peut, tout.

Je veux parler du tempérament du personnage ailleurs qu'en amour, de ses actes, de son grand ou

---

1. Voir lettre à Natalie Barney du 29 juillet 1963.
2. Un « bon ».

petit destin reflétant son temps. Vous me direz qu'une certaine vapeur d'érotisme (le mot chez moi n'est pas désobligeant) enveloppe de façon plus ou moins diffuse certains individus à l'exclusion du reste. Je n'en crois rien : regardez-les seulement examinant leur compte en banque ou manœuvrant pour un fauteuil à l'Académie, ou malades, ou mis en présence d'une option quelconque comme de fuir ou de ne pas fuir un danger, de porter ou de ne pas porter secours à un inconnu. Même dans la nouvelle la plus ramassée (et en ce moment je ne trouve d'exemples qu'étrangers, *Sans Bénéfice de Clergé*, de Kipling, où tient toute l'Inde, ou *Sang Réservé*, de Mann, espèce d'inquiétant prologue au drame juif tel qu'il s'est joué de son temps), j'aime qu'on sente passer sur le récit tous les vents venus des quatre coins de l'horizon.

Je sais que vous avez pour vous une bonne partie de la tradition française : *La Princesse de Clèves*, mais non *Candide* ; *Les Liaisons Dangereuses*, mais non *La Chartreuse de Parme*, Racine et peut-être Gide, mais non Balzac, Flaubert ou Proust. L'amour ou le jeu amoureux, ou même la velléité de celui-ci me semble trop souvent dans la littérature française réduit à l'état de purs cristaux plus ou moins brillants, mais morts, voluptueusement et artificiellement séparés du reste de l'existence humaine. Si je savais tout de votre Jacques, de votre Gerda, de votre Max (influencé par l'ami de George ?), je m'intéresserais sans doute à eux, même si ce tout ne m'était transmis que par quelques touches.

Voilà une lettre bien négative, et qui, probablement, n'éclaircira pas beaucoup mon point de vue. Mais venons-en à l'essentiel : cette opération de la rétine qui menace toujours de nouveau l'auteur de *Plaisir de voir*. Tenez-moi au courant de la façon dont vos yeux passeront l'été. Bons vœux à votre jardin. Est-ce en Sologne ?

Amicalement à vous,

Marguerite Yourcenar

P.-S. Je tiens en réserve votre manuscrit, pour le cas où vous en souhaiteriez le retour : on a toujours besoin d'une copie de plus.

À JACQUES MASUI[1]

Petite Plaisance
Northeast Harbor
Maine 04662 USA
19 juin 1974

Cher Ami,

Votre correspondance a décidément — par ma faute — un rythme bien lent, et je suppose que cette lettre vous trouvera à La Conversion, pas trop défigurée, j'espère, par les nouvelles routes.

J'ai bien reçu le *Mandala* de Tucci[2], étude solide et sérieuse s'il en fut. Dans l'*Asian Journal* de Thomas Merton[3], j'ai noté les allusions de l'auteur à ce livre, et constaté aussi la difficulté qu'il éprouvait à entrer entièrement dans la métaphysique du sujet, bien que

---

1. Fonds Yourcenar à Harvard, MS Storage 265.
2. Giuseppe Tucci, *Théorie et pratique du Mandala*, Paris, Fayard, 1974 (Bibl. PP).
Le mandala est une représentation graphique et symbolique d'une réalité spirituelle ou cosmique utilisée comme thème de méditation.
3. Thomas Merton (1915-1968), *The Asian Journal*, New York, New Directions, 1973 (Bibl. PP). Également, *The Way of Chuang Tzu*, New York, New Directions, 1965 (Bibl. PP); *Mystics and Zen Masters*, New York, Farrar, Strauss and Giroux, 1967 (Bibl. PP); *Zen and the Birds of Appetite*, New York, New Directions, s.d. (Bibl. PP).

le catholicisme ait aussi ses symboles-refuges. Cela ne me surprend pas : il semble que la notion, qui s'impose psychologiquement au niveau des faits (le dessin, l'objet, le site abri ou lieu géométrique de l'être, comme dans Castaneda l'endroit du suprême combat), soit très difficile à saisir sous la forme des mandalas traditionnels de l'Orient, peut-être parce que leur symbolisme se réfère à des mythologies pour nous exotiques. Je n'arrive tout à fait à me concentrer sur eux qu'en évoquant des images tirées de la cristallographie ou de la physique, la structure des flocons de neige, les tourbillons d'atomes. Le mandala du corps humain, si bien analysé par Tucci, est au contraire, il me semble, une donnée plus immédiatement saisissable pour nous. On voudrait qu'un psychologue intelligent, s'il en est, s'attelle à l'étude des mandalas inconscients qu'on voit sans cesse affleurer dans la vie quotidienne. Il en apercevrait vite les profits pour l'esprit et aussi les dangers, liés pour moi, du moins, à la projection *extérieure* de l'image. Je finis par me demander si certaine disposition des lieux autour de nous, certains objets auxquels nous croyons tenir pour des raisons sentimentales ou esthétiques, ne jouent pas surtout ce rôle de stabilisateurs et d'accumulateurs.

Je vais faire venir le *Black Elk* de J.Y. Brown.

Marchienne « la noire », comme m'écrit mélancoliquement une de mes lectrices du lieu, n'est pas précisément une excursion à conseiller ; mais Thuin, que je n'ai pas revu depuis des années, a peut-être gardé un certain charme, et Acoz n'a guère changé.

Descendre d'un des frères de Witt[1] doit être un privilège. Dans un catalogue d'une vente de monnaies

---

1. Johan (1625-1672) et Cornelis (1623-1672) de Witt. Hommes politiques néerlandais. Victimes du parti orangiste, lorsque Louis XIV envahit la Hollande, ils furent massacrés dans une émeute à La Haye.

rares à l'Hôtel Drouot qui vient de m'être envoyé de Paris, j'admirais ces jours-ci la reproduction d'une médaille frappée peu après leur mort à la mémoire des deux frères et dont le revers représente leurs deux corps dévorés par une hydre. Après les innombrables assassinats politiques qui ont suivi, celui-là indigne encore.

Vous aurez sans doute assisté de plus près que moi aux progrès inéluctables de la maladie de Charles Orengo. Je me demande avec quelque inquiétude ce que va devenir votre si utile collection sous le règne de l'administrateur qui suivra.

Croyez, cher Ami, à l'expression de mes bien sympathiques sentiments, auxquels Grace Frick joint les siens,
Marguerite Yourcenar

À JEANNE CARAYON[1]

Petite Plaisance
Northeast Harbor
Maine 04662 USA
21 juin 1974

Chère Amie,

Je me proposais, bien entendu, de répondre à votre belle et longue lettre du 11 mai (Ah, ces lettres remises de jour en jour, et qu'on écrit en pensée dix fois avant de les coucher sur papier!), quand m'arrivent vos si intéressantes remarques sur la lecture de *Feux* à la troisième chaîne. J'y reviendrai tout à l'heure. Merci déjà pour le travail fait sur les épreuves de *Marie-France*[2].

---

1. Fonds Yourcenar à Harvard, bMS Fr 372 (868).
2. *Marie-France*, juin 1974, n° 220, pp. 170-175. Il s'agit de la reproduction d'un extrait de *Souvenirs pieux*.

Une lettre comme la vôtre est un don, et témoigne d'une confiance qui m'*honore* (j'aime ce mot) infiniment. Elle ira rejoindre dans le dossier *amis* celle qui me racontait votre carrière : diptyque d'une vie de femme. Pour aller de l'extérieur à l'intérieur, laissez-moi d'abord vous dire combien m'a intéressée le portrait de ces messieurs Calmann-Lévy et de leur destinée. J'écrirai prochainement à Madame Oulman[1], dans sa belle maison aux carreaux vernissés vert et bleu, pour lui dire que quelqu'un à Paris se souvient encore de sa famille et des beaux temps d'entre-deux-guerres. Il y a en effet, si j'en juge par les quatre ou cinq excellents amis juifs que j'ai eus ou possède encore, une bonté juive, mêlée à un goût aussi très juif de la douceur de vivre, et très souvent (pas toujours) à une ardeur et à une intensité intellectuelles spécifiques et bouleversantes, mais qui, par je ne sais quoi d'indéfinissable, diffère pourtant des nôtres, peut-être par la mince gouttelette venue d'Orient : je sens tout cela très fortement chez Proust, à peine moins chez Montaigne. Tous ces éléments constituent un mélange très chaleureux, dans lequel il fait fréquemment bon vivre. Mais il est devenu très difficile de s'exprimer avec naturel sur le compte des Juifs : l'espèce de sacre qu'a été pour eux l'holocauste hitlérien, et nos efforts pour lutter contre tout racisme, nous empêchent de parler d'eux simplement, en essayant de définir qualités et défauts, comme on le ferait, par exemple, pour des Hollandais ou des Catalans ; d'autre part, la transformation d'Israël en un État armé jusqu'aux dents fait aussi rêver...

Je trouve votre vie fort belle. Quand on sait ce que c'est qu'une vie, et que toutes les vies (celles des

---

1. Mme Oulman (1896-1977). Fille de l'éditeur Gaston Calmann-Lévy. Vivait alors au Portugal, où Yourcenar était allée en compagnie de Grace Frick.

femmes surtout), on est frappé par votre capacité de dire tantôt oui, tantôt non, de rester vous-même, et pourtant d'accepter les événements, enfin, au sens le plus pur du terme, *de tirer parti*. Le mystérieux Tao chinois n'est pas autre chose. Les résultats que nous avons sous les yeux sont beaux et rassurants (dans la mesure où chacun de nous a sans cesse besoin d'être rassuré) : une remarquable double carrière au service de notre langue ; une amitié durable (la Marraine) dont je perçois mieux maintenant les généreuses racines, et qui, avec les autres donnés et rendus de l'amitié, occupe encore votre existence ; un petit-fils dont vous dites vous-même que ses visites vous illuminent, une maison charmante, une destinée restée humaine à une époque qui ne l'est plus. Et la liste s'allongerait encore si votre vie quotidienne m'était mieux connue. (Je n'oublie pas, entre autres, les bêtes protégées.)

J'ai fait en vous lisant quelques retours sur moi-même : c'est inévitable. Je me suis dit qu'en dépit des différences individuelles, il y a un air du temps, presque un destin du temps. Je n'ai pas connu le bal de la rue d'Ulm ; bien qu'il m'arrive souvent de coudre (de raccommoder surtout), je n'ai jamais eu le talent nécessaire pour mener à bien une robe, et dois me fier aux « petites couturières » que je préfère aux grandes, même facture à part. Mais j'ai moi aussi le souvenir de tels soirs pareils dans un Paris identique, de telle robe en soie lavande ou de telle blouse en drap d'argent... (Je crois avoir encore quelque part les boutons de cette dernière.) J'ai connu Daniel[1] : je veux dire que j'ai connu un certain type d'homme très caractéristique de notre temps, incapable (en dépit de ce qu'il faut bien appeler égoïsme) de s'installer solidement dans l'existence,

---

1. Le psychanalyste Daniel Lagache (1903-1972).

et angoissé peut-être par une espèce de peur d'exister. Je sais ce que c'est que ce lien « quasi fraternel », qui peut être si lourd, et ne se rompt, ou plutôt ne s'use, qu'à longueur d'années, en dépit de tous les autres êtres entrés dans nos vies du fait de cette carence. Type fréquent, surtout dans les milieux dits « intellectuels », bien qu'il se présente chaque fois avec des modalités différentes. Attachements que rien tout à fait n'explique, pas même la sensualité, qui est dans ces cas-là une explication trop facile, et qui finissent « parce qu'aucun échange n'est plus possible ».

Je me demande si le rôle de cavalier-servant de Ludmilla[1] n'a pas été pour votre Daniel une sorte de fuite : le monde du théâtre, et Ludmilla, que rien n'attachait, offraient peut-être cette espèce de réalité en porte à faux, chère à ce type d'êtres humains. Les deux mariages successifs semblent contredire cette vue, mais il faut compter avec le besoin presque maladif de « s'ajuster » ou de « se conformer » socialement, qui habite si curieusement les psychanalystes. Ce que vous dites semble indiquer que l'ajustement véritable n'a jamais eu lieu. Il me touche, en tout cas, que votre « rivale » ait été cette Ludmilla qui incarnait pour tant de nous (moi comprise) la poésie et le pathétique de ces années-là, mais dont j'ai senti depuis qu'elle avait dû torturer le pauvre Georges.

J'ai souri de voir que l'Amérique avait aussi été pour vous un *départ*. Pour mon compte, je n'avais pas en tout pensé cinq minutes à ce pays avant l'âge de trente-quatre ans. La Grèce était devenue mon centre et j'imaginais qu'elle le resterait. Les extraordinaires carambolages du hasard et du choix ont décidé autrement.

---

1. Ludmilla Pitoëff (1899-1961). Actrice de théâtre. Femme de Georges Pitoëff.

Mais je me félicite que vous ne vous soyez pas établie pour de bon en Floride, même si l'ordre de route vous a été signifié par quelque chose d'aussi cruel que le spectacle d'une couvée dévastée. (Oui, je crois aussi à de pareils présages.) Je vous aime mieux près de Chartres que de Fort Lauderdale, bien que cette région ait sans doute ses charmes (je ne la connais que très peu), et surtout ait dû les avoir il y a près de trente ans. Et j'éprouve, s'il faut tout dire, un léger pincement de pitié à l'égard de M. B. [ ] qui vous a vue repartir.

La cruelle phrase de Montherlant[1]. Je vous en offre un équivalent tiré de *Mes Poisons* de Sainte-Beuve : « On ne mûrit pas ; on durcit ou on pourrit. » Ce n'est que trop vrai, hélas, de l'écorce et de la pulpe, mais j'aime à croire que le noyau reste intact.

FEUX. Comme toujours, vos commentaires sont merveilleusement compréhensifs. J'ai été heureuse d'apprendre par vous que les voix choisies étaient excellentes : je connais celle de Germaine Montero, que je trouve admirable. *Phèdre ou le désespoir*, c'est à peu près, déjà, la Phèdre du Minotaure, avec dix ans et la passion en plus. Les sources de *Marie-Madeleine* sont plus complexes. Vous me prêtez trop d'imagination quand vous supposez que j'ai inventé l'union de Jean et de Madeleine, puis l'abandon par Jean la veille des noces pour suivre « Dieu ». La tradition a été mentionnée par Jacques de Voragine *(La Légende Dorée)* qui d'ailleurs s'en indigne, et il semble qu'elle soit d'origine cathare, bulgaromile, gnostique, que sais-je ? venant d'une de ces sectes pour qui le Jean des Évangiles apocryphes était une grande figure un peu secrète. (C'est aussi dans un

---

1. Jeanne Carayon avait écrit dans sa lettre du 11 mai 1974 : « Cet homme fait (« comme on dit d'un camembert » devait écrire cruellement Montherlant), il fallait le voir enfin tel qu'il était devenu... » Fonds Yourcenar à Harvard, bMS Fr 372 (868).

évangile apocryphe que le Cyprien de *L'Œuvre au Noir* va chercher le cantique de Saint Jean qu'il chantonne pour Zénon : « je bois et je suis bu. ») Quand j'ai lu, pour m'en servir dans *L'Œuvre au Noir* pour la description d'un procès d'époque, les interrogatoires de Campanella[1], je me suis aperçue que pour le jeune philosophe, alors moine dominicain, et son incroyable troupeau de jeunes moines révoltés, Madeleine et Jean étaient considérés comme les préférés de Jésus au sens le plus charnel. L'assertion nous choque, pas seulement, je crois, parce que nous avons reçu une éducation catholique (elle n'étouffait pas les moines en révolte, qui l'avaient reçue eux aussi), mais parce que nous sentons obscurément que l'Amour Éternel est au-delà de l'amour. Mais ce vague et poignant érotisme imprégnant ces deux figures est très sensible dans nombre de Cènes, de Crucifixions et de Descentes de Croix de peintres et d'imagiers du Moyen Âge et des époques suivantes, pour qui le texte sacré semble avoir eu d'infinis prolongements humains.

Jésus laid : là aussi j'ai des répondants, Saint Épiphane et Tertullien[2], si je ne me trompe, et quelques autres, mais il faudrait pour vérifier atteindre des tomes poussiéreux sur les hauts rayons de la bibliothèque, et, pour aujourd'hui, j'y renonce. Mais la notion me paraît naturelle : celui qui s'est chargé de

1. Tommaso Campanella (1568-1639). Philosophe italien. Prêtre dominicain. Victime de l'Inquisition, il passa vingt-sept ans en prison avant de trouver refuge en France avec la protection de Richelieu.
À la fin de « Ton et langage dans le roman historique », recueilli dans *Le Temps, ce grand sculpteur*, Yourcenar a publié les « Procès-verbaux » du « Procès de Campanella 1597-1601 », traduits par elle de l'italien en français. Elle entendait ainsi donner des « exemples de langage parlé n'ayant pas passé par un arrangement littéraire », *op. cit.*, pp. 306-311.
2. Saint Épiphane (v. 315-403). Évêque de Salamine, à Chypre. Tertullien (v. 155-v. 222). Théologien chrétien.

tous les péchés du monde avait dû accepter aussi la laideur, qui est leur empreinte. En fait, l'image de Jésus nous échappe : je n'en connais pas une qui nous fasse dire : « c'est lui ! » Peut-être en demandons-nous trop au visage humain, toujours un peu opaque. Au fond, plutôt qu'un être d'une beauté et d'une laideur surhumaine, peut-être ferions-nous mieux d'imaginer un jeune rabbi très quelconque, marqué seulement des caractéristiques de sa race, avec dans les yeux une certaine lueur... Ainsi, chez les bouddhas, le merveilleux sourire sur ce qui est simplement un visage asiatique comme un autre.

Je ne m'étais jamais aperçue du rapport entre « la douleur de Dieu » pour Marie-Madeleine et « la faiblesse de Dieu » pour le prieur des Cordeliers. Mais c'est bien cela ; merci de me le signaler.

Nous avons eu un singulier printemps, mélange de journées admirables, claires comme du cristal, et de jours où l'on est pris dans une base de brumes, avec quelquefois des « grains » violents ; on se rappelle alors qu'on est toujours un peu dans une île comme sur un navire en pleine mer. Mais, ces jours-là, les difficultés respiratoires recommencent discrètement. J'ai repris pourtant à peu près toutes mes forces et mes occupations domestiques (la cuisine, par exemple). *Le Labyrinthe du Monde* avance avec lenteur (16 pages seulement de rédaction finale du 1er chapitre, et d'innombrables ébauches), les franges (bibliographie, vérifications) de la traduction de *L'Œuvre au Noir* s'allongent encore entre les mains consciencieuses de Grâce dont la santé se maintient. Le médecin a été content d'elle le mois dernier ; elle le revoit le mois prochain. Zoé[1], fidèle à son nom, est pleine de vie. Je vous envoie une coupure de la petite

---

1. Épagneule qui a succédé à Valentine à Petite Plaisance. Son nom vient du verbe *vivre* en grec.

feuille de chou locale ; il s'agit d'un article consacré à la faune de l'île (oiseaux, bêtes sauvages), écrit par une dame du lieu, propriétaire d'un 10 c. store[1], qui s'en acquitte assez bien. Et aussi une petite liste d'oiseaux de l'île (vous y retrouverez sûrement quelques-uns de Floride) distribuée par le club local d'amateurs d'oiseaux.

Amicalement à vous,

[Marguerite Yourcenar]

À WILHELM GANS[2]

26 juin 1974

Cher Monsieur et ami,

Votre lettre m'a beaucoup touchée : je n'oublierai jamais votre père et sa dernière promenade au bord de la Garonne[3].

Je comprends maintenant pourquoi vous aimez et comprenez Zénon.

---

1. D'un magasin bon marché. Littéralement, où tout est à dix sous.
2. Collection particulière. Copie dactylographiée par Wilhelm Gans.
3. À propos du chapitre de *L'Œuvre au Noir*, intitulé « La Promenade sur la dune », Wilhelm Gans avait rapporté à Yourcenar cette tragique anecdote : « Un chef de camp, à Noë (Haute-Garonne), avait permis à "ses" internés, en 1943, de sortir pour quelques heures de leurs barbelés, à condition de promettre d'y revenir. [...] Or, parmi ces internés, il y avait mon père. Une de ses dernières lettres m'a appris comment il est sorti du camp pour se trouver finalement au bord de la Garonne [...]. Il a fait un essai timide d'atteindre l'autre rive, mais le passeur rencontré en cet endroit a refusé. Mon père est resté longtemps près du fleuve, plongé dans ses pensées. Le soir venu et malgré ses prémonitions, il a réintégré délibérément le camp — d'où il est bientôt parti pour Drancy et les fours crématoires. » Lettre de Wilhelm Gans à Marguerite Yourcenar, juin 1974. Collection particulière.

Merci, de plus, pour la belle carte d'Hellbrunn. Je me suis moi-même souvent promenée dans ce beau parc.

Amicalement à vous,

Marguerite Yourcenar

Merci également pour *Souvenirs Pieux*. Vous avez bien senti que c'est avant tout « l'aventure humaine ».

À ANDRÉ STIL[1]

Petite Plaisance
Northeast Harbor
Maine 04662 USA
5 juillet 1974

Cher Monsieur,

Merci d'avoir si généreusement compris *Souvenirs Pieux*, et d'avoir perçu que le livre n'était inspiré ni par la complaisance envers la famille, ni par le romantisme du passé (ce serait plutôt le contraire) ; merci également d'avoir cité le passage sur les dentellières et l'un de ceux où transparaissent les indignations de Rémo. Plus j'allais, et plus j'ai senti que l'important était de montrer cette société engoncée, responsable de bien des fautes qui sont encore nôtres (ou que nous avons multipliées), et les quelques êtres qui s'y débattaient pour essayer de voir plus loin ou plus juste.

J'ai été frappée de constater que parmi tant d'autres critiques, très favorables, presque aucune

---

1. Fonds Yourcenar à Harvard, MS Storage 265.
André Stil (né en 1921). Romancier et critique littéraire à *L'Humanité*.

n'abordait la question sociale. C'est à croire que la plupart des gens, dans les milieux littéraires, s'en désintéressent...

Croyez-moi, je vous prie, bien sympathiquement vôtre,

Marguerite Yourcenar

À MAURICE NADEAU[1]

9 juillet 1974

Cher Monsieur,
Votre lettre ne m'arrive (par courrier ordinaire[2]) qu'aujourd'hui 9 juillet[3]. C'est sans doute trop tard pour que mes réponses puissent vous servir.
Bien symp. à vous,

M. Y.

1re question : Dans le projet et la pratique, être un homme ou une femme engage-t-il le texte dans un certain sens ? Autrement dit : l'écrivain au travail a-t-il conscience d'être spécifiquement un homme ou une femme ?
Réponse : NON.
2e question : On est un homme ou une femme, on écrit : ce facteur se retrouve-t-il dans l'écriture produite ?

---

1. Fonds Yourcenar à Harvard, bMS Fr 372 (995).
Maurice Nadeau. Critique littéraire et essayiste. Éditeur. Directeur de *La Quinzaine littéraire* pour laquelle il avait envoyé à Yourcenar ce questionnaire.
2. « Par courrier ordinaire » et « à vous » sont des ajouts autographes.
3. Cette lettre était datée du 6 juin 1974. Maurice Nadeau demandait à Yourcenar de donner une réponse avant le 5 juillet pour un dossier dans *La Quinzaine littéraire*.

Réponse : Non, pas nécessairement. Cela dépend en grande partie du sujet traité : une mère discutant son expérience de mère accuserait, par exemple, ce « facteur ». Une femme analysant la notion de temps ou d'infini n'a aucune raison de le faire autrement qu'un homme.

3ᵉ question : S'il y a une différence, est-elle absorbée, supprimée, écartée, ou au contraire accentuée, utilisée, exploitée dans l'écriture ?

Réponse : Les réponses aux 2 premières questions éliminent la nécessité de répondre à la troisième.

À RENÉ ETIEMBLE[1]

> Petite Plaisance
> Northeast Harbor
> Maine 04662 USA
> 12 août 1974

Cher Ami,

Je suis, de nouveau, bien en retard pour vous remercier de ces deux très beaux livres, les *Contrepoisons* et l'*Essai*. Mais précisément, ils étaient trop beaux, ou, si vous préférez, trop riches : je les ai, selon ma coutume pour tout ce qui m'intéresse ou me plaît,

---

1. Fonds Yourcenar à Harvard, MS Storage 265.
René Etiemble (né en 1909). Critique et essayiste. *Connaissons-nous la Chine ?*, Paris, Gallimard/Idées, 1964 (Bibl. PP) ; *Confucius*, Le Club français du livre, 1962 et 1968, et Paris, Gallimard/Folio, 1986 (Bibl. PP) ; *Le Jargon des sciences*, Paris, Hermann, 1966 (Bibl. PP) ; *Poètes ou faiseurs ? 1936-1966*, Paris, Gallimard, 1966 (Bibl. PP) ; *Mes Contre-poisons*, Paris, Gallimard, 1974 (Bibl. PP) ; *Essais de littérature (vraiment) générale*, Paris, Gallimard, 1975 (Bibl. PP) ; *Trois femmes de race*, Paris, Gallimard, 1981 (Bibl. PP) ; *Rimbaud, système solaire ou trou noir ?*, Paris, PUF, 1984 (Bibl. PP) ; *Le Cœur et la Cendre — Soixante ans de poésie*, Paris, Les Deux Animaux, 1984 (Bibl. PP).

lus et relus, un peu comme vous recommandez qu'on lise et relise Montaigne. Ou plutôt, comme on le fait avec Montaigne, j'ai causé avec vous durant bien des soirées, disant tantôt oui, tantôt (rarement) non, toujours : « Vous m'en apprenez beaucoup. »

Oui, certes, pour Voltaire dont vous parlez si bien et dont on ne parlera jamais assez ; oui, avec enthousiasme, pour Benda, si étouffé par la critique et à qui nous devons tant ; oui, avec le plaisir de s'instruire, pour Sénancour, dont je ne connais qu'*Obermann* (bien entendu) et aussi *Aldomen*[1] ; oui pour *L'Esprit des Lois* qui me semble, en son temps et en son lieu, un monument d'intelligence, mais oui seulement pour *Les Lettres Persanes,* que j'ai immédiatement relues. Je vois bien l'intérêt de cette description des détours du sérail située entre *Bajazet* et Delacroix ou Ingres, mais comment ne pas sauter des paragraphes, ou même des pages ? Et la satire du provincialisme et de la futilité des Parisiens ne tient-elle pas un peu des défauts au sujet desquels elle ironise ? Les mêmes défauts, dans la partie satirique de *La Nouvelle Héloïse*, me paraissent vus avec une perspicacité plus âpre.

De Brosses grand[2] ? Je ne parviens pas tout à fait à vous croire. Judicieux, intelligent, agréablement sceptique, vif, aimable, Bourguignon salé, homme de goût avec qui on aurait eu tant de plaisir à dîner... C'est déjà beaucoup... Je crois me souvenir qu'il était contre la révision du procès Calas, ce qui gêne.

L'*Essai sur une littérature (vraiment) générale* me semble un modèle de la manière dont la littérature

---

1. Étienne Pivert de Senancour (1770-1846). Écrivain français. *Oberman*, 1804 ; *Aldomen ou le Bonheur dans l'obscurité*, Paris, Les Presses françaises, 1925 (Bibl. PP).
2. Charles de Brosses (1709-1777). Écrivain et magistrat, il fut premier président du parlement de Dijon. Auteur de *Lettres de Rome*, Paris, Plon, 1946 (Bibl. PP).

de nos jours doit être enseignée et aimée. On voudrait seulement que chaque chapitre, sur l'épopée, par exemple, ou sur l'érotisme, soit un livre plutôt qu'un chapitre et que vous puissiez nuancer, compléter, discuter davantage. Oui, les statues érotiques hindoues sont l'image d'une innocence, d'un bonheur plus végétal qu'animal, et dont on ne se lasse pas[1]. Je regrette que vous n'ayez pas parlé des groupes Yab-Yum du Tibet[2], avec leur intensité plus qu'humaine. Mais les estampes japonaises ? Merveilles, certes, de taches de couleur et de plissements d'étoffes. Mais la notion de bonheur qui s'en dégagerait ? Ces crispations d'orteils qui donnent plutôt l'impression d'une crampe, ces énormes exagérations physiologiques, cette absence de repos comblé qu'on sent si bien chez certains Français, de Fragonard (et même de Moreau le Jeune) à Courbet ? On a l'impression que les samouraïs aussi avaient leurs complexes, différents des nôtres certes, mais presque aussi contraignants.

Mais il y a le délicieux Utamaro[3] où l'œil du jeune homme (qui est tout ce qu'on voit de son visage) est d'une intelligence et d'une attention passionnées, et où le tout petit coin de nu entre les draperies qui déferlent est plein de grâce. J'ai lu dernièrement les deux premiers romans de la tétralogie de Mishima[4],

---

1. Yourcenar a elle-même consacré un essai à l'érotisme hindou : *Sur quelques thèmes érotiques et mystiques de la Gita-Govinda*, recueilli dans *Le Temps, ce grand sculpteur*.
2. Figure de couple divin dans l'iconographie du lamaïsme tibétain.
3. Kitagawa Utamaro (1753-1806). Peintre et graveur d'estampes japonais.
4. Yukio Mishima (1925-1970). Écrivain japonais à qui Yourcenar a consacré un essai, *Mishima ou la Vision du vide,* Gallimard, 1981 ; repris dans *Essais et mémoires*.
Confessions of a Mask, New York, New Directions Book, 1958 (Bibl. PP) ; *After the Banquet*, London, Secker & Warburg, 1963 (Bibl. PP) ; *Cinq nôs modernes*, Paris, Gallimard, 1970 (Bibl. PP) ; *Sun and*

que j'ai trouvés extrêmement savoureux, en dépit ou à cause d'une certaine gaucherie. Dans *Spring Snow*[1], la première rencontre des amants dans une auberge, avec les flots de couleur des étoffes éparses, m'a fait penser à un très beau *shunga*[2]. Mais sans doute l'a-t-il délibérément voulu.

L'été ici est enfin devenu l'été. Que je regrette qu'une conférence quelconque ne vous amène pas aux États-Unis tous les deux ! Par avion, nous ne sommes qu'à trois heures environ de New York. On pourrait passer une journée à causer assis sur l'herbe.

Bien sympathiquement à vous,

[Marguerite Yourcenar]

P.-S. Je vois bien ce qu'il y a d'un peu impertinent à juger un juge. Mais je suis si lasse des remarques de lecteurs faites très en gros.

Steel, New York, Grove Press, 1970 (Bibl. PP) ; *The Sounds of Waves*, New York, Berkeley Medallion Books, 1971 (Bibl. PP) ; *Thirst for Love*, Berkeley Medallion Books, 1971 (Bibl. PP) ; *Spring Snow*, New York, Alfred Knopf, 1972 (Bibl. PP) ; *Runaway Horses*, New York, Alfred Knopf, 1973 (Bibl. PP) ; *Le Marin rejeté par la mer*, Paris, Gallimard, 1973 (Bibl. PP) ; *Forbidden Colors*, Berkeley Medallion Books, 1974 (Bibl. PP) ; *The Decay of the Angel*, New York, Alfred Knopf, 1974 (Bibl. PP) ; *Madame de Sade*, New York, Grove Press, 1977 (Bibl. PP).

1. Traduit en français sous le titre *Neige de printemps*, Paris, Gallimard, 1983.

2. Shunga : thème érotique dans la peinture japonaise de l'époque Edo, 1600-1868.

À JEANNE CARAYON[1]

> Petite Plaisance
> Northeast Harbor
> Maine 04662 USA
> 14 août 1974

Chère Amie,

Pour procéder par ordre, merci d'abord pour la page du *Monde* contenant les discours de Lévi-Strauss et de Roger Caillois[2]. Le discours de Lévi-Strauss commence bien, avec sa comparaison entre une réception à l'Académie et une initiation dans une société secrète d'une tribu quelconque, mais la comparaison et l'idée dont elle sort me paraissent filées un peu trop longuement, ce qui d'ailleurs est souvent le cas des hypothèses du structuralisme. La partie concernant Montherlant est terriblement pauvre. Il y avait infiniment plus à dire. Même dans l'ordre du refus et du reproche, on aurait pu (dans une certaine optique) aller très loin, mais outre que ce n'étaient ni le temps ni l'endroit, il aurait fallu que reproches et refus fussent faits à un niveau qui était celui de Montherlant lui-même. Ici, c'est le médiocre éloge qui n'est pas au niveau[3].

Votre description des vieillards chancelants sous leurs chamarrures est un beau Goya.

Il y a beaucoup de bon, il me semble, dans le discours de Caillois. Il est vrai qu'il n'est pas orateur; même dans la conversation, il « boule » ses répliques. Mais sa sévère analyse des « sciences sociales », avec

---

1. Fonds Yourcenar à Harvard, bMS Fr 372 (868).
2. Discours prononcés par Roger Caillois et Claude Lévi-Strauss (né en 1908), à l'occasion de la réception de ce dernier à l'Académie française, au fauteuil de Montherlant.
3. Claude Lévi-Strauss sera l'un des opposants à l'élection de Yourcenar à l'Académie française.

leur côté à la fois incertain et tranchant, m'a beaucoup plu.

Une lecture comme celle-là fait hésiter. À notre époque où tout se défait, on s'était dit qu'il y a quelque chose de beau dans une institution (l'Académie) qui dure depuis trois siècles, même si ses fauteuils n'ont pas toujours été bien remplis, et si les uniformes de ces messieurs sont ceux de préfets napoléoniens, et non les nobles robes du XVIIe siècle qui les rendraient vénérables. Puis, quand on pense à tout ce qui se mêle traditionnellement de méchanceté et de mesquinerie dans ces réceptions académiques (le dénigrement caché dans l'éloge), aux intrigues et aux coups de chapeau que chaque élection représente, et à cet art de parler pour rien que pratiquent à la fois celui qui reçoit et celui qui est reçu, on est frappé surtout par une certaine futilité[1].

Merci d'avoir été une fois de plus mon oreille à l'occasion de l'entretien de G. Lapouge sur *Souvenirs Pieux*. Un autre écouteur [sic], mon neveu Georges, a trouvé cette critique hostile. Mais les gens peu habitués au jeu littéraire (ce qui est son cas) sont aussi plus gênés que les autres par toutes les restrictions ou les objections. En Belgique, on m'assure que le livre a *indigné* certaines personnes. À vrai dire, je m'y attendais.

Je trouve comme vous que le mot « bourgeoisie » (haute, moyenne ou basse) ne définit pas tout à fait bien beaucoup des gens que j'ai dépeints. Il semble que bourgeoisie au sens marxiste (une classe possédante face à une classe ouvrière) tende aujourd'hui à éliminer toutes les autres nuances du terme. On est ce qu'on croit être : ces gens se croyaient, et étaient en somme, des aristocrates, avec des défauts aussi

---

1. Six ans plus tard Yourcenar fera son entrée à l'Académie française. Elle y sera la première femme.

grands que ceux des bourgeois, mais très différents. Mais, comme je vous le disais naguère dans une autre lettre, les nuances sont infinies, et il est naturel qu'un commentateur de 1974 s'y trompe. C'est même d'autant plus compliqué que dans les Pays-Bas, même français, et à plus forte raison néerlandais ou belges, le patriciat a sa physionomie à part, sans équivalent en France.

À propos, un de mes correspondants vient de m'envoyer au sujet de mon lointain arrière-grand-père maternel, Louis de Cartier, père du constructeur de Flémalle[1], un document qui m'a fait rêver : c'est une lettre d'Antoine Arnaud à Racine, qui lui recommande Louis. « Je crois, dit Arnaud, qu'il est un vrai chrétien », voulant évidemment dire de tendances jansénistes. À l'époque de la guerre de la succession d'Espagne[2], Louis craignait que sa « belle maison, de Liège et ses propriétés près d'Aix-la-Chapelle soient occupées et dévastées par les troupes françaises. Arnaud demande à Racine, alors au siège de Namur dans la suite du roi, d'aller trouver le maréchal de Luxembourg et d'obtenir pour Louis de Cartier un traitement de faveur. Je ne sais s'il l'obtint. Mais que sont serrées les mailles qui nous rattachent au passé...

---

1. Dans *Souvenirs pieux*, in *Essais et mémoires*, Yourcenar évoque ainsi le « constructeur » de Flémalle : « Durant les toutes premières années du XVIIIe siècle, un de mes lointains grands-oncles, Louis-Joseph de C***, secondé par sa femme Marguerite Pétronille, fille de Gilles Dusart, grand greffier des échevins et souverain greffier de Liège, transforma en une habitation moderne et plaisante les antiques vestiges d'une commanderie de l'ordre de Saint-Jean-de-Jérusalem à Flémalle », *op. cit.*, p. 756.
2. Il s'agit en fait soit de la guerre de Dévolution, entreprise par Louis XIV, pour faire valoir les droits de son épouse sur les Pays-Bas (droit coutumier de certaines provinces belges) (1667-1668), soit de la guerre de Hollande (1672-1678), ou encore de l'ultime campagne flamande de Louis XIV en 1692. L'allusion à Namur ferait opter pour la troisième hypothèse.

Dans l'immense majorité des cas, j'ai trouvé la critique de mon livre d'une intelligence et d'une chaleur réconfortantes. Ce qui me gêne un peu (mais il y a longtemps que j'ai ce sentiment pour tous mes livres, et pour tous ceux des écrivains que j'aime), c'est que très souvent les analyses les plus éblouissantes laissent dans l'ombre précisément ce qu'on tenait le plus à communiquer, ce sur quoi portait le débat. Certaines colères ou certaines satires ne sont même pas perçues. On a par moments l'impression que le critique ne veut pas se risquer sur ces terrains-là.

Il y a eu dans la NRF de juillet une critique de Dominique Aury que je trouve belle comme un poème[1].

Cette carence de certains critiques en présence de l'essentiel me ramène à Montherlant. Lévi-Strauss trouve divertissantes certaines images de femme dans son œuvre[2]. Les traits comiques abondent certes, mais l'image est terrible et va loin. Madame Aubigny est à peine une charge : j'ai connu des femmes de ce genre. Madame de Bricoule est un portrait *extraordinaire*. Toute la critique d'une société, et, pour Madame de Bricoule, tout le drame de l'homme qui l'a créée, ou évoquée, sont derrière ces portraits de femmes. Mais il semble qu'en France (où on a gardé plus qu'ailleurs le sentiment du « beau travail » littéraire), on se demande très rarement pourquoi l'auteur a fait ce qu'il a fait. On se contente de dire que l'œuvre est en elle-même réussie.

---

1. Dominique Aury (née en 1907), « Marguerite Yourcenar », *Nouvelle Revue française*, juillet 1974, pp. 76-79.
2. Dans son discours, Claude Lévi-Strauss mentionne la « drôlerie » et le « comique » de Montherlant ; à propos de ses figures féminines, il déclare que « ses mères sont dépeintes avec une férocité réjouissante ».

Oui, le contempteur du mariage se mariant trois fois est un peu ridicule. Mais ce genre d'homme est presque toujours pris au piège, et au piège d'êtres souvent médiocres, les êtres très bien ne tendant pas de pièges.

J'espère que la Marraine ne se ressent plus de sa chute et que la conjonctivite est bien guérie. C'est pour éviter ce dernier genre d'accidents que nous n'utilisons ici pour le jardin aucun produit chimique, sauf quelques engrais des plus inoffensifs. Il s'agit de protéger, non seulement les personnes, mais aussi nos amis non humains, les petites bêtes des bois, les oiseaux, les abeilles, Zoé et les chiens en visite. Ici, l'été est arrivé dans toute sa beauté après s'être fait beaucoup attendre. Mais la chaleur ne dure chaque jour que quelques heures. On sent toujours que le courant glacé qui vient du Labrador ne passe pas loin de ces côtes. La pelouse et le petit bois sont merveilleusement verts, et la récolte de cerises (Montmorency) a été une bénédiction. Grâce Frick sur l'échelle, moi-même à l'aide d'un long bambou aidant à plier délicatement les branches surchargées de fruits. De ces moments qu'on n'oubliera jamais, quoi qu'il arrive.

Je sais que votre oreille va déceler dans ces derniers mots une trace d'inquiétude. Eh bien oui, je suis inquiète de la santé de Grâce, qui demande à être très surveillée. Quant à moi, je ne souffre guère que de mes allergies genre rhume des foins, mais celles-ci sont assez épuisantes. Je réussis à remplir assez bien la journée, mais ce n'est jamais sans fatigue. *Le Labyrinthe du Monde* avance : j'en suis à la 60e page et surtout le plan entier du livre prend forme. C'est un peu ce travail journalier qui ralentit ma correspondance.

30 août — Je reprends à une distance de quinze jours cette lettre interrompue surtout par les prépa-

ratifs pour la descente ici de la télévision canadienne, les cinq jours passés en la compagnie d'un groupe de six, puis de huit personnes, et les rangements après leur départ. À l'exception d'un seul individu, assez déplaisant, ces autres personnes étaient sympathiques, mais j'ai été une fois de plus atterrée par la platitude et la superficialité des questions qui pleuvaient sur moi *(de omni re scibili et quibus-damaallis*[1]*)*, sans qu'on me laissât jamais le temps de développer, donc de balancer, une réponse, suivie aussitôt par la question suivante qui ne tenait jamais compte de ma précédente réplique. Et tout ce temps et cet argent dépensés pour arriver à obtenir, à force d'artifices techniques, quelques images stéréotypées de la vie d'un écrivain... Une ignorance sans fond (en regardant des photographies de dessins anatomiques du XVIe siècle : « Comment, on savait déjà tout ça ? ») ; une satisfaction complète de vivre et de naviguer parmi les clichés et les lieux communs rassurants : « Vous croyez vraiment que la politique constitue un danger pour le monde ? » « Vous n'êtes pas émue par la conquête de la lune ? » « Vous ne croyez pas l'homme bon ? » Sur ce dernier point, ma réponse : « C'est difficile à croire après avoir visité Auschwitz et Belsen. » Et enfin, posée il est vrai par un monsieur qui n'était pas du groupe, mais accompagnait seulement l'une de ces dames, et non enregistrée par le micro : « Dans quel pays les livres de M. Y. se *vendent-ils* le mieux ? » On n'est pas seulement atterré, on est hébété.

Ce sont les temps et les conditions contre lesquels je proteste, et pas les individus. La directrice de prise de vues et son mari formaient un charmant

---

1. Graphie fautive. *Quibusdam aliis*. À l'affirmation de Pic de la Mirandole (1463-1494) qui prétendait traiter de *omni re scibili*, de tout ce qu'on peut savoir, quelqu'un ajouta malicieusement : *et quibusdam aliis*, et même de plusieurs autres choses.

couple vieux Canada ; j'imaginais avec intérêt et sympathie la vie surchargée et fatigante de mon interlocutrice, comédienne de son métier, qui interprète d'interminables romans feuilletons télévisés, et se souvient avec émotion d'avoir joué du Montherlant et du Claudel ; je m'intéressais au scepticisme silencieux du preneur de vues ; j'avais même fini par aller par-delà la morosité de la secrétaire chargée du compte des heures et des bobines de film, lorsque j'ai appris d'une de ses camarades ses ennuis de famille et d'argent. C'est toujours un peu la troupe d'acteurs qui passent au troisième acte d'*Hamlet*, et suspendent un instant la comédie ou le drame qu'ils traversent. Mais que de fatigue pour Grâce Frick qui s'est efforcée à leur offrir un déjeuner tandis que je me reposais en haut sur mon lit... Nous avons eu aussi un goûter très réussi dans une auberge, la seule qui serve en plein air dans la région.

Merci des renseignements si francs et si complets que vous m'avez donnés sur vos conditions de vie. Ils me rassurent jusqu'à un certain point, bien qu'à notre époque d'inflation toutes les positions économiques soient fragiles. J'accepte (avec tous les mercis possibles) que vous ayez fait « pour le roi de Prusse » la correction des épreuves de *Marie-France*, quoiqu'il soit inélégant que ce journal ait ainsi réussi à faire corriger ses épreuves pour rien. Mais si, comme vous me l'avez proposé et comme je l'espère, vous vous chargez de préparer pour l'impression le texte du *Labyrinthe du Monde*, il faudra vraiment s'arranger autrement. Et de même pour les « recherches » s'il en est.

J'ai déjà du reste une question à vous poser. Depuis très longtemps, je cherche la date exacte de l'expulsion, ou du départ prétendu volontaire, entre 1890 et 1905 environ, des Trappistes du Mont-des-Cats, lors des fameux démêlés entre l'État et les ordres religieux. Je n'ai rien obtenu du directeur des Archives du Nord, avec lequel, grâce au premier envoi qu'il vous a fait, je suis entrée en relations, et qui m'envoie obligeamment d'anciens articles ou prospectus fort anodins concernant le monastère, mais rien qui ait trait au harassement par l'État. Je n'ai rien trouvé non plus dans un gros volume traitant du diocèse du Nord vers la fin du XIXe siècle et le début du XXe ; les expulsions ou départs volontaires des congrégations sont à peine mentionnés.

Ce dont j'ai besoin, c'est de la date du départ, volontaire ou non, des moines du Mont-des-Cats, ou les dates, s'il y a eu, comme ce n'est pas impossible, deux départs partiels ou deux départs successifs séparés par un retour temporaire.

Voici pourquoi cette date m'est indispensable : mon père était très lié avec le supérieur du couvent, et se rendit sur place pour assister à ce départ, auquel étaient présents le préfet du Nord et quelques soldats pour assurer l'ordre. Il m'a souvent décrit l'espèce de coup de théâtre produit par la sortie du supérieur (ancien officier) en uniforme et portant ses décorations, ce qui fait que les soldats durent présenter les armes. Mais, comme toujours, ces notations étaient sans date, et la date importe beaucoup, pour la coloration politique de l'heure, et pour savoir aussi durant lequel des séjours de mon père dans le Nord se place cet incident.

Je pourrais évidemment écrire au présent supérieur du couvent, mais hésite un peu à le déranger, si un dictionnaire historique de notre temps, ou tout autre volume qu'on pourrait trouver, même à Chartres, donne cette référence. Toutefois, je vous demande instamment de borner vos recherches ; et surtout de ne pas vous croire obligée de vous rendre pour moi à la Bibliothèque Nationale, l'un des lieux les plus fatigants que je connaisse. Si la réponse ne vient pas pour ainsi dire d'elle-même, laissez tomber, et je m'adresserai au supérieur du couvent du Mont-des-Cats.

Au cours d'une excursion d'achats, nous avons songé à vous offrir un modeste présent : il s'agit de deux robes de chambre en flanelle, synthétique hélas, en tout ou partie, très mince, mais moelleuse, et dont Grâce Frick possède plusieurs, qu'elle aime jeter par les soirées froides au-dessus de ses vêtements pour travailler sous la lampe, et qu'elle porte quelquefois au lit. Cela ne détrônera pas, tant s'en faut, le beau peignoir en laine des Pyrénées, mais peut pourtant être utile. L'avantage est qu'on peut laver ces robes de chambre, à la machine ou à la main, mais on conseille de les laver séparément.

Les couleurs, à ce qu'il me semble, ne sont pas trop laides et trop voyantes, ce qui est si souvent le cas des étoffes synthétiques modernes. Nous n'avons pu obtenir qu'une petite taille, et une autre au contraire, dite extra-grande, mais qui n'est guère, je crois, autre chose qu'un 38 français. Nous avons pensé que l'un de ces vêtements pourrait convenir à la marraine, s'ils ne vous vont ni à l'une ni à l'autre, sans doute pourrez-vous trouver une amie à qui les donner.

J'ai placé avec eux deux petits sachets contenant des aiguilles de pin que j'ai achetés à une Indienne qui vient de temps à autre vendre de la vannerie et autres petits objets. C'est l'odeur des forêts du Maine.

Affectueusement à vous,

[Marguerite Yourcenar]

À MADELEINE GOBEIL[1]

12 septembre 1974[2]

Chère Mademoiselle,

Je vous remercie pour votre courtoise lettre. Mais vous savez que les écrivains sont très pris par leur propre travail, par les lectures concernant le sujet de leurs recherches ou leurs principales préoccupations à eux. Il s'ensuit que le temps manque, et qu'ils sont, à regret, souvent forcés de négliger leurs contemporains. J'ose à peine vous avouer que je n'ai rien lu de Michel Leiris.

Avec tous mes sympathiques souhaits de bon travail,

Marguerite Yourcenar

---

1. Fonds Yourcenar à Harvard, MS Storage 265. Copie de lettre autographe.
Une indication en haut de la lettre précise qu'il s'agit d'une « réponse à la demande de Madeleine Gobeil, étudiante préparant une thèse de 3ᵉ cycle à Paris, de répondre à la question : " Que pensez-vous de Michel Leiris comme écrivain ? " ».
Ce brouillon de la réponse de Yourcenar, placé au bas de la lettre de Madeleine Gobeil, est barré avec un ajout en anglais de la main de Grace Frick « voir la copie carbone de la réponse signée par G. F. ».
2. Sur la copie, la date est placée au bas de la signature.

À MME MARGARETHE VON TROTTA[1]

>Petite Plaisance
>Northeast Harbor
>Maine 04662 USA
>5 décembre 1974

Chère Madame,

Je reçois aujourd'hui votre lettre du 30 novembre. Oui, les grèves en France m'empêchent depuis six semaines de communiquer avec la maison Gallimard, où deux personnes se sont occupées de servir d'intermédiaires entre votre mari[2] et moi, Madame Rossignol, que vous connaissez sûrement, et Mlle Deybach, qui s'occupe des contrats cinématographiques.

Le distributeur américain m'a en effet gracieusement envoyé *Le jeune Törless*[3] que j'ai pu visualiser [sic] ici avec quelques amis.

J'ai été très sensible à la beauté de la photographie, nette et pour ainsi dire classique, de ce film, et au jeu jamais exagéré des acteurs. Sauf peut-être tout à la fin, où le jeune Törless tire de cette aventure des conclusions qui ne sont pas nettement indiquées dans l'original, mais qui étaient sans doute nécessaires de nos jours, j'ai constaté que le roman a été suivi par le cinéaste presque page par page. Toutefois, la scène dans le gymnase, vers la fin, m'a paru plus corsée que dans l'original, où l'enfant maltraité n'est que jeté comme une balle d'un élève à l'autre, et

---

1. Fonds Yourcenar à Harvard, MS Storage 265.
Margarethe von Trotta (née en 1942). Metteur en scène et actrice allemande. Elle joua le rôle de Sophie de Réval dans *Le Coup de grâce*.
2. Le metteur en scène allemand Volker Schlöndorff (né en 1939).
3. *Les Désarrois de l'élève Törless*, roman de Robert von Musil (1880-1942), adapté à l'écran par Volker Schlöndorff en 1966.

non suspendu à un croc et battu, ce qui rend l'épisode moins convaincant, parce qu'on se dit que l'enfant ne résisterait pas longtemps à pareil traitement, et qu'on ne comprend pas que cet énorme chahut n'amène pas *tout de suite* les surveillants, à moins que ceux-ci ne soient aussi plus ou moins complices.

J'ai été aussi frappée par la disparition des scènes homosexuelles, ce sujet étant traité de façon si allusive que le spectateur l'entrevoit à peine, à moins d'être déjà lui-même très au courant de cette forme de psychologie adolescente. Les rapports intimes entre Basini et le jeune Törless, en particulier, m'ont paru tout à fait passés sous silence, ce qui met en quelque sorte un creux au centre du roman (les vacances passées à l'école) et met plus de vague encore autour de ce personnage, devenu pour ainsi dire simple spectateur. Je ne tiens pas, d'ordinaire, à ce qu'on souligne à l'excès les motivations sexuelles, mais ici, elles me semblent une partie indispensable de cet étrange et inquiétant mélange qu'est le livre de Musil, si inquiétant et si étrange que je ne crois pas qu'on puisse, quoi qu'on fasse, le faire passer complètement à l'écran.

Par exemple, la scène avec le professeur au sujet des nombres imaginaires n'éclaire pas le sujet, et je ne vois pas comment elle pourrait le faire, à moins de présenter, de façon angoissée, cette notion, en elle-même obscure, *à l'intérieur* de la pensée de Törless, *avant* et *après* l'entrevue, quitte à arriver, pour représenter ce problème devenu pour lui métaphysique, à une série d'images quasi surréalistes.

Même chez Musil, du reste, l'emploi de cette notion mathématique pour définir le drame auquel Törless assiste et prend part me paraît débattable [sic]; cela ressemble un peu trop aux étudiants des années 30 ou 50 invoquant « la relativité » ou « l'existentialisme » à propos de leur vie personnelle.

Il est clair que *Le Coup de Grâce* est un ouvrage si différent du *Jeune Törless* qu'il m'est difficile de présumer de l'un ce que deviendra l'autre, s'il est jamais filmé. Mes craintes restent les mêmes : j'ai peur que les épisodes cruels du livre, absolument nécessaires à l'atmosphère *historique* du récit (exécutions, quelques allusions à des scènes de torture, cheval tué par l'explosion d'une bombe), ne soient mis en vedette et n'aboutissent à constituer un de ces films de violence dont nous sommes sursaturés. J'ai peur aussi que le texte même du livre ne prête à des interprétations qui risquent de faire dévier l'ensemble : anti-russe, pro-russe, anti-allemand, pro-allemand, antisémite, pro-sémite, homosexuel contre femme, ou femme contre homosexuel, et que sais-je encore ? Ce sont des écueils à éviter, et ils sont nombreux.

L'intérêt de votre mari[1] pour *Le Coup de Grâce* me touche beaucoup, mais, d'autre part, je sais que l'auteur, une fois le contrat signé, doit s'en remettre complètement à son cinéaste, que l'idée d'exercer un droit de regard est presque vaine, et que d'ailleurs le cinéaste ne doit pas être gêné dans son travail une fois qu'il a entrepris celui-ci. Puis-je donc vous demander, pour m'éclairer un peu plus, si Volker Schlöndorff voudrait bien 1) me soumettre un plan de scénario limité à trois ou quatre pages, qui me donne une idée de la façon dont il *voit* ce livre ; 2) un projet de contrat m'informant de ce à quoi je m'engagerais, et des termes du point de vue financier.

Au cas où le contrat serait signé, Volker Schlöndorff consentirait-il à me confier son scénario complet pour quelques jours, de manière à ce que je puisse approuver ou faire en temps utile des objections.

---

1. Volker Schlöndorff.

J'espère avoir indiqué clairement ma position. J'aimerais vous recevoir ici pendant votre court séjour aux États-Unis, mais d'abord le déplacement est assez compliqué : il faut compter une journée entière de voyage pour venir ici pour deux ou trois heures entre deux avions (l'aérodrome est en hiver à 80 kil. environ de cette maison), et si le temps est mauvais les avions de la ligne locale ne décollent pas ou risquent de vous déposer ailleurs, vous obligeant à faire sur route un trajet encore plus long.

De plus, je vous avoue que je suis en ce moment horriblement prise par l'achèvement d'une traduction d'un de mes livres depuis longtemps promis à un éditeur américain[1], et que je crains dans ces conditions de distraire même une journée, ce que vous comprendrez, j'en suis sûre.

Veuillez remercier Volker Schlöndorff d'avoir fait mettre à ma disposition *Le jeune Törless*, et croyez, je vous prie, chère Madame, à toute l'expression de mes sentiments sympathiques,

Marguerite Yourcenar

---

1. Probablement *L'Œuvre au Noir*, qui paraîtra chez Farrar, Strauss and Giroux, dans une traduction de Grace Frick, en 1976.

À HUGETTE DE BROQUEVILLE[1]

>Mme Yourcenar
>Petite Plaisance
>Northeast Harbor
>Maine 04662 USA
>18 décembre 1974

Ma chère Cousine,

Je viens bien tard vous remercier de votre charmante lettre et aussi vous dire que le prénom de votre mari[2], dans la bibliographie de *Souvenirs Pieux*, a été rectifié à partir de la troisième édition. Excusez encore une fois cette étourderie caractéristique du moment avant le « bon à tirer », où on se met à faire avec zèle des corrections erronées et à saupoudrer le texte de quelques nouvelles erreurs.

J'ai été amusée par les réactions scandalisées. Les gens aiment si peu la vérité vraie ! J'ai toujours l'impression que les morts sont enchantés quand on les montre tels quels (pourvu qu'on ait quelque document qui permette de le faire), eux qui ont dû si souvent dissimuler dans la vie. Qui sait ce qu'ont tu Flore, Amélie, Zoé et Irénée[3] ?

---

1. Collection particulière. Copie d'une carte de vœux autographe éditée au bénéfice de l'Œuvre d'assistance aux bêtes d'abattoirs, Paris, et représentant des *Chevaux des Rois Mages,* Cathédrale de Chartres (XIIIe siècle).
Huguette de Broqueville. Écrivain. À propos de son premier roman, *On ne répond pas à un crapaud*, Paris, Calmann-Lévy, 1968, Yourcenar avait écrit au baron Drion du Chapois : « j'ai lu avec beaucoup d'intérêt son roman. Les aïeules Drion ont dû se retourner dans leur tombe, perplexes, et quelque peu choquées, mais sait-on jamais ? ». Collection particulière.
2. Norbert (et non Pierre) de Broqueville comme l'indiquaient les premières éditions de *Souvenirs pieux*.
3. De ces quatre demoiselles Drion, deux furent les arrière-grand-mères maternelles de Yourcenar : Flore et Zoé.

Savez-vous que vous êtes la seule personne qui m'ait parlé d'un des passages de *Souvenirs pieux* qui m'émeuvent moi-même le plus, la promenade de Rémo et d'Octave aux Champs-Élysées, tirée d'une notation de ce dernier[1]. La naissance de la révolte dans une société trop satisfaite et trop sûre d'elle-même, le jeune homme déjà un peu « hippie » qui souhaite autre chose que tout cela...

Il me paraîtrait très naturel que vous soyez déjà avec vos lointains descendants (mais quel monde leur préparons-nous ?), comme nous sommes aussi en pensée avec nos ancêtres. Connaissez-vous, fantaisie plus audacieuse encore, cette ravissante illustration de Du Maurier pour son *Peter Ibbetson*[2], dans laquelle deux enfants mangeant tranquillement leurs tartines sont regardés avec tendresse par eux-mêmes grandis ?

Avec tous mes vœux pour Noël et l'année qui vient,

Marguerite Yourcenar

---

1. *Souvenirs pieux*, pp. 821-822.
2. Louis Palmella Busson, dit George Du Maurier (1834-1896). Caricaturiste et romancier britannique. Son livre date de 1891.

1975

À JEANNE CARAYON[1]

2 janvier 1975

Chère Amie,

J'aurais voulu que cette lettre vous parvienne avant la Noël, mais la grève des postes a tout désorganisé : non seulement ces six semaines de complet silence ont été dures, et le fait que le bureau de poste de New York renvoyait les lettres pour la France avec la mention « communications momentanément interrompues » difficile à supporter, mais encore il a fallu ensuite donner la priorité aux lettres d'affaires ou aux brefs messages qui n'engagent à rien : les amis comme toujours ont dû attendre.

Merci pour la *Grammaire,* qui a dû être sculptée par quelqu'un qui avait de mauvais souvenirs de l'école. Je glisse en réciprocité dans ma lettre cette *Grammatica* allemande du Musée de Munich, beaucoup plus rassurante. Merci également à Mademoiselle Camus pour la belle image du berger que j'aime tant.

Nous sommes heureuses que les peignoirs aient

---

1. Fonds Yourcenar à Harvard, bMS Fr 372 (868).

fait plaisir. Le Metropolitan Museum[1] cette année a publié un calendrier sans intérêt, du moins pour nous, consacré à la vie américaine et où dominent les scènes de genre. Nous ne l'avons commandé ni pour nous ni pour nos amis.

J'aime à vous imaginer assises près du feu avec les animaux qui ont appris à apprécier la bonne chaleur. Ici, nous faisons une flambée tous les soirs dans la cheminée du petit salon, et une autre, à l'heure du thé, dans le tout petit poêle ouvert (un « Franklin ») du parloir, qui a l'air d'un petit théâtre où danse la flamme. Le matin, j'aime à allumer pour quelques minutes le petit poêle auxiliaire de la cuisine (pas plus, d'ordinaire, qu'une ou deux poignées de vieux papiers); cette chaleur immédiate est comme le symbole de la vie elle-même. Comme tout le monde, nous tâchons d'économiser le mazout, mais il est impossible de descendre plus bas que l'hypothétique 210 du « thermostat », même de nuit, dans ces maisons de bois très mal calfeutrées. Jusqu'ici, il n'a pas fait très froid (−1 environ), mais le sol est couvert d'une neige très blanche et très propre.

La fin de l'année, déjà sombre du point de vue de l'état du monde en général, a été encore assombrie par la mort, qui n'était malheureusement que trop prévue, de Charles Orengo. Il a supporté avec un courage admirable sa longue maladie qui a duré trois ans avec des souffrances presque continuelles et de nombreux traitements dans diverses cliniques aussi éprouvants que les souffrances elles-mêmes. Il avait dû abandonner en juillet son poste de directeur de Fayard (cette abdication a dû lui être horriblement pénible), et s'était installé à Monaco. Je ne sais

---

1. Metropolitan Museum of Art de New York.

pas encore s'il y est mort, ou s'il a décédé dans la clinique de Versailles où on l'avait amené en octobre pour tenter un nouveau traitement. (Deux lettres d'amis, enfin reçues, m'apprennent qu'il avait été transféré au Centre anticancéreux de St-Cloud, toujours lucide et courageux, et « tantôt gai, tantôt triste ».)

Pour moi, c'est une amitié de vingt-trois ans qui finit — l'espace entre *Mémoires d'Hadrien* et *Souvenirs Pieux*. Ce Monégasque sortait d'une vieille famille paysanne des environs de Sospel, et il y avait en lui quelque chose de la fierté et de l'indestructible énergie du paysan du Midi. Il était aussi d'une chaleur, j'allais dire d'une ardeur dans l'amitié qui ne se rencontre presque jamais à Paris, ni peut-être nulle part, surtout dans le monde de la littérature, ou qui touche à celle-ci. Pour moi, c'est une grande perte ; pour lui, c'est une défaite, parce que son tempérament de lutteur lui faisait passionnément désirer, sinon de triompher de la maladie, du moins d'ajouter à sa vie (il avait 61 ans) une rémission de quelques mois. Vous vous souvenez sans doute du repas que nous avons pris ensemble dans un hôtel de Bruxelles, après la réception à l'Académie, en mars 1971. Sa maladie n'a été diagnostiquée qu'à la fin de cette même année, mais j'avais déjà senti ce soir-là, et durant nos autres rencontres de ce printemps, la fatigue, je ne sais quoi de tendu, un effort de présence qui était d'un être déjà très atteint. Vous comprendrez mes réactions, vous qui parlez si bien du grand vide que vous laisse encore Charlotte Musson.

La nouvelle que le Grand Prix National des Lettres m'était échu, et en même temps que j'étais nommée officier de l'Ordre du Mérite (mais qu'est-ce que c'est que l'Ordre du Mérite : la Légion d'Honneur a-t-elle, comme certaines capitales européennes, changé de nom[1] ?), ma première pensée a été : « quel dommage que Charles Orengo ne soit pas là ! ». Merci de vos félicitations pour le Prix et de la coupure de journal, la première que j'ai reçue ; une amie de Bruges m'en a envoyé une autre, du *Monde* ; les coupures de l'*Argus*, débordé je suppose par le retard des courriers, ne font que commencer d'arriver.

Merci de tout cœur pour les efforts que vous avez bien voulu faire pour vérifier le récit du départ des Trappistes, tel que me l'avait fait mon père. La réponse venue du Mont-des-Cats ne clarifie pas grand-chose ; je m'étais un peu attendue à cela, et c'est un peu pourquoi je n'avais pas moi-même écrit au Monastère (j'aurais dû vous le dire). J'ai souvent fait l'expérience d'essayer d'obtenir de gens qui ne sont historiens, ni de formation, ni de profession (la formation ne suffit pas), des renseignements sur le passé de leur famille, d'une institution à laquelle ils appartenaient, et de n'obtenir à peu près rien. C'est que pour la plupart des gens, les perspectives du passé se simplifient et [s'aplanissent] ; les hauts et les bas du graphique, les poussées de fièvre et les chutes de température disparaissent ; tout se trouve réduit à une ligne plane, rigide, et pourtant à demi effacée. Entre-temps, une nouvelle communication de M. Robinet, le directeur des Archives du Nord[2], avec lequel je suis entrée en communication grâce à vous, m'a envoyé une *note* sur le même sujet, qui, bien que laissant beaucoup de vides dans mon information, m'aide à reconstruire les choses [...].

---

1. La Légion d'honneur et l'ordre du Mérite sont deux ordres distincts.
Yourcenar a reçu la Légion d'honneur en juin 1971 ; elle sera élevée au grade d'Officier en 1980 et de Commandeur en 1985.
Elle avait été nommée à l'ordre du Mérite le 18 décembre 1974.
2. Service départemental des Archives. Titre du second volet du *Labyrinthe du Monde*.

Le récit très détaillé de mon père correspond très bien à l'émotion profonde des esprits au moment des lois d'expulsion ; ce qui reste flou, comme toujours chez lui, c'est la date. Pour le récit de sa vie très aventureuse entre 1872 et 1899, j'ai eu un mal incroyable à fixer les dates, et donc la *durée* des principaux épisodes ; j'y suis arrivée en grande partie grâce à son livret militaire, que j'ai retrouvé.

Mais quelles difficultés pour vérifier (à demi) le moindre fait ! Et des faits qui datent de trois quarts de siècle à peine... Quand je pense que je me suis livrée à ce genre de travail pour la vie d'Hadrien, éloignée de nous de près de 19 siècles. Merci encore de m'avoir aidée à débrouiller le présent petit problème.

Je suis heureuse que la machine à écrire marche, et que l'exercice ainsi donné aux doigts et aux poignets fasse du bien. Prendre garde toutefois de ne pas faire devant la machine sept ou huit pages d'affilée, les crampes à l'épaule commencent.

Oserais-je vous demander de ne pas trop penser « à la vieillesse ». Je n'ai jamais cru que l'âge était un critère. Je ne me sentais pas particulièrement « jeune », il y a cinquante ans (j'aimais beaucoup vers ma vingtième année la compagnie des vieilles gens), et je ne me sens pas « vieille » aujourd'hui[1]. Mon âge change (et a toujours changé) d'heure en heure : dans les moments de fatigue, j'ai un siècle, dix siècles ; dans les moments de travail intellectuel ou de conversation, j'en ai, mettons, quarante ; dans les moments d'agrément, sortie au jardin, jeux avec le chien, j'ai souvent l'impression d'en avoir quatre, ce qui continue à me sembler le bel âge, pas du tout pour les raisons sentimentales qu'on donne tou-

---

1. Yourcenar a presque 72 ans quand elle écrit ces lignes.

jours, et que je crois très fausses, mais à cause des yeux tout neufs et des sens tout neufs.

Grâce Frick croit que l'effondrement de Mlle C[ottet][1] tient au choc qu'elle a subi lors du suicide de Montherlant. J'ai l'impression que le mal vient de plus loin. Ce que vous en dites me rappelle un peu (si j'ose dire) la secrétaire de *Celles qu'on prend dans ses bras*[2], pièce qui m'est antipathique, mais où le portrait de la femme âgée est peut-être plus ressemblant qu'il n'y paraît d'abord. Évidemment, les passions non plus n'ont pas d'âge.

Je vais prendre la liberté de vous demander de nouveau un service concernant *Le Labyrinthe du Monde* avec toujours les restrictions habituelles : à condition que l'information que je recherche ne soit pas trop difficile à trouver, soit à la bibliothèque de Chartres, soit à la Bibliothèque Nationale, puisque vous y passez quelquefois. Il s'agit d'un certain accident de chemin de fer resté célèbre qui eut lieu le 8 mai 1842 sur la ligne Paris-Versailles, un dimanche de Grandes Eaux[3]. Mon grand-père (celui au sujet duquel vous avez obtenu pour moi un rapport officiel enterré dans les archives du Nord) avait vingt ans à cette date, et était étudiant en droit à Paris. Le wagon où il se trouvait prit feu, et il fut le seul survivant des occupants, quatre camarades, et les grisettes accompagnant ces cinq jeunes hommes, qui tous étaient allés passer la journée à Versailles et dans les bois de Meudon. C'est la catastrophe dans laquelle périrent l'explorateur Dumont d'Urville et sa famille. Le jeune homme souffrit ensuite longtemps de dépression nerveuse et d'insomnie.

Michel-Charles (mon grand-père) a laissé de l'acci-

1. Mademoiselle Cottet fut proche de Montherlant.
2. Pièce de Montherlant. Recueillie dans *Théâtre*, Paris, Gallimard, Bibliothèque de la Pléiade, 1972 (Bibl. PP).
3. Épisode rapporté dans *Archives du Nord*.

591

dent un récit de deux ou trois pages, extrêmement vivant, dans de brefs *Souvenirs* qu'il destinait à ses deux enfants. Il n'y mentionne pas, toutefois, les grisettes, qui figuraient au contraire dans le récit oral fait à mon père. Mais j'aimerais comparer son récit à un compte-rendu de journal, et souhaiterais surtout savoir depuis quand cette ligne était ouverte, ce que je n'ai pu trouver dans aucune encyclopédie en anglais à l'article chemin de fer. Il s'agirait de savoir si cette expédition représentait pour le groupe de jeunes gens et de jeunes filles une expérience nouvelle (deux des garçons, provinciaux venus de Cassel pour passer quelques jours à Paris, n'avaient sûrement, eux, jamais vu de chemin de fer, la ligne n'ayant été ouverte que quelques années plus tard). Merci d'avance pour tout nouveau détail que vous pouvez me fournir[1].

Affectueuses pensées pour vous-même et tous les habitants de « la Chaumière »,

[Marguerite Yourcenar]

À JACQUES MASUI[2]

Petite Plaisance
Northeast Harbor
Maine 04662 USA
22 mars 1975

Cher Ami,
Je vous réponds comme toujours bien tard, et pourtant avec quel intérêt j'ai lu votre lettre du 10 janvier, m'apportant entre autres de dernières

---

1. « La ligne n'ayant... » jusqu'à « fournir » est un ajout autographe.
2. Fonds Yourcenar à Harvard, MS Storage 265.

nouvelles, au sens le plus fort du mot, du très regretté Charles Orengo. Ce pouvoir d'espérer, qui était peut-être chez lui une forme de courage (ou qui alimentait son courage), alors qu'il n'y a plus d'espoir possible, est si étranger à mon tempérament qu'il me laisse toujours songeuse : je sais que le christianisme a fait de l'espoir une vertu, mais a-t-il eu raison ? Je crois par ailleurs que si notre ami avait triomphé de son mal, il n'aurait probablement pas « mené une autre vie », mais continué de son mieux celle qui lui était propre.

Je m'attendais à ce que la nouvelle direction soit telle que vous la décrivez : indifférente au contenu des livres. Les éditeurs qui aiment et comprennent ce qu'ils publient semblent presque appartenir à une race abolie ; peut-être ont-ils toujours été très rares. Je comprends tout à fait votre point de vue à l'égard des recueils collectifs comme *Hermès*. Presque tous les volumes de ce genre qui me tombent entre les mains, en anglais comme en français, donnent l'impression d'avoir pour collaborateurs des gens toujours prêts à écrire sans grande réflexion sur n'importe quoi, et de plus sont banalisés par une espèce d'uniformité de travail d'équipe. Je me mets parfaitement à la place des collaborateurs sérieux, qui demandent du temps pour donner quelque chose. (Je regrette encore mon court essai sur le tantrisme apporté au *Monde*[1] ; c'est le type même du travail fait trop vite.) Et pourtant, nous avons besoin de revues spécialisées, et nous avons surtout besoin *d'Hermès*. J'ai reçu de Fayard le traité sur le *Hatha-Yoga*[2], avec

1. « Des recettes pour un art du mieux-vivre » (critique du livre de Julius Évola, *Le Yoga tantrique*, *Le Monde*, 21 juin 1972) ; repris dans *Le Temps, ce grand sculpteur* sous le titre « Approches du tantrisme ».
2. *Hatha-Yoga pradipika*. Traité sanskrit. Paris, Fayard, 1974 (Bibl. PP).

une introduction excellente, et bien meilleure en français, à ce qu'il me semble, que dans la traduction anglaise que j'en connais [sic].

Oui, j'ai lu il y a quelques années le volume de vers de Pessoa[1], extraordinaire en effet, surtout si l'on pense à un certain provincialisme intellectuel du Portugal de ces années-là. Je me propose de le relire, mais, hélas, mon portugais, assez bon autrefois, du moins quand il s'agissait de lire ou d'écouter, sinon d'écrire et de parler — s'est beaucoup rouillé depuis.

J'ai lu (par deux fois, dans un effort pour mieux juger) les *Tales of Power* de Castaneda[2]. On sent davantage grincer la machine. Don Juan me paraît décidément devenu un personnage de fiction, dans son déguisement de Mexicain des grandes villes, et dans son langage de conférencier qui élucide pour son élève américain les secrets de la magie. Ce qui est plus grave, c'est que ce livre ne va ni plus loin, ni plus profond que les précédents. On commence aussi à voir s'y insinuer ce vice typique de la littérature américaine, sur tous les plans, l'exagération. Il s'agit de frapper le lecteur.

Et cependant, il me semble que le fond de la pensée, malgré tout ce montage un peu gênant, reste authentique. C'est toujours cette magie de l'être qui nous avait tant apporté dans les précédents livres. Il est saisissant, par exemple, que ce titre *Tales of Power*, qu'on aurait mis là pour flatter le goût américain, Castaneda a su lui donner, pp. 62-4, une signification quasi ironique, en indiquant que le vrai pou-

---

1. Fernando Pessoa (1888-1935). Poète portugais. *Obras completas II : Poesias de Alvaro de Campos*, Lisbonne, Ediçoes Atica, 1958 (Bibl. PP) ; *Poemas Ingleses*, Obras completas, vol. 9 : Antinous Inscriptions Ephitalamium, 35 Sonnets e Dispersos, Lisbonne, Ediçoes Atica, 1974 (Bibl. PP).

2. Voir lettres à Jacques Masui de Noël 1973 et à Jean Chalon du 29 mars 1974.

voir était par-delà « les pouvoirs ». On ne le prend jamais à court.

Les choses ici ne vont pas très bien. Beaucoup de tâches inachevées qui pèsent comme autant d'incubes, la santé de Grâce Frick devenue incertaine, et moi-même fatiguée par mes habituelles allergies. C'est ce faisceau de raisons, les premières surtout, qui m'empêchent pour le moment de venir en Europe, en dépit de mon très vif désir de le faire.

Le travail littéraire, lui, avance. J'en suis à peu près à la moitié du volume qui suivra *Souvenirs Pieux*. Que cette Flandre maritime devenue française diffère de la Belgique, avec laquelle elle n'a pourtant si longtemps fait qu'un !

Avec mes amicaux souvenirs et ceux de Grâce Frick,

Marguerite Yourcenar

P.-S. Le 16 avril, dans la soirée, la télévision belge donne un programme sur moi, ici. Au cas où vous auriez accès à cette émission, peut-être intéresserait-elle Madame Masui, qui n'a pas vu le Maine. J'espère qu'une prochaine fois elle vous y accompagnera[1].

---

1. Ce P.-S. est un ajout autographe.

À JEAN DE WALQUE[1]

> Petite Plaisance
> Northeast Harbor
> Maine 04662 USA
> 28 mai 1975

Cher Monsieur,

Comment vous remercier assez d'un si beau présent ? Je n'imaginais pas que mes quelques questions portant strictement sur le vocabulaire astrologique allaient me valoir ce résultat. J'ai lu et relu vos pages avec soin, essayant de comprendre et d'apprécier, non seulement vos informations, mais le système sur lequel elles s'appuient. Je me suis seulement demandé pourquoi Régulus figure à l'extrême bord du dessin. Vous ne discutez pas son rôle (à supposer qu'il en ait un) dans mon horoscope, il me semble.)

Quant à Aldébaran[2] et au degré 9 de Mercure, vous pensez bien que j'ai été impressionnée par le roi portant sceptre et globe. Mais les « moyens violents » n'ont pas été employés.

J'ai été, cela va sans dire, ravie de ne pas trouver chez vous les clichés habituels qui emplissent les « horoscopes de la semaine », aussi bien dans les journaux financiers que les journaux de modes. Vous discutez même assez peu les traits Gémeaux proprement dits. On sent davantage dans votre travail le jeu incroyablement compliqué des rapports, l'engrenage des roues qui tournent. Évidemment, les

---

1. Fonds Yourcenar à Harvard, bMS Fr 372 (1067).
Jean de Walque (1899-1978). Docteur en droit. Héraldiste et astrologue qui établit le thème astral de Yourcenar et de son père Michel.
2. Aldébaran. Nom donné à une étoile de la constellation du Taureau.

horoscopes « populaires », qui ne songent même pas à se préoccuper de l'heure de la naissance, font la part belle au « signe ».

J'imagine que tout astrologue souhaite savoir jusqu'à quel point le sujet se reconnaît, ou reconnaît sa destinée, dans l'horoscope dressé pour lui. Ici, j'hésite, non seulement parce qu'on se connaît mal, mais encore parce qu'on a rarement une bonne vue d'ensemble de sa destinée. « L'exil », interprété comme vous le faites, est certainement intéressant. Les éléments fâcheux des maisons[1] II, III, et VII, influences peu heureuses des relations, etc., ne sont que trop authentiques, et si considérables même que c'est pour moi un problème, dans le volume qui suit *Souvenirs Pieux*, de les laisser de côté pour ne pas gêner quelques personnes par ces histoires balzaciennes qui, après tout, se passèrent avant leur temps. Et cependant, ma vie ne se comprendrait pas tout à fait sans elles. Les maisons V et VII répondent aussi en gros aux événements. La nouvelle allusion (Maison X) aux « embûches » m'amuse, si je puis dire, par son exactitude. Mais passons...

Quant à savoir si les résultats heureux, dans ma propre vie, ont été dus à ma propre énergie, ou à ma propre application, ou au contraire à des chances fortunées, je me suis souvent posé la question sans y répondre. J'ai tâché d'exprimer, dans le premier cha-

---

1. Dans sa lettre datée du 30 avril 1975, à laquelle répond celle de Yourcenar, Jean de Walque avait précisé : « Les grands angles de la carte du ciel étant déterminés, chacun sur des quadrants est lui-même divisé (par des calculs cosmographiques donnés par des tables) en trois parties. L'on obtient alors douze secteurs prenant naissance au centre de l'horoscope qui figure le lieu de naissance. Ces douze secteurs s'appellent les " Maisons " et déterminent la destinée de l'individu, laquelle ne peut donc être conjecturée que si l'on possède non seulement le jour mais l'heure de sa naissance. Chaque maison a sa signification profonde qui est en rapport originel avec la signification dans l'ordre de chacun des signes du zodiaque. » Fonds Yourcenar à Harvard, bMS Fr 372 (787).

pitre de *Mémoires d'Hadrien,* cet étonnement d'un être devant sa destinée, cette impossibilité de remonter « aux causes ». J'en suis là moi aussi.

Dans l'ensemble, je me demande si les astres, à travers votre bienveillante interprétation, ne font pas la part trop belle au succès. Je me suis, certes, « débrouillée ». Mais il me semble bien que le noyau central est essentiellement constitué de « chagrin et de pitié » pour reprendre le titre d'un film célèbre[1], chagrin, non pas tant personnel que causé par la situation du monde, par une vue somme toute très sombre de la réalité, tout ce qui en gros correspond au moins pour les profanes à l'élément Saturne. En deux mots, le monde de Zénon et du Prieur des Cordeliers. Ou ce *fond* même de la personne serait-il soustrait aux astres ?

Une fois de plus, et chaleureusement merci.

Je vous retourne la carte de la côte américaine en 1801. L'Île des Monts-Déserts s'y trouve, comme vous verrez, et j'ai marqué par le vieux système d'une pointe d'épingle l'endroit d'où je vous écris. Entre parenthèses, ce long bras de mer est le seul « fjord » authentique du continent américain. Le nom de l'île lui a été donné, vers 1603, par Samuel de Champlain, qui échoua à peu près à l'endroit où se termine la flèche rouge. Échouage sans catastrophe : il repartit ensuite vers son but, les établissements français qu'il implantait au Canada. Mais il avait été frappé par l'extraordinaire profil de l'île vue du large, avec une succession des six à sept modestes montagnes se suivant d'affilée. « Montagnes » comparables en hauteur à Cassel et aux Monts de Flandre, mais ce sont les seules sur la côte américaine entre le Labrador et le Brésil. Il va sans

---

1. Allusion au film de Marcel Ophüls : *Le Chagrin et la Pitié* (1971).

dire que l'île n'est plus déserte, ou peuplée seulement par la tribu indienne qui s'y rendait l'été pour pêcher avant l'arrivée des blancs. Mais il reste encore quelques beaux coins sauvages.

Les erreurs relevées par vous dans l'*Armorial* du Baron de Rychman de Betz m'ont consternée[1]. Les faits sont ceux-ci : la famille en question dont la filiation est établie depuis le début du XVIᵉ siècle était entièrement centrée sur Cassel (d'abord) et ensuite Bailleul, donc française, depuis la fin du XVIIᵉ siècle. Quelques alliances plus récentes avec des familles de la Flandre restée espagnole ou autrichienne : j'en relève deux en ligne directe[2] : ma quadrisaïeule Constance Adriansen[3], d'une famille originaire de Nieuport et d'Ypres, elle-même arrière-petite-fille de Claire Fourment, d'Anvers, nièce à la fois d'Isabelle Brandt et d'Hélène Fourment ; ma trisaïeule Thérèse de Gheus[4], d'une famille d'Ypres. Mon père[5] épouse en premières noces une Lagrange[6], famille française établie de longue date aux environs de Lille (Cysoing). La mère de Berthe de La Grange était belge, Le Clément de St-Marcq, originaire de Tournai. Pour des raisons assez romanesques, le mariage eut lieu à Tournai, point le plus proche en Belgique de l'habitation des La Grange en France, et c'est à Tournai que naquit mon demi-frère. D'après les documents officiels indiquant leurs différents domiciles, le couple semble avoir quitté Tournai (où il n'habitait guère) au bout de deux ou trois ans. Quelques années plus tard, mon père est de nouveau

---

1. Fernand de Rychman de Betz (1871-1961). Auteur d'un *Armorial général de la noblesse belge*, Liège, 1957.
2. « En ligne directe » est un ajout autographe.
3. Anne-Constance Adriansen. Quadrisaïeule paternelle de l'écrivain.
4. Thérèse de Gheus. Trisaïeule paternelle de l'écrivain.
5. Michel René Cleenewerck de Crayencour.
6. Berthe Louys de La Grange (1861-1899).

donné comme domicilié au Mont-Noir (Nord, France). Voilà pour l'installation à Tournai.

Quant à l'adoption de la nationalité belge par mon demi-frère, elle eut lieu en 1905 ; il avait 21 ans, et l'option belge lui évitait le service militaire, alors long et strict en France. Son père désapprouva cette décision[1], et demeura français jusqu'à sa mort en 1929. Voilà pour la famille « naturalisée belge au XIXe siècle ».

Pareille inexactitude est inqualifiable. J'hésite à la mettre sur le compte de mon demi-frère, qui vivait encore à l'époque, sa *Généalogie de la famille Cleenewerck de Crayencour*, publiée en 1944[2], ne contient rien de pareil, et si l'inexactitude est voulue, pourquoi ?

Au sujet de l'abandon du premier des deux C.[3], je suis plus indulgente, l'usage immémorial en France étant d'abandonner le patronyme pour le nom de terre. Il faut être un spécialiste, comme le charmant M. Bouton de la Boutonnière, dans la *Brocéliande* de Montherlant, pour savoir que c'est souvent le patronyme qui est le plus intéressant des deux noms. Je vous recommande cette pièce, dans le *Théâtre Complet* de Montherlant, édition de la Pléiade. À peu près sans intérêt pour le commun des mortels, elle est délicieuse pour un généalogiste.

Encore une fois tous mes remerciements, joints à l'expression de mes sympathiques pensées,

Marguerite Yourcenar

---

1. Yourcenar rapporte dans *Le Labyrinthe du Monde* que, jeune homme, Michel de Crayencour s'était engagé dans l'armée sur un coup de tête. Par la suite, il déserta à deux reprises, et ne put rentrer en France pendant plusieurs années. Son fils aîné naquit en Belgique au cours de son exil forcé.
2. Michel IX Cleenewerck de Crayencour, *Généalogie de la famille Cleenewerk de Crayencour*, Deurne-Anvers, Imprimerie Govaerts, 1949 (Bibl. PP).
3. Cleenewerck.

À JEANNE CARAYON[1]

> Petite Plaisance
> Northeast Harbor
> Maine 04662 USA
> 25 juillet 1975

Chère Amie,

Vos dons sont arrivés l'un après l'autre, le dernier il y a une dizaine de jours. Merci pour le supplément d'information au sujet de la catastrophe du 8 mai 1842 ; comme je suis touchée que vous ayez pensé à ces malheureux le 8 mai de cette année : vous êtes certainement la seule personne au monde qui l'ait fait.

Les deux Montherlant ont été lus et relus (je relis toujours en entier un livre qui en vaut la peine immédiatement après la première lecture). Je connaissais un certain nombre des essais du *Fichier parisien*[2], que j'avais dû lire à l'époque dans les périodiques où ils ont paru. D'autres étaient totalement nouveaux pour moi, en particulier l'essai sur le Petit-Picpus. J'ai beaucoup apprécié certaines phrases qui portent la marque du maître (« La Terreur tomba comme le vent tombe... »). Les quelques paragraphes concernant François Millon de Montherlant[3] sont d'un grand intérêt pour moi, qui m'efforce de situer et de juger (autant qu'on peut juger) des personnages situés à la même époque. L'absence complète de toute hagiologie [sic] familiale est réconfortante. Les brefs essais, que je ne connaissais pas, sur Paris pendant l'occupation sont admirables

---

1. Fonds Yourcenar à Harvard, bMS Fr 372 (868).
2. Montherlant, *Le Fichier parisien*. Voir lettre à Montherlant du 6 janvier 1969.
3. François Millon de Montherlant. Trisaïeul de l'écrivain. Député du Tiers-État. Guillotiné le 23 juin 1794.

pour l'impitoyable qualité du coup d'œil. *Choses vues...* Personne n'a dit jusqu'ici, je crois, combien Hugo et Montherlant se ressemblent par ce don de délinéer exactement l'actualité.

J'ai trouvé, et vous avez dû trouver avant moi, pas mal de répétitions dans *Tous Feux Éteints*[1]. Je ne parle pas des réitérations d'opinions ou de principes (valeur du plaisir — vertu du suicide — alternance à laquelle j'avoue attacher peu de prix, désarroi et imposture des temps présents, dont la dénonciation sans cesse renouvelée me rend cher cet homme clairvoyant et écœuré) ; c'est le droit de l'écrivain de revenir continuellement sur les sujets qui lui importent. Je parle d'anecdotes, souvent concernant des acteurs, des représentations de cette pièce, ou de sottes critiques faites à celle-ci, qu'il avait déjà mises plusieurs fois dans *La Tragédie sans Masques*[2], dans ses préfaces, et ailleurs, et qu'on retrouve ici pareilles à quelques mots près. Ou encore de certains souvenirs de famille, comme l'histoire du jeune Montherlant s'étendant pour dormir à côté de sa grand-mère morte, que *La Marée du Soir*[3] contenait aussi.

Oubli et fatigue de la part de l'écrivain vieilli et malade ? Maladresse des héritiers qui ont retenu, peut-être sans les apercevoir, des redites que l'auteur aurait éliminées ? En tout cas, il y a là une fâcheuse négligence que ce n'était pas à vous, bien entendu, de faire remarquer.

Ce qui émeut dans *Feux éteints*, c'est le sentiment d'assister à la redoutable descente que Montherlant lui-même évoquait dans la préface du *Treizième*

---

1. *Tous Feux Éteints*. Voir lettre du 6 janvier 1969.
2. Le titre exact est *La Tragédie sans masque*. Voir lettre à Montherlant du 6 janvier 1969.
3. *La Marée du soir*, Paris, Gallimard, 1972 (Bibl. PP).

César[1] ; la présence de l'irréparable ; tout ce qui met des notes griffonnées par un mourant à la fois en deçà et au-delà de la littérature. On relève avec passion, dans les dernières pages, les dates : l'équinoxe de septembre qui approche.

On aurait pourtant aimé posséder une dernière « œuvre » toute proche de cette fin, une sorte de testament comme ce dernier — et admirable — chapitre du *Decay of the Angel*[2], que Mishima termina la veille de sa mort. Mais l'écrivain japonais mourait âgé seulement de quarante et quelques années, et en possession de toutes ses forces. Pour Montherlant, tout était dit depuis longtemps.

C'est, je crois, dans *La Marée du Soir* que se trouve une étrange indication : avant de mourir, Montherlant ferait « quelque chose » pour sa mère et sa grand-mère. Avait-il pensé à ce moment-là à s'astreindre à une fin chrétienne ? Elle ne reparaît pas dans *Tous Feux Éteints*.

Merci également d'avoir eu la pensée de m'envoyer le petit livre de Sipriot. Je le connaissais sous sa première forme : la seconde version est plus riche, parce qu'il a plus d'œuvres à analyser, et qu'il sait comment finira son personnage[3]. Le petit livre est utile, et certaines des photographies saisissantes. Mais je me dis parfois que seuls les poètes font de la critique qui va au cœur du sujet (Coleridge, Hugo, Proust) ; la plupart des autres tombent dans de limitantes formules, et il semble que ce qui est au centre même de l'écrivain leur échappe. Sipriot (que j'ai entendu *parler* de façon très remarquable au sujet de Montherlant) n'aborde au fond aucun des grands problèmes. J'en dirais autant du petit discours de

---

1. *Le Treizième César*, Paris, Gallimard, 1970 (Bibl. PP).
2. Yukio Mishima (1925-1970). Traduit en français sous le titre *L'Ange en décomposition*, Paris, Gallimard, 1984.
3. Voir lettre à Jeanne Carayon du 29 octobre 1973.

Jean d'Ormesson que vous m'avez envoyé, et dont je vous remercie. Mais devant un immeuble, et accompagné du bruit des autobus, ce n'était certainement pas l'endroit.

Je croyais vous avoir dit en son temps combien j'ai complètement désapprouvé l'ouvrage de Blot sur moi[1]. J'ai au moins la satisfaction de n'y être pour rien. J'ignorais même ce projet : la première nouvelle que j'en ai reçue a été le justificatif accompagné d'une lettre où l'auteur, après avoir professé de l'enthousiasme pour mes premiers livres (il connaît très mal les plus récents, y compris *Mémoires d'Hadrien*), me déclarait qu'il n'était pas entré en contact avec moi pour rester plus libre. Je n'ai jamais répondu, ne trouvant aucune réponse à faire.

Moi qui aurais donné un an de ma vie pour rencontrer une heure Hadrien, une semaine de ma vie pour rencontrer Thomas Mann ou Piranèse, une journée pour Octave Pirmez[2] et qui ne renoncerais pour rien au monde au privilège d'avoir été reçue par Virginia Woolf[3] — écrivain que j'admire, certes, mais qui au fond ne m'est pas très cher —, je ne comprends pas que, tant qu'un être humain dont on s'occupe est en vie, on ne profite pas de la chance de

---

1. Jean Blot (né en 1923). *Marguerite Yourcenar*, Paris, Seghers, 1971 ; nouvelle édition révisée, 1980.
2. Octave Louis Benjamin Pirmez (1832-1883). Écrivain belge. Cousin éloigné de Yourcenar. Sa mère, Irénée Drion, était la sœur de Flore et de Zoé Drion. Flore devint la mère d'Arthur de Cartier de Marchienne, père de Fernande. Zoé devint celle de Mathilde Troye, mère de Fernande. Octave Pirmez est longuement évoqué dans *Souvenirs pieux*.
Jours de solitude, Paris, Hetzel et Cie, Bruxelles, Veuve Parent et Fils, Leipzig et Gand, Henry Merzbach, 1869 (Bibl. PP). Une édition posthume de ce livre (Bibl. PP) ainsi que *Heures de philosophie* (Bibl PP) et *Rémo — Souvenirs d'un frère* ont été publiés Paris, Librairie académique Didier Perrin et Cie, libraires-éditeurs, Namur, Jacques Godenne, éditeur, en 1900.
3. Voir lettre à Emmanuel Boudot-Lamotte du 13 février 1937.

s'en approcher, ou tout au moins de correspondre avec lui, même si la rencontre risque de nous déranger ou de nous décevoir dans l'idée que nous avions de lui. Quelle chance alors pour réarranger ses impressions, et pour aller d'une interprétation un peu moins juste à une interprétation corrigée ! Mais c'est justement ce que ces personnes craignent de faire.

J'accepterais encore ce point de vue si l'auteur se bornait à la critique des œuvres. Mais il déraille sans cesse de l'interprétation de celle-ci à ce qu'il imagine de la biographie de l'auteur, ne serait-ce que par des interrogations de pure rhétorique. Non seulement j'aurais pu lui fournir, s'il l'avait voulu, des indications, mais encore aurait-il trouvé la plupart de celles-ci, s'il avait lu avec attention certains textes de moi qu'il ne paraît pas connaître — les *Carnets de notes* de *Mémoires d'Hadrien*, les préfaces de *Feux*, de *Denier du Rêve*, des pièces de théâtre. Pour un homme un peu subtil, tout était là. Mais il semble y avoir entre ce critique et moi une sorte de profonde antipathie de tempéraments. Qu'il loue ou qu'il blâme, pas une seule fois je ne trouve dans son livre une réflexion sur moi qui ne soit à l'opposé de ce que j'aurais pu sentir ou penser.

Que vous êtes bonne lectrice des *Jeux de miroirs*[1] ! Vous avez senti tout de suite qu'il s'agit « du chaudron des sorcières » ou de « la cuisine des Anges », ce sujet que si peu d'écrivains ont traité, par pudeur peut-être, ou peut-être parce que l'intervalle est très court entre le moment où, après coup, on « sait ce qui s'est passé », et le moment où l'on l'oublie. C'est un sujet que j'aimerais traiter de nouveau, et je crois

---

1. « Jeux de miroirs et feux follets ». Publié d'abord dans la *Nouvelle Revue française*, n° 269. Recueilli dans *Le Temps, ce grand sculpteur*, in *Essais et mémoires*.

au fond que les vrais « mémoires » de l'écrivain sont là.

Vous avez raison de citer à propos des monstres le merveilleux texte de Baudelaire *« comment ils auraient pu ne pas se faire »*. Et, en sens inverse, c'est vrai aussi du génie. Comme il est vrai que le jeune exilé polonais qui faisait de la contrebande d'armes entre Marseille et Barcelone aurait pu *ne pas se faire*, c'est-à-dire ne pas devenir Conrad[1], ou que le jeune royaliste collectionnant les prix d'académie ou de jeux floraux aurait pu ne pas devenir Hugo ! Quant à l'influence désastreuse sur Gilles de Rais du procès de Jeanne d'Arc, vous avez peut-être raison. Quand on lit de près certains de ces grands procès d'autrefois, on est frappé de voir qu'il y a eu souvent un comparse, témoin, geôlier, aumônier définitivement *bouleversé*. Gilles de Rais a pu se persuader de l'absurdité de toute condition humaine (les termes que j'emploie sont modernes, mais la notion de tous les temps) et commencer ainsi sa terrible descente ; il y a en lui deux ou trois traits qui font rêver. Son goût des beaux objets, d'abord, qui contraste avec le charnier où il avait choisi de vivre ; ensuite et surtout le fait que ce meurtrier élève une chapelle aux Saints-Innocents, ce qui littéralement donne le vertige. Enfin, sa dernière phrase : « la mort n'est rien, qu'un peu de peine », dite à ses complices avant la pendaison, est d'un homme qui réfléchissait, et va d'autant plus loin qu'elle est aussi d'un homme qui avait

---

1. Joseph Conrad (1857-1924). Romancier. *Tales of Unrest*, New York, Doubleday, Page & Company, 1919 (Bibl. PP) ; *Lord Jim*, New York, The Modern Library, 1931 (Bibl. PP) ; *Heart of Darkness* and *The Sharer*, New York, The New York American Library, Inc., 1950 (Bibl. PP) : *The Portable Conrad*, Edited, and with an Introduction and Notes by Morton Dauwen Zabel, New York, The Viking Press, 1954 (Bibl. PP) ; *An Outcast of the Islands*, Harmondsworth, Penguin Books, 1976 (Bibl. PP) ; *Œuvres*, t. II, Paris, Gallimard, Bibliothèque de la Pléiade, 1985 (Bibl. PP).

beaucoup vu et fait mourir. Je crois que c'est cette horrible déviation de la pratique et de l'amour, mais de la mystique et de l'amour quand même, qu'ont senti les mères de ses victimes priant pour lui à sa dernière heure, ce qui touchait si fort Montherlant.

La Bathory[1] au contraire semble avoir été un monstre opaque, dont le sadisme se déclenchait à partir d'accès de rage noire et sourde. C'est ce qui rend si puissamment symbolique l'histoire de son châtiment : elle meurt emmurée[2], comme elle l'a été toute la vie.

Je vous envoie cette semaine, par courrier ordinaire (car nous avons tout le temps), les 252 premières pages du *Labyrinthe du Monde*, c'est-à-dire la moitié du livre. Le texte imprimé aura naturellement moins de pages, comme toujours, que le texte dactylographié. Vous aurez donc en main les trois premières parties complètes : *La Nuit des Temps, Le Réseau, Le jeune Michel Charles*, et la quatrième : *Rue Marais* tout entière à l'exclusion des deux derniers chapitres à peu près terminés, mais qui déjà appartiennent en esprit à la partie suivante, en ce sens que nous sommes déjà à l'extérieur de la pensée de Michel, mon père. L'un de ces courts chapitres raconte la première fugue, durant la quinzième année, et la première expérience sensuelle (une tenancière de bar); le second les difficultés de Michel-Charles en 1870-71, auxquelles bien entendu

---

1. Dans *Jeux de miroirs et feux follets*, Yourcenar confie qu'entre *Mémoires d'Hadrien* et *L'Œuvre au Noir*, elle avait projeté un livre provisoirement intitulé « Trois Élisabeth » dont les protagonistes auraient été Élisabeth de Hongrie, Élisabeth d'Autriche et Élisabeth Báthory. *Le Temps, ce grand sculpteur*, in *Essais et mémoires*, op. cit., pp. 338-346.
2. Le thème de l'emmurement apparaît de façon récurrente dans l'œuvre de Yourcenar, notamment dans les *Nouvelles orientales* (« Le lait de la mort » « L'homme qui aimait les Néréides », « Les emmurés du Kremlin »).

le jeune homme reste insensible, les dissipations de ce dernier à l'université, suivies d'une crise d'indignation et de colère contre tout, qui s'achève par son engagement dans l'armée. Tout cela bref, car sur certains points bien des détails me manquent.

La cinquième partie, *Ananké*, à laquelle je vais me mettre, raconte la vie aventureuse de Michel jusqu'à la mort de sa première femme en 1899. Puis, sautant quatre années, j'en viendrai, dans une partie pour laquelle je n'ai pas encore de titre, à son retour au Mont-Noir avec l'enfant, aux dernières grandes amours, « Monique » et quelques autres, et à la fin de sa vie. Peut-être y aura-t-il ensuite une sorte d'« *Envoi*[1] » sur un ton de méditation, où je parlerai de moi-même, très en gros, pendant une vingtaine de pages.

Le présent paquet s'achève sur le chapitre racontant la mort de la petite Gabrielle, sœur de mon père, écrasée par une carriole, et de mon grand-père faisant avec la mourante les quatre à cinq kilomètres qui séparent le Mont-Noir de Bailleul, assis dans la paille à côté de la petite fille sur le « char » d'un fermier, en quête d'un chirurgien et d'un médecin. En écrivant ces pages, j'ai plus d'une fois pensé à un trajet semblable fait par votre grand-père, avec sa femme mourante à la suite d'un accident. Que de désespoirs oubliés !

Gardez ce paquet de photocopies, que je considère vôtres, et veuillez, à votre convenance, car, de nouveau, rien ne presse, me faire vos observations, sur feuilles volantes, remplies, autant que possible, d'un seul côté. Je crains qu'en dépit de tous mes efforts, il y ait beaucoup de coquilles. Il m'est presque impos-

---

1. *Archives du Nord* se termine par cinq pages environ évoquant « sur un ton de méditation » l'existence de la nouveau-née qui serait un jour Yourcenar. *Quoi ? L'Éternité*, resté inachevé, prolonge cette évocation.

sible d'éviter les erreurs de frappe quand je me donne tout entière à ce que j'écris, et même à ce que je copie. Et dans mes nombreuses relectures je suis trop prise par le désir de vérifier le texte pour m'apercevoir de mes propres fautes de dactylographe. C'est là, et bien entendu aussi dans toute remarque que vous voudrez bien me faire sur le texte lui-même, que votre aide m'est si précieuse. C'est la première fois que Grâce Frick trop occupée n'a pas lu d'un bout à l'autre un manuscrit de moi avant son départ. Je compte donc davantage sur vous.

Ici, les choses « vont », et je me sens plus de force que l'an dernier. La traduction de *L'Œuvre au Noir* en anglais, pratiquement terminée (il ne s'agit plus que d'une révision), est au point mort, et c'est pour moi une situation angoissante, car voilà six ans que le contrat a été signé, et je me sens avec accablement comme devant une dette impayée. Mais on ne peut que ce que l'on peut. Le temps est étrange, nombre de journées brumeuses et froides, quelques belles journées merveilleusement claires, aujourd'hui, un brouillard presque étouffant. Je me demande ce que les plantes et les oiseaux pensent de ce singulier été. Mais le jardin est un délice, et les cerisiers ont beaucoup « donné ». Grâce Frick a accompli la plus grande partie de la cueillette avec son énergie habituelle, prêtresse du verger. Un vieil Arménien qui habite près d'ici, réparateur de tapis anciens (certains de ces patients chefs-d'œuvre de remise en état sont au Metropolitan Museum), est venu prendre sa part de ces Montmorency, si rares aux États-Unis : nous avons, je crois, les seules de la région. Il souffre des yeux, ce qui n'est pas étonnant après des années de travail, qui se poursuivent encore, mais il paraît qu'il en souffrait déjà tout jeune. Un sage de son village arménien lui avait dit que le meilleur remède était de s'asseoir au bord d'une eau courante et de la regarder s'écouler pendant une heure. C'est ce qu'il fait encore devant le petit ruisseau de son jardin[1]. Je vous passe cette recette qui me paraît magique : il doit bien y avoir un petit cours d'eau à Vérigny.

Nous parlons bien souvent de la « Chaumière ». J'espère que tout va comme il convient, et que la Doguette[2] répond au traitement. Caressez-la pour moi.

Affectueusement à vous,

Marguerite Yourcenar

À NICOLAS CALAS[3]

26 septembre 1975

Mon cher Nico,

J'ai été très touchée qu'à votre retour de Grèce vous ayez pensé à m'apprendre la mort récente d'André Embiricos[4]. Il emporte avec lui une bonne part de notre vie passée dont il était inséparable. Je l'ai-

---

1. Cette anecdote peut avoir inspiré le titre du recueil *Comme l'eau qui coule*, Paris, Gallimard, coll. Blanche, 1982.
2. Chienne de Jeanne Carayon.
3. Fonds Yourcenar à Harvard, bMS Fr 372 (866).
Dans une lettre du 3 septembre 1975, Nicolas Calas lui annonçait ainsi la nouvelle : « Pendant mon séjour [à Athènes], André Embiricos a succombé, heureusement assez rapidement, au cancer des poumons. Je ne l'ai pas revu depuis les années trente, mais cela m'a fait plaisir de savoir que ses écrits sont très appréciés par les jeunes et que lui de sa part a tout fait pour aider les jeunes artistes. » Fonds Yourcenar à Harvard, bMS Fr 3272 (127).
4. La date de la mort d'Andreas Embirikos a été ajoutée par l'écrivain à l'« inventaire » des dates de naissance et de mort des êtres qui lui furent chers. Fonds Yourcenar à Harvard, MS Storage 265.

mais beaucoup, en dépit du fait que je ne l'avais pas revu depuis 1939 et qu'il avait, semble-t-il, depuis, refusé tout contact, enfoncé qu'il était dans ses écrits et ses songes à lui. J'avais eu longtemps de ses nouvelles par Matsie Hadjilazaros[1], mais j'ai perdu de vue celle-ci depuis près de dix ans, et elle est le type même de la personne qui n'a pas d'adresse.

Je vous avoue que je ne désire pas beaucoup revoir Athènes. Dans tous ces endroits qu'on a aimés, on a un peu l'impression, quand on revient, d'aller rendre une dernière visite à un ami frappé d'une maladie incurable. Et pour les endroits qu'on n'a pas connus et qu'on aurait voulu voir, on se dit parfois qu'il est trop tard[2] : l'Inde d'Indira Gandhi (= Dourga ou Kali), le Japon des agents de police à masque à gaz, l'Égypte qui sabote son propre climat, Israël et les Arabes également butés, tels les protestants et les catholiques en Irlande. Tout cela n'est pas drôle. Je comprends que vous sentiez votre vie scindée en trois parties : nous en sommes tous un peu là de notre temps. Pour moi, ce serait plutôt le sentiment d'une immense fantasmagorie, un Karaghiozi[3] cosmique.

Oui, certes, j'aurai un très grand plaisir à vous revoir durant le printemps ou l'été prochain. L'automne et l'hiver ne sont pas trop à recommander. Il

---

1. En marge de cette lettre, une note manuscrite de Grace Frick indique que Yourcenar et Matsie Hadjilazaros ne se sont pas vues depuis leur rencontre, à l'Hôtel Saint-James, à Paris, en 1952 ou 1954. Sur Matsie Hadjilazaros, voir lettre à cette dernière du 28 juin 1954.
2. Yourcenar retournera en Grèce avec Jerry Wilson en 1982 et en 1983.
3. Sans doute orthographe erronée de Karagheuz ou Karageuz, personnage burlesque du théâtre d'ombres méditerranéen, originaire de Constantinople, et nom du spectacle qu'il anime.
Karagheuz (boîtier contenant les textes, en grec moderne, de 9 pièces pour le théâtre d'ombres) (Bibl. PP).

fait souvent triste et froid[1]. En attendant, travaillons du mieux que nous pouvons.

Affectueuses pensées à partager avec Lollia,

Marguerite Y.*

Merci pour le livre attendu[2].

À RENÉ TAVERNIER[3]

26 septembre 1975

Cher Monsieur,

L'Argus m'a envoyé de vous récemment un intéressant article sur Montherlant qui mentionne aussi mon nom. Je tiens beaucoup à ne pas trop m'informer de vos projets, pour ne pas paraître, en quelque sorte, vous « relancer » tandis que peut-être le complexe Marcel Schwob[4] vous occupe encore tout entier. Mais je ne veux pas non plus donner l'impression, bien inexacte, de l'indifférence.

Vous avez bien raison de dire — avec presque trop d'hésitation à mon goût — qu'il se dégage de Montherlant une vertu tonique : j'ai trouvé souvent dans

---

1. Le passage « L'automne et l'hiver ne \ sont pas trop à recommander. Il fait souvent triste et froid.\ » est une copie manuscrite faite par Grace Frick en bas de page d'un ajout autographe de Yourcenar en marge.
2. Ajout autographe dans la marge.
3. Fonds Yourcenar à Harvard, MS Storage 265.
René Tavernier (1915-1989). Romancier et critique. Dirigea *Confluences* à partir du n° 4, de 1941 à 1947. Dans l'une des deux lettres de lui conservées au Fonds Yourcenar à Harvard, datée d'un 15 décembre, année non précisée, René Tavernier, après lecture d'*Archives du Nord*, rend hommage à l'écrivain, « voix majeure de ce temps ». Fonds Yourcenar à Harvard, bMS Fr 372 (737).
4. Marcel Schwob (1867-1905). Critique et écrivain français.

son œuvre, et dans son salubre mépris de ce qui est bas, l'équivalent de véritables « injections de courage ». Oui, l'homme et l'écrivain donnaient terriblement prise, surtout par cette espèce de double jeu qu'il a choisi de jouer avec lui-même et avec son lecteur. Mais le grand écrivain reste et s'impose malgré tout.

Bien cordialement à vous,

Marguerite Yourcenar

À ALAIN GOULET[1]

Petite Plaisance
Northeast Harbor
Maine 04662 USA

Monsieur Alain Goulet
U.E.R d'informatique et Sciences de l'homme
Université de Caen

Caen 5 novembre 1975

Monsieur,

Je mets longtemps à répondre à vos questions concernant l'influence de Gide, mais le temps m'a manqué jusqu'ici et à vrai dire me manque encore. Comme toute réponse un peu nuancée, celle-ci demanderait plusieurs pages.

Vous aurez probablement vu dans la préface de mon livre, *Alexis* (Gallimard, 1971), mes réflexions sur l'influence que Gide a pu avoir, ou ne pas avoir, sur la composition de ce petit ouvrage en 1927-28 (*Alexis* a paru en 1929 pour la première fois). Ce que j'y dis tient encore.

---

1. Fonds Yourcenar à Harvard, MS Storage 265.

Dans *Souvenirs Pieux* (1974, Gallimard), j'ai indiqué la date où me parvint pour la première fois, parmi quelques autres ouvrages de grands contemporains, *Les Caves du Vatican*. C'est, je crois, tout, sauf pour une allusion aux opinions de Gide en matière sexuelle dans ma *Présentation Critique de Constantin Cavafy* (Gallimard, 1958, et le même essai dans *Sous Bénéfice d'Inventaire*, idem, 1962). Quant à la conférence que j'ai faite au Smith College en 1969, elle est à replacer dans son contexte. Tout d'abord, il s'agit d'une improvisation recueillie sur bande sonore ; elle a toutes les incertitudes du parlé. Ensuite, ma conférence venait la dernière ; j'avais assisté à deux autres, faites *en anglais*, par des professeurs de littérature française bien connus, et avais pu constater qu'elles avaient passé complètement par-dessus la tête des étudiantes, et même des membres de la Faculté parmi lesquels je me trouvais, et qui, tous, connaissaient très peu l'œuvre de Gide. Ayant, en plus, le handicap de parler en français, je me suis décidée à faire très simple.

Les premiers ouvrages de Gide qui sont venus jusqu'à moi, entre vingt et vingt-quatre ans, étaient *Le Retour de l'Enfant prodigue*, que j'admirais alors beaucoup, *L'Immoraliste*, dans lequel je sentais dès cette époque un élément d'insincérité, mais qui me semblait et me semble encore un de ses plus grands livres, et enfin *Si le Grain ne meurt*, et quelques-uns des essais et critiques de *Lettres à Angèle*. Tous frappaient le jeune écrivain par la beauté classique, classique teintée de romantisme, du langage *(Immoraliste, Enfant Prodigue)*, soit par l'intérêt pour les problèmes sensuels, qui encourageaient dans la voie de la sincérité, soit pour la netteté dans la discussion critique (essais et articles). Plus tard, et aujourd'hui, mon point de vue s'est trouvé quelque peu modifié ; je vous le donne tel qu'il était alors.

J'ai aimé et j'aime encore certains [passages] des *Nourritures Terrestres*, mais j'ai connu l'ouvrage trop tard pour qu'il devînt pour moi, comme il l'a été pour tant de ses lecteurs, une sorte de manifeste en faveur de la vie. Un certain élément « art nouveau » m'y gênait. Ce qu'il contenait de plus beau, l'insistance sur l'attention à porter à toute sensation (« *Toute sensation a un pouvoir infini* », je cite de mémoire cette phrase dont s'était profondément pénétré Teilhard de Chardin), m'était déjà parvenu par d'autres sources.

Je n'ai lu que beaucoup plus tard *Corydon*, et avec l'irritation de trouver la discussion si mal posée. *Saül* m'a paru un chef-d'œuvre, et me semble encore une des œuvres dramatiques les plus intéressantes écrites en France au tournant du siècle.

À partir des *Faux-Monnayeurs*, et y compris ceux-ci, mon intérêt pour l'œuvre de Gide a diminué, et les ouvrages qui ont suivi ont eu pour moi une valeur toujours décroissante. Je pense, comme Martin du Gard, que « Gide a raté sa vieillesse ». Disons, pour être moins péremptoire, que les problèmes qui l'intéressaient, et l'angle de vue auquel il se plaçait, avaient de moins en moins de signification pour moi.

Je fais une exception. Un petit livre qui a beaucoup irrité ses amis, *Et nunc manet in te*, me semble au contraire un grand livre, beau comme un dessin au trait d'Holbein.

J'ai essayé de sérier les réponses, pour ne pas tomber dans des considérations générales très vagues, et de me limiter pour la même raison aux impressions faites sur moi. Je n'ignore pas que Gide demeure l'un des grands écrivains de notre époque, et ne me sens pas qualifiée pour un jugement d'ensemble, qu'il est peut-être de toute façon trop tôt pour porter. Mais son influence, en somme, a été peu profonde en ce qui me concerne.

J'espère que ces quelques lignes, encore que bien tardives, pourront vous être utiles.

Agréez, Monsieur, l'expression de mes sentiments les meilleurs,

       Marguerite Yourcenar

À DENISE MAC ADAM[1]

       Petite Plaisance
       Northeast Harbor
       Maine 04662 USA
       10 novembre 1975

Chère Amie,

J'ai reçu en leur temps vos deux articles dans le même numéro de *La Nouvelle Revue des Deux Mondes*[2]. Je les ai relus, le premier surtout, deux fois trois fois, me demandant ce que je pouvais vous écrire qui ne soit pas oiseux, sinon qu'on est content qu'il y a encore des gens qui se souviennent.

Il est fantastique que les gouvernements, les éducateurs, les théologiens, les psychologues n'aient pas essayé « d'utiliser » (mot horrible, je sais) l'expérience qui a été la vôtre et celle de quelques autres millions d'êtres pour serrer de près le problème du mal (et incidemment, celui du bien, [exemplifié] par les traits de bonté et d'abnégation que vous citez parmi les prisonnières), pour tâcher

---

1. Fonds Yourcenar à Harvard, MS Storage 265.
Denise, Croix de guerre, Medal of Freedom, et son mari James Mac Adam Clarke, consul général de Grande-Bretagne à Paris, furent tous deux amis de Yourcenar et de Grace Frick.
2. Dans la marge, en haut, à droite, mention de la réception de ses deux articles sur Ravensbrück in *La Revue des Deux Mondes*, avril 1975.

d'empêcher de nouvelles brutes et de nouveaux sadistes [sic], entourés de nouveaux indifférents qui laissent faire, de recommencer un jour. Mais rien n'a été fait, et l'archipel du Goulag a suivi Ravensbruck et Belsen, et d'autres « archipels » et d'autres camps de concentration suivront si l'humanité continue d'être ce qu'elle est. La difficulté même que vous avez eue à publier ces pages est significative.

Je suppose que c'est, sur une grande échelle, la même attitude que celle des familles et des amis d'avant qui vous ont accueillie après l'épreuve en trouvant que vous mettiez trop longtemps à vous réadapter, et [se] refusaient à regarder en face ce par quoi vous aviez passé. Les gens ne veulent pas être dérangés. (Je suis loin de tout aimer dans les *Anti-Mémoires* de Malraux, mais il a bien parlé de cela à la fin de son livre.)

J'ai lu avec attention le « générique » de cette revue, et ne fais pas tout à fait confiance à cette nouvelle entreprise. C'est au verso de la dernière page que je découvre que les règlements à l'ordre de la revue se font à travers une organisation « Défense Nationale » que je ne connais pas autrement, mais je me défie de toute revue qui tire ses subsides d'un groupement politique.

La mort de Charles Orengo laisse un vide : il était intelligent, et il avait le sens des livres traitant de l'actualité, celle d'aujourd'hui et celle d'hier, qui explique et conditionne celle d'aujourd'hui ; sa collection de « documents » était excellente. Que deviendra-t-elle avec ses successeurs chez Fayard, c'est ce que j'ignore. Je ne sais pas ce que Gallimard fait dans ce genre, mais j'ai l'impression que pour parvenir à présenter à nouveau au public votre ouvrage, enrichi des réflexions de ces dernières années, vous aurez du mal à franchir ce barrage d'indifférence et de refus dont nous parlions.

J'aime à vous savoir encore à Paris, ce qui me permet d'espérer vous voir tous deux à mon prochain séjour. Mais quand ? Toute espèce d'obstacles trop longs à énumérer (mais la santé de Grâce Frick, surveillée de près par ses médecins, est du nombre) me retiennent ici pour le moment. J'en suis à la moitié du pendant de *Souvenirs pieux* : *Le Labyrinthe du Monde*, qui évoque ma famille paternelle française. J'en suis aux années 1880 (la jeunesse de mon père) et suis accablée par le sentiment de l'inéluctable et du futile qui se dégage de ces quelques exemples de la condition humaine. Mais ces gens-là ont joui de la vie et se sont amusés à leur manière.

Il fait merveilleusement beau : l'été indien dans tout son flamboiement.

Affectueuses pensées,

Marguerite Yourcenar

À JEANNE CARAYON[1]

> Petite Plaisance
> Northeast Harbor
> Maine 04662 USA
> 13-15 novembre 1975

Chère Amie,

Merci à la fois de vos lettres d'octobre et de novembre, et de l'envoi du dernier bulletin des *Amis de Meudon* qui contient au sujet de l'accident de

---

1. Fonds Yourcenar à Harvard, bMS Fr 372 (868).

1842[1] un détail émouvant, la crise de folie de l'architecte Lemarié le jour de la consécration de la chapelle de Notre-Dame-du-Feu et sa mort presque immédiate. Mon grand-père, évidemment, n'avait rien su de tout cela, bien que, rentré à Paris en octobre 1842 pour ses examens de droit, remis à l'automne à la suite de l'effondrement nerveux qui avait suivi la catastrophe, il aurait pu rester en contact avec cette famille et même assister à la consécration de la chapelle en novembre. Ou peut-être, ayant sommairement raconté l'accident, peut-être estimait-il que cette séquelle n'avait pas place dans ses brefs *Souvenirs*[2]. J'essayerai en tout cas de glisser ce détail dans un des derniers paragraphes de mon propre récit. Il le mérite. Mais la difficulté *d'ajouter* une phrase, ou même quelques mots, dans un texte déjà considéré comme fixé est, je ne sais pourquoi, énorme. On a l'impression de devoir réchauffer le métal pour faire les soudures.

---

1. *Bulletin de la Société des amis de Meudon*, n° 137, été-automne 1975. Yourcenar s'informe alors sur l'accident de chemin de fer survenu à Versailles en 1842, au cours duquel Michel Charles de Crayencour, son grand-père, avait échappé à la mort. Elle en fera le récit dans « Le jeune Michel Charles », *Archives du Nord*, deuxième partie, premier chapitre.

On trouve divers autres articles sur le sujet dans la Bibl. PP : « L'Accident de chemin de fer de Versailles —1842 », *Revue de gendarmerie*, 12ᵉ année, n° 72, 15 novembre, 1939, pp. 894-913 ; Paul Chazarain, « Le Centenaire du chemin de fer Paris-Versailles Rive gauche », *Bulletin de la Société des amis de Meudon*, 4ᵉ année, n° 20, novembre 1940, et « La Catastrophe de Bellevue du 8 mai 1842 », *Bulletin de la Société des amis de Meudon-Bellance*, n° 36, juin-décembre 1944 ; Jules Gérard, « La Chapelle des flammes », *Bulletin de la Société des amis de Meudon*, n° 37, janvier 1945 ; Georges Poisson, « Deux documents inédits sur la catastrophe de chemin de fer de Bellevue (1842) », *Bulletin de la Société des amis de Meudon*, n° 136, printemps 1975.

2. « Près de quarante ans plus tard, il consigna pour ses enfants, dans de brefs souvenirs rédigés peu avant sa fin, le récit de ce désastre. » *Archives du Nord, op. cit.*, p. 1016.

Je suis contente que ma généalogie par l'image vous ait intéressée. Les visages d'un groupe humain... Une pareille collection montre surtout à quel point les êtres sont plongés dans leur temps et comme enfermés en lui. Les costumes évidemment y sont pour beaucoup. Mais les âmes... Seules les plus indépendantes et les plus fortes échappent à cette conformité.

Je craignais un peu que *Far from the Madding Crowd*[1] vous paraisse un roman démodé, ce qu'il est en partie, et ce qui lui ajoute d'ailleurs, comme à un vieux meuble ou à une vieille argenterie, le charme *de ce qui ne se fait plus*. Il y a même des traces de roman noir, comme tout l'épisode du sergent Troy plantant des fleurs au cimetière. Mais Hardy est l'un de ces rares écrivains chez qui ce qui ne serait chez d'autres qu'une fantaisie sombre ou riante prend l'intensité et la consistance d'un mythe. Je pense au passage de l'exercice du sabre, où Bethsheba devient une déesse entourée d'éclairs, ou encore au grand chien auquel Fanny prête à s'évanouir s'accroche pour faire ses derniers pas vers l'Asile. Et que le chien soit chassé brutalement par le concierge ne promet rien de bon pour la manière dont on y traite les malheureux.

Il me semble que Hardy a eu plus haut point ce sens d'une sympathie tendre et souvent tragique entre [êtres] d'une autre espèce : ainsi Gabriel Oak et ses moutons. Ce désastre ne fait pas que le ruiner ; il le met pour la première fois en présence du malheur qui menace toutes les créatures et fait un homme de ce qui n'était auparavant qu'un aimable rustique un peu gauche, comme tant d'autres qui traversent le

---

1. Thomas Hardy (1840-1928), *Far from the Madding Crowd*, New York and London, Harper & Brothers Publishers (Bibl. PP.) ; traduit en français sous le titre *Loin de la foule déchaînée*.

roman d'un bout à l'autre, à la façon de comparses paysans dans les comédies de Shakespeare.

Gabriel grandit lentement, comme un arbre. Je connais peu de scènes plus belles que le passage où cet homme si d'accord avec la nature reçoit les avertissements de la tempête, transmis par les animaux domestiques, puis par les humbles créatures qui traversent le sentier pour chercher un abri. L'orage ensuite, et ces prodiges d'endurance de cet homme et de cette femme qui se croient à jamais séparés l'un de l'autre, mais que le travail et le danger au haut de la meule unissent comme dans un lit, tandis que le mari et les paysans ronflent dans la grange comme des ivrognes de Breughel. Et il y a aussi, un peu plus tôt, le passage où Gabriel errant désemparé le matin qui suit le retour de Bethsaba nouvellement mariée et du sergent Troy, rencontre Boldwood et se dit que cet homme souffre encore plus que lui.

Je vous dois toutes mes excuses au sujet des réflexions déplacées sur le subjonctif. J'ai cru que c'était l'usage de ce mode contre lequel vous protestiez au lieu de me rendre compte que j'avais sottement pris l'habitude d'affubler d'un circonflexe la forme *ait*[1] qui n'en a jamais[2]. Dans quelle région de l'esprit naissent ces mirages ? Mes rapports avec le subjonctif sont de toute façon passionnels. Je n'en mets pas où il en faudrait, par paresse de soulever trois leviers de ma machine, avec les erreurs qui en résultent, et d'autre part j'en mets consciencieusement et régulièrement où il n'en faudrait pas. Encore une fois, excusez-moi.

J'ai interrompu pendant près de deux mois *Le Labyrinthe du Monde* pour composer une étude sur l'écrivain suédois Selma Lagerlöf, dont Stock va (heureu-

---

1. De nombreuses occurrences de la forme « aît » ont été corrigées dans cette édition.
2. Ajout autographe dans la marge, à gauche : « Mes trois grammaires n'en donnent pas non plus à l'imparfait du subjonctif. »

sement) republier les nombreuses œuvres traduites en français[1]. Elle a été une des grandes admirations de mon adolescence et de ma première jeunesse, et j'ai eu le plaisir, en relisant son œuvre, de constater que cette admiration était légitime. J'ai donc écrit ces quelque trente pages avec élan. Me voici maintenant revenue au *Labyrinthe* avec le sentiment d'avoir pris quelques bouffées d'air libre. Je vous enverrai bientôt les 95 pages finales de *Rue Marais*[2], amenant mon père à l'époque de son engagement dans l'armée. J'ai décidé d'arrêter là la première partie du livre, qui aura seule pour épigraphe les deux vers d'Homère concernant le passage des générations, et de donner pour épigraphe à la seconde partie, qui sera surtout l'histoire de Michel, quelques lignes de la bouleversante chanson de Bob Dylan : *How many roads must a man walk down before he's called a man ?*, l'un des plus beaux poèmes de notre temps, avec son étrange refrain chuchoté : *The answer, my friend, is blowin' in the wind, the answer is blowin' in the wind*[3].

1. Selma Lagerlöf (1858-1940). Référence à la future préface de Yourcenar aux *Œuvres* de Selma Lagerlöf, Paris, Stock, 1976, t. 1 ; repris sous le titre « Selma Lagerlöf, conteuse épique » dans *Sous bénéfice d'inventaire, op. cit.*

Les Liens invisibles, Paris, Perrin et Cie, 1911 (Bibl. PP) ; *La Légende de Gösta Berling*, Paris, Stock, 1922 (Bibl. PP) ; *Jérusalem en Dalécarlie*, Paris, Éditions Nilsson [s.d.] (Bibl. PP) ; *Jérusalem en Terre Sainte*, Paris, Éditions Nilsson [s.d.] (Bibl. PP). *Le Merveilleux voyage de Nils Holgerson à travers la Suède*, Paris, Perrin et Cie, 1920 (Bibl. PP) ; *Le Monde des Trolls*, Paris, Perrin et Cie, 1924 (Bibl. PP) ; *Morbacka — Souvenirs*, Paris, Stock, 1947 (Bibl. PP) ; *L'Anneau du pêcheur*, Paris, Stock, 1949 (Bibl. PP).

2. *Archives du Nord*, deuxième partie, deuxième chapitre.
3. Bob Dylan (né en 1941). Poète et chanteur américain « engagé » des années 60.

Ce passage a été placé par Yourcenar en épigraphe à « Ananké » dans *Archives du Nord*, cité en anglais avec une traduction française : « Sur combien de chemins faut-il qu'un homme marche / avant de mériter le nom d'homme / combien de temps tiendra bon la montagne / avant de s'affaisser dans la mer ? / — la réponse, ami, appartient aux vents ; la réponse appartient aux vents », *op. cit.*, p. 1102.

Merci du « papillon » mentionnant l'incroyable attentat dirigé contre Matthieu Galey (à qui j'ai tout de suite écrit) et Georges Charensol[1].

[Marguerite Yourcenar]

P.-S. Non, je ne crois pas que cette sensibilisation au mal et à la douleur autour de nous soit dû à l'affaiblissement de l'âge qui vient. Je croirais plutôt que, dans la jeunesse, la sensualité, la curiosité de vivre, l'ambition, que sais-je encore, nous cachent ces réalités autour de nous, et que, quand ces buées se dissipent et ces fanfares cessent, nous devenons parfois pareils à la Kuanon[2] de la mythologie chinoise, « qui voit et entend la douleur des êtres ». Et aussi les erreurs et les fautes commises. Il y a accroissement de lucidité. Mais cela me paraît si peu un effet automatique de l'âge, que je constate au contraire l'insensibilité totale de bien des vieillards.

15 nov. Je terminais cette lettre quand m'est parvenue la coupure du *Figaro*. En fait, j'avais reçu la partie concernant Schlöndorff et le film en préparation[3], mais n'avais pas songé à tourner la feuille, où je n'aurais d'ailleurs trouvé qu'une partie des articles concernant le brouhaha Goncourt. Certaines des demandes contenues dans cette espèce de manifeste sont justifiées : contrats plus clairement énoncés et comptes plus accessibles, avec terminaison au bout d'un certain nombre d'années (mais cinq ans, c'est trop peu, et pousserait encore plus les éditeurs dans la voie qui est la leur, celle du

---

1. Georges Charensol (1899-1995). Critique. Animateur de l'émission radiophonique *Le Masque et la Plume*. Georges Charensol ne gardait aucun souvenir de cet « attentat ».
2. Kwannon. Dans le bouddhisme nippon, forme féminisée d'Avalokiteçvara. Kwanyin est sa forme chinoise.
3. *Le Coup de grâce*.

succès rapide, après lequel un livre n'est plus qu'une orange pressée). Et de toute façon, ce n'est jamais par ces méthodes qu'on triomphe. Petite preuve de plus de l'immense désordre de notre temps.

J'ai à vous faire une petite requête qui n'a rien de littéraire. Il s'agirait, la prochaine fois que vous vous rendrez à Chartres, d'acheter chez le pharmacien deux thermomètres de type ordinaire, avec degrés bien entendu marqués en centigrades. Le mien, acheté à Vienne en 19[6]4, est considéré par nous comme un précieux et fragile trésor, car les thermomètres américains sont : 1) peu lisibles ; 2) presque inutilisables, du fait de la difficulté de faire redescendre le mercure. Les infirmières et les médecins y parviennent, mais non sans efforts ; le malade, lui, préfère souvent renoncer à prendre sa température plutôt que de s'évertuer. Mon thermomètre viennois est engainé dans un tube de métal, ce qui ne se fait plus ici, et que je préfère. La grande difficulté sera évidemment l'emballage et l'envoi de ces objets fragiles ; peut-être le pharmacien se chargera-t-il de les emballer pour vous. Mon thermomètre viennois mesure de treize à quatorze centimètres, sans sa gaine, ce que je préfère aux thermomètres américains, bien plus petits.

À JEAN GUÉHENNO[1]

16 novembre 1975

Cher Monsieur,

Je viens bien tard vous remercier de cette « Correspondance entre Jean Guéhenno et Romain Rolland » en qui revit toute une époque, avec tant d'efforts d'hommes de bonne volonté... On finit le livre le cœur serré, en voyant s'amonceler, de plus en plus noires, les menaces politiques que la réalité allait bientôt dépasser, et on est heureux que Romain Rolland soit mort avant ces nouvelles catastrophes. Mais au cours de ce combat pour les deux Europes, la revue et l'Europe elle-même, on se rend compte de ce que vous avez dû connaître de fatigues et d'amertumes surmontées.

Je me suis souvenue aussi de ce que *Europe* (votre *Europe*[2]) a représenté pour moi, comme pour tant d'autres, dans ces années déjà si pleines d'incertitudes.

Veuillez remercier pour moi Marie Romain Rolland[3] de la dédicace qu'elle a bien voulu joindre à la vôtre,

Avec mes amicales pensées,

Marguerite Yourcenar*

---

1. Fonds Yourcenar à Harvard, MS Storage 265.
Jean Guéhenno (1890-1978), de l'Académie française. *Carnets du vieil écrivain*, Paris, Grasset, 1961 (Bibl. PP) ; *Entre le passé et l'avenir*, Paris, Grasset, 1979 (Bibl. PP).
Dans une lettre du [25] décembre 1968 à Yourcenar concernant les discussions sur le Grand Prix du Roman de l'Académie française qui lui sera attribué, Montherlant lui signale qu'elle a « en Monsieur Guéhenno un supporter véhément, qui a demandé la parole pour dire son opinion sur [son] livre ». Dans une lettre du 17 janvier 1975, Guéhenno la félicite pour ce même prix. Fonds Yourcenar à Harvard, bMS Fr 372 (336).
2. Revue fondée par Romain Rolland et un groupe d'écrivains en 1923. Jean Guéhenno en fut le rédacteur en chef pendant plusieurs années.
3. Marie Romain Rolland (1895-1985). Deuxième femme de Romain Rolland, qu'il épousa en 1934.

Plus je vais, plus j'ai l'impression que R[omain] R[olland] n'a pas du tout la place qui lui revient et dont il a été comme systématiquement écarté. Je vois bien ce qui gêne certains lecteurs, le tour oratoire donné, dans certains écrits, à la pensée. N'empêche que *Jean-Christophe* et *Au-dessus de la mêlée* ont été pour des milliers d'entre nous plus que des livres, en ce moment de l'adolescence et de la jeunesse où l'on a tant besoin de guides. Et si peu de littérateurs français, même excellents, nous apportent plus que des livres.

À JACQUES MASUI[1]

24 novembre 1975

Cher Ami,
Je m'y prends de bonne heure cette année à envoyer mes vœux, l'état de la poste un peu partout étant ce qu'il est. Tous mes souhaits, non seulement pour vous et pour Madame Masui, mais pour *Hermès*, si vous parvenez à le remettre sur pied. Nous avons grand besoin dans ce domaine d'une revue sérieuse et bien faite.

Je crois ne vous avoir jamais remercié du livre de Dov Baer de Loubavitch *Sur l'extase*[2]. Il est très intéressant d'avoir en main un texte didactique provenant d'un Maggid[3], Nous connaissons surtout ces maîtres par des anecdotes, des paraboles, des

1. Fonds Yourcenar à Harvard, MS Storage 265.
2. Dov Baer de Loubavitch (1773-1827), *Lettre aux Hassidims sur l'Extase*, Paris, Fayard, coll. Documents spirituels, 1975 (Bibl. PP). Traduction intégrale de la version anglaise de *Tract on Extasy*. (Le texte original était en hébreu.)
3. En hébreu, sage, maître, guide spirituel.

légendes, à travers Martin Buber et le très beau livre d'Élie Wiesel : *La Célébration Hassidique,* et quelques autres encore. Avec ce traité nous sortons de la légende pour entrer dans la partie doctrinale du mouvement.

Il y a en effet un reflet inattendu de la pensée hindoue. Mais aussi de la mystique négative chrétienne.

Ici, les choses vont doucement. Je suis retenue sur place par diverses tâches inachevées ; la santé de Grâce Frick n'est pas très bonne ; le travail littéraire continue à avancer jour après jour ; j'ai parfois l'impression de savoir mieux que jamais mon métier. *Aun apprendo*[1]... Faute d'une bonne photographie de Petite Plaisance en hiver — mais la neige, qu'on nous annonce pour bientôt, n'est pas encore là, je vous envoie cette Petite Plaisance japonaise du XVIIIe siècle.

Amicalement à vous,

Marguerite Yourcenar

L'institut zen de Surrey semble toujours en existence. Mais je n'ai pas tenté de nouveaux travaux d'approche. *Faith,* attribué à Asvaghosha[2], traduit (du chinois) par Yoshito S. Hakeda (Columbia University Press)[3]. En dépit d'un épilogue dévot assez ennuyeux, et peut-être rajouté, ce court traité me semble d'un grand intérêt : par le style de démonstration réduit à l'essentiel, une sorte de Spinoza du Bouddhisme. Il me semble que ce serait à traduire en français, si ce ne l'est pas déjà.

Je n'irai sûrement pas à l'*Holiday Inn* à Bruges, et

1. En espagnol, *aún aprendo :* j'apprends encore.
2. Asvaghosha. Ministre indien du roi Kusan Kaniska (Ier-IIe siècle). Philosophe, poète, dramaturge et musicien d'inspiration bouddhiste, il a été déifié au Japon et a été considéré en Chine comme un grand sage, protecteur de la Loi.
3. Le titre exact de cette traduction est *The Awakening of Faith*, 1967 (Bibl. PP).

resterai fidèle au Portinari. Mais les bons vieux hôtels tranquilles s'en vont. Je viens d'apprendre que l'*Hôtel du Château*, de Sierre[1], avec ses quelques vieilles chambres d'ancienne demeure suisse. et sa charmante terrasse qui a vu Rilke, Katherine Mansfield et Rudolf Kassner, est occupé maintenant par je ne sais quels bureaux du Gouvernement Fédéral. On ne sait plus où se mettre.

J'ai reçu ces jours-ci de Fayard (très mal présentée, à mon avis) une nouvelle mouture des *Hommes Ivres de Dieu* de Jacques Lacarrière[2]. Je vois que le livre ne fait pas partie de la collection des *Documents Spirituels,* comme il l'aurait pu, je suppose, par son sujet. Mais j'avoue préférer la première version.

Amicalement à vous,

Marguerite Yourcenar

P.-S. je viens de retrouver, dans un vieux numéro des *Cahiers du Sud* que j'avais gardé, à cause des fragments de Segalen, votre article sur la mort de Gandhi[3]. Je l'ai lu avec émotion. Mais comme nos espoirs, du moins nos espoirs à courte échéance, sont toujours déçus ! Contrairement à ce qu'on pouvait encore croire à l'époque, l'Inde moderne a abandonné Gandhi. Et même aujourd'hui, Narayan[4] ne semble pas un digne successeur.

---

1. Yourcenar fit de nombreux séjours à Sierre, dans le Valais, pendant les années 1930, et y passa notamment « les anxieuses journées de Munich ».
2. Jacques Lacarrière, *Les Hommes ivres de Dieu*, Paris, Arthaud, 1961, puis Paris, Fayard, 1975, édition nouvelle et mise à jour (Bibl. PP).
3. In *Cahiers du Sud*, n° 288, 1948. Numéro consacré au poète Victor Segalen (1878-1919), et comprenant un choix de ses textes, pp. 295-314. Jacques Masui y avait publié « La Mort de Gandhi et la destinée de l'Inde », pp. 315-317.
4. Narayan (1902-1979). Homme politique indien. S'opposa, en 1974, à Indira Gandhi, alors chef du Gouvernement. Il exerça une influence sur les orientations politiques du Parti Janata qui renversa Indira Gandhi en 1977.

À CLAUDE METTRA[1]

>Petite Plaisance
>Northeast Harbor
>Maine 04662 USA
>30 novembre 1975

Cher Monsieur,

Il est bien choquant de venir vous remercier, au bout d'un an tout juste, de votre envoi des « Mémoires de Luther écrits par lui-même, traduits et mis en ordre par Jules Michelet[2] ». En soi, la republication de ce travail de Michelet est très précieuse : cette œuvre qui est encore une œuvre de jeunesse a de très grands mérites. Mais est-ce bien sous ce titre qu'il l'a publiée, ce qui serait assez gênant ? Car il ne s'agit pas à proprement parler de *Mémoires de Luther*, mais d'une série de lettres et d'écrits divers de Luther, qui ne constituent nullement des Mémoires ni une autobiographie. Le premier contact avec ce très solide ouvrage commence de la sorte par un malentendu.

Je trouve que votre préface à la fois dévalue et survalue ce très grand homme. (Entre parenthèses, j'avoue n'aimer guère l'ouvrage d'Erikson[3], marqué

---

1. Fonds Yourcenar à Harvard, MS Storage 265.
Claude Mettra (né en 1922). Dans les « Orientations bibliographiques » de son livre, *Le Grand Printemps des gueux, chronique de l'an 1525*, Paris, Balland, 1969, Claude Mettra insiste sur l'influence que *L'Œuvre au Noir* a exercée sur son propre travail.
Yourcenar lui avait accordé un entretien publié sous le titre « Les Explorations de Marguerite Yourcenar » dans *Les Nouvelles littéraires* du 27 juin 1968.
2. *Mémoires de Luther... traduits et mis en ordre par Jules Michelet*, présentation de Claude Mettra, Paris, Mercure de France, 1974 (Bibl. PP).
3. Erik H. Erikson (1902-1994), *Young Man Luther : a Study in Psychoanalysis and History*, New York, Norton, 1958. Traduit en français sous le titre *Luther avant Luther*, Paris, Flammarion, 1968.

par une optique qui est trop de notre temps pour n'être pas démodée dans dix ans.) Vous insistez beaucoup sur les côtés sombres, ou plutôt fuligineux, du personnage, et je perds un peu de vue chez vous l'homme solidement installé dans sa forte nature, très peuple et très bourgeois à la fois (on n'a que trop vu cette dernière caractéristique dans ses rapports avec la dissidence anabaptiste et paysanne), point du tout ignare, rationaliste à sa manière (ses réflexions sur l'immortalité et le Purgatoire sont plus que rationnelles, elles sont intelligentes et vont loin). Le mariage avec Catherine de Bora me semble le type même du bon mariage, où sensualité, goût de la vie domestique, amour des enfants et tranquille affection pour le ou la partenaire de l'existence s'entremêlent ; certaine gentille taquinerie même y trouve place.

Dans vos explications, la flèche me paraît souvent dépasser le but, comme lorsqu'à propos du refus protestant du culte de la Vierge vous mettez en avant « le refus du sang, c'est-à-dire du changement et de l'histoire » ; si probante que puisse être à ce sujet l'attitude des indigènes de la Rhodésie du Nord, citée par vous, il me semble que nous ne sommes ici, ni sur le plan de la théologie catholique, ni sur celui de l'exégèse protestante. Nous (j'entends certains esprits de notre génération) sommes revenus à Marie à travers nos réflexions sur la Shechinna juive[1], sur les Boddhitsavas[2] féminines de l'Extrême-Orient, sur Minerve qui est en quelque sorte une Sainte Sophie, une Sainte Sagesse. Si nous avions vécu à l'époque de Luther, il est fort possible

1. Dans l'éthique juive, la relation à autrui est envisagée sous l'angle de la « chekhina », c'est-à-dire de la compassion, la bienveillance, la tendresse.
2. Bodhisattva. Dans le bouddhisme, être ayant choisi de ne pas devenir bouddha afin de montrer le chemin du salut aux vivants.

que le bric-à-brac et la corruption du culte marial nous auraient glacés. Je crois aussi qu'à insister sur les rencontres avec le diable de ce robuste lutteur, pour souligner dans son tempérament je ne sais quelle noirceur maladive, nous risquons d'oublier que tous les saints — le curé d'Ars par exemple — ont été semblablement hantés. En termes d'une époque où le Bien Absolu (Dieu) et le Mal Absolu (Satan) étaient tous deux personnalisés, ces visitations sont naturelles. Un Luther moderne eût fait de la dépression nerveuse en présence du désordre du monde et de ses propres manques, et c'eût été au fond la même chose. Enfin, je sens la difficulté pour nous d'estimer à sa valeur dans la vie de Luther ce sentiment sans lequel il n'y a pas de Chrétien : l'amour de Jésus. Il est tout à fait absent de votre analyse.

Que cette tentative d'amicale contestation vous prouve à quel point je vous ai lu et relu. Cette extensive [sic] lecture et relecture (et, comme nous tous, je n'ai pas beaucoup de temps à donner à ce qui sort du domaine de mon travail immédiat) excusera peut-être un peu ma lenteur à vous répondre. Croyez-moi toujours bien sympathiquement vôtre,

Marguerite Yourcenar

1976

À JEANNE CARAYON[1]

>Petite Plaisance
>Northeast Harbor
>Maine 04662 USA
>18 janvier 1976

Chère Amie,

Mes excuses, comme toujours, pour ne pas vous avoir remerciée plus tôt de tant de communications utiles ou charmantes. Mais du début de décembre à la mi-janvier, ma vie chaque année est pleine d'occupations de toute sorte : lettres au sujet d'affaires qu'on voudrait voir terminées avec l'année, et qui ne se terminent quasi jamais ; communications avec des amis auxquels on n'a guère le temps d'écrire le reste de l'année, déboursements pour des associations au travail desquelles on voudrait participer, et auxquelles on se contente, par manque de temps et d'énergie, de donner à la fin de l'année un tout petit peu d'argent, visites du « village » et échange de petits cadeaux généralement alimentaires (biscuits, petits pains, et confitures faites à la maison). C'est

---

1. Fonds Yourcenar à Harvard, bMS Fr 372 (868).

aussi l'époque où j'exerce mes médiocres talents de boulangère à la fabrique de pains aux raisins ou aux graines de cardamome, ou de galettes des Rois. Je sais d'avance que cette période est à peu près vide de travail littéraire, mais c'est quelque chose d'observer de son mieux les rites de la saison. Je pense souvent à l'admonition angélique : « Paix sur la terre aux hommes de bonne volonté. » Il n'y a pas de paix sur la terre, mais il dépend de nous qu'il y ait un minimum de bonne volonté.

L'hiver cette année est arctique. La radio de la petite ville d'Ellsworth, notre voisine de terre ferme, annonçait ce matin 20 degrés sous zéro centigrade à six heures. Plus modérés, nos thermomètres vers 9 heures marquaient seulement — 15. Une couche pas très épaisse de neige couvre la terre ; des boules de verre or, argent, rouge, bleu, vert, que Grâce Frick fait suspendre aux branches de nos pommiers et de nos cerisiers étincellent au soleil. Les passants — assez rares — les admirent beaucoup. À la vérité, on aurait dû les enlever le 7 janvier, à la fin des solennités, mais il fait si froid qu'on n'a pas le courage de les détacher soi-même, ni d'envoyer la femme de ménage ou le garçon qui nous aide de façon intermittente le faire pour nous.

Il résulte de tout cela que depuis l'achèvement de l'article sur Selma Lagerlöf[1] je n'ai pas trouvé le temps de reprendre *Le Labyrinthe du Monde*, mais il n'est pas mal de laisser reposer un livre. J'y reviendrai bientôt, mais, en ce moment, les épreuves de la traduction anglaise de *L'Œuvre au Noir (The Abyss)* sont entre nos mains et je tâche de rester disponible pour aider Grâce Frick dans ses corrections de traductrice, encore que ce soit elle qui doive décider en dernier ressort l'usage anglais.

---

1. Voir lettre à Jeanne Carayon du 13-15 novembre 1975.

Je suis contente que vous ayez aimé l'épigraphe choisie pour la seconde partie du *Labyrinthe du Monde*. Je vous envoie le texte complet du court poème. Le gouvernement de la Corée du Sud vient d'interdire cette chanson « séditieuse ». C'est d'ailleurs un honneur pour Dylan, poète inégal, mais bouleversant là où il est grand[1].

Parmi vos derniers envois, merci de l'article nécrologique sur Gaston Gallimard[2], avec la belle photographie des trois profils de la dynastie. Merci également pour la coupure concernant l'élection de Félicien Marceau[3] à l'Académie, et la courageuse démission de Pierre Emmanuel[4], à qui j'ai écrit pour le féliciter ; sa réponse m'indique que les quelques témoignages de ce genre qu'il a reçus lui ont été précieux, ce qui prouve de nouveau qu'il faut toujours écrire, en dépit des hésitations qu'on éprouve à le faire.

La coupure au sujet de l'odieuse chasse dans la Sarthe se passe de commentaires, mais il est bon que certaines indignations aient été suscitées. Je pense à la charmante histoire d'un Saint anglais du Moyen Âge, assis sur le seuil de sa chapelle, et ouvrant toute grande la porte du parc du monastère à un cerf poursuivi par des chasseurs dont on entend les cors. À peine eut-il le temps de refermer la grille et de se rasseoir avec son bréviaire que les chasseurs parurent. — Où est le cerf que nous pour-

---

1. Voir lettre à Jeanne Carayon, *ibid*.
2. Gaston Gallimard (1881-1975). Ses rapports avec Yourcenar avaient été orageux en 1951, à l'époque de *Mémoires d'Hadrien*. Ils s'étaient par la suite améliorés. L'écrivain prit en 1967 la décision de publier toute son œuvre passée ou à venir chez Gallimard.
3. Félicien Marceau (né en 1913).
4. Pierre Emmanuel (1916-1984) avait été élu en 1968. Sa démission est directement liée à l'élection de Félicien Marceau.

suivons ? — Dieu le sait, répondit le saint. Les chasseurs s'éloignèrent[1].

La belle carte d'Hugo van der Goes est encore sur la cheminée. L'iris et les campanules presque noires sont comme la signature du peintre. Il y a aussi de ces admirables bleus et violets comme tournés dans sa *Mort de la Vierge*, à Bruges. Ils semblent presque l'indice de la folie tragique qui s'était emparée de lui sur la fin (il se croyait damné) et que les moines du Cloître Rouge, où il vivait, tâchaient de guérir en lui jouant de doux airs de musique. Il me semble que quelque chose de ces airs mélancoliques s'attarde encore dans ses dernières œuvres.

Je suis désolée pour vous de la fermeture des boutiques d'alimentation du village. Je déteste comme vous ces lugubres supermarchés aux murs ripolinés, aux produits ensevelis dans du cellophane à travers lequel on n'aperçoit pas leurs défauts, l'absence presque totale d'employés, qui élimine les contacts humains, et la musique mécanique coulant comme du sirop de mauvaise qualité. Et ces produits partout pareils, les trusts, les monopoles, et l'étranglement de la concurrence finissant par donner aux épiceries capitalistes la même lugubre uniformité qu'aux magasins des états socialistes. Je suis heureuse qu'un arrangement avec une voisine vous épargne pour le moment d'y aller vous-même.

Nous sommes pour l'instant plus heureux : le village doit aux grandes propriétés qui l'entourent et au fait que son petit port est l'été un des rendez-vous du yachting-club d'avoir deux « épiciers » assez bien achalandés, qui livrent à domicile. Un seul, le

1. Saint Hubert. Évêque de Tongres, Maastricht et Liège. Aurait vécu au VIIe siècle et serait mort à Liège en 727. L'apparition d'un crucifix entre les bois d'un cerf poursuivi à la chasse aurait déterminé sa foi. Yourcenar est revenue à plusieurs reprises sur cette légende.

meilleur, reste ouvert toute l'année, et, très complaisant, rapporte de la grande ville où il va presque chaque jour les spécialités qu'on lui demande. Un ami nous fournit presque chaque semaine des œufs qui ne proviennent pas de malheureuses bêtes en batterie ; le pharmacien fait venir directement chaque hiver tout un camion de fruits de Floride ; le laitier vient tous les deux jours : en somme, on est bien.

Le problème alimentaire est énorme aux États-Unis, mais tandis qu'en France les supermarchés semblent encore un progrès on commence ici à faire machine arrière ; une association féminine dont je fais partie fait des efforts héroïques pour lutter contre les aliments frelatés ; cet homme admirable qu'est Ralph Nader[1] fait de même et a derrière soi tout un groupe ; les « health stores[2] » fleurissent un peu partout, malheureusement souvent tenus par des jeunes gens et des jeunes femmes plus renseignés sur l'astrologie ou l'érotique que sur l'alimentation, mais il y a de très bonnes firmes et des fermes spécialisées dans la culture d'aliments naturels auxquelles on achète par correspondance. D'autre part, la montée des prix est fantastique ; notre nourriture presque entièrement végétarienne nous rend indifférentes à celui de la viande ; le poisson, dont nous mangeons maintenant très rarement, est aussi cher ; on a laissé les pêcheurs épuiser sottement les côtes ; chose incroyable, les rivages de cette belle île relativement solitaire sont pollués, comme presque tous les rivages du monde, de sorte que la pêche aux moules ou aux palourdes est interdite presque toute l'année. On est aussi frappé de la raréfaction des

---

1. Ralph Nader (né en 1934). Avocat américain. Militant pour les droits du consommateur.
2. Magasin de produits diététiques.

espèces de fruits et de légumes, réduits aux variétés qui s'empaquettent et se conservent le mieux. Si l'on n'y prend garde, des siècles d'ingéniosité humaine en collaboration avec la nature seront perdus.

J'espère que le maire de votre village vous a débarrassée de vos déplaisants voisins collectionneurs de vieille ferraille. Malheureusement, le sort des deux pauvres chiens n'en sera pas amélioré pour autant s'ils sont tout simplement enchaînés ailleurs. On ne peut presque rien.

Je connais la plupart des textes de Montherlant que vous citiez et dont vous corrigez la réimpression, et beaucoup, à moi aussi, sont odieux. J'ose à peine vous l'avouer, à vous si admirablement fidèle à sa mémoire, mais je ne suis que trop sensible, chez ce grand écrivain, à des coins de brutalité obtuse et grossière ; on dirait que par moment un sous-lieutenant qui se veut désinvolte prend sa place, et que, par malheur, ce substitut l'enchante. Il est extraordinaire qu'un homme qui a si hautement et si justement protesté contre les bassesses de notre temps ne s'est pas aperçu qu'il donnait prise.

Je viens d'envoyer à Madame Duconget une liste de corrections (3 pages) pour la nouvelle recomposition de *L'Œuvre au Noir* qui aura lieu incessamment, l'ouvrage passant ce mois-ci de Poche Hachette à Folio. Je me suis permis de demander que le travail de correction vous soit confié, si vous le voulez bien. Il est entendu qu'on m'enverra des épreuves, mais je suppose que celles-ci passent d'abord par un correcteur. *Mémoires d'Hadrien* sera recomposé pour Folio cet été. *Alexis-Le Coup de Grâce* ensuite.

Toutes mes amicales pensées aux deux habitantes de la chaumière (que j'aime ce mot) et aux quadrupèdes, sans oublier les bipèdes, les oies, qui j'espère, sont toujours là.

[Marguerite Yourcenar]

À RENÉ ETIEMBLE[1]

8 février 1976

Cher Etiemble,

J'ai été ravie par votre lettre m'apprenant que vous avez adopté une petite Vietnamienne et que vous lui avez déjà rendu sa santé et sa grâce native. C'est de votre part et de celle de Jeannine[2] une belle preuve de courage. Je vous en souhaite une grande joie.

Oui, l'école est un rouleau compresseur. Que nous acceptions cette uniformité mortelle, cette réduction au dénominateur le plus bas, montre à quel point nous sommes subjugués. Pour moi, ç'aura toujours été une des plus fortes objections, quand j'ai été tentée de faire un geste comme le vôtre. Et pourtant...

Meilleure taoïste que vous ne voulez l'être, je crois que je comprends le vieux Tchouang-tseu[3] célébrant gaiement la mort de sa femme, encore que je diffère de lui jusqu'à tomber dans l'excès contraire. Il veut nous prouver que la mort est aussi naturelle que la vie et que tout est bien. (Il y a toujours dans presque tous les mystiques et les philosophes un peu du maître d'hôtel de la fameuse marquise.) « Heureusement, parce que c'est naturellement », disait Montaigne. Et comme les trois-quarts de nos maux viennent plutôt de l'ineptie humaine que de la nature des choses, ils n'ont pas tort. Mais si l'ineptie humaine faisait elle aussi partie de la nature des choses ? Je m'y perds, et vais me coucher.

Je vous salue bien amicalement,

Marguerite Yourcenar*[4]

1. Fonds Yourcenar à Harvard, MS Storage 265.
2. Jeannine Etiemble (née en 1930).
3. Tchouang-tseu (v. 369-286 av. J.-C.). Philosophe taoïste.
4. La signature est probablement copiée par Grace Frick.

AU PÈRE YVES DE GIBBON[1]

> Petite Plaisance
> Northeast Harbor
> Maine 04662 USA
> 1ᵉʳ avril 1976

Mon cher Père,

Je vous remercie de votre lettre et de vos prières. En dépit de votre amicale insistance, je sens encore qu'il y aurait de ma part imprudence et présomption à vous écrire ainsi, au courant de la plume, sur le premier des deux grands sujets que vous me proposez.

Il m'est pourtant arrivé dans certains de mes livres de mentionner Dieu, cette grande réalité qu'on peut approcher par tant de différents angles, et j'espère qu'il n'est pas absent même des ouvrages où je n'en parle pas. Si gênant qu'il soit de se citer soi-même, je trouve plus simple d'énumérer ici ces quelques passages : ils expriment mieux ma pensée (si j'ai une pensée qui mérite d'être exprimée sur ce sujet qui passe les mots) qu'une improvisation pourrait le faire.

Je veux parler des conversations de Zénon avec le Prieur des Cordeliers, dans *L'Œuvre au Noir* ; d'un texte moins connu, *Rendre à César (Théâtre I*, Gallimard, pp. 57-58), où c'est un pauvre prêtre italien qui parle ; et, dans *Qui n'a pas son Minotaure ?* (*Théâtre II*, Gallimard, pp. 225-229), le dialogue entre Ariane et Bacchus-Dieu, où l'allégorie se cache sous une apparence de désinvolture. Pardonnez-moi

---

1. Collection particulière.
Père Yves de Gibbon (mort en 1990). Lecteur de Yourcenar, il lui avait écrit le 2 mars 1976 : « c'est par admiration pour votre valeur et votre caractère, que je me permets de réitérer mon appel, pour que vous ayez la bonté de me livrer votre pensée sur les plus hauts sujets, Dieu et l'Église ». Fonds Yourcenar à Harvard, MS Storage 265.

ce retour sur moi-même, et laissez-moi donner la parole à une grande voix du passé en vous envoyant cet hymne de Proclus *À Dieu*[1], traduit tant bien que mal par moi.

Je me sens moins embarrassée devant votre second sujet, l'Église d'aujourd'hui, encore que je n'aie pas qualité pour en parler, n'ayant suivi que de loin et de façon intermittente « l'actualité » en ce qui concerne l'Église. Mais je vous donne mes impressions, parce que je crois qu'elles sont celles d'un grand nombre de sympathisants, sinon de fidèles. Comme tant d'autres, j'ai été soulevée d'espérance par la convocation du dernier Concile[2] ; comme chez tant d'autres aussi, l'espérance a peu à peu fait place au découragement. Il me semble qu'aucun des grands problèmes n'a été véritablement résolu, ni même souvent abordé, et que d'autre part les réformes accomplies ont souvent été hâtives et dangereuses, à la fois trop radicales et en retard sur le véritable esprit du temps. Trop souvent, les observateurs placés au-dehors ont eu l'impression d'une tendance à moderniser et à laïciser qu'on eût comprise, sans nécessairement l'approuver, vers 1900.

Il semble que des tendances essentielles de notre époque, telles que la réévaluation du mythe et du sacré par les sociologues, les ethnologues, les psychologues, voire les psychiatres, les travaux des spécialistes de l'étude des religions comparées, qui tendent à prouver à la fois la validité de l'expérience religieuse et son unité dans la variété, n'ont pas été prises en considération par les législateurs de l'Église, qui pas un instant n'ont mis l'accent sur une sorte de

---

1. Proclus (422-487). Philosophe néo-platonicien. Son *Hymne à Dieu* a été traduit et recueilli dans *La Couronne et la Lyre, op. cit.*, p. 435.
2. Concile de Vatican II, convoqué par Jean XXIII en 1962 et poursuivi par Paul VI jusqu'en 1965.

reviviscence du sacré, et, au sens noble et profond du mot, du mythe. On a appauvri au lieu d'enrichir. Il semble extraordinaire qu'à l'époque où même des criminels entièrement dévoyés, comme les membres de la « famille Manson[1] » éprouvent le besoin de psalmodier des sutras hindoues[2], bien entendu sans y rien comprendre, où la magie a acquis des milliers d'adeptes, où des esprits cultivés, mais religieusement illettrés, se font une espèce de foi à l'aide de l'astrologie pour journaux illustrés et d'autres superstitions grossières, on ait choisi de saboter des formules sacrées et des rites qui auraient pu, mieux expliqués et mieux compris, combler l'imagination humaine.

Mon propre sentiment est peu de chose, mais je le sais partagé par bien des sympathisants ou des pratiquants du catholicisme, qui souvent, découragés, ne pratiquent plus, souffrant de la mise au rancart, ou tout au moins en défaveur, de la liturgie latine (décision défendable, je le vois bien, à certains points de vue, mais qui laisse les termes sacrés à la merci de tous les flottements de la langue parlée); de l'abandon de certains cantiques traditionnels très beaux, comme tels cantiques de Noël qu'un prêtre du Vaucluse, à ma connaissance, n'acceptait plus il y a cinq ou six ans de laisser chanter dans son église; de l'embarras visible devant le culte des reliques et de la disparition du calendrier de saints légendaires, mais vivants depuis des siècles dans l'imagination populaire. Et certes, je ne nie pas les abus énormes commis autour de tout cela, ce qui n'empêche que

---

1. Manson. Nom donné à une secte californienne d'après celui de son chef Charles Manson (né en 1933). Ses membres assassinèrent l'actrice Sharon Tate, épouse de Roman Polanski, le 9 août 1969, et le couple La Bianca le lendemain.
2. Sutra ou « fil ». Les textes de la littérature philosophique indienne sont liés entre eux comme les fils d'une trame.

« tout cela » réponde éternellement aux besoins de la nature humaine, qui, dépossédée du sacré et du mythe d'ordre religieux, s'accroche aux vedettes ou aux criminels célèbres, ou remplace les reliques par la momie de Lénine.

Que dire aussi, et surtout, de la « démocratisation » de l'Eucharistie changée en pain bénit, ou de la sourdine mise au culte de Marie, alors [que] les revendications féminines se font jour jusque chez les théologiens qui se plaignent que la pensée juive et l'imagerie chrétienne aient à l'excès masculinisé Dieu, [alors] qu'il eût été si beau de montrer dans Marie la part féminine de la mansuétude et de la tendresse éternelles ?

J'ai l'impression (et ne suis pas la seule) que le catholicisme n'a rien à gagner à devenir une sorte de protestantisme tardif. Non que j'ignore la grandeur protestante dans l'ordre moral et social ; et on n'a pas, comme je l'ai fait, analysé et traduit les *negro spirituals*[1], eux-mêmes inspirés par les cantiques protestants, sans percevoir l'héroïque nudité, la ferveur abrupte de la mystique protestante, là où l'on s'élève aux hauteurs mystiques, ce qui, de nos jours au moins, est fort rare. Mais je persiste à croire que le catholicisme et l'orthodoxie ont d'autres grâces et d'autres leçons à offrir. J'avoue être de ceux qui regrettent même l'abandon presque total de l'habit religieux, qu'on aurait pu seulement rendre plus commode et plus simple. Je sais, certes, que l'habit ne fait pas le moine, mais il est vrai, jusqu'à un certain point, que l'uniforme fait le soldat et que le bonnet caractéristique de l'école où elles ont fait leurs études, fait l'infirmière. Quand on pense à l'importance [que][2] la plupart des membres d'un groupe

---

1. *Fleuve profond, sombre rivière*, « Negro Spirituals », commentaires et traductions.
2. Yourcenar a écrit « l'importance à laquelle... attachent... ».

attachent à ses signes distinctifs, on se demande si le col roulé et le pantalon de flanelle des prêtres, la robe courte à tons vifs de certaines religieuses, n'est pas une manière d'essayer d'échapper à cette profonde « mise à part » qui est inséparable du sacerdoce, de céder à cette terreur de « n'être pas comme tout le monde », qui est l'une des tyrannies de nos sociétés devenues toutes plus ou moins totalitaires. En tout cas, ces symptômes correspondent certainement à cette raréfaction de la vocation religieuse, ou à cet effritement de cette vocation chez ceux qui l'avaient déjà, dont témoignent depuis plusieurs années les statistiques.

On est frappé de constater que, tandis que l'Église semble sur tant de points s'être laissé gagner par ce que « l'actualité » et ses modes ont de plus éphémère, de plus superficiel, souvent de plus démodé déjà, elle est restée inébranlable (ferme dira-t-on, si on est d'accord), en ce qui concerne le dogme. On comprend, certes, qu'on n'ait pas voulu toucher à l'armature même de la foi, mais c'est là (du côté protestant, semble-t-il, autant que du côté catholique) que personne ne paraît avoir le courage de constater une immense fissure. Sur mille personnes qui récitent, ou écoutent réciter le Symbole de Nicée[1], il n'y en a probablement qu'une à peine qui croit, au sens précis du mot, et mettons qu'il y en ait neuf cents, à tout mettre au mieux, qui tout simplement ne se posent pas de questions. Oserait-on parler d'une sclérose du dogme, qui communique de moins en moins avec les pouvoirs de l'imagination et de ce qu'il faut bien appeler l'âme humaine ? Je crains que oui. De toutes les grandes religions, le christianisme, et le catholicisme en particulier, me paraît la plus

1. Le symbole de Nicée est le fondement du Credo chrétien. Établi lors du Concile de Nicée I, convoqué par Constantin en 325.

encombrée de dogmes. (L'Islam n'a pas défendu le sien avec moins d'inflexibilité, mais son dogmatisme est beaucoup plus simple.) Un bouddhiste peut méditer à l'infini sur la *boddhéité*[1], voir dans Sakya Muni[2] un personnage historique entré dans l'éternité par ses seuls moyens d'homme, ou au contraire une immense figure cosmogonique englobant tout. Le catholicisme au contraire a insisté de plus en plus sur la *littéralité* des dogmes. On pourrait dire qu'il y a un fondamentalisme catholique comme il y a un fondamentalisme protestant. Un théologien, je le sais bien, jouit d'une certaine liberté d'interprétation, limitée par le danger d'hérésie, mais la masse catholique n'a nulle part la moindre notion qu'une telle liberté, même restreinte, soit possible. La littéralité triomphe : et je crois bien que c'est cette littéralité qui a été seule cause des conflits si peu nécessaires entre « la Science » et l'Église. D'autre part, je suis toujours très frappée par le fait qu'un Français qui cesse d'être un catholique devient quatre-vingt-quinze fois sur cent un « athée » ou un « matérialiste » au sens le plus primaire du terme. L'étroitesse de l'enseignement religieux fait les Homais. Non seulement la notion de religion est éliminée une fois pour toutes par ce genre d'esprits, mais une hostilité très nette demeure envers l'Église, et le dialogue ou l'altercation est repris, le cas échéant, au niveau le plus bas.

En matière de morale sexuelle, la situation est si complexe que j'hésite à m'avancer, mais elle est trop grave pour n'en rien dire. Il semble qu'en cette matière on ait fléchi sur l'essentiel et défendu avec acharnement certains points, pas toujours les mieux

---

1. Boddhéité : aptitude virtuelle à devenir bouddha.
2. Sakya Muni, c'est-à-dire le Sage des Sakya. Nom donné à Bouddha, qui appartenait à la tribu des Sakya.

choisis. Le veto des moyens de contraception mécaniques et chimiques se comprend, à certains points de vue, mais témoigne d'un total refus de faire face au problème de la surpopulation, le plus grave de notre temps, et qui nous met aux prises avec un danger sans précédent dans l'histoire. Tout se passe comme si l'Église n'avait pas encore pris conscience du problème, sans quoi, au refus de toute pratique tendant à le minimiser, on eût associé au moins un ardent plaidoyer en faveur de l'abstinence et de l'ascétisme à l'intérieur du mariage, cette abstinence et cet ascétisme que glorifiaient, pour d'autres raisons, les moralistes chrétiens d'autrefois, mais qu'on n'ose même plus conseiller dans la situation présente, qui les justifierait. Et sans doute, Gandhi prêchant la *Bramacharya*[1] n'a pas réussi à diminuer la population d'Inde, pas plus que par sa prédication de l'*Ahimsa*, la non-violence, il n'a empêché les massacres de la guerre de sécession entre le Pakistan et l'Inde[2]. Mais sa position — et les doctrines qu'il défendait — est restée au moins cohérente jusqu'au bout. En fait, l'Église paraît n'avoir jamais contesté le droit au plaisir sensuel dans le mariage, même quand l'exercice de ce droit entraînait la naissance d'enfants tarés ou mettait en danger la vie de la mère. Il semble qu'on continue avec des risques infiniment plus vastes. Là aussi, comme en matière de créance véritable accordée aux dogmes, l'écart entre la prescription et la pratique est énorme, mais, dans ce cas, elle crée dans les masses catholiques ou beaucoup d'angoisses, ou beaucoup d'hypocrisie tandis que l'écart entre le dogme et la croyance est à peine senti. Et cependant, du point de vue au moins de la morale humaine, la prévoyance des conjoints

---

1. Bramacharya, c'est-à-dire l'abstinence.
2. Entre 1947 et 1949.

tâchant d'éviter pour autrui et pour eux-mêmes ces mauvais effets dont nous parlons semble plus généreuse, plus noble, parce que plus contrôlée par l'esprit, que la procréation aveugle.

Et pourtant, je crois qu'un appel à la chasteté, s'adressant aux foules à un moment où la sensualité dans tous les domaines, brimée ou avilie depuis des siècles, ressort comme pourrie des couches d'hypocrisie sous lesquelles on l'avait cachée, pourrait avoir sa résonance. Mais il faudrait qu'il s'agisse d'un appel à la chasteté...

[Dernière page manquante]

À JEAN CHALON[1]

>Petite Plaisance
>Northeast Harbor
>Maine 04662 USA
>9 avril 1976

Mon cher Jean Chalon,

Un exemplaire en tout du *Portrait d'une Séductrice* est parvenu jusqu'ici à Northeast Harbor, le deuxième. Espérons que le premier est tombé entre les mains d'un employé des postes enthousiaste de la Belle Époque !

Et nouvelles félicitations, pour le Prix Cazes[2] : Natalie Barney aurait été enchantée et amusée. Quant à la petite liste des refus des éditeurs américains, elle est stupéfiante. Il est vain de dire que les

---

1. Collection particulière.
2. Créé en 1935, par Marcelin Cazes, directeur de la Brasserie Lipp, de Saint-Germain des-Prés, ce prix qui porte maintenant le nom « Cazes-Brasserie Lipp » est attribué chaque année à un ouvrage littéraire.

Américains n'ont pas le sens du passé (ce qui, d'ailleurs, est vrai) quand on voit paraître à longueur d'année (mais peut-être, qui sait ? à frais d'auteur ?) tant d'autobiographies et de biographies fades et vides. Le pompon va à Farrar, Straus et Giroux[1], qui s'aventurent à trouver que « le style de ce livre laisse beaucoup à désirer ». Je ne crois pas qu'il y ait en ce moment dans cette maison une seule personne capable de lire un chapitre d'un livre en français.

Votre livre au contraire est remarquablement écrit : style net, aigu et léger[2]. On entend la voix de Natalie Barney avec une précision phonographique. Ce qui, du point de vue composition, n'est pas un mince éloge, c'est que vous avez réussi à la maintenir sans cesse au centre de la cohue qui emplit votre livre comme elle emplissait son salon : la forêt ne cache jamais l'arbre. Enfin, vous avez admirablement choisi parmi les textes qui s'offraient. Car cette Mademoiselle Martine Petit[3] dont vous m'avez envoyé la seconde lettre (pas la première, ou du moins je ne l'ai pas reçue) a raison : il y a dans les écrits de Natalie des sautes de logique qui déroutent : vous n'avez retenu que le plus limpide ou le plus mordant, ou encore parfois l'exquis de ce der-

---

1. Maison d'édition new-yorkaise qui a publié plusieurs ouvrages de Yourcenar : *Memoirs of Hadrien*, 1954 ; *Coup de Grâce*, 1957 ; *The Abyss*, 1976 ; *Fires*, 1981 ; *A Coin in Nine Hards*, 1982 ; *Alexis*, 1984 ; *The Dark Brain in Piranesi and Other Essays*, 1985 ; *Oriental Tales*, 1985 ; *Mishima — A Vision of the Void*, 1986 ; *Two Lives and a Dream*, 1987 ; *Dear Departed*, 1991.

2. Dans une lettre précédente, du 3 mai 1975, Yourcenar avait déjà complimenté Jean Chalon sur un autre de ses livres, lui écrivant notamment : « Merci pour *Les Bonheurs provisoires*. Votre roman gai est bien triste, et sous l'aspect farfelu étrangement authentique. Par moments, sous la drôlerie et l'aspect bien parisiens et bien " aéroports ", j'ai l'impression d'entendre, plus strident, aigu et sensible, le poète qui est au fond de Jean Chalon ». Collection particulière.

3. Martine Petit. Professeur de lettres qui rendit ultérieurement visite à Yourcenar.

nier, la lettre de Natalie citée pp. 117-8 est un exemple.

Il y a quelques minces erreurs, du type vestimentaire par exemple : Grâce me fait remarquer qu'elle n'a jamais porté de renards blancs, lesquels du reste eussent été superflus par un juin orageux. Le grand jabot de dentelle blanche de M.Y. était un jabot de nylon blanc de dimensions modestes ; je l'ai encore. Je ne crois pas non plus avoir dit à Natalie qu'elle était bien jeune pour une contemporaine de Rivarol ; je le lui ai *écrit* dans une des lettres qui vont paraître dans le catalogue Doucet[1], et c'est là que vous aurez lu cette phrase, que je n'ai sûrement pas resservie ce soir-là[2]. En tout cas, rien de grave.

Je ne m'attendais pas à un portrait poussé si au noir de « Gisèle[3] ». Évidemment, vous l'avez connue bien mieux que moi. Elle m'a surtout paru futile, et pas tout à fait, par le style, à la hauteur de sa grande amie, ce qui était inévitable. Et on lui savait gré de s'occuper de Natalie nonagénaire. En juin 1971, donc moins d'un an avant le 4 février, j'avais, faute de pouvoir y inviter Natalie elle-même, offert à « Gisèle » d'assister à une petite réception que des amis donnaient à l'Isle-Adam à l'occasion de ma Légion d'honneur. C'était une manière d'aller prendre le frais dans un cadre agréable, sans compter un peu de cette mondanité qu'elle aimait. Elle a pourtant refusé pour ne pas laisser seule Natalie pendant plusieurs heures ; cela m'avait plu. Je ne conteste pas votre jugement, ce que je n'ai pas qualité pour faire. Je reste seulement perplexe devant la difficulté de *savoir*.

---

1. Voir lettre à Natalie Barney du 28 août 1961.
2. Jean Chalon avait évoqué dans son livre une soirée que Natalie Barney avait donnée en l'honneur de Yourcenar en mai 1968.
3. Voir lettre à Natalie Barney du 2 août 1968.

Pour les deux versions de l'histoire de la rencontre, Natalie, elle-même, m'avait raconté « celle de Gisèle ». Cette rencontre dans un hall d'hôtel et cette question foudroyante étaient d'ailleurs bien dans son style. Je vois moins bien ces deux dames fraternisant sur un banc de la Promenade des Anglais comme deux retraitées. Mais qui sait ? En général, se méfier de ce que quatre femmes qui ont dû de temps en temps se chamailler un peu disent les unes des autres, et même d'elles-mêmes...

Je suis d'ailleurs moins sûre que vous que « l'amour » (au sens précis et restreint du mot) se soit mêlé à toute cette histoire de « Gisèle ». Une quinquagénaire qui en avait un peu assez de son milieu familial se décide à servir de dame de compagnie bénévole à une octogénaire, ce qui ne va pas d'ailleurs sans compensations mondaines et peut-être même financières, c'est tout. Je me demande si sur ce point vous ne vous êtes pas laissé envoûter par l'inimitable « atmosphère Barney ». Dans les dernières années de sa vie, l'amour-passion et le plaisir-passion étaient devenus pour notre amie de ces thèmes obsessionnels, légendaires, et, faut-il le dire, quelque peu rabâchés, qu'ils sont aussi pour certains vieux messieurs. Même de son vivant, c'était ce que j'appréciais le moins chez cette femme qui avait tant de qualités et de vertus d'un autre ordre. Il y a un temps pour tout, comme dit l'*Ecclésiaste* et passé ce temps certaines insistances deviennent consternantes.

Grâce revient sur la question des renards blancs. Elle me fait remarquer que dès l'époque où elle et moi avons rencontré Natalie Barney, nous étions l'une et l'autre complètement acquises à la protection des animaux sauvages, et que les renards de quelque couleur que ce fût étaient impensables. La présomptueuse réponse du lecteur pour Farrar

Straus l'a décidée à lire immédiatement le livre par elle-même, sans se contenter des fragments que je lui en lisais, et elle est frappée comme moi par l'excellence de la composition et du style. Elle me conseille d'écrire à Knopff pour lui dire le bien que je pense du *Portrait*, ce que j'ai fait (copie ci-jointe[1]). Oui, je sais « Ne rendez jamais de service qu'on ne vous a pas demandé de rendre » (Balzac). Mais je ne crois pas que celui-ci puisse vous nuire, à supposer que c'en soit un, ce qui est douteux, car je ne suis pas un auteur de cette maison et n'y connais personne.

Sans excuser le moins du monde les sottes réponses des autres éditeurs américains, je pense qu'il y aurait peut-être eu avantage à s'étendre un peu plus sur le Bar Harbor de 1900, alors le comble de l'élégance, sur le grand-père évidemment si intelligent, et de plus mélomane, sorti du ghetto d'Amsterdam, et auquel il est probable que Natalie, comme elle le disait, était plus reliée qu'à tout autre, et sur certaines amitiés américaines sur lesquelles (sauf pour Gertrude Stein) vous avez passé très vite. Je ne suis pas très éprise de l'œuvre d'Ezra Pound, mais la fidélité de Natalie à cet homme malheureux valait d'être signalée ; Eva Palmer est peu visible. L'histoire de sa chevelure fait rêver : « Depuis le temps que Miss Palmer est morte... » Mais Eva Sikelianos[2] est morte en pleine possession de sa chevelure devenue grisonnante ; faut-il croire qu'avant son

---

1. Une lettre de recommandation, en anglais, datée du 22 avril 1976, adressée au Directeur d'Alfred A. Knopf, Inc., est conservée au Fonds Yourcenar à Harvard, bMS Fr 372 (872).
2. Eva Palmer (voir lettre à Natalie Barney du 29 juillet 1963) épousa en 1907, à Bar Harbor, le poète grec Angelous Sikelianos (1884-1951), avec qui elle s'installa en Grèce et dont elle eut un fils, Glafkos, en 1909. Elle retourna aux États-Unis en 1933, et divorça en 1940. Elle ne revint en Grèce qu'en 1952, année de sa mort. Elle est enterrée à Delphes.

mariage elle se serait coupé les cheveux pour les offrir à Natalie en guise de cadeau d'adieu ? Il me semble que cette Eva passionnément éprise de son mari, qui était l'un des meilleurs poètes de la Grèce moderne, acceptant pour lui plaire de porter le costume grec antique, qui ne lui allait pas, tâchant, — la première — de faire revivre à Delphes les chœurs et les danses du drame grec, se dévouant à encourager et à répandre l'art folklorique de la Grèce[1], et, ce faisant, luttant à sa manière contre la pauvreté villageoise, aurait mérité au moins un paragraphe. Même du point de vue de Natalie Barney, il n'est pas indifférent que sa compagne de jeunesse ait été quelqu'un de si bien, et, comme Natalie Barney, comme Ruth Susaki[2], pour le Zen, comme tant d'autres femmes américaines farouchement indépendantes de sa génération, se consacrant tout entière à ce qui lui importait. Et êtes-vous bien sûr que les Palmer (Potter Palmer, de Chicago, grande fortune du centre Ouest, et en possession à Chicago, d'un des hôtels les plus luxueux de l'époque) sont bien la même chose que les Huntington Palmer, de célébrité britannique et biscuitière ? Cela se peut, mais on aimerait vérifier. Pour l'Amérique au moins, certains détails vaudraient d'être soulignés.

Voilà tout ce que je trouve à dire (ou à redire), mêlés aux bravos...

Marguerite Yourcenar*

P.-S. Une longue grippe explique ces quinze jours de retard à vous envoyer cette lettre. À propos, je n'ai

---

1. Eva Palmer organisa notamment avec son mari le festival de Delphes.
2. Ruth Fuller Susaki. Auteur de *Zen — A religion*, New York, The First Zen Institute of America, 1958 (Bibl. PP); *Zen — A method for religious awakening*, Kyoto, The First Institute of America in Japan, 1959 (Bibl. PP); *Rinzai Zen Study for Foreigners in Japan*, Kyoto, The First Zen Institute of America in Japan, 1960 (Bibl. PP).

trouvé nulle part dans votre livre le nom de Marthe Lamy[1], qui fut je crois, pendant quelque temps, le médecin de Natalie. Je n'ai pas non plus reçu d'elle l'habituel message de Nouvel An. Cela m'inquiète un peu.

À GEORGES DE CRAYENCOUR[2]

> Petite Plaisance
> Northeast Harbor
> Maine 04622 USA
> 20 avril 1976

Mon cher Georges,

J'ai reçu ce matin votre lettre du 13, m'annonçant la mort de votre frère Michel-Charles[3], dont m'avait déjà prévenue un faire-part inséré dans *La Libre Belgique*, qu'un correspondant belge m'avait envoyé. Sitôt reçue votre précédente lettre, qui m'indiquait la gravité de son état, j'avais — parce qu'on cherche toujours à faire quelque chose, sans savoir trop quoi — adressé à Michel-Charles quelques mots à l'occasion de Pâques, me rendant bien compte qu'il était peut-être trop tard pour qu'il les lise, mais ils montreront au moins à sa femme et à ses enfants que j'essayais ainsi de faire pour ainsi dire acte de présence à son chevet. Transmettez-leur, je vous prie, toute l'expression de ma sympathie. Bien que votre frère ait eu pleinement le droit de murmurer « Que c'est long... », cela est allé, en réalité, assez vite, et on se réjouit que lui aient été épargnées les souffrances

---

1. Voir lettre à Marthe Lamy du 30 juin 1973.
2. Collection particulière.
3. Michel Charles Emmanuel de Crayencour est mort le 11 avril 1976.

et l'attrition toujours inséparables d'une longue maladie.

Curieusement, la seconde nouvelle, joyeuse celle-là, m'est aussi parvenue d'abord par une coupure du *Figaro*, que m'avait adressée cette fois un correspondant français. J'avais tout de suite reconnu la consonance hongroise du nom de la fiancée de votre fils[1]. Je comprends que vous vous réjouissiez : les Hongrois sont une puissante race, d'une vitalité admirable, et ce que vous dites du père de votre future belle-fille est intéressant et sympathique. Tous mes vœux aux fiancés.

J'apprends avec plaisir que Loulou était, comme d'habitude, éblouissante au cocktail des fiançailles. Cette étonnante résistance au temps, cette élégance indestructible prouvent beaucoup de courage, j'en suis sûre, aussi bien qu'une chance et un bonheur tout particuliers. Saluez-la pour moi quand vous la verrez.

J'ai, au contraire, été désolée que Madame Lelarge[2] ait eu si peu de chance cet hiver en matière de santé. J'espère qu'elle se remettra doucement et n'assumera pas trop vite son travail.

Merci pour l'information concernant les parents d'Isabelle Du Wooz[3]. J'ai noté immédiatement le nom de ces deux quadrisaïeuls. Merci également

---

1. Daniel de Crayencour (né en 1944).
2. Denise Lelarge (1917-1987). Héraldiste belge que Georges de Crayencour mit en contact avec Yourcenar pour la documentation d'*Archives du Nord*. Elle rendit visite à Yourcenar à Petite Plaisance du 26 au 29 août 1975.
« La généalogie et l'héraldique au service de l'histoire de l'art — Identification du portrait de Cécile Gramaye, épouse de Charles della Faille. » Communication faite au 43ᵉ Congrès de la Fédération des Cercles d'Histoire, archéologie et folklore de Belgique, Sint-Niklaas-Waas, 21 août 1974 (Bibl. PP).
3. Isabelle du Wooz (1782-1867). Femme de Charles-Stanislas Troye (1770-1844), sous-préfet de l'arrondissement de Charleroi. Trisaïeule maternelle de Yourcenar.

(remontant un peu plus haut dans notre correspondance, et jusqu'à une lettre de vous du 29 décembre, à laquelle je regrette de n'avoir pas encore répondu) pour le blason Frick, — d'argent au chêne terrassé de sinople — qui conviendrait si bien à Grâce, si admiratrice de la beauté des chênes, et si fière des quelques spécimens que nous avons ici à Petite Plaisance : en fait, toute cette île semble avoir été autrefois une immense chênaie. Mais cette famille Frick n'a probablement aucun rapport avec les Frick d'Ulm. À en croire le grand-père, émigré aux États-Unis en 1864 ou 1865 pendant la guerre de Sécession (l'un de ses premiers souvenirs aux États-Unis était d'avoir vu passer la procession funèbre de Lincoln), la famille était originaire de Salzwedel en Saxe, où les arrière-grands-parents exerçaient la fonction d'aubergiste au début du XIXe siècle ; Henry Frick, propriétaire de mines en Pennsylvanie, assez sinistre baron d'industrie (mais dont la fille a fondé l'admirable Galerie Frick de New York, où se trouve l'un des plus beaux Rembrandt du monde), avait fait soigneusement rechercher s'il existait des rapports entre sa famille et les différentes familles Frick (assez peu nombreuses) établies aux États-Unis : il n'en a trouvé aucun. Mais descendait-il lui-même des Frick terrassés de sinople ? C'est douteux : il sortait lui-même, je crois, d'un milieu fort humble.

Je suis intéressée par les portraits qui seraient d'un Gaston de Cartier. Le fait qu'il ne signait pas Cartier de Marchienne me fait douter qu'il puisse s'agir du frère retardé de ma mère[1]. L'annuaire de la noblesse belge pour les années 1860-95, que je possède, donne pas mal de Cartier tout court. C'était peut-être l'un de ceux-là, cousins éloignés des miens.

---

1. Gaston de Cartier de Marchienne. Il est évoqué dans *Souvenirs pieux*.

Merci également pour l'article de l'*Éventail* sur Satan qui contenait sur le sujet certaines réflexions fort dignes de remarque. En principe, les procès du passé ont toujours un grand intérêt, non seulement pour leur valeur légale ou psychologique, mais parce qu'ils apprennent sur la vie et le langage du temps bien des choses que la littérature laisse de côté. Je lirai donc volontiers le mémoire de Jo Gérard s'il est possible d'obtenir celui-ci à un prix raisonnable. Vous verrez. En fait, j'ai déjà laissé derrière moi le chapitre d'une dizaine de pages du *Labyrinthe du Monde* sur le procès de sorcellerie auquel deux de nos ancêtres ont apposé leur signature de juges, en essayant de décrire à la fois le prévenu (Thomas Looten) et les magistrats qui le jugeaient.

J'ai oublié d'accuser réception du blason *Troys* ou *Van Trois*. Il *semble* identique à celui qu'on voit au coin d'un portrait de Mathilde Troye, ma grand-mère[1], qui appartient au baron de Cartier d'Yves ; la photographie que celui-ci m'a envoyée ne permettait pas de distinguer très bien les détails. J'avais toujours cru cette famille Troye bourgeoise plutôt que noble. Mon *Dictionnaire des prénoms et noms de famille* donne Troye comme = originaire de Troyes en Champagne. Mais je doute qu'on puisse remonter plus loin que l'époque où cette famille était établie en Sambre-et-Meuse.

L'image de Petite Plaisance m'a fait grand plaisir. Il y a quelques détails légèrement différents : le toit de la véranda (toit en pente) est plus massif et octogonal ; la petite fenêtre à l'extrême droite n'existe pas ; la porte est plus près de l'angle du bâtiment et l'espace devant contient trois érables et non deux ; lilas plus nombreux à gauche et plantes grimpantes

---

[1]. Mathilde Troye (1834-1873), fille de Zoé Drion et de Louis Troye. Grand-mère maternelle de Yourcenar.

des deux côtés du porche ; vitres du bow window plus étroites et sans cloisonnage. Je dis cela par amour de l'exactitude mais cela n'importe guère. C'est très réussi.

J'espère que la santé de votre femme n'a pas souffert des activités et émotions, les unes tristes, les autres heureuses, de ces derniers temps.

Affectueusement à vous,

Marguerite*

À MARTINE PETIT[1]

Petite Plaisance
Northeast Harbor
Maine 04662 USA
1ᵉʳ mai 1976

Chère Mademoiselle,

Je vous remercie de votre lettre du 15 avril, qu'avait précédée votre lettre réadressée par Jean Chalon. Le message envoyé à travers Jean Chalon m'avait intéressée et je me proposais d'y répondre[2] ; la présente lettre m'a beaucoup touchée.

J'ai (comme tout le monde) traversé trop de crises intérieures, extérieures aussi, pour ne pas avoir gardé une profonde gratitude envers les grands écrivains du passé ou du présent qui m'ont secourue, en me montrant qu'il avaient connu des soucis ou des angoisses analogues, ou au contraire en me soutenant de leur propre équilibre. Que je sois devenue aussi, pour certains, dont vous êtes, l'auteur de livres

---

1. Fonds Yourcenar à Harvard, bMS Fr 372 (1014).
2. Martine Petit y commentait *Mémoires d'Hadrien* et *L'Œuvre au Noir*.

qui aident, est une grâce ou un bonheur auquel je ne m'habitue pas.

Vous avez raison de mettre très longtemps à lire/relire un livre : il faut s'imprégner des livres qu'on aime comme un musicien s'imprègne d'une musique « qu'il travaille ».

Votre réaction à l'égard des ouvrages de Natalie Barney auxquels vous vous êtes adressée, après avoir lu sa biographie par Jean Chalon (bon signe : lire *autour* d'un livre) m'intéresse parce qu'elle est aussi la mienne. Personne ne conteste l'espèce de génie aphoristique de Natalie Barney lançant à ses auditeurs des répliques aiguës ou parfois étincelantes. Mais, très peu de pages mises à part, ses ouvrages sont décevants. Surtout lorsqu'elle défend ses vues sur la vie, les affirmations péremptoires, mais non fondées ou non nuancées, une certaine légèreté sûre de soi de femme du monde 1900, et enfin ces incroyables sautes de logique qui vous ont déconcertée abondent. La vieille femme que j'ai connue était trop sage à sa manière, et trop digne, pour qu'on puisse lui faire ces reproches : on se contentait de se rappeler qu'elle n'avait jamais été écrivain de métier.

N'hésitez pas à m'entretenir de l'essai que vous projetez sur moi, si ce projet tient toujours.

Bien cordialement à vous,

Marguerite Yourcenar

À SŒUR CÉCILE DE PAS[1]

5 mai 1976[2]

Ma chère Cousine,

Votre lettre m'a fait un très grand plaisir. Je crois que c'est la première fois que nous échangerons un message, et qu'il y a exactement soixante ans (1916) que nous nous sommes vues. J'étais une petite fille, et la jeune fille que vous étiez déjà me semblait intimidante. Quelques brèves années paraissent un espace infranchissable à l'âge de douze ans. Nous voici maintenant sur le même plan.

Je suis touchée que vous vous souveniez encore de ma tentative pour vous voir à Rome, en 1924, je crois. J'y suis depuis retournée assez souvent, mais je n'avais plus votre adresse et vous supposais rentrée en France. Je suis reconnaissante à votre neveu (le mien aussi, mais à la mode de Bretagne) de nous avoir remises en contact.

Je suis heureuse que vous ayez en Sologne une retraite à la fois paisible et offrant des distractions intéressantes. Je connais à peine cette partie de la France ; je tâcherai de vous y rendre visite. Ici, l'île d'où je vous écris est très belle, la maison, ancienne pour ce pays (1860 environ), agréable et jolie ; le grand jardin sympathique avec ses sapins, ses bouleaux, ses chênes, et ses deux petits vergers. La vie

---

1. Fonds Yourcenar à Harvard, MS Storage 265. Copie dactylographiée faite par Grace Frick avec des barres ajoutées à la main pour marquer les passages à la ligne originaux.
2. Un ajout de Yourcenar à l'original en haut de la lettre précise : « Lettre à Sœur Cécile de Pas (fille de Paul de Pas et de ma tante Marie de Crayencour). »
Un autre ajout autographe de Grace Frick en anglais, en haut de la lettre, indique que « Marie de Crayencour avait quinze ans de moins que le père de Yourcenar [son frère] et dix-sept de moins que sa sœur Gabrielle, morte avant la naissance de Marie ».

quotidienne, partout difficile à notre époque, ne l'est pas trop : nous avons depuis deux ans une excellente femme de ménage qui nous sert aussi de chauffeur ; on finit toujours par trouver au printemps un aide jardinier. Malheureusement, l'amie qui partage avec moi cette maison, et mon existence depuis nombre d'années, est en ce moment en mauvaise santé, bien qu'elle fasse toujours montre de son énergie habituelle. Pour moi, je n'ai rien de plus que mes perpétuelles allergies (rhume des foins bronchite, accompagnée cette année d'un peu de pleurésie), d'ailleurs très éprouvantes. Mais l'arrivée de la belle saison m'aide beaucoup[1]. Quant au travail littéraire, il se poursuit, et cet endroit tranquille lui est très favorable.

Je compose en ce moment la suite de *Souvenirs Pieux*, qui évoque la Flandre française et ma famille paternelle, celle de votre mère, qui y aura une place d'honneur, son frère, mon père, m'ayant souvent parlé d'elle avec affection et admiration. Vous étiez bien jeune à l'époque de sa mort : vous souvenez-vous d'elle ?

Croyez, ma chère Cousine, à mes affectueuses pensées, et veuillez en transmettre une part à notre abbé[2].

Marguerite Yourcenar*

P.-S. Votre sœur Jeanne[3] vit-elle encore ?

---

1. Cette phrase est un ajout autographe.
2. Abbé Robert de Pas, prêtre eudiste. Fils de Ernest de Pas et petit-fils de Marie de Crayencour, tante paternelle de Yourcenar. Supérieur du collège Saint-Jean-de-Béthune à Versailles.
3. Jeanne de Pas (1892-1969) avait épousé en 1919 Henri de Mazenod.

À JEAN BEAUFRET[1]

>Petite Plaisance
>Northeast Harbor
>Maine 04662 USA
>17 octobre 1976

Cher Monsieur,

Je vous remercie de l'envoi dédicacé de *Questions IV* de Heidegger, et vous prie de remercier vos co-traducteurs[2]. Ces *Questions* me font sentir, mieux que je ne l'avais fait jusqu'ici, ce noyau brûlant de la philosophie de Heidegger, absent de la plupart des versions populaires et semi-populaires de « l'existentialisme ». Je suis très sensible, chez le philosophe, à la recherche d'une sorte de perception originelle à travers l'étymologie — recherche que facilite d'ailleurs la langue allemande, et dont il était difficile de donner l'équivalent en français. Ayant un peu — très peu — approché du sanscrit, je me rends mieux compte de cette fascination du mot « originel », tel que Heidegger le rencontre chez les pré-socratiques, où le mot est encore tout près d'une part de l'acte, et de l'autre des choses. Un peu traductrice moi-même, je puis me rendre compte de la réussite qu'il y a à faire passer ces notions de base dans une langue aussi intellectualisée que la nôtre.

J'ai été frappée, p. 271, par une remarque de Heidegger qui recoupe *L'Œuvre au Noir* alchimique,

---

1. Fonds Yourcenar à Harvard, MS Storage 265.
Jean Beaufret (1907-1982). Professeur de philosophie. Contribua à faire connaître la pensée de Heidegger en France.
2. Martin Heidegger (1889-1976), *Questions IV*, Paris, Gallimard, 1976 ; traduit de l'allemand par Jean Beaufret, François Fédier, Jean Lauxerrois et Claude Roels.

prise par moi comme métaphore centrale d'un de mes livres[1].

Veuillez agréer, cher Monsieur, avec mes remerciements renouvelés, l'expression de mes sentiments les meilleurs,

Marguerite Yourcenar

À CLAUDE GALLIMARD[2]

Petite Plaisance
Northeast Harbor
Maine 04662 USA
28 octobre 1976

Cher Monsieur et ami,

Je vous remercie bien vivement de votre lettre du 14 octobre (arrivée seulement le 26 !). Je suis heureuse, et surtout rassurée, que votre jugement du film de Volker Schlöndorff soit favorable, et vous suis reconnaissante de m'avoir exprimé sur le champ votre appréciation. Je n'ai encore vu du film que quelques photographies que m'a envoyées Schlöndorff, et, bien qu'elles m'aient donné l'impression d'un travail solide et sérieux, elles ne me permettent certainement pas de me rendre compte de l'ensemble de l'ouvrage, et surtout de son rythme.

---

1. Paragraphe intitulé « Reprise du Séminaire » — de Beaufret —, où ce dernier commente la notion de destruction chez Heidegger, qu'il entend au sens de « dé-faire et non pas dévaster ». Il ajoute : « Mais qu'est-ce qui se défait ? Réponse : ce qui recouvre le sens de l'être, les structures accumulées les unes sur les autres et qui masquent le sens de l'être. La Destruction vise alors la découverte du sens initial de l'être. Ce sens initial, c'est l'Anwesenheit — l'être arrivé-en-présence. » *Questions IV*, p. 271.
2. Fonds Yourcenar à Harvard, MS Storage 265.

Sachant que je ne pourrais me rendre en France cet automne, Schlöndorff m'avait promis de m'envoyer un exemplaire pour le projeter ici, mais cet envoi ne m'est pas encore parvenu.

J'ai été un peu gênée dans les photographies par la caractérisation de certains personnages secondaires, comme l'officier Volkmar, beaucoup trop beau et trop séduisant pour un individu décrit comme dur et sec, mais ce qui m'a surtout troublée est l'absence de mention, dans les listes de personnages données par les quelques coupures suisses ou allemandes que j'ai déjà reçues, des deux personnages juifs, Grigori Loew et sa mère. La confrontation d'Éric avec Grigori mort, et son mélange de respect et de sympathie frustrée devant l'ancien adversaire, d'une part, la mixture [sic], de l'autre, de vulgarité et d'héroïque fierté chez la vieille sage-femme, étaient pour moi des épisodes principaux de *Coup de Grâce*. Je crains que Schlöndorff, si bon cinéaste par ailleurs, ait préféré éviter certains sujets encore trop cuisants. Mais je suis heureuse d'apprendre que le film apporte quelque chose et vous paraît quand même une réussite.

Je termine en ce moment les toutes dernières retouches au second volume de la série dont *Souvenirs Pieux* est le premier. Selon mon usage, j'enverrai ces jours-ci le manuscrit à Madame Jeanne Carayon, votre correctrice, en qui j'ai grand confiance, pour une dernière mise au point, avant de mettre sous vos yeux le manuscrit que vous recevrez en fin novembre ou début décembre.

Ce second volume, consacré à ma famille paternelle et surtout à l'histoire intime de mon grand-père et de mon père, se situe entièrement dans le nord de la France, et, pour ne pas dépasser certaines limites (ni mélanger les tons) j'ai rejeté tout ce qui touche aux vingt-cinq ou trente premières années du

XXe siècle dans un troisième volume au plan duquel je travaille, mais qui demandera du temps. Ce second volume se termine donc, comme le premier, en 1903, rejoignant à la fin *Souvenirs Pieux* comme se rejoignent les deux valves d'une coquille. Ces décisions m'ont amenée à changer le titre du présent manuscrit que j'avais annoncé comme *Le Labyrinthe du Monde*. Ce titre devient maintenant celui de la série des trois ouvrages, et celui que vous allez recevoir incessamment se dénomme : *Archives du Nord*.

Le triptyque s'établira donc éventuellement de la sorte : *Le Labyrinthe du Monde* : I. *Souvenirs Pieux* ; II. *Archives du Nord* ; III *Suite et Fin*[1].

Il était entendu, je crois, que *Mémoires d'Hadrien* paraîtrait cet automne en Folio. Je n'en ai pas encore reçu d'épreuves, et la lettre que j'ai écrite, le 10 juillet, à M. Massin, suggérant certaines possibilités pour la couverture, et envoyant un choix de photographies, n'a pas encore eu de réponse. Puis-je vous demander à quel moment vous envisagez cette sortie ?

D'autre part, Madame Duconget m'a récemment envoyé le justificatif du nouveau tirage de *Denier du Rêve* en couverture blanche.

L'habituel encombrement des journées et l'achèvement d'*Archives du Nord* m'ont empêchée jusqu'ici d'écrire à Madame Ania Chevallier[2] la longue lettre que je lui dois au sujet des traductions de mes livres ; je compte lui dresser une sorte de tableau pays par pays (ce qui demandera du temps) pour la mettre au courant d'une situation devenue confuse du fait de la longue maladie et de la mort de Charles Orengo, qui m'avait depuis 1965 servi d'agent. Comme vous le savez, j'ai accepté le principe, de confier aux soins

---

1. Cette troisième partie s'intitulera *Quoi ? L'Éternité*.
2. Responsable des droits étrangers chez Gallimard.

de vos bureaux les négociations pour l'ensemble de mes traductions, aux conditions indiquées par Madame Ania Chevallier dans sa lettre du 5 mai de cette année, soit 65 % pour l'auteur et 35 % pour l'éditeur. Il est bien entendu que je conserverai le droit de choisir entre les différentes offres, et celui d'introduire dans le contrat certaines clauses (jaquette, illustration, intégrité du texte, etc.), mais j'ai décidément besoin de l'aide de Madame Chevallier pour cette volumineuse correspondance et pour me tenir au courant des changements survenant dans l'édition étrangère.

Pour ne pas entamer une troisième page, je m'interromps (bien cordialement) ici,

Marguerite Yourcenar

À PIERRE MOUSTIERS[1]

30 octobre 1976

Cher Monsieur,

Je vous remercie de l'envoi d'*Un Crime de Notre Temps*[2]. C'est un très bon roman (le mot roman me gêne en présence de cette amère réalité), ferme, et mesuré jusque dans l'indignation et la détresse. J'avoue ouvrir à peine la plupart des romans qu'on m'envoie de France, ne m'attendant plus qu'à une fuite dans la rêverie, dans certains cas, dans d'autres, à un mécanisme d'horloge soigneusement monté, mais sonnant les heures au hasard. Votre courageuse prise de contact avec le réel est d'autant

---

1. Fonds Yourcenar à Harvard, MS Storage 265.
Pierre Moustiers (né en 1924). Romancier. Critique littéraire à *Nice-Matin*.
2. *Un crime de notre temps*, Paris, Seuil, 1976.

plus satisfaisante que vous ne le faites pas même glisser dans le sens du cauchemar (ce qui est trop souvent une manière de lui prêter une beauté poétique qu'il n'a pas). Je vous félicite et vous prie de me croire bien cordialement vôtre,

Marguerite Yourcenar

J'ai été touchée que l'un des derniers cadeaux fait à Catherine[1] ait été *Denier du Rêve.*

À JEAN CHALON[2]

4 novembre 1976

Merci pour la bonne lettre, et, au revers, l'intéressant passage du texte de présentation : que les remarques de Milosz et de Valéry sont belles et vont loin ! Je souris presque en songeant que notre amie Natalie est morte, une nuit de Halloween[3], entraînée

---

1. Personnage d'*Un crime de notre temps* à qui le narrateur a offert *Denier du rêve* : « Elle s'était assise, avait pris le roman dans ses mains, l'avait ouvert avec lenteur et avait commencé à le lire. Moi, je la regardais sans bouger. L'attention lui donnait une expression de petite fille et le plaisir qu'elle prenait à chaque ligne arrêtait tout mouvement dans ses prunelles dilatées. Je n'ai jamais connu quelqu'un qui entretînt des rapports aussi fervents avec les livres », pp. 105-106.
2. Collection particulière. Copie de lettre autographe. La deuxième page est en partie une reproduction de « Palmettes » (détail d'un tapis de laine, Kurdistan, fin du xviii siècle, Metropolitan Museum of Art).
3. Halloween est une fête anglo-saxonne, mélange de traditions païennes et chrétiennes, célébrée le 31 octobre, veille de la Toussaint. Dans la croyance celtique, les esprits des morts étaient censés retourner chez eux cette nuit-là, d'où la coutume actuelle pour les enfants de se déguiser en fantômes et sorcières et d'aller de maison en maison en réclamant des friandises.
Marguerite Yourcenar se trompe et confond la date de naissance de Natalie Barney (31 octobre 1876) avec celle de son décès (2 février 1972), ce que l'ajout en marge confirme.

dans la sarabande des esprits et des sorcières qui dansent ce soir-là en Amérique : elle aurait goûté cette suprême touche de fantaisie... J'espère que Berthe[1] a cessé de faire des siennes !

Oui, la vie de journaliste semble une vie de forçat — et le *pire* sans doute est qu'on s'y habitue. Mais quoi d'autre ? Et un *bon* journaliste est admirable et utile, comme un bon n'importe quoi, du reste. J'ose donner un conseil : que le succès si mérité de *Natalie*[2] ne vous incline pas à accepter d'écrire d'autres biographies, supposées du même genre ; ne devenez pas un forçat de la belle Époque.

Les choses ici ne vont pas trop mal. Je viens de terminer le second volume de mes chroniques, qui décidément s'appellera *Archives du Nord* ; le titre autrefois prévu, *Le Labyrinthe du Monde*, devient celui de la série, dont le troisième et dernier volume s'appellera *Suite et Fin*. Le 14 novembre, première à Paris du film de Schlöndorff, *Le Coup de Grâce*. J'espère que ce sera bien, et j'aimerai votre opinion.

Affectueux souvenirs,

                              Marguerite Yourcenar

Que c'est bien de consacrer une journée de silence à notre amie disparue qui a maintenant un siècle[3].

---

1. Berthe Cleyregue, gouvernante et confidente de Natalie Barney pendant cinquante ans.
2. *Portrait d'une Séductrice*.
3. Ajout en marge, à droite, sur la première page.

À WILHELM GANS[1]

9 décembre 1976

Cher Monsieur,

Je choisis pour vous envoyer mes vœux cette photographie où le présent et le passé, l'herbe fraîche et l'herbe sèche, se rejoignent si harmonieusement. C'est un bon symbole, il me semble, pour l'année dans laquelle vous envisagez de prendre une retraite prématurée. Bons commencements !

Oui, j'ai mis beaucoup de moi dans *Feux,* quoique pas plus que dans mes autres œuvres. Dans mon expérience au moins, il y a toujours un moment où le poète passe le point, et parle non plus de soi et pour soi, mais des autres et pour les autres. *Unum sum et multi in me,* comme dit la formule alchimique du temps de Zénon.

Ici, soleil et froid glacial (–22 centigrades). Mais c'est peut-être aussi le temps de Grenoble.

Le Coup de Grâce[2] semble avoir beaucoup de succès à Paris, et mes amis m'assurent que c'est un très beau film. J'aimerais votre avis s'il vient dans votre région et si vous le voyez.

Amicalement à vous,

Marguerite Yourcenar

---

1. Collection particulière. Copie dactylographiée par Wilhelm Gans.
2. *Le Coup de grâce (Der Fangschuss ;* RFA-France, 1976). Mise en scène de Volker Schlöndorff. Scénario de Geneviève Dormann, Margarethe von Trotta, et Jutta Bruckner.

À GEORGES DE CRAYENCOUR[1]

> Petite Plaisance
> Northeast Harbor
> Maine 04662 USA
> 17 décembre 1976

Mon cher Georges,

Vos photographies de Crayencour, ou Craïencour, m'ont tellement enchantée que je me suis dit en les regardant pour la première fois : « Pour le coup, je vais tout de suite remercier Georges. » Vous voyez la distance qui sépare les bonnes intentions de la réalité.

J'ai longtemps réfléchi à la beauté de ces structures si simples où la solide construction ancienne se révèle encore, et au charme de ces villages d'autrefois dans la plaine flamande. L'absence même de pittoresque est une beauté. Si j'avais été votre grand-père (qui, lui, n'aimait que les paysages méridionaux), je n'aurais pas vendu Craïencour. Ni d'ailleurs le Mont-Noir. J'aurais lutté pied à pied pour garder ces coins de terre intacts dans la dévastation industrielle de nos jours. Évidemment, ce sont là des préoccupations qui auraient été très exceptionnelles chez un homme de 1910.

Archives du Nord (c'est le nom que j'ai donné finalement au second volume de la trilogie *Le Labyrinthe du Monde*) est entre les mains de ma correctrice d'épreuves[2], qui habite une charmante « chaumière » du XVIIe siècle dans un village près de Chartres, et qui portera le livre à l'éditeur après avoir donné un dernier regard au manuscrit à la recherche des erreurs de frappe. Je ne sais si le livre vous plaira ou vous déplaira profondément[3]. Je me suis en quelque

---

1. Collection particulière.
2. Jeanne Carayon.
3. Voir lettre à Georges de Crayencour du 7 novembre 1977.

sorte développée avec lui, voyant les problèmes chaque fois sous un autre angle, tâchant de mieux comprendre les individus ainsi présentés, ou parfois d'avouer humblement que je ne comprenais pas. Comme *Souvenirs Pieux*, le livre s'achève en 1903, lors du retour de mon père en France avec moi, alors âgée de quelques semaines. J'annonce prudemment le 3ᵉ volume sous le titre *Suite et Fin* pour me donner des bornes à moi-même.

Un faire-part m'a appris ces jours-ci la mort de mon correspondant M. Pierre Delbecq, 114 rue Eugène-Jacquet, 59 Marcq-en-Barœuil, le bibliophile qui possédait un gros volume de chroniques ou de généalogie des Flandres portant l'ex-libris de Donatien Cleenewerck de Crayencour[1]. C'est lui aussi qui avait découvert au Tribunal de Lille le double du portrait du grand-père Dufresne[2]. Un autre disparu qui s'intéressait à mon entreprise était Natalis Dumez, ancien maire de Lille et fondateur de *La Voix du Nord*. J'ai de lui une lettre où il décrit brièvement une visite à la grand-mère Noémi, au Mont-Noir, « dans son salon meublé d'un mobilier très riche ». (Je cite de mémoire, mais c'est à peu près ça.) Il ne donne pas de détails sur l'aménité de son accueil.

J'ai pensé ces jours-ci avec tristesse à votre frère Michel Charles en retrouvant sa carte de Noël de l'an dernier[3].

D'autre part, et sur une note moins mélancolique, j'ai reçu un mot du « copain » de votre tante Loulou, le

1. Donatien Cleenewerck de Crayencour. Quadrisaïeul paternel de Yourcenar. Épousa Anne-Constance Adriansen.
2. Amable Dufresne, né le 16 octobre 1801. Arrière-grand-père maternel de Yourcenar. Vice-président du tribunal de Lille. Épousa le 25 novembre 1827 Marie-Alexandrine-Joseph-Françoise Dumesnil, née le 16 décembre 1801.
3. Voir lettre à Georges de Crayencour du 20 avril 1976.

charmant Jacques de Mérian[1] (car il est charmant, en dépit de son aspect un peu insolite) qui m'assure que Loulou est « plus fringante » et plus jeune que jamais. Je m'en suis réjouie, car j'étais depuis longtemps sans nouvelles d'elle. Cette vitalité est merveilleuse !

J'espère que 1977 sera une très bonne année pour vous, pour tous ceux qui vous tiennent à cœur, et particulièrement pour vos enfants nouvellement mariés. Bonne réussite dans tous les travaux auxquels vous vous consacrez : généalogie, héraldique, dessin, que sais-je encore ? Pour moi, 1976 aura été une année très fertile, mais pas toujours facile. Grâce Frick continue à m'aider avec son courage et son énergie habituels, mais sa santé demeure toujours précaire. Du côté « réussite littéraire », j'ai été heureuse de voir que le film que le cinéaste allemand bien connu, Volker Schlöndorff, a tiré de mon roman *Le Coup de Grâce* a, à Paris, un très grand succès, et, paraît-il, ne trahit en rien le livre. Je n'ai pas encore vu le film, mais un exemplaire vient de m'en être envoyé et on le projettera ici bientôt. Il semble que Schlöndorff ait réalisé un film très digne, sans concessions et sans bassesses aucunes, ce qui n'est pas commun dans le cinéma de notre temps. Dites-moi un jour ce que vous en pensez si vous trouvez l'occasion (et le temps) de le voir.

Affectueuses pensées et bons souhaits de Noël et de Nouvel An,

                                      Marguerite Y.

P.-S. Je vous ai envoyé ces jours-ci un petit calendrier du Musée de Boston représentant les travaux et les jours de l'année vus par un dessinateur néerlandais du XVIIe siècle. On imagine que cela a dû se passer aussi de cette manière-là aux alentours de Bailleul ou de Caestre.

---

1. Jacques de Mérian. Ami de Louise de Borchgrave.

1977

À VOLKER SCHLÖNDORFF[1]

> Petite Plaisance
> Northeast Harbor
> Maine 04662 USA
> 2-10 janvier 1977

Cher Monsieur,

Quand vous recevrez cette lettre (ou plutôt ce rapport), vous aurez depuis longtemps mon télégramme envoyé, ainsi qu'un autre à M. Anatole Dauman[2], sitôt après avoir vu *Le Coup de Grâce* donné à bureaux fermés dans une salle de cinéma d'une petite ville du voisinage (le 1er janvier[3]). J'avais invité environ cent cinquante personnes appartenant à tous les milieux et à tous les âges; par un froid polaire, il en est venu environ soixante-dix, dont une demi-douzaine au moins étaient des Allemands, et dont beaucoup comprenaient cette langue.

Je tiens à confirmer ce que j'ai dit dans mon câble. Et tout d'abord que ces noirs-blancs-gris ont été un

---

1. Fonds Yourcenar à Harvard, MS Storage 265.
2. Producteur. Avait déjà produit *Nuit et Brouillard* (1956) et *Hiroshima mon amour* (1959).
3. « Le 1er janvier » est un ajout en marge.

671

régal pour moi qui n'aime pas le film en couleurs, parce que la couleur m'y paraît trop souvent fade, voyante, et faussée. Votre film au contraire prend le relais du cinéma en noir et blanc qui a donné des chefs d'œuvre comparables tantôt à la gravure, tantôt aux dessins à l'encre des maîtres. C'était particulièrement indiqué dans ces paysages de ciels couverts et de neige[1].

Ensuite, que mon admiration est complète pour le jeu de Margarethe von Trotta et de Matthias Habich[2]. Je reviendrai plus bas sur Margarethe von Trotta et son rôle. Vous avez craint que Habich ne paraisse un peu sec, et ne montrât pas assez son attachement pour Sophie. Je crois au contraire cet acteur à peu près parfait à l'intérieur du scénario *tel qu'il existe*. Deux des meilleurs moments du film sont pour moi celui où il ramène dans sa chambre Sophie ivre, et celui où, plus tard, il dialogue avec elle à travers une porte fermée. Dans l'interrogatoire final, il est exactement tel qu'il devait être. Je dirai plus bas où me semblent se situer les manques, qui proviennent de certaines directives données au film.

Je[3] suis moins à l'aise pour parler de Margarethe von Trotta, pour laquelle mon admiration, en tant qu'actrice, n'est pas en cause. En soldat, elle est admirable de fermeté et d'innocence : c'est Sophie même. Durant toute la première partie du film, je suis moins sûre : sa conception de Sophie diffère évidemment sur certains points de la mienne. Je n'ai pas trouvé dans les premières scènes la Sophie farouche et épouvantée, avec par réaction des accès de gaieté et d'enfantillage (la glissade le long de l'es-

---

1. Ajout autographe en marge, à gauche, entre ce paragraphe et le suivant : « [politesse] ».
2. Respectivement Sophie de Réval et Eric von Lhomond.
3. Ajout autographe, en marge à gauche de ce paragraphe : « [des appréciations en termes courtois] ».

calier du garçon manqué), ni l'immense tendresse laissée longtemps sans emploi se déversant immédiatement sur Conrad[1] et Éric dès leur retour. J'ose dire, paradoxalement, que de ces deux personnes vues dans le film, c'est Éric, couvrant Sophie de son corps contre les grenades ou les obus, la consolant après la scène d'ivresse, et même la giflant, par jalousie, certes, mais aussi par le sentiment qu'elle a démérité, qui est le plus près d'éprouver pour l'autre un sentiment fort, tandis qu'on sent surtout chez Sophie la montée du désir, vite mêlée de ressentiment, mais guère cette douceur humble et fière dont Éric parle beaucoup au début du livre « Cette douceur ravissante d'un fruit », « quand je la quittais il m'arrivait des demi-heures plus tard de la retrouver à la même place comme un objet abandonné » ; « quand je la touchais, j'avais l'impression que tout son sang se changeait en miel » ; « il me suffisait d'entrer dans une chambre où elle se trouvait pour qu'elle prît... cette expression reposée qu'on a dans un lit » ; « elle se jugea indigne... Me baiser les mains ». On voit très peu aussi cette « griserie » d'Éric qui le fait s'engager imprudemment au début de cet amour, ni la « complicité tacite » qui leur fait « traiter Conrad en enfant ». Très peu également ces humbles soins de Sophie qui fait presque seule tout le travail du ménage pour les quelques officiers qui l'entourent.

À ce propos, la cuisinière appétissante et bien amidonnée qui remplace dans le film « la paysanne rousse » qui « se chargeait de nous cuire le pain », et au sujet de laquelle Sophie fait une scène, est trop « confortable » pour être à l'aise dans cette demeure désolée. J'avais montré le château à la fois plus luxueux et plus pauvre, réduit aux toutes dernières

---

1. Interprété par Rüdiger Kirschtein.

ressources. Je ne m'attendais pas au petit déjeuner servi devant lequel Sophie s'installe, mais à la voir dévorer à la cuisine du pain sec ou une de ses crêpes froides faites « avec de la farine gâtée ». On parle du manque de sucre, mais personne ne paraît souffrir de privations à Kratovicé. Les deux détails de la carpe assommée sur la berge que Sophie se propose de « faire cuire aux fines herbes », et de l'oiseau tué sur la route, mais dont il n'est plus question ensuite, et qu'on ne voit pas reparaître sur la table de la cuisine ne pallient pas, loin de là, cette carence ; dans le livre, c'est un cadavre ennemi et non une carpe que Sophie voit flotter contre la berge. J'aurais préféré qu'elle tuât sous nos yeux, comme dans le roman, un poulet étique, le plumât de son mieux, et qu'Éric soufflât un à un les duvets pris dans ses cheveux, ce qui en eût dit davantage à la fois sur leur intimité tendre et sur leur dure vie.

Par contre, j'aurais aimé qu'on insistât davantage sur la mort du chien, incident que beaucoup des spectateurs qui m'entouraient ont manqué, parce qu'il passe trop vite, et surtout qu'on vît Éric prendre une bêche pour enterrer « le révoltant paquet », donnant à Sophie une preuve de plus de sollicitude. La saoulerie de Sophie me paraît perdre de son tragique si elle n'est pas ce soir-là morne et solitaire, et si elle est immédiatement précédée par « les danses sauvages ». Les scènes qui suivent sont fort belles, je l'ai dit. Belle aussi la visite nocturne d'Éric à Sophie, pour une fois froidement repoussé, et à qui Volkmar[1] installé comme chez soi offre des cigarettes. Mais j'aurais souhaité qu'on eût eu d'abord ne fût-ce qu'une seule phrase de ces conversations « ridiculement fraternelles » où Sophie avait longtemps « tout dit » à Éric de ses lamentables passades. Leur

---

1. Interprété par Mathieu Carrière.

absence rend moins frappant le changement introduit par l'arrivée de Volkmar, et moins probant le « Vous savez que je vous disais tout », quand Éric à la fin du film l'interroge sur ses amants.

De ces successifs amants de Sophie (dans le livre), on voit dans le film presque exclusivement von Aland (un von Aland très viril et différent de celui du roman, où ce délicieux chien battu *ne peut pas* constituer un rival pour Éric). Une scène du film le montre ramené mort sous les yeux de Sophie, et amène sur les lèvres d'Éric la formule, inattendue chez lui à ce moment, « Je le regrette pour vous, Sophie », qui *double* anticipativement [sic] la même formule : « Je le regrette pour vous, Éric », dite par Sophie à la fin du film et du livre, et là essentielle à la fois par la compassion pour Éric, l'oubli de toutes les tensions précédentes, et l'admission que son affection pour son jeune frère a été, tout de même, moins profonde, que celle d'Éric pour lui. Il n'y a pas d'avantage à ce que cette formule soit donnée deux fois. Dans le roman, c'est Éric qui avec ménagement apprend la mort de Franz à Sophie qui n'en manifeste pas de douleur.

On voit ensuite Volkmar, sur lequel je reviendrai, mais très peu le dévergondage de Sophie, dont « les danses sauvages » sont peut-être le seul symbole. Je suis disposée à admettre, que pour les spectateurs du film, il se puisse qu'elles suffisent.

La topographie et la stratégie sont dès ce début très confuses. Dans le roman, Kratovicé a été occupé et dévasté, mais n'est plus, littéralement, en première ligne, seulement très près des avant-postes. C'est le village, et non le château, qui est entouré de tranchées et où sans cesse on se bat. Le parc et le château au contraire ne sont plus cet hiver là que l'objet d'attaques surprises. (La grande pierre d'achoppement ici est qu'on ne voit pas la présence dans le pays de troupes régulières russes rouges, mais seulement çà et là des poignées de paysans révoltés.) Dans le livre, on voit Sophie monter aux avant-postes, portant des munitions, en dépit de ses sympathies pour « l'autre côté » ; on ne le voit pas dans le film. Le parc, au contraire, y semble le lieu principal des combats, ce qui rend difficile d'admettre les patrouilles tournant à des promenades d'amants, qui m'ont paru un peu longues, lorsque j'ai vu (j'y viendrai plus loin) que d'autres épisodes essentiels avaient été omis. Parfois, cependant, on a l'impression qu'une prise de vue nécessaire a été coupée dans ces « scènes du parc ». Par exemple, on voit, dans un intérieur indéterminé, Éric, torse nu, ayant mis bas sa vareuse, et Sophie vêtue d'une chaste « combinaison » de l'époque, secouant, il est vrai, quelques gouttes des vêtements accrochés au mur, mais on ne les a pas vus surpris par la tempête de neige fondue, se réfugier, « trempés jusqu'aux os », dans cet abri, et se déshabiller avec gêne et bravade, pour attendre, enroulés dans des couvertures, que le maigre feu sèche un peu leurs vêtements. Sophie dans le film a retiré ses bas, et Éric fait le geste de caresser sa jambe nue, hors de place à ce moment où ils sont séparés par une barrière d'interdits voulus par Éric et acceptés par Sophie ; mais les spectateurs croiront, et c'est bien naturel, assister au prélude d'un moment où l'on fait l'amour.

La « scène du balcon » est photographiquement très belle. Celle qui suit, et s'achève par Éric se jetant sur Sophie qui s'écroule amoureusement à terre, puis fuyant, la laissant dans le désordre du désir, frustré au moment d'être assouvi, a certainement une émouvante qualité d'érotisme, mais nous sommes loin de la « situation » du livre. Le mot qu'Éric emploie est « solennel » et « proche d'un échange de serments ». L'icône avec lampe allumée devant laquelle Sophie se jette dans les bras d'Éric en est évidemment pour moi l'inconscient symbole. Les deux personnages s'étreignent et échangent des baisers debout, comme au début de votre scène, et c'est la défaillance soudaine de Sophie, pâmée trop vite d'un bonheur total qui l'envahit tout entière, pesant sur la poitrine et l'épaule d'Éric « comme la terre l'eût fait » s'il était « entré dans la mort » ; c'est ce terrible et trop complet abandon de corps et d'âme qui provoque le refus et la fuite du jeune homme. Le geste de Sophie qu'Éric perçoit au moment où il s'arrache à elle, et qui consiste à reculer, le visage couvert du coude levé, comme si elle avait été frappée, puis à éclater en sanglots (« la dernière fois que je la vis pleurer »), indique bien ce qui se passe chez Sophie, la constatation d'un *non* sur lequel on ne reviendra plus. Sophie couchée à terre et gémissant exprime autre chose. Nous sommes passés du monde de l'amour impossible à celui du fiasco.

Ici, je crois devoir m'expliquer. Il y a chez Éric, contrariée par ses idéaux d'ascétisme militaire, par sa fidélité à une camaraderie héroïque, par le dégoût des filles de bas étage au rang desquelles s'est trop souvent laissée glisser Sophie, ce que j'appellerais une *hétérosexualité refoulée*, des moments où il « ressemble à tous les hommes de sa race qui s'étaient avant lui cherché des fiancées », et des fiancées plutôt que des amantes. L'étreinte après le risque de mort couru sur le balcon, la soirée de Noël, les réponses chuchotées dans la nuit qui suit à travers la porte fermée, sont de ceux-là. Dans le livre, Éric, qui d'abord boude la fête, ne résiste pas longtemps à l'attrait de la musique ; il y vient de lui-même, au lieu que Conrad soit forcé, comme dans le film, d'aller chercher son grincheux ami. La scène du livre où Sophie multipliée par les miroirs valse, seule femme parmi tous ces jeunes hommes, a disparu du film, mais ces minutes où Éric est attendri et séduit expliquaient la colère et la rixe qui va suivre.

Je crois très regrettable que le personnage de la vieille tante, pieuse et hallucinée dans le roman, grotesque et égrillarde dans le film, usurpe ici et ailleurs une place qu'il n'avait pas dans le script et encore moins dans le roman, (si je ne me trompe, 8 apparitions, dont plusieurs fort longues, de ce personnage[1]). Ces effets un peu gros et répétitifs semblent avoir été introduits par docilité à une convention du genre et prennent la place de détails plus nécessaires. (« ...*for there be of them* (clowns) *that will themselves laugh, to set some quantity of barren spectators to laugh too, though in the mean time some necessary questions of the play be then to be considered; that's villanous*[2]... ».) Excusez cette âpreté : c'est Hamlet qui parle, et je ne conteste pas le talent de l'actrice. Cette danse fantômale dans une salle de bal aux miroirs peut-être çà et là brisés eût été belle, et un moyen d'évoquer le luxe évanoui. Je me rends compte en écrivant ceci que ces jeux de miroirs, ces ombres chinoises tracées sur le mur par Conrad à l'aide de sa main bandée, et même l'édifice fragile de bouteilles et d'allumettes de Chopin représentaient pour moi autant d'éléments de la nuit magique avant le désastre de Gourna, et un symbole de la gaieté fiévreuse et du jeu de la jeunesse en danger. Le repas de Noël passait au second plan, constitué seulement par quelques pommes et un jambon

---

1. La parenthèse est un ajout en marge à gauche.
2. « Et que ceux [les clowns] qui... se mettent à rire d'eux-mêmes pour faire rire un certain nombre de spectateurs ineptes, au moment même où il faudrait remarquer quelque situation essentielle de la pièce. Cela est indigne... » *Hamlet* in *Théâtre complet* de Shakespeare, traduction de François-Victor Hugo, Paris, Garnier, 1961, p. 772.

sur un buffet lourdement doré. Votre « dîner de Noël » est tout autre chose. La scène du fil de perles rompu ramassé par Éric perd de son sens, si nous avons vu la brutalité (la gifle) et non la fantasmagorie et l'émotion qui précède.

J'en viens à Conrad, que vous trouvez « pâle ». On ne le voit pas assez avec Éric et sa sœur. La scène d'innocente intimité, au début du film, où Éric, Sophie, « balançant ses gros chaussons de laine » et Conrad sont assis sur le même lit et où Conrad apprend à siffler à Sophie eût pu remplacer l'une des séquences dans le parc. Dès la lecture du script, en janvier dernier, j'avais déploré l'absence de la dispute entre Conrad et Éric, qui revient exténué de Gourna (on ne montre pas assez cette fatigue) et les insultes d'ordre militaire de Conrad suivant les insultes d'ordre sexuel de Sophie. Le « Vous me dégoûtez tous ! » jeté tour à tour par le frère et la sœur, *eux aussi à bout de forces*, aurait signalé cet immense malentendu. Cette scène aurait donné du relief à Conrad, qui est à peine un comparse. Un de mes correspondants me fait remarquer qu'on aurait pu entièrement se passer de lui, ce qui est presque vrai. Mais surtout le jeune acteur n'a ni la légèreté, ni la fantaisie poétique, ni le charme physique du personnage. Enfin, et en dépit des reproches de Sophie au sujet des « amitiés militaires » ou des « camaraderies héroïques » (je ne suis plus sûre), qui sont l'idéal d'Éric, on voit très peu cette camaraderie héroïque fonctionner.

Au début du film (le cheval qui court est bien beau), il y aurait eu moyen d'indiquer par un détail, si bref soit-il, la confiance fraternelle, le tacite dévouement de deux amis en présence du danger.

(J'ai bien regretté de ne pas retrouver dans le film un *still*[1] que j'avais beaucoup admiré : les deux offi-

---

1. Photographie, photo de plateau.

ciers dont l'un tient le cheval par la bride, l'éclairage nocturne, les sacs de sable à l'entrée du château, et la porte s'entrouvrant prudemment.)

Une vue de Conrad et de Sophie attendant anxieusement sous la pluie le retour d'Éric de Riga a disparu (elle était prévue dans le script). C'est dommage : il importait de montrer l'affection quasi familiale du frère et de la sœur pour Éric, et la dépendance où ils sont de lui, et on eût gagné à raccourcir le gag de la Ford. Ce gag est dans le livre, mais ne prend tout son sens qu'allié au dégoût d'Éric pour la grotesque équipée de Riga, la grotesque guerre, et pour certains grotesques compagnons d'armes. (Vous avez très bien fait de garder au début, « Ce sont ses défenseurs qui ruinent ce pays », mais on n'a pas assez vu la réaction d'Éric et de Conrad à l'arrivée devant le sans-gêne de leurs camarades ajoutant à Kratovicé aux déprédations de l'ennemi.) La scène des grosses plaisanteries des officiers au sujet des prostituées de Riga est très bonne, mais les agaceries de Sophie à von Aland viennent trop vite et ses moqueries sont trop aigres. J'aurais préféré la voir comme dans le livre continuer sans rien dire à verser du vin (ce vin qui est déjà son sang), sans s'apercevoir qu'il déborde et coule sur la nappe, tout comme j'aurais préféré garder dans la « scène de l'escalier » l'image de la pelisse accrochée à un clou sur laquelle Sophie tire brutalement, déchirant le passé. Je crois aussi que la réplique suggérée par le livre, jetée par Conrad au milieu des plaisanteries, : « Une Hongroise de plus ou de moins de la part d'Éric n'étonne pas ! » aurait eu sa valeur psychologique. La brève scène où l'aîné regarde dormir le cadet est digne et belle.

Dans la scène « du gui », l'éclat de colère d'Éric quand Conrad blessé grimpe à l'arbre pour cueillir une touffe aurait mieux marqué chez Éric ce rôle de frère aîné que les précautions un peu maladroites de la table et de la chaise superposées approchées du tronc d'arbre. J'aurais voulu qu'un reproche indigné, peut-être le geste de se lever de table, suivît chez Éric les sottes remarques de Conrad traitant sa sœur d'espionne. («Ces accusations imbéciles ouvrirent une faille dans notre amitié.») Je dois signaler ici que deux spectateurs, l'une Allemande de naissance et d'expression, l'autre, officier américain, né en Autriche, élevé en France, et ayant fait toute la Résistance déguisé en Français, donc sachant un peu de quoi il s'agit, ont tous deux cru que Sophie était vraiment une espionne, ce que les visites, présentées évidemment comme fréquentes, à Grigori Loew et à sa mère pouvaient en effet faire croire.

(Pour en revenir un instant à Conrad, j'avoue avoir été surprise, sinon choquée, par la scène des jeux sur la neige avec Éric. Le détail est hors de contexte : il s'agit dans le livre d'un Éric et d'un Conrad âgés de quatorze à quinze ans, mais ces ébats inattendus de la part d'un officier en charge de la place et de son second étonnent, pour ne pas dire plus.)

Je crois que l'obligation où vous vous êtes trouvé de tourner dans le Burgenland, et non en Lithuanie, en Pologne, ou même en Suède Centrale ou en Finlande, vous a causé de subtiles difficultés. La façade du château est *admirable* et serait aussi à sa place dans l'Europe de l'Est que dans l'Europe Centrale, mais on ne sent pas l'espace illimité. Le château et le village sont trop rapprochés, et l'habitation de Grigori a l'air située dans le village, et non dans le bourg plus éloigné qu'est Lilienkron. Il eût été plus plausible de montrer Grigori seul avec sa mère, occupé de ses activités «subversives» et mentionnant comme une «sympathisante» Sophie qu'il a connue autrefois à Riga, que de les remettre par deux fois (si je ne me trompe) en présence, sous prétexte à ce qu'il semble que Sophie est allée essayer une robe chez la couturière-sage-femme, comme si rien n'était plus facile que de se rendre chez la mère Loew. C'est oublier que les deux seules visites de Sophie à Lilienkron mentionnées dans le livre sont dans deux cas *désespérés*. Les allées et venues de Sophie en bicyclette sont une erreur. Elles font, quoi qu'on fasse, « contemporain » et « vie facile », surtout sur l'arrière-plan de ce qui est évidemment une rue d'un agréable village autrichien. S'il y avait des bicyclettes au château, mode de locomotion d'ailleurs peu pratique sur des routes embourbées ou bloquées par la neige, leur emploi eût sans doute été réservé à des estafettes. De toute façon, elles rompent ce rythme de marche lente et de piétinement sur place qui est celui du livre, et jusqu'à un certain point, du film.

Dans le livre, la maison de la mère Loew est atteinte par une marche de plusieurs kilomètres sur une route déserte et dangereuse : Éric voit Sophie s'enfoncer définitivement dans la neige et la grande solitude, ce qui *aggrave* sa décision de ne pas prévenir Conrad de ce départ ; Chopin rencontre Sophie, non dans la cour du château, mais sur la rive d'un lac gelé (j'ai d'ailleurs un beau *still* représentant cette scène, changée dans le film). Dans le script comme dans le livre, la perquisition de la maison Loew commençait par la vue de la mère Loew étendant son linge au jardin, la pelisse de Sophie sur le dos, ce qui était à la fois « visuel » et convaincant. La vieille femme à bajoues, réprimant sa peur, et d'autant plus dignement maternelle et plus brave que son corps est plus avachi, est devenue chez vous une robuste paysanne encore jeune. Je comprends que vous ayez évité ce qui aurait pu sembler une caricature : peu de gens voient la grandeur sous l'apparente vulgarité. La conversation avec la mère Loew est très bien, mais j'aurais aimé que le masque impassible d'Éric tombât un moment, comme dans le livre on sent qu'il le fait, dans le retour en camion après l'entrevue. M'improvisant cinéaste, je l'imagine sortant de la maison avec un rire nerveux : « La jeune Madame Loew ! » L'idée d'un mariage entre Grigori et Sophie a dû l'atteindre aussi durement que les « fiançailles » avec Volkmar.

Grigori Loew est excellemment caractérisé. Mais je déplore l'absence de la confrontation d'Éric avec Grigori mort, et Éric sortant de la poche de Grigori le livre de poèmes qui lui prouve que Grigori et lui avaient les mêmes goûts en matière de poésie, et que ces adversaires auraient pu être amis. C'est un des moments du livre auxquels je tiens le plus, et la dignité des deux hommes y gagne. La même place (dans le film) va à Sophie fermant les yeux de Grigori et recouvrant ce livre qui est évidemment pour elle devenu un *keepsake*[1], sentimentalité que je n'attendais pas d'elle dans les circonstances. Les relations de Grigori et de Sophie sont à la fois affectueuses et impersonnelles comme dans le livre celles d'Éric avec Rugen. (À propos, la scène du viol racontée par Rugen à Éric est bonne et sobre ; il est seulement fâcheux que ce très compétent acteur français[2] ait l'air si peu Russe.) Dans le roman, Sophie, il est vrai, ferme les yeux d'un soldat dont elle avoue ensuite à Éric qu'il a été son amant chez les partisans. (« On ne peut rien vous cacher, Éric. ») Cette nouvelle liaison était caractéristique de Sophie et expliquait son « J'étais bien », quand Éric lui demande si la vie a été dure pour elle « de l'autre côté ». Le mot subsiste dans le film, mais change de sens.

1. Un souvenir.
2. Marc Eyraud.

J'en arrive à une caractérisation qui me semble, sans plus, manquée : Volkmar. Peut-être avez-vous voulu faire de lui un « serpent subtil », mais le fait est que ce trop joli garçon *aurait pu plaire*. Il n'est pas du tout cette « caricature d'Éric » ; ce junker[1] « correct, aride, ambitieux et intéressé » avec lequel elle s'affiche pour mieux exaspérer Éric et pour lequel elle n'a finalement que du mépris (« Oh, celui-là ! »). N'importe quel spectateur ou spectatrice naïf peut s'imaginer qu'elle a été véritablement séduite par celui qu'Éric qualifie dans le roman de « brute » et « d'imbécile ». Volkmar eût pu faire un excellent Franz von Aland[2], ou peut-être un Conrad. Cet ancien Torless n'est ni assez pompeux ni assez épais pour être un Volkmar.

Jusqu'ici, et par la suite, j'ai signalé, ou vais signaler, des différences d'interprétation ou de tendances entre le film et le livre. Dans l'épisode du retour de Volkmar de Gourna, j'ai au contraire le sentiment (c'est la seule fois) que votre beau style sobre a fait une concession au cinéma « populaire ». Ce romantique cavalier qui galope sur la route, tombe dramatiquement de cheval plutôt qu'il n'en descend, et s'affaisse sur un banc, le visage ensanglanté, murmurant (si je ne me trompe) qu'il aurait pu mourir en route, mais qu'un pansement fait par Sophie remet si vite sur pied qu'il s'empresse de « donner » ignoblement Éric, offre le mariage à Sophie en prenant soin de lui apprendre qu'il va changer de carrière, remonte ensuite à cheval comme si de rien n'était et repart pour le lointain Riga, apparemment sans avoir pris la peine d'obtenir une monture fraîche et sans avoir contacté les autorités restées au

---

1. Membre de l'aristocratie prussienne.
2. Interprété par Frederic von Zichy.

château. Franchement, nous sommes là, et je répète que c'est la seule fois, dans le domaine du factice.

Du départ de Kratovicé à l'arrivée à Kovo, toute une partie du livre s'effondre. Conrad est tué, certes, et la brève scène, très digne, nous vaut l'image sensationnelle du convoi passant sur un pont. Mais nous ne voyons ni le pathétique départ de Kratovicé ni l'épuisante retraite durant laquelle la beauté de la terre au printemps compense presque la brutalité humaine, ni l'attaque nocturne dans le cimetière et la longue agonie de Conrad, ni, je l'ai dit, la respectueuse rencontre avec l'adversaire mort. Toutes les scènes à Kovo sont belles, en particulier Sophie emprisonnée fumant les cigarettes « fauchées » avec ses camarades au cours de leur dernière nuit. J'aurais voulu montrer aussi la même nuit pour Éric et Chopin, les allées et venues désolées de Chopin promenant sur le mur son ombre « écroulée », l'insomnie d'Éric alternant entre « la nausée de haine » devant l'obstination de Sophie à mourir et un désespoir « qui se cogne à l'inévitable ». Dans le film, Éric exécute Sophie mécaniquement, dans une apparente insensibilité, comme n'importe quel membre d'un peloton d'exécution. Dans le livre, ayant reçu sa demande insolite, il s'avance, le revolver à la main, « si près de Sophie qu'il aurait pu l'embrasser » et sent se former en soi un monde de pensées et d'émotions avant de tirer en détournant la tête. (« J'avais désiré achever Conrad, et c'était la même chose. ») Ce qui est véritablement *Le Coup de Grâce*.

Une « entrevue » de vous m'indique que vous avez été obligé (je suppose par votre coproducteur français[1]) de terminer le film par le placard où on lit les dernières lignes du roman. Vous avez eu raison

---

1. Le film avait été coproduit par Bioskop Film Productions (RFA) et Argos Films (France).

d'hésiter. D'abord, parce qu'une série d'images filmées doit se suffire à elle-même. Ensuite et surtout, parce que cet épilogue nous ramène au prologue disparu de votre texte pour d'excellentes raisons sur lesquelles nous sommes d'accord, c'est-à-dire à l'officier de quarante ans qui raconte à des camarades une tragique aventure de jeunesse. Les dernières lignes du livre, volontairement désinvoltes, sont l'équivalent de l'homme qui se lève après cette longue confidence, replace presque brutalement son verre vide sur la table ou fait claquer son étui à cigarettes, tâche enfin, en partie par gêne de s'être laissé aller, de s'arracher au drame dans lequel il s'est replongé. Énoncées ou lues immédiatement après le dénouement lui-même, ces lignes choquent.

Monsieur Dauman me demande avec insistance si je considère que le roman a été trahi. Trahi, non pas, mais sur de nombreux points importants, changé, ou, si vous préférez, réalisé dans une clef différente. Mais du moment qu'on laisse faire d'un livre une adaptation cinématographique, un tel changement est souvent à prévoir, et l'auteur n'a de raisons de se plaindre que si certaines bornes ont été dépassées, ce qui n'est pas le cas[1].

Je précise pourtant qu'il ne s'agit pas pour *Le Coup de Grâce* des différences *inévitables* entre un livre et un film, les détails omis, par exemple, n'étant pas moins « visuels » (parfois plus au contraire) et ne faisant pas davantage longueur que ceux par lesquels on les a remplacés. Il s'agit donc d'une différence de ton, d'atmosphère, de tendance, et surtout de style. Dans ce style si spécifiquement *vôtre*, qu'on percevait déjà dans *Törless*, *Le Coup de Grâce* est un très bon film. Je dois aussi tenir compte des réactions du

---

1. Ajout autographe, en marge, à gauche, non envoyé au destinataire, en majuscules : « TRAHI, SI. »

spectateur qui n'a pas lu le livre, ou l'a plus ou moins oublié. J'ai vu pleurer plusieurs spectatrices, vieux *test* toujours valable. J'ai lu avec satisfaction la presse française, vraiment triomphale, qui montre à quel point en France votre film a « pris ». J'avoue n'avoir pas encore eu le courage de dépouiller la volumineuse presse allemande que l'*Argus* m'a envoyée, ce qui, étant donné ma quasi-ignorance de l'allemand, demandera du temps, mais le nombre même des articles est bon signe. Pour en revenir à la France, la recension dans *Le Nouvel Observateur* et à la radio faite par J.-L. Bory[1], à qui j'écris pour le remercier (les réserves que contient ce présent « rapport » ne seront bien entendu pas mentionnées dans ma lettre), prouve qu'un critique intelligent retrouve d'emblée dans votre œuvre le thème principal de mon livre, je veux dire la fraternité de courage et d'intégrité d'Éric et de Sophie. Un autre critique a parlé du couple Siegfried-Brunhilde, auquel franchement je n'avais pas pensé, mais je ne récuse pas la comparaison. Il y a donc plusieurs manières de dire la même chose.

Je vous ai envoyé il y a quelques semaines la lettre d'une spectatrice infiniment sensible et très enthousiaste, qui, depuis, m'a adressé de nouveaux éloges de votre film. Mon courrier personnel se divise à peu près également en lettres de ce genre (entre autres, celle de l'éminente photographe Gisèle Freund), et d'autres qui font (en plus court) les mêmes réserves que moi. À celles-ci, je réponds par les mêmes louanges que contenait mon câble, tout en ajoutant qu'en effet film et livre diffèrent souvent l'un de l'autre.

Je suis touchée que *Le Coup de Grâce* ait été pour vous tous, comme vous me le disiez, un « travail

---

2. Jean-Louis Bory (1919-1979). Romancier. Critique de cinéma.

d'amour », ce qui crée à distance un lien durable entre nous. J'espère que la jeunesse allemande, elle aussi, a fini par se sentir « concernée ». Toutes mes amicales pensées[1]

Marguerite Yourcenar*[2]

P.-S. J'ai trouvé dans la presse de langue française une demi-douzaine d'articles, dont l'un d'une rare bassesse, reprochant à vos interprètes de n'avoir pas l'âge des personnages. Cela ne mérite qu'un haussement d'épaules. D'abord parce qu'au théâtre, et même sur l'écran, un acteur, ou une actrice, expérimenté a rarement l'âge d'un personnage très jeune, ensuite parce que le décalage, s'il existe, n'est pas considérable. Sophie pourrait aussi bien avoir vingt-quatre ou vingt-cinq ans que vingt ans. Quant à Éric, je lui avais donné environ vingt ans pour lui laisser la chance d'une libre adolescence durant les premières années de la Grande Guerre, mais il est certain que ce jeune officier compétent a sans doute plutôt vingt-trois ou vingt-quatre ans que vingt ans[3].

---

1. Sur la réaction de Volker Schlöndorff, voir lettre à Joseph Breitbach du 4 février 1977.
2. La signature est au-dessus du nom dactylographié.
3. Ajout autographe, en marge, à gauche : « ici j'abonde trop dans le sens de S. Margarethe von T. surtout manque de jeunesse et d'innocence. »

À JEAN CHALON[1]

> Petite Plaisance
> Northeast Harbor
> Maine 04662 USA
> 3 février 1977

Cher Jean Chalon,

J'ai sur ma table deux lettres de vous qui s'ajoutent à deux autres, plus anciennes. Vous verrez pourquoi j'ai tardé à répondre. Pour une fois, au lieu de compatir à vos mésaventures avec des gens du « milieu » littéraire (mais bien entendu je compatis), j'espère plutôt qu'elles vous auront mis dans un état d'esprit qui vous permettra de comprendre ma lettre.

Une coupure du *Figaro* du 6 janvier m'apporte votre enthousiaste éloge du livre d'Elvire de Brissac[2] sur l'Amérique, dont le dernier chapitre concerne sa brève visite à Northeast Harbor. (J'indique pour mémoire que Mademoiselle de Brissac, que je ne connaissais pas, avait demandé à me voir en se recommandant de Paul Morand. Je n'aurais pas voulu désobliger Morand, avec qui j'entretenais des relations fort espacées, mais cordiales, depuis qu'il avait en 1937 accueilli un de mes livres dans sa collection de la Nouvelle[3]. Je note en passant que ce récit d'une visite faite en 1972 n'a paru qu'après la mort de Morand, resté assez de son temps pour être d'une courtoisie irréprochable. J'avais accepté la visite de Mademoiselle de Brissac (précédée d'une lettre d'un ton assez « farfelu »), mais avec si peu d'enthousiasme qu'une ouïe un peu fine eût perçu que je désirais n'être pas dérangée. (Il y a peu d'ouïes fines.)

---

1. Collection particulière.
2. Elvire de Brissac (née en 1939). *Ballade américaine* où est évoquée une visite à Petite Plaisance.
3. *Nouvelles orientales*.

Vous citez une phrase de ce texte comparant au grand escalier de l'Opéra mes quatre marches de sapin. Ce serait peu grave, si le faux ne l'était pas toujours. Vous ne citez rien du reste du récit, et pour cause, mais tout, évidemment, vous semble parfait dans ce petit morceau. En fait, la ricanante caricature de Grâce Frick, qui en forme la plus grande partie, fait songer aux gloussements de joie de voyous jetant par terre et piétinant une quelconque passante, avec cette différence, toute à l'honneur des voyous, que ceux-ci d'abord ne s'étaient pas fait inviter chez leur victime. De plus, les voyous courent des risques, et Mademoiselle de Brissac n'en croit pas courir.

L'atmosphère de Paris est certainement bien toxique puisqu'elle vous empêche de sentir ce qu'il y a d'ignoble à insulter publiquement une femme qui s'est toujours tenue en retrait, que le lecteur français ne connaît pas, puisqu'il ignore naturellement ses admirables qualités de traductrice, et dont la seule faute est d'avoir reçu avec sa cordialité habituelle une visiteuse qui prétendait désirer me voir. Mon avocat[1], plus averti que vous, m'écrit ce qui suit :

« *Ballade Américaine* me paraît être un ouvrage dérisoire. La fin du livre, où est évoquée la visite que l'auteur vous a rendue est véritablement insensée, tant à l'égard de Grâce Frick que de vous-même. On reste confondu devant une pareille prose... Cette prose habile frôle la diffamation, l'injure et l'atteinte à la vie privée. Je crois qu'il faudrait à l'avenir fermer votre porte aux importuns. »

Que vous ayez fait l'éloge d'un tel ouvrage place évidemment sous un jour nouveau nos rapports, que je croyais amicaux. J'ai tardé à vous écrire, parce que je ne voulais pas paraître le faire sous le coup

---

1. Marc Brossollet.

d'une irritation passagère. Je sens d'ailleurs que cette lettre sera inutile, si vous ne vous rendez pas compte que mon dégoût (c'est malheureusement le seul mot qui convienne) eût été aussi grand si je vous avais vu applaudir à un livre insultant grossièrement une inconnue.

Croyez à mes sentiments changés,

Marguerite Yourcenar

À JOSEPH BREITBACH[1]

> Petite Plaisance
> Northeast Harbor
> Maine 04662 USA
> 4 février 1977

Mon cher Joseph,

J'ai honte de répondre à votre longue lettre si courageusement écrite à l'aide d'une loupe par cette froide dactylographie, mais je me dis que vous lirez plus facilement des pages tapées à la machine qu'une lettre manuscrite, mon écriture, selon que je me laisse ou non entraîner par mon sujet, étant tantôt très lisible et tantôt pas du tout. Même si c'est M. Mettmann qui vous lit ma lettre, j'aime mieux lui aussi ne pas le mettre à l'épreuve.

Ce que vous me dites de votre santé me peine infiniment, mais j'admire les soins, ceux de vos médecins et ceux de vos amis, et la sagesse personnelle, sans laquelle tous les soins du monde n'auraient rien fait, qui vous ont cinq fois permis de remonter la pente. Une maladie de cœur est une maladie avec

---

1. Fonds Yourcenar à Harvard, MS Storage 265.

laquelle on vit, et qui ne fait que rendre plus aiguë, pour ainsi dire, l'incertitude du temps et du lieu qui existe pour nous tous. Persévérez dans le courage et dans le goût de vivre !

Cette sympathie que je ne parviens pas à exprimer aussi bien que je le voudrais est allée presque jusqu'aux larmes, quand j'ai su que par un froid et gris jour de janvier vous aviez pris la peine de prendre un taxi et de vous rendre au cinéma Bonaparte pour aller voir *Le Coup de Grâce* et m'en rendre compte. Je puis dire que j'ai fait en pensée avec vous le trajet de la place du Panthéon à la place Saint-Sulpice.

Vous avez parfaitement raison : *En somme*, le roman n'a pas été trahi, mais... La compagnie cinématographique m'a envoyé en prêt un exemplaire du film, qui a été projeté en séance privée (le 1er janvier[1]), dans l'un des cinémas du voisinage (celui de l'île est fermé l'hiver). Le directeur de cette compagnie, un M. Dauman, m'ayant demandé instamment par lettre et par télégramme, si j'estimais que le livre avait été trahi ou non, j'ai répondu par un télégramme de félicitations sincères quant à l'excellence cinématographique du film, un peu moins sincères en ce qui concerne l'interprétation de Margarethe von Trotta, qui ne me paraît incarner véritablement Sophie que dans les toutes dernières scènes. À Schlöndorff, au contraire, j'ai envoyé un long rapport de dix pages, louant dans le détail ce que je trouvais bon, et expliquant pourquoi je trouvais que l'atmosphère et le ton du livre avaient été totalement changés. J'ai reçu de Schlöndorff une réponse courtoise me disant qu'il était d'accord avec moi sur certains points, mais ne l'était pas sur beaucoup d'autres, et qu'il m'écrirait plus longuement à ce

---

1. Ajout autographe en marge.

sujet[1]. Il se peut qu'il en reste là, mais il me semble utile qu'une fois, au moins, un écrivain fasse part à un cinéaste image par image, mouvement par mouvement, de ses impressions d'un film.

C'est sincèrement que j'ai pu louer l'interprétation de Matthias Habich. Comme vous, je le trouve excellent, et son jeu sobre et ferme est, selon moi, ce qui a sauvé le film de s'effondrer dans le mélodrame et la caricature. Merci de m'avoir donné son adresse ; je lui écrirai sans doute.

On a complètement (ou presque, car la mort de Conrad est écourtée à l'extrême) éliminé du film la camaraderie héroïque. Pas un instant, on ne voit entre ces deux hommes la confiance et le dévouement dans le danger. On ne voit pas davantage ces officiers *combattre* : les ennemis se composent d'héroïques soldats-partisans, mais on n'aperçoit pas les détachements bolcheviques qui couvraient ceux-ci. La longue retraite, la constance stoïque d'Éric après la mort de son ami sont sorties du cadre. On a aussi éliminé l'amour. Comme vous le dites très bien, on ne voit chez Sophie que le désir, mais rien de cette « douceur ravissante », de cette générosité d'une « âme royale » qu'Éric évoque dans le roman, et ceci fausse tout : dans ces conditions, le drame n'eût pas eu lieu, car Éric se fût prudemment et froidement tenu à l'écart de cette femme. Schlöndorff s'imagine avoir fait la part belle à Sophie ; il l'a ravalée au contraire. Je pense par ex[emple] à la scène où Sophie apprend qu'Éric a passé la nuit avec une

---

1. Volker Schlöndorff répondit le 16 novembre 1979 une longue lettre courtoise en français où il écrivait notamment : « Toute adaptation d'un texte sera faite sous un éclairage différent, il est impossible (et il serait ano[r]mal) de retrouver l'élan même de l'auteur. Nous ne pouvons donner qu'une lecture du texte, la nôtre, et qui demande à être relue par d'autres, comme les textes dramatiques doivent être sans cesse remis en scène et interprétés. » Fonds Yourcenar à Harvard, MS Storage 265.

femme à Riga. Dans le livre, un détail très « visuel » et qui eût été saisissant dans le film, la montre si obnubilée par cette révélation qu'elle continue de verser du vin sans s'apercevoir que la table en est inondée. On a remplacé cela par les immédiates agaceries faites à un officier et accompagnées de moqueries à l'égard d'Éric. Tout ce que précisément cette fille fière n'eût pas fait.

Je n'ai pas non plus été ravie qu'après la scène du bombardement, bien interprétée, la « scène d'amour » décrite dans le livre par Éric comme « solennelle et proche d'un échange de serments », au lieu de se terminer par Sophie se couvrant le visage pour pleurer parce qu'elle a finalement compris à la façon dont Éric se [détourne d']elle [qu'] elle n'était pas aimée, s'achève par une Sophie étendue par terre, jambes ouvertes, et gémissante.

Vous aurez remarqué que tout ce qui ajoute à l'envergure ou à l'humanité d'Éric a été soigneusement omis. Ce n'est pas lui qui donne, non sans respect, son dû à Grigori Loew mort, et retire de la poche du cadavre le livre de Rilke qui lui prouve que cet adversaire et lui aimaient les mêmes choses ; c'est Sophie qui le fait au cours d'une scène seulement sentimentale. La scène où Éric et Chopin passent une nuit d'insomnie avant l'exécution des prisonniers a disparu. Éric tue Sophie mécaniquement, et non, détournant la tête malgré lui, en se disant qu'il avait voulu achever Conrad « et que c'était la même chose ». (C'eût été le moment d'employer le subterfuge de la « voix dans la coulisse » qu'on a entendue deux ou trois fois au cours du film.) Dans une entrevue avec un journaliste français, S. a laissé passer le bout de l'oreille en déclarant qu'il n'avait pas voulu qu'on dise « Ces nazis étaient charmants ». Mais un jeune junker qui s'engage en 1919 dans un corps franc pour défendre en Courlande la propriété d'un ami n'est pas un nazi. Qu'il le devienne quinze ans plus tard se voit dans le prologue-épilogue, et encore faut-il faire des réserves pour un homme qui « n'a combattu que pour des causes auxquelles » il « ne croyait pas ». Mais cet épilogue n'a rien à voir avec le film, puisque j'ai approuvé qu'on le supprime pour simplifier.

J'ignorais en signant ce contrat que S. était, comme vous le dites, « engagé dans l'extrême gauche allemande ». Je ne me sens pas particulièrement de droite, j'aimerais mieux ce que Jean Schlumberger appelait si bien « le milieu juste ». Mais ce n'est pas avec les images d'Épinal de la haine qu'on écrit l'histoire.

Je ne crois pas que ce soit l'absence de couleurs qui cache dans le film la misère du château. On a préféré montrer ces junkers relativement « cossus » jusqu'au bout, ou peut-être ne pouvait-on les imaginer autrement. Une accorte cuisinière amidonnée a remplacé « la paysanne qui nous cuisait le pain », et le dîner de Noël, dont vous avez raison de dire qu'il « frise la caricature », semble presque tiré des « Discrets plaisirs de la bourgeoisie[1] », au lieu d'être un maigre en-cas de pommes et de jambon sur le coin d'une console dorée. Les valses quasi magiques de Sophie reflétée dans des miroirs jumeaux ont été éliminées, comme les jeux d'ombres chinoises de Conrad, toute cette gaieté fiévreuse de la jeunesse en proie au danger.

Où l'infidélité à l'*esprit* du livre triomphe comme symboliquement c'est dans le personnage de la vieille tante plâtrée, obscène et gâteuse, qui n'apparaît abusivement dans pas moins de neuf scènes. S. était tombé d'accord avec moi qu'on n'emploierait pas de vedettes. Il est revenu sur cette promesse en

---

1. Yourcenar doit penser ici au *Charme discret de la bourgeoisie* de Luis Buñuel.

introduisant dans le film cette vieille vedette du Berlin d'entre-deux-guerres (je n'ai rien, bien entendu, contre l'actrice elle-même[1]) dont la seule présence change le ton et même le sens de l'œuvre. Dans une autre entrevue, S. à qui une journaliste demandait si ce personnage se trouvait dans le livre a répondu que oui, et qu'il ne l'avait que mis en lumière. C'est plus qu'inexact. La tante Prascovie affligée d'un tic, barbouillée de larmes, priant nuit et jour dans sa chambre, n'apparaît qu'une fois dans le roman, lors du retour de Conrad ; on l'entend ensuite marcher de long en large dans sa chambre à l'étage supérieur pendant la nuit de Noël. C'est tout. Il y a toute la différence entre un pitre et un fantôme.

Mon cher Joseph, je vous prie de garder pour vous ces remarques. Je ne désire pas nuire à Schlöndorff, qui a fait son film comme il a cru devoir le faire ; je n'ignorais pas qu'en signant je perdais, en fait, tout droit de regard sur la production, et c'est ce qui m'avait fait refuser plusieurs offres pour *Le Coup de Grâce* pendant ces derniers vingt ans. Vous dites fort bien que le cinéaste n'a pas pu même imaginer ce qu'étaient les disciplines et les « impératifs catégoriques » de ces milieux. J'avais pensé un peu naïvement que S[chlöndorff], allemand, et sa femme, lithuanienne d'une vieille et bonne famille, en pressentiraient quelque chose, mais c'était compter sans les temps changés. Ayant écrit *Souvenirs Pieux*, et n'ayant rien caché de ce qui me semblait être les déficiences, les défauts, parfois intolérables, de ce milieu franco-belge d'il y a 3/4 de siècle, différent certes du milieu balte, mais tout de même un peu du même ordre, je ne crois pas qu'on puisse me prendre pour une enthousiaste du passé. Mais je regrette la disparition de certaines notions, comme celle de l'honneur,

---

1. Valeska Gert.

dont vous parlez à juste titre, que Sophie, même « abandonnée à tous », ne perd jamais tout à fait, et qui joue un grand rôle dans les rapports d'Éric avec Conrad et Sophie (« cette fille avec qui l'on ne pouvait s'engager que pour toute la vie ») toutes préoccupations charnelles et toute tendresse mises à part. Mais l'honneur... Comme le dit un personnage de Montherlant, « ils ont cru que c'était un mot japonais ».

Je m'excuse de vous avoir ennuyé de ces détails qui ne sont sans doute importants que pour moi, mais vos neuf pages d'une analyse serrée méritaient ces confirmations. C'est d'ailleurs partout dans les spectacles qu'on nous offre que je constate cet abaissement de la qualité humaine. J'ai été prodigieusement choquée que dans le film *La Mort à Venise*, où l'on s'était ruiné à évoquer avec une somptueuse exactitude les modes de 1900, on nous offre au lieu de cet Aschenbach austère, raidi dans sa cuirasse de principes, et dont l'envahissement par la passion devenait d'autant plus poignant, une espèce d'hurluberlu qu'on sentait de tout temps capable de n'importe quoi.

Vous avez aussi bien raison pour le titre, qui traduit très mal « le coup de grâce ». Mais là, c'est le traducteur et l'éditeur allemand qui étaient en faute.

Je suis enchantée d'apprendre que vos pièces ont « pris » en Allemagne, et qu'on prépare aussi des films. Ce qui m'inquiète pour vous, je veux dire pour votre cœur, ce sont ces déplacements que vous vous proposez, ces répétitions auxquelles vous comptez évidemment assister, enfin toute cette « cuisine » du théâtre dont vous me dites qu'elle vous déplaît comme à moi, mais dont vous risquez les surprises, les irritations, les malentendus. C'est une marque de grande vitalité que de consentir même à s'y exposer[1].

---

1. Une pièce de Breitbach mettant en cause Aragon souleva de fortes critiques en France.

Je comprends d'ailleurs très bien que la forme théâtrale vous tente, non seulement par ce qu'elle a de direct (affrontement entre les personnages sans intervention, dirait-on, de l'auteur), mais parce que le travail, si grand qu'il soit, représente tout de même moins de fatigue, *au moins des yeux*, que celle du romancier aux prises avec trois ou quatre cents pages d'un manuscrit bien tassé, qu'il doit relire, modifier çà et là, coupant telle phrase, allongeant telle autre, revenant en arrière pour vérifier un nom ou un détail, enfin noyé dans une énorme besogne *physique* que je ne connais que trop.

J'ai parlé de *Souvenirs Pieux* : vous pensez bien que je n'ai jamais reçu la lettre dont vous me parlez (Bien entendu, j'avais reçu votre amical télégramme m'annonçant l'arrivée du livre[1].) : j'y aurais tout de suite répondu, et je ne puis assez vous dire combien j'en regrette la perte, irréparable, puisque je ne puis vous demander de recommencer pareille analyse. Vous recevrez sans doute cette année le second volume de la série que je viens d'envoyer à Gallimard, l'histoire de ma famille paternelle, entre Lille et Cassel, et celle de mon père jusqu'à sa cinquantième année. Le livre est de ton très différent du premier, mais peut-être, en le lisant, retrouverez-vous certaines des remarques que *Souvenirs Pieux* vous avait inspirées. Mais n'écrivez que si vous en avez l'énergie et le loisir. Je sais ce que c'est que le manque de temps, la fatigue aussi.

Je n'ai appris qu'en décembre dernier la mort de Pauline de Rothschild[2]. J'ai aussitôt écrit à Philippe[3],

---

1. Cette parenthèse est un ajout autographe en bas de page.
2. Pauline de Rothschild, née Fairfax-Potter (1909-1976). Seconde épouse de Philippe de Rothschild.
3. Philippe de Rothschild (1902-1988). Poète, traducteur et propriétaire de vignobles. *Le Pressoir perdu*, Paris, Mercure de France, 1978 (Bibl. PP) ; *Au gré de l'inconnu*, Navarin éditeur, 1985 (Bibl. PP).

qui ne m'a pas répondu jusqu'ici, mais j'espère qu'il se remet des fatigues et du chagrin inséparable de cette longue épreuve. Je crois qu'elle l'a rendu heureux, en dépit de quelques tiraillements familiaux. Quant à elle, je pense comme vous qu'elle n'a probablement jamais été heureuse. C'était ce personnage très fréquent de notre temps, un Narcisse féminin inquiet, jamais sûr de soi, qui se mire anxieusement dans son reflet chez les autres, et sans doute, au fond, n'aime pas assez la vie. Je m'imagine qu'elle a dû beaucoup souffrir. Je ne l'ai pas revue lors de mon dernier passage à Paris en 1971, et je n'avais eu de sa longue maladie que des échos çà et là.

Vous savez sans doute qu'Etiemble va subir (le 15) une opération très grave (remplacement par une prothèse des valvules du cœur).

J'ai appris par Dominique du Menil la mort de la « tante Louise ».

Ici, les choses ne vont qu'à moitié. Depuis plusieurs années la santé de Grâce donne des inquiétudes ; elle est soumise maintenant à des examens du sang hebdomadaires, et les médicaments dangereux qu'on lui fait prendre depuis déjà plus de deux ans la minent peu à peu. Depuis quelques mois, surtout, sa fatigue a été croissante, à vue d'œil, ce qui ne l'empêche de continuer courageusement à m'aider.

En ce qui me concerne, je me maintiens très convenablement en dépit de cet hiver arctique. Je souffre — vous le saviez peut-être — depuis des années d'une légère insuffisance du cœur (qui m'a permis de décrire celle d'Hadrien) — mais qui bien entendu a augmenté plutôt que diminué, et augmentera certainement encore. Mais j'ai appris à me ménager et à cultiver le calme, du moins autant que je puis. Cette situation peut évidemment amener brusquement des surprises, mais enfin, c'est peu de chose auprès de ce que vous subissez depuis si longtemps déjà, et je n'ai pas jusqu'ici à me plaindre de mes yeux.

Je vous embrasse, affectueusement, cher Joseph, et Grâce aussi vous salue. Je remercie d'avance M. Mettmann de vouloir bien vous lire cette trop longue lettre, car j'espère que vous ne fatiguerez pas vous-même votre vue sur ces pages.

Marguerite Yourcenar

P.-S. J'ai remercié Bory, du *Nouvel Observateur*, pour son article et sa causerie à la radio très favorable au film. Son enthousiasme prouve que certains spectateurs peuvent malgré tout retrouver là quelque chose de ce que j'avais voulu mettre dans le livre.

À LUCIENNE SERRANO[1]

> Petite Plaisance
> Northeast Harbor
> Maine 04662
> 12 février 1977

Chère Madame,

« Que de choses ce jeune homme me fait dire ! », s'écriait Socrate en lisant Platon. Sans nous rapprocher le moins du monde de ces personnages illustres, j'ai été tentée de m'écrier : « Que de choses cette jeune femme me fait dire ! » en relisant (après

---

1. Fonds Yourcenar à Harvard, bMS Fr 372 (1040).
Lucienne Serrano. Universitaire. Organisera une session sur Yourcenar à la Modern Language Association, à Chicago, le 28 décembre 1977. Yourcenar l'en remerciera dans une lettre du 18 février 1978 : « je suis flattée et touchée qu'une session ait été consacrée à mon œuvre », Fonds Yourcenar à Harvard, MS Storage 265.

l'avoir lu dès son arrivée) votre essai sur *Sappho ou le Suicide,* sur lequel j'ai scandaleusement tardé à vous écrire[1]. Mais mille tâches et mille soucis, dont le plus grave est de beaucoup la santé de Grace Frick, m'ont malgré moi mise presque irréparablement en retard dans toute ma correspondance. Je vous en fais toutes mes excuses.

Laissez-moi protester contre cette espèce de dilatation du sujet que représente votre essai. C'est le miracle de l'art et de la littérature que chacun puisse tirer d'une œuvre donnée tout un monde d'idées et de sentiments que l'auteur n'y a pas mis mais néanmoins ce genre d'exégèse tend trop souvent à ignorer ou à recouvrir ce qu'il importait précisément à l'auteur de dire.

Le peu que j'ai à dire de cette *Sappho* se trouve dans la préface qui accompagne toutes les éditions de *Feux* depuis 1968 (vous avez travaillé sur une édition plus ancienne). Comme je l'indique dans ce texte, l'image de cette Sappho « artiste de musichall » est sortie de ma fréquentation, cette année-là, de petits théâtres ou de cabarets du Proche-Orient (la plupart des pauvres filles qui s'y exhibaient étaient des Russes blanches, des Polonaises ou des Hongroises). Créatures d'illusion, émouvantes par cela-même, au sens où Flaubert a écrit que « le clinquant est plus beau que l'or », se traînant d'un lieu de spectacle à un autre, et vivant leur vie de routines ambulantes. Depuis les Grecs (Lucien[2], Athénée[3]), jusqu'à Valery Larbaud (*Amants, heureux amants,*

---

1. Lucienne Serrano ne publiera pas cet essai. Mais elle présentera une communication sur « La métaphore de l'acrobate dans *Feux* de Marguerite Yourcenar », Henri Peyre Conference, City University of New York, Graduate Center, février 1982.
2. Lucien de Samosate (v. 125-v. 192). Écrivain satirique grec de Syrie.
3. Athénée (IIe-IIIe siècle), rhéteur et grammairien grec d'Égypte.

qui est d'ailleurs un livre exquis[1]), on a dit plus d'une fois combien ces existences oscillant entre « l'art » et la prostitution sont souvent réchauffées et consolées par des liaisons féminines. Et c'est aussi, je crois, ce que Toulouse-Lautrec a indiqué avec tant de pathétique dans ses *Amies* célèbres. L'amant de cœur, quand il figure dans ces vies-là, a souvent le rôle quasi féminin de protégé, et c'est ce que symbolise dans Sappho le travesti quasi shakespearien de Phaon.

Le thème de l'acrobate assimilé au poète est, je crois, vieux comme le premier jongleur. J'ai dit qu'il s'était proposé à moi, dans *Sappho*, en un mélange qui n'a rien de livresque, sous la forme du clown de Banville[2], « allant rouler jusqu'aux étoiles », et du « daring young man on the flying trapeze[3] » que braillait à côté de moi le gramophone d'un ami. Il faut aussi songer que les années 1930-1939, bon nombre d'écrivains avaient adopté cette notion de l'art acrobatie et jeu, non sans arrière-plan tragique (Cocteau, par exemple). J'ai évolué depuis vers une autre conception du poète, mais peu importe. Ce qui me paraît surtout significatif dans cette allégorie du *jeu dangereux* qu'est *Sappho*, c'est la fin. Sappho ne réalise pas son suicide ; sa chute reste une plongée d'acrobate recueillie dans un filet diapré. Le factice, jusqu'au bout, détermine sa vie. J'ai d'ailleurs réfléchi souvent à cette *quasi* immunité de l'artiste, qui fait passer (du moins jusqu'à un certain point) son désastre dans son œuvre.

Mais je ne crois pas que Sappho porte un masque, notion qui semble pour vous essentielle. (Je n'ai pas

---

1. Valery Larbaud (1881-1957). *Amants, heureux amants* (1924).
2. Le clown dont parle Yourcenar est le personnage du poème, « Le saut du tremplin, sur lequel s'achèvent les *Odes funambulesques* (1857) de Théodore de Banville (1823-1891).
3. « Jeune homme intrépide sur son trapèze volant. » Titre d'un livre de William Saroyan (1908-1981), *The Daring Young Man on the Flying Trapeze* (Covelo, Calif. : Covelo Press, 1984).

vu d'acrobate masqué.) J'imagine qu'elle recouvre ou cache une partie de sa vie, mais c'est un phénomène trop commun pour la définir. Enfin, je ne vois pas de rapports entre elle et Alexis. Il est probable que Sappho se juge « différente », sentiment d'ailleurs banal, mais le milieu où elle évolue est lui-même « différent », à supposer que ce mot veuille dire quelque chose.

Une analyse d'*Alexis* nous mènerait trop loin, mais c'est un sens moral (point indiqué chez Sappho) qui domine Alexis. Prisonnier d'un étroit milieu à la fois aristocratique et piétiste, il se sent « différent » dans un domaine, l'ordre sexuel, et peu à peu apprend à juger cette différence, et plus tard à la justifier dans son cas au moins. En se désengageant des points de vue de son milieu, il est le premier personnage de mes livres à faire, modestement, et dans un domaine restreint, son « œuvre au noir ». Tout cela est très loin de Sappho, qui me ferait plutôt penser à certaines créations de Morand, ou même à certaines pathétiques petites théâtreuses de Colette, deux écrivains à qui bien entendu je donne leur dû d'admiration, mais auxquels je n'aurais jamais songé à m'assimiler.

Excusez, une fois encore, la lenteur de cette réponse, et croyez que j'ai gardé de votre visite de l'an dernier un très bon souvenir, qui de ma part méritait mieux qu'un si long silence.

Bien cordialement à vous,

[Marguerite Yourcenar]

P.-S. Vous êtes évidemment partie des livres de Jean Starobinski[1] et *Sappho ou le Suicide* se réduit pour vous à une illustration de ses théories sur l'artiste.

---

1. Jean Starobinski (né en 1920). Yourcenar pense ici à son *Portrait de l'artiste en saltimbanque,* Genève, Skira, 1970.

C'est une méthode que je n'approuve pas. Si vous étiez partie du texte lui-même, vous auriez vu combien l'emplit un réalisme anecdotique dérivé du Proche-Orient, et surtout combien l'allégorie du masque convient peu à ces existences ouvertes au premier venu. Dans une vie comme celle de cette Sappho, la pauvreté, la promiscuité, la camaraderie éliminent le masque.

À JEANNE CARAYON[1]

> Petite Plaisance
> Northeast Harbor
> Maine 04662 USA
> 23 mars 1977

Chère Amie,

Je vous dois de grands remerciements pour votre décision spontanée de vous rendre à Vigny, au moment du blé qui lève. J'ai été ravie par la description de la petite Sylvie et surtout relativement rassurée par les nouvelles d'Etiemble[2]. J'ai retrouvé entretemps le numéro de téléphone [...]. Mais peut-être a-t-il changé depuis 1971 ? J'ai écrit sur le champ à Madame Etiemble et ai reçu d'elle hier un mot qui confirme les progrès, bien que les cordes vocales aient été endommagées au cours de l'opération, et que les médicaments à prendre journellement posent des problèmes. Toujours la médecine et la chirurgie de notre temps, avec leurs prodiges, et aussi les insidieux dangers...

---

1. Fonds Yourcenar à Harvard, bMS Fr 372 (868).
2. Ajout autographe en haut à droite indiquant une hospitalisation d'Etiemble.

Mémoires d'Hadrien, Folio, dans sa couverture ornée des colombes de mosaïque qu'Hadrien a dû souvent contempler, est arrivé il y a quelques jours. J'ai voulu attendre, pour vous le dire, d'avoir relu la *Note,* qui est en tout point parfaite. Toute ma gratitude, encore une fois, pour ce travail difficile si bien accompli dans la hâte du dernier moment. J'ai écrit à Madame Duconget pour lui dire combien j'appréciais cette composition si soignée. J'aurais voulu remercier le scrupuleux Correcteur-chef[1], mais c'est un plaisir dont j'ai dû me priver pour rester fidèle au secret d'État. Je vous envoie la photocopie de la lettre de Claude Gallimard concernant *Archives du Nord,* dont la chaleur m'a touchée. Ce qui m'impressionne aussi, c'est que le contrat, à l'endroit où l'auteur ne trouve généralement que la menace d'avoir à payer les frais de trop nombreuses corrections sur épreuves, prend la peine d'indiquer en toutes lettres que le manuscrit a été soigneusement préparé pour l'impression. Nos efforts ont porté fruit.

J'ai bien reçu il y a quelque temps déjà le code typographique, beau comme un traité de mathématiques (je ne l'ai pas encore suffisamment digéré) et le *Mémoire* justificatif de Montherlant. Que dire ? La description de certains états d'esprit, par exemple les jugements successifs portés sur Pétain et le gouvernement de Vichy, est faite avec exactitude et netteté, et ces variations ont dû être celles de millions de Français. Sur d'autres sujets, il lui arrive, il me semble, d'esquiver l'essentiel. Il est vrai que, comme il le fit, on ne peut pas trouver d'attaque, *à proprement parler,* contre les Juifs, mais il est vrai aussi que pour lui, comme pour l'Éric du *Coup de Grâce,* « le persiflage à l'égard des Juifs fait partie d'un conformisme de classe ». Et certes, le mélange d'obser-

---

1. Jeanne Carayon.

vation aiguë, de sympathie et d'ironie d'*Un petit Juif à la guerre* n'est pas différent de la manière dont Montherlant traite les Français de sa propre caste dans *La Rose de Sable* (et un peu partout), ou les Espagnols dans *Le Chaos et la Nuit*. Mais tout le monde aujourd'hui, à tort ou à raison, confond l'observation incisive avec l'hostilité.

On regrette pourtant qu'il n'ait jamais (à ma connaissance) exprimé l'horreur ou la pitié devant les millions de Juifs des camps de concentration. Mais il ne l'a pas fait davantage, que je sache, pour les autres victimes de l'histoire, pas même pour les aristocrates de la Terreur. Sa pitié, toujours très cachée par le contrôle du style, ne me paraît s'exercer que dans des cas individuels, Léon de Coantré, Célestino[1]. J'aurais préféré qu'il s'expliquât plus franchement sur l'élan de sympathie pour l'Allemagne nazie, évident dans *Solstice de Juin*. Il n'avait pas été le seul à l'éprouver à l'époque. J'ai suivi de près ces états d'esprit chez Edmond Jaloux. Le départ en était presque toujours le dégoût, dégoût pour le régime, les mœurs politiques et l'opinion en France. Mais Montherlant dit lui-même qu'il n'est jamais allé en Allemagne, et Jaloux n'avait passé que quelques jours dans l'Allemagne des années 20. S'ils avaient séjourné dans l'Allemagne des années 1936-39, ou dans l'Autriche occupée, ils auraient vu que la corruption n'y était pas moindre et la brutalité pire. Il est vain de dire que *Solstice de Juin* célèbre l'alternance. Quand l'alternance consiste pour le moment en la débâcle des siens, et qu'on décrit en beau l'arrivée de jeunes Allemands sur des chars d'assaut, on doit s'attendre à des protestations indignées. Et les *Chenilles*, symboliques ou non, ne méritaient que d'être oubliées. Dans l'admirable

---

1. Personnages de Montherlant.

Maître de Santiago, je suis toujours gênée par une ou deux allusions à des « chansons de geste allemandes » ; Montherlant savait trop son Espagne et son Europe du XVI siècle pour ignorer que personne à l'époque ne lisait de « chansons de geste », mais tout au plus de vagues romans de chevalerie beaucoup plus récents, de ton tout autre, et qui n'étaient pas, en Espagne, de fabrication allemande. Le passage auquel il fait allusion, le chevalier de l'Ordre Teutonique se soumettant à toutes les insultes pour récupérer sa petite fille prisonnière, semble d'ailleurs le comble du fabriqué. Les Espagnols, si « insulaires » en un sens n'ont jamais, semble-t-il, aimé ou admiré les Allemands avec lesquels les hasards de la politique les ont attelés. Montherlant est plus dans le vrai quand il montre le Castillan Alvaro méprisant « Charles de Gand », c'est-à-dire Charles Quint.

Je vous livre ces réflexions au hasard. C'est de plus en plus une préoccupation chez moi que d'essayer d'évaluer l'œuvre d'un écrivain en tenant compte de *tous* ses components [sic], comme j'ai essayé de le faire pour Cavafy, Mann, ou Selma Lagerlöf[1]. Je pense me livrer au même travail sur Mishima[2], mais, en dépit de considérables lectures, ne me sens pas arrivée au point où je pourrai même commencer.

Ici, nouvel assaut de l'hiver après quelques journées de printemps. La neige recouvre tout, le sol, les buissons de lilas, les pommiers, les bouleaux, les sapins. Mais c'est une neige molle, mousseuse, une espèce de parure sans solidité, comme si l'hiver donnait une dernière fête avant de s'en aller. Pendant quelques jours, j'ai entendu le matin, avec délices, le roucoulement des colombes revenues. Elles se taisent

---

1. Études recueillies dans *Sous bénéfice d'inventaire*.
2. Ce sera *Mishima* ou *la Vision du vide*.

maintenant sous la neige, et il n'est pas possible de disposer des poignées de grain pour elles sur le sol, à même cette blancheur où tout enfonce. (Elles refusent de fréquenter les mangeoires.) J'espère qu'elles se tiennent au chaud quelque part sous les grands arbres.

Avec toutes mes amicales pensées à vous-même, à la Marraine, et aux autres habitants de la maison, les chats, la nouvelle venue si bien rassurée, et même la Doguette toujours présente en pensée,

Marguerite Yourcenar

À MAX HEILBRONN[1]

Petite Plaisance
Northeast Harbor
Maine 04662 USA
17 avril 1977

Cher Monsieur et Ami,

Je vous suis bien reconnaissante de l'envoi de la coupure du *Figaro* concernant la clôture de l'Hôtel Saint-James et d'Albany, et la vente de son mobilier. J'en éprouve quelque mélancolie. Avant la guerre, entre 1929 et 1939, j'avais élu domicile à Paris dans l'hôtel voisin, au coin de la rue du 29 juillet, le Wagram, dont le nom se lit encore très éraillé sur un reste de mosaïque du pavement de la rue de Rivoli à cet endroit. J'y avais quelques meubles et beaucoup

---

1. Fonds Yourcenar à Harvard, bMS Fr 372 (932).
Max Heilbronn (né en 1902). Auteur de *Galeries Lafayette — Buchenwald — Galeries Lafayette*, Paris-Economica, 1989. Ancien directeur des Galeries Lafayette. Ingénieur du Génie rural. Professeur à l'Institut supérieur d'apprentissage.

de livres anciens, qui ont bien entendu disparu, l'hôtel ayant été plusieurs fois réquisitionné avant de cesser d'exister en tant qu'hôtel. À mon retour en France après la guerre, j'avais choisi l'hôtel le plus proche, le St-James et d'Albany, où j'ai fait de nombreux séjours pendant vingt-cinq ans. Le voilà qui disparaît à son tour... J'espère qu'on conservera la charmante cour avec sa fontaine, qui reposait si bien du tumulte de Paris. Je vois que pour de prochains séjours à Paris, il faudra émigrer (pour rester fidèle au quartier) au Vendôme ou au Loti, s'ils n'ont pas eux aussi fermé entre temps, ou peut-être à l'ennuyeux Continental ou au solennel Meurice, à cause de la [vie] des Tuileries...

Votre proposition, et celle de Madame Heilbronn[1], de récupérer pour moi, si possible, certains souvenirs que j'aurais laissés au St-James me touche infiniment. Cette fois, il ne s'agit que d'une malle, genre malle de cabine[2], accompagnée peut-être d'une malle d'osier et d'un grand carton, contenant des éditions originales de mes livres ou des numéros de revues dans lesquelles j'avais publié des articles vers 1950 ou 1955. À chaque nouveau séjour, j'ai paresseusement remis à plus tard de les ramener ici, sans compter que je pensais, peut-être, passer à l'avenir plus de temps en France. Ces objets se trouvaient entreposés dans une petite chambre de débarras à l'entresol, à gauche de la cage d'escalier, côté Albany. Mon nom se trouve certainement à l'extérieur. Mais n'est-il pas bien trop tard pour les récupérer ? Je m'en voudrais d'entraîner Madame Heilbronn dans des recherches considérables.

À mon avis, quand on a laissé des objets ou du

---

1. Paulette Heilbronn, née Bader (en 1905).
2. Voir, concernant les malles laissées à l'hôtel Meurice à Lausanne, la lettre à Georges de Crayencour du 21 juillet 1973.

bagage, soit dans un hôtel, soit même chez des amis, sans même prendre la précaution d'obtenir un reçu, et cela pendant des années, on n'a à s'en prendre qu'à soi, de leur perte. Je remercie d'autant plus Madame Heilbronn pour toutes informations qu'elle voudra bien prendre, à condition qu'elle ne s'oblige à aucune corvée.

La clef du débarras où se trouvaient malle et carton (ou cartons) était jusqu'en 1971 sous la garde du concierge côté Albany. Mais je me rends compte que dans un immeuble fermé depuis déjà deux ans et demi bien des changements et remaniements ont déjà dû avoir lieu.

J'espère avoir le plaisir de vous envoyer en juin un exemplaire d'*Archives du Nord*, le volume qui fait suite à *Souvenirs pieux*. Vous vous souviendrez de m'avoir offert, à l'époque où je commençais ce travail, un volume sur l'histoire de la région qui m'a été fort utile. Vous retrouverez aussi, çà et là, l'impression produite sur moi par les monnaies celtes des beaux catalogues que vous m'avez envoyés.

Ici, la situation est pénible, pour ne pas dire douloureuse. Grâce Frick, atteinte il y a d'assez longues années d'un cancer que les médecins croyaient guéri, a été reprise du même mal et en a souffert sans interruption depuis 1972 — ce qui explique mon absence d'Europe. Elle continue à lutter avec une énergie étonnante, mais les spécialistes n'offrent plus aucun espoir. Elle se trouve en ce moment à l'hôpital de la petite ville de l'île, et j'espère, au mieux, la ramener ici pour quelques semaines pour jouir autant qu'elle le pourra de ce printemps et de ce début d'été.

Avec tous mes remerciements renouvelés, non seulement pour votre offre d'intervenir au St-James et Albany, mais encore pour votre fidèle amitié,

Bien cordialement à tous deux,

[Marguerite Yourcenar]

À MARTINE PETIT[1]

> Petite Plaisance
> Northeast Harbor
> Maine 04662 USA
> 22 mai 1977

Chère Mademoiselle,

Je viens de recevoir et d'entendre les *Madrigals* et *Canzonnette* de Monteverde[2] que vous avez eu la grande gentillesse de m'offrir. Cette musique — et ces voix italiennes qui la chantent — sont d'une beauté et d'une chaleur admirables. Je ne connaissais pas ces morceaux, moi qui admire à tel point *Ariane* et pour qui c'est (ainsi que pour Grace Frick) un souvenir inoubliable d'avoir vu et entendu à Vienne *Le Couronnement de Poppée*.

Je vous dois donc un grand plaisir esthétique, de grandes réflexions aussi. Car enfin, la vie de Monteverde couvre la période 1567 à 1646[3], qui va du plein milieu des guerres de religion à la fin de la guerre de Trente ans. L'époque était au moins par certains côtés aussi sombre que la nôtre. Et cependant, c'est le bonheur, même au sein de la souffrance amoureuse, et la dignité de la personne qui s'affirment dans son œuvre. Le Maître de Chapelle de la Sérénissime République a-t-il pu vivre et composer dans la douceur de Venise sans s'occuper du reste ? Ou bien les hommes de ce temps-là, comme Monteverde, Rubens ou Poussin possé-

---

1. Fonds Yourcenar à Harvard, bMS Fr 372 (1014).
2. La transcription Monteverdi constitue une erreur récente et mal expliquée. Le musicien a toujours signé Monteverde. Yourcenar l'orthographie donc ici sans erreur réelle, même si l'usage a changé.
3. En réalité, Claudio Monteverdi meurt à Venise le 29 novembre 1643.

daient-ils en eux et dans leur art un goût de la vie malgré tout et une harmonie que notre art « atomisé » et souvent volontairement destructif n'exprime plus ? Vous voyez à quoi j'ai pensé en écoutant ce *Sia tranquillo il mare* avec sa tristesse noblement acceptée, ou ce *Alle danze, alle gioie*, plein d'une brûlante passion pour la vie. Nous avons peut-être d'autres dons, mais nous n'avons plus ceux-là.

Ici, le printemps revient tout doucement après un froid et long hiver. Nous nous souvenons avec plaisir de votre visite, et j'espère que les difficultés professionnelles ou personnelles dont vous me parliez se sont aplanies (mais il y en a toujours et partout). La santé de Grace Frick m'a beaucoup préoccupée cet hiver, mais j'ai réussi à achever *Archives du Nord* (le second volume de la trilogie commencée avec *Souvenirs Pieux*) qui paraîtra en septembre.

Un grand merci encore, et mon cordial souvenir,

Marguerite Yourcenar

À ÉLIE GREKOFF ET PIERRE MONTERET[1]

                              Petite Plaisance
                              Northeast Harbor
                              Maine 04662 USA
                              26 juin 1977

Mon cher Élie,
  mon cher Pierre,
Merci des bonnes félicitations. Le prix fait grand plaisir[2], bien sûr, mais les messages affectueux des amis au moins autant. D'abord, ils prouvent, j'espère, que ces mêmes amis sont en assez bonne santé pour en envoyer. Élie, comment vont votre estomac et vos vertèbres ?

Je n'ai appris la nouvelle du Prix que le 20 juin au soir, à notre retour d'un voyage de trois semaines en Colombie britannique et en Alaska[3], précédé et suivi

---

  1. Fonds Yourcenar à Harvard, bMS Fr 372 (927).
  Élie Grekoff (1924-1986). Peintre et décorateur de théâtre. Illustrateur de livres de luxe (Baudelaire, La Tour du Pin), d'eaux-fortes et de lithographies (Dostoïevski, Gide) pour les Éditions de Cluny. A travaillé pour le *Figaro littéraire* et pour les théâtres Pigalle, des Champs-Élysées et des Mathurins, où il a décoré notamment l'*Électre* de Yourcenar. Ses *Cartons de Tapisserie* constituent l'essentiel de son travail.
  Dans *Quoi ? L'Éternité*, deux personnages, « Élie » et « Ida » portent le nom de Grekoff.
  Pierre Monteret. Peintre. Ami d'Élie Grekoff, avec qui il a collaboré à des décorations murales. A ébauché un portrait de Yourcenar, vers 1954.
  La Princesse ensorcelée, conte populaire russe raconté en français par Pierre Monteret et illustré par Élie Grekoff, édition à compte d'auteur, 1963 (Bibl. PP).
  2. Grand Prix de Littérature de l'Académie française.
  3. Dans la « chronologie officielle » que Yourcenar a établie pour la Bibliothèque de la Pléiade, le voyage en Alaska est le seul événement mentionné pour l'année 1977. « Mai — Grace Frick, après un éprouvant séjour dans une clinique décide d'entreprendre un voyage d'un mois en Alaska, précédé et suivi par la traversée en chemin de fer du Canada d'est à l'ouest et vice-versa. Marguerite Yourcenar

par une traversée en train (4 jours et 4 nuits chaque fois) du Canada, par deux routes différentes, avec chaque fois arrêt d'un jour dans les Montagnes Rocheuses. Le voyage en Alaska proprement dit s'est effectué de Vancouver sur un bateau de la compagnie Paquet : huit jours merveilleux de glaciers et d'archipels vides et propres (mais combien de temps le resteront-ils ?). La raison de cette immense randonnée après près de dix ans d'immobilité est quasi paradoxale, mais je crois que vous la comprendrez. Grace a été presque désespérément malade cet hiver et au début du printemps, non seulement des effets de sa maladie, contre laquelle elle lutte depuis des années déjà, mais encore du fait de dangereux médicaments qui l'ont presque tuée. Remise sur pied après trois séjours dans deux différents hôpitaux, et soumise pour le moment à un nouveau traitement dont les effets sur sa santé générale sont pour le moment beaucoup moins pénibles (je dis pour le moment, car je n'ignore pas que, selon le docteur, ces effets peuvent être cumulatifs), elle a désiré faire un grand « voyage de convalescence ». Elle désirait me faire voir la partie des Rocheuses qu'elle connaissait, et s'imaginait (elle avait raison) que le voyage de l'Alaska nous plairait à toutes deux. Je suis partie, je l'avoue, pleine d'angoisse, craignant une rechute dans un coin perdu et craignant aussi, après la fatigue de ces mois d'alerte, de ne pas tenir le coup. Mais j'ai vite repris courage, et tout s'est admirablement passé. Joué et gagné.

---

l'accompagne dans cette randonnée et visite avec elle deux grands parcs nationaux du Canada, celui de Banff et celui de Jasper, ainsi que les côtes de la Mer Intérieure, et le Klondyke Trail. Plusieurs arrêts en Colombie britannique. » *Œuvres romanesques, op. cit.*, p. XXX.

Élie, j'ai été infiniment touchée par les maigres souvenirs du temps, pas tellement lointain, où l'Alaska était russe[1]. Le bateau, à notre grand regret, n'a pas passé devant Sitka, l'ancienne capitale russe, qui a encore sa cathédrale de St-Michel. Nous n'avons pas vu non plus Wrangel, tout petit village, semble-t-il dans une immense solitude. Mais à Juneau, il y a une église orthodoxe de St-Nicolas, récemment repeinte en vert tendre, et, dans une vilaine maison américaine d'ancienne date (vers 1910), une icône du Christ, que les propriétaires croient du XVe siècle et qui est probablement du début du XIXe, mais belle. Un certain nombre d'Indiens appartiennent encore au rite grec. Et dans les deux petits musées de Prince Rupert et de Katchikan, il y a des samovars, des théières, des boîtes à thé laquées venues de Chine à travers la Russie, et sur les vêtements de cérémonie de shamans (ou chamans), des boutons de jais de fabrication russe. Mais il n'y a malheureusement plus de shamans, qui peut-être guérissaient les maladies aussi bien que les docteurs. Le 8 juin, jour de mon anniversaire, nous sommes montées par un chemin de fer à voie étroite jusqu'aux abords des frontières du Yukon, à environ 2 000 mètres, m'a-t-on dit. Autre signe de l'ancienne occupation russe, le beau cercle de montagnes et de glaciers autour de nous s'appelle la chaîne des monts St-Élie.

Le seul ennui, c'est que les cahots des trains canadiens ont pilonné le disque endommagé que j'ai dans la région lombaire, et j'ai cru un moment que mes jambes m'abandonnaient. Mais elles se remettent, et montrent de nouveau de la bonne volonté, les pauvres. Je tâche de ne jamais parler d'âge, mais

---

1. L'Alaska fut vendue par le tsar Alexandre II aux États-Unis en 1867.

nous voilà arrivés à celui où l'on se confie ses petites infirmités.

À propos de maladie, vous savez sûrement que la princesse est depuis longtemps très malade. Une lettre reçue d'Anne me dit qu'elle ne se déplace plus qu'en ambulance. Mais ils iront quand même à Montarène cet été. Je suis sûre qu'un mot de vous, ou une visite de vous quand vous irez à Paris, leur fera très grand plaisir. Je ne sais plus très bien si vous êtes en relations fréquentes ou non.

J'espère que vous allez tous deux aussi bien que possible, et que le jardin et la peinture prospèrent. Donnez de vos nouvelles et dites-nous si vous avez de nouveau un chien. Zoé laissée dans un bon chenil du Maine a retrouvé avec joie sa maison et, j'espère, aussi, ses deux maîtresses. C'est une bonne petite paysanne au cœur simple.

Affectueusement à vous,

[Marguerite Yourcenar]

À GEORGES DE CRAYENCOUR[1]

Petite Plaisance
Northeast Harbor
Maine 04662 USA
28 juin 1977

Mon cher Georges,

Je vous écris au retour d'un considérable voyage de trois semaines en Alaska et en Colombie britannique. Nous avons traversé et retraversé en train, dans toute sa largeur, le Canada par deux routes différentes (quatre jours et quatre nuits chaque fois de

1. Collection particulière.

train coupées d'un arrêt de vingt-quatre heures à deux endroits des Rocheuses. À Vancouver, nous avons pris un paquebot français (pas trop grand, excellent en tout) pour une croisière de huit jours en Alaska. Paysages immenses et admirables, qui, j'en ai peur, vont bientôt être exploités et pollués par la ruée vers le pétrole. À Skagway, vilain petit village qui date du temps de la ruée vers l'or, nous avons pris le chemin de fer à voie étroite qui mène à près de 2 000 mètres, le long de la piste que suivaient les misérables chercheurs d'or et leurs plus misérables chevaux (un des précipices s'appelle le gouffre des chevaux morts). Arrivés au haut du col, quand ils y arrivaient, ils campaient au bord d'un petit lac et se construisaient des radeaux pour descendre les rapides du Yukon vers le Klondike. Il reste de ce temps-là une sorte de temple protestant fantôme, aux parois de bois très minces, qu'un pasteur bienveillant avait fait construire pour eux et qui s'apprête à tomber en ruines dans la solitude.

Il y a de petits musées de reliques indiennes, des vêtements de prêtres-sorciers, et les maigres restes du temps où le pays était sous le régime russe au XIXe siècle : une église peinte en vert tendre, des samovars dans des vitrines, une icône. Nous n'avons pas vu Sitka, l'ancienne capitale, qui a encore des restes de population russe et une cathédrale de St-Michel. Notre bateau n'y passait pas.

Beaucoup de beaux animaux sauvages dans les Rocheuses.

En somme, un beau voyage, avec 21 journées de soleil, et les longs jours des latitudes nord. J'étais partie sans enthousiasme, craignant terriblement une rechute après la maladie quasi désespérée de Grâce au printemps. Mais le voyage paraît lui avoir fait beaucoup de bien, et elle avait beaucoup tenu à profiter du mieux produit par un nouveau médicament moins toxique que les anciens. Elle ne doutait pas que j'apprécierais l'Alaska, et voulait se hâter de le voir avant la détériorisation [sic] inévitable du pays. La seule victime de cette entreprise aventureuse a été mon dos, qui a mal supporté le long voyage dans le Canadian Pacific. Comme il ne part plus qu'un train par jour de l'Atlantique au Pacifique, et vice versa, les convois sont immensément longs, et on est horriblement cahoté, surtout en cette saison de l'année qui suit le dégel. Pour le moment, régime du repos et de la bouillotte électrique. Je vous en parle parce que vous connaissez cela.

Merci des félicitations : j'ai appris en rentrant que j'avais reçu cet important prix[1], important du point de vue prestige et aussi assez généreux financièrement. Je suis très touchée que ces Messieurs me l'aient donné, d'autant plus que j'apprends qu'ils l'ont fait à l'unanimité.

Le film de Volker Schlöndorff. Je ne puis mieux faire que vous renvoyer votre phrase (qui m'a fait plaisir), en la retournant : mon cher neveu, je n'aime pas cela. Vous avez raison de trouver mauvais ce paroxysme et cette vulgarité, qui dans certains cas à mon avis va jusqu'à la bassesse. Le film est entièrement infidèle à l'esprit du roman, le clou, si l'on peut dire, étant l'humble tante Prascovie (qui dans le livre d'ailleurs paraît à peine), pieuse vieille dame passant ses journées à prier, devenue une horrible clownesse fardée et égrillarde que le metteur en scène met en vedette parce qu'elle a été une célèbre chanteuse de night club dans le Berlin des années vingt. L'actrice principale, par moments presque hystérique, est aussi très loin de la jeune fille candide et fière jusque dans ses égarements dus au malheur des temps. Enfin, le fait que Schlöndorff est, paraît-il, « très

---

1. Le Grand Prix de Littérature de l'Académie française.

engagé dans la gauche allemande », ce que je n'ai su que plus tard, le pousse à tourner en caricature ces aristocrates baltes dépossédés.

Votre œil de militaire aura sans doute remarqué que la stratégie du film est absurde. Les tranchées où l'on se canarde passent devant le perron, mais la jeune fille se rend tranquillement au village en bicyclette ; le château, au lieu d'être perdu dans les forêts lithuaniennes, à quelque 40 kilomètres du « front » proprement dit, est devenu un confortable manoir austro-hongrois (appartenant, me dit-on, à une dame d'origine belge), où l'on dispose encore d'une pimpante cuisinière autrichienne, et où l'on s'excuse de manquer de sucre pour le café, alors que dans le livre on y meurt à peu près de froid, de privation et de faim. L'officier chargé d'aller chercher des renforts, au lieu de s'amener, comme je l'avais imaginé, dans un camion, accompagné d'une poignée d'hommes chargés de le protéger sur cette route dangereuse, galope superbement tout seul, comme une estafette du XVIIIe siècle, tombe défaillant de cheval dans la cour du château, se remet assez pour proposer le mariage à la jeune châtelaine, et repart immédiatement pour Riga (environ 100 kilomètres) *sur le même cheval*, de nouveau tout seul dans cette région de guérillas, et sans prendre la peine de signifier son passage aux autorités militaires restées au château. Les cinéastes ne sont pas sérieux.

Le meilleur de la chose aura été pour vous et pour votre femme le plaisir de vous découvrir côte à côte avec une autre tante, charmante celle-là, la tante Louise assise par hasard à côté de vous dans la salle obscure.

J'ai été très frappée par le récit de votre voyage en Terre Sainte. Il me semble que vous l'avez vue comme il faut la voir, avec juste assez de fatigue, d'expérience de campement, de frôlement avec la vie nomade (« les Bédouins éternels ») pour que ce voyage soit encore ce qu'il doit être, une expédition, un pèlerinage. Une lettre de Madame Lelarge, que je viens de recevoir, donne de son voyage à elle en Israël des réactions assez différentes ; on la sent surtout, comme je le serais, je crois, obsédée par le bien et le mal dans l'actuel Israël. Je suis contente pour elle qu'elle ait fait ce déplacement, et cela prouve sûrement que ses ennuis de santé sont passés. En ce qui me concerne, j'ai raté le Sinaï en 1936 ou 37 ; je devais m'y rendre d'Alexandrie avec des amis, mais une crise de malaria m'en a empêchée. Nous avons eu plusieurs occasions de nous rendre en Israël (que j'avais également manqué autrefois) au cours de ces dernières années : un théologien protestant de nos amis, et sa femme, tous deux très liés avec Mgr Mueller avec lequel ils aiment exécuter de la musique de chambre, mettaient sur pied l'institut œcuménique de Jérusalem sur un terrain appartenant autrefois aux chevaliers de Malte et donné par Paul VI. (Que le monde de nos jours est complexe !) Mais beaucoup de raisons, surtout de santé, ont empêché ce voyage, et j'avoue que je ne suis plus très tentée, pour le moment au moins, par ces pays survoltés par l'agressivité politique.

J'ai beaucoup apprécié *Insignes de noblesse aux cérémonies coutumières des funérailles*[1]. C'est d'un bout à l'autre très bien, très informatif, et très enrichissant. J'ai vu quelques *obit* suspendus dans des églises de Belgique (à Furnes en particulier, si je ne me trompe) mais ne me souviens d'aucun exemple en France (détruits sans doute pendant la Révolution ?). Il y en a de magnifiques dans les vieilles

---

1. Paru dans *L'Intermédiaire des Généalogistes*, Bruxelles, Bulletin bimestriel du service de centralisation des Études généalogiques et démographiques de Belgique, n° 182, mars 1976 (Bibl PP).

églises maintenant luthériennes de Danemark et de Suède.

Le temps passé depuis votre précédente lettre m'a presque fait oublier l'essentiel : de remercier pour la permission de publier des portraits de famille en possession de vos frères, de vos neveux, ou de vous-même. En fait, l'éditeur a choisi finalement pour la jaquette une vieille photographie de 1876 ou 1877 dont j'ai l'original et dont je crois vous avoir envoyé la reproduction : un groupe composé de Michel-Charles[1] et de Noémi, assis, de Michel (votre grand-père — âgé d'environ vingt-quatre ans), debout, et de la petite Marie âgée d'environ onze ans. C'est très évocateur de ce qui est la partie principale du livre, l'histoire de ces deux générations.

Merci pour les coupures archéologiques,
Bien sympathiquement à vous,

Marguerite Y.*

À JEANNE CARAYON[2]

Petite Plaisance
Northeast Harbor
Maine 04662 USA
6 juillet 1977

Chère Amie,

Je vous dois des nouvelles au retour de notre voyage, et aussi des remerciements pour l'envoi de coupures concernant le Grand Prix de l'Académie.

---

1. Le trait d'union est dans le texte. Normalement ces prénoms n'en comportent pas et Yourcenar l'omet lorsqu'elle évoque son grand-père dans *Quoi ? L'Éternité*. Michel Charles Joseph Paul (1822-1886). Grand-père paternel de Yourcenar.
2. Fonds Yourcenar à Harvard, bMS Fr 372 (868).

Décerné le 15, je n'ai appris qu'il m'était échu que le 21, en lisant le courrier que nous avions trouvé amoncelé la veille sur la table de la cuisine.

Le voyage, dont j'avais beaucoup redouté les aléas et les fatigues, a été une réussite extraordinaire. Mes vertèbres dorsales (je souffre de façon intermittente, même en temps normal, d'un disque endommagé) ont assez mal supporté les quatre jours et quatre nuits de train aller, et autant retour, même coupés par deux arrêts sur deux points différents des Rocheuses. Un médecin me dirait que j'ai surtout souffert de tension nerveuse, étant partie, comme je l'ai dit, assez inquiète. Mais tout s'est bien passé, et Grace a certainement repris de l'énergie et des forces ; je crois que les huit jours de croisière en Alaska ont beaucoup bénéficié [sic] ses poumons.

Comment parler de la beauté de ces immenses paysages encore quasi inviolés (pour combien de temps ?). En parcourant cet archipel d'îles et de promontoires surmontés de glaciers, et où le plus souvent la forêt descend jusqu'au ras de l'eau, je me suis souvent dit que c'était proprement *indescriptible*, et que seules les visions des poètes offraient çà et là un équivalent (Rimbaud : *J'ai vu des archipels sidéraux, et des îles...* ; Vigny : *Libre comme la mer au bord des sombres îles... Les grands pays muets...* ; toute la fin du *Voyage* de Baudelaire, moins le dernier vers, qui m'irrite toujours[1] ; et Hugo, chez qui il s'agit moins d'un vers ou même d'un poème en particulier que du sens de la mer dans toute l'œuvre). Ceux-là ont vu, même ceux qui n'ont pas vu avec leurs yeux de chair.

Durant cette croisière (sur un bateau français, le *Renaissance*, très confortable, et juste assez petit pour s'insinuer dans ces fjords), le temps a été si

---

1. Le dernier vers « Au fond de l'Inconnu pour trouver du *nouveau* ».

beau et si doux que nous avons pu passer sur le pont les journées presque toutes entières, c'est-à-dire aussi une partie de la nuit dans cette latitude qui est déjà celle des nuits presque blanches. Ce n'était pas encore tout à fait ce soleil de minuit, que j'ai tant aimé dans le Nord scandinave, et au point de le donner à Zénon pour dernière vision et comme symbole d'immortalité, mais le soleil se couchait interminablement dans un ciel tout rose, reflété par les glaciers jusqu'à onze heures et demie passées.

Mêmes longs crépuscules à Banff, dans les Rocheuses, et surtout à Jasper, plus au Nord. Nous en avons profité pour chercher à voir — et souvent nous avons réussi à le faire — les bêtes des bois. Je m'aperçois que mon dictionnaire anglais-français ne donne en français qu'un mot : élan, pour trois animaux très différents, *elk,* pas plus grand qu'un très grand cerf, qui abonde dans ces forêts, *moose,* dont les adultes atteignent à la taille d'un très gros taureau, et *caribou,* assez rare je crois dans ces régions et dont les hardes se trouvent plutôt dans l'arctique. Quelques heures avant l'arrivée à Jasper, de la fenêtre de mon compartiment, où j'étais seule (une « roomette » de wagon-lit), j'ai eu un des beaux spectacles de ma vie, un *moose* énorme nageait dans une rivière très large, aux bords envahis par les hautes herbes. Je l'ai vu sortir de l'eau, gravissant le talus, puis s'enfoncer et disparaître dans les bois. C'est le troisième et le plus grand des *mooses* de mon existence. J'ai cru voir un dieu.

Dans cette région toute de langue anglaise, çà et là, quelques noms français, donnés par les anciens « coureurs des bois » du Canada de l'Est qui ont dû s'aventurer jusqu'ici. La « Rivière Maligne », par exemple, qui coule, s'ébroue en cascade, disparaît sous terre, puis reparaît en rapides, dans une longue gorge profonde d'une vingtaine de mètres, étranglée entre ses parois de granit. J'ai demandé où coulait son eau, car Jasper fait partie du « great divide », mais elle ne va ni au Pacifique, ni à l'Atlantique, mais se perd dans les eaux arctiques de la baie de Mackensie, tout au nord.

D'autres noms font rêver. En Alaska, ceux de l'occupation russe, Sitka, capitale du pays du temps des tsars, qui a encore sa cathédrale orthodoxe de St-Michel, Wrangel, que les photographies montrent perdu dans une immensité d'îlots (malheureusement, le *Renaissance* ne fait pas ces escales). À Skagway, misérable agglomération consistant en une unique grand-rue où tourbillonne la poussière (c'était devenu une plaisanterie rituelle sur le paquebot d'offrir comme prix d'une tombola ou d'un concert d'amateurs « un mois à Skagway »), nous avons pris le chemin de fer à voie étroite qui mène à quelque 2 000 mètres à travers la chaîne des Monts St-Élie (autre nom grec orthodoxe) à la frontière du Yukon ; avec de nombreux lacs de moraine où se reflète la neige. La voie suit la piste de la ruée vers l'Or ; entre 1896 et 19[6]6 des milliers de misérables l'ont grimpée, traînant par la bride leurs chevaux et leurs mules chargés de leur lourd équipement, et plus misérables encore qu'eux-mêmes. Le précipice aux flancs duquel monte le petit train s'appelle « le gouffre des chevaux morts », en mémoire des quelque trois mille chevaux qui y sont tombés, ou y ont été jetés, morts d'épuisement, durant ces années-là. Arrivés au haut du col, les mineurs se construisaient des radeaux et descendaient de la sorte vers la rivière Yukon. Une grande et vieille église de bois, aux minces parois tremblantes, s'élève encore sur une colline dans ce désert, construite aux frais d'un pasteur bienveillant qui espérait faire entendre la bonne parole à ces aventuriers.

J'ai pensé que « Michel », si son fol projet de

724

voyage aux États-Unis avec Maud[1] n'avait pas été abandonné dès la première étape[2], aurait pu finir par se trouver, quinze ans plus tard, dans un pareil groupe d'hommes perdus. Son goût de l'aventure l'y aurait poussé.

Nous avons passé deux jours à Victoria, capitale de la Colombie britannique, qui garde de beaux restes de l'époque de la Dominion, en particulier le vieil hôtel somptueusement victorien où nous étions logées. Mais l'américanisation la gâte déjà. Ce qui est beau surtout c'est l'immense rade coupée elle aussi par des îles et ouvrant sur l'immensité du Pacifique, les sommets neigeux de la chaîne Olympique, en territoire américain, à l'horizon, et le grand cargo rencontré avec le nom de son port d'attache : *Hong-Kong*. Dans les musées, des vêtements de chamans du XIXe siècle décorés de boutons de jais de fabrication russe ou de piécettes chinoises. J'ai vu un attrape-âme *(spirit-catcher)* qui ressemble en plus petit à la caisse d'un violon avec quelques cordes. Et des hameçons-à-retirer-du-corps-du-malade-sa-maladie, mais la manière de s'en servir est perdue. Dans le musée de Victoria, deux gigantesques *totem-poles*, les uns grotesques, ou presque, avec leurs entassements d'animaux coincés les uns dans les autres, quelques-uns presque menaçants. Mais tous démesurés (20 mètres, parfois 30 : on enterrait parfois sous eux un esclave, ce qui était supposé les faire se tenir droits, comme les balkaniques et les Grecs le faisaient pour les piles de leurs ponts). À Ketchikan, tout un camp de totems installés dans un coin de

---

1. Jeune Anglaise aimée de Michel de Crayencour en sa jeunesse, et pour laquelle il se coupa un doigt.
2. D'après Yourcenar, à Ellis Island, étape obligatoire pour tout immigrant, leur situation conjugale incertaine déplut aux autorités, et ils durent rentrer en Angleterre.

« rain forest[1] » : il faut, pour les voir, marcher près d'un petit quart d'heure le long d'un sentier dont les merveilleux arbres vivants l'emportent sur ces arbres morts et retaillés de main d'homme, qui, un jour, eux aussi, ont été verdoyants et pleins d'oiseaux.

... Le grand bruit priméval [sic], pareil à aucun autre, des glaciers vélant (calving) leurs icebergs...

Le seul désastre du voyage a été notre excellente femme de ménage, Ramona Turner, que nous avions décidé d'emmener pour nous aider dans les conditions difficiles dans lesquelles nous sommes parties, et aussi pour lui permettre de passer deux jours avec son fils, soldat dans une base de l'Alaska. J'avais compris les hésitations de Ramona, trouvant moi-même ce voyage dangereux, et m'étais donc décidée à partir seule avec Grace Frick. Mais Ramona s'est ravisée au dernier moment, ce qu'évidemment elle n'aurait pas dû faire. Même les rencontres avec son fils ne lui ont pas, je crois, fait très grand plaisir. Elle a souffert, il y a des années, d'un long effondrement nerveux après la naissance de ce fils, et nous avons vu — en fait nous commencions à voir depuis quelque temps déjà, les mêmes symptômes se reformer. D'étranges phobies (crainte de s'exposer au soleil, au vent, à la pluie) l'ont empêchée de jouir du voyage en mer, et elle a déclaré ne pouvoir supporter l'immobilité des longues heures dans le train, ni la claustrophobie qui s'ensuivait pour elle. À Vancouver, la visite à son fils accomplie, nous avons proposé de la renvoyer chez elle par avion, mais elle s'y est refusé, bien qu'elle paraisse aimer ce mode de transport, et les crises de larmes ou d'irritation incontrôlable sont devenues fréquentes. Dès avant le départ elle avait décidé de

---

1. Généralement traduit par forêt tropicale.

prendre au retour un congé d'un mois pour se reposer du voyage, puis a téléphoné en termes si agressifs que j'ai dû prendre sur moi et lui dire qu'il n'était plus possible qu'elle continuât son travail chez nous. Nous avons depuis deux jours une nouvelle femme de ménage âgée de 59 ans, aussi femme de pêcheur, du genre gai et un peu bavard, qui, pensons-nous, fera l'affaire.

Mais avec mon souci de me faire des amies de toutes les personnes qui travaillent pour moi, je me suis demandé ce qui s'était passé. Peut-être la tension de cet hiver de maladie suivi par un voyage pour elle trop long et dans des régions trop différentes ? Peut-être le sentiment d'une différence sociale, qu'elle n'avait pas remarquée ici, et qui s'est imposée dans le cadre relativement luxueux des hôtels et d'un paquebot ? Ou simplement un caractère naturellement à vif et un esprit instable, joints au fait (que j'ai déjà reconnu) que les êtres qui ont été déshérités dans leur jeunesse ne s'attachent pas, et que le travail n'est jamais pour eux qu'un « boulot » sans la moindre notion de participer aux plaisirs ou aux soucis des employeurs ? À Jasper, devant le beau lac de montagne où se reflètent les cimes des Rocheuses, comme j'invitai Ramona à s'asseoir à côté de moi sur la terrasse de la « Lodge » où nous n'étions arrivées que la veille, elle me répondait : « J'ai déjà vu le lac[1]... ». Heureusement, cette crise de dépression qui l'empêche de travailler n'affecte pas trop financièrement notre ancienne femme de ménage ; sa pension de veuve de grand invalide de guerre pourrait à elle seule la faire vivre[2].

1. Cette scène est à rapprocher d'un passage d'*Archives du Nord* : Michel « a appris à ses dépens que la foudre fait long feu et qu'il ne suffit pas de placer les gens en face d'un beau paysage ou d'un beau livre pour les leur faire goûter », *op. cit.*, p. 1105.
2. Cette dernière phrase est un ajout au bas de la signature.

J'ai eu plaisir à imaginer votre rencontre avec Antinoüs ; ce style de beauté existe en effet. Malheureusement, les Antinoüs vieillissent, et on se demande comment ils acceptent de déchoir du rang où leur beauté les avait mis. L'Antinoüs de l'histoire a probablement bien fait de mourir à vingt ans.

J'espère que la Marraine a retrouvé un peu l'usage sans douleur de ses pieds. La sciatique intermittente, résultat du déplaisant « disque » m'a appris de mon côté combien parfois les jambes sont des supports fragiles.

Amitiés à toute la maisonnée,

[Marguerite Yourcenar]

À GISÈLE FREUND[1]

30 août 1977

Chère Gisèle,

J'ai pris grand plaisir aux *Mémoires de L'Œil* dont je vous remercie. La partie *portraits* devient pour celui qui regarde une espèce de jeu : laquelle de ces personnes voudrait-on sauver dans un accident, avec laquelle vivre ? J'ai opté pour Soljenitsyne. Les deux portraits juxtaposés de Breton font longuement rêver au magicien pris au piège. Quant à moi, ma robe de coton du cachemire et mes cheveux ébouriffés sont un scandale au milieu de tant de personnes si correctement vêtues — sans parler même d'Evita Peron — mais j'aime ce décor de rochers, et vous avez réussi, ce que je n'aurais pas cru possible,

---

1. Fonds Yourcenar à Harvard, MS Storage 265. Copie de lettre autographe.
Gisèle Freund. Voir lettre à Jean Chalon du 29 mars 1974.

à placer en regard cette vue quasi en gros plan et une autre, qu'on dirait aérienne, d'une autre partie de l'île. J'aurais voulu plus de « souvenirs » de paysage — ceux du détroit de Magellan par exemple.

La boutique de pâtissier mexicain et la rue de Mexico, pauvre et classique de lignes sont bien belles.

Vous ai-je écrit tout de suite pour vous dire combien m'a affligée votre accident de Francfort ? Même si la jambe s'est bien remise, le choc a dû être affreux.

Ici, depuis le retour en juin de la côte ouest, où il a fait beau, temps presque toujours déplorable. Froid, ou au contraire chaleur humide et étouffante. Presque impossible de jouir du jardin. On se croirait dans le royaume du roi Béranger Ier de Ionesco[1].

Le travail seul avance toujours. Et puis, au moment où je vous écris, j'ai sur ma table une belle rose.

Amitiés de toutes deux,

Marguerite Yourcenar

A BERTRAND POIROT-DELPECH[2]

Petite Plaisance
Northeast Harbor
Maine 04662 USA
2 septembre 1977

Monsieur,

Je m'en veux d'avoir tardé jusqu'ici à vous remercier de votre article du *Monde*[3], qui fait une place si

---

1. Il s'agit en fait de Béranger Ier, personnage du *Roi se meurt*, du dramaturge Eugène Ionesco (1912-1994), pièce créée en 1962.
2. Fonds Yourcenar à Harvard, bMS Fr 372 (1017).
Bertrand Poirot-Delpech (né en 1929). Journaliste et homme de lettres. Alors titulaire du « feuilleton » hebdomadaire du *Monde des livres*. *Monsieur Barbie n'a rien à dire*, Paris, Gallimard, 1987 (Bibl. PP).
3. « Calme Yourcenar », *Le Monde*, 22 juillet 1977.

généreuse à mes deux livres d'avant 1939, *Alexis* et *Le Coup de Grâce*, et s'étonne du demi-silence qui, dites-vous, a entouré mon Grand Prix de littérature.

Je suis infiniment touchée par l'attention que vous avez bien voulu m'accorder en cette occasion, et peut-être un peu moins choquée que vous que la grande distinction que j'ai reçue n'ait pas fait plus de bruit : il y a déjà tant de bruit autour de tant de choses, tant de prix et tant de livres, qu'il est bien naturel que la curiosité ou la sympathie du public s'émousse un peu.

Calme ? Je voudrais l'être bien plus que je ne le suis (le calme est une bonne discipline). Mais calme sur ce point, oui. L'essentiel est que nos livres soient lus par les quelques personnes pour qui ils sont faits, et par quelques critiques, parmi lesquels je vous place.

Croyez, je vous prie, Monsieur, ainsi qu'à mes remerciements renouvelés, à l'expression de tous mes sentiments les meilleurs,

Marguerite Yourcenar

À FRANÇOIS NOURISSIER[1]

> Petite Plaisance
> Northeast Harbor
> Maine 04662 USA
> 20 septembre 1977

Cher Monsieur

J'ai été comblée par votre article[2], que je reçois aujourd'hui même, et qui est le premier à me parvenir. Sa généreuse sympathie me réchauffe : on a beau avoir publié bon nombre de livres, il y a toujours le petit choc de la plongée. Je m'émerveille de la précision avec laquelle vous définissez le plan du livre et en délimitez les tons et les volumes. Peut-être un écrivain ne voit-il tout à fait l'ensemble de son ouvrage que quand un critique doué de compréhension le lui met sous les yeux. « Les naissances, les vanités, les agonies, la folie des hommes. » C'est en effet ce que j'ai essayé de décrire, en m'obligeant à ne jouer qu'avec les cartes que j'avais en main. — Dans un roman, l'auteur, au contraire, choisit, jusqu'à un certain point, ses données. Merci de parler si bien et si généreusement de moi, et croyez, je vous prie, cher Monsieur, à mon fidèle et amical souvenir,

Marguerite Yourcenar

---

1. Fonds Yourcenar à Harvard, bMS Fr 372 (998).
François Nourissier (né en 1927), de l'Académie Goncourt. Romancier. Critique littéraire de l'hebdomadaire *Le Point*. Un ajout autographe en anglais, en haut à gauche, indique qu'il a écrit un des premiers et des meilleurs articles sur *Archives du Nord*. *Lettre à mon chien*, Paris, Gallimard, 1975 (Bibl. PP).
2. « Yourcenar dialogue avec le temps », *Le Point,* n° 260, 12 septembre 1977, p. 120.

À ANAT BARZILAÏ[1]

>Petite Plaisance
>Northeast Harbor
>Maine 04662 USA
>20 septembre 1977

Chère Madame,

J'ai bien reçu votre gracieuse carte japonaise à l'occasion du Rosh Hashana[2] (syncrétisme typique de nos pensées et de nos jours). Je vous remercie de vos vœux, et vous répondrais volontiers en vous adressant le beau vers d'une épigramme de Méléagre que j'ai traduite: « KAIRE si tu es Grec, SHALOM si d'Orient[3]. » Et ajoutons aussi, pour une bonne mesure, le SHANTI hindou.

Merci également pour les cartes de Tchécoslovaquie, et des félicitations pour le prix.

J'ai laissé votre lettre du 19 juin « se tasser » un peu, parce que personne ne connaît mieux que moi le désarroi parfois produit, et les réarrangements d'opinion rendus nécessaires, par la lecture de l'œuvre complète d'un écrivain dont on admirait quelques livres, et au sujet duquel on se proposait d'écrire un essai critique. Je me suis trouvée dans cette situation à l'époque où j'écrivais *Humanisme et Occultisme chez Thomas Mann*, et j'ai eu de nouveau

---

1. Fonds Yourcenar à Harvard, MS Storage 265.
Anat Barzilaï-Tierelincks. Alors étudiante. Échangea plusieurs lettres avec Yourcenar.
A publié « Marguerite Yourcenar: un Humanisme tourné vers l'inexpliqué », *Bulletin de l'Académie royale de langue et de littérature françaises*, 1980, vol. 58, n° 2, pp. 205-214.
2. Roch Hachana. Jour de l'an juif. A lieu, en fonction du calendrier lunaire, en septembre ou en octobre.
3. Yourcenar a traduit des vers de Méléagre de Gadara (Ier siècle av. J.-C.) dans *La Couronne et la Lyre*. Elle a légèrement modifié le vers qu'elle cite ici. Dans son recueil, la traduction est : « Khairé si tu es grec, Salâm, si de Syrie », *op. cit.*, p. 358.

la même expérience en analysant en vue d'un essai *toute* l'œuvre de Mishima. Je ne dis pas que, pour mon compte, l'admiration éprouvée au départ pour ces deux écrivains a diminué, mais je me suis trouvée dans les deux cas devant une complexité de plus en plus grande, et presque inanalysable.

Je crois, d'après ce que vous me dites, que vous êtes beaucoup plus apte à comprendre mes ouvrages maintenant qu'en 1974. Vous avez parfaitement raison de dire que je ne suis ni cartésienne (je n'ai à tort ou à raison aucun goût pour Descartes), ni stoïcienne au sens populaire du mot. D'autre part, votre tempérament, ou votre culture, vous inclinent assez souvent à l'erreur en ce qui concerne l'interprétation de mes livres. Je pense bien vous avoir dit, dès 1974, à l'époque de votre travail de licence, que vous tendiez trop à assimiler Zénon à des personnages de mythe, prométhéen ou luciférien. Zénon est bien trop spécifique pour être superposable à une figure mythique. Il y a, il est vrai, tels épisodes de sa première jeunesse où nous pouvons l'interpréter en termes prométhéens (son goût des découvertes utiles) ou luciférien (son dédain tranchant pour la pensée chrétienne), mais c'est se tromper de perspective : il a, pragmatiquement et par passion, comme Léonard, le goût des inventions : il se redresse de la courbature d'une éducation scolastique en rejetant d'un seul coup le christianisme, auquel d'ailleurs il n'a jamais cru. Mais, dès Innsbruck, après sa période de vie obscure que je n'ai pas décrite, mais à laquelle j'ai beaucoup pensé, il en est au doute total à l'égard de la connaissance humaine, tout en continuant à croire que l'intelligence et le jugement restent nos seuls guides dans cette nuit noire. Quand nous le retrouvons à Bruges, il s'est avancé vertigineusement plus loin, et a entrevu certaines certitudes qui ne sont ni « chrétiennes » ni

« judéo-chrétiennes » (laissons là ce fatras de termes) mais qui sont d'ordre mystique.

Meurt-il athée, comme vous le dites ? Tout dépend du sens qu'on donne au mot athée et au mot Dieu.

Vous dites que vous n'êtes ni théologienne ni philosophe, ce qui est un handicap pour juger ce livre. En fait, vous me semblez plutôt entièrement dominée par des philosophies que pourtant vous rejetez, cas si fréquent en France, où tant d'«athées» sont seulement le négatif du «positif» chrétien qu'ils ont refusé. Dans *Madame Bovary*, Monsieur Homais et le curé de village avec qui Monsieur Homais se chamaille sont au même niveau, qui est au plus bas. L'idée de damnation, par exemple, qui est un leitmotiv chez vous, est totalement absente de mon œuvre. Le seul être dans mes ouvrages qui se *sente* damné est l'horrible Martha[1], caricature de la dureté calviniste et bourgeoise. Pas un instant cette idée n'effleure Zénon.

Le sentiment du désordre et de l'anéantissement des civilisations successives est à placer dans un contexte cosmique. Le bien et le mal existent certes dans la conduite humaine, encore qu'ils ne soient pas nécessairement ce que les manuels de morale imaginent qu'ils sont, mais je les sens uniquement comme l'ignorance (l'*avidya* sanscrite, avec son refus de comprendre, de se laisser pénétrer, d'être poreux ou ductile) ou comme l'*ybris* des Grecs, l'agressivité, la violence, la cupidité d'*avoir trop*. Ces notions se rencontrent, certes, dans la pensée «judéo-chrétienne»; celle de l'*ybris* est implicite dans l'histoire de la Chute, mais si encroûtée de superstitions niaises et de commentaires absurdes qu'il est difficile de l'en décaper. Vous oubliez trop, ou peut-être ne vous êtes pas encore assez rendu

---

1. Personnage de *L'Œuvre au Noir*. Demi-sœur de Zénon.

compte que les bases ou les harmoniques de ma pensée ont été dès le départ la philosophie grecque (Platon dans mon adolescence vite dépassé pour les néo-platonistes [sic], et ceux-ci pour les présocratiques), les méditations des upanishads[1] et des sutras, les axiomes taoïstes. Si je n'ai que très discrètement marqué dans mes livres le plan sur lequel ils se situent, c'est que ce genre de recherches est trop peu pratiqué, surtout en France, pour ne pas donner lieu à un malentendu de plus. L'helléniste Gabriel Germain, l'auteur du très remarquable *Regard Intérieur* (Le Seuil) s'est immédiatement aperçu qu'un bon nombre des méditations de Zénon dans *L'Abîme* étaient des exercices de méditation bouddhique (l'eau, le feu, les [mot illisible], ce dernier plutôt et surtout chamanique). Dans le livre, j'avais inventé l'épisode de Darasi, soufi influencé par l'Inde, pour justifier historiquement ces similitudes, mais en fait il s'agit surtout d'une parenté spirituelle qui n'a peut-être pas besoin, pour exister, de contacts ou d'influences reconnaissables.

Rappelez-vous que l'idée de damnation n'existe ni dans le contexte présocratique (sauf chez les Orphiques, et là il y aurait beaucoup à dire), ni dans le domaine hindou, pour qui tout est cycles, ni dans le domaine bouddhiste, pour qui tout est passage. L'Enfer, pour Empédocle[2], c'est la terre, pour ceux qui ne savent pas sortir de leurs épaisses contingences. Les multiples enfers du bouddhisme sont temporaires et subjectifs, nous les créons, et il dépend de nous d'en sortir.

1. Plus anciens textes philosophiques védiques. Upanishad signifie « traité des équivalences ».
Upanishad est un nom masculin pluriel auquel Yourcenar ajoute un s.
2. Empédocle d'Agrigente (ve siècle av. J.-C.). Yourcenar a traduit quelques vers de lui dans *La Couronne et la Lyre*, op. cit., pp. 163-180.

Il n'est pas question d'ailleurs, pour moi, de rejeter ou de nier l'influence de mes origines chrétiennes, et particulièrement catholiques. Hadrien mourant pense sans déplaisir que si un jour « l'évêque du Christ » remplace le grand pontife, c'est qu'il sera devenu à son tour une des « figures universelles de l'autorité », et qu'il différera de lui (Hadrien) moins qu'on ne pourrait croire. Zénon garde en soi jusqu'au bout certains traits du prêtre qu'il a commencé par se préparer à être. Je me sens instinctivement moins à l'aise dans le protestantisme, bien que j'aie eu l'occasion d'en constater la grandeur. (Sans quoi, je n'aurais pu écrire *Fleuve Profond, Sombre Rivière*.) Je sens aussi la grandeur de l'Islam. Ce qui me gêne pourtant dans toutes les religions dites abrahamiques, ou définies assez redoutablement comme « le peuple du Livre », c'est l'intransigeance et le dogmatisme, beaucoup plus poussés qu'ailleurs, et une tendance au littéralisme qui leur a fait sans cesse s'inventer des hérétiques et repousser en marge, quand ce n'est pas de l'autre côté du fossé, leurs mystiques[1]. L'ascète tantrique n'ignore pas que ces dieux qu'il visualise chaque jour plus exactement dans sa cellule, il peut aussi, par un effort de volonté contraire, les dissiper comme le vent dissipe les nuages au ciel. Pour l'esprit européen, ou méditerranéen si vous aimez mieux, le Réel, avec majuscule, a toujours été opposé à l'Imaginaire, et l'imaginaire n'a jamais constitué une puissante portion du réel, ce qu'on perçoit pourtant dès qu'on se livre à l'étude comparée des religions, des mouvements d'idées, et même des opinions politiques. J'ai essayé de faire

---

1. Dans *Les Yeux ouverts*, Yourcenar précise : « En ce qui me concerne, je crois que je répéterai volontiers devant "les trois religions du livre", le judaïsme, le christianisme et l'Islam, ce mot dédaigneux que se passaient sous cape les libres esprits du Moyen Âge : " les trois Impostures " », *op. cit.*, p. 282.

exprimer la chose à Zénon («dire d'une apparition qu'elle est tout entière dans l'imagination ne signifie pas qu'elle soit imaginaire au sens grossier du terme; les dieux et les démons qui résident en nous sont fort réels»). C'est moins tel ou tel dogme qui me choque dans le Christianisme (car l'idée d'une partie du divin engagé dans la peine humaine me paraît contenir une vérité, ou si vous voulez, une métaphore admirable), que, si je puis dire, le dogmatisme avec lequel sont traités les dogmes.

Quant à la pensée juive (et que vous «croyiez» ou non, votre psychologie en semble imprégnée, ce qui est une façon de croire), je ne l'ai connue que très tard, et seulement quand je me suis aperçue qu'elle avait agi (il est vrai dans sa forme dissidente) comme un ferment sur un très grand nombre d'esprits en Occident qu'il s'agisse de Paracelse ou de Campanella, ou de Victor Hugo, il y a presque toujours eu, à un moment donné, un philosophe cabbaliste caché dans la coulisse. Personnellement, j'ai trouvé dans la Cabbale des éclairs sublimes, mais aussi beaucoup de fatras, une superstition numérologique poussée encore plus loin qu'ailleurs (disons obsession si le mot superstition est par trop désobligeant) et cet élément de repliement sur soi et d'involution qui me semble avoir souvent caractérisé la pensée juive, sans doute du fait des conditions du Judaïsme au Moyen Âge. Néanmoins, çà et là, les éclairs brillent, et j'ai essayé de montrer Zénon recueillant peu à peu, et à la distance de longues années, ce que la philosophie juive a pu lui apporter à travers Don Blas de Vela.

J'arrête cette digression sur mes propres sources, pourtant nécessaire pour clarifier ce qui risque de devenir un immense malentendu. La position, ou plutôt les positions possibles de Zénon à l'égard de Dieu sont données deux fois dans *L'Œuvre au Noir*, page 171, à propos de Darazi, de Don Blas et de Jean Myers, et pp. 202-204[1], lors de la dernière longue conversation de Zénon avec le Prieur. Ces différents points de vue sont moins antithétiques qu'on pourrait le croire ; ils reflètent surtout des différences de tempérament en présence d'un sujet qui passe les définitions.

À propos, vous avez grand tort de faire du Prieur l'incarnation de la résignation. Un homme qui offre sa vie et sa mort en oblation n'est pas résigné, au sens où vous entendez ce mot. Le Prieur va aussi loin que Zénon dans la voie du dépassement.

J'en reviens au thème de la damnation, qui est celui, il me semble, sur lequel vous trébuchez le plus. J'ai l'impression que vous avez mal lu les dernières pages du livre. La mort de Zénon est cette Œuvre au Rouge[2], qu'il a cru ne pouvoir jamais atteindre ; le seuil d'angoisse passé, elle est une plongée dans la vie éternelle, ou l'éternelle vie, comme il vous plaira. Tous les symboles l'indiquent ; l'eau qui flue, les couleurs alchimiques s'engendrant l'une l'autre ; la pulsation du soleil qui descend vers l'horizon dans la nuit de l'été polaire, puis imperceptiblement remonte ; les portes qui s'ouvrent. Quand Zénon croit se relever, sans [savoir] s'il est secouru ou s'il porte secours (ce qui est encore L'Œuvre au Blanc), l'image auditive qui s'impose à lui est celle des pas d'un ami qui s'approche ; cette image qu'il avait déjà évoquée à St-Cosme peu avant la mort du prieur. Elle signifie la fin de toutes les différences. L'image visuelle qui lui correspondrait serait celle du Paradis de l'Angelico, où deux hommes qui se retrouvent s'étreignent après la mort. Et la dernière

---

1. Paris, Gallimard, coll. Blanche, 1968.
2. Dernière phase dans la réalisation du Grand Œuvre alchimique après l'Œuvre au Noir et l'Œuvre au Blanc.

ligne (presque toujours négligée par les lecteurs) indique à qui sait lire qu'aucune fin n'est nécessairement une fin. Nous sommes aussi loin que possible de la notion du damné, tout comme nous le sommes (autrement) avec Hadrien, le moins damné des hommes. Je ne lis même pas sans une certaine irritation les clichés des annonces cinématographiques présentent l'Éric du *Coup de Grâce* comme un « homme qui ne sait que tuer », un damné de la guerre, au sens conventionnel des films et des romans. Dès les premières pages du livre, Éric nous apprend qu'il a connu « le bonheur, le vrai... celui qu'aucune dévaluation n'atteint ». Il retrouve ce bonheur au cours des marches forcées de la retraite vers Kovo. Sophie, quand il retrouve Sophie à Kovo, elle aussi a connu le bonheur (« j'étais bien ») grâce à son union avec un jeune soldat de l'armée rouge, ce jeune « géant blond » que le scénariste a pudiquement éliminé du film (il y a aussi ces pudeurs de gauche). C'est cette sensation d'un acquis que rien ne pourra leur enlever qui leur permet de s'entretenir avec sérénité, presque avec tendresse. Nous ne sommes certes pas sur le plan métaphysique de Zénon. Mais ce plan est néanmoins atteint, ou au moins entrevu, chaque fois qu'on descend assez profond en soi.

Il y a bonheur, ce qui est à l'opposé de la damnation, dès qu'il y a plénitude.

Vous avez bien raison de penser que je ne suis pas « calme », au sens où paraît l'entendre un critique parisien[1]. Mais je suis, ou tâche d'être, extérieurement calme, par discipline. (Il en va de cela comme de mon sourire qui fait croire à de la « joie de vivre »,

---

1. Il s'agit de Bertrand Poirot-Delpech, dont l'article du *Monde* du 22 juillet 1977 s'intitulait « Calme Yourcenar ». Voir lettre du 2 septembre 1977.

alors qu'il est seulement signe de bienveillance[1], ou du moins de courtoisie.) Mais il faut bien dire que tout au fond de l'être le calme tend à se reformer par-delà l'angoisse, la pitié, l'indignation, l'incertitude, paradoxalement, tout comme à travers ce que vous appelez l'athéisme de Zénon, celui-ci sent en soi « je ne sais quel dieu ». Ne vous en faites pas pour ce monosyllabe.

Je n'imagine pas que cette longue lettre puisse changer quoi que ce soit à votre thèse, que vous défendez en décembre. À cette distance du but, le [siège] est fait, et j'utilise cette phrase consacrée sans aucune ironie. Mais cette lettre devait être écrite. Bonne chance auprès de vos examinateurs...

Bien cordialement à vous,

Marguerite Yourcenar

À GEORGES DE CRAYENCOUR[2]

Petite Plaisance
Northeast Harbor
Maine 04662 USA
21 septembre 1977

Mon cher Georges,

Je ne veux pas tarder à vous remercier de votre bonne lettre. Vous ne le croirez sans doute pas, mais j'ai souvent, et avec bien des scrupules, pensé à vous en écrivant ces pages[3]. Vous m'avez si généreusement aidée (je n'aurais pas été capable de dresser le

---

1. C'est l'idée que retient Josyane Savigneau en titre de sa présentation dans *Le Monde* du 7 décembre 1984 : « La bienveillance singulière de Marguerite Yourcenar ».
2. Collection particulière.
3. *Archives du Nord*.

bilan des générations d'avant la Révolution sans profiter du fruit de vos recherches) que j'aurais eu beaucoup de peine si vous aviez pu croire que je m'étais servie de vos informations pour mettre sur pied un livre hostile à ce à quoi vous tenez le plus. Je ne crois pas que ce soit le cas, mais vous auriez pu le penser[1].

Je me rends parfaitement compte que les pages que vous m'avez écrites ne représentent qu'une première impression, et qu'en reprenant le livre, ou en y repensant, vous aurez sans doute d'autres objections ou d'autres hésitations. N'hésitez pas à m'en faire part.

Vous me dites que, sans écorner la vérité, vous auriez passé plus légèrement sur certains épisodes de la vie de « Michel » qui vous paraissent plutôt scandaleux. Mais c'est impossible. Tout se tient tellement qu'il fallait tout dire et le dire complètement, de façon à ce que le lecteur comprenne les émotions humaines derrière les faits. Si j'avais seulement dit, en quelques mots, que Michel avait deux fois déserté, nous serions naturellement, moi comme vous, terriblement gênés par cette révélation. Quand au contraire on regarde de près les circonstances, on comprend mieux.

Et puis, il y a un fait auquel je suis forcée de penser : je suis et serai la proie des biographes, et suis mieux placée que quiconque pour savoir que les biographes, même quand ils ne sont pas volontairement malveillants, se trompent presque toujours parce qu'ils n'ont sur les gens dont ils parlent que des informations superficielles. Un auteur de biographies quelconque aurait un jour ou l'autre découvert ces détails en tâchant de s'informer sur mes ascen-

---

[1]. Les réactions de Georges de Crayencour à la parution d'*Archives du Nord* ont été vives. Voir lettre à Georges de Crayencour du 7 novembre 1977.

dants : j'aime mieux que ce soit moi qui les présente avec le plus d'humanité possible.

Vous avez raison de dire qu'en somme la vie de Michel a été tragique. C'est ce que j'ai essayé d'indiquer en prenant pour titre de cette partie ANANKE (la fatalité) et pour épigraphe le poème si mélancolique de Bob Dylan (« Sur combien de routes doit marcher un homme... »). Mais je crois plutôt que cette vie *aurait été* tragique, si le goût de vivre et l'élan ne l'avaient pas emporté chez ce très grand vivant.

Quant au discrédit jeté sur le Christianisme par des gens qui n'étaient pas et n'avaient jamais essayé d'être des chrétiens, je crois que nous sommes tout à fait d'accord là-dessus. Dans le troisième et dernier volume « *Quoi ? L'Éternité* » (ce titre est emprunté à un vers célèbre d'Arthur Rimbaud), j'aurai à décrire, avec respect, deux ecclésiastiques qui ont eu jusqu'à un certain point une influence sur Michel, Don Jérôme, supérieur des Trappistes du Mont-des-Cats, et surtout l'Abbé Lemire, que j'ai un peu connu dans mon enfance, et qui était certainement un homme admirable, bien que calomnié et harcelé comme tous les prêtres libéraux l'étaient dans ce temps-là.

Je présenterai aussi deux femmes qui ont mené « Michel » aux abords de la vie spirituelle : sa sœur Marie, que je n'ai pas connue, puisqu'elle est morte un an avant ma naissance, mais dont il m'a beaucoup parlé, et qui était sûrement une sainte, et une autre femme, protestante celle-là, qui avait refusé de divorcer pour l'épouser[1], et qui lui a fait comprendre, pour la première fois, qu'une femme brillante et passionnée pouvait néanmoins vivre centrée sur l'idée de Dieu. Je dis « aux abords de la vie spirituelle », parce que Michel ne s'est jamais engagé loin dans cette voie. Chacun a la sienne. Je crois qu'il faut prendre les gens

---

1. Jeanne de Vietinghoff.

comme ils sont (on est du reste bien forcé) et les aimer, quand on peut, pour leurs grands et bons côtés, quand ils en ont. « Michel » en avait d'immenses.

J'ai reçu de Madame Lelarge deux sympathiques cartes d'Éphèse. (Merci, à propos, pour les coupures qui sont allées rejoindre les précédentes dans une serviette intitulée *Archéologie*, où presque toutes les notices viennent de vous.)

Joli détail que je ne veux pas manquer de donner : le libraire Antoine Giard, à Lille, à qui j'achète des livres, m'a fait un très charmant cadeau : un petit volume relié en vélin, une édition expurgée de poètes latins *(Catulli, Tibulli, Propertii, poemata... sublata obscenitate)* publiée à Anvers chez Arnold Brakel, en 1648, et portant l'ex-libris de Michel-Donatien[1]. Il me dit avoir trouvé ce petit volume, avec son ex-libris, à une vente publique où un lot de livres provenait d'un ancien collège de jésuites.

J'ai reçu aussi, dernièrement, le faire-part de la mort d'Agnès Van Elslande (Madame Pagniez), très aimable femme vivant à St-Cloud, que je n'ai vue qu'une seule fois, vers 1970. Je vous l'envoie pensant qu'il vous intéressera peut-être, comme vous êtes le généalogiste de la famille. Pierre Van Elslande, que j'ai connu dans ses vieux jours à Nice, est le « vieux cousin » cité à propos des dîners du mardi à Lille.

J'espère que vous avez eu de belles et agréables journées en Bretagne,

Affectueusement,

Marguerite Y.*

Grace vous remercie de votre bon souvenir. Elle « se maintient », mais sa santé me donne toujours des inquiétudes[2].

---

1. Michel Donatien Cleenewerck de Crayencour.
2. Ajout autographe au bas de la lettre.

À JACQUELINE PIATIER[1]

2 octobre 1977

Chère Amie,

— car une telle sympathie de l'esprit est une forme d'amitié — Votre article[2], que plusieurs amis m'ont envoyé avant même qu'il ne me parvienne par l'Argus, me touche plus que je ne puis dire, et plus même que les meilleurs comptes rendus reçus jusqu'ici n'ont pu le faire. J'ai l'impression si rare que tout a été compris : le plan, l'arrière-plan, la méthode de travail et les raisons qui m'ont poussée à écrire, les intentions au départ, et à l'arrivée les résultats obtenus, qui si souvent étonnent et choquent l'auteur lui-même. Merci d'avoir été un beau miroir « qui réfléchit ».

Vous pensez bien que vos allusions à *La Légende des Siècles* et au poème de Lucrèce, même si c'est surtout votre générosité qui vous les inspire, me comblent. J'ai si souvent repris telles ou telles pages de Lucrèce sans jamais oser penser que je pourrais essayer d'entreprendre de grandes fresques de ce genre. Quant à *La Légende des Siècles*, « Michel » entre ma douzième et quinzième année, m'a souvent lu à haute voix, ou fait lire à mon tour « La Terre », « Les Sept merveilles du monde », « Plein Ciel » (pour m'apprendre la diction). Je me dis qu'il serait bien content.

Oui, l'image des rapports père/fils est assez rare dans nos lettres, sauf dans quelques cas grinçants (Don Luis et Don Juan chez Molière*). J'ai souvent

---

1. Fonds Yourcenar à Harvard, bMS Fr 372 (1015).
Sur Jacqueline Piatier, voir lettre à Jean Chalon du 29 mars 1974.
2. « Marguerite Yourcenar et la légende des siècles », *Le Monde*, 23 septembre 1977, p. 1.

rêvé de traduire, ou même partiellement de récrire, pour le mettre plus à la portée du public d'aujourd'hui, l'*Hippolyte* d'Euripide, où le malentendu tragique entre le père et le fils, et la tendresse malgré tout (la tendresse qui à la fin pardonne) comptent plus que les fureurs de Phèdre et aboutissent à un poignant dénouement. Mais c'est un projet remisé.

Merci encore, de tout cœur, et croyez, chère Madame, à mon tout sympathique souvenir,

Marguerite Yourcenar*

* ou les mêmes chez Balzac[1]

À HENRY BONNIER[2]

Petite Plaisance
Northeast Harbor
Maine 04662 USA
14 octobre 1977

Cher Monsieur,

Vous êtes, à la sortie de chacun de mes livres, un des critiques dont j'attends qu'il m'aide à juger un peu mieux mon propre ouvrage. Vous me comblez cette fois encore[3] : j'ai été infiniment touchée par la citation du vers de Hugo, qui est ce qu'on a dit de plus beau sur la condition de poète. Et aussi, d'avoir été l'occasion, même indirecte, d'une référence à Saint Augustin, le seul peut-être des mémorialistes

---

1. Ajout autographe au bas de la lettre.
2. Fonds Yourcenar à Harvard, bMS Fr 372 (854).
 Henry Bonnier (né en 1932). Écrivain. Critique de *La Dépêche du Midi* et directeur littéraire chez Albin Michel.
3. L'article consacré à *Archives du Nord* était intitulé : « Un parfait écrivain : Marguerite Yourcenar », *La Dépêche du Midi*, 25 septembre 1977.

qui, à force de ferveur et d'humilité, a réussi à nous faire sentir que son moi était notre moi à tous.

Mais ce à quoi j'ai pensé surtout en vous lisant est à l'importance du critique dans notre culture (ou ce qui en demeure) et en même temps à la position un peu en retrait qui lui est quand même laissée. Combien peu de lecteurs hâtifs de leur journal s'aperçoivent que la langue et le style de leur critique sont parfois égaux ou supérieurs à ceux de l'écrivain recensé. « Mais déjà l'histoire s'approche, masquée et feutrée... » Cela est bien beau.

J'ai pensé aussi à cette « soumission à l'objet » que nous tenons tous deux pour si importante, et qui, chez le critique, prend la forme de donner toute son attention aux livres que lui apporte la marée quotidienne, alors que sûrement ses goûts et ses préoccupations personnelles sont souvent ailleurs. Une telle discipline poursuivie à longueur d'années mérite le respect.

Avec mes remerciements renouvelés pour votre analyse si compréhensive de mon livre, croyez, cher Monsieur, à l'expression de mes sentiments les meilleurs,

Marguerite Yourcenar

À GEORGES DE CRAYENCOUR[1]

Petite Plaisance
Northeast Harbor
Maine 04662 USA
7 novembre 1977

Mon cher Georges,

J'aurais voulu répondre séance tenante à votre lettre du 22 septembre. J'ai commencé plusieurs fois

1. Collection particulière.

à le faire, mais un succès — et *Archives du Nord* est évidemment un succès — a des aspects bien fatigants. Réimpression rapide du livre, avec des vérifications à faire, réimpressions d'autres ouvrages avec des épreuves à lire, entrevues, et surtout une accablante correspondance. Je ne m'en plains pas ; je suis au contraire profondément reconnaissante que tant de gens aiment ce livre, mais depuis deux mois je n'ai plus eu un moment — pas même pour me remettre au travail littéraire, et les meilleurs amis passent toujours les derniers, parce qu'on croit qu'ils comprendront.

Je vous ai envoyé il y a deux jours une enveloppe contenant certaines coupures que par hasard j'avais en double, avec l'intention d'y glisser une lettre, ce que malheureusement je n'ai pu faire. Ne croyez pas surtout que je vous ai envoyé ces quelques articles par sotte vanité — il m'a semblé qu'en lisant certains jugements, vous verriez peut-être un peu mieux ce que j'ai voulu faire. (Non que je vous accuse d'incompréhension, mais votre position est exposée à l'égard de ce livre, comme votre dernière lettre ne le prouve que trop, et vous avez plus de raisons d'être nerveux à son sujet.) Je vous envoie ci-joint une autre coupure, que j'ai aussi en double, parce qu'elle provient de mon vieil ami, l'écrivain catholique Jean Mouton, autrefois attaché culturel au Canada, et familier, et en somme à peu près secrétaire, de l'admirable Charles Du Bos. Le dernier article que j'aimerais vous envoyer (mais je n'en ai pas présentement de copie) est celui de LA CROIX, parce que le R.P. Guissard[1] est toujours quelqu'un dont j'attends le jugement. Mais peut-être voyez-vous ce journal en Belgique.

---

1. Lucien Guissard (né en 1919). Père assomptionniste. Son article intitulé « Marguerite Yourcenar dans le labyrinthe du monde », avait paru dans *La Croix* des 18-19 septembre 1977.

J'ai été très affligée par les reproches si injustes d'un de vos frères. Georges, ces reproches sont absurdes. « Transmis des renseignements... » Oui, certes, et dont je vous sais un gré infini, mais enfin ces informations portaient sur des listes généalogiques ou des pièces d'état-civil, que j'aurais pu d'ailleurs, pour la plupart, obtenir sans vous, mais en faisant de longues recherches que vous m'avez évitées ; en somme, ces « renseignements » ne faisaient qu'enrichir et amplifier la *Généalogie* composée par votre père. Ils n'avaient certainement rien de séditieux.

Vous m'avez, il est vrai, apporté aussi une autre aide en faisant photocopier pour moi les cahiers de lettres et de notes du Grand-Père, et en me procurant des photographies de portraits de famille que je n'avais pas revus depuis de longues années, et sur lesquelles j'ai beaucoup travaillé. Je ne crois pas que ni l'un ni l'autre de ces services ainsi rendus, avec l'approbation de votre regretté frère Michel, aient eu pour résultat la moindre remarque, dans *Archives du Nord*, qu'on puisse considérer comme désobligeante envers les personnages en question. L'étude des portraits a aidé à donner une idée de la situation sociale des personnes décrites ; elle a permis aussi d'évaluer jusqu'à un certain point les physionomies, dans un effort de rendre la vie à des personnes dont on ne sait souvent presque rien. La lecture et relecture des cahiers de Michel-Charles m'a donné la chance de faire de lui un portrait en pied, et, sauf *L'Humanité*[1] qui trouve le personnage odieux pour sa soumission sans la moindre critique aux directives politiques du Second Empire et son enthousiasme (un peu futile

---

1. André Wurmser, « Marguerite Yourcenar de ses origines à nos jours », in *L'Humanité* (28 octobre 1977).
Une fille trouvée, Paris, Gallimard, 1977 (Bibl. PP).

et un peu naïf, il est vrai) pour les « belles années » de ce régime, tous les lecteurs ont senti que je m'étais approchée de lui avec sympathie, et en m'efforçant de montrer qu'un « homme quelconque » n'est pas « quelconque ».

Je trouve d'ailleurs l'indignation d'André Wurmser, le critique de *L'Humanité*, contre la riche bourgeoisie lilloise de l'époque parfaitement justifiée dans l'angle de vue de ce journal, et même dans n'importe quelle perspective humanitaire ou chrétienne. (Elle s'allie d'autre part à beaucoup d'estime pour la façon dont l'ouvrage a été documenté et écrit.) Ce qu'André Wurmser ne voit pas, et ce que j'ai essayé de montrer tout au long d'*Archives du Nord*, c'est que l'immense majorité des individus, à moins d'être un Tolstoï, un Gandhi (et encore), sont prisonniers à vie des préjugés et des limitations de leur temps comme nous le sommes presque toujours du nôtre. On rencontrerait l'équivalent de cet aveuglement et de cet égoïsme de classe, peut-être sous des aspects différents, non seulement chez les privilégiés des états capitalistes (et André Wurmser bien sûr en tomberait d'accord), mais aussi dans les pays dits socialistes, soit soviétiques, soit maoïstes, et ne pas l'admettre est de la part des communistes une énorme erreur. En tout cas, il s'agit là d'un phénomène universel, et qui dépasse de beaucoup la personnalité d'un Michel-Charles ou des Dufresne[1].

Comme vous l'avez vu vous-même, la partie du livre qu'on peut considérer comme contenant des révélations « affligeantes » sur certains personnages (la dureté de Noémi, une certaine lâcheté conjugale de Michel-Charles, acceptant passivement le renvoi de la petite gouvernante anglaise, le refus du vieux Dufresne de secourir un cousin aux abois, la jeu-

---

1. Famille de la grand-mère paternelle de Yourcenar.

nesse de « Michel » en réaction contre son milieu, mais incapable de se construire une discipline à lui) viennent entièrement de récits qui m'ont été faits par Michel lui-même, et dont je n'ai pas lieu de douter de la complète authenticité. Vous n'êtes donc pour rien là-dedans.

J'ai du mal à continuer, parce que ni vous-même, ni Madame Lelarge, dont j'ai reçu une bonne lettre dans laquelle je devine entre les lignes que vous avez peut-être été plus choqué que vous ne me l'avez dit, ne m'indiquez, dans le détail, ce qui vous a particulièrement déplu[1]. Nous savons tous que toute famille a ses histoires. Ce qui a frappé la plupart des critiques, et des lecteurs qui m'écrivent, c'est pourtant surtout les qualités de la race, sa vigueur, sa « lente fougue flamande », et même, comme le dit le texte de couverture, qui est, je crois, de Dominique Aury, de la *Nouvelle Revue Française,* sa « noblesse ».

Reste que je suis aux regrets de vous avoir peiné, si je l'ai fait, et un peu indignée qu'on vous fasse des reproches « bêtes ». (Le mot est sorti, je ne peux pas le retenir.)

Deux journalistes de valeur, Jean Montalbetti[2] et

---

1. Dans une lettre aux éditeurs du 3 juin 1994 sur ce qu'il appelle « les excès du labyrinthe » Georges de Crayencour exprime des réserves personnelles autant que familiales : « la partie au courant de la famille Cleenewerck de Crayencour (pas plus que les de Cartier avant eux : " Souvenirs pieux et si peu pieux ") n'a pu s'accommoder de ce livre où les inexactitudes et les contre-vérités ne manquent pas, bien fardées parmi des choses vraies... ». Georges de Crayencour reproche à sa tante de n'avoir consulté que son père sur l'histoire d'une famille où elle « n'a pratiquement jamais vécu », et d'avoir refusé la proposition de ses neveux de consulter des archives conservés par son demi-frère et par ses fils. Collection particulière.

Voir aussi Georges de Crayencour, « Lettre ouverte », *Société internationale d'Études yourcenariennes,* Bulletin n° 8, juin 1991, pp. 23-38.

2. Jean Montalbetti (1943-1987). Réalisateur d'un enregistrement de *Denier du rêve,* lu par Dominique Sanda, Paris, Audivis, 1987 (Bibl. PP).

André Mathieu[1], sont venus il y a quinze jours à Northeast Harbor prendre une entrevue de moi qui passera, croient-ils, le 28 novembre à France-Culture, dans le programme de « L'invité du lundi[2] ». Le programme dure deux heures, et pour étoffer mon entrevue proprement dite, on a décidé de faire passer avant elle une bande sonore que je trouve charmante, réalisée au village de St-Jans-Cappel. Tout le monde y a participé, le maître, M. Flauw, le directeur de l'école, où l'on venait de découvrir la plaque apposée par Michel Charles en mémoire de la petite Gabrielle et de l'oncle Gustave (elle est mutilée de quelques mots que j'ai pu rétablir), Madame Bollengier, née Joy, que vous connaissez, je crois, fille de l'ancien jardinier du Mont-Noir, et un certain M. Croquette qui m'a connue enfant quand il avait lui-même huit ou neuf ans. On y parle des premières voitures automobiles impressionnant beaucoup le village, des beaux chevaux noirs qui m'amenaient, avec « Noémi » à l'église, de l'extrême générosité de « Michel » à l'égard des pauvres gens du village, (il les appelait « mon vieux », et les connaissait tous par leur nom), et des souvenirs de visite d'enfants du village au château, de distributions de jouets, et de « Michel » leur faisant goûter les pommes du verger. Tout cela très intéressant du point de vue de la vie dans un village du Nord au début du siècle, et émouvant aussi. On sent encore à quel point le village ne demandait qu'à aimer et à respecter « les châtelains », et combien ces pauvres attentions, qui auraient

---

1. André Mathieu. Auteur des *Runes*, suivi de *Torero de fuego*, Paris, Éditions Jean-Pierre Oswald, 1975 (Bibl. PP).
2. Il y eut deux émissions. La première fut diffusée le 28 novembre 1977, dans le cadre des *Après-midi de France Culture*. Elle comportait 1 h 7 d'entretien avec Yourcenar. La deuxième eut lieu le 20 février 1978 dans le cadre des *Nuits magnétiques*. 36 minutes y furent consacrées à une évocation de la vie de l'écrivain.

sûrement dû être plus nombreuses qu'elles n'étaient, ont laissé de traces.

Pour leur valeur humaine, je vous envoie copie de deux lettres que j'ai reçues du village, et aussi de l'inscription retrouvée que m'a envoyée le maire.

J'ai eu une bonne lettre de Robert de Pas, très heureux de vous avoir rencontré en Bretagne.

Affectueusement à vous,

Marguerite Y.*

Les copies, ou plutôt photocopies, seront envoyées à part. J'y joins celles de trois actes d'état-civil qui vous intéresseront peut-être et qui proviennent de M. Flauw. Celui du décès de Noémi, attesté par un garde-chasse, confirme le fait qu'elle est morte seule.

À JEANNE CARAYON[1]

> Petite Plaisance
> Northeast Harbor
> Maine 04662 USA
> 12 novembre 1977

Chère Amie,

Je réponds à la fois à bien des lettres. Les premières m'ont apporté un certain nombre d'images émouvantes ou même terrifiantes : je pense au combat mythologique de la Toutoune avec un serpent : un serpent dans la Beauce, où je n'imaginais que de timides couleuvres. Je suis heureuse que le vaccin ait immunisé la bonne chienne, et j'imagine votre frayeur. Ici, on assure que les serpents veni-

---

1. Fonds Yourcenar à Harvard, bMS Fr 372 (868).

meux n'existent pas dans la région, mais il y en a d'assez grands et effrayants d'aspect, bien qu'inoffensifs. Ramona l'an dernier en avait plusieurs dans son jardin, et avait le bon cœur de ne pas les tuer.

Il y a aussi, presque également inquiétante la chute de la Marraine, bien que celle-ci ne se soit pas fait grand mal. Mais la crainte demeure.

Je n'ai pas oublié non plus la description des grandes manœuvres, suivies par des enfants amusés et enthousiastes, ni l'allusion à la saison des chasses. Dans l'île, la chasse est interdite (mais il y a, bien entendu, les braconniers); les hommes vêtus de chemises rouges, comme des bourreaux (mais en fait ce rouge est arboré pour être plus visible, car on ne compte plus les accidents de chasse), vont tuer « leur cerf » sur la terre ferme. Et l'idée de rencontrer une des belles créatures mortes, suspendue au devant d'une voiture, m'est si odieuse que je préfère ne pas me rendre à Ellsworth ou à Bangor pendant cette saison. De chez nous, l'activité malfaisante est seulement manifestée certain matins, entre aube et aurore, par des coups de feu en mer, chasseurs de canards à qui j'avoue souhaiter mille désastres.

J'ai été profondément attristée pour votre amie de la nouvelle secousse causée par le livre de Peyrefitte[1]. Mais je crois qu'elle s'exagère l'importance de cette ignoble voix. Peut-être est-ce la première fois que des récits de cette sorte concernant Montherlant sont imprimés en toutes lettres, mais — et je crois vous avoir déjà mentionné le fait — ils ont de longue date été assez courants de vive voix, et moi, qui fréquente si peu Paris, ai eu l'occasion d'en entendre plusieurs, vrais ou faux, vrais et faux, comme tout ce qui n'est pas perçu avec sympathie et compréhen-

---

1. Roger Peyrefitte (né en 1907), *Propos secrets*, Albin Michel, 1977.

sion, et du dedans. Tout cela prend finalement sa place, qui n'est pas très grande. Les *Historiettes* de Tallemant des Réaux, ou les chansons satiriques d'époque, n'ont pas fait très grand mal à Richelieu ou à Condé. Mais au moins les chansons satiriques étaient-elles parfois spirituelles : Peyrefitte est d'une bassesse et d'une platitude non mitigées.

Merci des coupures reçues ; j'ai envoyé plusieurs de ces doubles provenant de vous, ou d'un autre ami parisien, ou parfois des auteurs eux-mêmes, au pauvre Georges, un peu gêné comme je l'avais prévu par certains récits, et en même temps très content d'être nommé trois fois dans la *note*. J'espère que quelques articles sérieux lui feront mieux comprendre la façon dont le public prend les choses, façon toujours différente de celle de la famille. Et j'espère même qu'il gagnera, à être mieux informé des faits, et pourra en profiter à l'égard de ses difficultés ou de ses perplexités à lui. Georges a très bon cœur, et j'ai l'impression que, de ce bon cœur, et aussi d'une espèce de naïveté, une partie de son entourage a de tout temps abusé.

J'ai eu le plaisir de recevoir une lettre amicale de René Robinet[1], à qui je me suis hâtée d'envoyer un exemplaire du second tirage d'*Archives du Nord*, sur lequel l'erreur commise au sujet de son prénom a été corrigée. Il se dit enchanté du titre de l'ouvrage, ce qui me rassure, car je n'étais pas certaine qu'il n'y verrait pas une espèce d'usurpation. Il pense que le nom du « mouchard officiel » dont (grâce à lui et à vous) j'ai pu utiliser le rapport était peut-être le peu sympathique Pietri, ou son successeur à la préfecture du Nord de ces années-là, Sencier. Mais on ne

---

1. « À Monsieur Robinet, directeur des archives du Nord, je dois communication de quelques pièces importantes concernant Michel-Charles et son beau-père Amable Dufresne. » Note à la suite d'*Archives du Nord, op. cit.*, p. 1183.

sait rien de Sencier, tandis que la réputation acquise par Pietri s'accorde avec certains aspects de ce petit morceau. La lettre de Monsieur Robinet contient aussi une photocopie d'un petit mot, très digne, de Michel-Charles au préfet du Nord de 1880, dans lequel il décline une invitation à prendre part à des prières publiques au début de l'année 1881, du fait de sa mise à la retraite prématurée et forcée. Pouvoir des vieux bouts de papier ! J'ai mieux senti, en regardant ces feuillets récemment retrouvés aux Archives, les vraies, celles de la rue St-Bernard à Lille, ce qu'avaient été la tristesse et l'indignation contenue du pauvre homme.

France-Culture va consacrer à *Archives du Nord* un de ses programmes de « L'invité du Lundi », celui du 28 novembre, me dit-on, mais il faudra vérifier la date, car le montage de l'entrevue prise ici, il y a trois semaines, par Jean Montalbetti, prendra peut-être plus de temps qu'on ne croyait. Ce que le programme a de particulièrement sympathique, c'est que le second des deux interlocuteurs (tous deux très bons) venus à Northeast Harbor, s'était d'abord rendu au Mont-Noir pour prendre au magnétophone les conversations d'un certain nombre de personnalités du Village, le maire, le directeur de l'école, l'ancienne concierge de la propriété, qui y vit encore dans une maisonnette qui a seule survécu au désastre de deux guerres, et que Grace Frick et moi sommes par deux fois allées voir chez elle, un villageois nommé Monsieur Croquette, qui se souvient de moi vers ma sixième année, et de Michel distribuant des pommes aux enfants du village... Tout cela fait un brouhaha assez charmant, et constitue un document sur ce qu'était la vie du village au commencement du siècle.

J'ai d'ailleurs reçu un certain nombre de lettres venant de la localité, ou parfois de Lille, et un cadeau touchant du très bon libraire lillois Antoine Giard, qui m'a envoyé un petit volume, relié en vélin, des Élégiaques Latins, publié en 1646, et qui porte l'ex-libris rococo de Michel-Donatien[1]. Un instituteur à la retraite, installé dans ce qui était autrefois le rustique petit café « Aux deux tilleuls » sur la colline, m'annonce l'envoi d'oignons de jonquilles entourés de terre du Mont-Noir, mais j'ai bien peur que la douane américaine n'intercepte son paquet, car, en principe, seuls les horticulteurs armés d'un permis ont le droit d'importer des plantes.

Tout cela m'a touchée et fait rêver... On sent combien les moindres souvenirs du passé importent à toutes ces personnes, et combien les moindres gestes amicaux (comme les goûters pour les enfants du village) ont laissé de traces, et comme on regrette qu'ils aient été relativement si rares... On sent aussi que les gens d'une région connue dans le reste de la France pour sa richesse (et sa misère) industrielle, mais dont la vie locale, les villages et les petites villes n'intéressent guère, sont heureux qu'on parle d'eux...

Quand je reviendrai en France, je sens que je serai obligée de payer de ma personne sur place, ce qui n'ira pas sans agrément, mais aussi sans fatigue... Mais reviendrais-je en France, comme on me le demande, au printemps[2]? Cela dépend de tant de choses... Grâce Frick est dans une relativement très bonne période ; elle travaille de nouveau au jardin ; elle a terminé seule l'abondante récolte des pommes, une de mes laryngites accompagnées d'un peu de bronchite m'ayant retenue à la maison dans ces der-

---

1. Michel Donatien Cleenewerck de Crayencour.
2. Yourcenar retourna passer une journée sur les lieux de son enfance le 15 décembre 1980. Voir l'album-souvenir intitulé « Marguerite Yourcenar de retour en Flandre », composé par Louis Sonneville, Centre régional de Documentation pédagogique, Lille, 1981 (Bibl. PP) ; édition augmentée 1990.

niers dix jours. Auparavant, il avait fallu s'occuper de cueillir les prunes de notre seul prunier (petites, mais j'en ai compté près de deux cents), et nous avons trouvé le temps, ce qui est très rare, de faire deux promenades sur le rivage à travers des propriétés voisines, emmagasinant tout l'or de l'automne, une autre promenade sur la côte rocheuse de l'île, où nous avons aperçu un beau héron bleu, et suivi les évolutions d'une mère mouette et de son enfant, qui apprenait à voler, et le petit tout pataud qui revenait de temps en temps à sa mère, littéralement, pour l'embrasser. Un autre tour de la côte, en automobile, par jour de tempête. Et il y a eu aussi les enfants aidant à balayer les feuilles mortes de Petite Plaisance, et l'un d'eux m'aidant à décorer de boutons (faits de raisins secs) et de galons (faits de sucre d'orge) le grand bonhomme en pain d'épices que Grace Frick pétrit et que je modèle pour la fête d'Halloween. Je parle de tout cela pour montrer que l'automne a ses douceurs.

Mais, en dépit de ce mieux, la situation de santé de Grace Frick reste incertaine, et le docteur ne lui cache pas que le nouveau médicament relativement bénin qu'elle prend depuis le printemps dernier pourrait ne pas suffire, auquel cas les incertitudes et les inconvénients recommenceront sans doute. On vit un peu dans l'instant, comme les mouettes sur la crête d'une houle. D'autre part, le travail de correspondance et tout ce qui s'ensuit a été et est encore accablant. C'est le prix payé pour le succès : depuis la fin d'août, je n'ai plus eu un moment pour le « travail » proprement dit, je veux dire une œuvre littéraire quelconque.

J'ai reçu hier votre petit mot m'informant que vous avez terminé les corrections de *Sous Bénéfice d'Inventaire*. Mais je pense que vous avez dû en recevoir, ou en recevrez incessamment quelques pages complémentaires. En effet, Claude Gallimard, à qui j'avais parlé de la préface aux *Œuvres* de Selma Lagerlöf, a décidé comme je le souhaitais de les inclure dans *Sous Bénéfice* : entre *Piranèse* et *Cavafy*. Sans tomber dans le féminisme, je suis assez contente que ce portrait de femme prenne place à côté de ces divers portraits d'hommes.

J'avais rappelé à Madame Duconget que je désirais, dans la mesure du possible, que ces épreuves passassent par vous. Mais l'épreuve de la note d'*Hadrien* pour la couverture blanche, qu'on republie en ce moment, et qu'on a composée comme il se devait sur celle de Folio, qui nous a donné tant de peine, m'est parvenue corrigée, j'en suis sûre par quelqu'un d'autre, cet envoi s'étant croisé avec ma lettre. J'ai remarqué en effet que le correcteur avait abaissé toutes les majuscules litigieuses (« L'Histoire auguste » « La vie d'Hadrien » « L'Histoire romaine de Dion Cassius »), contrairement à mes habitudes, et que quelqu'un ensuite, ou le même, les avait rétablies, d'où double travail.

Vos lettres font plusieurs fois allusion aux médicaments de la « bonne doctoresse », ce qui m'inquiète un peu quant à l'état de votre santé. Êtes-vous bien sûre qu'une nouvelle visite à un médecin (pas nécessairement celui de Courville) ne s'impose pas pour s'assurer de l'état présent des choses ?

Avec mes affectueuses pensées,

[Marguerite Yourcenar]

P.-S. J'avais l'intention de commencer cette lettre par des remerciements pour les photographies. L'une d'elles est insérée dans le cadre de mon miroir : votre beau visage fin et patient, très modelé par la vie, et la chienne superbe, beaucoup plus imposante que je n'imaginais, et dans le mélange même des races qui, si je comprends bien, la constituent, donnant l'impression de l'image idéale « du chien », comme sur des monuments égyptiens ou grecs.

À MADAME WAULTRE-TERRIER[1]

30 novembre 1977

Chère Madame,

J'ai lu avec plaisir les souvenirs à mon sujet que m'a transmis votre petite-fille : oui, je me souviens encore, comme si c'était hier, de la procession de St-Jans-Cappel, et même de certains des enfants qui défilaient avec moi, et du petit Saint Jean avec son mouton.

Je devais avoir 5 ans tout au moins, et 9 ans tout au plus, car j'ai quitté le Mont-Noir en 1912.

Je me souviens aussi des petites bottines blanches pour lesquelles il fallait se battre chaque matin avec un crochet à boutons.

Je n'ai pas sous la main de livre que je puisse vous dédicacer, mais je place ici tous mes sympathiques sentiments et bons souvenirs,

Marguerite Yourcenar

---

1. Fonds Yourcenar à Harvard, MS Storage 265. Copie dactylographiée de lettre autographe, avec des barres autographes marquant la fin des lignes, faite par Grace Frick. Ajouts autographes de Grace Frick en marge : « Archives du Nord » et « écrit sur [papier] du Metropolitan Museum ».

À JEAN CHALON[1]

1ᵉʳ décembre 1977

Cher Jean Chalon,
Merci pour cet ardent et généreux article[2] qui parvient — comble de l'art — à être à la fois actuel et sur le ton d'une correspondance du Grand Siècle. Je cherchais, pour vous écrire au verso, un portrait de Richelieu ou tout au moins d'un académicien emperruqué, mais, faute d'en trouver, je me rabats sur Rembrandt, plus proche des paysages d'*Archives du Nord*. (Et voyez-y aussi une allusion discrète au courageux assaut donné aux moulins à vent.)

Mais je me demande si nous n'oublions pas trop que l'Académie[3] est un club, qui élit ceux qu'il veut, et non pas un Panthéon pour vivants ou une espèce de « Hall of Fame[4] » où l'on est propulsé par son propre mérite. (Sans quoi, il y aurait vraiment trop de maldonnes.) Mais est-ce important ? Sait-on aujourd'hui si Rousseau (non, il était Suisse) ou Stendhal (non, il habitait l'Italie) ont été académiciens ? On s'imagine vaguement qu'ils ont dû l'être,

---

1. Collection particulière. Copie de lettre autographe terminée sur une reproduction de « The Windmill », Eau-forte et pointe sèche de Rembrandt, 1606-1669, Metropolitan Museum of Art.
2. « Lettre ouverte à l'Académie française », publiée dans *Le Figaro* du 26 novembre 1977, qui déclenche la campagne en faveur de l'entrée de Yourcenar sous la Coupole.
3. Allusion à une élection éventuelle de Yourcenar à l'Académie française. À la même époque, cette dernière précisait à une amie : « Non, je ne me présenterai pas (comme on dit qu'une bonne " se présente "). Je ne ferai pas de visites, et je ne promettrai jamais d'assister aux séances. Si on me nomme, j'accepterai (il serait grossier de refuser) mais on ne me nommera pas dans ces conditions. » Lettre inédite à Marthe Lamy, 15 février 1978. Collection particulière amiral Marcel Duval.
4. Aux États-Unis, le *Hall of Fame* est une consécration pour les plus grands champions, tous sports confondus.

ou l'on se dit qu'ils auraient dû... N'est-ce pas assez sans commander une pièce de drap vert ?

Ce qui reste, c'est l'expression de l'amitié et le beau plaidoyer dans lequel elle se condense. En échange, mon sympathique souvenir et déjà mes vœux de Nouvel An.

Marguerite Yourcenar

À ODETTE SCHWARTZ[1]

31 décembre 1977

Chère Mademoiselle,

J'ai été touchée d'imaginer vous-même avec Jean et Madge Mouton m'écoutant[2]. Hélas, en dépit d'un interlocuteur excellent, France-Culture avait à la dernière minute changé bien des choses ! Ce qui était charmant, c'étaient les voix du village ; on en avait finalement éliminé les 3/4 : je leur aurais volontiers cédé ma place.

Pour le féminisme, même histoire ; certaines questions ont été omises, ce qui fait que certaines réponses ne s'expliquaient pas. D'accord pour toutes les conquêtes pratiques et légales, droit au travail, égalité des salaires à mérite égal, avortement (je n'aime pas beaucoup cela, mais l'époque l'exige : encore voudrais-je qu'un rite de prière soit prévu pour le mari et la femme qui ont, même sagement et pour éviter le pire, éliminé une vie. Cela ne changerait rien à rien, certes, mais ferait réfléchir au sérieux de l'acte, et disposerait peut-être les intéres-

---

1. Fonds Yourcenar à Harvard, bMS Fr 372 (1039).
2. Sur cette émission, voir lettre à Jeanne Carayon du 12 novembre 1977.

sés à prendre des précautions moins tardives). Enfin, égalité totale de tous les êtres humains sans distinction de sexe et de couleur. Et pourquoi pas égalité de tous les êtres sans distinction d'espèce ?

Mais plusieurs choses me restent sur le cœur à l'égard du féminisme. D'abord, la haine de l'homme, si visible chez les militantes. Pas plus bête, me direz-vous, que la misogynie des hommes. Non, certes, mais autant. Nous sommes tous de pauvres bougres. Une admirable femme, Jenny de Vasson, qui mourut vers 1920 et dont certains *Carnets*[1] ont été publiés par ses intimes, a écrit ce qui suit à propos des femmes de Napoléon (je cite de mémoire) : « C'est effrayant à quel point un homme dépend de sa femme, *et il y a si peu de femmes*. » La réciproque aussi est vraie, bien sûr.

Autre grief : la mode, avec son grossier commercialisme, sa tyrannie de la femme et son mépris de la femme. Tant que les femmes l'accepteront (bien mieux : seront avides de s'y soumettre), elles resteront des mineures. Il ne s'agit pas de leur demander d'être moins belles (il serait souhaitable, au contraire, que les deux sexes fassent un petit effort pour être plus beaux). Il s'agit de leur apprendre à voir ce qui les enlaidit et les amoindrit, d'en finir avec la vieille dame qui montre ses jambes, dont on rougit pour elle, parce que c'est la mode des jupes courtes ; avec la petite dame aux seins érotiquement et artificiellement érigés sous son pull, et qui ressemblent à tout, sauf à des seins ; à la dame d'âge mûr frisottée, alors que ses cheveux au naturel lui siéraient mieux ; avec la jeune personne « sauvage » et très étudiée, dont les longs cheveux trempent dans la soupe ; avec la porteuse de talons aiguilles qui se prépare des misères physiologiques dans les années

---

1. Voir lettre à Hélène Abraham du 5 janvier 1966.

qui viennent ; avec la belle personne maquillée qui aurait l'air d'un guignol si elle n'avait l'air d'une femme à la mode. Mais il s'agirait tout de même de réfléchir un peu. Il y a une beauté simple de la femme, qui reste à découvrir.

Grief plus grave encore : les manteaux de fourrure, les plumes quand la loi le permettait. L'indifférence *totale* des femmes aux crimes dont sortent leurs parures animales, égalée, d'ailleurs, par leur indifférence à la situation *vraie* des travailleurs dans les mines de diamant de l'Afrique du Sud ou dans les usines de tissage aux États-Unis. (Je lis les rapports.) Les religions, avec un profond génie du *sexe,* ont fait d'Athénée une personnification de l'intelligence, de Marie un sublime symbole de la bonté, de Kuanon, qui était d'abord un boddhitsava[1] masculin, un esprit féminin symbolisant la pitié. Combien de femmes songent seulement à s'aligner sur ces modèles-là ? Autre grief encore, très proche du précédent : le goût de la guerre à travers le goût des guerriers. C'est Aristophane qui a inventé Lysistrata, c'est Sophocle qui a inventé Antigone. En fait, jusqu'ici, la femme a approuvé passivement, que dis-je, chauvinistiquement [sic], la guerre. La chose a un peu changé aujourd'hui : je fais partie d'un mouvement féminin pour la paix. Mais, de nouveau, combien ? Et combien surtout parmi les militantes ?

Et maintenant, le centre même de l'objection. Je n'aime pas voir la femme émuler [sic] l'homme dans son adhésion à la civilisation du gâchis, de la concurrence, du commercialisme et de l'industrialisme exacerbés, malfaisants et futiles. Je n'aime pas la voir s'imaginer qu'alimenter des ordinateurs est une tâche plus noble que récurer le plancher. Que les circonstances économiques l'y obligent, je le veux

---

1. Voir lettre à Claude Mettra du 30 novembre 1975.

bien, encore qu'il y ait beaucoup de choses à dire là-dessus. La civilisation à laquelle j'aspire n'aurait pas de place pour le féminisme militant, non plus que pour l'aggressive masculinité. Et tout le reste ne me paraît faire qu'ajouter à notre chaos, pour ne pas dire à nos désastres.

Je me demande comment, sur le sujet, s'aligne Balthazar ? Zoé, je regrette d'avoir à le dire, est une femelle agressive. Joseph[1], dont j'ignore le sexe, dort pour le moment son sommeil d'hiver, à proximité de sa provision de graines, quelque part sous la véranda, et après avoir pris soin, un manuel sur le sujet me l'assure, de creuser son petit égout à l'étage inférieur de son appartement.

Amicalement à vous,

Marguerite Yourcenar*

Avec tous mes remerciements pour vos vœux et tous les miens en échange. (Vous allez réussir à me faire aimer Claude !)[2]

---

1. Joseph. Nom donné par Yourcenar à plusieurs tamias (variété d'écureuils de l'Amérique du Nord). Voir lettre à Matthieu Galey du 13 octobre 1979.
2. Ajout en haut dans la marge gauche.

1978

À GASTON-LOUIS MARCHAL[1]

>Petite Plaisance
>Northeast Harbor
>Maine 04662 USA
>12 février 1978

Monsieur,

Je vous remercie de votre lettre du 21 janvier et tiens à vous répondre sans trop tarder au sujet de Maurice de Guérin[2].

En effet, tandis que dans *Souvenirs pieux* je me bornais à citer ce poète à propos d'Octave Pirmez, qui était son ardent admirateur, dans *Archives du Nord* c'est moi qui parle de lui en mon nom. Mon grand-père, dont il s'agit dans ce chapitre de ce dernier livre, semble n'avoir été qu'un helléniste des plus moyens, d'une part, et de l'autre, avoir assez peu lu les poètes de son temps. Si j'ai parlé de Maurice de Guérin à cette place, (et de Nerval, et de

---

1. Fonds Yourcenar à Harvard, MS Storage 265.
Gaston-Louis Marchal. Directeur du Centre d'information et d'orientation de Castres et de Mazamet.
Cette lettre a été publiée une première fois dans « Marguerite Yourcenar et Eugénie et Maurice de Guérin » in *L'Amitié guérinienne*, n° 129, été 1978, pp. 97-100.
2. Maurice de Guérin (1810-1839). Poète. *Le Centaure*, Paris, Payot, coll. Bibliothèque miniature, sans date (Bibl. PP).

Hölderlin), c'est pour montrer combien étaient rares, et admirables, ces écrivains isolés pénétrant le sens le plus profond de l'Antiquité à une époque sur ce sujet assez philistine.

Je place donc très haut Maurice de Guérin, et pour la raison donnée dans ce passage. « La forte Grèce des dieux, des monstres, et des sages » a été admirablement sentie et rendue par lui. Son sens de l'unité de la nature et du flux continuel des choses remonte d'ailleurs à l'Inde par-delà la Grèce, comme Sainte-Beuve l'avait compris, à propos d'une notation du *Journal* au sujet d'un insecte rôdant sur une page blanche. Ce sont là des qualités très rares dans la littérature française en général, et pas seulement de son temps. Son style noblement rythmé, un peu « oratoire », très influencé par les grands écrivains du XVIIe siècle, cache au lecteur moderne peu averti l'audace de ses vues. Il faudrait publier une édition du *Centaure* ou de *La Bacchante illustrée* de photographies de Poussin, pour montrer à quel point sont proches les unes des autres ces grandes figures d'une dignité surhumaine, au milieu de majestueuses forêts et de rochers, plus anciennes que l'homme.

L'Angleterre a plus que nous le sens de la beauté et du mystère des poètes morts jeunes (Keats, à qui Guérin fait souvent penser, Shelley, Chatterton, Rupert Brooks) ; elle aurait fait de ce Guérin que nous oublions trop l'objet d'un culte. Mais il est trop vrai que partout, à notre époque, le sens de ces œuvres littéraires réfléchies, nobles, un peu lentes, semble irrémédiablement perdu.

Merci de votre allusion à *L'Œuvre au Noir*. Aucune raison d'aimer ce livre ne pourrait me toucher plus que la vôtre.

Bien sympathiquement,

Marguerite Yourcenar

À LOUISE DE BORCHGRAVE[1]

1ᵉʳ mars 1978

Ma chère Loulou,

Tous mes remerciements pour ta lettre et la citation d'un article ou d'une entrevue de Maurice Schumann[2], que t'a envoyée Jacques de Mérian[3], dont je suis heureuse d'avoir, par ce biais, des nouvelles.

C'est en effet très flatteur. Mais je ne crois pas que je serai élue à l'un des quarante fauteuils, parce que j'ai déjà indiqué à ceux de ces messieurs qui m'ont posé la question, d'abord, que je ne ferai pas acte de candidature — n'aimant pas beaucoup être « candidate » à quoi que ce soit, et étant reconnaissante à l'Académie belge d'éviter à ses élus cette formalité — ensuite, que je ne songe pas à passer six mois, ou même trois, ou même deux, à Paris chaque année. Je préfère, ou demeurer dans Petite Plaisance, avec ses arbres, ses animaux et ses livres, ou, quand je m'en éloigne (comme l'année dernière, vers l'Alaska) suivre ma fantaisie quant aux pays que j'aimerai voir ou revoir.

« Liberté, liberté chérie... ». Je crois que « Michel » m'aurait comprise.

Je t'embrasse affectueusement,

Marguerite Yourcenar*

1. Fonds Yourcenar à Harvard, bMS Fr 372 (855).
2. Maurice Schumann (né en 1911), de l'Académie française. Homme politique. Un ajout autographe en anglais de Grace Frick, en haut à gauche de la lettre, indique que Maurice Schumann a suggéré l'entrée de Yourcenar à l'Académie.
3. Voir lettre à Georges de Crayencour du 17 décembre 1976.

À JEAN GUÉHENNO[1]

Petite Plaisance
Northeast Harbor
Maine 04662 USA
7 mars 1978

Cher Monsieur et Ami,

J'ai ouvert votre lettre avec un peu de honte, car je me proposais depuis trois mois de vous écrire au sujet de ces *Dernières lumières et derniers plaisirs*[2], qui ne seront pas, je l'espère, les dernières et les derniers. Mais j'ai été enneigée sous le travail : correspondance due au succès imprévu d'*Archives du Nord* (je ne me l'explique pas, mais une phrase du bon libraire Antoine Giard, de Lille, en rend peut-être raison : « Le public est toujours conquis par la vérité »), corrections d'œuvres à reparaître, et enfin, (car les romanciers sont incorrigibles), un nouveau roman[3], court celui-là, que je m'offre en guise de vacances avant de terminer le triptyque des souvenirs, peut-être parce qu'il y a des choses et des sentiments très déliés qu'on peut mieux exprimer à travers des personnages et des circonstances imaginaires qu'à partir de soi. Mais quelle entreprise ! Mon personnage[4] (j'en avais fait le projet dès l'adolescence) est presque un « innocent », un jeune ouvrier autodidacte ou à peu près, qui, au cours d'une vie difficile, approche de très près de la philosophie, de la sainteté, de la poésie, sans trop savoir en quoi ces réali-

---

1. Fonds Yourcenar à Harvard, MS Storage 265.
2. Paris, Grasset, 1977 (Bibl. PP).
3. Ce sera *Un homme obscur* qui, suivi de *Une belle matinée*, paraîtra dans *Comme l'eau qui coule*, Paris, Gallimard, 1982. Ces deux textes ont été repris dans *Œuvres romanesques*.
4. Nathanaël. Il avait donné son nom à un premier texte inédit, avant de devenir le personnage principal de « D'après Rembrandt » dans *La Mort conduit l'Attelage*.

sations consistent. Arriverai-je à décrire cet homme qui ne passe pas, ou à peine, par les mots ? (À la vérité, je triche un peu : il a appris le latin pendant le court moment où il espérait devenir maître d'école.)

Je vous dis tout ceci pour expliquer pourquoi votre dernier livre, très annoté, est toujours sous ma lampe.

Combien j'aime votre insistance sur la probité, sur la vérité — qui est autre chose que la sincérité — sur toutes ces vertus intellectuelles qui devraient être tenues comme quasi artisanales, je veux dire sans lesquelles aucun honnête travail de l'esprit ne peut être fait... Votre livre m'a fait sentir une fois de plus l'existence de ce que j'ai appelé ailleurs cette relève de la garde, cette succession de bons ou grands esprits qui, chacun en son temps, défendent et honorent, parfois en termes différents, les mêmes choses. Votre Fontenelle est d'une justesse exquise ; votre Michelet m'a décidée à commencer le *Journal* que je ne connais pas ; sur Tolstoï, notre maître à tous, vous parlez comme je pense qu'il aurait aimé qu'on le fît. Et également sur Nietzsche que je préfère comme vous durant sa période « européenne » avant les beaux et grands, mais dangereux délires.

Je connaissais déjà par votre correspondance avec Romain Rolland les péripéties d'*Europe*, par laquelle je reste honorée d'avoir été une fois accueillie[1], et je vous admire de parler de certaines déceptions avec cette sage absence d'amertume. Ce que vous dites de Romain Rolland me rapproche de cet écrivain si grand en dépit de certains défauts (qui n'en a ?) et sur lequel s'est faite une si injuste conspiration du silence. Il a joué un grand rôle dans ma formation : à douze ans, j'écoutais mon père lire le soir *Jean-*

---

1. « Le Changeur d'or », *Europe*, t. XXIX, 116, août 1932. Repris dans *Essais et mémoires, op. cit.*, pp. 1668-1677.

Christophe; à quatorze ans, dans le noir Paris de 1917, il m'a mis entre les mains *Au-dessus de la Mêlée*, et c'est une des choses dont je lui sais le plus gré.

Sur un point, je m'afflige de vous avoir, par manque de précisions, induit en erreur. Un *koan* est une méthode, j'allais dire scolastique, employée dans les séminaires Zen — quelque chose comme les syllogismes des cours médiévaux, mais d'intention bien différente. Elle a pour objet de faire méditer l'étudiant sur des séries de questions en apparence absurdes, absurdes seulement parce qu'elles refusent de se laisser réduire à une logique purement verbale, comme le fait d'ailleurs aussi la vie elle-même. Lectrice très attentive de textes orientaux (là aussi, Romain Rolland tourné de bonne heure vers Vivekananda[1] et Gandhi aura été l'un de mes grands intermédiaires), j'oublie trop que ces textes, et les termes techniques qu'ils contiennent, sont souvent moins connus des lettrés français que des lettrés anglo-saxons. J'aurais dû mieux éclairer ma citation.

Je réponds à part aux questions concernant l'Académie.

Oserais-je me dire bien amicalement vôtre ?

Marguerite Yourcenar

---

1. Vivekananda (1862-1903). Philosophe indien. Disciple de Ramakrishna (1834-1886). *Aforismi del sistema joga di Patanjali*, Milano, Fratelli Bocca, 1949 (Bibl. PP).

À MICHELINE PRÉVOT[1]

24 mars 1978

Chère Madame,

Depuis que j'ai reçu votre longue lettre concernant *Archives du Nord*[2], je me suis toujours promis d'y répondre longuement, et les trois mois passés sans le faire sont la mesure de l'encombrement et de la complication de ma vie. Vous parlez merveilleusement de mon livre, avec une ampleur égale à celle de mon projet.

Pour répondre d'abord à une demande d'information sur les enfants de Charles-Augustin et de Reine[3], j'énumère : les 4 filles : M. Caroline Plichon, femme d'un député du Nord, Louise de Coussemaker, Valérie et Gabrielle, Michel-Charles[4] et Henri. Je ne sais d'où Henri tirait son prénom. Mais il était en effet l'aîné. (Henri était né en 1816 ou 1817. On a beaucoup donné ce prénom dans les milieux royalistes au début de la Restauration.)

Oui, j'ai laissé une certaine pénombre autour des personnages secondaires, surtout lorsque (comme c'est le cas de Marie-Caroline et de Louise) on n'a aucun détail sur eux.

Mais je suis touchée que vous vous plaigniez que je n'ai pas encore tenu la promesse (faite à la fin de *Souvenirs pieux*) de parler davantage de Marie de Pas, ma tante paternelle. La raison en est simple :

1. Fonds Yourcenar à Harvard, bMS Fr 372 (1022).
Quoique le prénom dactylographié sur cette copie soit Marcelline, la signataire de la lettre est Micheline Prévôt. Cette lettre est à en-tête de la Banque de France.
2. Dans cette lettre, Micheline Prévôt compare *Archives du Nord* et *Souvenirs pieux*.
3. Charles Auguste Cleenewerck de Crayencour (1792-1850) et Reine Marie Gratienne Bieswal, arrière-grands-parents paternels de Yourcenar.
4. Grand-père paternel de Yourcenar. Voir lettre à Georges de Crayencour du 28 juin 1977.

bien que Marie meure en 1902 (j'ai signalé le fait, et la présence de Michel et de Fernande à l'enterrement), je crois que le sentiment de la perte de Marie s'est surtout imposé à Michel en 1903-4, *après* la mort de ma mère, lorsque, rentré seul au Mont-Noir avec un enfant en bas-âge, il regarde autour de lui les éléments humains qui lui restent. L'histoire de Marie, celle de son mari[1], personnage tantôt admirable, tantôt odieux, celle de la vision prémonitoire de la mort par la jeune femme elle-même, qui jette sur cette fin purement accidentelle une ombre — ou une lumière — surnaturelle, est mieux à sa place dans le décor de ce premier hiver de ma vie à Lille, et n'interrompra pas, comme il l'eût fait dans les dernières pages, et de *Souvenirs pieux* et d'*Archives du Nord*, l'histoire conjugale de Michel et de Fernande. (Merci d'avoir remarqué la lettre de Fernande, donnée deux fois, et éclairée chaque fois de façon différente : dans *Souvenirs pieux*, nous ne connaissons pas encore assez le passé de Michel pour que cette lettre prenne tout son sens.)

Il se trouve, après les turbulences du Michel d'*Archives du Nord*, qu'au cours des cinq ou six premières années de ma vie, Michel se trouvera entouré par quatre personnes environnées à des degrés différents d'une atmosphère de spiritualité : deux prêtres, l'abbé du Mont-des-Cats, dont le catholicisme traditionnel ne sera pas pour lui le support qu'il cherchait ; l'abbé Lemire, véritable saint (je l'ai connu enfant), alors violemment attaqué pour ses idées libérales, et que défendra Michel ; et deux femmes, l'une Marie, ou plutôt son souvenir ; l'autre, que j'appelle Monique de Wolmar[2], protestante de type

---

1. Paul de Pas.
2. Jeanne de Vietinghoff. Yourcenar se souvient peut-être ici de l'héroïne de *La Nouvelle Héloïse*, Julie de Wolmar.

libéral et quiétiste, dont l'exemple allait jouer un grand rôle dans ma vie (bien que je ne sois moi-même nullement protestante), et qui n'était autre que Monique «la belle Hollandaise», que Michel avait aperçue, demoiselle d'honneur, lors de son mariage avec Fernande. Vous voyez que par la force même des choses, le ton de l'ouvrage se transforme du tout au tout au cours des trois volumes.

Il est vrai que le «souffle» d'*Archives du Nord* est probablement plus large que celui de *Souvenirs pieux*; non seulement parce que dans ce premier volume, j'en étais encore à expérimenter pour la première fois avec [sic] une méthode, mais à cause de l'écart entre ma famille maternelle et moi. Sauf pour Fernande, que je pouvais reconstruire grâce aux récits de mon père, et pour Octave et Rémo, sur lesquels on possède pas mal de clartés, les autres personnages évoqués étaient à la fois lointains, et, à mes yeux, quoi que je fisse, conventionnels. Avec ma famille paternelle, je me sens beaucoup plus proche de ces êtres d'ailleurs si différents de moi, mais dont j'ai quand même le sentiment d'hériter.

J'ai voulu par ces quelques indications vous remercier du bien inestimable que fait à un écrivain une lettre comme la vôtre. Croyez, chère Madame, avec mes vœux de Pâques, à l'expression de tous mes sentiments les meilleurs,

Marguerite Yourcenar

À BÉATRICE AUBIER[1]

>Petite Plaisance
>Northeast Harbor
>Maine 04662 USA
>28 avril 1978

Chère Madame,

C'est avec une bien grande tristesse que j'apprends que votre père est en danger[2]. Sans l'avoir rencontré, j'avais pour lui, du fait de notre correspondance, une véritable amitié. Mais pourquoi parler si vite au passé ? Le cancer a parfois de longues rémissions, et les traitements, bien que périlleux et épuisants, réussissent parfois à contenir la maladie plus longuement qu'on n'osait l'espérer.

Ma sympathie va aussi vers vous. C'est une chose affreuse, et que je ne connais que trop, d'avoir dans son entourage quelqu'un pour lequel on éprouve de graves inquiétudes.

Oserais-je vous dire que la politique du silence, qui a été adoptée à l'égard de votre père, ne me paraît pas du tout la meilleure ? Je sais qu'elle est souvent pratiquée en France, et, je suppose, en Belgique. Ici, au contraire, on dit la vérité au malade. Surtout lorsqu'il s'agit d'un homme intelligent comme votre père, je pense qu'on lui manque de respect en faisant autrement. Je pense aussi que le malade qui est censé ne pas savoir, mais bien entendu *se doute* du danger où il est, souffre beaucoup plus dans ses incertitudes que celui qui sait. De plus, je ne vois pas comment un malade peut collaborer intelligemment avec son médecin, le tenir au courant des diverses réactions secondaires (si importantes dans le traite-

---

1. Fonds Yourcenar à Harvard, bMS Fr 372 (842).
2. Jean de Walque. Voir la lettre du 28 mai 1975, qui lui est adressée.

ment du cancer) et discuter avec lui entre les différentes méthodes à employer, s'il n'est pas entièrement au courant. Enfin, avec toute personne qui a des sentiments religieux, ou des opinions philosophiques, il me semble qu'on a le devoir de le laisser se préparer à la mort comme il l'entend.

Je parle en connaissance de cause, ayant eu, et ayant, dans mon entourage immédiat, deux personnes atteintes de cancer. L'un, un Français, atteint d'un cancer de la prostate, et mort trois ans environ après sa première opération, a été tenu pendant plusieurs mois dans l'ignorance de son état, et ensuite d'autant plus déprimé et désespéré qu'on le lui avait d'abord caché. L'autre, au contraire, une amie américaine avec laquelle j'habite ici, atteinte depuis très longtemps d'un cancer au sein (sa première opération date de près de vingt ans), puis d'un cancer abdominal, a été tout le temps tenue au courant de son état, et son courage ne s'est pas démenti. On a cru la perdre, l'an dernier, du fait d'une chimiothérapie trop débilitante, mais depuis, tout en étant toujours très menacée, elle se maintient, et fait le meilleur usage des forces qu'elle a. Je suis sûre que ce résultat admirable n'aurait pas été obtenu si on l'avait tenue dans l'ignorance.

Merci de vous intéresser à ma correspondance avec votre père. Ayant répondu à sa dernière lettre, j'aurais peur qu'un mot de moi tombant du ciel l'inquiète, et contredise votre programme de silence (bien que je n'approuve pas celui-ci) en indiquant que j'ai des inquiétudes à son sujet. Vous me dites qu'il est trop faible pour écrire : peut-être aurait-il plaisir à dicter une courte lettre, si vous pouviez lui rendre le service de l'écrire pour lui.

Avec encore tous mes vœux (malgré tout) et mes très sympathiques pensées,

Marguerite Yourcenar

À JEAN CHALON[1]

19 septembre 1978

Cher Jean Chalon,
Merci pour le Bouddha de Toumchouk qui prend place dans ma collection (photographique) de statues de Bouddha[2]. Ce beau visage me rappelle, comme celui de tous ses congénères, que la compassion doit s'étayer sur beaucoup de sérénité — leçon difficile pour nous tous qui souffrons du présent état du monde.

Oui, le « je » en littérature est difficile. Mais il devient plus aisé quand on s'est aperçu que le « il » veut parfois dire « je », et que « je » ne signifie pas toujours « soi ».

Sur cette espèce de rébus, je vous quitte, amicalement,

Marguerite Yourcenar

J'ai trouvé cette carte au fond d'un tiroir ; vous en ai-je envoyé d'équivalent sous une autre forme ? Dans le doute, j'aime mieux remercier deux fois que pas du tout.

---

1. Fonds Yourcenar à Harvard, bMS Fr 372 (872).
2. Dans une lettre à Jean Chalon du 8 août 1978, Yourcenar lui souhaitait « bonne chance en Corée du Sud » et ajoutait « Défense de rapporter autre chose pour moi qu'un Bouddha de bronze doré, haut d'au moins deux mètres et pas plus récent que le XVIe siècle ». Collection particulière.

À WALTER KAISER[1]

Petite Plaisance
Northeast Harbor
Maine 04662 USA
29 octobre 1978

Cher Monsieur,

J'ai tardé à vous remercier du beau poète enturbanné. C'est que vous m'aviez donné envie de relire Edith Wharton[2]. Quand je lui avais raconté l'argument de « notre » *Madame Solario*[3], Grâce Frick avait aussi prononcé ce nom, mais, sur le moment, je n'avais pas pensé plus loin qu'au décor à la mode vers 1906 et à l'internationalisme mondain. À y réfléchir, vous avez raison de parler d'une influence. J'ai même brûlé une étape et me suis demandé si Edith Wharton elle-même...

J'ai repris le curieux « inédit » intitulé *Beatrice Palmato* donné à la fin de la plantureuse biographie

---

1. Fonds Yourcenar à Harvard, MS Storage 265.
Walter Kaiser. Professeur à Harvard University. A traduit en anglais *Alexis ou le Traité du vain combat* sous le titre *Alexis*, New York, Farrar, Straus & Giroux, 1984; *Comme l'eau qui coule* sous celui de *Two Lives and a Dream*, New York, Farrar, Straus & Giroux, 1987, et *Le Temps, ce grand sculpteur* sous celui de *That Mighty Sculptor, Time*, New York, Farrar, Straus & Giroux, 1992.
Grand ami de Yourcenar, il prononça un discours sur elle lors de la remise du Prix Érasme, à Amsterdam, en 1983, « The Achievement of Marguerite Yourcenar », *European Liberty*, La Haye, Martinus Nijhoff Publishers, 1983. C'est lui qui fit son éloge funèbre dans l'église de Northeast Harbor.
Auteur de *Praisers of Folly — Erasmus, Rabelais, Shakespeare*, Cambridge, Harvard University Press, 1963 (Bibl. PP).
2. Edith Wharton (1862-1937). Romancière américaine.
3. *Madame Solario*, New York, The Viking Press, 1956 (Bibl. PP). Longtemps considéré comme anonyme, ce roman a été classé par la Library of Congress (Washington) sous le nom d'auteur : Huntington, Gladys Parish.

de R.W.B. Lewis[1]. Ce fragment, accompagné du plan du roman tracé par l'auteur, a pour sujet un inceste avec le père (c'est le beau-père dans *Madame Solario*). Père et beau-père sont tous deux des banquiers à noms exotiques. Et dans les deux cas, la mère meurt de chagrin. Cela fait rêver... Il y a aussi le côté un peu besogneux et légèrement sinistre du frère de Natalia, qui n'est pas sans analogie avec certains personnages de l'œuvre et de la vie d'Edith Wharton. Mais pourquoi ce roman (qui n'est pas scandaleux, comme l'est sans conteste le fragment cité plus haut) aurait-il paru à titre posthume et dans l'anonymat ? Et pourquoi ce récit si bien filé serait-il à ce point supérieur aux dernières œuvres d'Edith Wharton, et en particulier au « porno romantique », si l'on peut dire, qu'est le fragment de *Béatrice Palmato* ? Et si ce n'est pas d'Edith Wharton, mais, comme vous vous bornez à le suggérer, de quelqu'un d'influencé par elle, qui est cette romancière quasi-géniale ? Cela ne court pas les rues.

C'est déjà un succès d'avoir pu vérifier au moins le sexe de notre énigme. Oui, décidément, la description si détaillée des toilettes, dans Madame Solario, et une certaine scène de séchage de gants, a bien l'air d'être d'une main féminine...

Nous avons un automne splendide, et j'espère que vous avez eu, ou aurez de nouveau le temps de passer quelques heures dans l'île. Tous nos compliments à votre charmante femme et aux enfants un peu magiques.

Amicalement à vous,

Marguerite Yourcenar

---

1. Richard Warrington Baldwin Lewis, *Edith Wharton, a biography*, New York, Evanston, San Francisco, London, Harper & Row Publishers, 1975.

À PIERRE DE BOISDEFFRE[1]

4 novembre 1978

Cher Monsieur,

Je vous remercie de l'envoi de *De Gaulle malgré lui*[2], qui éclaire pour moi certains aspects d'une grande figure de notre temps. Les souvenirs d'enfant et d'adolescent sur la France du Maréchal m'ont en particulier beaucoup appris sur ce moment de notre histoire, incompréhensible, ou presque, pour ceux qui, comme moi, l'ont vécue à l'étranger.

Bien sympathiquement,

Marguerite Yourcenar

À JEAN ROUDAUT[3]

Petite Plaisance
Northeast Harbor
Maine 04662 USA
18 novembre 1978

Cher Monsieur,

Votre essai « Une autobiographie impersonnelle », dans le dernier numéro de la NRF a été pour moi un véritable événement[4]. Personne n'avait jamais ainsi

---

1. Fonds Yourcenar à Harvard, MS Storage 265.
Pierre de Boisdeffre (né en 1924). Écrivain et diplomate. Ambassadeur de France. Auteur d'un compte rendu de *Sous bénéfice d'inventaire* : « Le Livre de la semaine », *Les Nouvelles littéraires*, 3 janvier 1963 ; de « Pour un portrait de Marguerite Yourcenar », *Paradoxes*, 31 mars 1980 ; et de « Marguerite Yourcenar », *Nouvelle Revue des Deux Mondes*, 3ᵉ trimestre 1980, pp. 591-597.
2. *De Gaulle malgré lui*, Paris, Albin Michel, 1978 (Bibl. PP).
3. Fonds Yourcenar à Harvard, bMS Fr 372 (1032).
Jean Roudaut. Écrivain. Critique. Collaborateur de la *NRF*.
4. « Une Autobiographie impersonnelle », *NRF*, n° 30, novembre 1978.

survolé mes ouvrages pour en tracer la carte, et j'ai l'impression en vous lisant de me comprendre un peu mieux moi-même.

Vous parlez admirablement des « vies latérales ». J'avais parfois pensé au beau titre de Plutarque : « Les vies parallèles », que Plutarque lui-même, du reste, formule un peu autrement, mais il s'agit peut-être moins de parallèles que de courbes et d'angles qui s'intersectent.

Un critique étranger avait cru voir dans *Souvenirs Pieux* une autobiographie déguisée, comme si je me cachais sous des masques (cacher quoi ?). C'était passer à côté de l'explication. Mais peut-être pour s'aventurer dans cette analyse que vous avez si bien poussée jusqu'au bout, fallait-il être l'amateur de philosophie que je crois deviner en vous, qui sans doute a réfléchi souvent pour soi-même avant de le faire à propos des ouvrages de quelqu'un d'autre.

Vous avez vu où se situera le nœud du problème dans *Quoi ? l'Éternité*. Parmi les êtres qui restent à décrire, ou à finir de décrire (comme Michel), il y a l'enfant qui grandit, à qui je ne peux pas faire la part plus petite qu'aux autres, seulement parce qu'elle est un premier état de moi-même. Mais l'introduction de cette nouvelle et passagère entité est déroutante pour le moi qui parle. D'autre part, vous avez bien compris que ce qu'il importe surtout de montrer est la prise de possession de ce moi enfantin par l'expression, qui d'abord définit la personne, puis dissout celle-ci. J'espère trouver le moyen de montrer ce processus.

J'ai apprécié le bonheur de vos citations, quelques-unes tirées de livres très anciens, comme *La Nouvelle Eurydice*[1], et dont je ne me souvenais plus. C'est

---

1. *La Nouvelle Eurydice*, coll. Pour mon plaisir, Grasset, 1931. Cet ouvrage était signé M. Yourcenar. Yourcenar hésita à en autoriser la réédition. Écartée de la première version des *Œuvres romanesques* en 1982 « pour cause de médiocrité », *La Nouvelle Eurydice*

pour cette raison que je me risque à vous envoyer, en guise de remerciements, une plaquette jamais mise dans le commerce, et dont je n'ai moi-même qu'une dizaine d'exemplaires tout au plus. Elle contient quelques-uns de ceux de mes vers que j'ai gardés. J'ai joué ma carrière d'écrivain sur la prose, de sorte que le vers n'est plus qu'un sous-produit, mais le long morceau allégorique[1] qui donne son nom au petit recueil *(Les Charités d'Alcippe*[2]*)* balbutie, dès 1929, des pensées confirmées par des ouvrages plus récents. Il est étrange que cette jeune femme de vingt-six ans ait perçu cela si fortement à travers les buées de la jeunesse. Vous y trouverez en particulier une ligne qui semble inspirée par votre écrit d'aujourd'hui.

Avec l'expression de ma très grande gratitude,

Marguerite Yourcenar

À LOUISE DE BORCHGRAVE[3]

5 décembre 1978

Chère Loulou,

Je t'envoie avec tous mes vœux de Noël et pour 1979 cette vieille image d'un village type de la Nouvelle Angleterre qui est encore ressemblante aujour-

---

figure en caractères réduits, à la fin du deuxième tirage posthume de l'ouvrage, réédité en 1991, conformément aux dispositions testamentaires de l'écrivain.

1. Ce poème avait été publié dans *Le Manuscrit autographe*, 4ᵉ année, n° 24, novembre-décembre 1929, pp. 112-117.

2. *Les Charités d'Alcippe*, La Flûte enchantée, Liège, 1956 ; et Paris, Gallimard, 1984, nouvelle édition augmentée.

3. Fonds Yourcenar à Harvard, bMS Fr 372 (855). Copie autographe par Grace Frick d'une carte de vœux.

d'hui et la dame en jupe longue elle-même n'est pas trop démodée, parce que [les] jupes longues (particulièrement appréciées par les jeunes femmes un peu « hippies ») sont ici avec les pantalons la grande ressource hivernale contre le froid. Ce sont mes deux accoutrements habituels à Petite Plaisance.

Je souhaite et suppose que 1979 te verra gardant toute ta force et toute ton activité. Connaissant aux U.S.A. plusieurs dames de ton âge (ou plus âgées encore) presque aussi jeunes que toi, le « chiffre de tes ans » comme on dit en style classique, ne m'impressionne plus[1].

Je prépare en pensée le troisième et dernier panneau de mon triptyque qui verra « Michel » vieillir. Mais je tiens à me donner un intervalle de réflexion avant de l'écrire pour ne pas [me] laisser aller à la vitesse acquise.

Tous mes compliments à Mérian s'il est à Bruxelles et si tu le vois. J'espère qu'il a toujours des chiens.

Encore une fois tous mes vœux de Noël et pour une excellente Nouvelle Année. Grace envoie aussi les siens. Affectueusement,

Marguerite Y[ourcenar][2]

---

1. En 1978, Louise de Borchgrave a 92 ans. Elle mourra centenaire en 1986.
2. En post-scriptum, Grace Frick a ajouté : « Best of wishes to you, dear Loulou,
« Grace Frick
« (Marguerite travaille incessamment, mais elle va assez bien. Trop d'équipes de télévision et " interviewers ".) »

À JEAN CHALON[1]

>Petite Plaisance
>Northeast Harbor
>04662 USA
>27 décembre 1978

Cher Jean Chalon,

Bon retour à Paris après le nouveau voyage express. Les deux Bouddhas siamois me sont très bien parvenus, revêtus de toute leur dorure.

Je vous renvoie vos deux pages recopiées[2]. Les corrections étaient très nombreuses : j'en donne ici les raisons. Ayant passé ma vie à essayer « d'entendre » Hadrien, Zénon, et quelques autres, je suis ébahie par votre inexactitude « tonale ». C'est toujours Jean Chalon qui sort du moule tout guilleret... Mais alors, il faut mettre vos aphorismes sous votre nom.

— *Bouddha légèrement américanisé.* Vous me faites trop d'honneur en me comparant au plus sage des humains, mais vous savez fort bien que je ne suis nullement américanisée, et comment pourriez-vous voir cette américanisation sur un visage, à moins de lunettes d'écaille et de chewing-gum ?

J'aime mieux *fermeté* que *volonté dans le menton*, et encore, je ne me reconnais que le « menton rond » des passeports. Et un menton et un nez ne suffisent pas à faire une impératrice. « Moi, régner ? moi ran-

---

1. Fonds Yourcenar à Harvard bMS Fr 372 (872). Le texte dactylographié de Jean Chalon, envoyé le 28 novembre 1978 et révisé à la main par Yourcenar, accompagne la lettre.
2. Ces pages seront publiées dans Jean Chalon, *L'Avenir est à ceux qui s'aiment ou l'Alphabet des sentiments*, Paris, Stock, 1979, pp. 205-207 et Yourcenar écrira le 24 mai 1979 à leur auteur : « J'ai beaucoup aimé certaines de vos pensées *membra disjecta* du poète et peut-être (allez-vous sourire ?) du mystique que vous êtes né, (comme on est né Rohan ou Dumont) et que sous le Tout-fait de Paris vous êtes encore ». Collection particulière.

ger des états sous ma loi ? » Cher Chalon, vous n'êtes pas sérieux.

Où avez vous pris que « les scribes du Nil récoltaient les paroles du fleuve » ? J'entends tout au plus un clapotis. « Old Man River... he must know something... but he says nothing[1]. »

Si les « scribes du Nil » reportaient aussi fidèlement les propos des Pharaons, nous voilà bien... Mais le « scribe » en question a dû être souvent distrait, au défunt St-James ou dans la défunte rue Jacob[2], par l'offre d'un petit four ou d'une tasse de thé.

« Les expériences de Zénon dans *L'Œuvre au Noir* étaient des expériences bouddhiques. » Mais non : *L'Œuvre au Noir* est un long ouvrage, et Zénon fait beaucoup d'expériences. Mettre : « Les expériences de Zénon dans le chapitre central de *L'Œuvre au Noir*, « L'Abîme », sont des expériences bouddhiques. »

« Savez-vous qu'avant... etc. » Non, laissons « Savez-vous » aux Bruxellois, Monsieur, s'il te plaît. Voyez changement pages ci-jointes.

Je n'ai, bien entendu, jamais mis les pieds dans les sex-shops. Mettre « Les vitrines des sex-shops d'Amsterdam sont amusantes et tristes », ce qui est vrai, et voir la suite pages ci-jointes.

page 2, vos lignes 2 et 3 sont impossibles. À moins d'accès de gâtisme, comment aurais-je pu dire : « Il n'y a de jeune dans mon œuvre qu'Antinoüs ? »

(Alexis — Monique — Éric — Conrad — Sophie — Massimo — Marcella — Angiola et Rosa en Sicile — les héros et héroïnes de *Feux* — le jeune Zénon et le jeune Henri-Maximilien — Hilzonde — Cyprien — Idelette — Wiwine — le jeune

---

1. Chanson qui fait référence au Mississippi : « Mon vieux Fleuve... il doit savoir quelque chose... mais il ne dit rien. »
2. Où demeurait Natalie Barney.

Hadrien aux armées — Antinoüs — Lucius — Presque tous les personnages de théâtre, sauf deux ou trois — Beaucoup des personnages de *Nouvelles Orientales* — Le jeune Rémo — La jeune Fernande — Le jeune Michel — Berthe — Gabrielle — Maud — Anna, Miguel, Valentine, Nathanaël, Saral, Lazare, dans *La Mort conduit l'Attelage* qui ressortira, j'espère, en 1979[1].)

Vous trouverez dans la copie : « Mes livres (moins pompeux que " mon œuvre ") contiennent beaucoup de portraits de vieillards, aussi importants que ceux d'adolescents et d'adultes. »

Voir copie. Pour les lignes 9-10, je vous propose de mettre (parce qu'évidemment vous désirez mettre quelque chose) « Les mots abstraits avec des majuscules sont souvent des panaches sur le vide », phrase qui se tient mieux sur ses pattes que celle qu'elle remplace. Mais les imprimeurs de Gallimard, qui savent mon goût des majuscules dans les titres, seront bien étonnés.

Enfin, supprimer entièrement la rubrique *Yeux*, dont les quatre lignes n'émanent certainement pas de moi.

Vœux amicaux au seuil de la nouvelle année.

Marguerite Yourcenar*

P.-S. Le tarif des corrections est celui du fakir qui inventa le jeu d'échecs ; 1re correction, 1 franc, 2e correction, 2 francs, 3e correction, 4 francs, 8e correction, 128 francs, etc. Vous me devez des millions.

---

1. *La Mort conduit l'Attelage* ne ressortira jamais sous sa forme de 1934. Mais les trois derniers personnages évoqués réapparaîtront dans *Un homme obscur* et *Une belle matinée*, in *Comme l'eau qui coule*.

1979

À GEORGES DE CRAYENCOUR[1]

> Petite Plaisance
> Northeast Harbor
> Maine 04662 USA
> 28 mai 1979

Mon cher Georges,

J'ai été très touchée par le souci que vous a donné l'astucieuse entreprise de cette Florence Dupont[2] dont nous ignorons tout ! Ce titre est évidemment une manœuvre commerciale pour appâter le client, et elle a dû réussir jusqu'à un certain point, car trois ou quatre amis ou connaissances m'ont écrit qu'ils avaient, de ce fait, acheté le livre. Ou du moins, plus prudents, l'avaient feuilleté à la devanture d'un libraire.

Je suis de votre avis : on n'a pas besoin d'être puritain, ni même vertueux au sens insipide du mot,

---

1. Collection particulière.
2. Florence Dupont avait publié *Adieux à Marguerite Yourcenar : Nouvelles occidentales*, Éditions des femmes, 1978.
Georges de Crayencour proposait d'attaquer l'auteur en justice car Yourcenar n'y était « jamais citée » et il n'y était « jamais question d'elle ». Collection Georges de Crayencour.

pour être dégoûté par l'horrible sensualité épaisse et comme pourrie qui se dégage de tant de livres de nos jours, surtout de ceux provenant de dames de ce qu'on appelle ici « le front de libération féminine ». C'est par ses compétences, son travail, sa participation à des entreprises utiles que la femme s'imposera dans la société contemporaine : ce n'est pas en exécutant une sorte de danse du ventre littéraire, très commercialisée, d'ailleurs.

Mais je ne crois pas qu'il existe de loi empêchant un individu quelconque de mettre le nom d'une « personnalité bien connue » (comme on dit) sur un titre. Je ne crois pas que la charmante reine Fabiola elle-même pourrait protester si quelqu'un donnait comme titre « Les roses de la Reine Fabiola » à un livre où il ne serait question ni de roses, ni de la reine. À moins bien entendu que ce livre soit scandaleux au point de justifier des poursuites par lui-même, ce qui se produit rarement à notre époque où on est accoutumé à tout. En tout cas, mon conseil, Me Brossollet, que j'avais consulté dans une autre occasion analogue, m'a dit qu'il recommandait toujours à ses clients de rester cois, « parce que tout ce que ces gens-là demandent, c'est qu'on fasse du bruit autour d'eux ». Je me suis donc contentée de ne pas répondre à l'exemplaire de service de presse, orné d'une dédicace obséquieuse.

Je ne sais pas si vous connaissez la revue belge et néerlandaise *La Maison d'hier et d'aujourd'hui*. J'en ai reçu quelques exemplaires, la direction ayant désiré obtenir de moi un essai sur Acoz. J'ai décliné l'offre, ayant dit ce que j'avais à dire sur Acoz dans *Souvenirs pieux*, et n'étant pas, du reste, spécialiste des vieilles demeures. Quand j'en ai longuement parlé, c'est à propos de leurs habitants, comme pour Acoz, ou pour Chenonceaux, dans *Sous bénéfice [d'inventaire]*. Mais la revue est bien faite, et les photographies très belles. Par goût de l'histoire locale (Belgique, Hollande, Luxembourg), j'ai décidé d'écrire pour m'abonner pour un an, et l'idée m'est venue de prendre un abonnement pour vous par la même occasion, si vous ne recevez pas déjà ce périodique, ce qui est bien possible, puisque vous vous intéressez aux demeures anciennes et aimez en faire le portrait. Une réponse sur une simple carte postale suffira.

Pour une fois, je suis votre exemple, et vous envoie à titre de réciprocité une coupure de journal concernant l'archéologie préhistorique. Un cerf d'argile vieux (paraît-il) de cinquante mille ans, trouvé au Japon, dont l'histoire écrite ne commence que vers l'époque de Clovis... On est mélancolique quand on pense que les hommes sont depuis si longtemps sur la terre et continuent à ne pas savoir s'arranger entre eux. Et je suppose qu'il y a eu aussi les imbéciles dorés de la préhistoire.

Les choses ici ne tournent pas très rond. L'état de santé de Grâce s'est plutôt aggravé depuis le début de l'année, et il lui arrive d'éprouver pas mal de souffrances. Mais son énergie n'abdique jamais complètement. Elle a passé une partie de la nuit du samedi au dimanche à confectionner un grand pain digne du meilleur boulanger. Quant à moi, je me remets lentement de ma longue bronchite, peu secondée par un printemps humide et froid. Nos pommiers et nos cerisiers fleurissent en ce moment sous la pluie.

Bien affectueusement,

Marguerite Y[ourcenar]*[1].

---

1. La signature est au-dessus du nom.

Nous avons eu il y a deux semaines trois jours de radio dirigée par Jacques Chancel[1], homme aimable, et les techniciens, comme toujours, très gentils. (Il y a eu aussi, l'été dernier, une entrevue de *Marie-Claire*[2] avec des photographies pas mal de la maison et des entours.) On se demande pourquoi les *média* obligent un écrivain à parler sur tous les sujets, alors que son métier est d'écrire sur quelques-uns. Mais je sens que l'éditeur y tient pour des raisons publicitaires, encore qu'il ait la gentillesse de ne pas m'y obliger. Et surtout quand on vit à l'étranger, on ne peut guère couper tous les ponts. À propos, les entretiens avec Chancel passeront paraît-il du 11 au 15 juin, entre 6 et 7[3], mais franchement je ne sais pas si cela vaut la peine d'être entendu ou non. Le dernier programme comprendra une partie musicale choisie parmi mes disques préférés, mais il y [a] même là quelque chose d'artificiel, car bien entendu, je ne m'offrirai jamais une heure de musique composée d'un pareil échantillonnage de tous les genres.

---

1. « Radioscopie », émission de Jacques Chancel, France Inter, 11-15 juin 1979. Jacques Chancel témoignera lui-même de cette rencontre : « Une semaine chez Marguerite Yourcenar ; La grande radioscopie » *Le Monde,* 10 juin 1979. Il publia également un entretien avec Yourcenar dans *Le Figaro*, 14 octobre 1979.
2. Cette entrevue a été publiée dans *Marie-Claire* d'avril 1979 sous le titre : « L'art de vivre de Marguerite Yourcenar, une leçon de sagesse sous un toit de bois. »
3. En réalité, l'émission était diffusée entre 17 h et 18 h.

À BERTRAND ROSSI[1]

> Petite Plaisance
> Northeast Harbor
> Maine 04662 USA
> 2 juillet 1979

Cher Monsieur,
 Vous serez sans doute surpris de trouver ci-joint trois lettres de moi, dont la première m'est revenue, parce que l'adresse était inexacte, et dont la seconde, bien que terminée et signée, a été retenue par moi près d'un an, au risque de vous paraître d'une affreuse impolitesse.

C'est que je tenais, comme je vous le disais déjà en août dernier, [à] essayer de répondre à vos questions. Malheureusement, je ne me suis sentie à peu près capable de le faire qu'après de longues réflexions et quelques vérifications et relectures, que le temps m'a jusqu'ici manqué pour faire, et parfois aussi les forces : j'ai été en effet assez souffrante cet hiver. Je vous envoie enfin ces pages dont je crains bien que vous ne puissiez vous servir, parce que, comme vous le verrez, elles ne viennent pas d'un véritable adepte, mais seulement de quelqu'un qui se veut infiniment attentif aux moindres lueurs. Je ne m'offusquerai donc pas du tout si vous jetiez ces notes au panier.

En dépit de mon absence de véritable « foi », les dernières indications dans ma précédente lettre (par. 3) tiennent toujours. Il n'y a pas contradiction ; non seulement les précisions demandées pourraient m'apporter quelque chose sur moi-même ou sur

---

1. Fonds Yourcenar à Harvard, bMS Fr 372 (1031). Un ajout autographe précise qu'il s'agit de la troisième réponse à son envoi d'un horoscope « placé provisoirement dans le volume *Notes Œuvre au Noir* ».

« Michel », mais encore elles s'ajouteraient à ce dossier des forts et des faibles de l'astrologie, et probablement de toute science interprétative et divinatoire, sur lesquelles je n'ai pas fini de me faire une opinion.

Quant à la question posée dans ma lettre du 8 mars 1978, laissons-la tomber : le beau (trop beau ?) thème que vous m'avez envoyé entre-temps me suffit.

Croyez, je vous prie, Monsieur, à toute l'expression de mes excuses pour ma lenteur à remercier, et à mes sympathiques sentiments,

Marguerite Yourcenar

ASTROLOGIE

Question 1) — Comment avez-vous découvert celle-ci ?

Réponse — L'ai-je jamais découverte ? J'ai fréquenté depuis mon adolescence, certains grands écrivains antiques ou appartenant au Moyen-Âge ou à la Renaissance, pour qui l'astrologie a compté. J'en connaissais donc en gros le vocabulaire et les doctrines. Mais personne autour de moi ne s'intéressait à l'astrologie.

Question 2) — Quelle conception philosophique en avez-vous ?

Réponse — J'ai exprimé à peu près toute ma pensée sur le sujet dans les quelques lignes de *L'Œuvre au Noir* où il en est question.

Zénon au cours de sa période de doute absolu, à Innsbruck, p. 110[1] :

« L'étude des horoscopes ne me semblait plus aussi profitable qu'autrefois pour le choix des remèdes et la prédiction des événements mortels ; je veux bien que nous soyons faits de la même manière que les astres ; il ne s'ensuit pas qu'ils nous déterminent ou puissent nous incliner. »

Zénon dans l'exercice de ses fonctions plus ou moins obligatoires d'astrologue, liées à l'exercice de la médecine à la cour de Suède, p. 132 :

« ... Il s'occupait à computer les positions des étoiles susceptibles d'apporter le bonheur ou le malheur à la maison des Vasa, aidé dans cette tâche par le jeune prince Erik qui avait pour ces sciences dangereuses une faim maladive. En vain, Zénon lui rappelait que les astres inclinent nos destinées, mais n'en décident pas, et qu'aussi fort, aussi mystérieux, réglant notre vie, obéissant à des lois plus compliquées que les nôtres, est cet astre rouge qui palpite dans la nuit du corps, suspendu dans sa cage d'os et de chair... Quand le froid devenait par trop extrême, l'élève et le philosophe se rapprochaient de l'énorme feu captif sous la hotte de la cheminée, et Zénon s'émerveillait chaque fois que cette chaleur bienfaisante, ce démon domestiqué qui chauffait docilement un pot de bière placé dans les cendres, fût ce même dieu enflammé qui circule au ciel. D'autres soirs le prince ne venait pas... et le philosophe, si les pronostics cette nuit-là s'avéraient néfastes, les rectifiait alors avec un haussement d'épaules. »

---

1. L'édition utilisée ici est la collection blanche, Gallimard, 1968.

Vers la fin de la vie de Zénon, p. 206 :
« Zénon avait renoncé depuis longtemps à dresser des thèmes astrologiques, tenant nos rapports avec ces lointaines sphères trop confus pour qu'on pût en tirer des calculs certains, même si çà et là d'étranges résultats s'imposaient. »

La position est en somme agnostique, sinon franchement sceptique.

L'attitude que j'ai prêtée à Hadrien, dans *Mémoires d'Hadrien*, est à peu près semblable. Nous savons que comme tous les hommes de son temps il s'intéressait à l'astrologie, bien que certain chroniqueur semble avoir exagéré sur ce point. Il est douteux, en effet, qu'Hadrien passât son premier janvier à commenter exactement tous les événements de l'année. Mais le début même de mon récit de sa vie s'ouvre comme suit, p. 39 (Folio, Gallimard) :

« Marullinus, mon grand-père (en fait, son grand-oncle) croyait aux astres... Il m'emmenait observer le ciel pendant les nuits d'été... Les astres étaient pour lui des points enflammés, des objets comme les pierres et les lents insectes dont il tirait également des présages, partie constituante d'un univers magique qui comprenait aussi les volitions des dieux, l'influence des démons, et le lot réservé aux hommes. Il avait construit le thème de ma nativité. Une nuit, il vint à moi, me secoua pour me réveiller, et m'annonça l'empire du monde avec le même laconisme grondeur qu'il eût mis à prédire une bonne récolte aux gens de la ferme... »

L'empereur à son tour s'intéresse à l'astrologie, mais surtout peut-être à l'astronomie, page 162 :
« Et c'est ici qu'il convient de mentionner une habitude qui m'entraîna toute ma vie sur des chemins moins secrets que ceux d'Éleusis, mais qui

793

en somme leur sont parallèles je veux parler de l'étude des astres. J'ai toujours été l'ami des astronomes et le client des astrologues. La science de ces derniers est incertaine, fausse dans le détail, peut-être vraie dans l'ensemble, puisque l'homme parcelle de l'univers, est régi par les mêmes lois qui président au ciel, il n'est pas absurde de chercher là-haut les thèmes de nos vies, les froides sympathies qui participent à nos succès et à nos erreurs... Mais si cette étrange réfraction de l'humain sur la voûte stellaire préoccupait souvent mes heures de veille, je m'intéressais plus fortement encore aux mathématiques célestes, aux spéculations abstraites, etc. ». Suit un assez long passage sur l'astronomie.

On remarquera que ces deux attitudes sont jusqu'à un certain point identiques.

Question 3 — Avez-vous pu juger d'horoscopes établis selon les règles de l'art, et dans quelle mesure avez-vous estimé leur validité ?

Réponse — J'ai admiré, certes, tels horoscopes d'autrefois, comme celui, si remarquable, de Kepler, ou encore, à notre époque (et d'ailleurs lisant peu de textes concernant l'astrologie), j'avais été extrêmement frappée par l'horoscope si sombre du Président Kennedy, par André Barbault[1], publié, si je ne me trompe, deux ans environ avant le drame de Dallas.

En ce qui me concerne, toutefois, les horoscopes qui m'ont été envoyés spontanément par des astro-

---

1. André Barbault. Astrologue. *Traité pratique d'astrologie*, Seuil, 1961 (Bibl. PP). *La Crise mondiale de 1965*, Albin Michel, 1964, est mentionnée dans « Sources II », Fonds Yourcenar à Harvard, MS Storage 265.

logues s'intéressant à mes livres, ou qui m'ont été signalés dans des revues astrologiques, m'ont frappée surtout par leurs différences de valeur, comme si le don de l'interprète importait au moins autant que la délinéation du signe.

Deux réflexions toutefois me paraissent s'imposer.

a) Médiocres ou excellents, ces thèmes de ma nativité empruntaient fortement à ce que leurs auteurs savaient ou croyaient savoir de moi par mes livres, et peut-être plus encore par les *média*. On interprétait à l'aide de faits déjà connus et d'une personnalité définie. J'ai, une fois, à l'époque où certaines circonstances de ma vie (dates, lieu de naissance, etc.) étaient moins mises sous les yeux du public, demandé à un astrologue alors réputé de vouloir bien m'établir le thème d'une personne de sexe féminin, née à telle date (heure, jour, mois, année) et à tel endroit. Mon correspondant s'est récusé, ayant besoin, disait-il, de plus d'informations sur ce qu'était cette personne. Je me suis rendu compte que ce que je lui demandais lui paraissait insolite, peut-être inconvenant.

Non que je ne comprenne son point de vue. Reprenons mais dans un esprit plus conciliant envers l'astrologie, un argument analogue à celui avancé par Jean-Jacques Rousseau : deux enfants, nés au même moment dans la même chambre, pourraient — et selon les astrologues devraient — avoir des inclinations et des destinées voisines, Jean-Jacques va jusqu'à dire identiques. Or il est évident qu'il n'en est rien. D'autres éléments entrent en jeu, gènes ancestraux, formation subséquente par le milieu, expériences personnelles, et, dans un domaine plus voilé au regard, grâce chrétienne ou karma[1] indou. En

---

1. Dans le bouddhisme, le karma est le principe de causalité qui s'exprime dans les existences successives.

fait, les astres ne présentent plus, dans cette perspective, qu'une coordonnée parmi d'autres, et les réticences de l'astrologue pressenties par moi se comprennent. On pourrait comparer son attitude à celle du médecin pour lequel la plaque radioscopique du malade n'est qu'une indication parmi beaucoup d'autres ([mot illisible] de sang, température, etc.) dont il entend également se servir.

Mais, dans les explications qui précèdent, si la notion d'astrologie moyen d'interprétation de la destinée humaine (ou du tempérament humain) parmi d'autres, se trouve en quelque sorte fortifiée, celle de l'astrologie, science privilégiée et capable de se suffire à elle-même, se trouve forcément délogée de sa position unique. Il en va d'ailleurs de même, à des degrés différents, de toute méthode interprétative de la destinée humaine dès qu'on l'étudie de très près.

Question 4 — Vous est-il arrivé d'en étudier directement ?

Réponse — Non, si on entend par là se livrer à des calculs astrologiques. Je n'en aurais d'ailleurs, ni les capacités, ni le goût.

Je dois du reste avouer avoir par deux fois usé de désinvolture, comme Zénon lui-même, à l'égard des astres. Dans le passage où Hadrien se montre contemplant la voûte céleste, il salue du regard « le Verseau, le Dispensateur sous lequel je suis né », ce qui est exact pour un homme venu au monde le 24 janvier 76, mais quand il ajoute que Jupiter et Vénus règlent sa vie, je me fonde, pour le dire, sur ce que nous savons de son comportement et de son règne, et non de l'étude des positions de Jupiter et de Vénus le jour de sa naissance, dont je ne me suis pas informée.

Même laisser-aller en ce qui concerne le thème de la nativité de Zénon, le 28 février 1510[1], donc sous le signe des Poissons, auquel il appartient par sa démarche sinueuse, comme entre deux eaux, sa mobilité, son apparente froideur. Mais n'oublions pas que si je l'avais fait naître sous une demi-douzaine d'autres signes [mot illisible], je lui trouverais sans doute également des correspondances avec ceux-ci, tant est vaste la gamme des possibilités de chaque signe. N'ayant pas, d'autre part, comme je l'ai dit plus haut, établi son horoscope, c'est de nouveau, d'après son tempérament, que je fais de lui un « saturnien », et non d'après ce que je sais de cette planète dans son ciel.

Il en va de même du Prieur des Cordeliers, « saturnien » aussi par certains traits de caractère (la sombre rêverie, le goût de la méditation, l'obsession des grands problèmes de la destinée humaine) mais par ailleurs tout différent de Zénon dont je le fais l'aîné de quelques années, et auquel je n'ai même pas songé à assigner un signe.

Enfin, dans la description de Zénon contemplant le ciel, un certain soir de décembre 1568, il m'arrive de parler d'une position de Saturne, sans avoir fait le calcul nécessaire pour citer cette planète en décembre de cette année-là. Par scrupule d'authenticité, j'espère trouver un astrologue qui un jour fera cette vérification pour moi. Mais il faut avouer que ce sont là des licences qu'un adepte, ou même un simple fidèle de l'astrologie n'aurait pas prises.

---

1. En réalité, Marguerite Yourcenar a fait naître Zénon le 24 février 1510. Le personnage évoque lui-même le jour anniversaire dans le chapitre « La promenade sur la dune ». Mais si l'analyse du thème s'accommode mal d'une telle variation, le signe zodiacal reste inchangé.

Question 5 — Comment la faites-vous intervenir dans votre œuvre ?

Réponse — Les exemples cités en réponse aux questions 3 et 4 dispensent presque trop amplement de la question. Je ne me souviens pas d'avoir mentionné l'astrologie dans d'autres ouvrages.

Question 6 — Quelles réserves faites-vous sur les pratiques qui en sont faites.

Réponse — L'une des principales est l'abus vraiment regrettable de l'astrologie fait par les quotidiens ou par les magazines féminins, et contre lequel, à ma connaissance, aucun astrologue « sérieux » ne s'élève. Ces conseils prodigués semaine après semaine aux natifs de tel ou tel signe, sans que jamais, et pour cause, le moindre compte soit tenu de l'année de la naissance, ni de l'heure de celle-ci, et conséquemment de la position des planètes pour chacun de ces lecteurs crédules, représentent la superstition tout court sous sa forme la plus commercialisée. Conseils, à vrai dire inoffensifs en eux-mêmes d'hygiène ou de conduite dans la vie, mais à un niveau situé presque toujours très bas. Je cueille ce qui suit dans un numéro tout récent d'un journal féminin :

> « Le renouvellement de votre vie amoureuse avec partenaire nouveau ou ancien mais retrouvé, c'est pour la dernière semaine de ce mois. Et vous aurez une chance diabolique au jeu. Achetez les robes les plus époustouflantes. »

À la vérité, on ne sait qui est le plus déshonoré, de l'astrologie ou du public féminin au niveau duquel l'astrologue croit se mettre.

Question 7 — À votre avis, qu'y a-t-il en elle de plus important à retenir.

Réponse — Deux choses : la première, et l'essentielle, la poésie. Les plus grands mythes et les plus grands songes de l'homme survivent dans le vocabulaire astrologique, il est vrai, sous des formes simplifiées, transposés le plus souvent de mythes en symboles, mais néanmoins revêtus encore de ce rayonnement et de cette crainte sacrée qui constituent l'aura des grands mythes.

Secondement, et c'est je crois une des raisons de la fortune durable de l'astrologie, l'extrême complexité de son système de typification [sic]. Le classement des types humains par l'imagerie zodiacale, enrichie et articulée par les références aux planètes et aux astres situés dans « le ciel » de l'individu, fournit à l'astrologue un système de morphologie psychologique infiniment plus flexible et plus riche que les classifications hasardées jusqu'ici par d'authentiques psychologues. C'est sans doute cette richesse et cette flexibilité qui a permis à l'astrologie de survivre dans des contextes changés, de passer d'un monde dominé par les concepts astronomiques de Ptolémée au monde de Copernic et de Newton, et de fonctionner en Extrême-Orient dans le cadre d'une symbolique très différente.

Question 8 — Croyez-vous à l'idée de Tradition ésotérique, et quelle place selon vous pourrait y occuper l'astrologie ?

Réponse — Je ne crois pas à la tradition ésotérique, surtout pourvue d'une majuscule, si on entend par là une transmission de secrets et de pouvoirs passant plus ou moins mystérieusement d'un homme à un autre, ou d'un groupe privilégié, à un autre, au cours de l'histoire. Je crois, bien entendu, à la transmission des connaissances, des opinions, des doctrines, par des moyens humains (instruction orale, conservation et propagation des textes écrits), plus ou moins complète et plus ou moins fidèle selon les temps et les lieux.

L'astrologie, répandue très tard dans le monde gréco-romain, a gardé depuis lors une symbolique et un vocabulaire emprunté à la Fable classique, telle que nous la connaissons par les poètes grecs et latins. On peut donc parler dans ce cas d'une tradition poétique, sinon ésotérique.

Quant à « la permanence, quels que soient les temps, d'une source d'inspiration vers les choses essentielles », je reconnais, certes, la tendance persistante de l'esprit humain à tenter d'interpréter ce qui le dépasse, et à s'unir au Tout sous toutes ses formes. Mais parler « d'inspiration » ou de « tradition ésotérique » à ce propos ne me semble pas nécessairement justifié, et risque de fausser le problème.

Comme la chiromancie, codifiée, semble-t-il, vers la même époque, comme l'oniromancie, qui, sous sa forme la plus récente (la psychanalyse) remonte aussi pour ses classifications au mythe grec, je place l'astrologie parmi ces sciences interprétatives qui plongent trop profondément dans le tréfonds humain pour ne pas offrir çà et là des ouvertures menant vers l'obscur et l'inexploré, que ce soit en l'homme ou au-dehors de l'homme. Si précis que soient les calculs auxquels se livre l'astrologue, un « thème astrologique » me paraît s'imposer surtout par ses effets de rêverie quasi hypnotique sur l'intéressé, mis symboliquement en présence, authentiquement ou non, de son champ de force. Il en résulte ce je ne sais quoi de flou et de pratiquement inutilisable qui caractérise aussi le résidu des rêves remémoré au réveil. J'avoue douter que cette rumination de son moi, délivrée sous des formes quasi mythiques, ait jamais aidé un homme à se diriger plus sagement dans la vie, encore moins à se perfectionner. Tout au plus, cette analyse astrologique d'un tempérament, divinatoire parfois au sens où tempérament est destin, peut-elle l'avertir de certains dangers ou le munir de quelques notions ennoblissantes. « Je suis fils de la terre et du ciel étoilé » dit un admirable poème grec trouvé dans une tombe d'initié. Le symbolisme astrologique nous rappelle cette double allégeance.

Marguerite Yourcenar

À GEORGES DE CRAYENCOUR[1]

Petite Plaisance
Northeast Harbor
Maine 04662 USA
17 septembre 1979

Mon cher Georges,

Votre lettre m'a beaucoup émue. Oui, c'est une redoutable épreuve — en dehors même des liens d'affection, de gratitude et d'estime qu'on a pour quelqu'un — que, de voir un être humain détruit lentement par une terrible maladie. Depuis 1972 (mon dernier séjour en Europe), Petite Plaisance n'a pas connu une seule journée sans maux et soucis de toute sorte, et depuis le mois de janvier dernier, la maladie, naguère seulement très pénible (sauf pendant une grande crise en 1977 due à une défaillance

---

1. Collection particulière. Copie de lettre autographe.

du cœur produite par les mauvais effets de la chimiothérapie) est devenue une véritable torture, car un cancer généralisé du système lymphatique attaque le corps presque tout entier. Depuis deux mois, les médecins ont abandonné la chimiothérapie, inutile désormais, et en elle-même malfaisante, et se contentent de donner des calmants très puissants (méthadone, un succédané de l'héroïne) qui procurent à la malade d'assez longues heures de sommeil par jour. La grande difficulté est bien entendu de la nourrir, ce à quoi je m'évertue, pas toujours avec succès.

Je suis en ce moment très bien secondée : l'infirmière du district habite à 500 mètres, cette excellente femme, très à la hauteur, vient deux fois, et parfois trois fois par jour. Nous avons une excellente femme de ménage, âgée, énergique et capable, tous les jours de 11 heures à 3 heures. 2 petits jardiniers (12 et 15 ans) qui, bien entendu, demandent une surveillance et des gâteries continuelles. Une jeune femme du village qui sert de « chauffeuse » et comme on disait autrefois dans le style noble, de « courrière ». Enfin, de nombreuses dames du village, le vieux pêcheur Dick, les jardiniers Harry et Elliot apportent, qui des plats préparés ou des friandises, qui des légumes de leur potager, qui des offres de service avec leur voiture lorsque Jeannie la chauffeuse, jeune épouse d'un conseiller municipal, est autrement occupée, — ce qui est particulièrement précieux dans une île où l'unique taxi réside à 40 kilomètres.

Telles sont, même dans les moments les plus difficiles, les douceurs de la vie au village.

Moi aussi j'ai pensé, comme vous et comme Maïakovski, que rien n'est oublié et que rien n'est perdu. Je pense aussi comme le dit un des médecins de Grâce, que c'est un privilège de soigner ses amis.

Le travail littéraire, que je réussis à poursuivre (pas tant « créativement » qu'en ce qui concerne les épreuves, les retouches, la mise au point d'entrevues qui feront prochainement l'objet de publications en volumes) m'aide également.

Grâce est trop anglo-saxonne pour me confier ses pensées, soit sur son état, soit sur son avenir en ce monde et par-delà. Elle ne me paraît soutenue que par son courage, qui, bien entendu, défaille parfois dans les crises trop fortes.

Elle se lève d'ailleurs une partie de la journée, et tient à « porter beau » en présence des invités ou des émissaires de la Radio et de la Télévision, comme Jacques Chancel en mai, ou Bernard Pivot[1] tout récemment. La semaine dernière, chancelante et essoufflée, elle a tenu à servir une équipe de 10 photographes ! Mais ces efforts l'épuisent, et voilà pourquoi j'ai prié Madame Lelarge (à qui je vais écrire) de ne pas venir cette fois-ci, ce que j'ai d'ailleurs beaucoup regretté.

Voilà une longue lettre comme on n'en écrit qu'à de vrais amis (ou aux membres de sa famille qui sont devenus de vrais amis). Merci encore de votre sollicitude, et croyez-moi bien affectueusement vôtre.

Marguerite Yourcenar

Les coupures étaient toutes d'un grand intérêt. Elles vont trouver place dans une serviette « Archéologie » contenant, entre autres, et surtout, vos communications.

C'est à la suite de cette crise, et comme par défi qu'elle a tenu à faire un séjour d'un mois en Alaska — voyage admirable, mais angoissant[2].

---

1. Bernard Pivot consacra une émission d'« Apostrophes » à Yourcenar le 7 décembre 1979.
2. Cette dernière phrase est un ajout autographe dans la marge gauche, à peu près au niveau du mot « chimiothérapie ».

À MATTHIEU GALEY[1]

> Petite Plaisance
> Northeast Harbor
> Maine 04662 USA
> 13 octobre 1979

Cher Matthieu Galey,

Gallimard vient de m'envoyer le *Magazine Littéraire*[2]. Quel admirable portraitiste vous êtes. Trois portraits déjà, sinon quatre, et toujours la même touche merveilleusement juste et sobre, sans bavure et sans sécheresse. Notre duo me semble aussi très réussi. Je suis persuadée que nous sommes en route pour un très bon livre.

Gallimard n'a pas encore réussi à entrer en contact avec Chancel, mais désire toujours faire paraître ce texte, avec les changements qui s'imposent. Mais nous ne savons pas encore si Chancel acceptera ces conditions.

En ce qui me concerne, dans le *Magazine Littéraire*, j'accueille avec humilité l'enthousiasme amical de Jean d'Ormesson, et j'écoute, attendrie, l'écho des voix de Didy (Dimaras) et d'Elenita montant du fond de mon passé athénien. Je vous avoue que seul l'article de Catherine Clément me laisse un peu bouche bée : *quid* de Sophie, de Monique, de la Lena de *Feux* ou de la Lena et la Marcella de *Denier du*

---

1. Fonds Yourcenar à Harvard, MS Storage 265.
Matthieu Galey (1934-1986). Critique littéraire. Réalisateur d'émissions littéraires pour la télévision. Auteur du premier portrait filmé de Yourcenar et d'un livre d'entretiens avec elle, *Les Yeux ouverts*, Paris, Éditions du Centurion, 1980. A laissé un *Journal*, vol. 1 et 2, Paris, Grasset et Fasquelle, 1987 et 1989, où il évoque Yourcenar à plusieurs reprises.
2. *Magazine littéraire*, n° 153, octobre 1979. L'entretien avec Matthieu Galey était intitulé « La poésie et la religion doivent rester obscures ». Les autres auteurs des articles étaient Odile Gandon, Constantin Dimaras, Catherine Clément, Jean d'Ormesson.

Rêve et de *Rendre à César,* de Fernande et de Maud *(Archives),* de la veuve Aphrodissia des *Nouvelles Orientales*, ou même de la dame de Frösö de Zénon ? Et *quid* des jeunes maîtresses d'*Hadrien* ? Il me semble que Catherine Clément doit avoir une tendresse particulière pour les sorcières, puisqu'elle trouve moyen de tirer des *Mémoires d'Hadrien* deux personnes de ce genre, qui ne sont pourtant que de très minces comparses. Et Hilzonde, la pauvre, n'a rien d'une sorcière : ce n'est qu'une femme obsédée par le souvenir de son premier amant, et pour qui Simon le saint et Hans le prophète ne sont ensuite que d'assez détestables pis-aller. J'ai été aussi surprise de lui voir mettre Plotine dans le même sac qu'Hilzonde, elle dont j'ai fait dire à Hadrien : « Elle était chaste par dégoût du facile... » Mais il semble que les critiques de nos jours ne sachent que faire d'un personnage chaste...

Merci d'avoir été, je suppose, l'organisateur de ce concert, et merci surtout de parler si bien de moi. Mais non, je ne vous intimide pas. Et j'imagine qu'Hadrien ne prenait pas le thé.

Tout va très mal en ce moment à Petite Plaisance : Grâce, atrocement malade, en est au stage [sic] des ballons d'oxygène. Tous les oiseaux originaires du sud sont partis, mais les mésanges, les fauvettes, les bouvreuils, les geais gris ou bleus, enfin tous les natifs du pays demeurent, et Joseph ne s'est pas encore endormi pour l'hiver. (Son nom — il faut bien rectifier quand on est la rigueur faite femme — l'assimile au beau Joseph au manteau bariolé de la Bible et non pas à un valet à gilet rayé, ce qui serait une impertinence de ma part.) Tiens ! Vous me faites souvenir que Noémi en avait un (un valet à gilet rayé). Ce sera pour *Quoi ? L'Éternité.*

Je vous écris un peu du milieu d'un tunnel tout noir. Amicalement à vous.

Marguerite Yourcenar

P.-S. Il n'y a qu'un seul mot de mes propres propos qui me gêne : *baroque*. « Même aux époques les plus baroques » (de la poésie française) ; mais *baroque* en art, et, de plus en plus en musique et en littérature, a un sens chronologique très précis : il est du XVIIe siècle, ce qui n'est pas chez nous, tant s'en faut, l'époque des grandes expérimentations prosodiques dans le genre lyrique. Faudra-t-il mettre quelque chose comme « aux époques de grande variété de formes lyriques, comme la Renaissance ou le Romantisme » ? Nous verrons. J'ai peur sur ce point d'égarer le lecteur. Mais je suis contente en tout cas que nous ayons éliminé le mot *jargon*, désobligeant pour certains beaux ou savoureux dialectes.

À JEAN D'ORMESSON[1]

> Petite Plaisance
> Northeast Harbor
> Maine 04662 USA
> 22 octobre 1979

Cher Monsieur,

Je viens à la fois vous remercier de votre admirable article du *Magazine Littéraire* (que le premier paragraphe surtout m'a plu, qui [illisible] d'un faux problème[2] !) et de votre lettre du 2 octobre à laquelle

---

1. Fonds Yourcenar à Harvard, bMS Fr 372 (1004). Jean d'Ormesson (né en 1924), de l'Académie française — Écrivain, directeur du *Figaro*. Il défendit activement l'élection de Yourcenar à l'Académie française.
2. « Yourcenar ou la rigueur dans l'art », *Le Magazine littéraire*, n° 53, octobre 1979. Le premier paragraphe commençait par : « Le premier mérite de Marguerite Yourcenar est d'avoir détruit le mythe de la littérature féminine », et se terminait ainsi : « Après Marguerite Yourcenar, il ne viendra plus à l'idée de personne de distinguer une écriture féminine d'une écriture masculine. Voilà une bonne chose de faite. »

les circonstances difficiles que je traverse en ce moment m'ont empêchée de répondre aussi vite que je l'aurais voulu.

Vous savez mes sentiments sur le sujet[1] dont vous voulez bien vous occuper avec tant d'élan et de patience à la fois. Du moment que je ne suis pas obligée de faire acte de candidature, ce à quoi je répugne instinctivement, et d'autant plus que ma qualité de femme rend en quelque sorte cette démarche plus voyante encore, et du moment que je ne suis pas non plus obligée à une résidence fixe à Paris même pour une partie de l'année, rien, certes ne me ferait refuser l'honneur que vous souhaitez si généreusement pour moi. Le faire me paraîtrait insulter à plus de trois siècles d'histoire littéraire française.

Et maintenant, la question nationalité, sur laquelle vous avez bien raison de revenir, d'autant plus que nombre de journaux persistent à me faire belge. Je suis, comme vous le savez, en possession de la citoyenneté américaine depuis 1947. Auparavant, fille d'un Français et d'une Belge devenue française par son mariage, née par hasard à Bruxelles, mais de parents domiciliés dans le Nord (à St-Jans-Cappel, c'est-à-dire au Mont-Noir, près de Bailleul) j'ai toujours été considérée comme française, et tous mes papiers officiels ont été français. J'ai fait photocopier pour vous, et c'est ce qui explique aussi un peu ma relative lenteur à vous répondre, deux documents que j'ai sous la main. Le premier est mon passeport délivré au consulat français de Lausanne en 1937, et en remplaçant un précédent de 1934, que je ne possède plus. Ce passeport porte des prolongations de validité des consulats français d'Athènes et de New York, successivement. J'y ai joint aussi, pour

1. L'entrée de Yourcenar à l'Académie française.

bonne mesure, la photocopie d'une carte d'identité délivrée en Belgique vers 1929 (?) à l'époque où, comme le décrit *Souvenirs Pieux*, j'étais allée m'occuper de recueillir l'héritage de ma mère, dans ce pays où je n'étais pas rentrée, même pour de brefs séjours, depuis 1911. Vous verrez que cette carte indique aussi la nationalité française[1].

Enfin, pour être complet, j'ai consulté mon acte de naissance bruxellois, qui ne donne bien entendu que le nom de famille de mes parents, Michel, né à Lille, et sa femme, née à Suarlée (donc en Belgique) tous deux domiciliés, comme je l'ai dit, dans le Nord. La question de nationalité n'est pas soulevée, mais Michel, comme l'indiquent ses immatriculations dans différents consulats français à l'étranger, est resté français jusqu'à la fin de ses jours.

Je m'excuse de ces longues explications si personnelles données à quelqu'un que je considère à bon droit comme un ami, mais que je connais si peu.

Oserais-je dire, pour finir, que je ne suis nullement atteinte de la fièvre verte. Mais je ne contrarierai pas ce projet, qui vous tient si amicalement à cœur, s'il est réalisable dans les conditions que vous m'indiquez. Et s'il faut jamais que je « succède » à quelqu'un, je serai honorée que ce soit à Roger Caillois.

Croyez, je vous prie, cher Monsieur, avec mes remerciements renouvelés, à l'expression de tous mes sentiments les meilleurs.

Marguerite Yourcenar

---

1. La nationalité française sera également rendue à l'écrivain par l'intermédiaire du consulat de France à Boston, pour son élection à l'Académie française.

À BERTRAND ROSSI[1]

> Petite Plaisance
> Northeast Harbor
> Maine 04662 USA
> 3 novembre 1979

Cher Monsieur

Je m'excuse bien vivement d'avoir si longtemps tardé à répondre à votre lettre et à vos travaux faits pour moi et envoyés le 13 août dernier. Les quatre premiers volumes du Torndike sont partis vers vous il y a environ un mois, et devraient vous parvenir sous peu, mais le « courrier de surface » entre les États-Unis et la France est fort lent.

Ma lenteur à vous répondre mérite peut-être une certaine indulgence de votre part. Tout d'abord, je me trouve en plein dans la période de crise que je voyais venir de longue date : une maladie très grave (disons le mot, terminale, selon l'expression employée ici), de l'amie américaine, ma traductrice et mon assistante dans mes affaires littéraires, qui habite avec moi. Non seulement une bonne partie de mon temps se passe, comme de juste, à la soigner, mais encore sa disparition, réalisée déjà dans l'ordre pratique, m'oblige à toute sorte de réarrangements, toutes mes affaires, contrats, etc., aux États-Unis passant par ses mains. La parution de *La Couronne et la Lyre*, avec un considérable travail de corrections d'épreuves et de révisions au dernier moment m'a aussi beaucoup occupée toute cette fin d'été et tout cet automne. En somme, j'étais aussi loin que possible des grandes visions de l'astrologie, et ce n'est que récemment que j'ai eu le temps de lire à tête quasi reposée votre travail.

---

1. Fonds Yourcenar à Harvard, bMS Fr 372 (1031).

Il est remarquable, et a beaucoup alimenté mes réflexions. Quelques [mot illisible] informations que vous m'apportez « collent » très bien au personnage tel que je l'ai connu. La description donnée par André Barbault, page 3, est, dans l'ensemble, extraordinairement exacte ; ce sont plutôt vos paragraphes atténuatifs [sic] qui suivent qui s'éloignent, en offrant d'autres alternatives, de Michel tel qu'il a été. L'absence de sens pratique était *totale* ; l'absence de préoccupation familiale aussi, le rêve de foyer et d'harmonie [mot illisible] inexistant. Je serais disposée à croire qu'il y a des natures qui ne *rêvent* pas, sans être nécessairement terre-à-terre ou prosaïques : tout simplement, elles réalisent ou laissent tomber. Je ne crois pas non plus qu'il y ait eu d'« idéal inaccessible ». Les pages 5 et 6 sont exactes, sauf le dernier paragraphe de 6. Les violentes colères étaient certes fréquentes, et je l'ai entendu « engueuler » beaucoup de gens ; mais jamais parler durement, sèchement, ou méchamment ; je ne l'ai jamais connu non plus sévère ou acariâtre. Chose très rare, et dont j'ai appris à connaître tout le prix je ne l'ai jamais entendu non plus dire du mal de personne : quand il reportait un fait odieux et scandaleux, c'était par simple curiosité intellectuelle ou avec une indignation tout impersonnelle. Il s'ensuit, (haut de la page 7) que le fait de « regretter certaines paroles » ne s'applique pas non plus. C'était un homme qui ne regrettait pas.

Le paragraphe 5 de la page 7 ne s'applique en rien non plus. Un total dédain du détail et le moins pointilleux des hommes. Là, l'analyse est à l'opposé du caractère.

Le paragraphe 6 s'applique lui aussi très peu au personnage, sans toutefois être à son opposé, comme le contenu du paragraphe 5. Cet homme lettré a lu de l'histoire ou de la philosophie mais ni l'histoire ni la philosophie ne lui importaient, au fond, beaucoup. À l'opposé du collectionneur par le dédain de la possession des objets : une vieille reliure, un vieux manuscrit n'avaient tout au plus pour lui d'intérêt qu'un instant.

Nous sommes entièrement dans le faux avec le paragraphe 1 de la page 8. Aucun humour froid ou grinçant. La colère elle-même était chaleureuse.

Le reste de la page 8 (affaires financières) est exact. Il est mort dix fois ruiné.

Il y aurait beaucoup à dire sur les 6 premiers paragraphes de 9. Vrai *peut-être*, et *jusqu'à un certain point*.

Le chapitre : un *homme très mystérieux* approche de certains traits de ce caractère, mais de très loin et sur un plan qui n'était pas le sien. Ni drogue, ni alcool, ni quête de l'absolu, ni le moindre souci de la dissolution dans le néant ou d'une fusion avec l'infini, ni la moindre aptitude (p. 10) à quitter les limites de sa personnalité, qui l'emplissait tout entier. Tout cela lui aurait paru, excusez le mot, mais je l'utilise pour nous ramener sur le vrai terrain, des foutaises.

D'autre part, certains dons médiumniques (un très fort pouvoir d'hypnotiste, certains cas de clairvoyance) qu'il prenait lui-même à la légère. Ce type humain ne nie pas l'invisible, mais l'[accepte] avec désinvolture : il y a de tout dans l'univers, et donc pourquoi pas, de l'invisible aussi...

Aucun souci de se « réaliser soi-même », et [mot illisible] la valeur sentimentale accordée à la femme. Nous sommes dans un autre monde psychologique que le sien.

Ne croyez pas que je tâche de ravaler votre travail, ou d'attaquer acrimonieusement vos interprétations. Je tâche de juger, par-delà cette étude, une méthode, et les résultats qu'elle donne. Comme dans toute science interprétative, il est clair que le point de vue, l'expérience, et le tempérament de l'analyste déforment plus ou moins l'analysé, et entraîne celui-ci dans des directions différentes des siennes. (Un écrivain a quelque chose de la même expérience avec les critiques, fussent-ils bienveillants et enthousiastes.) Vous prêtez au personnage des tendances à l'introspection, un regard en retour sur soi-même qui n'étaient pas les siens.

Il reste que Michel est, en effet, contrairement à ce qu'on eût pu croire, un homme mystérieux. Il y a eu évidemment, dans sa vie, des événements sombres, mais il est rare qu'il n'y en ait pas, quand un homme impulsif s'abandonne sans hésiter à tous les hasards. Il y a eu aussi, plus étranges, les moments très courts où je l'ai entendu parler, ou vu agir, d'une manière qui en somme ne lui appartenait pas, semblaient provenir d'un autre homme et d'une autre vie. Mais, comme je l'ai dit dans *Archives du Nord*, il avait lui-même l'impression d'avoir vécu une demi-douzaine de vies sans rapport entre elles, sous l'influence, je crois, plutôt des circonstances que des personnes. Peut-être y avait-il au fond de cette diversité une indifférence qui est celle des grandes forces naturelles : un torrent se soucie peu de quel côté il coule.

Il reste aussi que la découverte, très récente, du fait que la naissance de cet homme solaire avait été nocturne, m'avait intriguée moi-même. Je n'avais jamais eu en main copie de l'acte de naissance de Michel ; c'est il y a deux ans seulement qu'un ami astrologue s'est procuré celui-ci, en vue d'une étude qu'il se proposait de faire, mais qu'il est mort avant d'avoir commencée[1]. Il est dommage que nous n'en

---

1. Probablement Jean de Walque.

possédions pas au moins une ébauche, pour pouvoir comparer son travail au vôtre.

Je vous remercie encore d'avoir entrepris pour moi cette analyse. J'espère que vous ne vous offenserez pas si je vous avoue que pour moi l'expérience est inconclusive [sic] ; je trouve dans ce portrait dessiné à l'aide des astres quelques vérités, mais aussi beaucoup d'erreurs. Comme en tout.

Marguerite Yourcenar

P.-S. Je vous envoie ci-joint une coupure du *Parisien Libéré*, où ma photographie figure sous le signe du Taureau. Un autre journal, tout récemment, me donnait comme née sous le signe du Lion (au lieu d'y voir seulement mon ascendant) et entreprenait un portrait à partir de là[1]. Il est grand temps que les astrologues sérieux protestent contre ceux qui ne le sont pas.

À JEAN CHALON[2]

Petite Plaisance
Northeast Harbor
Maine 04662 USA
29 novembre 1979

Cher Jean Chalon,

Voici l'article nécrologique de Grace Frick dans notre petit journal local[3]. Il met un point à près de

---

1. M. Y., née un 8 juin (1903), est Gémeaux.
2. Collection particulière. Copie de lettre autographe.
3. Grace Frick s'est éteinte le 18 novembre, à 9 heures du soir. L'incinération a eu lieu à Bangor le 21 novembre, le service religieux à l'église de Northeast Harbor, le 26 novembre.

quarante années de dévouement, dont les dix dernières ont été un perpétuel tourment (cancer généralisé du système lymphatique) dissimulé le mieux possible, surtout aux visiteurs venus me rencontrer, mais qui dès qu'elle était seule lui arrachait des cris.

J'écris ceci (bien qu'il soit presque indécent de mettre de noires images sous les yeux de quelqu'un), parce que vous comprendrez mieux mon indignation et mon mépris pour un Rosbo ou une Elvire ou Elmire de Brissac qui, sans doute du fait d'une sottise et d'une malveillance congénitales, n'avaient pas compris qu'ils se trouvaient devant une femme déjà condamnée et qui luttait pour travailler jusqu'au bout.

Le village et tout l'entourage ici ont été d'un dévouement exquis.

Mille sympathiques souvenirs,

Marguerite Yourcenar

Le poème sur les arbres des Tuileries me touche beaucoup.

À JEAN CHALON[1]

> Petite Plaisance
> Northeast Harbor
> Maine 04662 USA
> 29 novembre 1979 dans la soirée

Cher Jean Chalon,

J'ai reçu votre amicale lettre avec la fleur noire. Elle m'a beaucoup touchée. Vous aurez reçu ma pre-

---

1. Collection particulière. Copie de lettre autographe.

mière lettre, où j'ai eu le tort de parler avec irritation de deux individus qui sont ce qu'ils sont. Oublions-les ! Mais *je* continue à souffrir du fait que les deux seules fois — à ma connaissance — où Grace ait été mentionnée dans une feuille de chou ou dans un livre français, l'a été avec insolence. Elle méritait mieux, elle qui m'a secondée si longtemps (Marthe près de Marie) et dont un vieil hollandais, qui ne l'avait vue qu'une fois, et dont je révère pour cette raison la mémoire, m'avait dit voir en elle « le visage de la fidélité ».

C'est plus qu'ennuyeux, le silence qui a entouré votre très bon livre dans le pays d'origine de son héroïne[1]. Mais cela ne m'étonne guère : les Américains semblent s'intéresser de moins en moins aux littératures européennes. Je rencontre ici des dames très bien qui ne savent pas qui était Rimbaud, par exemple. Et puis, la plupart des traducteurs sont *très* mauvais. J'ai perdu en Grace une traductrice admirable (hélas, l'épuisement causé par la maladie l'empêchait de faire tout travail suivi depuis près de dix ans). Des amis lettrés me cherchent un bon traducteur ou une bonne traductrice. Je ne sais où et quand ils le (la) découvriront.

Amicales pensées,

Marguerite Yourcenar

---

1. *Portrait d'une séductrice* traduit sous le titre *Portrait of a Seductress : the World of Natalie Barney,* New York, Crown Publishers, 1979.

à GEORGES DE CRAYENCOUR[1]

> Petite Plaisance
> Northeast Harbor
> Maine 04662 USA
> 8 décembre 1979

Mon cher Georges,

Merci pour la bonne lettre de Noël. Et aussi pour les coupures archéologiques, et pour la belle image de l'Icône russe, ou plutôt bulgare. J'aime infiniment ces Nativités byzantines où la Vierge est à genoux devant l'enfant, n'osant pour ainsi dire pas le toucher. C'est moins doux que nos nativités à nous, mais encore plus empreint du sens du sacré. Et je me réjouis que vous ayez eu, si je comprends bien, quinze jours en Russie. Je n'y ai passé que quatre jours[2], et j'en garde moi aussi un souvenir inoubliable, avec toutes les contradictions, bien sûr.

*

Et maintenant, la nouvelle si triste et si prévue. Prévue par tout le monde, sauf par Grâce, qui a lutté jusqu'à l'avant-dernier jour. Depuis près de huit ans, elle souffrait d'une façon atroce, avec des semaines, et parfois un ou deux mois de rémission, naturellement, mais depuis le début de l'année cela a été un tourment presque continu pour elle. De sorte que quand elle a cessé de vivre de façon si imperceptible que l'infirmière et moi n'en étions pas même tout de suite sûres, au cours d'un sommeil provoqué par une puissante injection (un dérivé de la morphine), on ne pouvait vraiment pas le regretter pour elle.

---

1. Collection particulière.
2. Voir lettre à Lidia Storoni Mazzolani de Noël 1962.

Mais cette chute dans le vide après ce travail et cette existence en commun de tant d'années... C'est une sorte de nouveau rythme à acquérir. Je dis tout de suite, pour en finir avec ce qui me concerne, que je suis bien secondée et entourée du point de vue journalier et domestique ; une bonne femme de ménage, une gentille secrétaire qui se débrouille dans l'océan de papiers laissés par Grace, qui ne pouvait plus s'occuper de ses affaires depuis plusieurs années, des voisins bienveillants, et l'épagneul Zoé. Et surtout, bien entendu, le travail à faire.

Il y aurait tant de choses à dire... Georges, si par hasard, cet été, l'envie vous prenait de choisir l[es] U.S.A. pour vacances, je puis facilement vous offrir huit jours à Petite Plaisance. Il faudra y penser.

Pour le moment, je vous envoie une coupure, l'article nécrologique de Grace, qui vous donnera une idée pas trop inexacte de sa carrière, et le service commémoratif dans l'église protestante de notre village, fait uniquement de textes choisis par moi, qui, je pense, auraient plu à Grâce. Elle n'appartenait à aucune église, mais fréquentait parfois celle-là, parce qu'elle avait des amis qui s'y rendaient, et j'ai été infiniment reconnaissante au tout jeune clergyman de consentir à ce service pour lui insolite.

Je m'excuse d'avoir mis si longtemps à écrire ; mais je trouve plus difficile en pareil cas d'écrire à de vrais amis qu'à de simples connaissances. Je regrette encore qu'elle n'ait pu lire la lettre que vous lui avez adressée.

Veuillez dire la nouvelle à Loulou et à votre collaboratrice généalogique[1], celle-ci que je regrette de n'avoir pu recevoir cet été, mais elle comprendra mieux que jamais. Affectueuses pensées à toutes deux.

Et affectueusement aussi à vous.

Marguerite Yourcenar*

---

1. Denise Lelarge.

1980

À JEAN CHALON[1]

> Petite Plaisance
> Northeast Harbor
> Maine 04662 USA
> 15 janvier 1980

Cher Jean Chalon,
 Bon retour des Indes ! Je croyais (mais j'ai été si fatiguée et harassée ces temps derniers) vous avoir remercié de votre amicale lettre de sympathie, et dit combien je vous approuve de n'avoir pas consenti à faire un portrait de Grace en six lignes. Quand on pense au gâchage de lignes dans la presse pour les rabâchages de l'Académie, ou sur l'Académie, on se rend compte combien toutes les perspectives sont faussées.
 Je croyais vous avoir dit aussi que j'aimais votre poème écrit aux Tuileries (ou était-ce au Luxembourg[2] ?)

---

 1. Collection particulière. Copie de lettre autographe.
 2. « Le Secret de Yourcenar », paru dans *L'École des arbres*, Paris, Mercure de France, 1980. Jean Chalon y écrivait notamment : « Le secret de Yourcenar est de faire croire qu'elle appartient au genre humain alors qu'elle a déjà opté en faveur du règne végétal. Yourcenar est un arbre, comme la Joconde », pp. 42-43.

Oui, les arbres sont les plus dignes des créatures, et parmi les plus dignes d'amour. Après cela, j'ose à peine dire que je me sens arbre, mais c'est pourtant vrai.

L'essayiste allemand Rudolf Kassner me disait autrefois : « Vous signez comme un arbre. »

Bien amicalement à vous,

Marguerite Yourcenar

Je suis contente que Cioran[1] (que j'aime beaucoup) ait si bien compris Grace. Il est de ceux qui voient.

À MONSIEUR ANDRÉ LEBON[2]

> Petite Plaisance
> Northeast Harbor
> Maine 04662 USA
> 3 février 1980

Monsieur,

J'ai bien reçu votre lettre du 10 janvier, mais il m'est bien difficile d'ajouter quelque chose à ma brève remarque concernant mon père dans un entretien publié par *L'Express*. Disons simplement qu'en indiquant une ressemblance entre ces deux hommes — à peu près contemporains —, je pensais dans les

---

1. Emil Michel Cioran (1911-1995). Essayiste. *La Tentation d'exister*, Paris, Gallimard, 1956 ; *Le Mauvais Démiurge*, Paris, Gallimard, 1969 (Bibl. PP) ; *De l'inconvénient d'être né*, Paris, Gallimard, 1973 (Bibl. PP) ; *Écartèlement*, Paris, Gallimard, 1979 (Bibl. PP) ; *Exercices d'admiration — Essais et Portraits*, Paris, Gallimard, coll. Arcades, 1986 (Bibl. PP).

Cioran avait confié son admiration pour Grace Frick à Jean Chalon qui avait rapporté ses propos à Yourcenar.

2. Fonds Yourcenar à Harvard, bMS Fr 372 (954).

André Lebon. Alors maire de Charleville-Mézières.

deux cas à une robuste origine paysanne, très proche pour Rimbaud, plus éloignée pour mon père, dont le bisaïeul du côté maternel sortait néanmoins d'une très longue lignée de fermiers des environs de Béthune, à cet aspect d'« homme aux semelles de vent » chez soi partout et nulle part, à ce goût de la vie et cette absence quasi totale de regard jeté sur le passé (on n'a pas l'impression que Rimbaud ait beaucoup repensé à ses poèmes, sa brève et fulgurante carrière de poèmes une fois terminée), et enfin un suprême et *instinctif dédain* des opinions et des préjugés ambiants, qui fait d'eux, à travers les hauts et les bas de leur existence, des hommes libres.

Bien sympathiquement,

Marguerite Yourcenar

À WILHELM GANS[1]

13 février 1980

Cher ami,

J'ai lu, ou plutôt relu, avec un très grand plaisir le bel article — d'autant meilleur qu'il n'est pas, comme d'ailleurs une note éditoriale le fait remarquer, influencé par la veine et futile « rumeur publique ». J'ai aussi été ravie des photographies, si bonnes, que Grace Frick aurait aimé voir. Oui, certes, j'accepterais de faire partie des membres de votre Association. Seulement, je n'ai aucun droit d'y appartenir n'ayant pas souffert comme vous l'avez fait [...]. Si pourtant on aimerait voir mon nom figurer sur le bulletin, je vous le donne pour ce qu'il

---

1. Collection particulière. Copie dactylographiée par Wilhelm Gans.

vaut, volontiers. Merci pour la chaleureuse appréciation de *La Couronne et la Lyre*, comprise par vous dans le sens que j'ai voulu lui donner, c'est-à-dire la « foule humaine », grecque, à travers les siècles. Quant au « Minotaure » dont la première scène reflète l'horreur de notre temps (les prisonniers en transit vers le Minotaure), je crois bien que ces jeunes acteurs n'y ont pas compris grand-chose, mais je refuse rarement un texte à une jeune compagnie. Il faut bien qu'ils fassent des expériences, eux aussi.

Je ne me réajuste que peu à peu après des années de souci et de peine. Je pars, à la fin de mai avec des amis dans le Sud, pour un peu moins de 5 semaines. Zoé sera adoptée momentanément par l'excellente femme de ménage.

Amitiés et encore merci,

Marguerite Yourcenar

À WILHELM GANS[1]

14 février 1980

Photographie de Miss Grace Frick.
Grace Frick, 1971.
Dernière photographie où elle est encore « elle-même ».
En souvenir de votre visite au temps qu'elle était encore là.

Amicalement,

M. Yourcenar

---

1. Collection particulière. Copie dactylographiée par Wilhelm Gans.

À JEAN CHALON[1]

>Petite Plaisance
>Northeast Harbor
>Maine 04662 USA
>5 avril 1980

Cher Jean Chalon,

Merci pour l'honneur d'être comparée à un arbre[2]. J'en sens tout le prix, surtout en ce moment où je reviens d'un long périple — le voyage par la route ayant succédé à la croisière[3] — durant lequel j'ai eu l'occasion dans diverses « réserves naturelles » de contempler beaucoup d'arbres. Hélas, je me retrouve maintenant au milieu d'avalanches de papier imprimé !

Puis-je vous demander s'il serait opportun et possible de faire publier dans la partie littéraire du *Figaro* un entrefilet indiquant qu'incapable de répondre à chaque correspondant en particulier, je remercie tous ceux qui ont bien voulu m'écrire, et pour leurs félicitations, et pour leur intérêt pour mes œuvres. Vous savez sûrement si cela se peut et comment on formule cela.

Bien amicalement à vous,

Marguerite Yourcenar

---

1. Collection particulière. Copie de lettre autographe.
2. Lettre à Jean Chalon du 15 janvier 1980.
3. Croisière avec Jerry Wilson dans les Caraïbes, février-mars 1980.
Jerry Wilson (1950-1986). Jeune photographe américain. Compagnon de voyage de Yourcenar à partir de 1980. Collabora à *La Voix des choses*, textes recueillis par Marguerite Yourcenar, photographies de Jerry Wilson, Paris, Gallimard, 1987. Sur les relations de Yourcenar avec Jerry Wilson, voir Michèle Sarde : *Vous, Marguerite Yourcenar, la Passion et ses masques*, Paris, Laffont, 1995.

A JEAN D'ORMESSON[1]

> Petite Plaisance
> Northeast Harbor
> Maine 04662 USA
> 10 avril 1980

Cher Monsieur et Ami,

J'ai trouvé, en rentrant ici au début du mois votre lettre et votre télégramme qui a croisé le mien, envoyé des Caraïbes. Maintenant que les remous de la presse et des média s'apaisent, je ne puis que vous redire ma très grande gratitude pour votre amicale insistance en ma faveur. Les êtres, il faut l'avouer, comptent pour moi encore plus que les institutions : cette élection, en ce qui me concerne, c'est d'abord Jean d'Ormesson et les dix-neuf autres personnes qui l'ont soutenue, et dont quelques-uns, comme Jean Delay ou Étienne Wolff[2], étaient déjà pour moi des amis.

Je n'ai pas eu besoin de votre lettre pour ne pas croire à de prétendues « intrigues académiques » ourdies par vous en ma faveur. S'il y a eu intrigues, elles ont, semble-t-il, été combinées par d'autres et dans d'autres directions, dont je ne veux d'ailleurs rien savoir. Je n'ai pas lu, et peut-être ne lirai pas avant bien longtemps, les coupures de presse amoncelées ici en mon absence, mais une lettre très détaillée d'une amie française m'a permis de suivre, presque mot par mot, votre belle émission dont je vous remercie.

---

1. Fonds Yourcenar à Harvard, bMS Fr 372 (1004).
2. Etienne Wolff (né en 1904), de l'Académie française. Biologiste et essayiste. *La Vie et l'Homme — Encyclopédie des sciences biologiques*, Genève, Éditions René Kister et Paris, Éditions de la Grange-Batelière, 1961, pp. 11-27 et pp. 158-159 ; tiré à part (Bibl. PP).

Je viens de demander à Gallimard de me faire envoyer les ouvrages de Caillois que je ne possède pas déjà. Je vais lire ceux que je ne connais pas encore et relire ceux que j'ai déjà plusieurs fois lus. Madame Jean Guéhenno a bien voulu m'envoyer la photocopie d'une lettre écrite à son mari par un Caillois âgé de dix-sept ans, et Madame Caillois aussi m'offre son assistance[1].

Mais tout cela réclame du temps. Je tremble toujours en commençant un travail de ce genre, où il s'agit d'être lucide et précis, et en même temps de se pencher sur une œuvre avec une respectueuse sympathie, sans pourtant la tirer à soi. Un essai sur l'historien Ivan Morris, paru, assez mutilé, dans *L'Express*[2], il y a quelques semaines, m'avait demandé deux mois. C'est tout autre chose que le libre élan qui accompagne la composition d'un roman.

« Time is of the essence[3] ». Je crois comprendre qu'on a un an à dater de l'élection pour accomplir ce travail, mais viens m'informer de vous quelle date, à votre sens, serait souhaitable, fin de l'automne de cette année (mettons novembre) ou février-mars prochains ? L'un et l'autre sont possibles, mais j'aurais besoin de le savoir pour établir certains [mot manquant] de travail et de voyage. Vous savez

---

1. *Discours de réception à l'Académie française de Mme Marguerite Yourcenar et Réponse à M. Jean d'Ormesson*, Paris, Gallimard, collection Blanche, 1981 ; repris dans *En pèlerin et en étranger*, sous le titre « L'homme qui aimait les pierres », *op. cit.*
2. « Le Japon de la mort choisie », *L'Express*, 1ᵉʳ mars 1980, pp. 96-98, repris dans *Le Temps, ce grand sculpteur*, sous le titre *La Noblesse de l'échec*.
Ivan Morris, *The World of the Shining Prince — Court life in Ancient Japan*, New York, Alfred Knopf, 1964 (Bibl. PP) ; *The Nobility of Failure — Tragic Heroes on the History of Japan*, New York, Holt, Rinehart & Winston, 1975 (Bibl. PP) ; *La Noblesse de l'échec — Héros tragiques de l'Histoire du Japon*, Paris, Gallimard, 1980 (Bibl. PP).
3. « C'est le temps qui importe. »

peut-être que je n'aime pas les déplacements courts : je me propose donc de faire précéder et suivre ce séjour de quelques semaines à Paris de visites à quelques amis vivant à l'étranger, et enfin, nouveaux arrangements à prévoir, je suis arrivée à l'âge de la vie où l'on préfère ne pas voyager seule. Je pourrai, certes, si vous me le conseillez, écrire au sujet de ces dates au Secrétaire Perpétuel de l'Académie[1], mais vous considérant un peu comme mon parrain dans la maison, je m'adresse d'abord à vous.

Je viens de recevoir une charmante lettre de Maurice de Gandillac avec qui j'ai correspondu à l'époque de *L'Œuvre au Noir,* et qui n'est pas peu fier de vous avoir eu pour étudiant. Quelle longue chaîne de contacts amicaux à travers la vie...

Croyez, je vous prie, cher Monsieur et Ami, à l'expression de tous mes meilleurs sentiments,

Marguerite Yourcenar

À MARC BROSSOLLET[2]

Petite Plaisance
Northeast Harbor
Maine 04662 USA
23 avril 1980

Cher Ami,

Vos félicitations me sont allées au cœur : depuis vingt ans, vous avez été l'un des principaux auxiliaires de mon succès, en aplanissant pour moi « les passages difficiles ». Merci !

---

1. Jean Mistler (1897-1988), secrétaire perpétuel de l'Académie française de 1973 à 1988. Homme politique et écrivain.
2. Collection particulière. Copie de lettre autographe.

Je me propose de vous envoyer d'ici quelques jours un « xérox » d'un très long document : mon testament, dressé par l'avocat le plus digne de confiance de la petite ville, et qui d'ailleurs était dépositaire de mon précédent testament, maintenant annulé[1]. J'ai hésité à laisser faire ce document sans vous consulter d'abord, mais je partais pour un assez long voyage, aux trois-quarts par la route[2], et je ne voulais pas, en cas d'accident, laisser mes affaires dans un désordre comparable à celui où Grace Frick, terrassée par la maladie, a laissé les siennes. De plus, la loi de l'État du Maine exige qu'un testament soit fait avec l'aide d'un homme de loi du Maine, et déposé entre ses mains, sous peine d'invalidité. Je crois que vous ne trouverez rien à redire aux paragraphes concernant la disposition de la propriété devenue entièrement mienne, de par le décès de Grace Frick, non plus qu'aux legs à des institutions charitables ou à des particuliers, tant aux États-Unis qu'en France ou à l'étranger.

Il se peut toutefois — et je suppose que ce ne serait pas *techniquement* impossible, que vous ayez à ajouter une annexe en français, qu'on traduirait en anglais pour la joindre au testament déposé chez Me Fenton[3], confirmant et clarifiant les dispositions prises en ce qui concerne le dispersement de mes droits d'auteurs en France, ainsi qu'établir un codicille auquel je pense beaucoup au sujet des *Œuvres*. Il y a en effet des ouvrages de jeunesse que, pour seule cause d'immaturité littéraire (comme par

---

1. C'est en janvier 1980 que Yourcenar se rendit chez Me Fenton pour rédiger son nouveau testament et constituer un Trust, fondation privée dans le vocabulaire des affaires aux États-Unis.
2. En février, Yourcenar et Jerry Wilson partaient en voiture jusqu'en Floride afin d'y embarquer pour une croisière dans les Caraïbes.
3. Depuis « qu'on traduirait » jusqu'à « chez Me Fenton » est un ajout en bas de page.

exemple une première brève version de *L'Œuvre au noir* sous un autre titre) je ne souhaite pas voir reparaître durant le temps que durera ma propriété littéraire. Il y a d'autres textes inédits, en particulier une correspondance déposée pour le moment entre les mains d'une amie française[1], à qui ces lettres ont été écrites, et qui passera après sa mort à son fils, sur lesquelles je souhaite, comme d'ailleurs ils le font eux-mêmes, voir mettre un embargo pendant un certain nombre d'années. Il faut songer au cas où le fils, lui aussi, disparaîtrait, et où cette correspondance, tantôt purement littéraire, tantôt traitant de sujets personnels, tomberait entre les mains d'héritiers ou d'acheteurs peu scrupuleux et désirant la publier trop vite.

J'aurais donc besoin de votre opinion sur tout cela. Je compte passer quelques semaines à Paris cet hiver, mais il me semble imprudent de remettre ces mises au point à demain.

Puis-je vous prier de remercier pour moi votre belle-mère, Madame Jean Mirat, dont la lettre m'a beaucoup émue, et lui dire que je n'oublie pas combien précieux m'ont été les conseils de son mari avant les vôtres.

Croyez-moi, cher Maître et Ami, bien sympathiquement vôtre,

Marguerite Yourcenar

---

1. Probablement Jeanne Carayon.

À WILHELM GANS[1]

12 mai 1980

Cher ami,

Vous écrivez comme on combat. Votre lettre à Cohen est belle[2], et le commencement m'a ravie : je suis juif et « antisémite ». Que de fois n'avais-je pas dit que j'étais Française et anti-française, Américaine et anti-américaine, femme et anti-féministe, et cela pour les mêmes raisons que vous donnez. Merci !

Quant à maigrir, c'est fait. Les six mois passés (presque) depuis la mort de Grace Frick, avec leurs travaux et leurs voyages, m'ont fait perdre 10 kilos après l'immobilité quasi complète de la vie dans ces quatre ou cinq dernières années. Je ne m'en plains pas, il faut peser le moins possible sur la terre.

Beau voyage de quarante-cinq jours dont la croi-

---

1. Collection particulière. Copie dactylographiée par Wilhelm Gans.
Wilhelm Gans précise que cette lettre a été écrite « au verso de deux photographies : Yourcenar à Montpellier 1970, avec "Valentine" (cocker) ; Yourcenar devant la petite bibliothèque publique de North-East Harbor 1974 ».
2. Dans un entretien avec Jacques Chancel, Albert Cohen (1895-1981), l'auteur de *Belle du Seigneur* (1966) avait tenu des propos désobligeants sur Yourcenar. Wilhelm Gans lui avait écrit pour exprimer son indignation, précisant notamment : « À supposer exacte la citation de vos propos concernant Marguerite Yourcenar dans *Le Figaro*, j'aurais à vous dire ceci : Premièrement : de vous regarder vous-même dans une glace. Secundo : Si toute beauté peut prêter à discussion, il n'est pas de même ni de la méchanceté ni de la stupidité. Je ne sais pas si, à 76 ans, Madame Yourcenar correspond encore à tous les canons de la beauté. Je peux par contre vous affirmer qu'elle correspond à ceux de la bonté. Elle est non seulement une grande artiste mais une femme de cœur et une combattante aussi intrépide que discrète contre la souffrance des hommes (quels qu'ils soient — "même" des nègres ou des juifs...). J'en détiens des preuves personnelles. » Lettre du 17 avril 1980, Collection particulière.

sière n'a été qu'une dizaine, le reste donné à la route et à de « sauvages lieux ».

Je souris toujours beaucoup : sourire de sympathie plutôt que de joie, mais toute sympathie se transforme en joie. Si vous revenez jamais aux États-Unis, songez [...] à Northeast Harbor, mais je serai sans doute quelques mois en Europe cette année.

Je vous remercie de nouveau, en vous priant de me croire votre amie.

Marguerite Yourcenar

À JEAN D'ORMESSON[1]

Petite Plaisance
Northeast Harbor
Maine 04662 USA
20 mai 1980

Cher Jean d'Ormesson,

La lettre n'était pas trop longue, et j'ai honte d'y répondre, longuement aussi par une terne série de mots dactylographiés, mais mon écriture est moins lisible que la vôtre, et je m'en voudrais de vous obliger à en déchiffrer quelques pages.

Merci de m'indiquer qu'une grande latitude m'est laissée quant à la date de réception. J'écrirai à coup sûr au secrétaire perpétuel à ce sujet, mais quand je serai un peu plus fixée moi-même sur l'époque à proposer. Elle dépend en partie de la date à laquelle je puis envisager la complétion [sic] du discours, en partie des facilités de voyage (je préfère, si possible, un paquebot à l'avion), en partie d'autres visites à

---

1. Fonds Yourcenar à Harvard, bMS Fr 372 (1004).

faire en Europe avant ou après ce séjour d'un mois environ à Paris (je crois, en particulier, que ma présence à une séance de l'Académie belge s'imposera[1]), et d'arrangements à faire avec un compagnon de voyage[2]. Depuis quelques années en effet, j'ai cessé de me sentir assez d'énergie physique pour me plaire à voyager seule.

Je me rends au début de juin à Boston pour une cérémonie officielle presque aussi redoutable, avec les réceptions qui inévitablement l'encadrent, que la cérémonie sous la Coupole : il s'agit de recevoir des mains de l'ambassadeur ma promotion à la Légion d'honneur[3]. Je m'étonne un peu qu'à chaque nouvelle promotion une nouvelle remise d'insignes soit nécessaire, mais c'est ainsi, et le consul-général a tenu à envoyer en France quelques invitations « de pure forme », dont l'une à Claude Gallimard, l'autre à vous, mais personne ne s'attend à ce que vous vous imposiez cette corvée. Si une bonne chance vous amenait aux États-Unis cet été avant mon séjour en France, j'aimerais mieux vous recevoir à Northeast Harbor, où je serai en résidence à peu près continuelle à partir du 15 juin.

Mon intention n'est pas de me mettre immédiatement au discours, auquel pourtant je pense déjà beaucoup, mais de terminer d'abord, si possible, quelques travaux presque achevés qui me sollicitent de revenir à eux, ce qui me laisserait en quelque sorte tiraillée.

Il va sans dire que je ne considère pas comme une sorte de pensum cette oraison funèbre d'un remarquable et puissant esprit. Le danger serait plutôt de la tirer à moi du fait de certaines communautés

---

1. Où Yourcenar avait été élue en 1970.
2. Jerry Wilson.
3. Voir lettre à Jeanne Carayon du 2 janvier 1975.

d'intérêt, de certaines orientations presque parallèles. Il faudra que je m'applique à chercher aussi les divergences, pour donner de Caillois l'image la moins incomplète et la moins inexacte possible.

Je comprends le désir de Madame Caillois de ne pas mettre sous le boisseau « l'oraison funèbre ». Coupole ou pas coupole ? Il me semble que nous pouvons remettre ce choix à l'époque où la date elle-même sera fixée. À vrai dire, tout comme Montherlant, je souffre, *physiquement*, de la foule, jusqu'à risquer l'évanouissement, ou à ne triompher de cette phobie qu'au prix d'un long épuisement dans les jours qui suivent. Ce serait, certes, déjà quelque chose, d'éviter les accolades amicales qui suivent le discours, mais les éviterait-on tout à fait ? Ma santé, très compromise l'hiver dernier, s'est beaucoup améliorée, du fait surtout d'un long voyage, mais je m'aperçois une fois remise au travail que je dois encore compter avec la fatigue. De plus, et tout en continuant à refuser l'uniforme, la cérémonie dans ce cadre officiel obligerait, me semble-t-il, à en donner comme un léger rappel au féminin, ce à quoi il faudra aussi penser. Dites à la charmante Madame Caillois, si vous la voyez, que je *tâcherai*, si humainement possible, de choisir la solution qu'elle préfère.

Quant à l'énumération, si digne d'un empereur de votre imaginaire Empire[1], d'une broche, un diadème, un éléphant vivant (que j'aimerais l'accepter, mais il me faudrait aussi une écurie et un cornac et les enfants du village ne quitteraient plus ma porte), ou d'une piscine de porphyre, votre imagination entraîne la mienne. À la vérité, un don fait en esprit n'a pas besoin d'être du concret : l'intention seule m'en suffit. Mais si quelques personnes tiennent

---

1. Allusion au roman de Jean d'Ormesson, *La Gloire de l'Empire*, Gallimard, 1971.

vraiment à s'inscrire pour donner quelque chose, j'aurais mauvaise grâce à les décourager entièrement. Vous savez mon goût pour les choses de l'Extrême-Orient : je pense à une petite statuette ou à un petit tabernacle siamois, japonais, ou cambodgien ancien, Bouddha ou Kuanon (« celle qui entend tomber les larmes des hommes ») mais vraiment assez petits pour être tenus révérencieusement dans les deux mains, ou encore à une *plurba* tibétaine de bronze ou de bois, la dague magique « qui sert à tuer le Moi », aux angles d'ailleurs si émoussés (du moins chez celles que j'ai vues) qu'on ne pourrait s'y couper. J'ai dit naguère, je crois à Radio-Luxembourg, lorsqu'il était déjà vaguement question pour moi de l'académie, que ce genre de dague serait la seule « épée » que j'accepterais jamais, et cette plaisanterie me revient à l'esprit en ce moment. Ou, si ces objets orientaux étaient décidément trop difficiles à trouver ou trop dispendieux, peut-être un *aureus*[1] d'Hadrien, au sujet duquel mon ami Coche de la Ferté pourrait donner des conseils, ou plus simplement encore, en mémoire de Roger Caillois, quelque beau cristal qui pourrait au besoin servir de presse-papier ? Le presse-papier aussi est un de nos symboles.

Je regrette infiniment que M. Mistler ait pu voir de la désinvolture dans ma très brève biographie et, pour la bibliographie, à la référence à la liste des *œuvres* dans les éditions de Gallimard. Je vais essayer d'établir une brève bibliographie de mes

---

1. Monnaie à l'effigie d'Hadrien. C'est ce que l'Académie choisit d'offrir à l'écrivain. Yourcenar laissa cet *aureus* à Jean-Pierre Corteggiani, égyptologue et bibliothécaire de l'Institut français du Caire, qui fut un ami des dernières années.
Jean-Pierre Corteggiani, *L'Égypte des Pharaons au Musée du Caire*, Paris, Éditions Aimery Somogy, 1979 (Bibl. PP) et édition revue et corrigée, Paris, Hachette, 1986 (Bibl. PP).

livres publiés, ou republiés avec de grands changements, mais il me serait impossible d'aller plus loin, et de recenser les essais ou articles, auxquels du reste je suppose qu'il ne tient pas. J'ai en mains une bibliographie établie en 1975 par un jeune universitaire français[1], mais elle contient de nombreuses erreurs.

Quant à la biographie, que dire de plus que ce que j'avais indiqué (j'avais, il est vrai, omis le nom des collèges américains m'ayant donné des *degrés honoris causa*, et oublié de mentionner les décorations ; je rétablirai ces détails) ? L'existence, du moins la mienne, tient mal sur les lignes pointillées. N'importe : j'en enverrai à M. Mistler une nouvelle copie, contenant ces quelques faits de plus.

Avec toutes mes amicales pensées,

[Marguerite Yourcenar]

[...]

À GEORGES DE CRAYENCOUR[2]

Petite Plaisance
Northeast Harbor
Maine 04662 USA
31 juillet 1980-3 août 1980

Mon cher Georges,

Voici bien longtemps que je ne réponds à vos lettres. Comme vous le pensez bien, le temps seul a manqué.

Pour en finir avec l'arriéré, merci, d'abord, de

1. Denys Magne.
2. Collection particulière.

votre long rapport sur *La Couronne et la Lyre*. Il me semble (et c'est naturel) que vous êtes de ces lecteurs qui « aimez ce que vous aimez », plutôt qu'ils ne travaillent à se faire une idée d'ensemble d'un livre et à voir *pourquoi* l'auteur l'a écrit ainsi. J'ai déjà eu ce sentiment avec *Archives du Nord*, *La Couronne et la Lyre* a été composé pour permettre de suivre certaines constantes ou certains changements de la sensibilité grecque autour des siècles. Un peu de tout devait y figurer.

Quant à votre essai sur mon adolescence[1], par manque de temps, et pour ne pas trop me distraire de mes présents travaux (ce qui fait aussi que je ne lis plus guère les coupures de journaux), je l'ai, il faut l'avouer, feuilleté plutôt que lu. Il ne me paraît pas « mauvais » mais me semble ajouter très peu de chose à ce que j'ai dit dans *Archives du Nord* et dirai dans *Quoi ? l'Éternité*. Sur « Michel », vous conservez des préjugés très visibles (bien excusables dans votre cas), et ne *voyez* jamais cet homme, qui a été grand. Sur moi, vous savez trop peu de chose[s], et faites souvent, ni plus ni moins que les « biographes » des journaux, des hypothèses très éloignées des faits. C'est ainsi que la femme à laquelle je fais souvent allusion comme à un modèle de qualités féminines n'était pas, comme vous le supposez, une personne de service ou une assistante (j'ai oublié votre expression exacte) dans l'entourage de Michel, mais appartenait à l'aristocratie de l'Europe centrale[2]. Les dédicaces de moi que vous citez sont de politesse, insincères seulement en tant que la politesse est souvent insincère (mais elle représente aussi un effort louable d'être « humain »). Par exemple, je

---

1. « Marguerite Yourcenar de 0 à 25 ans. » Voir lettre à Louise de Borchgrave du 22 avril 1964.
2. Jeanne de Vietinghoff.

n'avais aucune affection pour Christine Hovelt ; sa conventionalité, son ignorance, un certain snobisme très anglais, me gênaient. Aimable, mais non pas « bonne » au sens où j'entends la bonté. Elle a néanmoins été pour « Michel » vieilli et malade une compagne très utile. C'est moi (j'avais vingt-deux ans) qui ai conseillé à « Michel » de l'épouser en octobre 1926[1] (2 ans et trois mois avant sa mort), quand l'idée lui est tout à coup venue de le faire « pour lui faire plaisir ». Quant aux « histoires de famille » et au désaccord entre le père et le fils, j'en ai eu très tôt et entièrement connaissance par des lettres et des documents que « Michel » m'a fait lire. De votre père, il y aurait bien des choses à dire, mais j'ai essayé de le faire, déjà, dans *Archives du Nord*, avec, croyez-le bien, le maximum de discrétion et même de sympathie. Je crois que chacun de nous a des excuses pour ce qu'il est.

Vous me demandez, courtoisement, si je m'opposerais à ce que cet « essai » soit publié. Sauf dans le cas d'un écrit diffamatoire, ce qui est hors de cause, je ne puis m'opposer à rien. Mais je crois que votre travail est beaucoup trop long, et pas à point. Il faudrait, je crois, retoucher beaucoup.

Pour en finir avec la « littérature », laissez-moi vous reprocher doucement d'avoir écrit à Jean d'Ormesson. J'ignore le contenu de votre lettre, que Jean d'Ormesson ne m'a pas rapporté, mais pitié pour les écrivains ! On leur écrit tant, et on leur laisse si peu de temps pour écrire.

En effet, je viendrai, mais pour quelques jours seulement, j'espère deux ou trois tout au plus, à Bruxelles vers le début de l'hiver, à ce qu'il semble. Mais je laisse volontairement les dates très vagues,

---

1. En réalité, elle avait 23 ans.

pour ne pas être confrontée à la presse et aux média qui m'ont désagréablement poursuivie lors de la croisière en Amérique Centrale, et en juin, à Boston, lors de la promotion à la Légion d'honneur. La raison de cette visite sera surtout mon désir de participer à une séance de l'Académie de Belgique, à qui je suis toujours reconnaissante d'avoir été la première à m'accueillir, et cela sans fracas d'aucune sorte.

J'ai pris mes dispositions pour quitter les États-Unis le 28 septembre, et ai déjà loué une voiture pour un long voyage d'agrément (et en partie de travail, car la télévision allemande me suivra en plusieurs endroits), qui comprendra entre autres un long séjour en Angleterre[1] et dans plusieurs autres pays avant de gagner la France pour une période assez courte durant laquelle se fera ma réception académique[2]. J'envisage ensuite un retour aux États-Unis par l'Europe du Sud.

L'offre que vous me faites de descendre chez vous me touche infiniment, et je vous en remercie ainsi que Mi[n]ette[3]. Mais je descendrai sans doute comme d'habitude à l'Astoria. J'aurai pour compagnon, comme dans mes précédents voyages de cette année, un jeune ami américain, spécialement intéressé, comme je le suis moi-même, par la musique afro-américaine, et qui a déjà donné plusieurs documentaires à la télévision française. Jerry Wilson est depuis trois ans un fréquent visiteur à Petite Plaisance ; c'est même l'une des dernières personnes que Grâce, très malade, ait consenti à revoir. Nous partageons

---

1. Yourcenar débarquera à Southampton le 3 octobre 1980 et voyagera en Angleterre et en Europe du Nord jusqu'à son retour en France en décembre.
2. La réception de l'écrivain sous la Coupole eut lieu le 22 janvier 1981.
3. Marie-Antoinette, dite Minette, épouse de Georges de Crayencour.

le même goût pour les régions naturelles encore intactes et les réserves de bêtes et d'oiseaux.

Mais si je refuse l'offre que vous vouliez bien me faire, j'aurai certes plaisir à accepter un repas Ave. de l'Escrime, et serai heureuse d'y trouver « Loulou » si elle veut bien se déranger pour moi. De toute façon, j'irai la saluer place Quatelet. Mais je vous avoue que je crains d'être piégée dans un « repas de famille » et qu'il me sera plus agréable de pouvoir surtout consacrer ces moments à mon « collaborateur »[1] dont je n'oublie pas les informations données pour *Archives du Nord*.

Mais je vous écrirai ou téléphonerai dès que mes dates seront fixées. Durant mon séjour en Europe, le mieux sera de m'écrire aux bons soins de Gallimard, 5 rue Sébastien-Bottin, 75007 Paris, qui me ré-expédiera les lettres.

Affectueusement à vous,

Marguerite Yourcenar*

P.-S. Veuillez remercier pour moi un certain nombre de neveux et d'arrière-neveux Crayencour (Yves, Muriel, Anne-Catherine, Gilles et quelques autres) qui ont bien voulu m'envoyer en mars dernier une lettre de félicitations.

---

1. Georges de Crayencour lui-même.

À GEORGES DE CRAYENCOUR[1]

2 septembre 1980[2]

Mon cher Georges,

Merci beaucoup de votre lettre. Non, mon jugement n'est pas sévère, loin de là, mais je crois vraiment que l'article gagnerait à être élagué. Si vous saviez combien j'élague les miens ! Et j'avoue que je suis ennuyée par tant de gens qui s'occupent de la biographie des écrivains, sans en savoir grand chose, que je commence à me méfier du genre. (Quand je m'en mêle, je dis presque à chaque ligne : « peut-être » ou « probablement ».)

Je suis charmée par l'idée d'un dîner dans l'intimité. Nous n'en causerons que mieux, et j'aurais enfin l'occasion de connaître « Minette ». Quant à l'incomparable Loulou, j'espère qu'elle viendra ; nous pourrons d'ailleurs, Jerry et moi, aller la chercher et la ramener, et, par égard pour son âge (mais a-t-elle un âge ?) dîner de bonne heure. Je propose dîner plutôt que déjeuner, parce que d'ordinaire je ne déjeune pas, et tâche de consacrer le matin au téléphone, à la correspondance, et au travail.

J'accepte avec plaisir l'invitation pour Jerry Wilson, que je n'ai pu consulter, car il travaille en ce moment à un documentaire dans l'Arkansas par une chaleur de 105 à 100 degrés Farenheit. À propos, il parle parfaitement français.

Ici, beau temps un peu chaud pour le Maine, mais les nuits sont fraîches. Le projet est toujours de quitter Petite-Plaisance le 25 pour s'embarquer le 28 à New York sur la [sic] Queen Elizabeth pour Southampton. Je ne suis pas sûre de la date du passage

---

1. Collection particulière. Copie de lettre autographe.
2. Entre la date et la suscription, reproduction d'un dessin du « Jordan Pond and the Bubles, Acadia National Park ».

à Bruxelles : dernière semaine de novembre, je crois. Mais je téléphonerai de Hollande. Je n'ai pas votre numéro de téléphone, mais vous pouvez me l'envoyer ici, même s'il arrive après mon départ. Ma gentille secrétaire Jenny[1] fera suivre, aussitôt qu'elle sera fixée sur les adresses anglaises.

Peut-être vous souvenez-vous de m'avoir envoyé un très bel article de Jacques Franck, dans *La Libre Belgique*[2], sur Mishima. Il m'a fait plaisir, après les mauvais articles de la presse française, et a cristallisé mon projet d'écrire sur Mishima un long essai[3]. C'est fait (le manuscrit a fini par compter 107 pages) et je l'envoie demain à Paris. Par ricochet, je vous le dois un peu !

Autant que possible, silence sur le passage à Bruxelles !

Affectueusement,

Marguerite

---

1. Jean E. Lunt ou Jeannie. Secrétaire de Yourcenar après la mort de Grace Frick, en 1979.
2. Jacques Franck : directeur de la rédaction de *La Libre Belgique* à partir de 1984 et chef de la rubrique littéraire de ce journal à partir de 1974. L'article dont il est question est intitulé : « La Mort à l'horizon de " La Mer de la fertilité ". Vie et tétralogie de Mishima », *La Libre Belgique*, mars 1980, p. 16.
3. Ce sera *Mishima ou la Vision du vide*.

1981

À WILHELM GANS[1]

6 Rue Pavée
Paris 75004
24 avril 1981

Cher Monsieur et Ami,

Je reçois votre carte de Pâques. J'ai plus d'une fois pensé à vous ici, dans cette maison située à deux pas d'une synagogue souvent menacée. (La police en surveille sans cesse les abords, depuis les « alertes à la bombe[2] ».)

Je suis responsable de la difficulté que vous avez éprouvée, p. 90, du *Mishima* ; il n'y a pas de faute d'impression, ni de citation sautée, mais j'ai eu tort d'écrire : « cette phrase [...] ironiquement placée sur les lèvres de Roehm ». Après consultation téléphonique avec ma correctrice, nous sommes tombées

---

1. Collection particulière. Copie dactylographiée par Wilhelm Gans.
2. Yourcenar et Jerry Wilson logent alors chez un ami de celui-ci, Maurice Dumay, réalisateur de télévision et auteur de l'émission « Le Pays d'où je viens ». La rue Pavée où il habite se trouve dans le quartier juif du Marais. Quelques semaines plus tard aura lieu l'attentat terroriste contre le restaurant Goldenberg.

d'accord qu'il fallait remplacer « phrase » par « expression ». Une phrase en effet comporte un verbe, et *mon ami Hitler* n'en contient pas. J'ai fait faire la substitution pour le tirage qui suivra.

Je ne pense pas comme vous « que ce soit une grande responsabilité de diffuser les œuvres de Mishima ». En France surtout, où la lucidité à l'égard d'un monde en dissolution et le sacrifice total ne sont pas choses communes.

Un de mes amis, prêtre, me semble davantage dans le vrai quand il voit dans Mishima l'équivalent d'un « intégriste religieux » et apparente sa vue du monde à celle de Schopenhauer, ce qui est d'autant plus exact que Schopenhauer lui aussi a été influencé par la philosophie du Bouddhisme.

Je viens de faire un admirable séjour au Maroc (repos, soleil, paysage[1]) et serai de retour à Northeast Harbor en mai.

Amicalement à vous, et merci encore de m'avoir signalé une erreur.

Marguerite Yourcenar

À FANCE FRANCK[2]

14 mai 1981

Chère Fance Franck,

Après un admirable séjour au Maroc, suivi par la traversée de l'Espagne et du Portugal, je n'ai fait que toucher barre à Paris : c'est ce qui m'a privée [sic] de

---

1. En février-mars 1981.
2. Collection particulière. Copie de lettre autographe.
Fance Franck. Céramiste américaine vivant à Paris.
Fance Franck — Keramik, Hamburg, Museum fur Kunst und Gewerbe. 1974 [s.p.] (Bibl. PP).

vous écrire ou de vous téléphoner, et en tout cas de vous voir. Nous sommes ensuite Jerry Wilson et moi repartis pour la Hollande, et de là pour l'Angleterre, et enfin ici, où nous attendaient les fleurs du printemps.

Et c'est aussi ce qui explique que je n'ai pas téléphoné, au moins, pour remercier pour les admirables bols[1]. J'ai laissé chez notre hôte, Maurice Dumay, celui qui lui était destiné. Combien il est émouvant de savoir, à propos d'un bel objet qu'on tient si légèrement et si facilement dans sa main, à quel point les intentions de l'artiste étaient savantes, complètes et consciencieuses.

J'aurais voulu rencontrer vos amis japonais. Peut-être pourriez-vous me donner leurs noms et leurs adresses ? Mais il se peut que le projet du Japon soit remis à l'année prochaine : en effet, mon meilleur ami là-bas, mon traducteur Iwasaki Tsutomu[2] sera absent en mission culturelle jusqu'en juillet 1982. D'autre part, il se peut qu'un projet de théâtre ramène Jerry Wilson à Paris l'hiver prochain, auquel cas je l'accompagnerai, et le « voyage au long cours » se fera plutôt de nouveau vers l'Afrique. Mais le Japon reste le but n° 1, même si retardé de quelque peu dans le temps.

Amicalement à vous,

Marguerite Yourcenar

---

1. Ces bols offerts à Marguerite Yourcenar ont été créés dans le cadre d'une recherche sur les porcelaines dites rouge frais. Celles-ci ont fait l'objet d'une exposition à l'Ashmoleum Museum d'Oxford en 1991 et d'une autre aux Collections Baur de Genève en 1993, cette dernière exposition étant intitulée « L'Œuvre au Rouge ».
2. Iwasaki Tsutomu. Professeur.

À L'ABBÉ ANDRÉ DESJARDINS[1]

23 mai 1981[2]

Mon cher Chancelier,

J'ai reçu ce matin votre envoi. Merci pour l'album consacré à Alexandre qui, si je comprends bien, est un don, et pour l'ouvrage sur le duc et la duchesse d'Alençon qui vous sera retourné dans quelques jours. Le style, comme vous m'en aviez prévenue, est affreux et fait pour glacer l'émotion du lecteur.

Mais je comprends que ces grands fantômes vous émeuvent. Seulement un roman tournant autour d'un zouave canadien découvrant Rome, et, je suppose, la vie, est-il le meilleur véhicule pour faire passer jusqu'à nous un peu de la personnalité de Marie-Sophie, — et de celle d'Elizabeth ou de Marie-Charlotte si vous incluez aussi ces deux femmes ? Je me le demande. Mais il faut faire confiance à ceux qui écrivent. Les objections ne viennent qu'après.

Peut-être avez-vous raison de dire que je m'éloigne de plus en plus de la littérature. En un certain sens seulement : j'achève *Comme l'Eau qui coule* et ce recueil de trois récits paraîtra l'an prochain, j'espère. (Un tiré à part du 1er récit, *Anna, soror*, le seul qui ressemble encore à l'une des nouvelles de *La Mort conduit l'Attelage*, sera publié cet automne.) J'ai, de plus, d'autres projets. Mais il est vrai que les paysans du Maroc, cet hiver, de la Hollande, et de l'Angleterre l'automne dernier, et, de nouveau, ce printemps, ont compté pour moi plus que les problèmes de l'écriture, et qu'ici même une bonne partie de mon temps se passe à pétrir du pain avec Jerry Wilson, ou à planter avec lui le jardin. Mais cet éloi-

---

1. Collection particulière. Copie de lettre autographe.
2. Adresse non indiquée.

gnement relatif de la chose écrite ne tient pas seulement à quelques moments heureux ; il croît en moi depuis des années, et a grandi prodigieusement du fait même des « succès » et de la « consécration parisienne », de certains contacts littéraires ou mondains, et enfin du raz-de-marée de lettres sottes, démentes, ou insignifiantes qui s'est abattu sur moi. Je vois bien que je ne suis pas inutile à ces gens, qu'il m'arrive dans certains cas de leur rendre du courage (ils le croient, du moins), dans d'autres de les aider à s'accepter. Mais que de malentendus et de futilités dans tout cela ! Et combien décevante cette transformation par les média d'une femme — la femme qui a essayé d'exprimer la vie, telle qu'elle la voyait, dans ses livres — en une ennuyeuse et conventionnelle vedette. J'ai renoncé depuis près d'un an à mon abonnement à l'*Argus de la Presse*. Cette pluie de commentaires presque toujours vains me fatiguait et eût fini par m'excéder de moi-même. Quant à la littérature, je me sens à son égard un peu de la salutaire méfiance du héros de la nouvelle à laquelle je travaille en ce moment : « Un homme obscur ». Mais cette méfiance habitait déjà Hadrien : « Je m'accommodai fort mal d'un monde sans livres, mais la réalité n'est pas là, parce qu'elle n'y tient pas tout entière. »

La réalité en ce moment, après les années difficiles, est fort douce, en dépit du temps affreux qui favorise les habituelles allergies bronchiales. J'ai passé une partie de l'après-midi à feuilleter l'album qui est décidément un don, comme la dédicace le désigne. C'est un don royal. Plus que tout m'émeuvent peut-être ces épis de blé, symbole démétérien qui pourrait être un symbole chrétien.

Amicalement à vous, et bon travail,

Marguerite Yourcenar.

— C'est beau, dans une page lue du livre sur la duchesse d'Alençon, ce cri de révolte contre ceux qui croient « qu'on se console » en pensant à la douleur des autres. Vous avez vous-même noté avec approbation, en marge, cette protestation, comme vous avez noté la confiance faite aux chiens. Nous sommes d'accord.

À WILHELM GANS[1]

> Hôtel de l'Université
> 22, rue de l'Université
> 75007 Paris
> 11 novembre 1981

Cher Monsieur,

Je vous remercie de votre lettre qui me rejoint à Paris, où je suis de passage, et retenue quelques jours de plus par la maladie grave d'un ami, mon hôte de l'an dernier[2], que j'espère voir quitter la clinique avant de m'en aller vers l'Italie et si les dates le permettent, l'Égypte[3]. Je ne savais pas que votre livre fût paru, et je m'en réjouis pour vous, même si vous avez dû l'alléger considérablement[4]. (Il était d'ailleurs, je crois, trop long et trop touffu : les lecteurs, surtout français, se fatiguent vite.) J'espère qu'il atteindra bon nombre de personnes capables de recevoir votre témoignage.

Merci du bien que vous me dites d'*Anna Soror*[5]. Ce

---

1. Collection particulière. Copie dactylographiée par Wilhelm Gans.
2. Maurice Dumay.
3. Yourcenar y sera en janvier-février 1982.
4. *Silence, on tue*.
5. *Anna, soror...*, Paris, Gallimard, 1981 ; repris in *Œuvres romanesques*.

petit écrit est resté très près de moi. Non, contrairement à vos hypothèses, il n'a pas été « libératoire » — je ne crois guère, d'ailleurs, à cette libération aristotélicienne produite par une émotion déversée dans un livre. Je croirais plutôt qu'un livre nous engage plus avant dans le même sens. Ce qui m'intéresse dans ce court récit, c'est précisément qu'il a été écrit, non à 25 ans, mais à 22 ans (21 exactement, puisque le récit a été commencé en mars 1925[1]), avant l'expérience de la passion, mais la préfigurant fidèlement en quelque sorte. Je crois que le phénomène se produit de temps à autre. Le *Bateau Ivre*, prophétique en ce qui concerne l'aventure de Rimbaud, mais écrit avant d'avoir même vu la mer, ou, dans le domaine de la passion amoureuse, *Wuthering Heights*[2], puisqu'on n'a jusqu'ici jamais pu découvrir rien qui corresponde à une telle expérience dans la brève vie d'Émily Brontë. Il y a évidemment, comme vous y faites allusion, des images archétypales.

Le fragment que vous citez (p. 119) figurait déjà dans la publication de 1935[3], dont le texte avait été retouché en 1932 (j'avais vingt-neuf ans). Mais ces lignes existaient-elles déjà dans la version primitive de 1925 ? Je n'en sais rien ; les manuscrits étant allés au panier, mais pour cette réflexion qu'on pourrait éliminer sans nuire à l'action, je penche comme vous pour la date la plus récente. Je sais seulement que j'ai toujours beaucoup aimé les comparaisons florales de la poésie iranienne, de sorte que la date plus ancienne n'est pas absolument exclue. J'aimerais voir *Silence, on tue* sous sa forme présente. Si

---

1. Yourcenar est née en juin 1903. En mars 1925, elle a donc exactement 21 ans et neuf mois.
2. Ce roman de 1847 est intitulé en français *Les Hauts de Hurlevent*.
3. Il s'agit de *La Mort conduit l'Attelage*, publié en 1934, où l'histoire d'Anna de la Cerna figurait sous le titre *D'après Greco*.

vous me l'envoyez, je le laisserai chez une amie provinciale exquise et sensible mais qui n'a véritablement rien *su* à l'époque du drame juif. Votre livre l'aidera à mieux comprendre.

Fidèlement,

Marguerite Yourcenar

À WILHELM GANS[1]

14 novembre 1981

Cher Monsieur,

N'ayant pas encore découvert dans les alentours de mon hôtel un papetier où trouver du papier à lettres à mon gré, je vous écris sur un de mes cahiers de « composition ». Votre livre m'est parvenu hier[2] ; je l'ai déjà parcouru tout entier, et il va demeurer mon compagnon pour de nombreux jours.

Je le trouve excellent. À la lecture du manuscrit, très volumineux — et dont certaines pages, du fait d'un Xérox incertain — étaient, vous vous le rappelez, difficilement déchiffrables, certains passages m'avaient échappé, et, d'autre part, « les arbres m'avaient caché la forêt ». Sous cette forme plus réduite, le livre porte à chaque coup et devient à la fois insoutenable et beau. Je me rends compte de ce que certaines coupures ont dû vous coûter, mais elles étaient nécessaires : l'attention du lecteur s'épuise si vite.

Votre lettre pose la question du style : je vois bien, çà et là, des choses que j'aurais dites autrement, mais cette réflexion même est futile. Ici à Paris,

---

1. Collection particulière. Copie dactylographiée par Wilhelm Gans.
2. *Silence, on tue.*

devant l'effacement presque complet de toute notion de style (un peu moins sensible dans les arts visuels, ou dans la musique, où la notion subsiste encore), mais presque entièrement disparue de la littérature, je commence à me demander si ce qui importe avant tout dans la parole écrite n'est pas le témoignage, seule chose que nous pouvons encore donner. En fait, tout témoignage authentique porte en soi son style ; le vôtre, dans son espèce de timidité, dans sa politesse et sa gentillesse même de narrateur trop civilisé, vous dessine parfaitement, et à travers vous, tous vos compagnons de supplice ; pas un instant, on ne vous soupçonne d'exagérer. D'atténuer, au contraire. Le regretté R. P. Roger Braun (sa courte préface dit exactement ce qu'il faut dire) a eu bien raison de parler de votre discrétion. Je ne crois pas qu'elle vous nuise. On vous croit même par-delà ce que vous dites.

Je vais vous prier, puisque vous avez des exemplaires disponibles, de vouloir bien en adresser de ma part aux personnes suivantes (je garde le mien, dédicacé) : [...] N'espérez pas grand-chose, mais il faudra toujours tout tenter.

Je m'excuse de me mêler ainsi de votre service de presse. Mais je sais que les petits éditeurs ne font rien pour répandre les livres.

Je vous salue bien amicalement,

                                Marguerite Yourcenar

À GEORGES DE CRAYENCOUR[1]

                                Hôtel de l'Université
                                22 rue de l'Université
                                Paris 75007
                                15 novembre 1981

Mon cher Georges,

    Je vous remercie de votre bonne lettre. Non, vous n'avez pas lieu de croire que je vous oublie, mais il est vrai que j'ai peu de temps pour écrire longuement à mes amis comme je le voudrais. L'été, assez inconstant en tant que climat, a passé très vite, rempli de travaux de jardinage et de réfection à la maison. Le toit de tuiles de bois a dû être en partie remplacé et nous jouissons maintenant d'une nouvelle porte, dite porte hollandaise, parce qu'elle s'ouvre en deux sections superposées, comme une porte d'écurie, donnant sur le jardin, et d'une nouvelle fenêtre qui éclaire un corridor jadis un peu sombre, et donne sur la mer aperçue entre les arbres. Beaucoup aussi de travail littéraire entre autres les épreuves du premier volume de mes ouvrages dans la collection *La Pléiade*[2] très honorifique mais assez fatigante pour la vue (il y a plus de 1 200 pages) et l'achèvement de mon recueil de trois nouvelles *Comme l'eau qui coule*, dont *Anna Soror* est la première nouvelle en tiré à part.

    Je suis contente que ce texte ancien, peu retouché, vous ait plu. J'ai l'impression d'avoir réussi à y montrer quelque chose de cette tension quasi héroïque qu'ont parfois donné à l'amour la lutte contre soi-même et une ambiance de pensée religieuse que notre temps ne connaît plus.

---

1. Collection particulière. Copie de lettre autographe.
2. *Œuvres romanesques.*

Les deux nouvelles du même volume sont toutes récentes et d'un tout autre type : *Un homme obscur* qui est l'histoire d'un homme presque illettré, au cœur simple mais capable de regarder judicieusement le monde autour de lui. *Une belle matinée* très courte est une sorte de scherzo allégorique : il s'agit d'un enfant qui rêve à ce que sera sa vie.

Enfin, je travaille ou plutôt me délasse, à de nouvelles traductions de *Negro spirituals* et de *blues*[1] que Jerry Wilson doit organiser ici cette année.

Nous avons quitté le Maine le 9 octobre et après quelques jours charmants dans la campagne anglaise sommes arrivés ici, le 21 octobre, pour découvrir que notre hôte et ami de l'an dernier, le réalisateur à la télévision, Maurice Dumay, qui a beaucoup travaillé avec moi, était atteint d'une maladie très grave (cancer) et sur le point d'être opéré à l'hôpital américain de Paris. L'opération (6 heures !) a été « réussie » mais maintenant va commencer l'épreuve des traitements radiologiques, dont je n'ai vu que de trop près les effets sur Grace. Très actif, toujours pris par ses longues expéditions en pays exotiques, Nouvelle Calédonie (où Jerry l'avait accompagné l'an dernier), Îles françaises du Pacifique, Guyane, Martinique, Dumay a de nombreux amis et collaborateurs qui ont pris en charge ses affaires et ses travaux, dont il ne peut s'occuper pour le moment, mais à peu près personne, sauf sa charmante vieille bonne marocaine, qui puisse s'occuper de son confort journalier, et nous décidons, Jerry et moi, de rester à Paris jusqu'à ce que nous l'ayons vu réinstallé dans son appartement du Marais dans les meilleures conditions possibles. Je

---

1. Jerry Wilson tourna *Saturday Night Blues*, diffusé sur FR 3, en novembre 1983. Plus tard, fut publié *Blues et Gospels*, traduction et présentation de Marguerite Yourcenar (images réunies par Jerry Wilson), Paris, Gallimard, 1984.

ne puis faire moins pour un ami qui dès qu'il a appris la mort de Grace s'est rendu à Petite Plaisance, abandonnant ses travaux de télévision à Paris, pour m'aider dans ces circonstances toujours difficiles.

Ceci bien entendu va décaler sérieusement tout notre programme de voyages cet hiver. Mon impression est que je suis encore à Paris pour plusieurs semaines. Nous sommes heureusement très confortablement installés dans un petit hôtel de la rue de l'Université et la vie s'y écoule un peu au jour le jour.

Je suis ravie que votre dictionnaire héraldique soit en passe d'être réimprimé et par un éditeur spécialisé et établi à Paris[1]. Pour une raison quelconque, il semble difficile d'obtenir le maximum de publicité pour les livres parus en pays étrangers francophones ou en province. Si l'éditeur est adéquat, comme vous me le dites, une vente normale sera plus assurée encore qu'en Belgique, où pourtant la 1re édition semble s'être enlevée très vite. Tous mes souhaits de bonne chance dans cette transaction. Je vous fais envoyer par ma secrétaire Jenny Lunt, de Northeast Harbor, un très sympathique album concernant mon passage au Mont-Noir[2]. Les photographies sont bonnes, parfois amusantes, et vous y retrouverez des noms et des sites familiers.

Je suppose que l'envoi par courrier ordinaire prendra près de deux mois. Vous l'aurez aux environs du Nouvel An.

Toutes mes affectueuses pensées à partager avec tout votre entourage,

Marguerite Y.*

---

1. Voir lettre à Louise de Borchgrave du 22 avril 1964.
2. « Marguerite Yourcenar de retour en Flandre », album souvenir, composé par Louis Sonneville, Centre régional de documentation pédagogique, Lille, 15 décembre 1980.

1982

À WILHELM GANS[1]

31 juillet 1982

Cher Monsieur,
J'ai reçu ce matin les trois livres; l'un va à mon ami et compagnon de voyage Jerry Wilson, qui aime beaucoup votre ouvrage et a perdu son exemplaire, parmi d'autres possessions (et aussi des miennes) dans l'appartement d'un ami mort cet hiver à Paris[2]. La famille a mis les scellés, et il est douteux que nous revoyions jamais ces objets.

Les deux autres demeurent disponibles, mais l'un d'eux ira sans doute à mon ami Walter Kaiser, de la Faculté de littérature comparée, à Harvard, l'un des hommes que j'estime le plus (si par hasard j'avais déjà mis son nom dans une des listes que je vous avais envoyées de Paris, faites-le moi savoir).

Je n'espère pas que chacun des envois que je vous avais conseillé de faire ait pour effet de trouver à votre livre un éditeur qualifié. Je n'ai *jamais* réussi à

---

1. Collection particulière. Copie dactylographiée par Wilhelm Gans.
2. Maurice Dumay est mort le 24 mars 1982.

obtenir d'un éditeur la publication du livre d'un ami, si bon que ce livre me parût. Mais je cherchais seulement et cherche encore à trouver à votre ouvrage le plus grand cercle d'amis possible.

Je suis heureuse d'apprendre que votre fils se marie et qu'il peut s'attendre à une bonne situation. Il semble que pour lui la vie se *stabilise* bien. — Autant qu'elle peut se stabiliser de nos jours.

La cérémonie au camp de Gurs[1] a tout de même dû être très dure pour vous. Quel océan de souvenirs.

Ici, temps sombre et froid la moitié au moins de presque chaque journée avec çà et là des éclaircies éclatantes. En ce moment, pluie torrentielle. Mais le jardin est très beau et les fleurs relèvent la tête après la pluie.

Je crois vous avoir déjà remercié de m'avoir parlé très bien, et de façon émouvante, d'*Un homme obscur*, livre qui m'est très cher, et dont je crois que, sauf exception, comme la vôtre, il est encore très peu compris.

Amicalement,

Marguerite Yourcenar

---

1. Camp de concentration au sud de la France où Wilhelm Gans fut interné.

1983

À L'ABBÉ ANDRÉ DESJARDINS[1]

24 novembre 1983
Paris

Cher Chancelier,

Le séjour à Amsterdam, et ensuite les quelques jours en Frise et dans l'île de Tessel (« l'île de Nathanaël ») se sont révélés excellents par un temps radieux. Paris comme toujours ou presque toujours — est un lieu où je me déplais : j'ai l'impression de réentrer, non dans le monde sombre et solide, et joyeux en même temps de Breughel — que je retrouve parfois en[2] Hollande, mais dans le monde déliquescent de Bosch. Trop de mangeaille et d'érotisme gaspillés, trop de bons vieux préjugés sous tout cela, trop de hargne politique, trop de flou dans l'esprit sous des apparences de vivacité. Évidemment, je suppose que New York et même Rimouski[3]

---

1. Collection particulière. Copie de deux cartes postales autographes. La première représente *La Ruelle* de Johannes Vermeer (1632-1675) ; la seconde, *Le Bénédicité*, représente une vieille femme en prière.
2. Ce mot commence la deuxième carte.
3. Au Canada. Ville de résidence de l'abbé Desjardins.

en offrent souvent autant. Mais Jerry Wilson travaillant avec la télévision française, il est essentiel de passer de temps à autre quelque temps ici.

Vous reconnaissez la vieille femme décrite dans *Un homme obscur.* J'ai toujours beaucoup aimé ce tableau. Pauvre et chère ambassadrice. Je viens de lui écrire à Rome. Hélas, on ne peut jamais[1] dire que très peu de chose.

Amicalement à vous,

M.Y/.

Nous partons pour le Kenya le 30[2].

---

1. De « jamais » jusqu'à la signature incluse, Yourcenar est revenue sur la première carte, écrivant la fin de ce message sur le côté gauche de la carte, en allant du haut vers le bas de celle-ci.
2. Cette information est également donnée sur la première carte, inscrite sur le côté droit, en allant de haut en bas.

1985

À LIDIA STORONI MAZZOLANI[1]

>Delhi,
>face au Château St-Ange ?
>12 février 1985

Chère Amie,

Je vous envoie cette carte médiocre, mais dans le style des ravissantes peintures mogholes. Je suis en Inde depuis le 14 janvier. Merci de vous inquiéter de mon accident, qui a failli être fatal, mais j'ai été merveilleusement soignée au Kenya[2]. Les seules traces sont parfois des crises d'inflammation des ligaments dues au trauma, mais des anti-inflammatoires en guérissent. L'Inde est un admirable pays (c'est ma seconde visite) et je crois qu'on ne comprend jamais tout à fait bien les religions antiques, tant qu'on n'a pas vu des Hindous prier.

---

1. Collection particulière. Copie de lettre autographe.
2. Yourcenar et Jerry Wilson furent renversés par une voiture le 14 décembre 1984 au cours de leur deuxième voyage au Kenya. Projetée à plusieurs mètres, Yourcenar fut hospitalisée pendant cinq semaines, à Nairobi. Jerry Wilson ne souffrit pas de l'accident.

J'espère que tout va bien pour vous et les vôtres. [mot illisible] vous toujours.

Affectueusement,

M. Yourcenar

À GEORGES DE CRAYENCOUR[1]

        Petite Plaisance
        Northeast Harbor
        Maine 04662 USA
        21 avril 1985

Mon cher Georges,

J'ai reçu hier votre touchant et si sympathique télégramme. Peu de gens se doutent à quel point il est angoissant de prendre des décisions pour un malade. Il n'était plus question de rester en Inde, comme prévu, jusqu'à la fin avril, et un arrêt en Europe, prévu lui aussi, eût été fatigant et agité, comme toujours, et eût retardé pour Jerry[2] le traitement pour lequel nous préférons tous deux nous en remettre aux médecins américains. Mais les 22 heures du voyage Delhi-New York, avec deux arrêts de près de deux heures chacun à Bahrain et à Londres, a [sic] été très anxieux : je n'étais pas sûre que le malade tremblant de fièvre allait résister à cette fatigue.

Mais l'hôpital de Bangor, à 80 kil[omètres]. d'ici, s'est révélé aussi excellent que je le croyais. Grâce, malheureusement, y avait été une patiente.

Nous croyions — et avons pensé encore à ne pas

---

1. Collection particulière. Copie de lettre autographe.
2. Ni Jerry Wilson ni Yourcenar ne savent encore que l'état du malade est un des premiers symptômes du sida qui l'emportera.

croire — que ces violents accès de fièvre sont dus au paludisme, mais des examens très complets ont prouvé surabondamment qu'il s'agissait d'une tuberculose déjà avancée. Heureusement, la tuberculose de nos jours se guérit, et après 5 ou 6 semaines d'isolement à l'hôpital on peut espérer le retour du malade à Northeast Harbor, plus contagieux, mais soumis encore à des accès de fièvre qui récurreront [sic] peut-être pendant des mois.

Je suis heureusement très bien entourée, l'excellente Georgia, la femme de ménage, l'efficace et charmante Jennie Lunt, ma secrétaire, un jardinier/menuisier[1] excellent se relaient au cours de la journée. Ma très chère voisine Mme Deirdre Wilson[2] (sans rapport de famille avec Jerry) et son mari, qui est médecin, lui offrent pendant quelques semaines un petit appartement où il pourra être très bien soigné, et avoir à son côté un ami américain qui se chargera de le veiller durant des fièvres nocturnes. Petite Plaisance avec son escalier redoutable, un peu nautique, comme dans tant de vieilles maisons de la Nouvelle Angleterre, serait pour le malade une prison. Chez mes voisins, il pourra traverser le jardin et venir dîner chez moi dès qu'il en aura la force et sera soigné nuit et jour, ce que nous ne parviendrions pas à nous trois à faire ici. La vieille Georgia, qui vit seule dans une maisonnette à dix minutes d'ici, est à la fois énergique et frêle : elle a l'air d'un petite fée irlandaise. Jennie a un petit garçon de près de trois ans qui réclame une partie de son temps. Quant à moi, je vais bien, mais prends encore de longs repos après ces grandes fatigues.

L'Inde était, comme toujours, admirable, nous avons visité les vieilles villes de caravane, dans le

---

1. Eliott Mc Garr, proche voisin de Petite Plaisance.
2. Deirdre Wilson ou Dee Dee. Amie et infirmière de Yourcenar.

désert de Thar, à demi vides maintenant depuis que la frontière pakistanaise est fermée, revu un certain nombre d'endroits aimés, et visité l'étonnant Gwalior[1] où tous les styles de l'Inde s'enchevêtrent. 18 jours à Goa, où Jerry espérait bien vainement se remettre au bord de la mer, belle, certes, [par] ses grands bois de palmiers et ses plages encore vides, mais qui exhalent pour moi la tristesse lourde des tropiques. Il a bien fallu renoncer au Népal, où nous comptions nous rendre.

Je travaille beaucoup à la troisième partie de la Trilogie familiale. Le reste du temps, je me rends à Bangor, ou jouis du jardin.

Voilà enfin une longue lettre en réponse au télégramme (et au téléphone) affectueux.

J'espère que votre femme va mieux — oserais-je avouer que ce soir, à l'instant où j'écris, je ne me souviens momentanément plus de son prénom[2] ? et me réjouis que pour le reste tout semble aller bien pour vous. J'ai eu de Loulou une lettre étonnante de vitalité.

Je vous fais envoyer un « bulletin des amis de Cobrieux » qui me semble devoir vous intéresser plus encore que moi, et qui mentionne plusieurs fois les La Grange.

Merci pour les renseignements sur les éditions russes. Elles ne sont pas piratées. Gallimard a donné son consentement, bien que pour le moment les Russes ne paient pas. Mais on est quand même heureux d'être traduit dans la langue de Pouchkine !

Marguerite Yourcenar

---

1. Ancienne cité forteresse.
2. Marie-Antoinette, dite Minette.

À YANNICK GUILLOU[1]

Petite-Plaisance
Northeast Harbor
Maine 04662 USA
12 mai 1985

Cher Monsieur et Ami,
Je reçois aujourd'hui même le beau travail accompli sur les deux premiers chapitres de *Quoi ? L'Éternité*. Je vous enverrai d'ici sept à huit jours les pages de 73 à 110 environ (fin du chapitre 2 : *Nécromancie* et début du chapitre 3 : *Le Grain d'encens*[2]),

Merci de me dire du bien de ce que vous avez lu. J'entreprends là quelque chose qui me semble très différent des 2 premiers volumes de la trilogie, ou plus poussé à bout. Vous aurez remarqué mon souci de récapituler dans ces 2 premiers chapitres les 2 volumes précédents, tout en faisant autre chose. Je ne pouvais pas présenter de nouveau Michel[3] sans éclaircir ses arrière-plans pour le lecteur du nouveau livre, qui n'aura pas lu (ou aura oublié) les deux premiers.

Les nouvelles de Jerry sont mauvaises : tuberculose très avancée et qui s'attaque aussi à d'autres organes que les poumons. Il doit subir ces jours-ci une biopsie du rein. Il a quitté l'hôpital de Bangor après six semaines pour se faire soigner à New York.

Nous avons très beau temps. Pas assez de pluie (risques d'incendie de forêt), mais un ciel très pur. J'ai entendu l'autre jour dans le beau décor de Sur-

---

1. Archives Gallimard. Copie de lettre autographe.
Yannick Guillou (né en 1937). Coexécuteur littéraire de Yourcenar avec Marc Brossollet. Collaborateur des éditions Gallimard.
2. Le titre définitif du chapitre 2 sera « Necromantia », et celui du chapitre 3 « Un grain d'encens ».
3. Michel de Crayencour.

rey, le village sur la terre ferme au sud de celui-ci, un concert de clavecin uniquement consacré à Bach, et qui m'a rappelé la belle soirée parisienne[1].

Amicalement à vous,

Marguerite Yourcenar

À GEORGES DE CRAYENCOUR[2]

Petite Plaisance
Northeast Harbor
Maine 04662 USA
26 mai 1985

Mon cher Georges,

Mille mercis pour les lettres laissées malgré moi sans réponse par manque de temps ; vous aurez su les nouvelles désastreuses de la maladie de Jerry Wilson, découvert, après ce qu'on avait pris d'abord pour de la malaria, atteint d'une tuberculose très avancée, dont les médecins lui ont dit qu'on ne le guérirait pas. Comme il arrive souvent aux malades atteints de la sorte, il a plus ou moins rompu avec tous ses amis, et je n'ai de nouvelles que par personnes interposées. Il est pour le moment à l'hôpital à New York et va sans doute rentrer bientôt dans les États du Sud chez sa mère[3].

Tout cela — à part la tristesse d'une telle situation — va me laisser quelque peu d'incertitude dans mes propres projets pour l'avenir. Sans doute viendrais-

---

1. Soirée chez Yannick Guillou, au cours de laquelle ce dernier avait joué au clavecin plusieurs œuvres dont certaines de Jean-Sébastien Bach.
2. Collection particulière. Copie de lettre autographe.
3. Dans l'Arkansas.

je en Europe durant cette fin d'automne, mais je ne sais encore trop. Pour le moment, je travaille assidûment à la 3ᵉ partie du *Labyrinthe du Monde*, « Quoi ? L'Éternité » qui est achevée pour près d'un tiers. Après les inquiétantes traversées en Inde cet hiver, j'ai compris qu'il valait mieux interrompre pour quelque temps mon travelogue « Le Tour de la Prison[1] » pour ne pas trop mélanger les unes aux autres les différentes images de mes séjours en Asie.

Merci des informations sur l'*Hadrien* en russe vu par M. Fauriet chez un libraire de Bruxelles. Comme je ne connais pas l'adresse du libraire « Du Monde Entier », puis-je vous prier de m'en faire envoyer un exemplaire, s'il en reste. Gallimard lui-même n'a jamais reçu de justificatif, et, techniquement, l'éditeur russe d'après les conventions actuelles, n'en doit pas, puisque les livres publiés avant 1978 sont considérés, me dit-on, comme entrés chez eux dans le domaine public.

Il m'est impossible de deviner le prix de l'ouvrage et celui de son envoi ici, mais je vous adresserai un chèque dès que vous m'aurez renseignée. Quant à la bonne volonté, aucun chèque n'en peut tenir compte.

Affectueusement,

Marguerite Yourcenar

---

1. *Le Tour de la prison*, édition établie par Valérie Cadet, Paris, Gallimard, coll. Blanche, 1991. Repris in *Essais et mémoires*.

À L'ABBÉ ANDRÉ DESJARDINS[1]

13 juin 1985[2]

Cher Chancelier,

Merci d'aimer le Prieur, un de mes meilleurs amis[3]. Les nouvelles de Jerry W.[ilson] sont mauvaises ; il n'a plus sans doute que quelques semaines ou quelques courts mois à vivre. Les deux poumons sont engorgés, et les bacilles tuberculeux ont envahi aussi la moelle et le sang. Il est — sérieuse erreur — en Arkansas, son pays natal certes, mais où il n'a pas de véritables amis et où sa famille même montre une certaine réticence. Il habite à Little Rock dans le voisinage de l'hôpital, où on lui fait 3 fois par semaine des perfusions aux effets épuisants. Il me téléphone à peu près chaque semaine. Il est dur de perdre un compagnon de 36 ans.

Affectueusement,

Marguerite Yourcenar

Écrire, ne pas téléphoner pour le moment.

---

1. Collection particulière. Copie de carte autographe représentant une sculpture du musée de Salzbourg.
2. Adresse non indiquée.
3. Le Prieur des Cordeliers dans *L'Œuvre au Noir*.

À YANNICK GUILLOU[1]

> Petite Plaisance
> Northeast Harbor
> Maine 04662 USA
> 21 juin 1985

Cher Ami,

Merci pour les copies de *Quoi ? L'Éternité* jusqu'à la page 125. Je vous envoie la page 122 qui vous manquait, et les deux ou trois suivantes (4 en fait) légèrement retouchées et que je ne parvenais plus à raccorder convenablement.

Merci surtout de votre intérêt pour ce livre à peine un tiers écrit. En effet, Jeanne de Reval est Jeanne de Vietinghoff. Mais pour des raisons qui vont de soi, je n'ai pas utilisé son vrai nom. J'ai choisi celui de Reval, balte lui aussi, mais pas trop dépaysant pour des oreilles françaises, que portent déjà deux des personnages du *Coup de Grâce*, Sophie et Conrad.

Je vous enverrai aussi la préface du *Cheval noir à tête blanche*[2]. Je l'ai voulue simple, mais instructive, pour permettre aux jeunes lecteurs de connaître un peu mieux cette race et cette région dont ils ne savent presque rien. Peut-être la jugerez-vous trop difficile et trop terne pour retenir l'intérêt d'enfants d'une douzaine d'années. S'il en est ainsi, renvoyez-la moi, et je tâcherai de la refaire sur un autre ton.

Je suis très touchée que vous donniez une pensée à Jerry. Il est très malade, il a reçu plusieurs transfusions de sang. L'état moral est aussi inquiétant et instable. Il est pour le moment en Arkansas, où sa famille lui a trouvé un petit appartement à Little Rock, fort loin des siens qui habitent à

---

1. Archives Gallimard. Copie de lettre autographe.
2. *Le Cheval noir à tête blanche*. Traduction et présentation de contes d'enfants indiens, Paris, Gallimard, album Jeunesse, 1985.

quelque 120 kilomètres de distance, mais près du seul hôpital où il puisse recevoir les traitements nécessaires, injectés directement dans les poumons. Il m'interdit de révéler son adresse et son n° de téléphone, et je n'ai plus moi-même que d'assez rares contacts avec lui. Quand j'aurai reçu la somme que vous voulez bien envoyer par mon [entremise], je la confierai à sa mère, qui monitore [sic] de son mieux la situation.

Amicalement à vous,

Marguerite Yourcenar

À GEORGES DE CRAYENCOUR[1]

[Massachusetts General Hospital, Boston]
7 novembre 1985

Mon cher Georges,

Excusez-moi de n'avoir pas répondu de moi-même au téléphone l'autre jour : je souffre encore d'énorme fatigue. On m'assure que l'opération a réussi[2] — ces énormes hôpitaux expérimentaux comme le Massachusetts General à Boston sont des cauchemars — et que j'ai rajeuni de dix ans (!). On verra bien. Mais le régime des salles d'hôpital surpeuplées était si terrible (bruit, odeurs, injures des infirmières se disputant toute la nuit, ou au contraire disparaissant — j'ai passé toute une nuit avec une vieille dame juive devenue folle et qui essayait sans cesse de fumer (« Strictly forbidden ; oxygen at work[3] »). Heureuse-

---

1. Collection particulière. Copie de lettre autographe.
2. Yourcenar subit cinq pontages coronariens le 9 octobre 1985 à la suite d'une crise cardiaque. Jerry Wilson accourut à son chevet dès le 30 septembre.
3. « Défense absolue de fumer. Oxygène. »

ment, un très grand médecin du même groupe que le « grand patron » mon chirurgien, que je n'ai naturellement presque pas vu en état de conscience éveillée, a compris que je perdais pied dans ce chaos et m'a transportée au « 2ᵉ étage », sorte de lieu de récupération clair et tranquille. Je suis ici maintenant depuis 8 jours, mais encore campée à l'étage inférieur, réapprenant à monter les formidables 14 marches de l'escalier. Je commence à reprendre mon travail des parties III et IV de *Quoi ? L'Éternité*, mais d'abord me réaccoutume en remerciant ceux qui comme vous m'ont écrit.

Je prends note de la nouvelle adresse. Toute bonne chance dans ce nouveau séjour ; mais tout déménagement est une dure épreuve.

J'ai dû renoncer à ma visite devenue habituelle à Amsterdam en novembre. Jerry, dont la santé s'était beaucoup améliorée cet été (rémission dite complète) était à Paris quand il a appris mon accident cardiaque et est immédiatement revenu pour être auprès de moi. Je crois que je n'aurais pas tenu le coup sans cette présence amicale. Il est maintenant de nouveau à Paris et sur le point d'essayer d'un nouveau « protocole » comme on dit, ce qui ne va pas évidemment sans grandes anxiétés. À bientôt et toutes mes bonnes pensées à vous et autour de vous,

Marguerite Yourcenar

À YANNICK GUILLOU[1]

> Petite Plaisance
> Northeast Harbor
> Maine 04662 USA
> 18 novembre 1985

Cher Ami,

Je ne sais pas si quelque information vous a permis de suivre les derniers développements de la situation de Jerry. Ils sont incroyables : trois tentatives de suicide, dont deux dans un salon du Ritz (j'y crois à peine moi-même !) ont chaque fois abouti à la clinique Ste-Anne où il est encore en ce moment. Vous pouvez vous imaginer combien tout cela me navre, et aussi combien je suis impuissante à faire quoi que ce soit, d'autant plus que tout en me remettant peu à peu, je demeure très faible.

Je vous envoie, pour un livre que l'éditeur Hansen de Munich semble s'être mis en tête de traduire (mon très insuffisant *Pindare* des années 32-33), une correction essentielle, p. 198 de l'édition unique de Grasset, pour le cas où l'ouvrage serait finalement réimprimé dans La Pléiade ou ailleurs.

Il fait très beau ; je vous souhaite une merveilleuse fin d'automne à Paris et en Normandie.

J'ai reçu une gracieuse lettre et un coup de téléphone de Colette Gallimard[2]. Remerciez-la pour moi.

Amicalement à vous,

Marguerite Yourcenar

---

1. Archives Gallimard. Copie de lettre autographe.
2. Colette (née en 1924), seconde épouse de Claude Gallimard.

À FABRICE ROZIÉ[1]

[Northeast Harbor
Maine 04662]
6 décembre 1985

Cher Monsieur,

Je ne puis qu'approuver votre projet qui serait consacré à « l'attention passionnée du corps » et portée au corps. Tout est à faire dans ce domaine en Occident où la technique, la passion d'acquérir et de posséder, l'impossibilité de sentir le corps et l'esprit unis comme deux mains jointes, ont pris amplement le dessus. Je vous mets seulement en garde contre la prolixité dont votre lettre souvent témoigne. N'essayez pas de tout dire et tout à la fois.

Je suis infiniment touchée de tout ce que mes livres ont représenté pour vous. Vous les avez en un sens faits vôtres.

Avec tous mes vœux de travail et de saison.

Marguerite Yourcenar

---

1. Collection particulière. Copie de carte postale autographe représentant « Pompei — Villa dei Misteri — La Panisca allattante e la donna atterita ».
Fabrice Rozié (né en 1965). Universitaire. Alors étudiant.

À GEORGES DE CRAYENCOUR[1]

> Petite Plaisance
> Northeast Harbor
> Maine 04662
> (reçue le 13 déc 1985[2])

Mon cher Georges,

Ta lettre m'a beaucoup affligée pour toi et ton excellente collaboratrice et amie[3]. Quelle soudaine catastrophe ! Car rien de tes messages ni de ceux que j'ai reçus (le dernier, je crois, télég[ramme] de Madame Lelarge) ne faisait prévoir une telle épreuve. Épreuve pire encore peut-être pour l'ami qui assiste à cette crise, et s'efforce de deviner les [pensées] d'un cher malade qui, momentanément du moins, se fait mal comprendre. Mais ne perdons pas trop courage : cet été, durant son séjour dans un hôpital du Sud, où je ne pouvais espérer me rendre, la distance était presque aussi grande que de « Mount-Desert » en France, et la chaleur humide de ces régions en été étant pour moi presque intolérable, Jerry qu'on soignait à ce moment à poitrine ouverte contre l'[mot illisible] du poumon a été pris d'une congestion, ou d'une série de convulsions nerveuses, qui a paralysé sa main droite et l'a rendu incapable pour une quinzaine de s'exprimer, surtout en anglais. Par une chance inouïe, il se rappelait les mots français et parvenait tant bien que mal à les prononcer pour moi au téléphone. Un peu plus de quinze jours plus tard, la parole lui était revenue parfaitement dans les deux langues, et la main s'est lentement rétablie au point qu'il peut de nouveau, prudemment, conduire.

---

1. Collection particulière. Copie de lettre autographe.
2. Date indiquée par Georges de Crayencour.
3. Denise Lelarge.

Mais quelle année dans tout notre entourage ! Les fatigues et les soucis inséparables du déménagement ont dû aggraver chez vous les angoisses causées par la maladie de votre amie.

Madame Lelarge m'a toujours paru robuste, en dépit de crises de santé assez fréquentes dont elle m'entretenait. Les médecins ne sont certes pas toujours des faiseurs de miracles, mais ils savent mieux qu'autrefois guérir ou améliorer ce genre de maux. Tous mes vœux de la saison pour vous se concentrent dans celui-là.

Je vous embrasse affectueusement ainsi que la malade,

Marguerite Y[ourcenar]

À YANNICK GUILLOU[1]

26 décembre 1985

Cher Ami,

Je ne saurai assez vous remercier de vos visites à Jerry. Depuis qu'il ne peut ni téléphoner ni écrire, c'est-à-dire depuis plus de trois semaines, je suis sans information directe, et les récits des quelques personnes qui vont le voir restent souvent comme toujours très superficiels, peut-être même pour ne pas trop m'alarmer. Ce qui m'inquiète le plus est le projet de quitter l'hôpital, mais j'imagine et j'espère que ce n'est là qu'une fantaisie de malade.

Merci de vous occuper de cette affaire de dommages et intérêts à Nairobi. Je vous envoie le dossier complet, pas très volumineux. Il semble absurde de m'obliger à retourner au Kenya pour y dépenser cet

---

1. Archives Gallimard. Copie de lettre autographe.

argent, lui-même supposé me dédommager des effets physiques d'un accident souffert là-bas[1]. Comme vous le verrez, Jerry, qui s'était d'abord occupé de cette affaire, a dû finalement s'en décharger sur moi, peu en état de m'en préoccuper non plus.

Je m'excuse de l'aspect désordonné de ce dossier. Ma secrétaire, Mme Lunt, très efficace du reste, est incapable d'écrire ou de dactylographier en français et les xérox ont laissé beaucoup à redire. Tout cela vous montrera mieux que je ne puis le faire moi-même l'état de désarroi dont je commence seulement à sortir.

Bien amicalement à vous,
Marguerite Yourcenar

---

1. Voir lettre du 12 février 1985 à Lidia Storoni Mazzolani.

1986

À EDITH ET FREDERIC FARRELL[1]

> Petite Plaisance
> Northeast Harbor
> Maine 04662
> 16 février 1986

Cher Monsieur et Chère Madame

Je réponds enfin à votre lettre du 8 janvier, et me félicite qu'Yvon Bernier[2] maintienne le contact entre nous. Je suis heureuse que vous vous proposiez d'écrire un article — qui au moins sera exact et bien fait pour le *Dictionnary of Literary biography*. Envoyez-moi votre travail si vous pouvez, de manière à ce que je puisse le lire et vous le réadresser avant le 5 août, mais je crois que je vous fais

---

1. Collection particulière. Copie de lettre autographe.
Edith et Frederic Farrell. Professeurs à l'université Morris, Minnesota.
2. Yvon Bernier. Professeur de littérature. À partir de janvier 1973, ami et familier de Yourcenar qui lui confia l'édition des *Œuvres romanesques* dans la Bibliothèque de la Pléiade. Il dirigea un numéro spécial sur Yourcenar, *Études littéraires*, vol. 12, n° 1, avril 1979. Auteur de *En mémoire d'une souveraine Marguerite Yourcenar*, les Éditions du Boréal, coll. « Papiers collés », Québec 1990. A réalisé l'inventaire de la Bibliothèque de Petite Plaisance.

confiance, d'autant plus qu'Yvon Bernier vous aura certainement donné la suite de sa *chronologie* parue dans la Pléiade et qui va jusqu'en mars 1985. Lors de son prochain séjour ici, nous la continuerons jusqu'au moment présent.

Quant à la mauvaise biographie, je vous en prie, découragez-en l'éditeur. Il n'y a que trop d'appréciations plates et de dates et de faits inexacts qui circulent sur mon compte, émanant en France et ailleurs autant qu'ici, de gens qui ne me connaissent pas, m'ont mal lue, et ne prennent pas même la peine de m'écrire.

Je reçois des mains de l'Ambassadeur de France mon insigne de Commandeur de la Légion d'honneur le 26 février au Club des Arts et des Lettres de New York. Ce sera une corvée : 5 ou 6 discours, pour lesquels je me sens encore bien faible. Je vous aurais fait inviter si l'assistance n'était pas déjà si nombreuse ; on ne retrouvera personne dans cette foule. Et puis New York est trop loin pour vous imposer une pareille corvée par temps d'hiver.

Je dois renoncer cette année aux très grands voyages. Peut-être irai-je en France et en Autriche au printemps, si je trouve un compagnon pour une absence assez longue.

Affectueusement,

Marguerite Yourcenar

À WIM BOTS[1]

17 fév[rier] 1986[2]

Cher Ami,

Merci de tout cœur pour continuer ainsi à travailler sur moi[3]. Votre adresse est de celle que je n'oublierai pas si je viens en Europe cette année.

J'ai lu avec déchirement la mauvaise nouvelle que vous m'apprenez concernant votre fils aîné. Tout d'abord, que faire pour vous deux, et pour lui ? Je suppose que la musique l'aide encore : y a-t-il des disques ou des cassettes que je puisse lui envoyer des États-Unis ? Je suis d'autant plus proche de vous que le 8 de ce mois, avant l'aube, un très cher ami de trente-six ans avec qui je voyageais et travaillais depuis environ 7 ans est mort à Paris, dans son sommeil, après plusieurs tentatives de suicide[4]. (Il se savait atteint d'une maladie inguérissable.) Outre l'immense chagrin de cette vie trop tôt finie, je sens en moi aussi une cassure irréparable. Bien que très malade, il était venu à Paris me soigner lors de mon opération en octobre, mais je n'ai pu ensuite le rejoindre à temps, ce dont je ne me console pas.

---

1. Collection particulière. Copie de lettre autographe.
Wim Bots. Professeur à l'université de Leiden, Pays-Bas.
« Montaigne, catholique humaniste et écrivain baroque — Essai d'analyse rhétorique », Wolters-Noordhoff, *Nephilologus*, juillet 1979, pp. 338-346 (Bibl. PP) ; « Montaigne et l'écriture, l'écriture de Montaigne », *Bibliothèque d'Humanisme et Renaissance*, Travaux et documents, t. XLV, Genève, Librairie Droz, 1982, pp. 301-315. Bibl. PP.

2. Adresse non indiquée.

3. Dans une lettre du 25 avril 1986, Yourcenar écrit à Wim Bots : « votre essai sur Leo Belmonte est une des plus belles choses qu'on ait écrite sur un de mes livres. Et j'ai eu de bien bonnes critiques — de temps en temps — comme souvent aussi des plus obtuses. La vôtre d'une lucidité admirable. Merci. » Collection particulière.

4. Jerry Wilson est mort le 8 février 1986.

Dites à votre fils toutes mes meilleures pensées et mes meilleurs vœux.

Marguerite Yourcenar

À YANNICK GUILLOU[1]

Petite Plaisance
Northeast Harbor
Maine 04662 USA
23 février 1986

Très cher Ami,

Votre lettre m'est allée au cœur et ce n'est pas un vain cliché. Une lettre comme la vôtre (et peut-être une douzaine d'autres) prouve qu'on n'est pas tout à fait seul.

Claude Gallimard vient de m'envoyer un bien sympathique message, suivant de peu une lettre amicale de Colette[2]. Pourriez-vous les remercier tous les deux pour moi ? Je le ferai plus tard moi-même, mais pour l'instant la fatigue m'enlève un peu mes forces.

Délivré, comme vous le dites. Délivré de la maladie, si déplorable, mais aggravée encore par le labyrinthe de fumées, de malentendus, de jeux de miroirs dans lequel il s'est finalement trouvé pris. Délivré de cela aussi, je l'espère. Je ne me consolerai jamais de n'avoir pas été là jusqu'au bout, du fait de mon état de santé encore trop incertain, mais je ne crois pas que ma présence eût amélioré grand chose. Lui, du moins, a été fidèle en interrompant son traitement à Paris pour venir me rejoindre durant mon

---

1. Archives Gallimard. Copie de lettre autographe.
2. Colette Gallimard.

opération[1]. Heureusement, il a eu en Sabine Mignot[2] une amie d'un dévouement admirable, et je n'oublie pas non plus le petit groupe d'amis proches ou plus lointains, comme vous ou Fance Franck[3], dont la sollicitude a été une aide.

Tout ce que j'ai vu ou entendu de lui, de vive voix, par lettre ou par téléphone, quand la force de téléphoner lui restait, a été d'un très grand courage et d'une très grande sérénité. Il avait toujours imaginé qu'il mourrait jeune. Des propos de lui sont encore mon meilleur soutien : « Ne dites pas que c'est un grand malheur ; dites : c'est une grande expérience ». Ou encore, en janvier : « Je n'ai plus que quelques expériences à faire. » Mais il y aura toujours un immense domaine de tristesse où nous n'entrerons pas.

Je vous envoie les pages 163 à 196 de mon manuscrit pour s'ajouter à celles que vous avez déjà. Je veux vous montrer que je me suis sérieusement remise au travail. J'espère que mon écriture ne posera pas trop de problèmes. Comme toujours, l'auteur se retrouve chaque fois démuni, en présence d'une tentative nouvelle. Je suis maintenant environ à la moitié de *Quoi ? L'Éternité* et ne sais encore que penser de ce livre.

Amicalement à vous,
Marguerite Yourcenar

---

1. Voir lettre à Georges de Crayencour du 7 novembre 1985.
2. Sabine Mignot. Productrice de télévision. Amie de Jerry Wilson et de Yourcenar.
3. Voir lettre du 14 mai 1981.

À FANCE FRANCK[1]

4 mars 1986

Chère Amie,

J'aurais voulu vous téléphoner tout de suite, mais je ne l'ai pas fait et n'ai pas encore la force morale de le faire aujourd'hui ; je vous téléphonerai à tous deux dans quelques jours.

Votre lettre a été un immense don. J'avais appris la mort de Jerry le matin même[2], par Sabine[3], peut-être au moment même où vous étiez dans la chambre vide[4]. Mais je n'avais eu qu'une seule sensation : « c'est fini », l'horreur des labyrinthes tortueux et des fumées remplacée seulement par un écran noir. Je vous dois une image, et une image que personne d'autre ne m'a donnée : le soleil étincelant et froid, la chambre vide au lit déjà impersonnellement défait, les trois tulipes (c'est moi qui les avais fait apporter deux ou trois jours plus tôt) encore présentes ; et le vase rouge que je suppose d'argile, un de ces vases paysans de l'Inde qu'il aimait tant. Une définitive et parfaite absence.

Je savais que les vêtements ne consistaient plus qu'en chemises élimées et en jeans ; les quelques objets personnels, petites sculptures, pierres semi-précieuses, ont disparu ; les manuscrits souvent chargés de mon écriture avaient été prudemment mis en sûreté pour me revenir. Il est parti complètement dépouillé comme ces saddhus[5] qui nous émouvaient tellement sur les routes de l'Inde, comme ces

---

1. Collection particulière. Copie de lettre autographe.
2. Le 8 février.
3. Sabine Mignot.
4. Dans une lettre du 8 février, Fance Franck a décrit à Yourcenar la chambre où Jerry Wilson venait de mourir.
5. Saddhus. Pieux, en sanskrit. Les saddhus sont des ascètes errants.

« hommes vêtus d'espace », c'est-à-dire nus, qui sont des saints jaïns[1], et qu'on rencontre parfois au Rajasthan[2]. Je ne sais pourquoi cette idée me soutient, et je ne l'aurais pas eue si vous ne m'aviez pas décrit le cadre vide.

J'espère être à Paris en fin avril, mais tout est plus difficile à arranger maintenant. Je vous embrasse ainsi qu'Etsuko[3].

Marguerite Yourcenar

À YANNICK GUILLOU[4]

Hôtel Ritz
15 Place Vendôme Paris
15 mai 1986

Cher Ami,

Puis-je encore demander quelque chose au bord du départ ? J'ai vu hier René Hilsum, mon inoubliable premier éditeur (d'*Alexis*) et me suis aperçue ne lui avoir jamais fait envoyer *Un homme obscur* qu'il ne connaît pas. J'aimerais qu'il l'ait (il est à demi hollandais) dans le beau petit volume brun qui fera équilibre par sa taille au petit volume gris de l'*Alexis* original.

Nous ne serons pas de retour à Paris avant le 4, me dit notre chauffeur par l'entremise duquel nous rendons la voiture Transcar à l'agent-ami bruxellois que Jerry et moi avons employé pendant plusieurs

---

1. Adeptes du jaïnisme, religion indoue fondée par Vardhamâna vers le VIe siècle.
2. État du nord-ouest de l'Inde, à la frontière pakistanaise.
3. Etsuko Morimura, amie japonaise de Fance Franck.
4. Archives Gallimard. Copie de lettre autographe.

années. Pourrions-nous donc demander aux épinettes ou au clavecin ou virginal de chanter le 6 environ ? Je crois que nous repartirons directement de Paris pour Boston le 10 ou le 11. Pardon de toujours déranger les dates.

Nous serons Monicah[1] et moi à l'Osterrisch Hoff de Salzbourg du 19 au 27. Téléphone 662. « Monsieur Stanley[2] » s'en ira pendant ce temps-là faire (je suppose) un tour de valse à Vienne, ville que je désire pas tant que cela revoir. Je quitte Paris comme on quitte une série de corridors pleins de lumières et d'ombres.

Amicalement à vous,

Marguerite Yourcenar

Je compte travailler un peu à *Quoi ?* à Salzbourg.

À YANNICK GUILLOU[3]

>Petite Plaisance
>Northeast Harbor
>Maine 04662 USA
>4 août 1986

Cher Ami

Je vous remercie de l'envoi si prompt du chapitre *Le Trépied d'or*[4] dactylographié, et accompagné de votre jugement qui me soutient et me rassure. Je m'engage dans ce livre dans une aventure (vous le

---

1. Monicah Njonge. Infirmière kikuyu, que Yourcenar avait connue en 1983 lors de son hospitalisation à Nairobi.
2. Stanley Crantson, ami de Jerry Wilson.
3. Archives Gallimard. Copie de lettre autographe.
4. Quatrième chapitre de *Quoi ? L'Éternité*.

voyez sans que j'aie besoin d'insister) qui du point de vue du métier d'écrivain est nouvelle pour moi.

Je travaille pour le moment au chapitre suivant, *La Déchirure,* dont une dizaine de pages sont déjà écrites, mais qui me prendra encore au moins quelques semaines.

Je m'aperçois que je suis de nouveau à court du numéro de la N.R.F. du 1er juin contenant *Les 33 noms deDieu*[1]. Pourrez-vous (en me les comptant) m'envoyer encore une douzaine. Je suppose que ce texte paraîtra éventuellement dans le 3e volume d'essais déjà recueillis (et qui sera le dernier j'imagine) *En Pèlerins ou en étrangers*[2] mais je continue à penser qu'il serait plus avantageux d'attendre et de publier *Quoi ? L'Éternité* d'abord, quand ce volume sera terminé[3]. J'imagine que vous le pensez comme moi.

J'espère que vous avez eu de bonnes vacances. Ici, nous avons eu au maximum un jour de soleil sur 6 jours de brumes.

Tout amicalement,

Marguerite Yourcenar

J'avance lentement avec le triage des photographies pour l'album[4], mais je crois bientôt pouvoir vous en envoyer un choix. Pour quatre ou cinq citations de textes français, ou latins, griffonnés dans un album anglais, je vais tâcher de recourir à des [mot illisible] en la matière. Quant aux traductions en français des textes italiens ou anglais, je crois qu'elles se feront sans difficultés.

---

1. « Les Trente-Trois Noms de Dieu », *La Nouvelle Revue française*, n° 401, juin 1986, pp. 101-117.
2. Orthographié en 1989 *En pèlerin et en étranger.* « Les Trente-Trois Noms de Dieu » n'y figure pas.
3. *Quoi ? L'Éternité* demeurera inachevé. D'après Yvon Bernier, il restait à Yourcenar une cinquantaine de pages à écrire.
4. *La Voix des choses* (textes recueillis ; photographies de Jerry Wilson), Paris, Gallimard, 1987.

À YANNICK GUILLOU[1]

> Petite Plaisance
> Northeast Harbor
> Maine 04662
> [Septembre 1986]

Cher Ami,

Je vous renvoie ci-joint les épreuves du *Mishima*, nouvelle édition[2], en vous priant de les passer à Madame Duconget, que je remercie de sa sympathique lettre, après avoir jeté les yeux vous-même sur les corrections (nombreuses) aux pages *Œuvres de* qui ont été recopiées sur l'édition 1980 du même ouvrage, sans tenir compte des nombreux titres ajoutés depuis. Si je tiens particulièrement à vous signaler l'erreur, c'est qu'elle s'est déjà produite très fréquemment pour d'autres ouvrages, rien ne semblant plus difficile qu'une mise à jour des pages *Œuvres de* à chaque nouvelle publication.

Pendant que nous sommes sur ce sujet, je me demande si les trois volumes éliminés de mon vœu : *Pindare* et *La Nouvelle Eurydice* ainsi que *La Mort conduit l'Attelage*, disparus en librairie depuis 1939, ne devraient pas être omis aussi de cette liste[3]. Pour *Les Songes et les Sorts*, que j'espère retoucher prochainement, au moins en ce qui concerne la préface, il convient au contraire de les garder[4].

Enfin, j'ai ajouté aussi *Quoi ? L'Éternité* (en prépa-

---

1. Archives Gallimard. Copie de lettre autographe.
2. *Mishima ou la Vision du vide*.
3. Pour *La Nouvelle Eurydice*, voir lettre à Jean Roudaut du 18 novembre 1978. Pour *Pindare*, voir lettre à André Fraigneau de [1933]. *La Mort conduit l'Attelage* n'a jamais été rééditée sous sa forme de 1934.
4. *Les Songes et les Sorts* figurent en caractères réduits dans les « Textes oubliés » in *Essais et mémoires*, suivi de *Dossier des « Songes et les Sorts »*.

ration), car il me semble être arrivée au moment où la moitié au moins de ce volume est écrite, et qu'il pourrait paraître, même inachevé, si un hasard quelconque m'empêchait de le finir.

Pour l'élimination des 3 titres (tous indiqués encore comme chez Grasset), je vous laisse la décision.

J'ai été ravie que *The House of Kanzé*[1] ait été accepté pour paraître en traduction française. C'est un *très beau livre,* et je suis heureuse de l'avoir signalé à votre attention, à laquelle, je suppose, il serait de toute façon parvenu. L'auteur m'écrivait assez humoristiquement, que son livre n'avait eu que peu de succès en Angleterre « où l'on ne s'intéresse qu'aux biographies de la famille royale ». Je fais tous mes vœux pour son succès chez nous. J'aime vous savoir en ce moment à Patmos. À votre retour, vous trouverez, je l'espère, une dizaine de pages de plus de *Quoi ? L'Éternité.* J'ai fait quelques suppressions de lignes entières dans le manuscrit que votre secrétaire tape en ce moment, tout ce qui touche de trop près à l'image de la Russie (le Tsar, la Tsarine, la Cour) qui me paraissent alourdir la véracité du récit. J'enverrai ou j'apporterai en novembre le double en xérox de ces cinq ou six pages, pour mettre entre vos mains une copie complète en bon état.

Amicalement à vous

Marguerite Yourcenar

---

1. Nobuko Albery, *The House of Kanzé,* New York, Simon & Schuster, 1985 (Bibl. PP). Traduit sous le titre : *Le Démon du Nô,* Paris, Gallimard, 1988.

À YANNICK GUILLOU[1]

> Petite Plaisance
> Northeast Harbor
> Maine 04662 USA
> 5 oct. 1986

Cher Ami,

Je viens de lire la liste *du même auteur* reçue il y a quelques jours.

Elle est maintenant parfaite, et je m'accorde avec vous pour garder les 3 titres épuisés depuis 1939, puisque vous le trouvez mieux ainsi[2]. Pour *Quoi ? L'Éternité*, je crois qu'il faut absolument le placer dans *Le Labyrinthe du Monde* (III), puisque c'est l'aboutissement de tout l'ouvrage, même si le ton plus qu'ailleurs, touche au roman et au poème (mais il y avait déjà çà et là des touches de ce genre dans les deux premiers volumes). En tout cas, nous sommes loin de la forme essai, à laquelle appartient *Le Temps, ce grand sculpteur*.

À propos, une idée m'est venue : c'est que le titre de la section elle-même, *Essais et Autobiographie*, choisi naguère par moi, est très malheureux. Il n'y a pas jusqu'ici d'autobiographie proprement dite dans *Souvenirs Pieux* et *Archives du Nord*, et il n'y en aura en somme guère plus dans *Quoi ? L'Éternité*, ou du moins ce n'est pas du tout la partie essentielle et *visible* de l'ouvrage. Je crois qu'il faudrait mettre désormais *Essais et Mémoires*[3], car c'est bien en effet, quels que soient les personnages dont on parle d'un phénomène de « Mémoire » dont il s'agit.

---

1. Archives Gallimard. Copie de lettre autographe.
2. Voir lettre à Yannick Guillou de septembre 1986.
3. Ce titre d'ensemble a finalement été retenu, orthographié : *Essais et mémoires*.

Je crois qu'en mettant « autobiographie », j'ai encouragé cette curiosité avide pour la vie elle-même de l'auteur, si souvent présente dans les lettres des lecteurs ou dans les remarques de journalistes, et que je ne voudrais pas exciter davantage.

Je vous ai fait envoyer hier les pages 252-285 de *La Déchirure*[1], les dernières correspondant à la fin de ce chapitre.

Comme je vous l'avais précédemment indiqué, vous avez déjà eu en main les pages 252-266 de ce manuscrit, mais j'y ai fait depuis de sérieuses coupures dans tout ce qui concerne, si je puis dire, l'air du temps, et non les actions des personnages eux-mêmes. Pour ne pas embrouiller les deux versions, je crois qu'il vaut mieux que les pages 252-266 soient recopiées. La page 252 correspond à la page 180 de votre dactylographie. Pour plus de clarté, il faudrait donc recommencer à partir de là. Les 19 pages suivantes sont bien entendu nouvelles.

Je m'excuse de donner à votre secrétaire cette tâche de plus.

Affectueusement,

Marguerite Yourcenar

Mon conseil, Me Brossollet, est venu pour la première fois voir cette maison et cette île. (J'espère vous y voir aussi un jour.) Il compte éventuellement vous téléphoner au sujet d'un changement de dispositions rendu indispensable par la mort de Jerry. Mais nous aurons l'occasion de parler de tout cela au téléphone, et surtout à Paris.

---

1. 5e chapitre de *Quoi ? L'Éternité*.

À ISIS ZAKI[1]

> Petite Plaisance
> Northeast Harbor
> Maine 04662 USA
> 3 nov. 1986

Dear, non, chère Isis,

Merci de vos remerciements. Et remerciez pour moi Paul Hunt[2]. J'avais pensé me rendre longuement en Égypte cet hiver, mais ne le ferai pas (Inde de nouveau et Népal). Peut-être l'an prochain. J'aimerais revoir avec vous Saint-Serge[3] et y prier pour Jerry, mort, hélas le 8 février de cette année. C'est un vide irréparable dans ma vie. Je serai à Paris du 2 au 27 décembre (Ritz). Je signale le fait parce que je sais que vous venez de temps en temps en décembre.

Amitiés — J'espère que pour vous tout va bien.

> Marguerite Yourcenar.

---

1. Collection particulière. Copie de carte autographe.
Isis Zaki. Égyptologue et coptologue. A accueilli Yourcenar et Jerry Wilson en Égypte en 1982 et leur a fait visiter Le Caire. Est devenue amie de l'écrivain.
2. Pierre Hunt. Alors ambassadeur de France au Caire. Yourcenar fait une confusion sur le prénom.
3. Église copte du Caire qu'Isis Zaki avait fait visiter à Yourcenar.

1987

À ANDRÉ DELVAUX[1]

12 janvier 1987

Cher André Delvaux,

[...] La première question va être comme d'habitude : « Comment allez-vous ? » et le premier avis de n'en pas faire trop.

Le voyage au Maroc s'est très bien passé. Temps admirable à Rabat, Tanger, et leurs très beaux environs encore à peu près protégés. Fez, où nous[2] sommes venus par Chéchouan, dans le Rif, a gardé toute sa sauvage beauté qui m'a toujours semblé plutôt Asie centrale que marocaine. Les énormes rocs ou collines de sable pétrifié qui entourent la ville sont toujours là, à peine gâtés à certains endroits par la masse d'un « palace » de béton qui se veut marocain. La médina, la plus étrange, peut-être la plus sinistre de toutes, est inchangée. Marrakech

---

1. Collection particulière. Copie de lettre autographe, dont le premier paragraphe ne nous a pas été communiqué.
André Delvaux (né en 1926). Cinéaste. Portera *L'Œuvre au Noir* à l'écran en 1988.
2. Yourcenar voyage avec Janet Hartlief, infirmière hollandaise, Jean-Marie Grénier (ami de Jerry Wilson) et Christian Lahache.

en proie au vent violent a conservé, au bout de cinq ans d'absence, du charme, en dépit des groupes touristiques.

J'ai beaucoup pensé à notre dernière conversation. Le seul point sur lequel j'élève une sérieuse objection, c'est que vous imaginiez, si j'ai bien compris, le jeune Zénon[1] partant vers le Nord (Épisode de la dame de Froso déplacé dans le temps). Or, cela est impossible : le voyage de Zénon au Proche-Orient est une partie nécessaire de sa carrière.

Pour ne pas tomber dans le romanesque des voyages, j'ai pensé à deux ou trois scènes qui suffiraient, soit en succession, soit séparées, et dont la valeur psychologique est essentielle.

1) Zénon à Alger, regardant dans l'embrasure des meurtrières d'un rempart une barque de guerre qui brûle. Ou même simplement qui croise. Le commentaire réminiscent [sic] serait quelque chose comme :

— Et j'ai trouvé pour le Sultan une nouvelle espèce de feu liquide qui a sans doute brûlé des centaines d'hommes... Personne n'évite de faire du mal. (En prison)

2) Zénon à Constantinople, dans la cour intérieure de l'habitation petite et paisible du philosophe soufi Darazi, près d'une fontaine. Un jeune garçon joue de la flûte. Darazi lui dit :

— Apprends à faire de Dieu quelque chose de plus proche que ta veine jugulaire. Dieu est toi. Dieu est l'Ami.

3) L'entrée d'une ville d'Orient, les voûtes et les ruelles labyrinthiques, très sales. Zénon parlant (peut-être à Henri-Maximilien[2]) : (pas d'acteurs dans les ruelles).

---

1. Le rôle de Zénon sera interprété par Gian Maria Volonte.
2. Interprété par Philippe Léotard.

— Il en va des siècles passés comme de Damas et de Constantinople qui sont belles à distance. Il faut marcher dans leurs rues pour voir leurs ordures et leurs chiens crevés.

4) Pour la transition vers le Nord, on pourrait, par exemple, faire dire à Zénon à la dame à son arrivée.

— Après l'Orient, je me suis mis au service du roi de Pologne, puis du roi de Suède. Mais le roi ou son fils Éric se méfient de moi et me chasseront un jour. J'ai voulu pendant qu'il en était temps herboriser dans le Nord.

Voilà tout. J'ai l'impression qu'on pourrait donner, sans décor construit d'aucune sorte, sauf peut-être un coin de la muraille d'Alger, assez pour expliquer 1) combien la vie errante a été dure en Orient; 2) quelle sagesse Zénon en a rapportée.

Autre scénette, peut-être immédiatement après l'image presque voluptueuse de Darazi dans son patio; un juif (rabbin) dans un taudis de la Médina, murmurant d'une voix grinçante:

— On nous tolère, mais tout est toujours à craindre. Mais nous sommes pourtant les maîtres de la Kabbale, ceux pour qui Dieu est l'Un non manifesté.

Zénon parlant: « Je n'ai pas sauvé ce juif, pendu par ordre du Sultan. Mais j'en ai sauvé un autre, que des chrétiens voulaient brûler en Espagne. »

(Vue si l'on veut, du bûcher près de León, qui se transforme en bûcher des Anges***.)

Voilà les pensées qui me viennent. Je vous demande d'y penser à votre tour. Bon travail et bons espoirs de santé !

Marguerite Yourcenar

Adresse jusqu'en fin février: Ambassade de France, c/o Conseiller Culturel, RABAT.

*** Noter que dans le livre Zénon ne fait rien pour aucuns juifs en Espagne. Mais je voulais éviter d'introduire l'épisode de Gênes, qui nous mènerait trop loin.

À YANNICK GUILLOU[1]

Samedi saint 1987

Cher Ami,

Ce long voyage[2] se termine en deux ou trois semaines merveilleuses de souvenirs et de paix champêtre. Ce Sud de l'Angleterre si paisible, si vivant, si plein d'arbres et d'animaux, est peut-être le lieu que j'aime le plus au monde. J'ai revu Clouds Hill (le cottage de Lawrence[3]) mais me suis contentée de poser la main sur la poignée de la porte : il y a des visites qu'il ne faut pas faire deux fois dans des circonstances différentes.

Nous avons eu de très belles journées de printemps[4]. « La Terre qui tremble[5] » avance, un peu ralentie ces jours-ci.

Je vous envoie un essai sur moi écrit par un vieil ami italien/hollandais qui vécut les dernières

---

1. Archives Gallimard. Copie de deux cartes (Wallace Collection) autographes, la première reproduisant *The Artist's son, Titus*, de Rembrandt ; la deuxième, *Gilles and his family*, de Watteau. Le texte se poursuit d'une carte à l'autre.
2. En Europe et au Maroc. Fin avril, elle regagnera Petite Plaisance./
3. Thomas Edward Lawrence (1888-1935), dit Lawrence d'Arabie, a vécu une partie de sa vie et est mort à Clouds Hill.
Auteur de *Seven Pillars of Wisdom*, 1926, traduit sous le titre *Les Sept Piliers de la sagesse*, Paris, Payot, 1937 (Bibl. PP).
4. Le mot « printemps » commence la deuxième carte.
5. « La terre qui tremble. 1914-1915 » et « La terre qui tremble. 1916-1918 », 9ᵉ et 10ᵉ parties de *Quoi ? L'Éternité*.

années de sa vie non loin de Salisbury[1]. Son essai du genre biographique (jamais paru, mais destiné à la *Fiera Litteraria* dont il était critique) est sans erreur de ton. La dernière page me paraît seule [sic], mais très importante, une manière de me situer géographiquement comme personne ne l'a fait.

Tous mes bons vœux pour Pâques en Normandie et à bientôt.

Marguerite Yourcenar

À MARC BROSSOLLET[2]

1ᵉʳ juin 1987

Cher Ami,

Je vois que mon « appartement » à l'année au Ritz vous a impressionné comme moi. Encore ne parlez-vous pas de ma voiture Rolls ou Mercedes-Benz (je ne sais plus laquelle) ni de mon avion particulier[3]. Cette dame-journaliste que je n'ai jamais vue et dont j'ignore le nom me prête en somme tout ce qu'elle voudrait avoir.

Quant à la description du milieu qui m'entoure, c'est là qu'elle peut se livrer à des fantasmagories sans danger, car je ne me vois pas usant du droit de

---

1. Giacomo Antonini, « Marguerite Yourcenar, a personal appreciation ».
2. Collection particulière. Copie de lettre autographe.
3. Dans cet article de *Jours de France*, mai 1987, on pouvait lire sur l'écrivain : « À Paris, elle ne vient que quelques semaines par an, mais garde sa suite à l'année au Ritz, elle déserte Petite Plaisance pour des hivers au soleil et des séjours dans des palais princiers, ne voyage plus qu'en limousine ou avion privé, à peine sensible aux honneurs dus à sa notoriété... »

réponse pour l'assurer que tous mes amis « sont laids, nuls et vertueux[1]... ».

Je suis si souvent confrontée à ce genre de folies que j'en prends presque l'habitude. À Londres, il y a un mois, une « intervieuveuse » pour le *Times* de Londres et l'*American Review* de Paris (que personne ne lit je crois) s'est précipitée dans le salon de mon petit hôtel avec une liste de questions (qui étaient d'ailleurs des affirmations) telles qu'un psychienalyste [sic] ou un confesseur se fût abstenu d'en faire. Un ami, que, pour gagner du temps, n'étant que pour deux jours à Londres, j'avais invité vers la même heure, se trouvait là. Elle s'est retournée vers lui, furieuse : « Monsieur, votre présence me gêne beaucoup. » Qu'eût-elle dit de plus si j'avais été seule ? En tout cas, elle a éliminé dans son papier du *Times* mes réponses fort dures. Son papier de l'*American Review* n'a pas encore paru.

Malheureusement, la naïveté du public est telle qu'on croit ces gens-là. Le *Corriere della Sera* m'a demandé la permission de traduire les sottises de la dame de *Jours de France, les croyant écrites par moi*[2]. Hélas !

Amicalement à vous

Marguerite Yourcenar

---

1. L'article précisait que Yourcenar s'entourait « de personnages étonnants et divers, amateurs d'art et de musique, toujours jeunes, et généralement homosexuels ».
2. Souligné deux fois dans le texte.

À YANNICK GUILLOU[1]

Petite Plaisance
9 juin 1987

Cher Ami,

Votre absence se fait encore sentir.

J'ai travaillé tout de suite ce matin aux épreuves[2]. Tout d'abord, un sérieux contresens dont je me pressentais coupable dans Le voyage d'Ulysse[3] présent p. 63. Il s'agit *non pas de nuits successives*, mais *de lunaisons* (de la pleine lune à la nuit sans lune). J'ai corrigé en restant le plus près possible du texte, même si le sens, dans l'original, est aussi un peu obscur. *Mea culpa*.

Ensuite, j'ai, non refait, mais réorganisé à peu près complètement la préface. Une page manuscrite très détaillée a été insérée devant le texte imprimé, et j'ai décidé de mettre au bas deux dates : octobre 1985 — juin 1987, pour qu'on comprenne bien le déroulement de l'anecdote.

Le texte ainsi me paraît beaucoup plus solide. Vous remarquerez que, ligne 3, j'ai mis en long Jerry Wilson et J., qui me paraissait inutilement discret, puisque de toute façon son nom est sur la page de titre pour les illustrations.

Enfin, lisant et relisant, je me suis aperçue que notre succession de textes, assez différente de la mienne, n'était sur certains points pas plus heureuse que la mienne l'avait été.

J'ai tâché, dans la mesure du possible, de faire alterner négligemment les textes un peu plus longs et les textes courts, les textes orientaux et le bloc, qui

---

1. Archives Gallimard. Copie de lettre autographe.
2. *La Voix des choses*.
3. « La fin d'Ulysse ». Extrait de *L'enfer*, ch. xxvi de Dante. *La Voix des choses, op. cit.*, p. 77.

me semblait un peu trop solide, des sévères chrétiens du XVIIᵉ siècle.

J'ai surtout noté deux choses : « nos » « confucius » se suivaient très strictement et faisaient bloc, tandis que les taoïstes étaient plus subtilement dispersés et rapprochés. J'ai tenté de séparer les pages confucéennes, par au moins un texte tout différent, Leopardi[1], mais dans lequel figure aussi comme dans le précédent Confucius le thème de « l'eau qui coule », et de séparer les textes confucéens des premiers textes taoïstes par deux ou trois « subtils » chrétiens.

J'ai l'impression que c'est beaucoup mieux ainsi et que je ne vous donne aucune peine de recomposition, puisque aucun de ces textes ne s'étale sur plus d'une page. Mais si je vous ai causé des ennuis, dites-le moi, et nous aviserons autrement.

Affectueusement

Marguerite Yourcenar

— J'ai mis mon propre numérotage en plus du vôtre.

— Je continue cette note interminable, pour constater que mon numérotage, fait et refait, arrive à la page 71 là où le vôtre atteint la page 75. Il y a évidemment une erreur de ma part, peut-être dans le compte des versos des premières pages.

---

1. Giacomo Leopardi (1798-1857). Un de ses poèmes figure sous le titre « Sagesse romantique » dans *La Voix des choses, op. cit.*, p. 58.

À YANNICK GUILLOU[1]

21 juin 1987

Cher Ami,

Je vous envoie *La Terre qui tremble, 1916-1918*, stupéfaite comme toujours de voir combien sont différents chacun de ces chapitres [sic]. Depuis quelques jours le beau temps nous a quittés. Josyane[2] m'apprend que la photographie de moi à quinze ans est encore trop sombre ! Hélas, je n'ai plus d'autre alternative.

Voici un des paysages que nous avons vus ensemble[3]. Vous me manquez vraiment et j'espère qu'on vous reverra ici après Amsterdam !

FOU-KOU[4] vous salue.

Affectueusement,

Marguerite Yourcenar

---

1. Archives Gallimard. Copie de carte postale autographe représentant « Otter Cliffs. Acadia National Park », Maine.
2. Josyane Savigneau. Critique littéraire. Dirige *Le Monde des Livres* depuis mars 1991. Auteur de *Marguerite Yourcenar, l'Invention d'une vie, op. cit.*
3. L'Acadia National Park, Mount Desert Island.
4. Fou-Kou, caniche noir, dernier chien de Yourcenar. Lui a survécu. *Kou-Fou-Kou* signifie « bonheur » en japonais.

À YANNICK GUILLOU[1]

> Petite Plaisance
> Northeast Harbor
> Maine 04662 USA
> 16 août 1987

Cher Ami,

Tous mes remerciements à vous-même et à Mrs. Freickes[2] pour la maquette que je trouve excellente en tout point[3]. Je suis heureuse que vous soyez tous deux contents de votre travail. J'ai un peu l'impression que, photographies mises à part, ce volume a trois co-auteurs.

Vous trouverez ci-joint 4 pages (petit format) de corrections ou ajouts (surtout aux noms étrangers). J'ai ajouté à l'illustration, p. 95 (Index) le titre qui manquait. Je n'ai découvert que deux fautes d'impression de frappe proprement dites, p. 28 et 46, et deux ou trois changements de ponctuation en tout.

Reste mon incertitude au sujet des noms d'ouvrages d'où proviennent les citations : Bérulle, Lansade[4], que Bernier vous a je crois indiqués ainsi qu'à moi (mais je ne retrouve pas aujourd'hui sa lettre), Fénelon[5] et St- Bernard, pour qui tous deux *Lettres* en it. seraient je crois à recommander, sans plus.

Mais nous n'arrivons jamais à une concordance parfaite puisque les citations d'auteurs étrangers comme Eckart, Böhme, ne sont pas situées et que les retrouver dans leur entier nous prendrait beau-

---

1. Archives Gallimard. Copie de lettre autographe.
2. Jeannine Fricker, alors directrice artistique chez Gallimard.
3. Maquette de *La Voix des choses*.
4. Confusion avec le Père de Caussade.
5. François de Salignac de La Mothe Fénelon (1651-1715). *Aventures de Télémaque*, suivi de *Fables*, Paris, Librairie de Paris, s.d. (Bibl. PP) et *Œuvres*, t. I, Paris, Gallimard, Bibliothèque de la Pléiade, 1983 (Bibl. PP).

coup de temps. Peu importe, peut-être. Je vous laisse juge.

Pour les titres, il me paraît que *recueillis* est bien suffisant sans *traduits*. De même, photographies de Jerry Wilson me paraît bien préférable à *images* qui pourraient au besoin signifier *dessins* ou à peu près n'importe quoi.

Je vous indiquerai bien entendu la date de l'arrivée à Amsterdam, que je ne sais pas encore moi-même. D'autre part, j'apprends que le volume publié par le Mauritshuis[1] ne sera prêt à en croire l'éditeur lui-même que le printemps prochain.

La conférence à Copenhague[2] est au contraire définitivement fixée au 4 décembre.

De tout cœur,

Marguerite Yourcenar

Je viens de me remettre aux « Sentiers Enchevêtrés[3] ».

---

1. Musée de La Haye. Le conservateur du Mauritshuis avait demandé à Yourcenar, comme à d'autres écrivains, d'écrire quelques pages sur un tableau de son choix, appartenant aux collections du musée. Le texte de Yourcenar sur les « Deux Noirs » de Rembrandt, paru d'abord en 1987, dans un catalogue du musée, sera repris dans *En pèlerin et en étranger, op. cit.*
2. Cette conférence sur Borges n'aura jamais lieu. Voir lettre du 22 octobre 1987 à Yannick Guillou.
3. Dernier chapitre de *Quoi ? L'Éternité*, laissé inachevé.

À YANNICK GUILLOU[1]

22 octobre 1987

Cher Ami,
Il se confirme que je serai le 12 nov. à l'Hôtel Europe-Amsterdam et me propose de me rendre en voiture (Hôtel Amigo, Bruxelles) pour 3 jours en Belgique pour voir travailler Delvaux dans un vieux manoir près de Gand[2]. Ensuite, retour en voiture à Amsterdam et dîner ou réception Palais[3] le 26 nov. Programme pas encore fixé. Le salon est fort beau. Si le dîner se donnait dans un grand hôtel, comme on l'a fait une fois, c'est sans intérêt, mais je serai ensuite à Amsterdam jusqu'au 3 décembre environ. Voyage en voiture (agréable) jusqu'à Copenhague où ma conférence[4] aura lieu le 8 déc. Retour par Amsterdam et arrivée 11 déc. à Paris où je resterai sans doute jusqu'au 19. Départ de Zurich pour Bombay, 22 décembre[5].
À vous de choisir, si vous avez le choix. Je vous verrai où que ce soit avec joie.

Marguerite Yourcenar

---

1. Collection particulière. Copie de carte postale autographe représentant une « scène d'un village indien où des femmes vont chercher de l'eau dans des pots en terre délicatement placés en équilibre sur leur tête ».
2. Pour le tournage de *L'Œuvre au Noir*.
3. Le Palais royal. L'écrivain entretenait d'excellentes relations avec la famille royale de Hollande.
4. Yourcenar devait y parler de Borges.
5. L'accident cérébral du 8 novembre empêchera la réalisation de ces projets. Yourcenar s'éteindra le 17 décembre 1987.

OUVRAGES
DE MARGUERITE YOURCENAR
CITÉS DANS LE TEXTE

Éditions de référence

Essais et mémoires, Paris, Gallimard, Bibliothèque de la Pléiade, 1991.

Œuvres romanesques, Paris, Gallimard, Bibliothèque de la Pléiade, 1982. Avant-propos de l'auteur et Chronologie. Bibliographie d'Yvon Bernier. Réédition 1991.

Théâtre I, Paris, Gallimard, collection Blanche, 1971.

Théâtre II, Paris, Gallimard, collection Blanche, 1971.

Livres

Alexis ou le Traité du vain combat, Paris, Au Sans Pareil, 1929. (Plon, 1952 et 1965 avec une nouvelle préface ; Gallimard, collection Blanche, 1971 ; Folio n° 1041 ; repris dans *Œuvres romanesques*.)

Anna, soror..., Paris, Gallimard, collection Blanche, 1981. (Repris dans *Comme l'eau qui coule* ; *Œuvres romanesques*.)

Les Charités d'Alcippe, Liège, La Flûte enchantée, 1956. (Nouvelle édition augmentée, Paris, Gallimard, 1984.)

Le Cheval noir à tête blanche (traduction et présentation de contes d'enfants indiens), Paris, Gallimard, album Jeunesse, 1985.

Comme l'eau qui coule, Paris, Gallimard, collection Blanche, 1982.

Le Coup de grâce, Paris, Gallimard, 1939. (Le Livre de Poche n° 2011 ; Gallimard, collection Blanche, 1971 ; Folio, n° 1041 ; repris dans *Œuvres romanesques*.)

La Couronne et la Lyre, présentation critique et traduction d'un choix de poèmes grecs, Paris, Gallimard, collection Blanche, 1979. (Collection Poésie/Gallimard n° 189.)

Denier du rêve, Paris, Grasset, 1934. (Nouvelle version, Paris, Plon, 1959 ; Gallimard, collection Blanche, 1971 ; collection L'Imaginaire, 1982 ; repris dans *Œuvres romanesques*.)

Les Dieux ne sont pas morts, Paris, Sansot R. Chiberre, 1922.

Discours de réception à l'Académie française de Mme Marguerite Yourcenar et réponse de M. Jean d'Ormesson, Paris, Gallimard, collection Blanche, 1981. (Repris dans *En pèlerin et en étranger*, sous le titre « L'homme qui aimait les pierres ».)

Électre ou la chute des masques, Librairie Plon. (Repris dans *Théâtre II*, Gallimard, collection Blanche, 1971.)

En pèlerin et en étranger, essais, Paris, Gallimard, collection Blanche, 1989. (Repris dans *Essais et mémoires*.)

Feux, Paris, Grasset, 1936. (Plon, 1957 ; Gallimard, collection Blanche, 1974 ; *Œuvres romanesques*.)

Fleuve profond, sombre rivière. « Negro Spirituals », commentaires et traductions, Paris, Gallimard, collection Blanche, 1964. (Collection Poésie/Gallimard n° 99.)

Le Jardin des Chimères, Paris, Librairie académique Perrin, 1921.

Le Labyrinthe du Monde, I : Souvenirs pieux, Paris, Gallimard, collection Blanche, 1974. (Folio n° 1165 ; repris dans *Essais et mémoires*.)

Le Labyrinthe du Monde, II : Archives du Nord, Paris, Gallimard, collection Blanche, 1977. (Folio n° 1328 ; repris dans *Essais et mémoires*.)

Le Labyrinthe du Monde, III : Quoi ? L'Éternité, Paris, Gallimard, collection Blanche, 1988. (Folio n° 2161 ; repris dans *Essais et mémoires*.)

Mémoires d'Hadrien, Paris, Plon, 1951. (Édition suivie de « Carnets de notes de *Mémoires d'Hadrien* », Club du Meilleur Livre, 1953, et Plon, 1958 ; Gallimard, collection Blanche, 1974 ; Folio, n° 921 ; repris dans *Œuvres romanesques*.)

Mishima ou la Vision du vide, Paris, Gallimard, collection Blanche, 1981. (Repris dans *Essais et mémoires*.)

La Mort conduit l'Attelage, Paris, Grasset, 1934.

La Nouvelle Eurydice, Paris, Grasset, collection Pour mon plaisir, 1931. (Repris dans la réédition d'*Œuvres romanesques*, 1991.)

Nouvelles orientales, Paris, Gallimard, Collection Renaissance de la Nouvelle, 1938. (Repris dans *Œuvres romanesques*.)

L'Œuvre au Noir, Paris, Gallimard, collection Blanche, 1968 (Folio n° 798 ; repris dans *Œuvres romanesques* et suivi de « Carnets de notes de *L'Œuvre au Noir*, dans la réédition d'*Œuvres romanesques*, 1991.)

La Petite Sirène in *Théâtre I*.

Pindare, Paris, Grasset, 1932. (Repris in « Textes oubliés », dans *Essais et mémoires*.)

Présentation critique de Constantin Cavafy 1863-1933, suivie d'une traduction intégrale de ses Poèmes *par Marguerite Yourcenar et Constantin Dimaras*, Paris, Gallimard, collection Blanche, 1958, édition mise à jour en 1978. (Repris dans *Sous bénéfice d'inventaire*.)

Présentation critique d'Hortense Flexner, suivie d'un choix de Poèmes, Paris, Gallimard, 1969.

Qui n'a pas son Minotaure ?, in *Théâtre II*.

Rendre à César, in *Théâtre I*.

Les Songes et les Sorts, Paris, Grasset, 1938. (Repris in « Textes oubliés », dans *Essais et mémoires*.)

Sous bénéfice d'inventaire, Paris, Gallimard, collection Blanche, 1978. (Folio n° 110, repris dans *Essais et mémoires*.)

Le Temps, ce grand sculpteur, essais, Paris, Gallimard, collection Blanche, 1983. (Repris dans *Essais et mémoires*.)

Théâtre I, Paris, Gallimard, collection Blanche, 1971.

Théâtre II, Paris, Gallimard, collection Blanche, 1971.

Le Tour de la prison, texte établi par Valérie Cadet, Paris, Gallimard, collection Blanche, 1991. (Repris dans *Essais et mémoires*.)

Un homme obscur, in *Comme l'eau qui coule*. (Repris dans *Œuvres romanesques*.)

Une belle matinée, in *Comme l'eau qui coule*. (Repris dans *Œuvres romanesques*.)

La Voix des choses (textes recueillis ; photographies de Jerry Wilson), Paris, Gallimard, 1987.

Œuvre diverse : articles, poèmes,
contes, prépublications

« Ah, mon beau château », repris dans *Sous bénéfice d'inventaire*, *Essais et mémoires*, 1991.

« André Gide revisited », *Cahiers André Gide*, n° 3, Paris, Gallimard, 1972, pp. 21-44.

« Ariane et l'aventurier », *Cahiers du Sud*, t. 19, n° 219, août-septembre 1939, pp. 80-106.

« Catalogue des idoles », *Le Manuscrit autographe*, 5ᵉ année, n° 30, novembre-décembre 1930, pp. 96-97. (Repris dans *En pèlerin et en étranger*.)

« Le Changeur d'or », *Europe*, t. 29, n° 116, 15 août 1932, pp. 566-577. (Repris dans *Essais et mémoires*.)

« Les Charités d'Alcippe », *Le Manuscrit autographe*, 4ᵉ année, n° 24, novembre-décembre 1929, pp. 112-117. (Repris dans *Les Charités d'Alcippe*.)

« Comment j'ai écrit *Mémoires d'Hadrien* », *Combat*, 7 mars 1952.

« D'après Dürer », *Hamsa*, n°s 7 et 8, pp. 42-45. (Repris dans *Le Temps, ce grand sculpteur*.)

« D'après Greco », *Revue du siècle*, 1re année, n° 6, pp. 5-12 (octobre 1933), n° 7, pp. 33-40 (novembre 1933), n° 9, pp. 38-59 (janvier 1934). (Repris dans *La Mort conduit l'Attelage* et *Anna, soror*...)

« D'après Rembrandt », *Revue bleue*, 73e année, n° 1, 5 janvier 1935, pp. 11-20, et 19 janvier 1935, pp. 53-61. (Repris dans *La Mort conduit l'Attelage*.)

« Des recettes pour un art du mieux-vivre », *Le Monde*, 21 juin 1972. (Repris sous le titre « Approches du tantrisme », dans *Le Temps, ce grand sculpteur*.)

« Le Dialogue du marécage », *Revue de France*, n° 4, 15 février 1932, pp. 637-665. (Repris sous le titre « Le Dialogue dans le marécage » dans *Théâtre I*.)

« Ébauche d'un Jean Schlumberger », *La Nouvelle Revue française*, 1er mars 1969, pp. 321-326. (Repris sous le titre « Tombeau de Jean Schlumberger » dans *Le Temps, ce grand sculpteur*.)

« Électre ou la chute des masques », *Le Milieu du siècle*, n° 1, 1947, pp. 21-66. (Repris dans *Théâtre II*.)

« Éloge de Don Ramire », *La Revue argentine*, mars 1935, pp. 26-27. (Repris sous le titre « À un ami argentin qui me demandait mon opinion sur l'œuvre d'Enrique Larreta » dans *En pèlerin et en étranger*.)

« Les Emmurés du Kremlin », in *Nouvelles orientales*.

« En mémoire de Diotime : Jeanne de Vietinghoff », *Revue mondiale*, 15 février 1929, pp. 413-418. (Repris dans *Le Temps, ce grand sculpteur*.)

« Essai sur Kavafis », *Mesures*, t. 6, n° 1, janvier 1940, pp. 13-30 (repris partiellement dans *Présentation critique de Constantin Cavafy*) et « Essai sur Kavafis », *Fontaine*, mai 1944, pp. 38-40 (repris partiellement dans *Présentation critique de Constantin Cavafy*).

« Les Explorations de Marguerite Yourcenar », entretien avec Claude Mettra, *Les Nouvelles littéraires*, 27 juin 1968.

« Humanisme et hermétisme chez Thomas Mann », *L'Hommage de la France à Thomas Mann*, 1955. (Repris dans *Sous bénéfice d'inventaire*.)

« L'Île des Morts : Boecklin », *Revue mondiale*, 29e année, 15 avril 1928, pp. 394-399. (Repris sous le titre : « " L'île des Morts " de Bocklin » dans *En pèlerin et en étranger*.)

« Le Japon de la mort choisie », *L'Express*, 1er mars 1980, pp. 96-98. (Repris sous le titre « La Noblesse de l'échec » dans *Le Temps, ce grand sculpteur*.)

« Empédocle d'Agrigente », *Revue générale*, 106e année, n° 1, 1970, pp. 31-46. (Repris dans *La Couronne et la Lyre*.)

- « Jeux de miroirs et feux follets », *La Nouvelle Revue française*, n° 269, mai 1975, pp. 1-15. (Repris dans *Le Temps, ce grand sculpteur.*)
- « Kâli décapitée », *Revue européenne*, n° 4, avril 1928, pp. 392-396. (Repris dans *Nouvelles orientales.*)
- « Le Lait de la mort », *Nouvelles littéraires*, 20 mars 1937, et *Le Nouveau Candide*, 25 juillet-1ᵉʳ août 1962. (Repris dans *Nouvelles orientales.*)
- « Mémoires d'Hadrien (première partie): Animula vagula blandula », *La Table ronde*, n° 43, juillet 1951, pp. 71-84. (Repris dans *Mémoires d'Hadrien.*)
- « Mémoires d'Hadrien (suite): Varius multiplex multiformis », *La Table ronde*, n° 44, août 1951, pp. 94-118. (Repris dans *Mémoires d'Hadrien.*)
- « Mémoires d'Hadrien (fin): Tellus stabilita », *La Table ronde*, n° 45, septembre 1951, pp. 36-59. (Repris dans *Mémoires d'Hadrien.*)
- « Le Mystère d'Alceste » (fragment), *Cahiers du Sud*, n° 284, t. 26, 2ᵉ semestre, 1947, pp. 576-601. (Repris dans *Théâtre II.*)
- « Pierrot pendu » (poème), *Revue Point et Virgule*, n° 7, mai 1928, p. 20.
- « La poésie et la religion doivent rester obscures », entretien avec Matthieu Galey, *Le Magazine littéraire*, n° 153, octobre 1979.
- Préface à *Œuvres* de Selma Lagerlöf, Paris, Stock, 1976, t. I. (Repris sous le titre « Selma Lagerlöf, conteuse épique » dans *Sous bénéfice d'inventaire.*)
- « Le Prince Genghi », *Revue de France*, t. 4, 15 août 1937, pp. 847-854. (Repris sous le titre « Le Dernier Amour du Prince Genghi » dans *Nouvelles orientales.*)
- « Les Prisons imaginaires de Piranèse », *La Nouvelle Revue française*, janvier 1961. (Repris sous le titre « Le Cerveau noir de Piranèse » dans *Sous bénéfice d'inventaire.*)
- « Recoins du cœur » (poèmes), *Le Manuscrit autographe*, 6ᵉ année, janvier-février 1931, pp. 103-105. (Repris dans *Les Charités d'Alcippe.*)
- « Sept poèmes pour Isolde morte », *Le Manuscrit autographe*, n° 33, mai-juin 1931, pp. 85-88. (Repris sous le titre « Sept Poèmes pour une morte » dans *Les Charités d'Alcippe.*)
- « Suite d'estampes pour Kou-Kou-Haï », *Le Manuscrit autographe*, 6ᵉ année, n° 36, novembre-décembre 1931, pp. 49-58. (Repris dans *En pèlerin et en étranger.*)
- « Sur quelques thèmes érotiques et mystiques de la Gita-Govinda », *Cahiers du Sud*, n° 342, septembre 1957, pp. 218-228. (Repris dans *Le Temps, ce grand sculpteur.*)
- « Tombeau de Jacques Masui », in *Le Temps, ce grand sculpteur.*

« Ton et language dans le roman historique », *La Nouvelle Revue française*, n° 238, octobre 1972, pp. 101-123. (Repris dans *Le Temps, ce grand sculpteur*.)

« Les Trente-Trois Noms de Dieu », *La Nouvelle Revue française*, n° 401, juin 1986, pp. 101-117.

« La Tristesse de Cornelius Berg », in *Nouvelles orientales*.

« Un poète grec, Pindare (I) : L'Enfance et l'adolescence », *Le Manuscrit autographe*, 6ᵉ année, n° 32, mars-avril 1931, pp. 81-91. (Repris dans *Pindare*.)

« Un poète grec, Pindare (II) : L'Œuvre », *Le Manuscrit autographe*, n° 33, mai-juin 1931, pp. 88-97. (Repris dans *Pindare*.)

« Un poète grec, Pindare (III) », *Le Manuscrit autographe*, n° 34, juillet-août 1931, pp. 92-102. (Repris dans *Pindare*.)

« Un poète grec, Pindare (IV) », *Le Manuscrit autographe*, n° 36, novembre-décembre 1931, pp. 95-98 (Repris dans *Pindare*.)

« La Veuve Aphrodissia », in *Nouvelles Orientales*.

« Les Visages de l'histoire dans l'Histoire Auguste », in *Sous bénéfice d'inventaire*.

Traductions de :

James Baldwin, *Le Coin des « Amen »*, Paris, Gallimard, collection Le Manteau d'Arlequin, 1983.

Blues et Gospels (images réunies par Jerry Wilson), Paris, Gallimard, 1984.

Henry James, *Ce que savait Maisie*, Paris, Laffont, 1947. (Réédition 1968.)

Frederic Prokosch, « Les Sept Fugitifs » (fragment), in *Fontaine*, t. IV, 1943, pp. 231-256.

Virginia Woolf, *Les Vagues*, Paris, Stock, 1937.

INDEX

Abraham, Hélène : 294-300, 762.
Abrams, Harry N. : 342.
Adams, Ansel : 539.
Adriansen, Anne-Constance : 599, 669.
Alain : 511.
Albert Ier de Belgique : 434.
Albery, Nobuko : 882.
Albin Michel (éditions) : 745.
Alençon, duc : 843.
Alençon, duchesse d' : 843, 845.
Alexandre Ier : 215.
Alfred A. Knopf (éditions) : 494.
Allardin, Jean-Paul : 446-447.
Amiel : 275.
Anacréon : 110.
Andrade, Eugenio de : 489-490.
Ange (dynastie) : 141.
Anouilh, Jean : 439.
Antipater de Sidon : 111.
Anytus (Anytos) : 232.
Aragon, Louis : 230, 697.
Aristophane : 763.
Armstrong, Neil : 433.
Arnaud, Antoine : 572.
Arnold Brakel (éditions) : 743.
Ars, curé d' : 631.
Arthaud (éditions) : 492.
Asvaghosha : 627.
Athénée : 701.
Aubert, G. : 48.
Aubier, Béatrice : 774-775.
Aubreby, Carmen d' : 388-389.
Aubrion, Michel : 449.
Auden, Wystan Hugh : 112.
Audiberti, Jacques : 89.
Augiéras, François (dit Abdallah Chaamba) : 26, 123-127.
Auguste : 51.
Augustin, saint : 63, 201, 746.
Aury, Dominique : 370, 573, 750.
Au Sans Pareil (éditions) : 116, 251, 270.
Austin Jr, A. Everett : 85, 147.

Bach, Jean-Sébastien : 861.
Baer de Loubavitch, Dov : 626.
Baissette, Gaston : 50, 74.
Baldass, Ludwig von : 342.
Ballard, Eva-Marcelle : 74, 91, 113.
Ballard, Jean : 50, 73-74, 87-92, 94-96, 108-113, 151.
Balmelle, Henri : 14, 16, 168-173.
Balzac, Honoré de : 201, 234, 239, 531, 539, 553, 650.
Banville, Théodore de : 702.
Barbault, André : 794, 810.
Barbier, Élisabeth : 406-407.
Bardot, Brigitte : 23, 357-364.
Baring, Maurice : 268.
Barney, Natalie Clifford : 197-199, 235-241, 286-290, 371-372, 407, 431, 494, 501, 552, 646-652, 657, 666, 784, 815.
Baron, Michel : 164.

Barrès, Maurice : 500.
Barzilaï, Anat : 20, 732-740.
Basile : 492.
Bast, William : 516-517, 534.
Bataille, Georges : 29, 129, 400-403.
Bathory, Élisabeth : 607.
Baudelaire, Charles : 22, 237, 606, 713, 722.
Baudry, André : 158.
Bax : 342.
Beaufret, Jean : 660.
Beauvaux, prince de : 394.
Beauvoir, Simone de : 230, 487.
Beck, Julian : 439.
Beckford, William : 344.
Bédard, Pierre : 69.
Beethoven, Ludwig van : 295, 306.
Bell, Anne Olivier : 53.
Belmont, August : 240, 241.
Benda, Julien : 567.
Berenson, Bernard : 523.
Berger, Yves : 450.
Bernard de Clairvaux : 895.
Bernier, Yvon : 12, 872, 873, 880, 895.
Bérulle : 269, 895.
Bianor : 11.
Bieswald de Briard, Reine : 520, 771.
Blin, Georges : 197.
Bloch, Jean-Richard : 294, 297.
Blot, Jean : 604.
Boehme, Jacob : 544, 895.
Bohier : 466.
Boisdeffre, Pierre de : 779.
Boissier : 167.
Bollengier, Mme (née Joy) : 751.
Bollingen, Fondation : 140, 202.
Bonnier, Henry : 745-746.
Bora, Catherine de : 630.
Borchgrave, Guy de : 39, 196.
Borchgrave Louise de (dite Loulou, née Sloet Van Oldruitenborgh) : 29, 30, 39, 146-148, 195, 252-253, 312-314, 315, 316, 317, 319, 331, 460-461, 670, 719, 767, 781-782, 817, 834, 837, 838, 851, 859.

Borchgrave, Robert de : 146.
Borchgrave, Solange de (épouse de Crayencour) : 46, 146, 253, 320, 323.
Borde : 89.
Borges, Jorge Luis : 16, 128, 896, 897.
Bory, Jean-Louis : 687, 700.
Bosch, Hieronimus : 27, 200-203, 340, 342, 464, 854.
Bosquet, Alain : 19, 242-246, 255, 258-260, 282.
Bossuet, Jacques Bénigne : 228, 269.
Boswell, James : 496.
Bots, Wim : 874-875.
Bouddha : 644, 776, 832.
Boudot-Lamotte, Emmanuel : 52-58, 72-74, 87, 89, 92, 116, 604.
Bousquet, Joe : 89.
Brandan, saint : 89.
Brandt, Isabelle : 235, 599.
Brantôme : 234.
Braun, R.P. Roger : 848.
Breitbach, Joseph : 97-103, 152, 282-285, 688, 691-700.
Bret, Michèle : 485-486.
Breton, André : 29, 202, 728.
Breughel, Pieter : 203, 621.
Brincourt, André : 485, 543.
Brissac, Elvire de : 689, 690, 814.
Brisson, Pierre : 249-252.
Bronne, Carlo : 448.
Brontë, Emily : 846.
Brook, Peter : 310.
Brooks, Rupert : 766.
Broqueville, Huguette de : 584-585.
Broqueville, Norbert de : 584.
Brosse, Jacques : 412-416, 484, 542.
Brosses, Charles de : 567.
Brossollet, Marc : 210-211, 541, 690, 787, 825-827, 860, 884, 890-891.
Brown, J.Y. : 555.
Brown-Hovelt, Christine (épouse de Crayencour) : 47, 79, 194, 195, 320, 404, 517, 518, 835.

Brown-Hovelt, Eulalie : 404.
Browning, Mrs. : 141.
Bruckner, Jutta : 667.
Buber, Martin : 502, 627.
Bugner, Ladislas : 333, 344, 345.
Bunuel, Luis : 695.
Byrd, Richard : 434.

Cadet, Valérie : 862.
Caillois, Mme : 824, 831.
Caillois, Roger : 128-130, 413, 570, 808, 824, 831, 832.
Calas, Lolya (dite Kyra Karadja) : 204, 612.
Calas, Nicolas : 20, 27, 200-204, 610-612.
Caligula : 457.
Callimaque : 110.
Calmann-Lévy (éditions) : 505, 557.
Calmann-Lévy, Gaston : 557.
Camoens, Luis de : 344.
Campanella, Tommaso : 561, 737.
Campin, Robert : 75.
Camus, Albert : 89.
Camus, Marie-Louise (dite la Marraine) : 486, 532, 539, 558, 586, 728.
Cant Hanet de Cléry, Jean-Baptiste : 412.
Caracalla : 467, 472.
Caravage, le : 339.
Carayon, Jeanne : 17, 28, 480-486, 521-533, 536-539, 541, 556-563, 570-578, 586-592, 601-610, 618-624, 632-637, 662, 668, 704-708, 721-728, 752-759, 761, 827, 830.
Carli, chanoine : 196.
Carpenter, Ellen : 499.
Carrière, Eugène : 270.
Carrière, Mathieu : 674.
Cartier, Louis de : 572.
Cartier, Marguerite Pétronille : 572.
Cartier d'Yves, baron de : 195.
Cartier d'Yves, Louise de : 195.
Cartier de Marchienne, Arthur : 604.
Cartier de Marchienne, Fernande (épouse de Crayencour, mère de M. Y.) : 39-40, 136, 147, 329, 525, 538, 549, 654, 772, 773, 808.
Cartier de Marchienne, Gaston de : 654.
Cartier de Marchienne, Jeanne (tante) : 39-40, 147.
Casanova : 234, 507.
Cassou, Jean : 89.
Castaneda, Carlos : 541, 543, 555, 594.
Casterman (éditions) : 505.
Catherine II la Grande : 215.
Caton l'Ancien : 457.
Cattaui, Georges : 384.
Caujolle, Christian : 294.
Caussade, père de : 895.
Cavafy, Constantin : 64, 88, 107, 384, 385, 497, 707, 758.
Cayrol, Jean : 277.
Cazes, Marcelin : 646.
Céline, Louis-Ferdinand : 270, 532, 537.
Celli, Rose : 68.
Cervantès, Miguel de : 211.
Chalon, Jean : 199, 236, 239, 371, 494-497, 501, 511, 541, 543-550, 594, 646-652, 665-666, 689-691, 728, 744, 760-761, 776, 783-785, 814-815, 818-819, 822.
Champaigne, Philippe de : 270.
Champlain, Samuel de : 598.
Chancel, Jacques : 789, 803, 804, 828.
Charazain, Paul : 619.
Charbonneaux, Jean : 374.
Charensol, Georges : 623.
Charier, Gustave : 481.
Charles Quint : 707.
Chatterji, N. : 260-265.
Chatterton, Thomas : 766.
Chauchot, Denise : 237.
Chaudoir, Denise : 146-148.
Chauvel, Jean : 450.

907

Chénier, André : 111.
Chessman, Caryl Whitder : 187.
Cheval, René : 284.
Chevallier, Ania : 663, 664.
Chiaromonte, Nicola : 188.
Cicéron : 227.
Cioran : 819.
Claudel, Paul : 296, 522, 576.
Cleenewerck de Crayencour, Charles : 771.
Cleenewerck de Crayencour, Donatien : 669, 756.
Cleenewerck de Crayencour, Henri : 771.
Cleenewerck de Crayencour, Valérie : 771.
Clément, Catherine : 804, 805.
Cleyregue, Berthe : 666.
Clovis Ier : 788.
Coche de La Ferté, Étienne : 383-385, 832.
Cocteau, Jean : 89, 439, 702.
Codman, Florence : 145-146.
Cohen, Albert : 828.
Coleridge, Samuel Taylor : 603.
Colette : 25, 83, 145-146, 511, 513.
Colomb, Christophe : 302.
Comnène (dynastie) : 141, 492.
Condé : 754.
Confucius : 441, 442, 893.
Connes, André : 428.
Conrad, Joseph : 303, 456, 606.
Corneille, Pierre : 205.
Corteggiani, Jean-Pierre : 832.
Côté, Jean-Louis : 224-230.
Cottet, Mlle : 591.
Courbet, Gustave : 568.
Coussemaker, Louise de : 771.
Crantson, Stanley : 879.
Crayencour, Anne-Catherine de : 837.
Crayencour, Antoine Robert Marie Joseph de : 319.
Crayencour, Daniel de : 653.
Crayencour, Emmanuel Jules Ghislain de : 319.
Crayencour, Gabrielle de : 322, 658, 751, 771.
Crayencour, Georges Roger Marie de (neveu de M. Y.) : 18, 26, 27, 100, 194, 253, 312, 313, 314, 316-318, 319, 321-323, 328-332, 517-521, 531, 571, 652-656, 668-670, 709, 716-721, 740-743, 746, 752, 754, 767, 771, 786-789, 801-803, 816-817, 833-839, 849-851, 857-859, 861-862, 865-866, 869-870, 876.
Crayencour, Gilles de : 837.
Crayencour, Jean-Pierre de : 319, 328, 329.
Crayencour, Marie de (épouse Pas) : 196, 658, 659, 742, 771, 772.
Crayencour, Marie-Antoinette de (Minette) : 836, 859.
Crayencour, Michel Charles-Emmanuel de : 319, 519, 520, 652, 669, 748.
Crayencour, Michel Fernand de (demi-frère de M. Y.) : 195, 253, 319, 329, 331, 332, 518, 600.
Crayencour, Michel Charles René Joseph de (père de M. Y.) : 25, 39, 41, 45, 47, 136, 150, 167, 193, 196, 220, 241, 322, 331, 347, 393, 435, 436, 519, 524, 526, 538, 549, 596, 599, 600, 607, 608, 618, 658, 659, 698, 721, 741, 742, 743, 744, 767, 772, 773, 780, 782, 791, 808, 810, 812, 819, 835.
Crayencour, Michel Charles de (grand-père de M. Y.) : 527, 529, 530, 591-592, 619, 748, 749, 751, 755, 771.
Crayencour, Muriel de : 837.
Crayencour, Yves de : 837.
Croiset, Alfred : 111.
Croiset, Maurice : 111.
Croquette, M. : 751.
Cura, Renée : 128.
Custine, Adolphe, marquis de : 214, 217.

Daniel, Marc : 156-159, 163-165.
Daniélou, Jean : 252.
Dante Alighieri : 296, 302, 373, 409, 892.
Daumal, René : 414, 542.
Dauman, Anatole : 671, 686, 692.
David, Gérard : 340.
Davies, Adelle : 483.
De Stefani, Livia : 412.
Deffand, Mme du : 236.
Deharme, Lise : 165-167.
Delacroix, Eugène : 344, 567.
Delay, Jean : 207, 823.
Delbecq, Pierre : 669.
Deleuze, Gilles : 25.
Della Faille : 653.
Della Robbia, Giovanni : 478.
Delpech, Jeanine : 122.
Delvaux, André : 886-889, 897.
Denys le Sophiste : 111.
Descartes, René : 733.
Desclée de Brouwer (éditions) : 442.
Desjardins, André : 224-230, 843-845, 854-855, 863.
Deutsche Verlag (éditions) : 284.
Deybach, Mlle : 580.
Diane de Poitiers : 466.
Diels, Hermann : 442.
Dimaras, Alexis : 107, 115.
Dimaras, Constantin (dit Didi) : 25, 35, 64-65, 68, 70, 76, 88-89, 104-108, 113-115, 121, 804.
Dimaras, Elenita (Hélène) : 107, 115, 804.
Donati (éditions) : 378.
Dormann, Geneviève : 667.
Dostoïevski, Fiodor : 217, 296, 426, 713.
Doucet, Jacques : 197, 235, 648.
Drion, Amélie : 584.
Drion, Flore : 584, 604.
Drion, Irénée : 196, 584, 604.
Drion, Zoé : 584, 604, 655.
Drion du Chapois, baron : 584.
Droit, Michel : 250.
Dryden, Benjamin : 111.

Du Bos, Charles : 58-71, 162, 266-271, 274, 275, 305, 310, 381, 747.
Du Bos, Mme (dite Zézette) : 267.
Du Maurier, George : 585.
Du Menil, Dominique : 699.
Du Mont-des-Cats, abbé : 772.
Du Wooz, Isabelle : 653.
Duconget, Suzanne : 481, 637, 663, 705, 758, 881.
Dufresne, Amable (vice-président) : 531, 669, 754.
Dufresne, Noémie (épouse de Crayencour) : 322, 518, 531, 669, 721, 751, 752.
Duhamel, abbé : 518, 519, 520.
Duhamel, Anne : 518.
Dumay, Maurice : 840, 842, 845, 850, 852.
Dumesnil, Marie-Alexandrine : 669.
Dumont d'Urville : 591.
Dupont, Florence : 786.
Durand, Marie : 394.
Dürer, Albrecht : 243, 245.
Dusart, Gilles : 572.
Dutreix, Mme : 493.
Duval, Marcel : 513, 760.
Dylan, Bob : 622, 742.

Eakins, Thomas : 344.
Eckart, Maître : 895.
Eckermann, Johann Peter : 496.
Edmunds : 111.
Einaudi (éditions) : 176, 177, 185, 213, 292.
Einaudi, Giulio : 292.
Einstein, Albert : 91.
Ekelöf, Gunnar : 544.
Eliade, Mircea : 158.
Eliot, George : 269.
Eliot, T. S. : 111.
Élisabeth d'Autriche : 607.
Élisabeth de Hongrie : 607.
Eluard, Paul : 202.
Embirikos, Andreas (André) : 17, 20, 48, 49, 76, 131, 200, 202, 213, 610.
Emmanuel, Pierre : 634.

Empédocle d'Agrigente : 442, 495, 735.
Épictète : 375.
Épiphane, saint : 561.
Erckmann-Chatrian : 297.
Erikson, Erik H. : 629.
Esculape : 438.
Estienne, Henri : 102.
Etiemble, Jeannine : 638, 704.
Etiemble, René : 566-569, 638, 699, 704.
Euclide : 91.
Euripide : 90, 745.
Evans, sir Arthur : 250.
Évola, Julius : 593.
Eyraud, Marc : 683.

Fabre, Jean-Henri : 413.
Faigre, Marc : 73.
Farrar Straus, puis Farrar Straus Giroux (éditions) : 507.
Farrell, Edith et Frederic : 14, 872-873.
Fasquelle (éditions) : 99.
Faure, Edgar : 386.
Fauriet, M. : 862.
Fayard (éditions) : 379, 410, 492, 506, 528, 544, 585, 593, 617, 628.
Fédier, François : 660.
Feltrinelli (éditions) : 212, 213, 292, 411.
Fénelon : 269, 895.
Fenton, William : 520, 826.
Flanner, Janet : 235.
Flaubert, Gustave : 553, 701.
Flauw, M. : 751, 752.
Follain, Jean : 89.
Fontenelle : 769.
Fouquet, Jean : 169.
Fourment, Claire : 235, 599.
Fourment, Hélène : 235, 599.
Fra Angelico : 308, 738.
Fragonard, Jean Honoré : 568.
Fraigneau, André : 17, 48-51, 52, 57, 74, 88, 98, 881.
France, Anatole : 418.
Franck, Fance : 841-842, 877-878.

Franck, Jacques : 839.
Franco, Francisco : 178.
« Fraülein » : 40.
Frédéric II : 157.
Freeman, Kathleen : 442.
Freud, Sigmund : 19, 164, 414, 477.
Freund, Gisèle : 544, 687, 728-729.
Frick, Grace : 11, 13-15, 17, 18, 21, 36, 55, 59, 70, 90, 107, 116, 119, 124, 126, 136, 142, 144, 145, 147, 148-150, 152, 153, 162, 168, 171, 172, 175, 178, 181, 188, 191, 193, 212, 214, 218, 247, 252, 253, 256, 260, 267, 270, 279, 286-287, 313, 314, 324, 327, 366, 368, 369, 393, 399, 407, 416, 433, 450, 453, 454, 455, 461, 479, 482, 489, 493, 505, 512, 515, 520, 542, 550, 557, 562, 574, 576, 578, 583, 595, 609, 612, 616, 618, 627, 633, 638, 648, 649, 658, 670, 690, 699, 700, 712, 713, 714, 717, 722, 726, 755, 756, 757, 759, 767, 777, 781, 782, 802, 803, 805, 809, 813-814, 815, 816, 817, 818, 819, 820, 821, 826, 839.
Frick, Henri : 654.
Fricker, Jeannine : 895.

Gaddi, Agnolo : 324.
Galey, Matthieu : 122, 207, 623, 764, 804-806.
Gallimard (éditions) : 52, 75, 89, 98, 139, 284, 318, 333, 366, 367, 368, 469, 470, 475, 480, 505, 511, 523, 537, 580, 617, 698, 785, 804, 824, 832, 837, 859, 862.
Gallimard, Claude : 167, 210, 370, 484, 511, 541, 661-664, 705, 758, 867, 875.
Gallimard, Colette : 867, 875.
Gallimard, Gaston : 370, 634.
Galzy, Jeanne : 407, 430-432.
Gandhi, Indira : 611, 628.

Gandhi, Mahatma : 263, 611, 645, 749, 770.
Gandillac, Maurice de : 825.
Gandon, Odile : 804.
Gans, Wilhelm : 26, 443-445, 563-564, 667, 821, 828-829, 840-841, 845-848, 852-853.
Garin, Eugenio : 410.
Garsoian, Nina : 93.
Garzanti (éditions) : 292, 378.
Gasc, Yves : 246, 257.
Gascar, Pierre : 252.
Gaulle, Charles de : 276.
Gauthier-Villars, Henri (dit Willy) : 145, 513.
Gauthier-Villars, Jacques : 513.
Gauthier-Villars, Paulette : 513.
Georgia : 858.
Gérard, Jo : 655.
Gérard, Jules : 619.
Germain, Gabriel : 21, 300-304, 421-429, 438-443, 544, 735.
Gershoy, Léon : 410.
Gert, Valeska : 696.
Gheus, Thérèse de : 599.
Giard, Antoine : 743, 756, 768.
Gibbon, Yves de : 21, 639-646.
Gide, André : 29, 97, 99, 103, 106, 120, 121, 151, 152, 172, 206-209, 254, 262, 270, 296, 365, 381, 428, 439, 553, 613-615, 713.
Gide, Madeleine : 151, 152, 206-209.
Giorgione : 270.
Gobeil, Madeleine : 579.
Goethe, Johann Wolfgang von : 70, 296, 440, 470, 475, 496, 523.
Gogol, Nicolas : 218.
Goubert, Pierre : 410.
Goudeket, Maurice : 513.
Goulet, Alain : 613-616.
Gourmont, Remy de : 197, 239.
Goya, Francisco : 75, 163, 570.
Gramaye, Cécile : 653.
Granet, Marcel : 302.
Grasset, Bernard (éditions) : 50, 133, 138, 368, 450, 867, 882.

Greco, le : 89.
Grekoff, Élie : 713-716.
Grenier, Jean : 248-249.
Grénier, Jean-Marie : 886.
Grousset, René : 115.
Guattari, Félix : 25.
Guegen : 89.
Guéhenno, Jean : 514, 625-626, 768-770.
Guéhenno, Mme : 824.
Guérin, Maurice de : 298, 765-766.
Guillou, Yannick : 210, 541, 860-861, 864-865, 867, 870-871, 875-876, 878-884, 889-890, 892-897.
Guissard, R.P. Lucien : 747.
Gury, Christian : 156.

Habich, Matthias : 672, 693.
Hachette (éditions) : 449, 470, 474, 523.
Hadjilazaros, Matsie : 131-132, 611.
Hager, Annelise : 284.
Hakeda, Yoshito S. : 627.
Hansen (éditions) : 867.
Hardy, Thomas : 620.
Hazelton, Roger : 350-352.
Heidegger, Martin : 473, 660.
Heilbronn, Max et Paulette : 708-710.
Héliogabale : 467, 472.
Hemingway, Ernest : 130.
Henri III : 466, 475.
Henri IV : 466.
Hériat, Philippe : 390-391.
Hérodote : 217.
Hérondas : 354.
Hesse, Hermann : 527.
Hilsum, Mme : 116.
Hilsum, René : 116, 119, 251, 270, 878.
Hitler, Adolf : 227, 375, 440.
Holbein, Hans : 152, 206, 615.
Hölderlin, Friedrich : 766.
Homer, Winslow : 344.
Homère : 301, 302, 303, 622.
Howe Allen, Helen : 23, 353-356.

Howe Allen, Reginald : 356.
Hubert, saint : 635.
Hugnet : 89.
Hugo, François-Victor : 678.
Hugo, Victor : 288, 523, 548, 602, 603, 606, 722, 737, 745.
Hunt, Pierre : 885.
Hutchinson, colonel : 109.
Huxley, Aldous : 546-547.

Ibsen, Henrik : 208, 296, 441.
Ibycos : 110.
Ingres, Jean Auguste : 234, 567.
Insel (éditions) : 284.
Ivan le Terrible : 215.
Izard, Georges : 276.

Jacob, Max : 89.
Jacquemard, Simonne : 413, 414, 416, 418.
Jaffé, Fritz : 285.
Jaloux, Edmond : 236-237, 500, 552, 706.
James, Henry : 272-273.
Jarry, Alfred : 89.
Jaspers, Karl : 252.
Jean, saint : 560-561.
Jean de la Croix, saint : 63.
Jean XXIII : 640.
Jeanne d'Arc : 606.
Jérôme, dom : 742.
Joannidès, H. : 88.
Johnson, Samuel : 496.
Joseph, saint : 341.
Joseph II : 75.
Joubert, Joseph : 268, 275.
Jouhandeau, Marcel : 130-131, 158.
Jouve, Pierre Jean : 89.
Jouvenel, Colette de : 83, 513.
Jouvenel, Henri de : 83.
Joyce, James : 202.
Julie, fille d'Auguste : 51.
Jung, Carl Gustav : 252.
Junin, Michel : 254-255.

Kaiser, Walter : 777-778, 852.
Kamber, Gerald : 393-395.
Kanters, Robert : 252, 282.

Kassner, Rudolf : 347, 628, 819.
Katz, Dori : 189, 192.
Kaufmann, Vincent : 27.
Kayaloff, Anya : 276.
Kayaloff Garsoian, Inna : 79, 80, 84, 92.
Kayaloff, Isabelle : 191, 276.
Kayaloff, Jacques : 78-86, 92-93, 104, 147, 189-191, 276.
Kayaloff, Mme mère : 79, 80, 84.
Keats, John : 111, 269.
Kennedy, John Fitzgerald : 188, 794.
Kepler, Johannes : 794.
Kiepenhauer (éditions) : 284.
King, Martin Luther : 366.
Kipling, Rudyard : 299, 553.
Kirschtein, Rüdiger : 673.
Knopff, Alfred A. : 650.
Kusan Kanisha : 627.
Kyczun, Roman : 133-135.
Kyriakos, Lucy : 17, 76-77.

La Bianca (époux) : 641.
La Francité (éditions) : 446.
La Grange, Berthe Louys de (épouse de Crayencour) : 46, 599.
La Tour du Pin, Patrice de : 713.
Lacarrière, Jacques : 491-492, 628.
Laclos, Choderlos de : 279.
Lacombe, Mme : 327.
Lacombe, Roger : 325-327, 333, 504-508.
Laffont (éditions) : 276.
Lagache, Daniel : 558.
Lagerlöf, Selma : 29, 232, 621, 633, 707, 758.
Lahache, Christian : 886.
Lahovary, Janine : 371, 407, 501.
Lallemant, Jérôme et Louis : 269.
Lambert, Catherine : 106, 107, 115.
Lambert, Jean : 106, 107, 115, 120-121, 149-150, 153-155, 237, 551-554.

Lamy, Marthe : 511-515, 652, 760.
Langhorne, Mrs. : 497-499.
Langrée, Juliette de : 312, 313, 315, 316, 317, 319.
Langrée, M. de : 313, 316, 317, 318.
Lannes, Roger : 89.
Lapouge, Gilles : 571.
Larbaud, Valery : 701.
Larreta, Enrique : 459.
Las Casas, Bartolomé de : 441.
Lawrence, Thomas Edward : 889.
Le Marlec, Yvon : 295.
Lebon, André : 819-820.
Lecouvreur, Adrienne : 239, 289.
Ledoven, Jean : 156.
Leiris, Michel : 29, 129, 579.
Lelarge, Denise : 653, 720, 743, 803, 817, 869, 870.
Leleu, Michèle : 59, 62, 65, 67, 69, 266-271, 274-275.
Lemarié, architecte : 619.
Lemire, abbé : 434, 435, 436, 742, 772.
Lénine, Vladimir Ilitch Oulianov dit : 216.
Léon III l'Isaurien : 141.
Léonard de Vinci : 378, 463, 464, 733.
Leopardi, Giacomo : 893.
Léotard, Philippe : 887.
Letot, Albert : 41-44, 46, 47, 196, 392, 432-433, 453-455, 478-479.
Letot, Camille (née Debocq) : 30, 41-47, 192-197, 247-248, 261, 219, 315-316, 318-320, 370-371, 392-393, 454-455, 478.
Letot, Henri : 41, 193, 197, 393.
Letot, Mme Albert : 478-479.
Lévi-Strauss, Claude : 570, 573.
Lewis, Richard Warrington Baldwin : 778.
Lilar, Suzanne : 230-235, 487-488.
Lincoln, Abraham : 547, 654.
Lobet, Marcel : 446.

Looten, Thomas : 655.
Lorca, Isabel Garcia : 22, 179-183.
Lorca, Federico Garcia : 179, 180.
Lorrain, Claude : 458.
Louis IX (Saint Louis) : 394.
Louis XVI : 413, 416.
Louise de Lorraine : 466.
Loulou. Voir Borchgrave, Louise de.
Lourié, Arthur : 304, 305, 306, 309, 311.
Lucien de Samosate : 701.
Lucrèce : 744.
Lully, Jean-Baptiste : 309.
Lunt, Jean E. : 839, 851, 858, 871.
Luppé, comte de : 214.
Luther, Martin : 629, 630.

M'Bow, Amadou-Mahtar : 365.
Mac Adam Clarke, James : 616.
Mac Adam, Denise : 616-618.
Maeterlinck, Maurice : 314.
Magne, Denys : 833.
Maïakovski, Vladimir : 803.
Malina, Judith : 439.
Mallarmé, Stéphane : 237.
Malraux, André : 128, 617.
Mann, Thomas : 28, 143-144, 203, 235, 516, 553, 604, 707, 732.
Mansfield, Katherine : 628.
Manson, Charles : 641.
Manuzio (famille) : 102.
Marat, Jean-Paul : 310.
Marc Aurèle : 173, 228, 296, 430.
Marceau, Félicien : 634.
Marcel, Gabriel : 242, 255-258.
Marcellus, fils d'Octavie : 51.
Marchal, Gaston-Louis : 765-766.
Marchat, Jean : 144.
Marie Stuart : 466.
Marie-Antoinette : 413, 416.
Marie-Thérèse-Charlotte de France (Madame Royale) : 413.

Marston, John : 247.
Martin du Gard, Roger : 511.
Martin-Chauffier, Louis : 251.
Massin : 663.
Masui, Jacques : 528, 541-542, 554-556, 592-595, 626-628.
Masui, Mme : 595, 626.
Mathieu, André : 751.
Maud (maitresse du père de M. Y.) : 725.
Mauriac, François : 310, 351, 426.
Maurice, saint : 334.
Maurois, André : 69, 272.
Maury, Lucien : 116.
Maxime de Tyr : 233.
Mayeur, Jean-Marie : 434-437.
Mazenod, Henri : 659.
Mazursky, Paul : 488.
Mc Garr, Eliott : 858.
Mc Neillie, Andrew : 53.
Melcher, Mrs. : 247.
Méléagre de Gadara : 112, 732.
Meletus (Meletos) : 232.
Mellon, Mary Conover : 140.
Mellon, Paul : 140.
Ménil, Dominique de : 332-345.
Merejkowski, Dmitri : 459.
Mérian, Jacques de : 670, 767, 782.
Merton, Thomas : 554.
Messein, Albert : 237.
Mettmann : 691.
Mettra, Claude : 629-631, 763.
Meyer-Eberhardt, Kurt : 291.
Michaux, Henri : 414.
Michel-Ange : 463.
Michelet, Jules : 548, 629, 769.
Mignot, Sabine : 877.
Milarepa : 544.
Milosz, Oscar Vladislas de Lubicz- : 541, 565.
Minon, M. : 392.
Mirat, Jean : 210, 211.
Mirat, Mme Jean : 827.
Mishima, Yukio : 29, 568, 603, 707, 733, 839, 840-841.
Mistler, Jean : 825, 832, 833.
Mistral, Gabriela : 130.

Moering, Richard : 283.
Molière : 164, 296, 744.
Mongardo, Marcello : 411.
Montaigne : 169, 173, 522, 557, 567, 638.
Montalbetti, Jean : 750, 755.
Monteret, Pierre : 713-716.
Montero, Germaine : 560.
Monteverdi, Claudio : 711.
Montherlant, Francois Millon de : 601.
Montherlant, Henry Millon de : 28-30, 251, 396-397, 416-417, 457-459, 473, 484, 493, 510, 521, 528, 533, 537, 560, 570, 573, 576, 591, 601, 602, 603, 607, 612, 637.
Morand, Paul : 499-500, 689, 703.
Moreau le Jeune : 568.
Morison, Samuel Eliot : 302.
Morris, Ivan : 824.
Moustiers, Pierre : 664.
Mouton, Claire : 397.
Mouton, Jean : 15, 162-163, 267, 275, 304-312, 364, 366, 379-382, 385-387, 418-420, 447-450, 747, 761.
Mouton, Madge : 311, 366, 420, 450, 761.
Mozart, Wolfgang Amadeus : 256.
Murasaki, Shikibu : 232.
Murciaux, Christian : 129.
Musil, Robert von : 581.
Mussolini, Benito : 227.
Musson, Charlotte : 539, 588.

Nadeau, Maurice : 565.
Nader, Ralph : 636.
Napoléon Ier : 519, 762.
Narayan : 628.
Naville, Hélène : 525, 527.
Nerval, Gérard de : 765.
Nietzsche, Friedrich : 769.
Nixon, Richard : 188.
Njonge, Monicah : 879.
Norman, Jillian : 400-404.
Noulet, Émilie : 539-540.
Nourissier, François : 731.

Ocampo, Victoria : 128-130.
Octave : 228.
Octavie, femme d'Auguste : 51.
Offner, Bernard : 346-349.
Oldenbourg, Zoé : 407.
Onimus, Jean : 404-405.
Ophoven, Madeleine : 313, 317.
Ophuls, Marcel : 598.
Oppenheimer, Robert : 377.
Oppien : 442.
Orengo, Charles : 329, 410, 492, 506, 523, 541, 556, 587-589, 593, 617, 663.
Ormesson, Jean d' : 30, 604, 804, 806-808, 823-825, 829-833, 835.
Ortega y Gasset, José : 128.
Oulman, Mme : 557.
Ovide : 234.

Painter, George D. 238.
Palmer, Eva (épouse Sikelianos) : 199, 239, 651.
Palmes : 119.
Paracelse : 737.
Parturier, Françoise : 23, 534-536.
Pas, sœur Cécile de : 658-659.
Pas, Ernest de : 659.
Pas, Jeanne de (épouse Mazenod) : 659.
Pas, Marie de. Voir Crayencour, Marie de.
Pas, Paul de : 196, 658, 772.
Pas, abbé Robert de : 659, 752.
Pascal, Blaise : 269, 296, 350, 351, 352.
Pasolini, Pier Paolo : 469.
Pasternak, Boris : 498.
Pater, Walter : 269.
Paul VI : 640, 720.
Pauvert (éditions) : 325.
Peillard, Léonce : 242, 244, 256.
Pelouze, Mme : 466.
Péret, Benjamin : 202.
Périclès : 141.
Perón, Evita : 728.
Perón, Juan Domingo : 130.
Pessoa, Fernando : 594.

Peterson, Virgilia : 263, 264.
Petit, Martine : 647, 656-657, 711-712.
Peyrefitte, Roger : 753.
Philippe II d'Espagne : 203, 343.
Philippe VI de Valois : 530.
Piatier, Jacqueline : 548, 744-745.
Pic de La Mirandole : 405, 574.
Picasso, Pablo : 307.
Piero della Francesca : 270.
Pierre le Grand : 216, 217, 218.
Pietri : 754.
Pindare : 237, 463, 464, 465, 470, 471, 473, 881.
Piranèse : 186, 190, 281, 462, 604.
Pirmez, baronne : 196.
Pirmez, Octave : 196, 529, 585, 765, 773.
Pirmez, Rémo : 529, 547, 585, 773.
Pitoëff, Georges : 262, 559.
Pitoëff, Ludmilla : 559.
Pivot, Bernard : 803.
Platon : 63, 110, 233, 700.
Plichon, Caroline : 771.
Plichon, député : 436.
Plon (éditions) : 50, 98, 107, 138, 176, 177, 184, 213, 276, 283, 284, 292, 327, 333, 368, 379, 388.
Plutarque : 229, 780.
Poirot-Delpech, Bertrand : 729-730, 739.
Poisson, Georges : 619.
Polanski, Roman : 391, 641.
Pomeranz, Charlotte : 116.
Pompidou, Georges : 28, 484-485.
Pouchkine, Alexandre : 338, 859.
Pound, Ezra : 650.
Poupet, Georges : 98, 103.
Poussin, Nicolas : 711, 766.
Prasteau, Jean : 486.
Presses de la Cité (éditions) : 325.
Prévôt, Micheline : 771-773.
Proclus : 640.

Prokosch, Frederic : 469.
Proust, Marcel : 20, 29, 162, 163, 238, 242, 297, 298, 302, 364, 365, 380, 381, 382, 385, 386, 394, 418, 419, 420, 447, 448, 553, 557, 603.

Racine, Jean : 207, 239, 257, 553, 572.
Radnoftav, M.K de : 136-139.
Rais, Gilles de : 400-403, 606.
Ramade, François : 544.
Ramakrishna : 415, 770.
Rand, Ayn : 72, 73.
Raphaël, Raffaello Sanzio, dit : 463, 464.
Régnier, Henri de : 500.
Reinach, Salomon : 233, 403.
Rels, Costa du : 129.
Rembrandt : 163, 215, 220, 384, 654, 760, 889, 896.
Remo, Jacques : 156.
Rey, Frédéric : 550-551.
Richaud, André : 89.
Richelieu, cardinal de : 561, 754, 760.
Richter (éditions) : 177, 378.
Rilke, Rainer Maria : 230, 628, 694.
Rimbaud, Arthur : 99, 124, 203, 296, 405, 428, 722, 742, 815, 820, 846.
Rivarol, Antoine : 236, 648.
Rizzoli (éditions) : 378, 379.
Robinet, René : 589, 754, 755.
Robson, Eleanor (épouse Belmont) : 240, 288.
Rockefeller Jr., John D. : 239.
Rockefeller, Mary : 239.
Rockefeller, Nelson : 239.
Rockefeller Center (éditions) : 80-81, 86.
Roditi (éditions) : 283.
Rolland, Marie Romain : 625.
Rolland, Romain : 297, 298, 428, 625, 626, 769, 770.
Romains, Jules : 28, 117-118, 121-122, 251, 429-430.
Ronsard, Pierre de : 289-316.

Rosbo, Patrick de : 415, 511, 512, 814.
Rossi, Bertrand : 790-801, 809-813.
Rossignol, Jean : 277-279.
Rossignol, Mme : 580.
Rothschild, Pauline de (née Fairfax-Potter) : 698.
Rothschild, Philippe de : 698.
Roudaut, Jean : 779-781, 881.
Rousseau, Jean-Jacques : 381, 760, 795.
Royère, Jean : 237.
Rozié, Fabrice : 868.
Rubens, Pierre Paul : 235, 339, 711.
Ruskin, John : 308.
Ruysdael, Jacob Van : 322.
Rychman de Betz, baron : 599.

Sade, marquis de : 310, 325, 326, 505, 506, 507.
Sainte-Beuve, Charles Augustin : 560, 766.
Saint-Exupéry, Antoine de : 446.
Saint-Marcq, Clément de : 599.
Saint-Simon, duc de : 283.
Salu, M. : 194.
Salvat : 48.
Sappho : 141, 233, 234, 701, 702, 703.
Sarton, George : 353.
Sarton, May : 353, 354.
Sartre, Jean-Paul : 29.
Saussure, Jacques de : 107.
Sautier, Simon : 23, 461-478.
Savigneau, Josyane : 16, 48, 76, 145, 527, 740, 894.
Schaeffer, Claude F.A. : 250, 251.
Schiaminossi, Raffaello : 433.
Schlöndorff, Volker : 277, 451, 580, 582, 583, 623, 661, 662, 666, 667, 670, 671-688, 692, 693, 696, 718.
Schlumberger (époux Conrad) : 152.
Schlumberger, Jean : 97, 103, 151-152, 204-210, 285, 695.

Schoendoerffer, Pierre : 450-453, 456-457.
Schopenhauer, Arthur : 158, 440, 841.
Schumann, Maurice : 767.
Schwartz, Odette : 761-764.
Schwob, Marcel : 612.
Segalen, Victor : 628.
Sénancour, Étienne Pivert de : 567.
Sencier : 755.
Serrano, Lucienne : 700-704.
Seuil (éditions) : 368, 505.
Sévigné, Madame de : 27.
Shakespeare, William : 91, 111, 257, 269, 296, 356, 678.
Shaw, Bernard : 145, 241, 288, 296, 551.
Shelley, Percy Bysshe : 766.
Sigée, Louise : 234.
Sikelianos, Angelous : 650.
Sikelianos, Glafkos : 650.
Silesius Angelus : 440.
Silone, Ignazio : 188.
Simon Bar Cochba : 383.
Simonide : 110.
Sion, Georges : 449.
Sipriot, Pierre : 603.
Socrate : 232, 233, 700.
Soljenitsyne, Alexandre Issaïevitch : 497, 499, 728.
Sonneville, Louis : 851.
Sophocle : 91, 257, 429, 438-439, 522, 763.
Spaziani, Maria Luisa : 212.
Spinoza, Baruch : 63, 299, 326, 506, 627.
Sramaneri Dharmaraksita : 428.
Staline, Joseph : 216, 227, 375.
Starobinski, Jean : 703.
Stein, Gertrude : 650.
Stendhal : 283, 296, 760.
Stil, André : 564.
Stock (éditions) : 53, 621.
Storoni Mazzolani, Lidia : 22, 26, 28, 30, 174-178, 183-189, 190, 193, 211-223, 272, 280-282, 291-293, 324, 367-369, 372-379, 398-399, 408-412, 508-510, 816, 856-857.
Stowsz : 340.
Stravinski, Igor : 128.
Susaki, Ruth Fuller : 651.
Swedenborg, Emanuel : 410.
Symonds, John Addington : 111, 151.

Tacite : 509.
Tagore, Debendranath : 262.
Tagore, Dwijendranath : 262.
Tagore, Jyotirindranath : 262.
Tagore, Rabindranath : 128, 261-265.
Tagore, Sarada Devi : 262.
Tagore, Satyendranath : 262.
Tagore, Svarnakumari : 262.
Talbot, S. : 158.
Tallemant des Réaux : 754.
Talleyrand, Charles Maurice de : 341.
Tardieu, Jean : 89.
Tate, Sharon : 641.
Tavernier, René : 612.
Tchekhov, Anton : 298.
Tchouang-tseu : 638.
Teilhard de Chardin, Pierre : 428, 615.
Tennyson, Alfred : 111.
Terry, Ellen : 241.
Tertullien : 63, 560.
Théoxène : 470, 471.
Thiébault, Marcel : 56.
Thoreau, Henry : 298.
Thornbury, Ethel : 139-142.
Tissameno, Julia : 159-161.
Tolnay, Charles de : 342.
Tolstoï, Léon : 91, 135, 222, 409, 423, 498, 749, 769.
Tolstoï, Tania : 135.
Toulouse-Lautrec, Henri de : 702.
Trajan : 374, 509.
Trotta, Margarethe von : 580-583, 667, 672, 688, 692.
Troye, Charles-Stanislas : 653.
Troye, Louis : 655.
Troye, Mathilde : 604, 655.

Truc, Charlotte (née Musson) : 481.
Truc, Gonzague : 481, 524.
Tsutomu, Isawaki : 842.
Tucci, Giuseppe : 554.
Tuffrau, Paul : 90.
Turner, Ramona : 726, 753.

Utamaro, Kitagawa : 270, 568.

Vadim, Roger : 279.
Vailland, Roger : 190, 193.
Valéry, Paul : 428, 511, 540, 665.
Van Aersoen, Madeleine (épouse Ophoven) : 312, 313, 317.
Van der Goes, Hugo : 340, 635.
Van Elslande, Agnès : 743.
Van Eslande, Pierre : 520, 743.
Van Eyck, Hubert : 310, 387.
Van Eyck, Jan : 310, 387.
Van Rysselberghe, Élisabeth : 106, 121.
Van Rysselberghe, Maria : 120-121.
Vardhamâna : 878.
Vasson, Jenny de : 294-300, 762.
Vélasquez : 75, 339.
Vendôme, duc de : 466.
Verger, J. L. : 158.
Viethinghoff, Egon de : 527.
Viethinghoff, Jeanne de : 525-527, 538, 742, 772, 834, 864.
Vigny, Alfred de : 704, 722.
Vivekananda : 770.
Volonte, Gian Maria : 887.
Voltaire : 218, 430, 439, 495, 567.
Voragine, Jacques de : 335, 560.

Walque, Jean de : 596-600, 774, 812.
Watteau, Antoine : 889.
Waultre-Terrier, Mme : 759.
Weiderfield (éditions) : 507.
Weiss, Peter : 310.
Wellington, Arthur Wellesley, duc de : 341.
Wharton, Edith : 240, 777.

Wiesel, Élie : 502, 544, 627.
Wilde, Oscar : 288.
Wilson, Daniel : 466.
Wilson, Deidre : 858.
Wilson, Harris W. : 273.
Wilson, Jerry : 18, 611, 822, 826, 830, 836, 838, 840, 842, 843, 850-851, 852, 855, 856, 857, 858, 859, 860, 861, 863, 864, 865, 866, 867, 869, 870, 871, 874, 875-876, 877, 878, 879, 885, 886, 892, 896.
Witsch, Bettina : 284.
Witsch (éditions) : 284.
Witt, Cornelis de : 555.
Witt, Johan de : 555.
Witt Peltz, Mrs. de : 289.
Wolff, Étienne : 823.
Wolkowitsch, Gilles : 294.
Woolf, Virginia : 53, 388, 389, 604.
Wordsworth, Dorothée : 298.
Wordsworth, William : 298.
Wyart, dom Sébastien : 436.

Yourcenar, Marguerite (œuvres citées) :
« Ah, mon beau château » : 462, 466.
Alexis ou le Traité du vain combat : 116, 138, 159, 163, 164, 211, 212, 236, 243, 285, 348, 466, 470, 484, 525, 613, 637, 647, 730, 878.
« André Gide revisited » : 102.
Anna, soror... : 494, 845, 849.
Archives du Nord (Le Labyrinthe du Monde II) : 26, 195, 241, 323, 330, 455, 524, 529, 549, 589, 591, 608, 612, 619, 622, 653, 663, 668, 705, 709, 712, 727, 740, 747, 755, 759, 760, 765, 768, 771, 772, 773, 805, 812, 834, 835, 883.
« Ariane et l'Aventurier » : 50, 74, 86.
Carnets de notes de « Mémoires d'Hadrien » : 108, 139, 185, 188, 474, 605.

Carnets de notes de « L'Œuvre au noir » : 373.
« Catalogue des idoles » : 237.
« Le Changeur d'or » : 769.
Les Charités d'Alcippe : 237, 525, 532, 536, 781.
Le Cheval noir à tête blanche : 864.
Comme l'eau qui coule : 610, 768, 785, 849.
« Comment j'ai écrit *Mémoires d'Hadrien* » : 185.
Coup de grâce : 61, 72, 134, 138-139, 156, 203, 236, 243, 263, 277, 279, 285, 451, 456, 467, 470, 475, 484, 524, 580, 582, 623, 637, 647, 662, 666, 667, 670, 671-688, 692-697, 718, 730, 739, 864.
La Couronne et la Lyre : 108, 110, 111, 112, 234, 327, 333, 354, 442, 545, 640, 732, 735, 809, 821, 834.
« D'après Dürer » : 387.
« D'après Greco » : 846.
« D'après Rembrandt » : 686.
Denier du rêve : 26, 50, 169, 170, 171, 174, 186, 189, 236, 243, 244, 246, 257, 258, 259, 260, 281, 292, 369, 466, 470, 473, 476, 484, 552, 605, 663.
« Le Dernier Amour du prince Genghi » (« Le Prince Genghi ») : 474.
« Des recettes pour un art du mieux-vivre » : 593.
« Le Dialogue du marécage » : 86.
« Discours de réception de Marguerite Yourcenar » : 824.
« Ébauche d'un Jean Schlumberger » : 103.
Électre ou la chute des masques : 89, 136, 144.
« Éloge de Don Ramire » : 459.
« Les Emmurés du Kremlin » : 57, 216, 607.
« Empédocle d'Agrigente » : 442.
En pèlerin et en étranger : 239, 459, 824, 880, 896.

Essais et mémoires : 40, 49, 88, 103, 144, 159, 195, 239, 241, 304, 450, 465, 528, 568, 572, 607, 862, 881, 883.
Feux : 48, 133, 138, 161, 462, 466, 467, 545, 560-562, 605, 647, 701.
Fleuve profond, sombre rivière : 108, 290, 304, 537, 545, 642, 736.
Hommage de la France à Thomas Mann (« Humanisme et hermétisme chez Thomas Mann ») : 144, 203, 307.
« L'Homme qui aimait les Néréides » : 607.
« L'Île des morts : Boecklin » : 144.
« Le Japon de la mort choisie » : 824.
Le Jardin des chimères : 45, 261.
« Jeux de miroirs et feux follets » : 605, 607.
« Kâli décapitée » : 44, 53.
Le Labyrinthe du Monde (dans son ensemble) : 26, 45, 46, 197, 253, 322, 455, 525, 549, 562, 574, 576, 589, 591, 600, 607, 618, 621, 633, 655, 666, 668, 862, 883.
« Le Lait de la mort » : 607.
Mémoires d'Hadrien : 21, 24, 89, 92, 98, 106-107, 111, 114-115, 117, 120, 122, 126, 136, 138, 139, 140, 143, 150, 156-157, 174, 176, 177, 184, 203, 213, 224, 245, 254, 259, 284, 287, 292, 303, 318, 333, 367, 374, 375, 383, 460, 463, 466, 477, 484, 495, 516, 518, 545, 547, 588, 598, 604, 605, 607, 634, 637, 647, 656, 663, 705, 736, 783, 793, 805, 832, 844, 862.
Mishima ou la Vision du vide : 647, 707, 838, 881.
La Mort conduit l'Attelage : 236, 243, 244, 245, 248, 259, 387, 768, 785, 843, 846, 881.
Le Mystère d'Alceste : 86, 89, 90, 94, 95, 255, 257, 449, 472.

La Nouvelle Eurydice : 236, 348, 525, 780, 881.
Nouvelles orientales : 48, 52, 53, 54, 55, 56, 57, 57, 68, 216, 232, 243, 284, 466, 474, 607, 647, 689, 785.
L'Œuvre au noir : 21, 24, 31, 147, 148, 160, 243, 244, 245, 246, 248, 284, 285, 287, 290, 291, 303, 311, 327, 331, 333, 342, 366, 371, 372, 375-377, 387, 388, 392, 394, 404, 421, 443, 445, 449, 460, 462, 465, 466, 467, 476, 492, 494, 502, 507, 531, 545, 561, 562, 563, 583, 607, 609, 629, 633, 639, 656, 660, 734, 737, 766, 784, 791-793, 797, 805, 827, 863, 887-889, 897.
Œuvres romanesques : 48, 57, 61, 106, 116, 147, 159, 185, 237, 545, 768, 780, 845, 872.
La Petite Sirène : 85.
« Pierrot pendu » : 44.
Pindare (« Un poète grec Pindare ») : 49, 236, 237, 348, 464, 881.
« La Poésie et la Religion doivent rester obscures » : 804.
Présentation critique de Constantin Cavafy : 88, 156, 384, 614.
Présentation critique d'Hortense Flexner : 333.
« Les Prisons imaginaires de Piranèse » : 186, 284, 462, 466.
« Procès de Campanella 1597-1601 » : 561.
Qui n'a pas son Minotaure ? : 50, 89, 257, 462, 465, 639.
Quoi ? L'Éternité (Le Labyrinthe du monde III) : 40, 165, 196, 434, 455, 522, 524, 549, 608, 663, 713, 721, 742, 780, 805, 834, 860, 862, 864, 866, 876, 880, 881, 882, 883, 889, 896.
« Recoins du cœur » : 237.
Rendre à César : 186, 205, 246, 257, 639, 805.

« Selma Lagerlöf, conteuse épique » : 232, 622.
« Sept poèmes pour Isolde morte » : 237, 525.
Les Songes et les Sorts : 304, 542, 881.
Sous bénéfice d'inventaire : 88, 144, 186, 203, 232, 281, 388, 462, 471, 475, 476, 614, 622, 707, 757, 758, 787-788.
Souvenirs pieux (Le Labyrinthe du Monde I) : 196, 330, 449, 478, 500, 514, 523, 524, 526, 529, 542, 545, 547, 548, 549, 556, 564, 571, 572, 584, 585, 595, 597, 614, 618, 654, 663, 669, 696, 698, 710, 765, 771, 772, 773, 780, 808, 883.
« Suite d'estampes pour Kou-Kou-Haï » : 237.
« Sur quelques thèmes érotiques et mystiques de la Gita-Govinda » : 568.
Le Temps, ce grand sculpteur : 103, 515, 528, 561, 568, 593, 605, 607, 824, 883.
Théâtre I : 50, 246, 484.
Théâtre II : 89.
« Tombeau de Jacques Masui » : 528.
« Tombeau de Jeanne de Vietinghoff » : 525.
« Ton et langage dans le roman historique » : 561.
Le Tour de la prison : 159, 862.
« Les Trente-Trois Noms de Dieu » : 880.
« La Tristesse de Cornelius Berg » (« Les Tulipes de Cornelius Berg ») : 57.
Un homme obscur : 768, 784, 850, 853, 878.
Une belle matinée : 768, 784, 850.
« La Veuve Aphrodissia » (« Le Chef rouge ») : 55-57.
« Les Visages de l'histoire dans l'Histoire Auguste » : 281, 462, 466, 467, 758.

La Voix des choses : 822, 880, 892, 893.
Entretiens :
« Entretien radiophonique avec Marguerite Yourcenar » : 415.
Les Yeux ouverts : 20, 122, 207, 218, 382, 736, 804.
Traductions :
Blues et Gospels : 850.
James, Henry : *Ce que savait Maisie,* 272.
Prokosch, Frederic : *Les Sept Fugitifs,* 469.

Woolf, Virginia : *Les Vagues :* 53.

Zadkine, Ossip : 307.
Zaki, Isis : 885.
Zamore : 338.
Zannequin, Nicolas de : 529.
Zaorski, Jean-Marc : 294.
Zeltner, Gerda : 136.
Zénon, saint : 387.
Zichy, Frederic von : 684.
Zolla, Elmire : 271-273, 367, 399, 411.

TABLE DES DESTINATAIRES

ABRAHAM, HÉLÈNE
5 janvier 1966 — 294

ALLARDIN, JEAN-PAUL
5 février 1970 — 446

ANDRADE, EUGENIO DE
25 avril 1971 — 489

AUBIER, BÉATRICE
28 avril 1978 — 774

AUBREBY, CARMEN D'
19 octobre 1968 — 388

AUGIÉRAS, FRANÇOIS
16 mai 1953 — 123
2 septembre 1953 — 125

BALLARD, JEAN
18 juin 1939 — 73
4 septembre 1946 — 87
14 février 1947 — 94
5 août 1951 — 108

BALMELLE, HENRI
2 avril 1959 — 168

BARBIER, ÉLISABETH
18 mars 1969 — 406

BARDOT, BRIGITTE
24 février 1968 — 357

BARNEY, NATALIE
28 août 1961 — 197
29 juillet 1963 — 235
17 août 1965 — 286
2 août 1968 — 371

BARZILAÏ, ANAT
20 septembre 1977 — 732

BAST, WILLIAM
7 juillet 1973 — 516

BEAUFRET, JEAN
17 octobre 1976 — 660

BOISDEFFRE, PIERRE DE
4 novembre 1978 — 779

BONNIER, HENRY
14 octobre 1977 — 745

BORCHGRAVE, LOUISE DE
10 mars 1956 — 146
22 avril 1964 — 252
9 mai 1966 — 312
Sept[embre] 1970 — 460
1er mars 1978 — 767
5 décembre 1978 — 781

BOSQUET, ALAIN
1er janvier 1964 — 242
8 juillet 1964 — 258

BOTS, WIM
17 [fév]rier 1986 — 874

BOUDOT-LAMOTTE, EMMANUEL
25 janvier 1937 — 52
13 février 1937 — 53
24 août 1937 — 54
18 sept[embre] 1937 — 55
16 novembre 1937 — 56
20 novembre 1937 — 57

6 janvier 1939	72
19 juillet 1939	74

BREITBACH, JOSEPH

7 avril 1951	97
17 février 1965	282
4 février 1977	691

BRINCOURT, ANDRÉ

27 février 1971	485

BRISSON, PIERRE

2 avril 1964	249

BROQUEVILLE, HUGUETTE DE

18 décembre 1974	584

BROSSE, JACQUES

6 juin 1969	412

BROSSOLLET, MARC

25 août 1962	210
23 avril 1980	825
1er juin 1987	890

CALAS, NICOLAS

18 février 1962	200
26 septembre 1975	610

CARAYON, JEANNE

14 janvier 1971	480
3 août 1973	521
13 octobre 1973	528
29 octobre 1973	536
21 juin 1974	556
14 août 1974	570
2 janvier 1975	586
25 juillet 1975	601
13-15 novembre 1975	618
18 janvier 1976	632
23 mars 1977	704
6 juillet 1977	721
12 novembre 1977	752

CARTIER DE MARCHIENNE, JEANNE

8 juillet [vers 1909-1910]	39

CHALON, JEAN

9 juillet 1971	494
7 février 1972	501
29 mars 1974	543
9 avril 1976	646
4 novembre 1976	665
3 février 1977	689
1er décembre 1977	760
19 septembre 1978	776
27 décembre 1978	783
29 novembre 1979	813
29 novembre 1979	814
15 janvier 1980	818
5 avril 1980	822

CHATTERJI, N.

17 juillet 1964	260

COCHE DE LA FERTÉ, ÉTIENNE

9 septembre 1968	383

CODMAN, FLORENCE

16 février 1956	145

COTÉ, JEAN-LOUIS

6 janvier 1963	224

CRAYENCOUR, GEORGES DE

12 mai 1966	316
Noël 1966	321
27 mars 1967	328
21 juillet 1973	517
20 avril 1976	652
17 décembre 1976	668
28 juin 1977	716
21 septembre 1977	740
7 novembre 1977	746
28 mai 1979	786
17 septembre 1979	801
8 décembre 1979	816
3 août 1980	833
2 septembre 1980	838
15 novembre 1981	849
21 avril 1985	857
26 mai 1985	861
7 novembre 1985	865
[Reçue le 13 déc[embre] 1985]	869

DANIEL, MARC

1er février 1957	156
10 juillet 1957	163

DEHARME, LISE

7 août 1957	165

DELVAUX, ANDRÉ

12 janvier 1987	886

DESJARDINS, ABBÉ ANDRÉ

6 janvier 1963	224
23 mai 1981	843
24 novembre 1983	854
13 juin 1985	863

DIMARAS, CONSTANTIN
  8 juillet 1951 — 104
  29 août 1951 — 113

DU BOS, CHARLES
  Novembre 1937 — 58
  21-23 décembre 1937 — 59
  26 décembre 1937 — 65
  27 avril 1938 — 67
  14 juillet 1938 — 69
  6 août 1938 — 70

ÉTIEMBLE, RENÉ
  12 août 1974 — 566
  8 février 1976 — 638

FARRELL, EDITH
  16 février 1986 — 872

FARRELL, FREDERIC
  16 février 1986 — 872

FRAIGNEAU, ANDRÉ
  [1933] — 48
  27 janvier 1933 — 49
  3 mai [1933] — 51

FRANCK, FANCE
  14 mai 1981 — 841
  4 mars 1986 — 877

FREUND, GISELE
  30 août 1977 — 728

GALEY, MATTHIEU
  13 octobre 1979 — 804

GALLIMARD, CLAUDE
  31 décembre 1957 — 167
  3 mai 1968 — 370
  28 octobre 1976 — 661

GALLIMARD, GASTON
  3 mai 1968 — 370

GALZY, JEANNE
  17 août 1969 — 430

GANS, WILHELM
  24 janvier 1970 — 443
  26 juin 1974 — 563
  9 décembre 1976 — 667
  13 février 1980 — 820
  14 février 1980 — 821
  12 mai 1980 — 828
  24 avril 1981 — 840
  11 novembre 1981 — 845
  14 novembre 1981 — 847
  31 juillet 1982 — 852

GARCIA LORCA, ISABEL
  10 mai 1960 — 179

GERMAIN, GABRIEL
  6 janvier 1966 — 300
  15 juin 1969 — 421
  11 janvier 1970 — 438

GIBBON, PÈRE YVES DE
  1ᵉʳ avril 1976 — 639

GOBEIL, MADELEINE
  12 septembre 1974 — 579

GOULET, ALAIN
  5 novembre 1975 — 613

GREKOFF, ÉLIE
  26 juin 1977 — 713

GRENIER, JEAN
  7 février 1964 — 248

GUÉHENNO, JEAN
  16 novembre 1975 — 625
  7 mars 1978 — 768

GUILLOU, YANNICK
  12 mai 1985 — 860
  21 juin 1985 — 864
  18 novembre 1985 — 867
  26 décembre 1985 — 870
  23 février 1986 — 875
  15 mai 1986 — 878
  4 août 1986 — 879
  [Septembre 1986] — 881
  5 oct[obre] 1986 — 883
  Samedi saint 1987 — 889
  9 juin 1987 — 892
  21 juin 1987 — 894
  16 août 1987 — 895
  22 octobre 1987 — 897

HADJILAZAROS, MATSIE
  28 juin 1954 — 131

HAZELTON, ROGER
  25 janvier 1968 — 350

HEILBRONN, MAX
  17 avril 1977 — 708

HÉRIAT, PHILIPPE
  26 octobre 1968 — 390

HILSUM, RENÉ
7 décembre 1951 — 116
5 janvier 1952 — 119

HOWE ALLEN, HELEN
[Février 1968] — 353

JOUHANDEAU, MARCEL
22 février 1954 — 130

JUNIN, MICHEL
29 avril 1964 — 254

KAISER, WALTER
29 octobre 1978 — 777

KAMBER, GERALD
30 octobre 1968 — 393

KAYALOFF, JACQUES
2 avril 1941 — 78
27 mai [19]41 — 79
8 août 1941 — 80
27 août 1941 — 81
7 décembre [1941] — 82
20 janvier 1942 — 85
10 décembre 1946 — 92
1er juillet [1951] — 104
6 décembre 1960 — 189
2 décembre 1964 — 276

KYCZUN, ROMAN
29 juin 1954 — 133

KYRIACOS, LUCY
Pâques 1940 — 76

LACARRIÈRE, JACQUES
Avril 1971 — 491

LACOMBE, ROGER
8 février 1967 — 325
5 mars 1973 — 504

LAMBERT, JEAN
6 janvier 1952 — 120
14 mai 1956 — 149
23 septembre 1956 — 153
9 mai 1974 — 551

LAMY, MARTHE
30 juin 1973 — 511

LANGHORNE, MRS.
12 août 1971 — 497

LEBON, ANDRÉ
3 février 1980 — 819

LELEU, MICHÈLE
10 octobre 1964 — 266
27 novembre 1964 — 274

LETOT, ALBERT
10 décembre 1969 — 432
[Télégramme, 1970] — 453
22 avril 1970 — 453
[Questions, 1970] — 455
22 décembre 1970 — 478

LETOT, CAMILLE
[1924] — 41
[2]8 décembre — 42
[Sans date] — 42
[Sans date] — 43
19 juin 1927 — 44
25 août 1928 — 45
12 juin 1930 — 47
1er mai 1961 — 192
10 janvier 1964 — 247
23 septembre 1965 — 291
10 mai 1966 — 315
7 juillet 1966 — 318
3 juin 1968 — 370
28 octobre 1968 — 392

LETOT, MME ALBERT
22 décembre 1970 — 478

LILAR, SUZANNE
19 mai 1963 — 230
16 mars 1971 — 487

MAC ADAM, DENISE
10 novembre 1975 — 616

MANN, THOMAS
7 mai 1955 — 143

MARCEL, GABRIEL
14 mai 1964 — 255

MARCHAL, GASTON-LOUIS
12 février 1978 — 765

MASUI, JACQUES
Noël 1973 — 541
19 juin 1974 — 554
22 mars 1975 — 592
24 novembre 1975 — 626

MAYEUR, JEAN-MARIE
27 décembre 1969 — 434

MÉNIL, DOMINIQUE DE
6-22 novembre 1967 — 332

METTRA, CLAUDE
30 novembre 1975 — 629

MONTERET, PIERRE
26 juin 1977 — 713

MONTHERLANT, HENRY DE
6 janvier 1969 — 396
6 juin 1969 — 416
25 juillet 1970 — 457
31 mai 1971 — 493

MORAND, PAUL
Décembre 1971 — 499

MOUSTIERS, PIERRE
30 octobre 1976 — 664

MOUTON, JEAN
23 avril 1957 — 162
7 avril [1966] — 304
7 avril 1968 — 364
29 août 1968 — 379
14 octobre 1968 — 385
10 juin 1969 — 418
14 mars 1970 — 447

NADEAU, MAURICE
9 juillet 1974 — 565

NORMAN, JILLIAN
23 janvier 1969 — 400

NOULET, ÉMILIE
20 novembre 1973 — 539

NOURISSIER, FRANÇOIS
20 septembre 1977 — 731

OCAMPO, VICTORIA
1er février 1954 — 128

OFFNER, BERNARD
12 décembre 1967 — 346

ONIMUS, JEAN
25 janvier 1969 — 404

ORMESSON, JEAN D'
22 octobre 1979 — 806
10 avril 1980 — 823
20 mai 1980 — 829

PARTURIER, FRANÇOISE
26 octobre 1973 — 534

PAS, SŒUR CÉCILE DE
5 mai 1976 — 658

PETIT, MARTINE
1er mai 1976 — 656
22 mai 1977 — 711

PIATIER, JACQUELINE
2 octobre 1977 — 744

POIROT-DELPECH, BERTRAND
2 septembre 1977 — 729

POMPIDOU, GEORGES
25 janvier 1971 — 484

PRÉVÔT, MICHELINE
24 mars 1978 — 771

RADNOTFAY, M.K. DE
14 août 1954 — 136

REY, FRÉDÉRIC
9 mai 1974 — 550

ROMAINS, JULES
28 décembre 1951 — 117
23 mai 1952 — 121
3 juillet 1969 — 429

ROSSI, BERTRAND
2 juillet 1979 — 790
3 novembre 1979 — 809

ROSSIGNOL, JEAN
1er février 1965 — 277

ROUDAUT, JEAN
18 novembre 1978 — 779

ROZIÉ, FABRICE
6 décembre 1985 — 868

SAUTIER, SIMON
8 octobre 1970 — 461

SCHLÖNDORFF, VOLKER
2-10 janvier 1977 — 671

SCHLUMBERCER, JEAN
15 août 1956 — 151
20 février 1962 — 204

SCHOENDOERFFER, PIERRE
14 avril 1970 — 450
22 avril 1970 — 456

SCHWARTZ, ODETTE
31 décembre 1977 — 761

SERRANO, LUCIENNE
12 février 1977 — 700

STIL, ANDRÉ
5 juillet 1974 — 564

STORONI MAZZOLANI, LIDIA
[Sans date] [1959 ?] 174
25 avril 1960 176
28 juin 1960 183
4 novembre 1960 187
Noël 1962 211
3 février 1965 280
Fin 1965 291
[Noël 1966] 324
21 avril 1968 367
22 août 1968 372
21 janvier 1969 398
7 mai 1969 408
9 mars 1973 508
12 février 1985 856

TAVERNIER, RENÉ
26 septembre 1975 612

THORNBURY, ETHEL
9 décembre 1954 139

TISSAMENO, JULIA
4 février 1957 159

TROTTA, MARGARETHE VON
5 décembre 1974 580

WALQUE, JEAN DE
28 mai 1975 596

WAULTRE-TERRIER, MME
30 novembre 1977 759

WIESEL, ÉLIE
20 juillet 1972 502

ZAKI, ISIS
3 nov[embre] 1986 885

ZOLLA, ELMIRE
11 octobre 1964 271

TABLE DES MATIÈRES

Avertissement	11
Préface	13
Remerciements	33

CORRESPONDANCE

1909-1910	39
1920-1925	41
1927	44
1928	45
1930	47
1933	48
1937	52
1938	67
1939	72
1940	76
1941	78
1942	85
1946	86
1947	94
1951	97
1952	119
1953	123
1954	128
1955	143

1956	145
1957	156
1959	168
1960	176
1961	192
1962	200
1963	224
1964	242
1965	277
1966	294
1967	325
1968	350
1969	396
1970	438
1971	480
1972	501
1973	504
1974	543
1975	586
1976	632
1977	671
1978	765
1979	786
1980	818
1981	840
1982	852
1983	854
1985	856
1986	872
1987	886
Ouvrages de Marguerite Yourcenar cités dans le texte	899
Index	905
Table des destinataires	923

ŒUVRES DE
MARGUERITE YOURCENAR

Romans et nouvelles

ALEXIS OU LE TRAITÉ DU VAIN COMBAT. — LE COUP DE GRÂCE (Gallimard, 1971).

DENIER DU RÊVE (Gallimard 1971).

NOUVELLES ORIENTALES (Gallimard, 1963).

MÉMOIRES D'HADRIEN (édition illustrée, Gallimard, 1971 ; édition courante, Gallimard, 1974).

L'ŒUVRE AU NOIR (Gallimard, 1968).

ANNA, SOROR... (Gallimard, 1981).

COMME L'EAU QUI COULE *(Anna, soror... — Un homme obscur — Une belle matinée)* (Gallimard, 1982).

UN HOMME OBSCUR — UNE BELLE MATINÉE (Gallimard, 1985).

CONTE BLEU — LE PREMIER SOIR — MALÉFICE (Gallimard, 1993).

Essais et Mémoires

SOUS BÉNÉFICE D'INVENTAIRE (Gallimard, 1962 ; édition définitive, 1978).

LE LABYRINTHE DU MONDE, I : SOUVENIRS PIEUX (Gallimard, 1978)

LE LABYRINTHE DU MONDE, II : ARCHIVES DU NORD (Gallimard, 1977).

LE LABYRINTHE DU MONDE, III : QUOI ? L'ÉTERNITÉ (Gallimard, 1988).

MISHIMA OU LA VISION DU VIDE (Gallimard, 1981).

LE TEMPS, CE GRAND SCULPTEUR (Gallimard, 1983).

EN PÈLERIN ET EN ÉTRANGER (Gallimard, 1989).
LE TOUR DE LA PRISON (Gallimard, 1991).

*

DISCOURS DE RÉCEPTION DE MARGUERITE YOURCENAR à l'Académie Royale belge de Langue et de Littérature françaises, précédé du discours de bienvenue de CARLO BRONNE (Gallimard, 1971).

DISCOURS DE RÉCEPTION À L'ACADÉMIE FRANÇAISE DE Mme YOURCENAR et RÉPONSE DE M. J. D'ORMESSON (Gallimard, 1981).

Théâtre

THÉÂTRE I : RENDRE À CÉSAR. — LA PETITE SIRÈNE. — LE DIALOGUE DANS LE MARÉCAGE (Gallimard, 1971).

THÉÂTRE II : ÉLECTRE OU LA CHUTE DES MASQUES. — LE MYSTÈRE D'ALCESTE. — QUI N'A PAS SON MINOTAURE ? (Gallimard, 1971).

Poèmes et Poèmes en prose

FEUX (Gallimard, 1974).

LES CHARITÉS D'ALCIPPE, nouvelle édition (Gallimard, 1984).

Correspondance

LETTRES À SES AMIS ET QUELQUES AUTRES (Gallimard, 1995).

Traductions

Virginia Woolf : LES VAGUES (Stock, 1937).

Henry James : CE QUE SAVAIT MAISIE (Laffont, 1947).

PRÉSENTATION CRITIQUE DE CONSTANTIN CAVAFY, suivie d'une traduction intégrale des POÈMES par M. Yourcenar et C. Dimaras (Gallimard, 1958).

FLEUVE PROFOND, SOMBRE RIVIÈRE, « Negro Spirituals », commentaires et traductions (Gallimard, 1964).

PRÉSENTATION CRITIQUE D'HORTENSE FLEXNER suivie d'un choix de POÈMES (Gallimard, 1969).

LA COURONNE ET LA LYRE, présentation critique et traductions d'un choix de poètes grecs (Gallimard, 1979).

James Baldwin : LE COIN DES « AMEN » (Gallimard, 1983).

Yukio Mishima : CINQ NÔ MODERNES (Gallimard, 1984).

BLUES ET GOSPELS, textes inédits et présentés par Marguerite Yourcenar, images réunies par Jerry Wilson (Gallimard, 1984).

LA VOIX DES CHOSES, textes recueillis par Marguerite Yourcenar, photographies de Jerry Wilson (Gallimard, 1987).

Collection « Bibliothèque de la Pléiade »

ŒUVRES ROMANESQUES : ALEXIS OU LE TRAITÉ DU VAIN COMBAT — LE COUP DE GRÂCE — DENIER DU RÊVE — MÉMOIRES D'HADRIEN — L'ŒUVRE AU NOIR — ANNA, SOROR... — UN HOMME OBSCUR — UNE BELLE MATINÉE — FEUX — NOUVELLES ORIENTALES — LA NOUVELLE EURYDICE (Gallimard, 1982).

ESSAIS ET MÉMOIRES : SOUS BÉNÉFICE D'INVENTAIRE — MISHIMA OU LA VISION DU VIDE — LE TEMPS, CE GRAND SCULPTEUR — EN PÈLERIN ET EN ÉTRANGER — LE TOUR

DE LA PRISON — LE LABYRINTHE DU MONDE, I, II, III — PINDARE — LES SONGES ET LES SORTS — ARTICLES NON RECUEILLIS EN VOLUME (Gallimard, 1991).

Collection « Biblos »

SOUVENIRS PIEUX — ARCHIVES DU NORD — QUOI ? L'ÉTERNITÉ (LE LABYRINTHE DU MONDE, I, II, III (Gallimard, 1990).

Collection « Folio »

ALEXIS OU LE TRAITÉ DU VAIN COMBAT, suivi de LE COUP DE GRÂCE.

MÉMOIRES D'HADRIEN.

L'ŒUVRE AU NOIR.

SOUVENIRS PIEUX (LE LABYRINTHE DU MONDE, I).

ARCHIVES DU NORD (LE LABYRINTHE DU MONDE, II).

QUOI ? L'ÉTERNITÉ (LE LABYRINTHE DU MONDE, III).

ANNA, SOROR...

MISHIMA OU LA VISION DU VIDE.

L'ŒUVRE AU NOIR.

CONTE BLEU.

Collection « Folio essais »

SOUS BÉNÉFICE D'INVENTAIRE.

LE TEMPS, CE GRAND SCULPTEUR.

Collection « L'Imaginaire »

NOUVELLES ORIENTALES.

DENIER DU RÊVE.
FEUX.

Collection « Le Manteau d'Arlequin »

LE DIALOGUE DANS LE MARÉCAGE.

Collection « Poésie/Gallimard »

FLEUVE PROFOND, SOMBRE RIVIÈRE, « Negro Spirituals », commentaires et traductions.

PRÉSENTATION CRITIQUE DE CONSTANTIN CAVAFY, suivie d'une traduction intégrale des POÈMES par M. Yourcenar et C. Dimaras.

LA COURONNE ET LA LYRE.

Collection « Enfantillages »

NOTRE-DAME DES HIRONDELLES, avec des illustrations de Georges Lemoine.

Collection « Folio Cadet »

COMMENT WANG-FÔ FUT SAUVÉ, texte abrégé par l'auteur, avec des illustrations de Georges Lemoine.

Album Jeunesse

LE CHEVAL NOIR À TÊTE BLANCHE, présentation et traduction de contes d'enfants indiens. Illustration collective.

Composition Traitext.
Impression Société Nouvelle Firmin-Didot.
le 5 mars 1997.
Dépôt légal : mars 1997.
Numéro d'imprimeur : 37952.

ISBN 2-07-040207-X/Imprimé en France.

79983

… anniversaire folio
25
1972-1997

25 ans folio
Joyeux folio d'anniversaire !

Avec ce Folio, vous avez gagné l'un de ces 626 000 cadeaux* !

6 voyages Club Med,
100 Tam-Tam, 500 CD-Rom,
350 stylos plume Cross, 500 CD, des milliers de Folio,
et des centaines de milliers de portfolios de 6 photos d'écrivains...
d'une valeur globale de 3 449 198 francs.

Libération   **Club Med**   **TAM TAM** LE MESSAGER DE POCHE   **CROSS**

Pour découvrir le cadeau que vous avez gagné,
appelez vite le (33) 01 49 58 48 48 jusqu'au 12 mai 1997 **
en indiquant ce numéro de code personnel :

770454

*** Pour recevoir votre cadeau**, *voir modalités de participation au dos*
** *Appel remboursé sur simple demande (voir extrait du règlement)*

COMMENT SAVOIR CE QUE VOUS AVEZ GAGNÉ ET RECEVOIR VOTRE CADEAU ?

Si vous souhaitez connaître immédiatement le cadeau que vous avez gagné, il vous suffit de téléphoner au **(33) 01 49 58 48 48** jusqu'au 12 mai 1997 et de composer votre numéro de code personnel (voir au dos de cette page).

Pour recevoir votre cadeau, découpez cette page et renvoyez-la, complétée de vos coordonnées, jusqu'au 12 septembre 1997 à l'adresse suivante : « **25 ans Folio** », B.P. 24, **77791 Nemours, France**.

JEU 25 ANS FOLIO (à compléter pour recevoir votre cadeau)

Nom (M., Mme, Mlle) : .... **Prénom** : ....

Adresse : ....

Code postal : .... **Ville** : ....

Pays : .... **Tél** : ....

Les informations demandées seront utilisées conformément à la loi Informatique et Liberté du 06/01/78, elles sont destinées au seul traitement de l'opération « 25 ans Folio ». Vous disposez d'un droit d'accès et de rectification auprès des Éditions Gallimard.

39 AUTRES FAÇONS DE GAGNER DES CADEAUX 25 ANS FOLIO !

Pour célébrer son anniversaire, **du 12 mars jusqu'au 12 septembre 1997**, Folio transforme en cadeaux 40 de ses titres : vous les reconnaîtrez facilement à la petite bande rouge sur la couverture et le dos des volumes ! Tous ces Folio-Anniversaire comportent un code cadeau : **tous ces numéros sont différents et tous ces Folio sont gagnants !**

Pour participer gratuitement, vous pouvez aussi demander un bulletin de jeu en écrivant à : « 25 ans Folio » - B.P. 24 - 77791 Nemours - France, avant le 12 septembre 1997 (une demande par foyer, même nom, même adresse). Timbre (tarif lent) remboursé sur simple demande, accompagnée d'un RIB, à l'adresse du jeu.

Extrait du règlement :
Jeu gratuit sans obligation d'achat, organisé du 12 mai au 12 septembre 1997 inclus par la société Gallimard S.A., réservé aux personnes résidant en France, Corse et D.O.M.-T.O.M. compris, et dans tous les pays où sont distribués les Folio porteurs de l'offre, à l'exclusion du personnel Gallimard et des sociétés organisatrices ainsi que leur famille. Ce jeu permet d'attribuer 626 000 lots (6 voyages pour 2 personnes offerts par le Club Med d'une valeur de 13 000 F, 100 Tam-Tam d'une valeur de 690 F, 500 CD-Rom *L'inutonie* d'une valeur de 390 F, 350 stylos plume Solo Classic de Cross d'une valeur de 200 F, 500 abonnements de 6 mois au magazine *L'Acheteur Vacances* d'une valeur de 84 F, 500 CD d'une valeur de 69 F, 5 000 Folio d'une valeur de 35 F et 619 044 portfolios de 6 cartes postales photos d'écrivains d'une valeur de 4,5 F). Remboursement de l'appel téléphonique (sur la base d'1 minute 30 en tarif plein du pays d'origine, soit 2,56 F pour la France) limité à un appel pour toute la durée du jeu, sur simple demande écrite accompagnée d'un RIB et de vos date et heure d'appel, avant le 12 septembre 1997 à l'adresse du jeu : « 25 ans Folio » - B.P. 24 - 77791 Nemours - France. Remboursement des frais d'affranchissement au tarif lent en vigueur pour la demande du bulletin de jeu, du règlement complet et du remboursement d'appel téléphonique, sur simple demande écrite, accompagnée d'un RIB, à l'adresse du jeu avant le 12 septembre 1997.